U1009700

全国艺术职业教育系列教材·高职卷

中国艺术职业教育学会推荐教材

中外戏剧作品赏析

主　编　张海涛　高　晶

副主编　孙海燕　周力源　张梅芳

编　委　李晓娟　李树良　王　钦　王　斌　张海涛　张　静
张清华　张梅芳　陈笑洁　陈芳华　陈　琳　陈素敏
杨　茹　杨建华　赵海英　周力源　周立言　孙海燕
朱静华　朱玉宁　高　晶　彭蕙蘅　田荣珍　姜志军
方雨舒　乔亚兰　桂震青　边媛媛

WUHAN UNIVERSITY PRESS
武汉大学出版社

图书在版编目(CIP)数据

中外戏剧作品赏析/张海涛,高晶主编 .—武汉:武汉大学出版社,2014.9(2025.8 重印)
全国艺术职业教育系列教材·高职卷
ISBN 978-7-307-13862-9

Ⅰ.中… Ⅱ.①张… ②高… Ⅲ. 戏剧文学—文学欣赏—世界—高等职业教育—教材 Ⅳ.I106.3

中国版本图书馆 CIP 数据核字(2014)第 167666 号

责任编辑:王智梅　　责任校对:汪欣怡　　版式设计:韩闻锦

出版发行:**武汉大学出版社**　(430072　武昌　珞珈山)
(电子邮箱:cbs22@ whu.edu.cn 网址:www.wdp.com.cn)
印刷:湖北云景数字印刷有限公司
开本:787×1092　1/16　印张:18.5　字数:416 千字　插页:2
版次:2014 年 9 月第 1 版　2025 年 8 月第 4 次印刷
ISBN 978-7-307-13862-9　定价:35.00 元

总　序

摆在您面前的《中外戏剧作品赏析》是艺术类职业院校多位教师共同努力的结晶。在全国上千所职业院校中，艺术类，特别是表演艺术类虽属于小众，但是，戏剧却是大家都喜欢的表演艺术形式之一。传统的赏析作品大多重在文学脚本或人物形象的分析，容易忽略舞台上演员对角色的创造因素。而作为表演艺术成品，演员表演的因素对塑造人物、表现剧情常常起到更为重要的作用。同样的故事、同样的脚本，在不同的演员、不同的演绎处理方式下一定会展现出不同的风采。尤其值得一提的是，中国传统戏曲艺术之所以具有历久弥新的艺术魅力，很大一部分是来源于表演者的创作。大家对戏曲的关注，除了对剧本的关注之外，更多还在于对演员唱、念、做、打等各种表现技巧的品味与欣赏。历史上众多的戏曲名家用其表演创造了多姿多彩、流派纷呈的戏曲艺术，因此，在本书戏曲赏析部分，我们特别注重行当与流派的介绍与欣赏。

戏剧原本是一个较为笼统的概念，来源于西方文学理论的“四分法”，即诗歌、散文、小说、戏剧。从表演形式上可以分为话剧、歌剧、舞剧、戏曲等不同形式，外国戏剧通常专指话剧。本书上半部分是中国传统戏曲和地方戏精品赏析，下半部分是中外话剧精品赏析。

通常谈到我国历史上不同时期的代表性文学艺术样式，我们会说：唐诗、宋词、元曲。其中的元曲，除了套曲和小令之外，主要成分就是元杂剧。这是一种完备的戏曲表演艺术形式，它与宋元时期的南戏和后来的明清传奇，清代乾隆以降的花、雅争雄，昆、京并行，共同打造了一部近千年的中国戏曲史，形成我们民族传统文化中特有的戏曲表演艺术形式。在这种艺术形式中，蕴藉着我们民族的喜、怒、哀、乐，是中华民族特有文化积淀的结晶。

中国古代文言分离，有文化的读书人毕竟是少数，大多数俚俗之人都是靠听书看戏来获取历史知识、了解认识民族文化传统的。当然，如今时代变了，读书识字已经不再是少数统治者的专利。我国全民受教育水平已经接近发达国家，大学从精英走向平民。戏曲也不再是我们获取知识、认识世界、传承文化的唯一途径。但是，作为一种中华民族特有的表演艺术形式，戏曲依旧散发着独特的魅力。

戏曲和话剧是不同的表现形式，类比起来，各有千秋。如果从受众的层面来比较，我国观看戏曲的人要远远多于看话剧的，这是因为戏曲与我们民族的生活和欣赏习惯更加贴近，更重要的是这里面有我们民族文化的根。

就本书而言，戏曲欣赏的比重要大于话剧。一方面，艺术类，特别是表演艺术类职业院校大多脱胎于传统的戏校，与传统戏曲有天然的联系，对戏曲有所偏爱也情有可原；另一方面，话剧作为一种艺术形式，尽管其间不乏名家大作，毕竟传入中国只有百余年，这种艺术形式尚未真正扎根于我们的民族习惯之中。当然还有一个因素，我们这些作者对话剧的熟悉程度稍逊于戏曲，但这也恰恰形成了本书的特点。

作为职业院校的特色教材，我们既希望能给教师留有充分发挥的余地，也希望给学生带来更加实用的效果，同时，还希望能引起更多读者的关注。至于能否做到，还是留给时间去验证吧！

张海涛

2014年8月

前言 戏剧艺术与戏剧欣赏

戏剧，是以语言、动作、舞蹈、音乐等形式达到叙事目的的舞台表演艺术的总称，是由演员扮演剧中角色在舞台上演绎故事情节的一种综合艺术，涉及对话、演唱、形体、布景、道具、音乐、灯光等视觉效果的创造元素。戏剧包含四个要素：演员、故事、舞台和观众。

戏剧按容量可分为多幕剧、独幕剧和小品；按表现形式可分为话剧、歌剧、音乐剧、诗剧、舞剧、戏曲等；按题材可分为神话剧、历史剧、传奇剧、市民剧、社会剧、家庭剧、科幻剧等；按戏剧冲突的性质及效果可分为悲剧、喜剧和正剧。

戏剧在中国以戏曲为主要表现形式，戏曲源于民间歌舞与说唱等艺术。隋唐时期的歌舞戏与参军戏标志着戏曲艺术业已经形成；经过宋金的宋杂剧、南戏、金院本的发展，至元代，由元杂剧创造了杂剧的辉煌；明清的传奇戏与清代的地方戏同样可圈可点。源远流长的古代戏曲资源无疑对当代戏曲的传承与发展起到了奠基的作用：造就了昆曲的优雅婉约，京剧的四功五法、生旦净末丑的行当及多姿多彩的各路流派，堪称中国博大精深的文化中的一颗璀璨明珠。

中国戏曲与希腊的悲喜剧、印度的梵剧比肩，并称为世界上三种古老的戏剧文化。值得我们骄傲的是：戏曲作为中国独有的古老戏剧艺术形式，自成一个以忠奸善恶辨识、评价人物的美学体系，它至今仍然活跃在神州大地的舞台上，演绎着国人五味杂陈、悲喜交集的人生境遇。此外，以各种方言演绎的地方戏曲亦缤纷多姿，使戏曲之树更添流连忘返的可观胜景。

西方的戏剧被誉为戏剧诗，走进剧院如同步入艺术殿堂，主要原因在于西方戏剧起源于宗教仪式表演。德国著名戏剧理论家史雷格尔曾言："剧场是多种艺术结合起来以产生奇妙效果的地方，是最崇高、最深奥的诗不时借着千锤百炼的演技来解释的地方，这些演技同时展现了剧中人物滔滔的辩才及戏剧舞台上活生生的情景；在剧场里，建筑师贡献出最壮丽的装饰，绘画家贡献出按照透视法配制的幻景，音乐用来配合心境，曲调用来加强已经使心境激动的情绪。最后，剧场是这样一种场所：它把一个民族所拥有的全部社会和艺术的文明、千百年不断努力获得的成就，在几小时的演出中表现出来。它对不同年龄、不同性别、不同地位的人都有一种非常的吸引力，它一向是富于聪明才智的民族所喜爱的娱乐。"① 这番话足见戏剧在西方人心目中的崇高地位。

戏剧是诗。正如现代著名美学家苏珊·朗格所言，戏剧实质上是人类生活——目的、手段、得失、浮沉以至死亡——的映像。它具有一种幻觉经验的结构，这正是诗作的文学产物。然而，戏剧不仅是一种独特的文学形式，也是一种特殊的诗的表现形式。用诗的语言写戏剧，演员以铿锵有力的朗诵语调来诵读台词，是传统话剧舞台上耳熟能详的景致。于是，便有了这样的精彩呈现：古希腊《俄狄浦斯王》的悲剧艺术已达到了完美的境界，剧中的俄狄浦斯情结令人惊叹于人性之复杂、命运之多舛；而文艺复兴时期英国莎士比亚戏剧《哈姆雷特》《罗密欧与朱丽叶》描写了理想与现实间的矛盾，凝聚着人文主义冲破封建禁忌的感人力量，其剧中的"性格悲剧"揭示了人物性格在悲剧中的作用；挪威易卜生的《玩偶之家》扛鼎现实主义戏剧，以"摹仿说"为依据，遵循按照生活的本来面目的原则来塑造典型人物的典型性格。易卜生凭借他"社会剧"的戏剧技巧与对社会的批判精神，被誉为"现代戏剧之父"；俄国契诃夫的《樱桃园》则演绎了现实主义的另一种"波澜不惊、暗流涌动"的精彩，他的戏剧侧重于展现人物内心心理冲突与精神状态；美国奥尼尔《榆树下的欲望》展现的是"能动的现实主义"：其创作渗入象征性和表现性元素，并汲取了现代主义的成分，为美国现代戏剧发展奠定了基石；爱尔兰贝克特《等待戈多》则属于荒诞派戏剧，旨在表现人存在的荒谬性和无意义，及现代社会中物质对人的挤压使人类失去自我。

话剧作为舶来之物，经过戏剧艺术家中国化的改造，早已入乡随俗、登堂入室，用外国戏剧形式叙述中国故事。值得一提的是，中国话剧摆脱了戏曲脸谱化的人物忠奸善恶之定性与民间欣赏习惯，曹禺的《雷雨》展现了人物关系的错综交集与命运的悲情纠结，周朴园、繁漪等人物塑造揭示了人性的复杂与多面性，《雷雨》的好看之处正在于此；老舍的《茶馆》更是将外国话剧艺术富于创造性地、不露痕迹地转化为民族戏剧艺术的典范之作，它造就了北京人艺，造就了焦菊隐、于是之、蓝天野、英若诚等一批艺术家，也造就了中国话剧难以逾越的巅峰之作。刘锦云《狗儿爷涅槃》代表着中国新时期戏剧的水准，邹静之的《我爱桃花》则推动了原创话剧在当代的发展。

无论是戏曲还是话剧都要在剧场演出，观众是演出者要考量的重要因素。面对熟谙戏码和艺术家表演特点的老辣戏迷票友，演员必须得用自己响当当的专业实力和演绎剧

① 董建、马俊山：《戏剧艺术五十讲》，北京大学出版社2006年版，第232页。

情、塑造角色的出色魅力征服观众的心。演员与观众彼此间互相影响和交流，共同构成戏剧的整体。在所有的艺术形式中，唯有戏剧欣赏是最直接、最有现场感的艺术活动，这意味着整个剧场就是一个巨大的情感交流的场所。

至于戏剧欣赏的方法，我们可以从以下几个方面着手：

第一，要看戏剧文本的编写是否“有戏”。这是判断一出戏好与坏的最具直觉的、基本的标准。戏剧性是戏剧的本体特征，布轮退尔说“没有冲突就没有戏剧”，戏剧的诗意与张力就由此而来。冲突是戏剧的定律，它可表现为几个层面：剧中人物之间的正面交锋与心理较量，让观众在剧中人的追求与幻灭、压抑与宣泄中获得诗情的震撼，这属于外部冲突；剧中人物的内心矛盾与纠结，抒发的是剧中人心灵中微妙复杂激烈的感受，这属于内部冲突。

第二，要看导演的艺术处理手法。同样一部《茶馆》，焦菊隐与林兆华的导演手段迥异，对作品的理解与阐释也各有千秋。导演要将静态的剧本经过自己的处理和再创作用形象化的动态展现给观众。他要负责演员的排演并参与舞美等各项设计及各环节的协调等。导演的艺术底蕴及掌控剧本与演员的能力是决定戏剧演出是否成功的关键。

第三，要看占据演出最重要、最中心位置的演员的功力。好演员能达到与角色融为一体的境界。于是之的王利发、劳伦斯·奥利弗的哈姆雷特、王文娟的林黛玉都已成为无可替代的戏剧经典形象。戏剧表演的完整性、流动性、交互性与即兴化的特点，对演员的表演功力都是巨大的考验。“台上一分钟，台下十年功”，功夫在于台下的勤学苦练、揣摩领悟，也在于艺术底蕴的积淀与文化学习的精进，梅兰芳琴棋书画皆通，才能成为戏剧艺术大师。今日之同学，应该“青出于蓝而胜于蓝”，通过自己“业精于勤”的不懈努力，成就艺术事业的美好未来！

编 者

目　录

上编　中国戏曲作品欣赏

下编 中外话剧作品欣赏

上编　中国戏曲作品欣赏

第一章

京剧概述

京剧是我国传统戏曲中剧目最丰富、表演最精细、流行最广泛、观众最普遍、影响最远大的一个剧种。京剧历史源远流长，享誉国内外，被誉为中国“国粹”。

第一节　京剧的历史和形成

京剧不是土生土长的地方剧种，它是在“徽剧”“汉戏”的基础上，吸收“昆曲”“弋腔”“秦腔”和一些地方小调的精华，又结合了北京的语言特点，加以融合、演变，逐渐形成的剧种。

徽剧，即徽调或徽戏，主要腔调是吹腔、高拨子和二黄，也唱西皮和昆曲，清初在我国南方流行很广，有许多著名的徽班。乾隆五十五年（1790年）是清高宗（乾隆皇帝）的八旬“万寿”，浙江盐务大臣约集了久享盛名的徽班“三庆班”入京祝寿。继三庆班之后，许多徽班接踵而来。以二黄声腔见长的徽调受到了北京广大观众的喜爱，并且逐渐取代了昆曲和弋腔在北京舞台上的位置，日益受到北京观众的欢迎。

汉戏，以西皮、二黄两种声腔为主，但更侧重西皮，是流行于湖北的地方戏曲剧种。1828年以后，一批汉戏演员陆续进入北京。这时徽班声势浩大，汉戏单独成班，难以抗衡。由于徽、汉两个剧种在声腔、表演方面都有血缘关系，所以汉戏演员在进京后，大多与徽班进行合作演出。徽、汉两班合作，徽、汉两调合流，经过一个时期的相互吸收、融合，又从昆曲、弋腔、秦腔中不断汲取营养，终于形成一个新的剧种——京剧。

第二节　京剧的源流和演变

徽、汉二调融合成为“皮黄”，这仅仅是京剧的雏形，是京剧形成的基础。京剧之所以能在全国成为流行，甚至在海外闻名，主要是因为京剧本身有一种非凡的吸收能力。它广泛地吸收与汇融了其他剧种的精华，形成了雄厚的民间艺术基础。

在剧目上，它接受了昆曲、秦腔等剧种的传统剧目；在唱腔上，它虽以西皮、二黄为主，但同时也吸收了昆腔、梆子腔、弋阳腔以及罗罗腔等剧种的声腔。此外，还吸收了民间流行的民歌小调，如京剧《小放牛》《小上坟》所用的腔调，就是民间小调。

京剧的念白，分为韵白、京白和方言白。韵白是融合了徽调、汉调那种以中州韵为读音、咬字、归韵标准的吟诵体。京白是以北京方言为标准独创的念白，但它又有别于北京日常生活语言，是充分运用北京话的抑扬顿挫音调形成的一种节奏感与音乐性较强的念白。方言白是一种比较特殊的念白，它是京剧中有少数角色，为了突出其性格特征，或强调其地方色彩，而在念白中说地方方言的，叫做方言白。大致有：苏（州）白、扬（州）白、绍（兴）白、四川白、山东白、山西白、河南白、天津白、南京白、唐山白等。如《玉堂春》中沈燕林说山西白，《四进士》中顾读的师爷和《连升店》中的崔老爷念绍兴白等。

京剧的音乐伴奏，吸取了不少昆曲曲牌。它最初是用笛子伴奏，以后又改用了胡琴、三弦、月琴等弦管乐器。另外，它还仿效山西、陕西梆子运用大锣、大钹等打击乐器，增强了火炽强烈的唱念与表演的节奏感。

京剧的身段表演程式，主要出于昆曲。但京剧虽出于昆曲却胜于昆曲，它在昆曲的身段表演基础上，又创新了一些有规律、有节奏的舞蹈动作，此外，京剧还吸收了富有生活气息的梆子腔表演程式。

徽调曾以“剽轻精悍、能扑跌打”著称。京剧在徽调武技基础上，又加以舞蹈化，形成了独有的特色。京剧发挥了徽调武功特长，还增编了一些武戏和文武兼备的剧目。

在妆面和脸谱上，京剧也是广纳吸收，博采众长。过去，徽、汉调等剧种的旦角头部，多数是用一块绉纱把头包起来，在脑后安一个假发髻，这就算头部化妆，脸部也无其他装点。秦腔演员魏长生改旦角包头为梳水头（即旦角头上装假发），在面两颊提前上片子，改革旦角头部化妆。京剧吸收了秦腔这种旦角化妆方法。

过去，净、丑的脸谱比较简单，只是“面傅粉墨”而已。以后徽调、汉调、昆曲等剧种，发展了脸谱的勾画艺术。京剧净、丑的脸谱是沿袭徽、汉调，兼采昆、梆子的长处，最后形成自己一套完善的程式。

京剧的服装，是参考了唐宋元明清几个朝代的服饰而制定的。京剧形成在“天子脚下”，它接受了宫廷服饰的影响。京剧的服装色彩鲜明、纹饰华美、质料讲究，富有独特的民族风格。

京剧的行当，吸收了昆曲、汉调的分行，并按自身特点，发展衍变为现在的“生、旦、净、丑”四大行当。这四大行中，根据演员所扮具体角色的身份、年龄、性格、扮相以及表演上唱、念、做、打的不同要求，又有比较细致的分支。如，生有老生、小生、武胜等；旦有青衣、花旦、老旦等；净有铜锤（黑头）、架子等；丑有文丑、武丑等。这种细致的分工，标志着京剧为适应剧情和人物的需要，在表演和造型艺术上的完善。

第三节　京剧的艺术特点

京剧是一种舞台艺术形式，它是演员表演故事，融合了歌唱、说白、舞蹈、音乐、武术甚至杂技于一体的综合性表演艺术。京剧的艺术特点，首先在于它的表演本身就是一种非常复杂的综合艺术。

我们知道，凡是戏剧都是综合艺术，但是这种综合艺术和我们所说的京剧的综合艺术不是一个概念。一般来说，戏剧是一种包含文学、表演、美术制作、灯光音响等部门在内的综合艺术。而京剧，只就表演这一项本身就是综合艺术，包括唱、念、做、打四种门类，甚至有人还把它分成唱、念、做、打、舞、翻。如果再把音乐、美术（包括化妆、脸谱、舞台设计、布景绘制等）、灯光、服装（刺绣工艺）、道具（工艺品制作）等都包括在内，京剧实在是一种十分复杂的综合艺术。

京剧艺术的另一个特点，是不能照搬生活。京剧不是把生活当中的自然形态，如实地照搬上舞台，而是从生活出发，以生活为根据，进行高度的艺术概括。把生活中的形态、语言、动作加以提炼、夸张、美化、装饰，形成一种特殊的表现手段，再用来反映生活，这是京剧最基本的美学特点。

京剧的唱念做打、音乐伴奏以及上下场都有一定的法式、规格，即“程式”。无论一伸手一投足，或抬眼、走路、哭泣、抑或出场时的站位、念白……都有一定的程式。这些程式都源于生活，是从生活中提炼出来并将之形象化、艺术化。

京剧以虚代实的表演方法，使它可以不用任何布景，只在舞台上摆上“一桌二椅”，仅凭演员的动作语言就能非常明确地说明环境，创造出观众感觉上无限的空间，烘托出强烈的戏剧气氛。

第四节　京剧的行当和流派

一、行当

京剧舞台上的一切都不是按照生活的原貌出现的，京剧舞台上的角色也不是按照生活当中的人的本来面貌出现的，而是根据所扮演角色的性别、性格、年龄、职业以及社会地位等，在化妆、服装各方面加以若干艺术的夸张，这样就把舞台上的角色划分成生、旦、净、丑四种类型，这四种类型在京剧中的专门名词叫作“行当”。不同行当的演唱方法，表演技术，都有各自不同的特点。把舞台上各种不同的角色划分成不同的行当，这是戏曲艺术的一种特殊表现方法。

行当的划分由来已久，早在元杂剧时就划分出来许多行当。当时这些行当的名词叫作脚色，大致分为末、旦、净三大类，之内又有小的分类。那时的行当（脚色）的划分不如现在的科学、细密，各种行当的含义和表现形态也和现在舞台上的行当有很大的区别。明末清初昆曲盛行的时候，行当的划分就日益细密精确，已经划分为 12 种脚色（行当），这些脚色在艺术上都有独特的创造。不过对于京剧划分行当影响最大的是汉剧。汉剧共分为 10 种行当：末、净、生、旦、丑、外、小、贴、伕、杂。总的说来，汉剧的这十种行当划分得比较细致，为京剧划分行当打下了基础。京剧划分为生、旦、净、丑四大类型，似乎比较简化精练，但每个大类之中，又包含若干小类，所以实际上是把这十种行当都包括在内了。不仅包括在内，而且更为细密严谨。

生行是扮演男性角色的一种行当，其中包括老生、小生、武生、红生、娃娃生等几个门类。除去红生和勾脸的武生以外，一般的生行都是素脸的，内行术语叫作“俊扮”，即扮相是比较洁净俊美的。

旦行是扮演女性角色的行当，包括青衣、花旦、花衫、武旦、刀马旦、老旦等。

净行，俗称花脸，一般都是扮演男性角色，主要分为正净（唱工花脸，即铜锤、黑头）、副净（架子花脸）和武净（武二花）。

丑行，也叫小花脸、三花脸。其扮演的人物种类繁多，有的是阴险狡猾、贪鄙自私的人物，但更多的是扮演机警、伶俐、幽默，甚至很正直、很善良的角色。而且在传统戏里面，一般社会地位不高的人物，如渔夫、农夫、樵夫、酒保、差役、书童等，大部分都由丑角来扮演，而从性格上说，这些人物多半是很滑稽，很活泼，很乐观的人。丑角基本上分为两大类，文丑和武丑。此外，扮演女性的丑角，又有彩旦和丑婆子。

二、流派

京剧形成以来，涌现出大量的优秀演员，他们对京剧的唱腔、表演，以及剧目和人物造型等方面的革新、发展做出了贡献，涌现出了一大批优秀的演员，并形成了许多影响很大的流派。

京剧的流派习惯上以创始人的姓来命名，各行当被公认的主要流派大致如下：

角色分类	流派（创始人）
老生	谭派（谭鑫培）；汪派（汪桂芬）；孙派（孙菊仙）；汪派（汪笑侬）；王派（王鸿寿）；李派（李洪春）；刘派（刘鸿声）；余派（余叔岩）；言派（言菊朋）；高派（高庆奎）；马派（马连良）；麒派（周信芳）；新谭派（谭富英）；杨派（杨宝森）；奚派（奚啸伯）；唐派（唐韵笙）
武生	俞派（俞菊笙）；李派（李春来）；黄派（黄月山）；杨派（杨小楼）；盖派（盖叫天）
小生	程派（程继先）；德派（德珺如）；姜派（姜妙香）；叶派（叶盛兰）
旦角	陈派（陈德霖）；王派（王瑶卿）；梅派（梅兰芳）；程派（程砚秋）；荀派（荀慧生）；尚派（尚小云）；筱派（筱翠花）；黄派（黄桂秋）；张派（张君秋）；徐派（徐碧云）；杜派（杜近芳）；赵派（赵燕侠）；阎派（阎岚秋）；朱派（朱桂芳）；宋派（宋德珠）；关派（关肃霜）
老旦	龚派（龚云甫）；李派（李多奎）；孙派（孙甫亭）；罗派（罗福山）；李派（李金泉）
花脸	何派（何桂山）；金派（金秀山）；裘派（裘桂仙）；金派（金少山）；郝派（郝寿臣）；侯派（侯喜瑞）；裘派（裘盛戎）；袁派（袁世海）；钱派（钱金福）；黄派（黄润甫）
丑角	萧派（萧长华）；傅派（傅小山）；叶派（叶盛章）

第五节　京剧的唱腔和伴奏

一、唱腔

京剧的唱腔分为西皮、二黄两大类。

西皮，曲调高亢刚劲，活泼明快。板式有导板、散板、摇板、回龙、流水、原板、慢板（慢三眼）等。反西皮与南梆子均归西皮调类。

二黄，曲调沉着稳重，凝练严肃。板式有导板、散板、摇板、回龙、原板、慢板（慢三眼）等。反二黄、高拨子及四平调，归二黄调类。

二、伴奏

京剧乐队是由打击乐器和管、弦乐器组成的。打击乐器称武场，管弦乐器称文场。京剧乐队总称场面或文武场。

文场包括的乐器，主要有京胡、京二胡、月琴、三弦、笛子、笙、唢呐、海笛子（即小喇叭）及云锣等。

武场的基本乐器包括鼓板（鼓板实为檀板、单皮鼓两件乐器，因由一人掌握，故合称为鼓板）、大锣、铙钹、小锣四件乐器。鼓板在京剧乐队中是起指挥作用的乐器。

第六节　京剧的脸谱和髯口

一、脸谱艺术

戏曲脸谱和中国古代的歌舞面具、百戏的涂面有着演变和发展的关系。人物脸谱最早只有红、白、黑三种与肤色相近的颜色，眉眼的描画比较简单，基本上是接近于写实的。像关羽面红，夸张为红脸。包拯面黑，夸张为黑脸。只有装神扮鬼或扮演绿林人物才五彩涂面。经过几百年来的演变与发展，脸谱的构图和色彩多相互掺杂，逐渐由形貌的夸张，成为显示人物性格品质的化妆手段。这种特殊的面部化妆艺术，是具有“寓褒贬，别善恶”的意图的。它体现了在封建社会中人民对于剧中人物的爱憎分明的情感和态度。但是，脸谱里面也混杂着一些非现实主义的东西，我们还没有探讨出一个比较正确的解释。现在只能按照老艺人们相传的说法，对戏剧脸谱的构图和色彩的表现，略述如下：

戏剧脸谱在谱式上，有“整脸”“粉白脸”“揉脸”“十字门脸”“三块瓦脸”“花脸”“碎花脸”“歪脸”“象形脸”等不同的勾法。

“老脸”又名“六分脸”“两膛脸”。多扮演正直果敢的老年武将，它的面部化妆特征，主要是两道白眉的夸大，以表现剧中人物的老迈苍劲。有红脸、黑脸、紫脸、粉红脸之分。红脸像《群英会》的黄盖，黑脸像《北诈疯》的尉迟恭，紫脸像《二进宫》的徐彦昭，都属于两膛脸的勾法。

勾“三块瓦”脸的多是英雄武将（正反面人物都有）。“三块瓦”的勾法主要着重于眉、眼、鼻窝和肌肉肤色的夸张。像《失街亭》的马谡，勾油白三块瓦脸；《铁龙山》的姜维，勾红三块瓦脸；《状元印》的常遇春，勾紫三块瓦脸（均挂黑满髯）。老年人物多眉眼下垂，像《嘉兴府》的鲍赐安，勾油白老三块瓦脸（挂白满髯）。

勾“十字门”脸的多是年老的英雄武将，像《草桥关》的姚期（挂白满髯），《牧虎关》的高旺（挂参满髯）。由于扮演的人物不同，眼瓦和鼻窝也略有变化。另外，像张飞、牛皋的“花十字门”脸，项羽、焦赞、司马师的“花两膛脸”，是在“十字门”股和“两膛脸”的基本谱式上变化而成的。

“粉白脸”又名“奸脸”，是把白色涂满脸部，用黑笔勾画出眉、眼、鼻窝和面部的肌肉纹理，以刻画剧中人物奸险狡诈的性格。像《宇宙锋》的赵高，《捉放曹》的曹操，《打严嵩》的严嵩，《一捧雪》的严世蕃，都画白奸脸。

“揉脸”又名整脸，是用红、黑、紫等色揉抹脸部，然后勾画出眉、眼、鼻窝和肌肉纹理。像关羽的揉红脸、余千的揉紫脸等。以本来肤色勾画黑白纹理的也属于揉脸（像姜子牙、迷当）。

性格鲁莽勇敢的英雄武将和绿林人物，多勾“花脸”“碎花脸”。花脸的谱式和色彩比较复杂，多综合“三块瓦”“十字门”的勾法加以变化，以一种色彩为主，其余为副色。像李逵、许褚的黑花脸（均挂黑扎髯），马武的蓝花脸，程咬金的绿花脸，典韦的黄花脸（均挂红扎髯）。

“半截脸”又名“元宝脸”，谱式是眉眼以下勾脸，上露肉脑门。像《铡美案》的马汉，《五人义》的颜佩韦，都勾元宝脸（周仓和钟馗的脸谱又名“花元宝脸”，属于花脸勾法）。

“歪脸”是面部五官的反常描画，多形容面目凶恶或容貌丑陋的武行角色。凶悍的像《祝家庄》的祝彪，丑陋的像《打瓜园》的郑恩。

“象形脸”多用于神怪角色，像《闹天宫》的孙悟空（猿猴脸）、《收大鹏》的金翅鸟、《百草山》的孔雀明王（鸟形脸）、《芭蕉扇》的牛魔王（牛脸）、《红梅山》的金钱豹（豹脸）、《无底洞》的猫神（猫脸）等，赋予鸟兽形象以人格化，勾画在演员的脸上，但仍具有鸟兽形象的感觉。

另外，像僧人、老道、太监都有一定的谱式，如《武台山》杨五郎、《野猪林》鲁智深的和尚脸（挂虬髯）；《蜈蚣岭》王飞天的老道脸（挂黑扎髯）；《黄金台》伊立的太监脸（光嘴岔），构图多由三块瓦变化而成。

戏剧脸谱的色彩表现——脸谱的色彩表现，最早是面部肤色的夸张。像面色赤红，夸张为红色脸（如关羽）。面色黧黑，夸张为黑色脸（如包拯）。后来，脸谱由形貌的夸张，演变为显示人物品质的化装手段，红色脸就成为忠诚人物的色相；黑色脸就成为正直人物的色相；白色脸就成为奸诈人物的色相。这种观念形态的表现，是把写实的和象征的艺术手法结合在一起，来显示人物的精神面貌。角色一出场，从剧中人物的艺术造型上，就给观众一个明确的人品概念——正义的或奸邪的，善良的或丑恶的。它长期被广大的观众所熟悉、所感受。

按照相传的说法，红脸大多表现忠诚正义的人物，像关羽的揉红脸、黄盖的红老脸、姜维的红三块瓦脸。黑脸大多表现正直或鲁莽勇敢的人物，像包拯的黑脸、牛皋的黑花十字门脸、李逵的黑花脸。白脸大多表现奸险狡诈的人物，像赵高、曹操、秦桧的白奸脸。紫脸大多表现沉勇果敢的人物，像专诸、常遇春的紫三块瓦脸。黄脸大多表现性格残暴的人物，像典韦的黄花脸。蓝脸和绿脸大多表现勇猛顽强的人物，像单雄信的绿花脸、马武的蓝花脸。此外像金银两色多用于神怪化妆。

以上的色彩表现，是不能解释所有勾脸人物的。每个净角人物的谱式不同，眉眼的式样不同，形貌特征和性格的表现，主要在于脸谱的构图和勾法。像白色脸，一般是表现奸诈人物。但由于脸谱的构图和勾法的不同，人物性格的表现也就有所不同。例如：鲍赐安和高登，都勾油白三块瓦脸，一个是正义勇敢的江湖老英雄，一个就是凶狠蛮横的地主恶霸。

各剧种对脸谱的色彩，各有其不同的表现手法。像京剧的黄盖勾红老脸，赣剧的黄盖就勾紫老脸。京剧的专诸勾紫三块瓦脸，秦腔的专诸就勾黑白花脸。京剧的徐彦昭勾紫老脸，河北梆子的徐彦昭就勾黑老脸。京剧的马武勾蓝花脸，汉剧的马武勾绿花脸，祁阳剧的马武就勾红花脸。京剧的魏延勾紫脸，湘剧的魏延勾黑脸。

京剧脸谱的形象符号——在京剧中，有一些神话脸谱和人物脸谱，在脸上勾画了形象符号。神话脸谱，像北斗星的脑门画七星，表示他是天上的星宿。赵公明两颊画金钱，表示他是财神。人物脸谱，像赵匡胤眉心画红色跑龙，表示他是“真龙天子”。姜维脑门画太极图，表示他“知阴阳、善八卦”，通晓兵法。包拯脑门勾画月牙，表示能“昼断阳，夜断阴”。杨七郎脑门勾虎字，表示他是黑虎星下凡。另外，也有在脸上勾画兵器符号的。像典韦善使双戟，就在眉心画双戟形。窦尔敦善使双钩，就在眉心勾画双钩形。这一些形象符号，除神怪脸谱外，大多都带有封建迷信的色彩，是不符合脸谱化妆的真正意图的。这是由于先辈艺人们的思想意识和创作方法，受到旧时代的种种局限，因而使脸谱混杂着一些极不健康的东西，是应该予以剔除的。

二、京剧髯口特点

京剧的髯口，不仅仅是表示年龄大小的一种化妆的东西，实际上也是一种舞蹈的工具，因此，京剧的髯口，不是粘的，是挂在耳朵上的。

京剧的髯口，有黑、白、髮（灰）、红几种颜色。其样式的名称有满、三、扎、二涛、八字、一字、二挑、吊搭、四喜等。

满，是满口的意思。分别有黑、白、髮、紫等几种颜色。满是生、净两行都用的髯口，生行演员用的薄而短，净行演员用的浓而长。

三，即三绺，是比较清秀、潇洒的人物戴的一种髯口。有黑、髮、白之分。另外还有一种五绺，为关羽专用髯口，现在改为大黑三（尺寸较一般黑三要长，又黑又亮，显得凝重威严）。

扎，又名开口髯，是露出嘴部的髯口，只有花脸戴，为扮演勇猛的武角色所用。有黑、红、白、髮、紫之分，戴扎髯须插同色“飞鬓”（俗名耳毛子）。

二涛，样式与满相同，只是短一些、薄一些，髯稍是圆型的。戴二涛和戴满的人物，在身份、地位上有区别，多为中军、家院之类的角色所用。

八字，是一种常见的丑角戴的髯口。它挂在鼻子下面，两撇胡须，形同“八”字，有黑、白、红之分。

一字，就是两腮和嘴边一长条的胡子，髯梢齐整，形同“一”字，故得此名，有黑、红二色，是花脸和小花脸使用的髯口。

二挑，又叫倒八字，两撇胡须尖面翅地向上竖立，是武丑戴的髯口，有黑、鬖、白三种颜色。

吊搭，就是八字髯口下面悬空吊着一撮胡子，是文丑戴的一种髯口，有黑、鬖、白三种颜色。

四喜，就是八字胡子的两旁，再加两撮胡子，也就是中间两绺儿、左右各一绺儿，表示胡须不整齐，也是丑角戴的一种髯口。有黑、鬖、白三种颜色。

第二章

京剧旦行戏

第一节　旦行艺术概述

京剧里的旦行扮演的是不同年龄、不同性格、不同身份的女性角色。根据人物的年龄、性格、身份、表演特征，可分为青衣、花旦、花衫、武旦、刀马旦、老旦、彩旦等。

青衣即正旦。在舞台上扮演端庄、娴静的中青年女子，大多为剧中的女性主要角色。表演上以唱功为主，动作幅度一般比较小，行动比较稳重，念白都是念韵白，一般不念京白。典型的青衣戏有《三娘教子》的王春娥、《六月雪》的窦娥、《二进宫》的李艳妃、《铡美案》的秦香莲等。也有些青衣戏是唱念做并重的，比如《宇宙锋》的赵艳容、《三击掌》的王宝钏、《汾河湾》的柳迎春等。从服装上看，青衣穿青褶子为多，有的虽然也穿蟒或宫衣或帔，但不管穿什么，除了蟒和宫衣是固定的式样花色以外，一般的褶子和帔的色彩都比较素雅。

花旦的情况跟青衣正相反：从服装上说，都是短衣裳或是短褂子、短裤子、短袄子、短裙子，即便是穿长衣裳也绣着色彩鲜艳的花样；从年龄上看，都是扮演青年女性；从表演上来说，是以做功和说白为主。在说白上以京白为主。人物性格一般都比较活泼、开朗，动作也比较敏捷、伶俐。如果再细分，花旦可以分为狭义和广义两个概念。狭义的花旦，指的是性格上比较活泼、爽朗，举止上也比较轻盈伶俐的青年女子的角色。这样的角色，丫鬟比较多，如《红娘》中的红娘、《花田错》中的春兰等。广义的花旦的范围比较广，一般包括这么几种：一是闺门旦，一般是指未婚的少女，以做功、念白见长的一种角色，比较典型的如《拾玉镯》中的孙玉姣、《柜中缘》中的刘玉莲等。闺门旦一般是扮演大家小姐或比较稳重的小家碧玉，而且大多数闺门旦是念韵白的。第二类是玩笑旦，顾名思义就是好打、好闹、好说、好笑的一种角色。这类角色，一般都出现在喜剧或闹剧里边。她们以开玩笑、风趣、诙谐为表演特点。这样的角色大部分跟丑角搭配，偶尔跟小生搭配。玩笑旦比较重做功、重说白，有的戏里面基本就没有唱，有的即使有唱，也是唱点小曲或唱曲牌子，而不是唱皮黄。如《打面缸》《小上坟》《小放牛》等。第三类叫泼辣旦，就是扮演性格很泼辣的角色，这种角色的性格比较鲜明，说话很锋利，举止也比较放荡不羁，以做功和说白为主要表演手段。《坐楼杀惜》的阎惜姣、《战宛城》的邹氏、《翠屏山》的潘巧云等，都属于这类角色。

花衫是京剧旦行里一个重要的行当，因为纯唱功戏，或是纯做功戏，塑造人物、反映生活形式上较为单一。随着时代的前进和社会的发展，社会生活越来越丰富多彩，人物的性格和行为也越来越复杂多变，所以舞台表现形式也要多种多样。根据这一客观需要，就产生了花衫这一行当。花衫的名称大约出现于 20 世纪 20 年代，这个行当的创始人是王瑶卿。王瑶卿对京剧贡献很大，他认为旦角的表演艺术必须扩大表现范围，丰富充实，增强表现能力。所以在他的舞台实践当中，就把青衣沉静端庄的风格、花旦活泼伶俐的表演，以及武旦的武打工架等各种不同的表演艺术，捏在一块，熔为一炉，创作出一种唱、念、做、打并重的旦行。换句话说，他创造的每一个角色，在表演的时候都是有唱、念、做、打的，这样就大大扩展了旦行的表演范畴。由于他把青衣、花旦的表演特色融为一体，所以大家借鉴了青衣从前的名字青衫，给这种表演方式起了一个新的名字：花衫。

武旦是表演一些精通武艺的女性角色，也可以分成两大类。一类是短打武旦，穿短衣裳，这类的武旦一般是不骑马的，而是重在武功及说白上，还有一种特殊的技巧，就是打出手。有的还以跌扑取胜，不太注重唱和表演。《打焦赞》的杨排风、《泗州城》的水母、《打店》的孙二娘等，都属于短打武旦。另一类是长靠武旦，就是女性角色也穿上大靠，顶盔贯甲。这样的角色，一般都是骑马的，拿着一把尺寸比较小的刀，所以又称其为刀马旦。刀马旦和武旦也有一些区别。刀马旦一方面要有很好的武功，另一方面还需长于做功，而且有时候说白、工架都很重要。如《穆柯寨》的穆桂英、《佘塘关》的佘赛花、《棋盘山》的窦仙童、《三休樊梨花》的樊梨花等。现在舞台上的刀马旦更接近于花衫与武旦结合起来的一种行当。

老旦是扮演老年妇女的角色，老旦的表演特点是唱、念都用本嗓、真嗓，但不能像老生那样平直刚劲，而应该像青衣那样婉转迂回。《钓金龟》的康氏、《赤桑镇》的吴妙贞、《遇皇后》《打龙袍》的李后等，都属于唱功老旦，专门以唱功为主；而《清风亭》的贺氏、《西厢记》的崔老夫人、《李逵探母》的李母等都属于做功老旦。

四大名旦是指梅兰芳、尚小云、程砚秋、荀慧生。这四个人的表演艺术炉火纯青、各具特色，是我国京剧界旦角的四大著名流派。

四大名旦这一称谓源于 1927 年北京《顺天时报》举办的“首届京剧旦角名伶评选”，请各地读者公开投票选举。评选结果：梅兰芳的《太真外传》、尚小云的《摩登伽女》、程砚秋的《红拂传》、荀慧生的《丹青引》荣获前四名，当选为“四大名旦”。

“梅尚程荀”四大名旦享誉菊坛，其代表作《贵妃醉酒》《汉明妃》《锁麟囊》《红娘》久演不衰，是旦行艺术的瑰宝。

第二节　梅　　派

一、梅派艺术特点

梅兰芳在长期的舞台实践中，创造了独特的“梅派”艺术。“梅派”主要是在继承前辈艺人的基础上综合了青衣、花旦和刀马旦的表演方式，在唱、念、做、打、音乐、服装、化妆、舞台灯光等各个方面，进行不断地创新和发展，将京剧旦行的唱腔、表演艺术提高到了一个全新的水平，达到了完美的境界。这里主要从唱、念、做、打四个方面来说明。

先说唱。梅兰芳的唱腔醇厚流丽，感情丰富含蓄，其嗓音脆、亮、甜、润、宽圆俱

全，而最难得的是又甜又亮。梅兰芳精通音律，五声尖团，用而不混。他的唱法，在成名之后，可以说既无腔不创新，又无腔不似旧。其每一出戏均结合表达人物感情和剧情内容的需求，设计出大量新的唱腔，悦耳动听，清丽舒畅，并不以花哨技巧、变化奇特取胜。但无论是柔曼婉转之音抑或昂扬激越之曲，无不出自心声，感人至深。例如，同样是一句“哎呀儿的娘啊”，《春秋配》里的姜秋莲使高腔如绛去在霄，《御碑亭》里的孟月华则唱低腔似落花委地、摇曳纡折，盘而后出。一个是少女，一个是少妇，同样一句唱词，由于身份不同、情况不同，唱法也就不同。

次谈念。梅兰芳的念白富于情感，表达人物个性鲜明。湖广韵、尖团字的运用臻于化境，完全成为艺术化的生活语言，毫无刻意求工的感觉，这是在一些戏中使用的韵白。在另一些戏中使用京白，也总是适度、自然、甜美，且处处顾及人物身份和剧情，并与身、手、步法、面部表情融为一体。特别是在他排演的时装新戏中，台词均是白话，梅兰芳创造了很多不同于传统剧中的缓慢念法。梅兰芳的念白抑扬顿挫、句读分明，越是高音，越是甜润。例如《女起解·会审》的“苦哇”，就是明显的例子。它好像甜菜中的“拔丝山药”之类，拔得越高则越细长，袅袅不断，华美流畅。

又谈做。梅兰芳的做功与身段经过多年努力、磨炼、创新已堪称完美。他总体上突出了一个“圆”字，从任何角度看他的表演都能给人一种美好的感受。梅兰芳根据戏中人物和剧情，设计出很多美妙的身段。就连戏中人物的出场，他都要从这个人物的身份、性格及当时的心情等方面推敲，并视舞台大小进行设计，以期能更准确地表现剧中人物。

再谈打。梅派戏中花衫的打法，和武旦、刀马旦不同，主要是以干净、准确、漂亮为主。梅兰芳演的《虹霓关》（头本饰东方氏）等武打戏，都做到了这一点。《虹霓关》中东方氏和王伯党会阵的“对枪”，是武中寓舞；走“四门关”的枪架子是一招一式，讲究画面对称；下场的背十字枪趋步亮相，都是从婀娜旖旎之中显出矫健，而绝不是以勇猛取胜。他还能把昆曲中的舞蹈糅合在武打之中，如《抗金兵》中“起霸”“水战”等场面的舞、打身段、就熔昆、京、舞、武于一炉。所以说，梅派的武打是以舞、武结合，在“王派”（王瑶卿是把花衫、刀马、武旦的打法糅合在一起创造的）的基础上又发展出的舞多武少的打法。

二、梅派代表作介绍

梅派代表作《贵妃醉酒》又名《百花亭》，源于清康乾时期的昆曲《醉杨妃》一剧，清代吴太初《燕兰小谱》卷四记载当时北京昆曲班“保和部”演员吴双喜常演唱《醉杨妃》。清乾隆曲家叶堂编订的《纳书楹曲谱补遗》卷四“时剧”类内收录有《醉杨妃》。1886 年，一位汉剧演员（艺名月月红）来北京献艺，头一天的打炮戏就是

《醉杨妃》，由于他表演技巧与艺术造诣均佳，轰动了京城。京剧受此剧的影响，将之改编为《贵妃醉酒》，后来就成为传统保留剧目。前辈艺人郭际湘（水仙花）、余玉琴、路三宝、田桂凤等都擅长演出此剧，并有着不同的表演风格。该剧经京剧大师梅兰芳倾尽毕生心血精雕细刻、加工点缀，成为梅派经典代表剧目之一。

作品背景为开元二十五年十二月初七，唐玄宗宠爱的武惠妃病逝，玄宗因此郁郁寡欢。在心腹宦官高力士的引荐下，唐玄宗把目光投向了有倾城倾国之貌的儿媳杨玉环。天宝四年，杨玉环被正式册封为贵妃。自从得了杨贵妃，玄宗心中之爱，皆被贵妃占尽，正如《长恨歌》所云："后宫佳丽三千人，三千宠爱在一身。"然而玄宗李隆基是性情中人，他先后爱过很多女人，就算在贪恋杨玉环时，对于以前的宠妃梅妃江采萍也不能忘情。本出戏便是写唐明皇爽约杨贵妃，临时宿于梅妃江采萍处，使得贵妃醋意大发，感到君恩无常，在失落悲伤之余借酒消愁、抒发怨恨的故事。

剧情为唐明皇先一日与杨贵妃相约，命其设宴百花亭，同往赏花饮酒。至次日，杨贵妃遂先赴百花亭，备齐御筵候驾，孰料，明皇车驾竟久等不至。忽报皇帝已驾转西宫梅妃处，杨贵妃闻讯，懊恼不已。失落之余，只得一人独自饮酒，赏花解闷。太监宫娥轮流进酒，杨贵妃不觉喝得大醉。高力士诓驾，杨贵妃于是趁酒醉戏要高、裴二力士，并命高力士到西宫请唐明皇来百花亭共饮。经高、裴二人婉言相劝，才满怀怨恨，独自回宫。

梅兰芳首演此剧是在 1914 年的北京。梅大师在演出该剧时打破常规，以其慧眼"辨别其精、粗、美、恶"（梅兰芳语），从剧中人物的情感变化入手表现人物，使此剧的非艺术倾向从美学角度上得到了纠正。

对这出戏的传统演出方式，他也进行了多方面的改革创新。首先是杨玉环一角，改以花衫行当的演法，不踩跷，改变了原来由花旦扮演并踩跷上场的表演方式。其次，改变了过去注重卖弄技巧来迎合观众，表现杨贵妃酒醉后自赏怀春的苦闷心态。去掉了剧情中的一些暗示性的色情表演，比如杨贵妃与高、裴二力士调情的格调低俗的渲染动作，表现杨贵妃与安禄山的暧昧关系的唱词以及杨贵妃冶艳妩媚、风流放荡的造型。梅大师精心设计了"下腰""卧鱼""醉步""扇舞"等各种做功繁重的身段和步法，以精益求精的艺术态度和深厚的艺术功力，将每个动作做得不仅准确到位而且造型优美，把杨贵妃塑造得既美艳娇柔，又仪态端庄，使观众得到美的艺术享受。最后，此剧被赋予了新的思想内涵。梅兰芳对传统唱词进行了修改，突出了宫怨的主题思想，通过杨贵妃的唱白及表演，折射出了受封建帝王压迫的宫廷妇女的情感世界，表现了古代宫廷生活的苦闷。

经梅兰芳的改造，《贵妃醉酒》久演不衰，成了一个精致的、近乎完美的艺术作品。近年来该剧仍然常演常新。梅派艺术的传承人梅葆玖、李胜素、王蓉蓉、李炳淑、魏海敏等京剧名家都曾饰演过“杨贵妃”，京剧《贵妃醉酒》经过几代人的不断改革与创新日臻完美。

1. 经典唱段

【海岛冰轮初转腾】

“四平调”

海岛冰轮初转腾，见玉兔，玉兔又早东升。

那冰轮离海岛，乾坤分外明。皓月当空，恰便似嫦娥离月宫，奴似嫦娥离月宫。

好一似嫦娥下九重，清清冷落在广寒宫，啊，在广寒宫。

玉石桥斜倚把栏杆靠，鸳鸯来戏水，金色鲤鱼在水面朝，啊，在水面朝。

长空雁，雁儿飞，哎呀雁儿呀，雁儿并飞，闻奴的声音落花荫，这景色撩人欲醉，不觉来到百花亭。

2. 作品鉴赏

《贵妃醉酒》这出戏紧紧围绕醉酒前后的杨贵妃来做戏。剧中杨贵妃一出场就给人一种美的感受——她头戴凤冠、身着凤衣，犹如一朵盛开的牡丹花，雍容端庄、娇美华贵。她边唱边舞，更显得仪态万千、风情万种，是一位集“三千宠爱在一身”的得宠的贵妃形象。醉酒后的杨贵妃虽然妩媚动人，但她的种种动作和表情却让人感觉到了她孤寂、伤感、怨恨的情感，是一位失宠的贵妃形象。

剧中，杨贵妃遵照唐明皇的旨意盛装到百花厅赴宴。一路上她望月赏景，心情无比喜悦舒畅，但当她到达百花厅后明皇的车驾却迟迟不来。这时高、裴二力士忽报皇帝已转驾西宫梅妃处，此处演员要表现出贵妃听到这个消息后的惊讶之情，但又要适度，即只是稍稍一惊，眉宇微皱，随即便整装镇定，用眼角环顾四周，淡淡地说了一句“且自由他”，但我们可以感受到贵妃此刻是多么失落、酸楚，她故作镇定只是不想在太监宫娥面前失态。为了排解心中的苦闷，此时的贵妃只能借酒消愁，赏花自怜。于是太监宫女轮流进酒，贵妃三杯下肚，已微有醉意，但是并不尽兴，于是脱下凤衣，命高、裴二力士换大杯饮酒。这一回三大杯入肠，贵妃几乎到了完全酒醉的地步。此处演员要注意将微醉的贵妃和大醉的贵妃区别表现出来，借助“卧鱼”“衔杯下腰”等动作将人物的神态和心理惟妙惟肖地表现出来。为了让贵妃回宫，高力士谎报圣驾来到百花亭，贵妃酒稍醒，踉踉跄跄地跪地求明皇恕接驾来迟之罪。谁知是诓驾，贵妃更加失落，又要饮酒，并让高力士去西宫请明皇同饮，高力士害怕明皇责骂不愿前去。贵妃于是趁酒兴戏弄高力士，将他的帽子顶在自己的凤冠上，学男人走步来自娱自乐、暂解苦闷。此处的表演，演员应是苦中作乐，用表面的欢娱来掩盖内心的苦楚失落。这出戏的结尾杨贵妃可以说是借酒消愁愁更愁，内心的痛苦无人诉说，皇帝的权威不可侵犯，折腾了一晚上也只能是酒尽人还、悻悻回宫。至此一位可怜、可爱的贵妃形象已尽在眼底。

本剧中杨贵妃的形象具有典型意义。杨贵妃的失宠表现了中国古代历代后妃的苦闷压抑，她的悲剧可以说是历代后妃的悲剧。杨贵妃在剧中“六宫粉黛三千众，三千宠爱一身专”，深受唐明皇的宠爱，所以她备感优越，春风得意，心中充满了对美好、专一爱情的渴望。但是皇帝和嫔妃之间并不像民间夫妻，可以朝朝暮暮、举案齐眉。受到宠爱得下跪谢恩，妃嫔之间也常常争风吃醋甚至大打出手。杨贵妃在宫中虽然是锦衣玉食，养尊处优，但是她也有忧愁烦恼。正如剧中高力士所说：“外面的人不清楚这里头的事，以为到了宫里，不知道是怎么样的享福哪！其实，也不能事事都如意，照样儿，她也得有点儿烦恼。”杨贵妃虽然身享荣华富贵，但心里却没有安全感。因为当皇帝的想宠幸谁就宠幸谁，而自己不知道哪天就会被冷落。杨贵妃与唐明皇如同平常夫妻一样，有时也会有矛盾发生。史载杨贵妃“常因妒媚，有语侵上”，惹得明皇龙颜大怒，曾先后两次被遣送回娘家，但最终明皇还是难以舍弃她。安史之乱时，唐明皇仅带杨贵妃西逃。但在马嵬坡兵谏时，唐明皇忍痛，被迫赐死了杨贵妃，为了江山放弃了美人。所以本剧中对于杨贵妃这个人物形象的塑造一定要将其置于历代后妃的地位与命运这个历史背景中，才能真正理解醉酒后的贵妃的真实心态。

从唱念做打四功来说，《贵妃醉酒》这出戏中唱和做的比重比较大，是梅派最杰出、最经典的一部歌舞并重的传统戏。整出戏的唱词优美达意，扇舞、卧鱼、衔杯、醉步等动作恰当地表现了剧情和人物的思想情感，既有技巧又讲究艺术感染力。

该剧的唱腔和音乐有着自己的特点。整出戏板式变化不丰富，从头至尾以四平调为主。四平调的特点是任何复杂不规矩的唱词都可以用它来唱，曲调与节奏灵活。另外，这出戏的伴奏音乐用多种京剧曲牌来衬托醉酒的优美舞蹈和醇厚唱腔，使观众获得更美的视觉与听觉享受。比如“二黄小开门”“二黄万年欢”“二黄回回曲”“反二黄小开门”等。

《贵妃醉酒》这出戏的唱腔虽只用了四平调一种曲调，但它在剧中并不是简单地重复，而是根据剧情和人物思想感情的变化，用一定的方法使唱腔更为贴切地表现内容。如梅兰芳演唱的《贵妃醉酒》中最经典的唱段【海岛冰轮初转腾】。这个唱段表现杨贵妃奉召侍宴而来，心情无比喜悦。人物出场用的是“帽子头”入“二黄慢板”的大过门，节奏比较缓慢。此处梅兰芳的脚步庄重大方、神情傲慢自得，将杨贵妃雍容华贵与妩媚娇艳的形象展现给了观众。开头的“海岛冰轮初转腾”到“奴似嫦娥离月宫”这一段是交代时间背景。杨贵妃接受唐明皇的邀请，在月亮刚刚升起来的时候，信步前往百花亭，心情很愉悦。其中，“海岛”的“海”字一反常规用了一个掩腔，听起来优美动听、韵味十足。而后面那环环相扣的曲调又正好与杨贵妃此时悠然自得的心情相吻合。在这里，杨贵妃望着冉冉东升的皎月，把自己比作飞离广寒宫的嫦娥。但嫦娥虽然是仙女，却独守广寒宫，而她却可以“三千宠爱在一身”。中间从“好一似嫦娥下九重”到“金色鲤鱼在水面朝”这几句是杨贵妃在前往百花亭的途中，由周围的景色而生的唱段。当杨贵妃经过玉石桥时，“鸳鸯来戏水，金色鲤鱼在水面朝”，鸳鸯戏水象征她和唐明皇相亲相爱、永不分离，金色鲤鱼看到美貌的贵妃也争先摇头摆尾向她朝拜，可以想象杨贵妃的高兴程度。因为京剧中的舞台是虚拟化的，所以这样的唱段不仅可以用来表现演员所在的是皇宫花园，还可以体现出杨贵妃当时快乐的心情。从“长空雁，雁儿飞，哎呀雁儿呀”到“不觉来到百花亭”，这最后几句是收尾，一方面交代了杨贵妃已经到达了百花亭，另一方面是补充她有“落雁”之容貌。这一段曲调长短错落，在京剧中很少见，是旦角演员最常学习的唱段之一。在此段中梅先生“长空雁”的散板行腔上行七度的大跳唱得那样轻松欢快、开朗奔放，而轻声的呼唤“哎呀，雁儿呀”的唱腔唱得又是那样婉转低回，前后起伏跌宕的唱腔形成了鲜明的对比。这一唱段观众仿佛可以看到这样的场景：天空中的雁儿也朝杨贵妃飞来，却又因为没有贵妃貌美的容颜而悄悄羞落花荫。眼前这一切使杨贵妃的心被陶醉了，深深地沉浸在了甜蜜幸福之中。当结尾梅兰芳唱到“不觉来到百花亭”时那欢悦的万年欢曲牌和当时人物欢快的情绪融为了一体。整个唱段字清、板正、腔纯谐，板眼节奏稳准，梅兰芳唱得是那样悠扬婉转、柔美纯正，唱出了此时此地杨贵妃的心情。

《贵妃醉酒》中有像“卧鱼”“衔杯下腰”“鹞子翻身”等动作难度甚高，但经过梅兰芳的加工和表演，这些繁多的舞蹈动作变得举重若轻、舒展自然，不仅流贯着美的线条和韵律，而且非常贴切地将剧中杨贵妃内心的情感淋漓尽致地表现出来，创造了一个真切动人的醉美人形象。下面举剧中的“卧鱼闻花”与“衔杯醉饮”的舞蹈范式来说明。

卧鱼是指演员盘腿侧卧、脸部朝天的姿势，在卧鱼时能保持凤冠上的珠子直起直落不摇摆，坚持卧鱼三分钟都是绝活。梅兰芳将《贵妃醉酒》中的“卧鱼”赋予了闻花的内容，并将闻花动作扩充为了拢花、闻花、攀花枝、看花、掐花等一系列表演动作，同时突出醉倒的贵妃仍然美丽动人，展现了演员的腰腿功夫。这样既丰富了表演，又增强了艺术的美及真实性。

剧中卧鱼的动作有两次，皆出现在杨贵妃的二次出场。已经醉了的贵妃，迈着醉步在舞台上漫舞，好像一只蝴蝶在百花之中飞舞。当她看到鲜花满园时，非常兴奋，所有的忧愁似乎都已忘却。第一次卧鱼是在下场门台口向前平视亮住，只见梅兰芳迈出左脚，然后缓缓地蹲下身子，反背右手扶腰，做卧鱼动作，左手在袖内拢花而闻，双眼微眯、鼻子嗅花，痴醉的神态似乎让观众也心醉神迷。第二次卧鱼是在上场门台口，只见梅兰芳迈出右脚，反背左手扶腰，用右手攀枝闻花，然后忍不住把花掐下来，慢慢地站起来一边嗅花一边转身往里走，陶醉之情难以形容。慢慢地走着，醉醉地闻着，只见此处梅兰芳又来一个轻巧而妩媚的动作，随手将花儿往身后一扔，正是一幅“醉妃赏花图”。

《贵妃醉酒》中贵妃饮酒的动作也是相当精彩、耐人寻味的。

剧中，杨贵妃的第一番饮酒是在赏花之前，梅兰芳借助扇子以表情动作的变化来表现这个失宠的贵妃从内心苦闷、强自欢颜到沉醉失态、不能自控的心理变化过程。杨贵妃前后三次不同的饮酒动作表现了她不同的心态：第一次饮太平酒是用扇子遮住酒杯缓缓地啜，这里梅兰芳用了一个环顾四周的眼神来窥伺太监宫女的反应，表现了她难消心中苦闷却又故作坚忍的心情；第二次饮龙凤酒是不用扇子遮而快饮，此处梅兰芳用饮酒后悠闲摇动扇子的动作，在说明杨贵妃酒后仍不失贵妃的身份的同时，还显露出一种无所谓的情态；第三次饮春宵酒是扬扇痛饮，表达了杨贵妃此时借酒消愁的情绪——“人生在世如春梦，且自开怀饮几盅”。开始饮酒时杨贵妃怕宫人笑话，因而故作姿态，掩饰着内心的苦闷；但酒入愁肠愁更愁，到最后酒已过量时，心中的嫉恨、空虚、懊恼便一下倾泻出来。剧中这三次不同的饮酒方式，层次分明地把一个受尽恩宠却一朝失宠的贵妃的愁闷心理表现得形象透彻。

剧中，杨贵妃的第二番饮酒是在赏花之后，郁闷之情仍旧无法排遣，于是脱下凤衣，叫高、裴二力士端来大杯伺候。第一次是裴力士进酒，贵妃振作精神从凳上起身，踉踉跄跄地转了一圈，将水袖一甩，迈着醉步来尝酒。可是酒太烫了，贵妃生气地将水袖甩出。等到酒不烫了，再将左右水袖一甩，两手叉腰，用牙咬住酒杯衔杯而饮。然后从右往左做了一个三百六十度的鹞子翻身，中间又做下腰，将酒一饮而尽。最后衔杯而放，甩水袖，迈着醉步走到凳前坐下。第二次高力士进酒，贵妃同样是迈着醉步来尝酒，水袖一摆，两手掐腰，又是衔杯而饮，从左到右一个鹞子翻身，将酒一次喝尽。很明显，《贵妃醉酒》中两次“衔杯”饮酒的动作，将杨贵妃从初醉到醺醺醉意细致入微地表现出来。这两次饮酒的动作不同于前一番饮酒，毫无遮掩，而且是快速豪饮。这些歌舞化的动作，既体现出杨贵妃娇纵任性的性格，也流露出了她伤感、怨恨的情绪。

附录：名家谈戏

这出戏没有什么故事情节，只是通过杨贵妃的唱、舞等动作，交代了唐玄宗的爽约，揭示了一位“三千宠爱一身专”的贵妃的内心苦闷。按照西方剧作理论来看，很多人认为这不能称为戏，只能算歌舞表演，因为既无故事情节，又无戏剧冲突，而这恰恰是中国戏曲写作的一种特点，它以抒情、优美的写意格调刻画了一个外表雍容华贵、内心极端痛苦的古代宫廷贵妇形象。

——李玉茹：《我对梅兰芳先生的〈醉酒〉的体会》

我认为要演好《贵妃醉酒》中的杨玉环，必须掌握以下几个要点：首先要“贵”“三千宠爱一身专”。她原是一个“一人之下，万人之上”的贵妃，因此要掌握她的雍容华贵、端庄大方。其次要演出她的“美”。“回眸一笑百媚生，六宫粉黛无颜色。”她有闭月羞花之貌，沉鱼落雁之姿。因此她的每个身段都要显示她的美，但绝不是妖媚、轻飘，这一点是比较难掌握的。再次就是“醉”，这“醉”既要有层次，又要醉得美。

——李玉茹：《我对梅兰芳先生的〈醉酒〉的体会》

优秀演员在任何戏里每一个表情身段，都是要运用眼神紧密地配合着它。梅先生表演任何戏也是精确地掌握了这一法则，并且用眼神去引领观众应该注意的动作。在这一段（指【海岛冰轮初转腾】）歌舞里，尤其容易看出他目光的焦点和视线的移动，是怎样的准确、敏捷。例如唱“见玉兔”，随着打开的扇子交到左手以后，梅先生就把注视焦点收回来看着自己的鼻尖；转过身来又注视右手的水袖，把水袖举起翻上去以后，再把注视焦点放到左上方一个适当的角度上。在这短短时间里的几个动作当中，眼睛注视的焦点同歌唱身段紧密地配合着；它的收放和移动，好像一条线在那里摇漾地贯串着歌舞，吸引着观众。

——许姬传、朱家溍：《梅兰芳舞台艺术》

阅读与思考

1. 如何理解杨贵妃这个人物形象所代表的典型意义？
2. 试列举其他剧种中的《贵妃醉酒》戏，并分析其艺术特色。

第三节　尚　　派

一、尚派艺术特点

尚小云是现代中国京剧代表人物之一，与梅兰芳、程砚秋、荀慧生并称“四大名旦”。与梅派华美艳丽、荀派俏皮活泼、程派悲情凄婉不同，尚派以阳刚激昂著称。表演中载歌载舞、声情并茂、热情火辣、开朗奔放，开创了文武兼备、刚健矫健、洒脱大方、气韵生动的表演艺术流派风格，同时又恪守着京剧传统艺术精神。尚派以刻画巾帼英雄的飒爽威严见长。

尚小云（1900—1976），河北南宫人，早年入科初习老生，后改武生，又转习旦角。他依据自己的艺术天赋，发挥嗓音刚劲、武功深厚的特点，将武功带到旦行领域，创造性地文戏武唱，从而丰富了旦行的表演，也为他最终形成刚健挺拔的艺术风格奠定了基础。

尚小云是20世纪的同龄人，他的舞台艺术生涯与20世纪的京剧史息息相关，伴随着京剧艺术的发展到达巅峰。他所创建的艺术流派博大精深，尤其是他的舞台艺术所表现出来的审美理想和艺术价值，丰富了20世纪的京剧艺术，并对后世产生了深远影响，成为20世纪中国京剧艺术史上的重要篇章。

尚派唱念做打都不尚纤巧，而具阳刚之美。他的嗓音宽厚，高中低音运用自如。他善用颤音，气息深沉持久，并能持续使用高腔、硬腔，绝无衰竭之象，听来酣畅痛快。唱法继承孙怡云而又有所发展，行腔往往寓峭险于深厚，旋律力度强，顿挫分明。而在做表中，他把京剧旦行几乎所有的步法都杂糅进去，还吸收了很多武生的身段动作，强调一种力度，大开大合，大起大落，强调一种顿挫、棱角分明的表演，从而形成了“文戏武唱”刚健婀娜的风格特色。尚小云晚年饰演《四郎探母》中的萧太后，做功、身段、步伐幅度大，节奏快而准确果断，老辣刚狠，更显威严。

在尚小云创作与表演的众多人物中，尤以一批性情刚毅的烈女或急公好义的侠女最为典型与成功。其代表剧目有《汉明妃》《梁红玉》《乾坤福寿镜》《银屏公主》《墨黛》《到御碑亭》《虹霓关》《打渔杀家》《武家坡》等，无不因渗透了他对京剧艺术的深刻认识与独特眼光，散发着尚派艺术隽永的艺术魅力而垂范后世。其中《汉明妃》中的《昭君出塞》和《乾坤福寿镜》中的《失子惊疯》被作为戏曲艺术纪录片《尚小云舞台艺术》中的一段，由西安电影制片厂于1962年拍成了电影。

尚派艺术风格的形成，源于尚小云的开放思想与勇于创新，缘于他对艺术真谛的独到见解与深切感悟。他曾从长期的演出中悟出一条道理：任何艺术，要发展，就得创新；要竞争，就得独具一格，有自己的“绝活儿”，没有创新，没有鲜明个性特征的艺术，很难存在和发展。《摩登伽女》正是体现他创新意识的一个“绝活儿”。剧中无论从人物形象设计和西洋歌舞表演到使用钢琴、小提琴等乐器伴奏，尚小云都做了全新的尝试。这种创新思想也使得尚先生改编、创编了很多新戏，仅1925年到1936年十余年间，就有《林四娘》《谢小娥》《红绡》《雷峰塔》《贞女歼仇》《摩登伽女》《婕好当熊》《千金全德》《卓文君》《珍珠扇》《峨嵋剑》《詹淑娟》《相思寨》《白罗衫》《前度刘郎》《花蕊夫人》《汉明妃》17部新戏出现；1949年以后又有《墨黛》《双阳公主》《洪宣娇》等戏成功出演。尤其是他编排了三部取材于外国及少数民族生活的新剧目，即《摩登伽女》《相思寨》《北国佳人》。这样的眼界和胆识在20世纪二三十年代是十分难得的。坚持走自己的艺术发展道路，不为潮流所左右，是尚派艺术风格的坚实基础，同时也是一个艺术家坚持艺术原则的宝贵品格。

尚派弟子很多，1937年尚小云创办“荣春社”，培养了“荣”“春”“长”“喜”两科学生，加上三个儿子，共200余名弟子，遍布全国。中华人民共和国成立后又先后为河北、山西、山东、贵州、陕西等省份培养大批京剧人才。但因条件所限，完全宗“尚”者较少，除其次子尚长麟外，有孙荣蕙、杨荣环（兼学梅派）、李砚秀、张君秋（后在尚梅两派基础上自成一派）、童葆苓（兼学荀派）、梁秀娟、孙明珠、李喜鸿等。

二、尚派代表作介绍

《汉明妃》是在原昆曲《昭君出塞》的基础上改编而成的。此剧是他向李寿山学习的一个重要剧目，历年来在戏曲舞台上常被演绎。它表现出的是昭君在和番途中走过了崎岖山麓和茫茫大漠，历尽艰难险阻，一路颠簸至匈奴的过程。《昭君出塞》原是昆曲的传统戏，1919年，尚小云19岁时在北京首演此剧。1936年，由李寿民在《昭君出塞》的基础上改编的全部《汉明妃》被搬上了舞台，由尚小云饰演王昭君，一经面世，便引得无数人追捧，后成为尚派的代表剧目之一，在京剧舞台上盛演不衰。

《汉明妃》是根据元代著名戏剧家马致远的《汉宫秋》改编而成，讲述的是西汉时期王朝珊之女王昭君美貌多才，因不肯贿赂宫廷画工毛延寿，而被其故意画成丧国之容，致使入宫多年不得汉元帝召幸。昭君在冷宫内弹琵琶寄托幽思之情，元帝闻声而至，发现其貌甚美，便立为明妃。毛延寿闻讯逃往匈奴，献昭君真像于单于，单于遂发兵索昭君。无奈之下，元帝只得将昭君献于单于。昭君到达匈奴后，与单于约法三章，毛延寿被杀，胡汉两邦世代友好相传。故事结尾尽得人意。

昭君故事略见《汉书·匈奴传》，戏剧有元马致远《汉宫秋》杂剧，关汉卿《哭昭君》杂剧，吴昌龄《月夜走昭君》杂剧，明陈与郊《昭君出塞》杂剧及明人《和戎记》传奇。川剧有《汉贞烈》，亦分折演出，秦腔、同州梆子有《昭君和番》，滇剧有《王昭君》，河北梆子、湘剧、徽剧均有此剧目。

《汉明妃》编剧李寿民，笔名还珠楼主。1932年春天，李寿民与尚小云一见如故，成为莫逆之交。1935年应邀为尚小云新编剧本《汉明妃》。他既注意强调王昭君只身出塞的情意及舍身和番的气概，又充分考虑突出尚小云洪亮高亢的嗓音和深厚扎实的武功，从而给扮演者提供一个发挥艺术才能和特长的自由天地。此后，李寿民几乎成了尚小云的特约编剧，先后编写《卓文君》《林四娘》《青城十九侠》《墨黛》等，这种亲密的关系保持了几十年。后来尚小云不断对《汉明妃》进行修改，使得此剧成为尚派的保留剧目。

尚小云的演唱技法来自孙怡云、陈德霖先生，保留着老一辈青衣的唱法。声腔念白有着十分深厚的传统正宫青衣的根底。尚小云因为崇拜杨小楼，其做表极尽模仿杨派的盖步、趋步、搓步、跑圆场等，招数分明，一丝不苟，亮相漂亮，而且招数来得急，步法、转身来得快，这也是其他名旦所没有的。因为他受杨小楼的影响很大，杨小楼的急快特点感染了他。同时他也拜王瑶卿为师，曾得王瑶卿的亲授。《昭君出塞》中“昭君上马”的一系列舞蹈动作，就是王瑶卿针对尚小云长于武功为其特殊设计的，也正因此，引领尚小云开始了文戏“武”唱的独特表演创新。

1. 经典唱段

【梧桐雨】

别离泪涟，怎忍舍汉宫帝院，无端歹贼弄朝权，汉刘王忒煞懦软，文官济济全无用，就是那武将森森也是枉然。

【山坡羊】

王昭君一似海枯石烂，手挽金镶玉嵌琵琶儿，哎呀雁儿呀，你与我把书传，再与我去多多拜上刘王天子，道昭君要见无有见。

【楚江吟】

汉岭云横雾迷，霎时间朔风吹征衣。

人到汾关珠泪流。慢说道，人有思乡之意，那马乎，岂无有恋国之心。何况人乎。
莫说是个人，就是马到关前，它就步懒移。
人影稀，只见北雁向南飞。
冷凄凄朔风似剑，又只见旷野云低。
细雨飘丝，路途逶迤多荆棘。
再艰难志不移，但愿得万民欢娱。
哪管它，风霜劳役。

2. 作品鉴赏

在一些历史典籍中，王昭君是一个美丽而哀怨的女子。《后汉书》中有云："昭君字嫱，南郡人也。初，元帝时，以良家子选入掖庭。时，呼韩邪来朝，帝敕以宫女五人以赐之。昭君入宫数岁，不得见御，积悲怨，乃请掖庭令求行。呼韩邪临辞大会，帝召五女以示之，昭君丰容靓饰，光明汉宫，顾景斐回，竦动左右。帝见大惊，意欲留之，然难于失信，遂与匈奴。生二子。及呼韩邪死，阏氏子代立，欲妻之，昭君上书求归，成帝敕令从胡俗，遂复为后单于阏氏焉。"①

李白有诗《王昭君》云：汉家秦地月，流影照明妃；一上玉关道，天涯去不归。汉月还从东海出，明妃西嫁无来日；燕支常寒雪作花，蛾眉憔悴没胡沙；生乏黄金枉图画，死留青冢使人嗟。

骆宾王之《王昭君》曰：敛容辞豹尾，缄恨度龙鳞。金钿明汉月，玉箸染胡尘。古镜菱花暗，愁眉柳叶颦。唯有清笳曲，时闻芳树春。

杜甫的《咏怀古迹》亦有对王昭君的评价：群山万壑赴荆门，生长明妃尚有村。一去紫台连朔漠，独留青冢向黄昏。画图省识春风面，环佩空归月夜魂。千载琵琶作胡语，分明怨恨曲中论。

而在尚小云的《汉明妃》中，王昭君却是一个多才多艺、美丽坚强、爱憎分明又果敢、有担当的奇女子。尚小云对王昭君这个人物有准确定位：她舍小取大，赴匈奴和亲以换来汉室安宁，以社稷安危为己任，稳定边疆，使人民免受战争之苦，是一个识大体、顾大局，具有高尚品质的中国古代女子。

剧中当毛延寿因索贿不成，故意借机难为昭君父亲王朝珊时，昭君安慰父亲，自描丹青完成了自画像，帮助父亲回复皇命；在冷宫，是她优美的歌声和琵琶琴音深深打动了墙外的汉元帝；在崎岖山路上，勇驾烈马直达胡地。昭君可谓文武双全。

她是一个爱憎分明的人。在家她敬父亲，顾兄弟；自己被打入冷宫前还要叮嘱兄弟照顾好父亲，对汉天子也是敬爱有加。进入胡地见到单于，约法三章，对于毛延寿杀无赦，既为自己和家人报了仇，又为国家铲除了叛徒。同时，这个昭君丰满可信，她在整个作品中表现得矛盾纠结，也恰恰是对她性格的全面刻画。由于她爱亲人爱故乡，所以

① 转引自李洪春：《京剧长谈》，中国戏剧出版社 1982 年版，第 153 页。

当得知被送给单于和亲时，她心有怨气，怨文官武将都没用，让一介红粉去和亲。但她又有很强的大局意识，不但应允和亲，还与单于约法三章，从今后汉胡合好，永不打仗，最终还是牺牲个人利益，服从了胡汉两个民族团结的大局。

而昭君的美则更可以说是由内而外的美丽集合。其外貌美，美到“光明汉宫，顾景裴回，竦动左右”，美到“令帝见大惊”，美到留下“落雁”的别称。然而更美的是她的善良与坚强。当家遭不幸时，她没有自暴自弃，毛延寿不画令其父措手不及，她却安慰父亲，并对自己的画技充满自信；和亲路上，当车辇来到玉门关不能前行时，她弃辇换马，而马又是烈马，这便是尚小云所言“马是烈马，人是美人”的人物角色定位。玉门关外，听闻马夫“南马不渡北”，她的内心情感波涛汹涌，“慢说道，人有思乡之意，那马乎，岂无有恋国之心。”这些细腻的表现手法，既刻画了昭君爱汉天子、爱故乡的情怀。然而她明白，和亲是舍小取大，以牺牲自己换来国家之安宁和百姓之安宁，所以她“再艰难志不移，但愿得万民欢娱。哪管它，风霜劳役”，仍毅然前往。

所以，尚小云先生的塑造的汉明妃更令人信服，更令人敬佩，更令人爱戴。这些也为尚派经典作品《汉明妃》久负盛名奠定了坚实的文学基础。

（1）唱功

《汉明妃》的前半部分是以唱功为主的。尚小云的唱腔高亢刚健，气力充沛，一气呵成，在演唱上他善于运用立音、颤音、顿字和一种“节节高”的唱法，形成了尚派的独特风格。尚派唱腔艺术风格非常突出，在很多戏中都根据人物特点和感情需要进行强弱差异处理。昭君第一次上场演唱的“困人天”三个字唱得要有精气神儿，字正音亮；在“蝶莺飞”的飞字行腔上提，刚柔并济，抑扬分明；特别是“暮春时候”的“候”字行腔，听起来灵巧，腔一蹦出即要有力度，这里用了急需音量控制的小疙瘩腔：节奏先慢，后突快，声音从很弱到很强。演唱突出表现了一个少女对美好青春的向往，同时也显示了一个少女的青春活力。声腔上的处理非常符合昭君此时此刻的感情抒发，这就特别需要演员掌握对声音的控制技巧。弱时声音控制似有似无，但收放自如，需要放时要有很大的力度和爆发力。

王昭君被打入冷宫后，唱的是“二黄散板”。尚小云在这场戏里唱虽不多，但颇见功力，二黄散板板散腔不散。在头句“锁深宫”三字时，尚小云用先抑后扬的演唱方法，腔虽高亢，但唱时气息和神态都是下沉的，才能唱出昭君内心压抑的凄凉怨音。在唱“伤寂寞”的“寞”字时，用了一个微微的颤音，这颤音用得很贴切，它表达了昭君在冷宫中，忍受着常人不能忍受的孤独、冷清和寂寞。一个弱女子此时的绝望、无助让人倍感凄凉。在“恨如海洋”一句中，尚先生在“海”字“—6”后面有一个换气符号，记述了尚先生在此处音乐上的处理：海字行腔后面的换气，同时也是手段上的一个气口，“洋”字唱出气势随腔缓缓伸出，既表达了昭君对毛延寿的仇恨，也体现了戏曲各式唱做合二为一的表现形式。这里虽没有繁琐大腔，但却渗透了一种内在的力量，展现昭君不甘心被命运驱使的一种不屈不挠的性格以及内心奋力抗争的心理状态。

《昭君出塞》这出戏以昆曲为主要唱段，唱腔古朴悠扬，唱词雅致精美，动人心弦。充分展示了尚派高亢激昂、浑厚而富有弹性的演唱艺术风格。如别宫门时的唱段

【梧桐雨】："别离泪涟，怎忍舍汉宫帝院，无端歹贼弄朝权，汉刘王忒煞懦软，文官济济全无用，就是那武将森森也是枉然。"这段音乐和唱腔表现了王昭君对朝中文官武将不能理朝、不能征战的愤懑和即将离宫院、远离故土的悲痛心情。上轿后接唱【山坡羊】："王昭君一似海枯石烂，手挽金镶玉嵌琵琶儿，哎呀雁儿呀，你与我把书传，再与我去多多拜上刘王天子，道昭君要见无有见。"这一大段唱腔表现了昭君远走他乡、骨肉分离的沉重心情，字字悲来声声泪。苍凉的音乐和幽咽的唱腔，为整个戏奠定下了沉郁的基调。黄蜚秋先生曾这样评价，尚派之唱法，刚劲中见婀娜，英武中见妩媚，犹如岁寒梅花，骨格虽老，花枝犹妍；又如祝枝山之画竹，干节挺秀，枝叶繁茂，笔力中见精神。更如头颜真卿的书法，笔力雄浑，气势磅礴。

（2）做功

在《汉明妃》的后半部分，则是以唱与做并重的。被誉为有阳刚之美的舞蹈身段是尚派表演艺术一大特色，表演充满激情，强调气势，吸收了舞蹈性很强的昆曲艺术和梆子等地方戏的表演艺术手段，体现了以青衣、刀马旦为主体，兼容武生、花旦等行当的尚派艺术风格，"文戏武唱"，载歌载舞，声情并茂，饱满强烈、矫健豪放。运用了大跨腿、大弓腿、大扬鞭、急蹉步和上马时单足颠颤、踩泥、趟马、圆场等动作，通过种种程式化的舞姿创造出一系列的动态画面，细致地刻画了王昭君的离愁别恨和边塞的荒凉。塑造了口中曲子、盔上翎子、手里马鞭、身上斗篷的王昭君的艺术形象，渲染了"马活人俏"的表演效果。"马上昭君"载歌载舞的表演被誉为一幅幅活的"佳人烈马图"。剧中非常注重脚步及圆场的巧妙运用。如昭君文场别宫门上场时用的是"压步"，此时的步法既要体现出雍容庄重的娘娘身份，又要体现离别前的无奈和沉重的心情，突出了人物美与柔的表演风格，同时又表现出了别离汉宫的悲怨情感。

而《昭君出塞》中最吃功的应是圆场，除了使用一般跑法的圆场，尚派特点的圆场表现为：俯身、拧腰、蹲腿的快步圆场。如《楚江吟》中的"汉岭云横雾迷"的动作，"汉岭云"双手持鞭的缓手指示，"横雾迷"唱出时，左手扯起斗篷，右手打开马鞭，敏捷快步地走蹋身圆场，这行走如风的圆场将斗篷随风带起，那飘洒的美姿，使人们仿佛看到了一只展翅而飞的蝴蝶，这种蹋身圆场是很考验功力的，它需要腰里的撑劲和拧戏、双腿的蹲劲和腿腕子的轧劲。这三股劲拧在一起，才会形成姿态有神的身段。只有尚派的蹋身圆场，才能表现出昭君在朔风凄凄的恶劣天气中奔波行走于和亲路上的艰辛。从"横雾迷"的蹋身圆场跑完后，在"迷"字的落音结束时，尚小云设计了一个"蹦起在空中，转身落地，仰面向天的大卧鱼动作"。这个动作的设计是非常超前的、大胆的、具有突破性的，它以情设技、以技传情，把情和技完美地统一起来。这个动作既强烈抒发了王昭君内心真实情感，同时也表现了昭君这个人物内心节奏的不断变化，这情和技的和谐统一，使艺术产生了强烈的美感，抒发到极致的感情和艺术技巧两者亲密结合在一起，表现到极致，在观众之中产生强烈反响。

(3) 水袖功

尚小云的水袖功，可以用数十字加以总结，即：勾、挑、撑、冲、扬、掉、抖、绕、挽、翻、抓、撩、背、弹、颠、摆、抛、转、投。在《汉明妃》中，尚小云的王昭君出场时，为显示少女的羞怯神态，他只运用了抖袖、甩袖；当戏剧冲突越来越激烈时，他运用了转袖、扬袖来表现王昭君的美丽与智慧；当唱出“只哭得悲声大放”时，他运用了“双手推月”的水袖动作，配合他的身段、表情，展现王昭君的悲愤心情。水袖的由简到繁，展示着主人公心态的急剧变化，也将剧情逐渐推向高潮。《昭君出塞》中的水袖技巧也是美不可言的，当演至文武百官给昭君送行时，尚小云用水袖表示了对这些无用之人的不屑一顾，那洒脱大方，大幅大片的左右甩袖，双手向后双背袖，背向观众，仰头问天的定神亮相……这一系列无言的动作，深化了昭君即将踏上征途时复杂的内心活动。每当演到王龙一声声“请娘娘登辇”的呼喊声更让人撕心裂肺、百感交集。每当演到这里，演员用手中颤抖的扇子掩面忍住哭泣，真可谓此时无声胜有声。这一系列的表演程式、水袖扇子都为人物情感的抒发起到了关键作用。

水袖技巧有数十种，尚小云很少将某一种水袖单独使用。更多的时候，他会根据所塑造的人物的不同处境、不同情感，将几种水袖功结合在一起使用。比如，在《失子惊疯》中，主人公胡氏出场时几乎不说话，也没有其他动作，完全依靠复杂多变的水袖动作表现出她的疯魔神情。

(4) 念功

尚小云的念白爽朗而有感情。其韵白功底得益于陈德霖，以《乾坤福寿镜》的韵白为代表；京白的刚劲狠辣尤为出色，得益于王瑶卿的指教，以《巴骆和》的京白为代表。他的念白字音清楚、韵味醇厚，显示出他嘴上功底的深厚。不仅如此，尚小云也借鉴了杨小楼的武生念法，口紧字紧，加重换气，过渡顺畅，句逗之间似断实连，字清音朗，富于情感色彩。

附录：名家谈戏

《汉明妃》一剧，主题思想健练向上。在过去众多描写昭君人折的作品中，总是从大义凛然、巾帼英雄的角度去塑造，但在学习和领悟的过程中，更深深体会和了解了昭君人物的真正内心感受。在特定的环境、特定的背景和事态发展中，更多的是无奈，是一个弱女子不得不去这样做，也是一种人性的发挥，是昭君善良本质的体现。所以在长亭别离时，昭君的怨是一个弱女子的心声。有谁愿意离开自己的家园，有谁愿意远离自己的亲人？所以当看到满朝文武的这些庸碌之辈时，昭君唱出了怨气；当御弟王龙几声催促娘娘登辇的喊声之后，君此时难离故土，思念亲人，悲痛之情油然而生，这样去演绎则更富有人情味，把昭君善良的人性本质发挥得淋漓尽致，而不是去表现一个大义凛然的大英雄。前者更让人可信和理解，以致同情，并不是一味的拔高，是特定的环境和事态发展必须让她做出抉择。这时，昭君在个人与百姓，个人与国家之间权衡过后，为了使百姓免遭战争所带来的痛苦，选择了牺牲个人。好一个侠骨柔肠，这就让昭君这个人物越发的饱满、可爱、可信、可敬。这也是此戏久演不衰的重要因素之一。

——张艳玲：《玉貌含愁驰绝塞　浓墨佳人烈马图》

京剧尚派代表剧目《昭君出塞》最大的突破就是载歌载舞地大幅度身段表演。1962年西安电影制片厂将尚小云先生的《昭君出塞》和《失子惊风》这两个折子戏拍成了彩色影片，美、媚、柔、脆是尚派艺术的最大特点。所谓美，是一种艺术感觉，唱腔甜美、姿态优美，表演中自然流露出一种美感，传递给观众，感染观众；媚就是要求在表演当中，眼神手势到位，表演得体，有一种独特的中国古代女子的妩媚；而柔则是关键，没有柔，就体现不了女性特有的婀娜多姿；脆则是女性人物特有的韧性，刚烈直率。作为尚派表演艺术而言，美、媚、柔、脆是不可分割的。也就是说，没有美就体现不了媚，没有柔就突出不了脆，所以，四者相辅相成，相得益彰，形成了尚派表演艺术特色及风格。

——张娟：《京剧〈昭君出塞〉表演艺术探析》

尚派《出塞》“起驾”的娘娘与梅派《醉酒》中“摆驾”的娘娘，虽然装束一样，并都手持金扇，但一个是明妃，一个是贵妃；一个是别帝，一个是候君。人物不同，心情不同，流派不同，表演不同。两位艺术大师，匠心独运，各有千秋。当昭君闻听王龙报道“前面山路崎岖，车辇难行，必须换马乘骑”时，先生眼帘一抬，目光一闪，心中似乎一震，但仍然面不更色。然后顿挫有力地念出“吩咐，备——马”继而手抚凤辇，傲然端立。紧锣，慢步，下场。气质从容，仪态动人。

——鲍绮瑜：《我向尚小云先生学〈昭君出塞〉》

在艺术处理和表演上，先生更是匠心独运。王龙一声“有请娘娘”之后，昭君随小锣打上。这与前场大锣打下恰成对比。昭君抿着斗篷，稳步上场念“今日汉宫人，明朝胡地妾”。这里要求语重声轻，字真情深；面部表情含而不露，极力克制内心感情。当王龙启察“此马有些烈性，娘娘乘骑须要小心”之后，先生没有简单化地让昭君立即作出强烈反映，而是轻轻回答一声“我……晓得了”，然后微微垂头将手一挥。场面顿时响起“冲头”，舞台气氛蓦然变得紧张起来，但昭君仍原地垂首默然不动，任其去放“冲头”。用先生话解释：“这锣造的是气氛打的是心”，一直等到“冲头”放足之后，抓住“底锣”，昭君猛一抬头，眼一提神，继而双手一分斗篷，呼唤“马——夫”，同时疾步大退，踩锣亮住，毅然吩咐一声“带——马——”随之两手分掏双翎，顺势两个急转身，转到台口翻翎子亮相。这时饶钹咬住“底锣”，放出一声响亮的“长音”，昭君登时显得英姿风发，光彩夺目。这一声“马夫”，一声“带马”，两番动作，一退一进，大收大放，就像拉满的强弓，射出的响箭，不仅体现了尚派特点，而且动作的引发力和感情的爆发性都是极其强烈的。就在饶被“放长音”的亮相中，先生的神情逐音而变，挥然之间，情绪油然而升，滑然而落，英姿娇态为之一展。继而他抖动双翎，有节奏地左点、右摆，一步一退，表现昭君故土难离，柔肠百转的心情。节奏越催越紧，动作越走越快，紧锣碎步，退至台中，略一停顿，愤然撒开双翎，就地一个碾翻身，双手同时叼水袖，拧身快速两顿足，面朝天幕，紧握双拳，丁步亮（武生）相。真是娇情多变，刚柔相济，动作干净、利落、脆。但是先生犹嫌不足，觉得昭君在这急剧的感情变化中，对故土留恋的感情应更为强烈，于是“背后武生相”一亮即收，进而左、右、双，三个大投袖，再往台里冲几步，向内伫立，把人物的背披露给了观众，让观众从“背后戏”去展开丰富的想象。

——鲍绮瑜：《我向尚小云先生学〈昭君出塞〉》

师父作为始创尚派的一代宗师，能那样无私地把自己用毕生精力创造出来的艺术精品无保留地、大规模地传授给那么多的地方戏剧种的演员，这种做法，这种气度，这种艺术观念，这种思维方法，在历来讲究严格师承的京剧界，即使在今天，也是较为少见的。这种做法，在促进剧种之间的交流，丰富地方剧种的剧目和表演艺术，以促进地方剧种的发展上有着重要的意义。师父的这种艺术观念和艺术实践，给后世树立了一个值得效仿的榜样。

——周百穗：《我的师傅尚小云》

阅读与思考

1. 试列举其他流派的《玉堂春》，并简单分析各自表演特色。
2. 试比较程派与尚派的《失子惊疯》在表演风格上的不同。

第四节　程　　派

一、程派艺术特点

程砚秋为“四大名旦”之一，于20世纪20年代后期形成了程派艺术，以独树一帜的发声、吐字、用嗓、润腔等综合技巧创造了风格含蓄及以深邃曲折、抗坠断续取胜的唱腔。通过娴静凝重的舞台形象表现古代女性，尤擅塑造遭遇悲惨、具有外柔内刚性格的中下层女性人物。

程砚秋创制新腔得到了王瑶卿的直接指导，且是在结合了自己倒仓后嗓音变化，出现了脑后音和诡音的特殊情况下设计的。由于程对于他的气口和音量都有极强的控制能力，故在唱、念上收放吞吐、强弱高低的对比鲜明。叫头、高腔、长腔每每拔地而起，盘旋而上，至极高处犹如一缕游丝飘曳天外；低腔、小腔也全凭潜气内转，如同石阻急湍，迂曲而下，幽咽回环，若断若续，给人以“此时无声胜有声”之感。尤以用韵母送气的“硬擞音”，为旦行演员所不多见，这种唱法大都用于唱腔行进的快速转折处。他又擅用快颤音和慢颤音，还常常在脑后音和诡音的运用当中出现一种凄厉的音色，这些润腔方法加强了程腔的感情深度，有力地表达着人物怨愤不平的情绪。但程腔虽以幽咽婉转著称，却于柔美的旋律之中，别具一股阳刚之气，锋芒咄咄逼人，更有强烈的感染力。

程砚秋对音韵学钻研有素，每个字的阴阳平仄、清浊尖团、湖广韵、反切音都十分讲究，以字行腔的结果使唱腔大大丰富。在《文姬归汉》中，他突破二黄慢板十字句的原有程式，按《胡笳十八拍》的原文七字句式谱出新腔；在《锁麟囊》中，他精心设计了西皮原板加垛句的唱法，这些都成为程派的名作。他的念白重起轻收，每于开口时先垫以由轻度喉音发出的“呃”声引出力度很强的正文。他的大段念白更见功夫，给人以声韵铿锵、疾而不迫的印象，具有跌宕多姿的节奏美。

程砚秋的表演因幼时功底好，手眼身步准确自如，腰功尤为出色，像《武家坡》的“进窑”，蹲身旋转，俊美绝伦。水袖功夫炉火纯青，有“勾、挑、撑、冲、拨、扬、掸、甩、打、抖”的十字诀，每一种用法又有若干变化，为表现人物的有力手段之一。如《荒山泪》中“抢子追赶”一场就有四十多种舞式。眼神的运用上，有时含而不露，如《琴挑》；有时强调，如《荒山泪》的“疯眼”和《窦娥冤》的凝视，更使其面部表情深刻感人。《青霜剑》的“祭坟”，闷帘导板之后，手提人头上场在回龙腔中连跑三个圆场，越走越快，紧接着在快三眼中边唱边走S字形，脚步既快又稳，俨如掠水而翔的飞燕。

程砚秋的剧目丰富，传统剧目中独具程派风格的有《四郎探母》《贺后骂殿》《三击掌》《汾河湾》《朱痕记》《玉堂春》《武家坡》《三娘教子》等。新戏则有《青霜剑》《文姬归汉》《梅妃》《红拂传》《春闺梦》《荒山泪》《亡蜀鉴》《鸳鸯冢》《碧玉簪》以及后期的《锁麟囊》《女儿心》等。20世纪50年代又排演了新戏《英台抗婚》。在这些剧目中，服装、扮相及表演程式均有大幅度的革新和创造，有一些戏如《红拂传》《梅妃》等还是歌舞并重的。程派名剧《荒山泪》已摄成电影。

程砚秋弟子有荀令香、陈丽芳、赵荣琛、王吟秋、李丹林等。私淑程派艺术较为出色的，有新艳秋、侯玉兰、江新蓉、李世济、李蔷华等。

二、程派代表作介绍

程派代表作《锁麟囊》乃著名剧作家翁偶虹在1937年应程砚秋之约而作，全剧共十五场，1940年首演于上海黄金戏院。内容取自《剧说》中一个小故事，讲述了一个善良的富家小姐，在贫富无常的人世中，如何因当年的仗义助人而得到报恩和救助的感人故事。该剧在声腔艺术上的成就在程派剧目中独居魁首，在整个京剧界的地位举足轻重。

剧名“锁麟囊”源自剧中的关键道具，锁麟囊就是绣有麒麟的“锦袋”“荷包”。在我国古代，女儿出嫁上轿前，母亲要送一只绣有麒麟的荷包，里面装上珠宝首饰，希望女儿婚后早得贵子。这只荷包锦袋也叫“锁麟囊”。含麒麟送子之意，是古时候祈子法的一种。

剧情为登州富户薛姥聘女薛湘灵嫁予周庭训。出嫁前，按当地风俗习惯，女方娘家要给女儿锁麟囊一个，取“早生贵子”的吉祥之意。薛湘灵的锁麟囊内装满了珠宝。出嫁途中，花轿途中遇雨，来春秋亭避之；又有一乘花轿也赶到此处避雨。轿中贫女赵守贞自感世态炎凉而啼哭。薛湘灵得知真情，甚为同情，仗义以锁麟囊相赠。雨止各自行路。

六年后，登州发大水，薛、周两家逃难，薛湘灵和家人失散，独自漂流至莱州，遇见旧佣胡婆，薛腹内饥饿，胡婆携至当地绅士卢胜筹所设粥棚，适卢为子天麟雇保姆，湘灵应募。湘灵入府后，伴公子天麟在花园玩要，环境的变迁，使湘灵顿悟贫富无常，百感交集。天麟顽皮抛球入一小楼，让湘灵拾取。卢夫人曾嘱勿上小楼，湘灵先是不敢，公子催促，湘灵只得登楼，在楼上寻球时猛见自己当日赠予他人之锁麟囊被供奉案上，顿时有感，悲从中生。卢夫人即是当年的赵守贞，见状加以盘问，知湘灵乃是六年前赠囊之人，敬如上宾，结为姐妹，并帮助湘灵一家得以团圆。

《锁麟囊》于1940年4月29日首演于上海黄金大戏院，集合了南北两地的演员联袂演出，演出十天。演员阵容颇为齐整——由程砚秋饰演薛湘灵，吴富琴饰演赵守贞，芙蓉草饰演胡婆，张春彦饰演薛良，孙甫亭饰演薛母，顾珏荪饰演周庭训，刘斌昆饰演梅香，曹二庚饰演碧玉，李四广饰演老傧相，慈少泉饰演小傧相，李富春饰演卢胜筹，王荣森饰演赵禄寒，李小龙饰演贺客胡杰，杨善华饰演贺客程俊，韩金奎饰演卢义，王春茂饰演卢仁，卢庆元饰演锣夫，李万元饰演周大器，王小群饰演卢天麟。

该剧一经上演即大受欢迎，连演十场，每场皆满。回到北京，于长安戏院连演两场，亦可见其受欢迎之程度。现该剧为程派著名代表剧目，常演不衰。尤以【春秋亭】一折和【朱楼】一折为著。

1. 经典唱段

【春秋亭】

“西皮二六”春秋亭外风雨暴，何处悲声破寂寥。隔帘只见一花轿，想必是新婚渡鹊桥。吉日良辰当欢笑，为什么鲛珠化泪抛？此时却又明白了，“转流水”世上何尝尽富豪。也有饥寒悲怀抱，也有失意痛哭号啕。轿内的人儿弹别调，必有隐情在心潮。“西皮流水”耳听得悲声惨心中如捣，同遇人为什么这样号啕？莫不是夫郎丑难谐女貌，莫不是强婚配鸦占鸾巢。叫梅香你把那好言相告，问那厢因何故痛哭无聊？梅香说话好颠倒，蠢材只会乱解嘲。怜贫济困是人道，哪有个袖手旁观在壁上瞧！蠢材问话太潦草，难免怀疑在心梢。你不该人前逞骄傲，不该词费又滔滔，休要噪，且站了，薛良与我去问一遭。听薛良一语来相告，满腹骄矜顿雪消。人情冷暖凭天造，谁能移动他半分毫。我正不足她正少，她为饥寒我为娇。分我一枝珊瑚宝，安她半世凤凰巢。忙把梅香我低声叫，莫把姓名信口哓。这都是神话凭空造，自把珠玉夸富豪。麟儿哪有神送到。积德才生玉树苗。小小囊儿何足道，救她饥渴胜琼瑶。

【朱楼】

“二黄慢板”一霎时把七情俱已昧尽，参透了酸辛处泪湿衣襟。“转二黄快三眼”我只道铁富贵一生享定，又谁知祸福事顷刻分明。想当年我也曾撒娇使性，到今朝哪怕我不信前尘。这也是老天爷一番教训，他叫我收余恨、免娇嗔、且自新、改性情、休恋逝水、苦海回身、早悟兰因，可叹我平白地遭此贫困、遭此贫困，我的儿啊！把麒儿误身做了自己的宁馨。忆当年出嫁时娘把囊赠，宜男梦在囊上绣个麒麟。到如今囊赠人娘又丧命，亲娘丧命，我的娘啊！公子醒我这里且莫要高声。

2. 作品鉴赏

《锁麟囊》一剧，歌颂了女主人公薛湘灵怜贫济困同情弱者的人道主义精神，同时对社会上趋炎附势的市侩小人也给予了无情的揭露。

薛湘灵是一个大家小姐，知书明理，善良正直。富贵时能助人济贫，遇难后能反思自身。她的人生有大起大落大悲大喜，因此在塑造时要用心，要演出人物在不同时候的不同性格和心理来。

【春秋亭】一场可以说是一个小高潮，现在经常把这一折单拿出来演。这一段中西皮二六转流水的唱段脍炙人口。这一唱段又可以说是薛湘灵内心活动的写照。把薛湘灵对同路人的同情、关切和以陪嫁的锁麟囊相赠的怜贫之心表现得淋漓尽致，充分表现了这个善良正直女子的美好。

【寻球认囊】一场，通过二黄慢板来表现薛湘灵对家人离散世事无常的忧伤，而接下来的快三眼表现出人物出自内心的感叹。“这也是老天爷一番教训，他叫我收余恨、免娇嗔、且自新、改性情、休恋逝水、苦海回生、早悟兰因”，这段唱词说出了薛湘灵对自身的回忆和反省。这个聪慧的女子，在富贵时能够保持着一种“她为饥寒我为娇”的清醒，在沦落时她也能够变得坚强。短短几年，人生大起大落，从富贵到贫寒，离乡背井，骨肉离散，此时此刻，薛湘灵内心百感交集。在表演时要注意体会和表现出薛湘灵此时复杂的心境。

【灾后团圆】中的西皮二六唱段，头两句要表现出薛湘灵对于眼前发生的突变仍然感到疑惑不解，宛如梦境的心情。“猛抬头”一句后面的“儿的娘啊”和“脱危难吉人天相”后的“娘的儿啊”，虽都是呼唤亲人，但由于身份不同故而处理上要做出区别，但都要表现出惊喜交集的感情。【见夫】一小段里“望官人休怪我做事荒唐”和“莽官人羞得我脸似海棠”两句要注意表达薛湘灵的羞涩和难言之隐。后面的哭头“啊，儿的娘啊”表现出人物的委屈。总之这一段要表现出人物悲喜交织的复杂感情。《锁麟囊》是程派唱腔一个极有特色的剧目，可以说是程先生多年倾注心血，集程腔之大成的一剧。程先生根据这出戏的起承转合的结构，精心安排了唱腔。

第一、二场戏是戏剧矛盾的开端。第一场，通过老少傧相的出场对话，向观众交代了故事的开始，并通过两人的争执，点出了世态炎凉。第二场，是戏的真正起点，从薛良三番五次地为薛湘灵更换锁麟囊以及奴仆们来回调换妆奁之物，为薛湘灵的出场做了铺垫。程砚秋所唱的第一段“四平调”就是在这样的前提下完成的。“四平调”也叫平板二黄，是以52定弦的。虽然它的过门和二黄原板的过门一样，但就唱腔的内部结构来说，却与二黄原板有着很大的不同。从四平调的上句看，是落2音上，而下句是落1音上，在句子当中闪板、切分的节奏运用很多，在某些行腔中，因多用自然七声音阶的级进方式，所以显得曲调流畅平滑。程砚秋在人物出场的第一段唱腔上运用四平调，是很得体的。从人物的身份来看，薛湘灵是一个大家闺秀，而四平调又善抒情，就从“怕流水年华春去渺”的唱腔来看，正是抒发了这位千金小姐的娇嗔之情。在这段唱腔中，程砚秋在唱“春去渺”的“去”字上，运用了闪板及切分的节奏，加之“去”字出口又有深呼吸的偷气。这些技巧的运用，可谓极为贴切地把薛湘灵那种留时光不住的无可奈何心情作了一个很好的渲染。在这段四平调中，程砚秋三次运用了闪板的唱法，像“别样娇”的“样”字、“无故寻烦恼”的“烦”字、“如意珠儿手未操”的“未”字，这几个字的节奏处理，使唱腔产生了跌宕起伏之感，不仅顺理成章，而且这几个字的腔调也唤起了观众对下文的遐想和期待。

第三、四场中，第三场是戏剧矛盾发展的趋向深化的部分。由于赵禄寒清贫，女儿出嫁无钱置办妆奁，这正和第二场薛夫人给薛湘灵往锁麟囊中装无数的珍宝，贫富的悬殊构成了鲜明的对比，使剧情走向更深的一步。第四场中，胡杰和程俊两个小花脸的插科打诨，话虽不多却令人回味，是对戏剧矛盾展开的催化。

第五场，是全剧重点场子之一。它向观众展现的是大雨倾盆使薛、赵二家的花轿不约而同地来到春秋亭避雨。乘坐“短花帘旧花幔”小轿的赵守贞饱尝世态炎凉，她父女的辛酸痛苦使人难以忍受，赵守贞的痛哭号啕，引起了薛湘灵的关切，直至后来她慨然以锁麟囊相赠。薛湘灵与赵守贞虽有贫富之别，但薛湘灵表现出的同情之心的深切，正是这出戏典型人物美好性格的体现。程砚秋为这场戏设计的唱腔可谓煞费苦心。这场戏中的“西皮二六”很能动人心弦，“春秋亭”三字程砚秋唱得是回肠荡气，声音上柔中有刚，他在这里运用了“立音”，这种正确掌握呼吸方法有支点的发声，听起来声音结实、圆润、醇厚、上下贯通。“春”字出口极为醒人耳目，而接下来“何处悲声破寂寥”一句的“寂”字上程砚秋用了个行腔，这个腔他唱得曲婉迂回，向人们展示了薛湘灵已然注意到了时而传来的哭声。这段“西皮二六”唱腔，是薛湘灵内心活动的写照。随后转入“西皮流水”，这几段流水程先生唱得尤为含意传情，并且字出有力，音固声实，呈现出薛湘灵对同路人的同情关切和以陪嫁的锁麟囊相赠的怜贫之心。这声情并茂的唱腔，层层深入地展现了人物的内心世界，环环紧扣地表达了剧本的主题思想。

第六场的拜堂和第七场小花脸们的插科打诨以及薛良的劝架，虽是一带而过，却也是全剧必不可少的过场，它深刻嘲讽了世俗之人攀富附贵的嘴脸。第八场是营造气氛的一场戏，它预示着大水即将来临，城里人在千方百计采取措施进行防范。这是戏曲舞台上对无法表现的自然情景的一种交代。

第九场，是薛湘灵婚后的出场。这里程砚秋所唱的“西皮摇板”和“西皮原板”都是在一种平静的气氛之中。西皮原板是京剧常用的一种板式，常用于叙事或抒情等方面，程砚秋在这场所唱的西皮原板舒缓、婉转、平滑，这不单是为了表现薛湘灵回娘家的欣喜心情，从戏剧的矛盾发展来看，这种平静的状态正好为突如其来的灾难做了铺垫。这种平静，正是一种紧张前的平静，使得观众更为关切薛湘灵的未来命运。

第十、十一两场戏，主要是向观众交代薛夫人、周庭训等人的被救。这里又像是对该剧大团圆结局的一种预示。这种双关的手法，往往是戏曲剧本的惯用方法。

第十二场戏是展示戏剧矛盾逐渐激化的关键，它有【寻球认囊】【重温旧事】【灾后大团圆】三个部分。由于这场戏是全剧的核心部分和最精彩的部分，程砚秋在设计唱腔时非常精心、慎重。他在这场戏里设计了“二黄慢板”转“二黄快三眼”“西皮原板”转“西皮流水”“西皮二六”接“哭头”等唱段，来表现薛湘灵在复杂交织的客观情况之下的多种不同情感和内心活动。

如《朱楼》一折“二黄慢板”转“二黄快三眼”这段中，程砚秋把慢板唱得润贴，上句与下句是紧接的，这是为了突出下句“襟”字的大拖腔，以此加深薛湘灵的忧伤。随之转为快三眼，这时唱腔的速度加快了一倍，正好来表现人物内心的感叹。这一大段板式转换的唱腔旋律多变，起伏层出，感情深沉真挚，这种令人为之动容的艺术魅力，正是出自程砚秋的音乐天才。尤其是“他叫我收余恨、免娇嗔、且自新、改性情、休恋逝水、苦海回身、早悟兰因”这一长字句，他字斟句酌，运用了娴熟的演唱技巧一气呵成，道出了薛湘灵通过自身为佣和环境的改变，所悟出的“休恋逝水”而对现实“苦海回身、早悟兰因”的妙曲佳腔，使观众不单单得到了艺术欣赏，而且也受到了一定的教益。

程砚秋在第九场曾唱过西皮原板(“新婚后不觉得光阴似箭”)，但那是三、三、四、十字句的格律唱词，这种结构的唱腔，听起来四平八稳。他在这场戏中又用了西皮原板。同是一种曲调和板式，观众就会从不同的角度去比较、鉴别、欣赏。在这里，【重温旧事】的西皮原板与第九场的西皮原板相比有很大的不同，其不同之处在于这段唱词是长短句，其中长句有十七字、二十五字，最长的为二十八字。遇上这种唱词是很难设计唱腔的，搞不好就会句头不清，上下句颠倒。但经过程砚秋的精心安排，使这段西皮原板曲调更为婉转多变，上下有致，时有起、时有伏，时有叠句、时有一字拖腔，正好与第九场那四平八稳的西皮原板形成了一个对比，使观众耳目一新。

在【灾后团圆】中唱的“西皮二六”，其中有“儿的娘啊”和“娘的儿啊”两处，这两个地方虽都是呼唤亲人，但由于身份不同，程砚秋采取了不同的处理。见薛夫人时唱的“儿的娘啊”，其高腔犹如绛云在霄。见大器时，唱的“娘的儿啊”在“儿”字上是一个上行，随之又下行顺势又一个波浪式的旋律线条，这腔恰似攀枝落花摇曳纤折。在唱完“西皮二六”接“哭头”时，“啊，儿的娘啊”这句哭头用的是无伴奏吟唱，不知有多少观众为之倾倒。这“哭头”由气摧立音而起，声音越高越细，听起来似断似续，起重收轻，随即一个吞吐有致的收腔，造成了一个龙头凤尾的佳句。

程砚秋正是以这些优美精彩的演唱，将全剧推向了高潮。

附录：名家谈戏

程派艺术有两大特点：一是唱腔精湛，字音发出又收回，似断实未断，内涵的东西非常丰富，浑然一体。程腔非常讲究字、字头、字腹、字尾交代非常清楚。另一是表演精美，演谁是谁。程先生的身段、台步非常美，他不是按着老派青衣捂着肚子较为呆板地唱，他的出场、台步，好像荷花摇摆，幽雅大方。表演上极富内心感情。

——新艳秋

如果注意倾听一下程腔时，就会清楚感觉到那种如泣如诉的哀怨声调中，别有一股锋利逼人的东西存在。它显示着一股刚劲的精神，领导着整个节奏向前倾诉。滔滔的长江流水，虽然还未出三峡，幽咽回环，但是那股磅礴的气势却完全可以令人感受得到。这种不可抑制的刚劲气势，使得程腔别具一种巨大的震撼力……这就是他的唱腔的基本方面，这就是他的唱腔的特异之点。

——俞振飞

程派艺术有一个最主要的特色，那便是：这位艺术家在他所表演的剧目和创造的人物当中，所表现出来的那种鲜明强烈、同时又是含而不露的爱憎之情……他总是更多地把自己的创造热情放在自己所喜爱、所尊崇、所敬仰，以及和自己性格与气质比较接近的人物身上。

他是属于这样一类演员：他们不满足于仅仅对于人物进行外部特征的模拟，而是以一种发自内心的热忱、一种强烈的社会责任感和真挚的爱憎之情来探索和塑造人物的性格特征和精神世界，并借此来加强自己的艺术感染力量。

——冯牧

阅读与思考

1. 演程派戏时，如何根据不同人物身份表现？
2. 花衫行当唱、念的特点是什么？同青衣与花旦有何区别？

第五节　荀　　派

一、荀派艺术特点

荀慧生（1900—1968），祖籍河北东光，初名秉超，后改名秉彝，又改名“词”，字慧声，1925年与余叔岩合演《打渔杀家》起改名为荀慧生，号留香，艺名白牡丹。伟大的京剧旦角表演艺术家，荀派艺术的创始人。一生演出了三百多出戏，其中代表作为《元宵谜》《玉堂春》《棋盘山》等，与杨小楼、尚小云、谭小培并称为“三小一白”。1927年和1931年两次当选“四大名旦”，有“无旦不荀”的美誉。

荀慧生的表演熔青衣、花旦、闺门旦、刀马旦表演于一炉，根据剧情发展和人物性格的需要，吸收小生、武小生及其他行当的表演技巧，甚至将外国舞蹈步法融于其中。他根据自己的天赋条件，在唱腔、身段、服装、化妆等方面进行大胆的革新。他表演人物非常注意刻画人物心理状态，重视角色的动作，提倡旦角动作要美、媚、脆。他强调旦角每个动作都要给人以美感，要求演员把女性的妩媚闪现于喜、怒、哀、乐、言谈举止之中。同时身段动作变化多姿，尤其讲究眼神的运用，角色一举一动、一指一看都要节奏鲜明，使观众醒目，演员一出场就光彩照人，满台生辉。所以他的表演感情细腻、活泼多姿、文武兼备、唱做俱佳。他塑造的许多少女、少妇的艺术形象具有大众化、生活化的特点，娇雅妩媚、清秀俊美、风格各异。

他的唱腔素以柔媚婉约著称，俏丽多姿、声情并茂、感人至深。他敢于标新立异，广采博收，吸取其他剧种唱腔的长处，设计新腔。荀慧生编制新腔坚持三条原则：一是让人喜悦；二是让人听懂；三是让人动情。如《红娘》中那段“反四平调”脍炙人口。他善于使用上滑下滑的装饰音，听来俏丽、轻盈、谐趣，具有特殊的韵味。他的不少精彩唱段成为荀派弟子的必修课目。

荀慧生的念白有独特的风格，柔和圆润，富于韵律美。他不照搬传统的韵白和京白，而是从人物的感情出发，充分显示出人物的内心世界。轻重缓急，恰到好处，流利感人，声声入耳，既具有音乐美，又具有生活美。

荀慧生长年与陈墨香、陈水钟合作，编演了大量的新戏，在排演中得到工瑶卿的大力帮助。他演出的剧目有三百多出，大致有以下四类剧目：一是《绣襦记》《丹青引》《红娘》《勘玉钏》《钗头凤》《鱼藻宫》《红楼二尤》《荀灌娘》等新编演的剧目；二是《贩马记》《玉堂春》《十三妹》《得意缘》等增益首尾的传统剧目；三是从梆子移植为京剧的《花田错》《元宵谜》《辛安驿》《香罗带》等将近四十出戏；其他剧目还有《杜十娘》《金玉奴》《卓文君》《胭脂虎》《霍小玉》等。

荀派艺术丰富多彩，流传极广。荀慧生一生收徒之众，不计其数。他亲自指导和传授的学生、徒弟有：吴纪敏、金淑华、李薇华、王紫苓、宋德珠、毛世来、童芷苓、李玉茹、李玉芝、吴素秋、赵燕侠、小王玉蓉、张正芳、尚明珠、厉慧敏、陆正梅、宋长荣、李妙春、许翰英、刘长瑜、孙毓敏等，其长子荀令香工旦，其女荀令莱亦为其传人。

二、荀派代表作介绍

京剧《红娘》取材于中国古典文学名著《西厢记》，张生和崔莺莺的恋爱故事，已经突破“才子佳人”的模式，也没有把“夫贵妻荣”作为婚姻的终极理想。始终追求真挚的感情，将爱情置于功名利禄之上。红娘作为剧中穿针引线的人物，帮助张生和崔莺莺完成“愿普天下有情人都成眷属”的美好愿望。

《红娘》讲述聪明灵巧、活泼可人的婢女红娘，热情、无私地帮助唐代相国之女崔莺莺和白衣书生张珙有情人终成眷属的喜剧故事：唐贞元年间，西洛书生张珙进京应试，在河中府普救寺邂逅崔相国的女儿崔莺莺，二人一见倾心。张珙遂搬入寺内，居住西厢之侧，以伺机与崔莺莺相近。河中叛将孙飞虎知崔莺莺貌美，兵围普救寺，欲掠之。崔夫人于危急中誓言：“有人能退去贼兵，愿倒赔妆奁，将莺莺之为妻。”张珙有挚友白马将军杜确，统兵镇守蒲关。张珙修书一封，命寺僧惠明下书往邀杜确前来解围。杜确剿灭孙飞虎之后，张珙本思与崔莺莺结成夫妻，岂知崔夫人嫌其为白衣秀士，悔却前言，借词推托。张珙与崔莺莺两心惆怅，红娘乃往来为其传书递柬，先使二人在花园相会，后促成二人西厢相会，共度佳期。事为崔夫人闻知，怒笞红娘。红娘据理申辩，并责崔夫人出尔反尔之过，终使崔夫人张口结舌，无言以对。最后，崔夫人依红娘之见，准张珙与崔莺莺结亲，但须张珙赴试高中之后，始允成礼。张珙遂离河中，取路入都。

荀慧生对红娘这个活泼灵动、光彩照人的喜剧人物非常喜爱，他决心将《西厢记》故事的重点转移到这位次要人物身上。荀慧生与陈水钟一起，参照王实甫《西厢记》、昆曲《拷红》和《佳期》以及刘宝全大鼓《大西厢》，创排出《红娘》一剧。剧本于1936年秋季完成，同年10月22日在北平哈尔飞剧院（即后来的西单剧场）首演。红娘由荀慧生亲自扮演，崔莺莺、张君瑞、崔老夫人、白马将军分别由何佩华、高维廉、何盛清、张春彦扮演。演出深受好评，票房极高。此剧从此常演不衰，成为荀派代表剧目。

新中国成立初期，在“改戏、改人、改制”运动中，荀慧生的《红娘》因为含有提倡“一夫二妻”的传统观念，某些唱词和动作略有不雅等问题，遭到批评。在袁韵宜的帮助下，荀慧生对《红娘》进行了新一轮修改。新戏剧情更加紧凑，艺术品格整体提高了一个层次。音乐唱腔、表演身段、舞台调度、服装化妆、舞台灯光等方面的改进，使《红娘》更加京剧化、通俗化、纯情化。经过荀慧生和合作者的通力合作，新《红娘》唱腔新颖俏丽、表演洒脱流畅、装饰扮相别出心裁、人物形象生动活泼、整个剧作妙趣横生，更适合新中国观众的欣赏口味。

1963年，荀慧生剧团在全国巡回演出，《红娘》是演出场次最多、最受观众欢迎的剧目。荀剧团巡演到南京，荀慧生将江苏京剧团演员宋长荣收为弟子，在帮助他排练《红娘》的同时，吸取各方面意见，继续进行调整加工，使之更加紧凑完整、玲珑剔透。

1. 经典唱段

【叫张生】

“西皮流水”叫张生隐藏在棋盘之下，我步步行来你步步爬。

放大胆忍气吞声休害怕，这件事例叫我心乱如麻，可算得是一段风流佳话，听号令且莫要惊动了她。

【西皮流水】

这兄妹本是夫人话，只怨那张生一念差、说什么“待月西厢下”，你乱猜诗谜学偷花。

果然是色胆比天大，贫夜深入闺阁家，若打官司当贼拿，板子打，夹棍夹，游街示众你还带枷，姑念你无知初犯法，看奴的薄面你就饶恕了他。

【反四平调】

小姐呀，小姐你多风采，君瑞呀，君瑞你大雅才。

风流不用千金买，月移花影玉人来。

今宵勾却了相思债，一对情侣称心怀。

老夫人把婚姻赖，好姻缘无情被拆开。

你看小姐终日里愁眉黛，那张生只病得呀是骨瘦如柴。

不管老夫人家法厉害，我红娘成全他们鱼水和谐。

2. 作品鉴赏

(1)《西厢记》里的大丫鬟——小红娘

①角色所处情境、贯穿行动和最高任务

《西厢记》中第三个重要的人物便是红娘，从第一出“佛殿奇逢”到第五出“白马解围”，她的作用并不重要，她忠实地执行老夫人交给她的监护小姐的任务。当张生初表情怀时，她一直采取拒绝、隔离、回避、嘲讽的态度。而解围之后，她顺理成章地采取欢迎张生的态度，同一般的丫鬟没有什么区别。到了第七出“夫人停婚”，角色心理有了很大的变化，正义感使她完全站到了张生和莺莺这一边，于是在行为上开始产生了反方向行动，对抗老夫人的“背信弃义”。于是在第九出“锦字传情”到第十二出“倩红问病”中，红娘主要起着传递信息、出谋划策的“传情工具”作用。到了第十三出“月下佳期”，红娘的最高任务更加明确积极了，她要求崔莺莺对张生相思成病、生命垂危的状态采取负责任的态度，不许莺莺再临事退缩，这时角色功能上升到了“催化剂”的作用。十四出“堂前巧辩”，红娘的形象有了质的变化。表面上看，她被迫跪在老夫人面前，矮了半截，但是她对老夫人义正词严地批评，合情合理地叙述，晓以利害地分析，使得她的形象突然高大起来。至此，红娘突破了传统小丫鬟的家奴形象，一跃而成为一个大义凛然、聪明伶俐、智勇双全的大丫鬟，简直成了正义和真理的象征。

②荀派红娘的角色特征

人类的感情活动中，女性比男性更为复杂细腻。女性之中又以青春少女的精力最充沛，对异性的感情冲动最敏锐，充满了新奇、惊喜和活力。荀派艺术在艺术的表现少女的身心特点方面，特别是青春女性心理上的变化所引起的感情上的活动应列为榜首，以《红娘》为代表剧目。

王瑶卿曾对荀慧生的荀派表演艺术下过一字定论——“浪”，形容的是荀慧生表演的女性角色都具备了浪漫细腻的柔媚情怀。历代荀派弟子对《红娘》的演绎，都凸显了荀派艺术对女性角色塑造的艺术特点，同样具备了浪漫、聪颖、细腻这一特质，只是在剧本角色基础上，红娘少了大花旦的柔媚特质却多了几分活泼可爱的真性情，虽身为小小家奴却也有大家丫鬟的风范。荀派艺术大部分剧目通常反映的是当时中层社会里的少女心理，这类型的角色其精神的或物质的矛盾不太尖锐，但是却十分丰富圆满、充满柔韧。红娘便是这样一个圆润活泼，没有太多精神冲突，却十分率真可爱又充满浪漫主义的形象。

京剧《红娘》戏虽然也被其他流派和剧种搬演流传，但从表演范畴讲以荀慧生和他建立的荀派表演的红娘是最具有代表性的，荀派以花旦为专工，在艺术技巧方面极具艺术欣赏和学习参考价值。“无旦不荀”正说明了这一点。

（2）荀派花旦戏的艺术技巧——以《红娘》为例

①唱功

戏曲旦角唱功表演特点：红娘属于花旦行当，属于“大家丫鬟型”，在演唱时用嗓都有特殊技巧。善用小颤音、半音和鼻音，来增加唱腔的韵味。

“荀腔”是在传统唱法上，博采众长，既结合个人天赋条件又紧紧围绕剧情角色的思想感情，为塑造人物而创腔。唱腔柔媚婉转，多走低韵又柔中有刚，极近低回九转、跌宕有致之妙。喜剧唱腔娇柔妩媚、流利清新，悲剧唱腔缠绵凄凄、如泣如诉。

如《红娘》中，【佳期颂】“反四平”：“小姐呀小姐你多丰采……”这唱段是红娘的心声袒露。她帮助一对有情人书斋相会，是反抗封建礼教的叛逆行为。这一唱段流露出对封建社会上层人物崔老夫人的不满，并对纯真爱情热情地讴歌祝愿。此时此刻，偌大的舞台只有红娘一人在场，荀先生根据剧情发展及揭示人物心态的需要，应用了徽调、汉调、小曲及当时（20 世纪 30 年代中期）流行的周璇歌曲，精心创编了前所未有、新颖动听的“今宵勾却了相思债”一句的唱法，揉进了《西厢记》电影周璇所唱插曲之旋律及音韵。

而在红娘“你妄读诗书习经典……”一段唱腔中，是“口语化”的唱腔方法，这种唱法似唱似叙，好像说话，将梆子滚板化入京剧之西皮流水板中，“指责、点破、提醒、警告”张生的四层意思是通过“语气化”唱腔处理方法和抑扬顿挫的旋律节奏来做到的。咬字清晰、旋律动听、情真意切，是“荀腔”的特色之一，非常准确地表现了红娘当时怒其不争的心理和充满正义感的天真活泼的形象。

以上这些独特的唱功设计，秉着“唱腔重点在唱情”的原则以及“唱腔语气化”的人物塑造要求，从多角度将红娘的人物性格“唱”得趋近圆满，观演角度又能达到雅俗共赏之艺术水准。

②念功

戏曲花旦念功表演特点：主要是京白。

“千金念白四两唱”，形容的是念白在戏曲角色塑造中的难度和艺术要求的高度，念白注意抑扬顿挫、轻重缓急、从中体现喜怒哀乐。唱得再好，念白如果不符合人物身份或不到位，就会功亏一篑。京剧的念白对于气息和声音音位的要求非常细腻，不同的行当有不同的发声方法和表现。旦角戏中，小花旦、花衫、青衣、老旦的声音位置发音方法均有不同。红娘属于小花旦，小花旦念白通用小嗓儿，发音常在前鼻位和口腔上颚位置，眉心音和颅腔音偏多，显示出年轻女性银铃般嗓音的年龄感和跳跃性。

而荀派念白却把这一项提高到特殊的位置，成为塑造人物的必要之处。荀慧生先生在不同场合把韵白、京白、苏白按不同配比使用，传达特殊的韵味。出于角色身份、性格需要，《红娘》一剧中，红娘这个角色是相国千金的贴身丫鬟，在一人之下、万人之上的家庭里讲究排场、礼教、家法，每日周旋于知书达理的小姐身边，莺莺的出口成章也熏陶了她一点斯文，尽管她年未及笄，本性热情天真大胆活泼，但是也不能流于轻浮。据此红娘的念白中也要有一点“韵白”。当她觉得张生可笑时，活泼天性爆发，便又转为“京白”，这样的念白既符合人物性格又富于生活化、口语化，使得红娘这个角色性格化、趣味化。如红娘的念白：“你哪儿那么些个废话呀。”这种语气化的处理巧妙增强了人物的“幽默感”。还有“嗯”音的使用，点头咂嘴，愈见俏丽，使小家碧玉、天真丫头的娇憨之态跃然台上。还大胆使用“卷舌音”，寓柔婉于雷电，有时口若莺啼，疾徐相应，最后犹如连珠滚滚而去。

③做功

戏曲花旦做功表演的特点：轻俏软媚的小巧身段设计，如侧颈、垂头、晃身、咬唇、衔手帕、舞水袖等，都能很好地表现少女或少妇的微妙心理活动。

荀派旦角的做功，是把传统的正旦、花旦、闺门旦、刀马旦的不同表演技巧共冶一炉。“眼为心之苗”，和其他表演派系一样，荀派也极其重视眼睛的做戏传神。在台步、手势、眼神、水袖、身段、造型等方面，旦角戏有着独特的表演方式。如在手势上，荀派根据人物进行了改革和创新，手势很多，并且是真实感与艺术感相结合的新手势，配合着眼神、身段、步履去做戏。透过纯朴、自然的手法，刻画出古代妇女吃苦操劳、坚韧不拔的性格特征。如《红娘》中，红娘与张生说：“你（用手直指向张生，一指突出向前，四指合拢）不要这么文绉绉的，有什么话，你就痛痛快快地说!”这里的做功动作是荀慧生常用的“直捣黄龙”的新手势结合“二龙戏珠”双手下放压平的动作来表演的，刻画了红娘仗义勇为、活泼天真的爽快性格。而在《红娘》中，“听琴”所唱“款款的呀深情流露在眉间”，荀慧生即一指齐眉手指，并深切地徐徐移动，显得俏丽多姿。这个做功是荀慧生创造出的“齐眉指法”。在书房修书一折，红娘前面带路，大步疾行，路径纯熟，飘飘欲仙，再加上双抖长水袖，飘拂半空，玉臂半露，水袖复从身后甩平两侧，真如一只五彩缤纷的彩蝶，戏舞花丛，翩翩飞翔。每演至此，掌声雷动，令人赞叹。

附录：名家谈戏

《红娘》是我的老师荀慧生的代表作。现在的京剧花旦是“无旦不荀”，而且是“无荀不红”。《红娘》是一出清新、活泼，诙谐动情的歌舞京剧，它的唱和念、做、舞是融为一体而缺一不可的。荀派有四大悲剧，六大喜剧，这就是喜剧之一，也是最红的剧目之一，又是最难演的剧目之一。

——孙毓敏：《我演〈红娘〉》

荀慧生是戏曲表演领域中自辟新境的艺术大师。他在京剧程式化表演的基础上，引进、融入了大量生活化的表演，使二者有机而适度地结合起来，开辟了程式化、生活化结合的新路。他的风格自然、灵活而又不失戏曲传统规范，开阔、洒脱而又不失含蓄，神韵飞动而又讲究深度，具有极高的审美价值。

——王家熙

阅读与思考

1. 《红娘》与其他《西厢记》改编剧目有何不同？请分析红娘的性格特点。
2. 荀派艺术的最大艺术特点是什么？

第三章

京剧生行戏

第一节 小 生 戏

一、小生行当流派概述

1. 行当

京剧里的小生扮演的是比较年轻的男性角色。小生不带髯口，一般扮相比较英俊、清秀。音色上要求清脆、激昂、抒情，唱和念均为真假嗓结合。假声既要尖、细、高，以别于老生；又要宽、亮、刚、劲，以别于旦角。刚劲清新、别有韵味是小生行当的表演追求。

小生按表演的不同，又分为文小生和武小生两种。

文小生多是气度雍容、儒雅大方的读书人，分为官生、儒生、穷生、扇子生等。官生多是扮演官职人员，要求人物要儒雅潇洒，如《玉堂春》中的王金龙；儒生多是扮演没见过世面的读书人，遇事很少有主见而又书生气十足，如《十三妹》中的安骥；穷生多是先贫寒而后发迹的读书人，要求人物寒酸而又清高，如《金玉奴》中的莫稽；扇子生多是爱情故事中的人物，要求人物潇洒，但不能放荡轻狂，如《拾玉镯》中的付朋。

武小生以做、打为主，是穿蟒戴翎子的青年将领。要求人物风雅神秀、英武高傲，如《穆柯寨》中的杨宗保。武小生又有以唱为主的青年将领，要求演员以唱来表达人物的思想感情，如《罗成叫关》中的罗成。

2. 流派

(1) 程派小生

程继先是清末以来小生演员中成就最高、技艺最全面的杰出人才，他的表演艺术对现代小生行当影响最大。程继先自幼坐科，曾习武生，有很深的武功造诣。注意做派、神情和工架，表演传神入微，善于以翎子、扇子、甩发种种功夫以及细节的刻画来塑造剧中不同人物形象。即使同一人物在不同剧目中的表演也毫不雷同，能以动作幅度的大小、力度的强弱、步伐的徐疾、面部表情的变换甚至翎子功的运用，充分展现特定场合中的人物形象。其弟子有叶盛兰、俞振飞、白云生等，其中以叶盛兰的成就为最高。

(2) 叶派小生

叶盛兰全面继承了程门本派的剧目、表演、武打、工架和念、做等方面的优良传统，并在多年的舞台实践中有重大的突破发展。他嗓音不仅清亮高亢、圆润甜美，龙音、虎音兼备，而且耐唱，诸如大段的唢呐二黄、西皮三眼、原板等成套唱腔都能酣畅饱满、轻松舒展。唱法上，他远取德（珺如）、朱（素云），近摹姜（妙香）、金（仲仁），广泛吸收了各家唱腔、唱法的精华，从而使自己的唱腔华丽秀劲，并研创了反西皮唱腔。叶盛兰善于以丰富多变的唱腔塑造人物，其在唱功方面成功的艺术创造，使小生行当的艺术更为完善。对于程派的做功，叶盛兰于继承之外有所发展，尤其刻画反面人物极为准确、合理、生动，如吕布的骄横浅薄、西门庆的凶狠等，都恰到好处。

叶盛兰全面发扬了程派小生的艺术，被认为是当代小生的首席演员，中年以后更形成了自己独特的表演风格，成为当代最有影响力的小生流派。其子少兰亦能继其衣钵，嗓音宽亮，文武兼长。此外，大多数小生演员都能摹学叶盛兰的演唱，其影响极为深远。

(3) 姜派小生

姜妙香由青衣改演小生，博采众长而且富于创造，发展了小生唱腔，形成了新的流派，称为“姜派”。

姜妙香同梅兰芳合作近半个世纪，使得他与梅兰芳风格相近，儒雅庄重，真挚自然。他的戏路文武皆通而偏于文，唱做俱佳而精于唱，悲喜剧皆演而更宜于喜剧。其主要贡献在于改革、丰富了小生的唱腔。他吸取了青衣的传统唱腔、唱法和运腔技巧，使之充分“小生化”，脱俗而且无脂粉气。

姜妙香念白讲求声韵和吐字，强调语气的平易和传情。他武功亦极佳，扎靠戏开打利落，招数清楚，身手稳健，从不卖弄技巧。精心揣摩剧中人物的心理、地位、环境，运用唱、念、做等身段予其以恰当而合理的表现，是姜妙香演戏的一大特色。

(4) 金派小生

金仲仁以票友身份下海，他戏路宽，善借鉴，长于做、念，成为民国以后小生流派代表人物之一。

金仲仁因戏设腔，注重节奏尺寸。念白、做功字音准确，语气传神，尤擅京白，他的“京味”极为纯正，醇美动听。在表演时，他表情细腻，注意发掘人物的内心，用种种表演手段赋予人物活力，增强人物的感情色彩。饰演贵胄、将帅具有华贵雍容的气概；演痴呆气的书生尤能合乎身份，演穷生戏亦能于寒酸潦倒中透出大方的气度。

二、小生代表作介绍

小生代表作《小宴》，是《吕布与貂蝉》中的一出，系明代王济之《连环记》传奇改编而成，故事源自《三国演义》第八回：

东汉末年，董卓进入长安，窃据相位，得吕布为羽翼，横行无忌。司空张温与袁术定计，欲除董卓。袁术遣人下书，误投吕布之手。时董卓大宴群臣，阅袁术手书，即席将张温斩首，以镇群僚。司徒王允心中不忿，暗下决心除掉董卓。他收使女貂蝉为义女，定下“连环计”——先邀吕布过府，以貂蝉许之。复邀董卓饮宴，载貂蝉回府为妾。吕布闻知，责王允失信，王允推说董卓乃是迎媳回府。吕布赶回，得悉董卓已纳貂蝉为妾，怒不可遏。吕布与貂蝉在凤仪亭相会。貂蝉假意诉苦，并以言语相激。适为董卓所见，义父子之间反目成仇。董卓见势不妙携貂蝉至郡坞暂住，王允乘机与吕布合谋，诡称迎董卓入朝受禅，董卓大喜。行至朝房，为吕布刺死。吕布遂与貂蝉团圆。后曹操联结刘备，攻夺徐州，吕布因贪恋酒色，势竭被擒。曹操终在白门楼斩杀陈宫、吕布，收降张辽。①

《小宴》剧情为王允与貂蝉暗定“连环计”，送吕布一顶紫金冠，吕布特来王府拜谢。王允留宴为吕布洗尘，唤貂蝉出来奉酒，自己故意避开。吕布一见貂蝉，便心慌意乱，惊艳于貂蝉的绝色，貂蝉亦故意留情引吕布上钩。及至吕布、貂蝉私下定情，交换信物时，王允又突来撞破。最后王允为貂蝉许婚，吕布约期成亲而别。这是王允使“连环计”的初步成功。

京剧大师叶盛兰在1946年对《吕布与貂蝉》进行了整理加工，特别是《小宴》一折，突出了小生在剧中的分量，使之成为叶派小生的看家戏。1958年叶盛兰先生与京剧名家杜近芳合作排演此剧，广受好评。

“文化大革命”后，叶盛兰的二儿子叶少兰在1979年与夫人许嘉宝又在北京军区战友京剧团恢复排演了这出叶派小生戏。当初叶盛兰先生演出《吕布与貂蝉》时，在《小宴》一折中唱的并不是“那一日在虎牢大摆战场……”，而是“在虎牢战败了曹与刘，试看诸侯如马牛……”。并且在叶盛兰的演出中，吕布只是通过以上唱段向王允讲述自己的胜利经过，当时貂蝉并未在场。而叶少兰在复排过程中，把吕布叙述虎牢关的胜利经过安排在王允、貂蝉一同陪宴中，并安排了吕布自我吹嘘“那一日在虎牢大摆战场……”的唱段，这样既强化了剧中吕布的表演，丰富了吕布的唱腔，更突出了吕布在貂蝉面前有意表现自己威猛无敌的“英雄气概”，很好地做到了与后续情节的衔接。正是由于叶少兰的精心打造，使得设计精巧、唱作俱佳的《小宴》一折成为了《吕布与貂蝉》的符号代表，1983年还拍成了戏曲电影，叶少兰也因此剧的精彩表演一举获得首届中国戏剧梅花奖。不仅如此，叶少兰的《小宴》和他的“那一日在虎牢大摆战场……”也成为之后京剧小生专业演员和业余票友参加各类赛事和表演的首选剧目或唱段，多年来久演不衰。

1. 经典唱段

吕布：听了！“西皮导板”　　那一日，在虎牢大摆战场，
“西皮快三眼”　　我与桃园兄弟论短长。
关云长挥大刀猛虎一样，
张翼德抵蛇矛勇似金刚。
刘玄德舞双剑浑如天神降，
怎抵我方天戟蛟龙出海洋。
只杀得刘关张左遮右挡，
“西皮原板”　　俺吕布美名儿，
“西皮散板”　　天下传扬。

① （明）罗贯中：《三国演义》上，中州古籍出版社2007年版。

2. 作品鉴赏

《吕布与貂蝉》这出戏中小生的重头戏由《人头会》《小宴》《凤仪亭》等几个环节组成。其中，《小宴》是重头戏，具有极大的欣赏性和渲染力。戏中浩气磅礴的大段唱腔，挥洒自如的身段和恰如其分的眼神交流，把人物的潇洒神态展露无遗，也非常符合小生行当挺拔大方、血气方刚、美而不媚的特点。此戏因所表达的全面性和艺术性成为经典之作。

（1）唱功

尽管京剧是一门极为综合的舞台艺术，但不可否认，其声腔艺术的显著特色还是占据了这门艺术的突出地位，这也是“唱、念、做、打”中“唱”摆在京剧“四功”中首要位置的原因。因此，一出京剧剧目如果没有施展演员歌唱艺术的空间和耳熟能详的经典唱段，那么它被观众所熟悉乃至被戏迷票友传唱的几率就会大打折扣。

《小宴》一折中，吕布上场时唱道：“虎牢关前威名震，辅佐相父辖群臣。”这几句一定要唱得满宫满调，有劲有味儿。“虎牢关前”四个字要多用虎音，吐字必须清晰准确，“威名震”的“威名”要唱得得意，而“震”字更要唱得饱满，嘴皮子必须要有劲，以唱出那种名震四海的得意之情。当见到貂蝉时，吕布被貂蝉的美艳所吸引，惊喜之情、爱慕之意油然而生。此时吕布唱道：“举目不禁神魂荡，云鬓花颜一红妆。”头一句必须吸着气唱，用轻起柔唱的“凤音”并用压颤的唱法来点染“荡”“红”二字，而“一”字则要用赞叹的情感来唱，发自内心地觉得貂蝉实在是太美了。吕布是好色之徒，这两句唱时一定要体现吕布初见貂蝉的惊喜与轻佻。

在《小宴》中，叶少兰运用了小生声腔中“西皮导板”接“三眼”“娃娃调”这一最为普遍和熟悉的板腔结构。“娃娃调”是京剧娃娃生、小生和武小生行当的专用唱腔，其唱腔结构、调式、唱词节奏等基本特点虽与西皮声腔相似，却又与一般西皮唱腔在结构上有着明显区别。“西皮娃娃调”旋律起伏大，音域宽、高亢明亮、棱角突出、刚劲挺拔，是一个板式齐全的唱腔系列，在剧中常以成套的板式组合唱腔出现，例如传统小生戏中《白门楼》吕布的“今日里在战场大败一仗”、《四郎探母》杨宗保的“杨宗保在马上忙传将领”都是小生“娃娃调”的经典唱段。也可以说，这一具有显著特征并成为系统的唱腔也是京剧小生最具代表性的板腔组合。当好色的吕布看见美丽的貂蝉，在表述“虎牢关”战绩时，他的内心是飞扬浮躁、志得意满的。因此，“那一日在虎牢关大摆战场”这段“西皮娃娃调”唱腔要以刚为主，“龙”“虎”二音并用，在行腔、润腔之中，要隐有狂妄之气，用“曲助情达”的唱法，使吕布那种洋洋自得的吹嘘也不脸红的心态，在观众面前暴露无遗。同时，吕布此时此地也是在貂蝉面前炫耀自己，所以节奏上不能太慢，要唱得顿挫有力，以此来突出吕布此时的内心情感。

（2）做功

经过叶盛兰加工的《小宴》是典型的小生戏，其中主要看的是属于“雉尾生”（即头插两根雉尾翎）的吕布。这类人物多为官宦人家子弟，少年英俊，风流潇洒，头上的两根雉尾翎也主要是用来表现人物的。长期以来戏曲艺人在利用雉尾翎的表演上，创

造了许多独特的耍翎技巧，既突出了人物的性格，又提高了剧目的艺术表现力。“翎子功”主要用于表现剧中人惊喜、愤恨、得意、轻佻等心理活动和性格特征。表演时靠头的美化摆动和身段的变化，使翎子构成各种姿势及形态的高难度技巧。其中最具代表性的有：摆翎、扫脸翎子、金蛇绕梁、双凤点头、甩翎等十多种。翎子是一种内在情感的外化，是表现角色情感的艺术，它可以很好地把角色的情绪、心境、个性传达给观众，使观众从翎子所舞动的抽象线条去发现角色的内在心象。《小宴》中，吕布一见貂蝉，便被其美貌所吸引，目不斜视地看着貂蝉，几乎忘了饮酒。王允借故离去后，他便肆无忌惮地挑逗、勾引貂蝉，这时他的心情便通过耍翎子表现出来：先是立翎、左单立、右单立，再双立。接着是颤翎，先是单翎抖动，然后再双翎抖动，以及抖动中急停。吕布多次表演耍翎和饮酒中用翎子去触貂蝉面颊以及狂笑等，都是为了吸引貂蝉的注意。

这段戏本来是很简单、很平凡的，但通过吕布的耍翎表演，一来将简单的生活故事复杂化，增强了戏剧的艺术性；二来通过具有技艺性的艺术表演，将人物的思想感情外化。吕布一见貂蝉便被其美貌吸引，但仅是一般的目不转睛地看则会落入俗套，而通过耍翎表现吕布轻佻浅薄的性格，表演独特有趣，容易被观众领会。也因此细致刻画，《小宴》一折戏方能久演不衰。

附录：名家谈戏

叶少兰在《吕布与貂蝉·小宴》一场中，演唱的西皮“娃娃调”就有着这种气韵夺人的艺术魅力。

这段唱腔的独到之处至少有以下两个方面：

其一，骄横之气十足。吕布在向王允、貂蝉叙述自己在虎牢关力敌刘备、关羽、张飞之勇，谈自己的勇猛是用铺陈和渲染刘、关、张之勇衬托及对比出来的。像“关云长挥大刀猛虎一样”的拖腔，“样”字一出口，气势贯顶，走一个高音，很好地发挥了开口音的共鸣小郭，然后匀住气，在中音区使几个小弯儿，适当地加几个顿音。甩最后一个音时，又突然放开音量，铿锵有力地收住。那股如猛虎下山之势的行腔分明是在夸赞自己的对手之勇。然而，当唱到“怎敌我方天戟蛟龙出海洋，只杀得刘关张左遮右挡”时，“左遮右挡”的甩腔又有一股压倒一切的气势，铺天盖地而来。此时，若顾曲者闭目凝思，回味起“猛虎一样”中的小弯、顿音的使用，分明有一种调侃道在其内。原来，吕布的夸关羽之猛，意在显示自己更胜一筹，其洋洋得意、骄横之气可掬。

其二，娇媚之气十足。娇媚之气不是女儿作态，而是一员吃醉了酒的武将在夸耀自己武功以取悦于自己心爱的佳人（貂蝉）时的醉态。“那一日在虎牢大摆战场”的“导板”演唱中，“那一日”三字一般唱法平铺在“6、5、6”三个音上即可，而叶少兰偏偏又在“日”字的行腔后添加了一个小腔；“在虎牢”三字中的“牢”字的拖腔有个“5”音的滑音，“2”音的拖腔又有意终止，让位给弹拨乐的“垫头”，再顺着“垫头”的劲头、趋势，又把末了的拖腔延续下来。这些小节骨眼上的处理，都是叶少兰有意突出吕布的醉态而设的神来之笔。“娃娃调·西皮慢板”的演唱整个趋势是由慢及快，“只杀得”一句为最快，而最后一句“俺吕布美名儿天下传扬”又扳下来，转散收腔。这种由慢及快，再由快而慢的行腔速度变化，也是配合吕布欣赏、自得以及在醉意中观察貂蝉女的反应如何的神态而精心设计的。

——伊平《气韵夺人——叶少兰演唱〈小宴〉“娃娃调”欣赏》

纵观吕布这一生，他先拜丁建阳为父，后反目杀之；再拜董卓为父，后又反目杀之；直至被曹操擒获，又要拜曹操为父，结果拜父不成反而被杀。张飞一句“三姓家奴”，将吕布的一生作了概括，也将吕布的性格揭示得一览无余。在东汉末年，门阀林立、等级森严的社会中，出身卑贱的吕布要得到晋身之阶，“拜义父”似乎是一条捷径，然而这同时也使得吕布的心理极度扭曲。他一方面因为自己的出身和“拜他人为父”而深感自卑，另一方面又要以极度的自大来掩饰这种自卑，以求达到心理的平衡。吕布这种“双重人格”是造成其在处世待人上“反复无常”的心理原因。吕布初次拜丁建阳之后当上了小小的偏将，但很快在更大的荣华富贵的诱惑之下杀了义父，投奔董卓。吕布拜了董卓之后，被封为温侯，可谓一步登天，但久而久之，吕布渐渐地发现自己不过是执戟立于董卓之侧的高级侍卫，且董卓一向傲慢待己，加之王允巧施连环计，貂蝉的介入使同样好色的父子二人之间并不牢固的情感锁链彻底地断裂了。不过，此时的吕布却没有如待丁建阳一般果决地杀戮，全不见了平时的英雄气概与鲁莽的性格，而是处处委曲求全、忍耐压抑，不敢轻易发作。这时候维系着吕布与董卓之间关系的，不是什么父子之情，而是赤裸裸的相互利用。由此看来，吕布是一个毫无节义之心的势利小人，他身上充斥着小市民的市侩气。他既没有匡世济时的政治抱负，也没有知时达变的政治远见，他的一举一动无非是受利益的驱使。因此，他在政治上是盲动的，他所得之利也无非是眼前利益，而且最终为这些蝇头小利而失势亡身。

基于这样的认识，我在传统表演程式的基础上，重新为《梳妆掷戟》中的吕布灌注了灵魂。在剧中，吕布对被董卓抢占的貂蝉又是惜又是怨，对董卓则又是恨又是怕。在凤仪亭中，吕布听完貂蝉的哭诉，又气又恨，在唱完一段如泣如诉的【红纳袄】之后，将揽在怀中的貂蝉狠心地抛在地上，大有弃之不顾之意，可又经不起貂蝉的一声呼唤，立刻软了心肠将其搀扶起来。然而就在这时，幕后传来了董卓一声呼唤，吕布又下意识地将貂蝉一把推开。当貂蝉假做投水自尽时，吕布情急之下将其一把抱住。此时董卓上场了，看见董卓，吕布又一次连忙推开了貂蝉。这“三揽三推”，把吕布既垂涎貂蝉的美色，又顾忌董卓的淫威，色大胆小的内心世界鲜明地勾画出来。在下面一段戏中，吕布虽然已经对董卓义愤满腔，但是一看到董卓的眼睛，马上躲躲闪闪。在董卓打了他一记耳光之后，他举起拳头要爆发，可想到“父子”关系破裂对自己前途的影响，就软了下来。但董卓并不罢休，执戟要杀吕布，吕布抢过戟要刺杀董卓，可最后关头，还是没有刺下去。这种犹豫不定的态度，鲜明地表现了吕布内心深处的矛盾和他在本性和利害之间斤斤计较、患得患失的卑微的小市民心态。

——王振义：《我演吕布》，载《中国京剧》2007 年第 5 期

阅读与思考

1. 如何理解京剧小生戏中对“翎子”的运用？试举例说明。
2. 不同剧种相互吸收借鉴的过程中应该注意哪些问题？

第二节 老 生 戏

一、行当流派概述

1. 行当

老生又称须生、正生、或胡子生。胡子在京剧里的专有名词叫“髯口”。老生主要扮演中年以上的男性角色，唱和念白都用本嗓（真嗓），老生基本上都是戴三绺的黑胡子，术语称“黑三”。另外还有灰色的，即花白的三绺胡子，专业名词叫“苍三”。白色的三绺胡子叫“白三”。还有就是整片满口的胡子，不分绺，术语称“满”。

老生一般分为文武两种，从表演的侧重点来划分：唱功老生、做功老生、武老生。

唱功老生又称安功老生，以唱为主。其动作性较次要，态度安闲沉稳从容。介乎唱功戏和做功戏之间的以念白为主的戏，唱功老生和做功老生都可以兼演，如《审头刺汤》的陆炳、《夜审潘洪》的寇准等，其难度较唱功和做功戏大得多。做功老生是以表演为主，如《徐策跑城》的徐策、《坐楼杀惜》的宋江、《清风亭》的张元秀等。唱功老生和做功老生都属于文老生的范畴。

武老生包括长靠和箭衣（俗称短打）两种。长靠老生又称靠把老生。“靠”是京剧的专门名词，即古代武将所穿的铠甲。身穿铠甲，在京剧里叫做披靠或扎靠。“把”是“把子”的简称，即兵器。身披铠甲，手持兵器，擅长武功的老生角色，都叫作“靠把老生”。如《定军山》和《阳平关》的黄忠、《战太平》的花云、《失街亭》的王平等。

2. 流派

京剧各个行当中的艺术流派的形成和这种划分行当的方法有着密切的联系。就在这种以表演的侧重点来划分行当的基础上，产生了很多擅长某种行当的表演特点的杰出演员。他们又因各自的天赋条件，师承来源，接受、理解和表现力，文化修养，技巧水平，社会经历和艺术实践的积累，以及对生活的感受和反应的程度等各方面的差异，形成了具有独特表演特色和自己艺术风格的艺术流派。例如，同是唱功老生，就有谭

（鑫培）派、孙（菊仙）派、汪（桂芬）派、汪（笑侬）派、余（叔岩）派、刘（鸿声）派、高（庆奎）派、言（菊朋）派、杨（宝森）派、马（连良）派、麒（麟童，周信芳）派等。做功老生中最有影响的是麒派和马派。实际上，谭派和余派并不仅以唱功见长，谭鑫培和余叔岩都是唱、做俱佳，文、武兼擅的艺术家。

二、老生戏代表作介绍

京剧《赵氏孤儿》故事发生于春秋时期，正是中国历史上社会经历大变革与动荡的时代，当时政治舞台上主要存在着周天子为首的周王室和各国诸侯及各国卿大夫三大势力。其中，各诸侯之间、各国卿大夫之间的明争暗斗、分分合合，形成了新旧贵族间展开斗争的基本格局。而且，在春秋时期的各个阶段表现各具看点：

初期是周王室同诸侯的矛盾冲突，中期是各诸侯之间的矛盾冲突，后期是卿大夫之间的矛盾冲突。而聚焦于晋国，则更多地表现为卿大夫与晋公室及卿大夫之间的矛盾斗争。晋文公时期称霸中原，这既是对诸侯斗争的胜利，也是对周天子权威的进一步削弱。晋文公之后，随着私家势力的发展，卿大夫与晋公室的矛盾、卿大夫之间的矛盾日益错综复杂。晋景公时期赵氏一族被诛就是发生在这一历史背景下。赵氏一族惨遭灭门诛杀，这既有晋公室对卿大夫势力的抑制与掌控，也有栾氏集团对赵氏集团排挤的深刻背景。赵氏族诛是晋国历史上的一个重要事件，是晋国卿大夫各集团间矛盾白热化的公开斗争。赵氏族诛以及栾氏、范氏、中行氏、智氏等诸侯集团的先后覆灭，均是卿大夫之间互相倾轧、矛盾冲突激化的后果。

公元前621年，晋襄公以中军将（正职）贾季与中军佐（副职）赵盾职位互换，且赵盾还兼任执政大夫，晋国第一次出现了担任军政一把手的“正卿”。晋襄公去世时，将爱子夷皋托付给赵盾，但是赵盾却认为夷皋太小不适合继位，想让襄公弟弟公子雍为君，而贾季主张立公子乐为君。为阻止公子乐继位，赵盾截杀了他。此时，因襄公遗孀哭闹责问，赵盾只好遵君嘱立夷皋为君，即晋灵公。随即把赶着来继位的公子雍以“逐寇”名义杀掉。因此举，得罪了一批同僚。

灵公长大后，贪图享受，残暴异常，在国务上经常掣肘赵盾，并以派刺客鉏麑暗杀、灵獒扑杀等手段欲置其于死地，但均未成功。赵盾于是逃亡，还未出国境，堂弟赵穿将灵公刺杀，赵盾又返回。史官董狐因赵盾“亡不越境，返不讨贼”而书“赵盾弑其君”并公布。此举为赵氏家族日后灭门埋下了隐患。

晋景公继位后，他对卿族强大、君权旁落的状况心知肚明。充分利用卿族间的矛盾各个击破。于是，“赵盾弑其君”的旧话又被提起，赵氏家族变得低调。后因庄姬揭发赵同、赵括打算叛乱，栾书等作伪证，晋景公借机下令讨伐。除了韩厥外，卿族均参与了攻打。赵同、赵括惨遭灭族。赵庄姬作为举报人兼景公姐妹，自然能带着儿子安然置身于事外。两年后，经韩厥说情，景公也需制约其他卿族的势力，“乃复令赵庶子武为赵后，复与之邑”。

《赵氏孤儿》剧情为大将军屠岸贾凶暴残忍，专权误国，陷害忠诚正直的大夫赵盾。在他的怂恿下，晋国国君下令：抄斩赵氏满门。一夜之间，赵盾和他的儿子赵朔，及家属、奴婢等共计三百余口倒在血泊中，做了冤鬼。赵朔的夫人庄姬公主，因是国君的胞妹，幸免于难，被送回内宫居住，此时她已怀有身孕。

几个月以后，庄姬公主生下一个男婴，取名赵武。但这一切都逃不过屠岸贾的眼睛，他早已下令，把内宫封锁起来。庄姬公主以看病为名，把赵家的挚友、乡间医生程婴召进内宫，含泪请求程婴救孩子出宫。程婴把赵武放进药箱准备带出宫门。守将韩厥见程婴一腔正义，十分感佩，放走程婴和赵武，自己拔剑自刎。屠岸贾追查不到赵氏孤儿的下落，气急败坏，宣布要把全国半岁以内的婴儿全部杀光。

为了保全赵氏孤儿和晋国所有无辜的婴儿，程婴与退职年迈的大夫公孙杵臼商议，用假象瞒骗屠岸贾：程婴献出自己亲生儿子代替赵氏孤儿，公孙老人顶替救孤藏孤的罪名，然后由程婴亲自去向屠岸贾告发。屠岸贾听信了程婴的举报，残忍地杀死了公孙老人和“赵氏孤儿”。晋国上下目睹了这场血腥屠杀，敢怒而不敢言，人们在背后无不切齿痛骂程婴的卖友求荣。程婴面对这一切，只有强忍悲愤，默默承受。

程婴含辛茹苦把赵武培养成文武双全的青年，并让赵武认屠岸贾为义父。在大将军魏绛的鼎力相助下，得知真相的赵武拔剑刺向仇人，并告之自己便是他斩不尽、杀不绝的赵氏孤儿。

《赵氏孤儿》作为中国古典著名悲剧，自元代纪君祥编写成杂剧以来，广受世人的推崇。从戏剧视角论，国内有《赵氏孤儿》《八义记》《搜孤救孤》，国外有法国文豪伏尔泰据此改编的《中国孤儿》。

纪君祥的《赵氏孤儿》杂剧无疑是最有代表性、经典性的赵氏孤儿题材的作品。纪君祥的《赵氏孤儿》按照元杂剧将历史写成传奇的惯例，其内容代表了民众对史实的普遍认知，并非皆为历史真实。《赵氏孤儿》将事件发生的时间前移到晋灵公时期，屠岸贾处理成与赵盾地位等同的大将军，程婴成了草泽医生，公孙杵臼是退休的老宰辅，韩厥为屠岸贾门下的守将等。杂剧通过程婴与公孙杵臼匿婴出宫、舍命留孤、养孤复仇等情节惊心动魄、扣人心弦的演绎，揭示了中国传统文化中“忠、义”的深刻内涵。尤为可贵的是将替赵氏孤儿赴死的婴儿换成了程婴的独子，又让屠岸贾发出三日后将“普国内小儿”皆杀死的暴令，使故事由忠义的道德层面提升到忠奸的社会层面上，使两位舍生取义、忍辱负重者的行为更加令人肃然起敬，精神境界也更为高尚。人物塑造的定型化，也满足了观众普遍存在的好人与坏人黑白分明的心理需求。因此，被王国维誉为“即列于世界大悲剧中，亦无愧色”。

1732 年后，《赵氏孤儿》被介绍到欧洲，引起读者震动。1750 年前后，法国文豪伏尔泰将其改编为五幕剧本《中国孤儿》，英国、德国也纷纷尝试。伏尔泰的改编本是西方最有影响的改编剧本。

《搜孤救孤》的老版是以公孙杵臼为主角，后来因谭鑫培饰演程婴，逐渐就以程婴为主角，公孙杵臼的戏份减少。此后余叔岩对此剧进行了加工，使该剧结构完整，唱腔流畅蕴藉，亦成为了余派的代表作。

1960 年，马连良主演的全本《赵氏孤儿》更是京剧史上的集大成之作。当年，马连良版《赵氏孤儿》是根据马健翎的同名秦腔剧本改编而来，由马连良、谭富英、张君秋、裘盛戎等几位京剧大师合作演出。马连良每一场的表演都是引人入胜，超水平发挥。尤其是【盗孤】【盘门】【大堂】【绘图说破】几场，甚为精彩。唱、念、做、表，已臻化境，令观众叹为观止。

1. 经典唱段

【老程婴提笔泪难忍】

“反二黄散板”老程婴提笔泪难忍，千头万绪涌在心！

十五年屈辱俱受尽，佯装笑脸“原板”对奸臣。

晋国中上下的人谈论，都道我老程婴贪图了富贵与赏金；卖友求荣，害死了孤儿，是一个不义之人！

谁知我舍却了亲儿性命，亲儿性命！我的儿呀！抚养了赵家后代根。

为孤儿我已然把心血用尽，说往事全靠这水墨丹青。

画就了雪冤图以为凭证，以为凭证。

“散板”叩门声吓得我胆战心惊。

【我魏绛闻此言如梦方醒】

“汉调原板”我魏绛闻此言如梦方醒，却原来这内中还有隐情。

公孙兄为救孤丧了性命，老程婴为救孤你舍了亲生。

似这样大义人理当尊敬，反落得晋国上下骂名。

到如今我却用皮鞭拷打，实实的老迈昏庸，我不知真情。

“散板”望先生休怪我一时懵懂，你好比苍松翠柏万古长青。

2. 作品鉴赏

(1) 唱功

在《赵氏孤儿》中，马连良根据剧情需要，对程婴的唱腔进行了重新设计，以使唱腔完满地表达人物思想感情。如在【观画】一场的反二黄唱腔就是富有新意的精品。此时，程婴边绘制雪冤图，边回忆往事，把对奸贼的痛恨，失去爱子的痛楚、蒙冤遭误解的屈辱五味杂陈的复杂心境表现出来。以“反二黄散板”的形式起唱，前三句情绪很内在，旋律较为简单。程婴手拿画笔，眼含热泪演唱“涌在心”的“心”字，迟于弹拨乐发音，以表现程婴压抑多年的痛楚。“佯装笑脸对奸臣”一句前四字唱为“散板”，曲调先是迂回上行，然后略加回旋再下行，把程婴多年难言的隐忍之情抒发出来。此时，胡琴加了个小过门，很自然地转成了“反二黄原板”，唱出“对奸臣”三字，巧妙的转板方式，表现了人物由冤到恨的情绪变化。后面的垛句表现了程婴的激动。唱到“卖友求荣”后亮一板，是为了强调“是一个不义之人”，这是程婴最为伤心之处。“谁知我舍却了亲儿性命”，用迂回委婉的低音行腔，表现程婴对亲儿的深情思念，再转散唱“我的儿啊!”思子至痛苦欲绝的感情使人潸然泪下!

转散后，以打击乐的“慢抽头”过渡到第二段“原板”的演唱，程婴边画边唱，“为孤儿”是程婴在屈辱艰辛中苟活的精神支柱，所以，这三字的演唱速度要慢，唱得字字千斤。当唱完“画就了雪冤图以为凭证”的重句后，传来了叩门声，程婴心情十分紧张，“吓得我胆战心惊”，在“胆战”的尾音上有个下滑音，完全收住后，再唱“心惊”二字，以表现程婴极度紧张的情绪。

(2) 念功

如在【盘门】一场，韩厥与程婴明来暗往地进行了多次激烈交锋，两个人对白的念功提示很好地反映了人物心理与性格特点：

韩厥：什么人？(声色俱厉)

程婴：草泽医人。(不假思索，理直气壮)

韩厥：进宫何事？

程婴：与公主调治病症。(振振有词，字字念得清楚，以示心地坦然)

韩厥：箱中何物？

程婴：甘草，薄荷。(感到对方逼近正题，暗暗捏一把汗，呼吸不匀，语音微抖)

韩厥：可有孤儿？

程婴：这……(略顿，忽然灵机一动)这倒不曾听见过这味药材!(声音压低，略似沙哑，轻微颤抖，不答正题)

(3) 做功

【献孤】一场戏的结尾，马连良用富于静态美的身段表现了程婴悲痛欲绝、失魂落魄的神情，最令观众叫绝。

在屠岸贾摔死程子金哥和剑劈公孙杵臼以后，程婴亲眼目睹娇儿的惨死，精神上极度悲愤、伤心、痛不欲生，然而还要强颜欢笑、故作镇静。人物表演细致、深刻，令人折服。尤其是那下场，程婴先是看着屠岸贾的背影，然后躲过别人的注意，偷偷看一眼地上摔得血肉模糊的尸体。他多想抚尸一哭，可连放声落泪都不可能。只见他肩头不住地抖动，可知程婴心内的悲痛已经难以控制了，但他还是咬紧牙，把悲痛用极大的毅力强忍下去，慢慢转过脸去，双手紧握，步履踉跄，一摇一晃，在深沉的锣鼓声中缓慢地走下堂去。观众通过这一组下场身段体会到程婴内心难以抑制的巨大悲痛，此时无声胜有声，观众与程婴之间足以产生强烈的情感共鸣。

《赵氏孤儿》被历代京剧艺术家搬演到舞台，深受观众喜爱。特别值得一提的是：程婴虽然只是一个微不足道的小人物，但却是剧中最重要的正面人物，是忠义的代表，他的身上闪耀着人性的光辉。经历了救孤之险、育孤之辛、丧子之痛、误解之辱等巨大的精神压力与磨难，他仍砥砺前行，不惧任何艰难险阻。他代表着中华民族坚忍、顽强的可贵的民族精神。对这一人物的塑造，作者把他写成有血有肉的平民英雄。马连良把程婴的八场戏分别以“焦、智、勇、慎、假、愿、痛、欢”来表达人物的心路历程。

“焦”：说的是在晋灵公的默许下，屠岸贾要诛杀赵氏全族。而赵盾的儿子赵朔身为驸马，对此事还不知晓。与赵府素有来往的程婴深恐赵朔也被杀害，心里焦灼万分，马不停蹄地赶到驸马府报信。见到驸马后，急促地说：“老丞相不知为了何故，被屠岸贾一剑劈死，如今抄杀你满门去了！”庄姬公主听到后晕倒，要找王兄评理，又感到难以讨回公道，劝赵朔一人逃命，赵朔不肯。庄姬又担心屠岸贾知道自己有孕不肯放过。一旁的程婴闻听此言比来时心情更为焦灼，就挺身而出：“将婴儿抱至我家抚养，将来也好与你赵家报仇雪恨！”与上场时的急相反，程婴出门后立即转身回头观看：一为要和赵朔死别，二为看看屠岸贾追兵还有多远。此处表现了他急于离去又不忍离去的矛盾心情。

“智”：在屠岸贾对赵府的严防死守下救出孤儿是需要智慧的。程婴深入险境，心中不免会产生不安。但是，程婴此时做的事情是正义之举，又无愧于心。所以，程婴既要处处提防，又要镇定自若。见到庄姬后，摆手阻止她啼哭，又示意侍女卜凤去守望，以免招来祸端。又询问出孤儿“胸前生有三颗红痣，以做凭证”，以便日后母子相认。

“勇”：程婴走出宫门时与韩厥相遇，成败在千钧一发之间。以“勇”来突出程婴沉着应变、临危不惧的胆量。【盘门】是一出重场戏：韩厥与程婴三问三去，剧情张弛于程婴留与去之间，极为扣人心弦。程婴之勇尤为表现在孤儿啼哭被发现后，韩厥右脚踩住药箱，半拔宝剑，怒视程婴，程婴此时无疑处于劣势。但他从韩厥发现孤儿后的话语中看出端倪“嘟，你说这箱中俱是甘草、薄荷，为何有人参（谐音人声）在内？”于是，程婴直截了当说出真相，并用贪图荣华富贵的言语激将“我是草泽医人，与赵家非亲非故，只因他全家被害，可叹这世代忠良，只留下这条根苗，是我不顾生死前来搭救，今被将军看破，你若贪图富贵，将我献与奸贼，你……请功受赏去吧！”程婴之语，激发起韩厥的正义感，几经波折后将孤儿顺利救出。

“慎”：【定计】一场表现程婴之“慎”。此时，因屠岸贾扬言要杀掉三百婴儿以绝后患。程婴既要救赵氏孤儿，又要救三百婴儿。所以，要慎重行事。当公孙杵臼闻知并表现出关心和痛恨后，程婴才和盘托出自己的换婴计划，与公孙杵臼商议具体细节。

“假”：【献孤】一场表现程婴之“假”。在屠岸贾面前程婴做好人，在卜凤眼中则是彻头彻尾出卖良知的坏人。整场戏程婴都要做恶事，说假话，真事假做，越假效果越真。越是让卜凤相信自己真来献孤，越能让屠岸贾相信自己。在经历了程婴执鞭拷打公孙杵臼并指出孤儿去屠岸贾摔死婴儿后，终于让屠岸贾相信了程婴的真心，使救孤计划得以实现。

“愿”：【打（程）婴】一场表现程婴之“愿”。未见魏绛时，祈愿他不是屠岸贾的同类；被打后满腹疑虑消散，化作心甘情愿。被魏绛打后程婴表明心迹，把帮助赵氏孤儿为民除害的愿望寄托于魏绛身上。

“痛”：【说破】一场表现程婴之“痛”。向赵氏孤儿说破真相，回首往事，过往仇恨与无比委屈皆袭上心头，痛定思痛，使程婴郁积多年的愤恨如火山爆发般喷涌而出。作画时，以抒发悲痛情怀的“反二黄”表达程婴此时恨、愤、伤、怨等复杂纠结的情感。此场戏，先静后动，先抑后扬，从始至终舞台都充满了沉痛的气氛。

“欢”：报仇时机业已成熟，程婴借请屠岸贾赴宴之机，使赵氏孤儿手起剑落杀死屠岸贾，雪恨得偿。郁积十五年的深仇大恨得以发泄，程婴从此重见天日，赵家大仇已报，程婴自然是满心欢喜。

附录：名家读戏

《赵氏孤儿》的程婴是个非常鲜明动人的形象。幼年演《搜孤救孤》时，就对这个公而忘私、舍己为人、大义凛然的人物有了很深的感情。

程婴是春秋时晋国上卿赵盾的门客，一个无职无权的庶民。赵盾身为丞相，规劝晋灵公要治国理民，不要残害百姓。荒淫无道的晋灵公在奸佞宠臣屠岸贾的逢迎蛊惑下，纵容屠岸贾陷害赵盾，强加个奸臣的罪名，把赵盾全家三百余口尽行杀害了。程婴目睹这种是非颠倒、肆意杀戮的事件，激起强烈的义愤，尽管身为庶民，也要尽其一切可能为这件冤案辩说明白，以除却害国害民的屠岸贾。他舍弃亲生的儿子，送其置身死地；历经艰苦屈辱的漫长岁月，直到须发尽白。这种坚韧不拔、至死也要伸张正义的性格，极可爱又极可贵。程婴这个人物贯穿全剧，成为表现主题思想的中心角色。演好程婴，突出他的性格特征，既要深入挖掘角色的思想灵魂，又要设法以鲜明准确的唱、念、做等表现出来，完成剧本思想主题赋予的任务。

我对程婴这个角色深入熟悉以后，就考虑在戏中的表现手段。全戏十四场中有程婴的八场戏。人物扮相，从中年到老年，从头上到脚下，穿戴什么式样、颜色，才符合人物身份和观众美感欣赏的需要；唱腔、话白的语气、声调怎样。我又根据情节和人物情绪设计了不同的八个上场和八个下场：使什么身段，怎样运用手、眼、身、法、步才能完满地表达人物思想感情；在什么身段里用什么锣鼓来烘托人物感情和舞台气氛。安排好这些，就有了塑造人物形象的外在条件。演戏不能单凭外在条件，还得有支配舞台行动的内在依据，心里得有戏。

——马连良：《我演程婴》

阅读与思考

1.《赵氏孤儿》故事为何深受国内外观众的喜爱？你从马连良先生对此剧的编、导、演中得到了哪些启示？

2.《赵氏孤儿》专业色彩浓郁，剧情结构一环扣一环，高潮迭起，各种行当交替上场，十分好看，请就此写一篇赏析短文。

第三节 武生戏

一、行当流派概述

1. 行当

所谓武生，就是京剧中擅长武艺的角色。武生分成两大类：一种叫长靠武生，一种叫短打武生。长靠武生身穿靠，头戴盔，穿厚底靴子，一般都是用长柄武器。这类武生，不但要求武功好，还要有大将的风度，有气魄，工架要优美、稳重、端庄；短打武生是穿短衣裤，用短兵器，要求身手矫健敏捷，内行的说法是要漂、率、脆，看起来干净利索，打起来漂亮，不拖泥带水。按照所穿服装来看，短打武生可以分为戴硬罗帽、戴软罗帽、戴扎巾等几种。

2. 流派

“李派”——李春来所创的武生表演艺术体系，是清末武生三大流派之一。以独特的翻扑功夫见长，轻捷迅疾是这一流派的表演特色。李春来在武生表演的基础上，还吸收了武丑、武旦的打法和民间武术中的拳术、剑术的招式，大大地丰富了自己的表演艺术，在剧目中穿插独特的武技是李派武生的特色。李春来传人盖叫天在李派武生的基础上，结合个人丰富的创造与发展，又形成了“盖派”。

“黄派”——黄月山所创立的表演体系，为清末武生三大流派之一。黄月山以唱功刻画人物和精妙的髯口功为俞、李所不及，表演风格以激昂苍劲为主。黄月山武功精湛，并有坚实的唱功基础，在其独有的剧目中多以苍凉悲壮的二黄、反二黄唱段和淋漓激昂的说白表达人物的处境与性格。武生戏多为他自编自演。他善于在剧目中饰演老年英雄人物，表演特技形式各异，能在耍枪、耍翎子、耍靠旗的同时耍髯口，来表现人物的绝望和愤怒，有极强烈的艺术效果。富连成出科并担任教师的沈富贵、中华戏校毕业的王金璐，均擅演黄派戏。

二、武生戏代表作介绍

《野猪林》取材于中国四大名著之一的《水浒传》。剧情为鲁智深醉闹五台山后，投奔东京相国寺，在酸枣门看守菜园。一日，禁军教头林冲携妻张氏至东岳庙焚香还愿，闲步来到园外，看到鲁智深在园中舞动禅杖，林冲倾慕其武艺高强，与之结为兄弟。丫鬟锦儿来报：太尉高俅之子高世德高衙内调戏林妻。林冲闻讯匆匆赶去，斥退高衙内。高衙内回府佯装受伤，求父亲谋取林妻。高俅就与属下陆谦密议，诈遣从人将宝刀卖与林冲。又假意借口看刀，诓林冲带刀进入白虎节堂。此堂是军机重地，不得擅入。高俅诬陷林冲私入禁地行刺之罪，林冲揭露高衙内戏妻，高俅恐真相被拆穿，强将林冲刺配沧州。

林妻随父到长亭送别，林冲预料到此去难回，写下一纸休书，张氏不肯，誓等林冲归来，夫妻洒泪而别。两个差役因受到陆谦的贿赂，一路上折磨林冲，至野猪林又想杀害他，幸亏鲁智深赶来搭救并一路护送到沧州。高衙内趁机逼迫林妻，张氏拒不就范，刺高衙内未成，自尽保节。陆谦率众追至草料场，欲杀人灭口。林冲因沽酒外出时，草料场被大雪压倒，暂住山神庙。陆谦放火烧毁草料场，在庙前得意之时，被林冲发现，终于手刃仇人。鲁智深赶到，告知林妻已尽节，林冲悲愤不已，万念俱灰，还乡无望，于是被逼上梁山。

京剧版本是清爱新觉罗·溥绪（清逸居士）改编的。1929 年 8 月，由武生宗师杨小楼把它首次搬演上京剧舞台，剧名为《山神庙》。由杨小楼扮演林冲，花脸郝派创始人郝寿臣扮演鲁智深，上演后即享誉菊坛。1950 年又重新改编，参照了小说《水浒传》第七至十回的情节，对原剧本作了多次修改，突出了“结拜、白虎堂、野猪林、山神庙”几场戏。1962 年，崔嵬、陈怀恺导演，李少春自编、自导、自演，由北京电影制片厂拍成电影。李少春饰林冲，郝派传人袁世海饰鲁智深，京剧艺术家杜近芳饰林娘子，孙盛武饰高衙内，苏维明饰高俅，骆洪年饰陆谦，名家荟萃，珠联璧合，是《野猪林》最经典的演出版本。电影版《野猪林》无论是主题的提炼、情节的安排、唱腔的设计及人物的塑造都高出一筹，戏剧冲突更为集中紧凑好看。日本前进座以此为蓝本，将其改编为歌舞伎《水浒传》。

1. 经典唱段

【野猪林】

一路上无情棍实难再忍，俺林冲遭陷阱，平白的冤屈何处鸣?

我到如今身披锁链受非刑，我有翅难腾。

奸贼做事心太狠，害得我夫妻两离分。

长亭别妻话难尽，好似钢刀刺我心。

但愿得我妻无恙逃过陷阱，二差官做事太欺人。

劝你们住手休凶狠，八十万禁军教头谁不闻?!

我忍无可忍难饮恨，看你们还敢乱胡行!

【朔风阵阵透骨寒】

大雪飘扑人面，朔风阵阵透骨寒。

彤云底锁山河暗，疏林冷落尽凋残。

往事萦怀难派遣，荒村沽酒慰愁烦。

望家乡，去路远，别妻千里音书断，关山阻隔两心悬。

讲什么雄心欲把星河挽，空怀雪刃未锄奸。

叹英雄生死离别遭危难，满怀激奋问苍天：问苍天万里关山何日返？问苍天缺月儿何时再团圆？问苍天何日里重挥三尺剑？诛尽奸贼庙堂宽！壮怀得舒展，贼头祭龙泉。

却为何天颜遍堆愁和怨……天啊，天！莫非你也怕权奸有口难言？风雪破屋瓦断，苍天弄险，你何苦林冲头上逞威严。

埋乾坤难埋英雄怨，忍孤愤山神庙暂避风寒。

2. 作品鉴赏

在小说《水浒传》中，林冲是少数几个具有大将之风的人物：曾为八十万禁军教头，武艺非凡，他的遭遇更成为后世“逼上梁山”的范本。第十一回“林冲雪夜上梁山”曾有一首诗十分贴切地描述了林冲的性格与境遇：

仗义是林冲，为人最朴忠，
江湖驰闻望，慷慨聚英雄。
身世悲浮梗，功名类转蓬，
他年若得志，威镇泰山东。

林冲的性情从他与鲁智深的相识、相知中，以及提刀追杀陆谦的质朴作风中可见一斑。但在小说中他不断被权奸逼迫、陷害，一直处于被摆弄的劣势地位，狼狈逃上梁山后，又受到王伦的排挤，连落草的过程都十分坎坷。

京剧《野猪林》将林冲的故事删繁就简，恢复了他豪迈的英雄本色，比小说又多了一种“威武不屈”的抗争精神，带有较为强烈的理想色彩，成了一个近乎完美的悲剧英雄。小说中那种穷途末路的软弱，在舞台上已没有痕迹了。林冲无论是遭诬陷、受刑仗，处在各种磨难之中，作者总不忘描写他威风凛凛的英雄气概，全不见他在《夜奔》中“行一路哭号啕”“吓得俺魄散魂消，似龙驹奔槽”的狼狈不堪之态，由此可见作者刻意维护林冲“抗争英雄”形象之意。

京剧《野猪林》人物塑造的成功之处就在于揭示了林冲如何被官府一步步逼上梁山的过程：由开始时的一忍再忍到忍无可忍直至最终奋起反抗并投奔梁山，情节脉络清晰体现其性格变化过程，人物逼真传神。围绕着林冲精神世界的唱念做打，艺惊四座的剑舞、绞柱、吊毛和把子功等干净利落，令人过目难忘。

【一路上无情棍实难再忍】这一经典唱段很好地体现了林冲人物塑造的特点。这唱段是林冲遭到高俅陷害后，被发配到沧州途中，行经地势险恶的野猪林所唱。“导板”“一路上无情棍实难再忍”一句，声调高昂而悠远，使人如同看到林冲在无情棍棒的击打下受尽折磨、痛苦难捱，踉踉跄跄走过来的样子。“难”字的一个下迂回腔，表现了林冲的忍耐已经到了极限了。“再忍”二字冲口而出，比前面的尾腔高八度，这是林冲愤怒的吼声。

“垛板回龙”“可叹我遭陷阱，平白的冤屈何处鸣？我到如今披枷带锁受非刑，我有翅难腾。”旋律起伏回旋，节奏铿锵顿挫，使人感到一股喷涌而出的情感宣泄的力量，既压抑幽怨，又痛快淋漓，催人泪下，感人至深。“有翅难腾”的“难”字的高腔悠长回旋、内涵深刻，将人物的情感推向高潮，形象地表现了林冲此时的困苦之状。

“拨子原板”“奸贼做事心太狠”四句表现了林冲在脚有烫伤的情况下仍被催赶着上路的艰难处境。情感上相对稳定，表现了一种控诉与数落的情绪。但是，当林冲联想到妻子的处境时，情绪又发生急转，进入紧打慢唱的“摇板”，伴随着急促的梆子敲击之声，林冲终于对解差发出了反抗的声音：“劝你们住手休凶狠，八十万禁军教头谁不闻?”但他的抗议并未奏效，解差仍然狠狠地打他，他终于爆发：“我忍无可忍难饮恨。”最后一个“忍”字，从高音下行到中音，音要拖长些，以表现林冲此时决心反抗但仍尽量克制着自己的愤怒，仍有些迟疑。但解差的凶残使他忍无可忍，林冲的愤怒突然迸发出来，连续六记大锣打出了人物此时怒发冲冠般的怒火！“难饮恨”用高音区来演唱，极好地表现了这种冲天的气势。

但是当林冲制服了两个解差后，又立即恢复了理性的克制，情绪趋于平静——“看你们还敢胡乱行”，旋律舒缓稳定，表明林冲被逼无奈才奋起反抗，教训一下解差的心态。此时，情绪渐趋平静的林冲又意识到自己罪犯的身份。此段唱腔平中见奇，恰当地反映出主人公欲追求平静生活而不可得的两难心理状态。

值得一提的是，此剧之所以好看，还在于其他人物性格同样精彩，可圈可点：鲁智深的粗犷豪放、嫉恶如仇，林娘子的坚贞贤惠，陆谦的刁蛮残忍，高衙内的荒淫无耻，高俅的阴险狠毒。正义与邪恶两股力量性格对比所产生的张力使此剧中的人物相互衬托，颇具魅力。

《野猪林》的情节源于小说《水浒传》，改编得很成功。由于李少春先生身兼导演和主演，他结合自己丰富的舞台实践经验进行创作，不仅照顾到剧本内容与表演形式上的要求，而且使全剧叙事明快、节奏流畅、抒情深切，各行当角色在性格塑造和技术技巧上均能充分发挥。该剧有三大突出特点：

(1) 剧本结构严谨，场次安排起伏有致

全剧共十二场，以“逛会——结拜——卖刀——计诱”为铺垫戏，展开故事，介绍人物，是“前因”。主要人物依次亮相，关系交错，性格鲜明，剧情脉络清楚。对林冲有正反两面影响的人物，如鲁智深的重情重义、陆谦的阴狠狡诈，都有很好的伏笔。

剧中四场高潮戏处理得十分精彩：

①白虎堂——这场戏是林冲与高俅正面冲突的开始，也是剧情急剧变化的关键。以高俅的滥施淫威、陆谦的阴险狡诈、牢子手的凶恶残暴，鲜明对照出林冲的冤屈与无奈。林冲受刑后，激烈的肢体动作，甩发技巧，大段念白铿锵有力，字字千钧，如匕首投枪，把剧情推向第一个高潮。这段念白非一日之功可以驾驭，给人一种震撼和美的享受。

②长亭——这场戏是林冲遭发配，行前与妻子生离死别的情境。这场戏在林冲一连串磨难中，具有缓和的作用，体现剧本创作与技术安排上张与驰的辩证关系，所谓“歇功”的场子。这是一场感情戏，表露林冲“两行金印把我的清白玷辱了”的惨遭屈辱冤枉的痛苦心情，又表现出林冲与妻子的深挚感情，同时为期盼回乡团聚和张氏贞节不屈的自尽预设伏笔，兼具了叙事与抒情双重功能。

③发配——这场戏直观体现林冲所受的磨难，也是他绝处逢生的转折点。先设计了

“高拨子”唱腔，激昂中略带苍凉的气氛，渲染了林冲如虎落平阳被犬欺的心境，配以跌扑的身段，表现他在发配途中所受到的难以忍受的苦痛。这种安排与表现方式，已为后来许多戏所沿用或借鉴。唱腔使用“高拨子”实为匠心独运。在惊险之时，鲁智深及时出现，在剧情、人物冲突的最高点化解了危机，带给观众极大的希望，使观众感觉痛快与舒缓。这也是戏核。

④山神庙——这是全剧最后的高潮，俗称“蹲底戏”。开始以恬静的笔调，点出林冲心中的落寞不平，以及对回乡团圆的盼望，尽在这段“反二黄”的唱腔中，舒缓的节奏中散起自然入板，平缓中反衬压抑，渐起激愤，只好在此向苍天诉说自己的不幸遭际，连唱了几句“问苍天”。三个“问苍天”声音由低渐高，节奏由慢到快，其中“壮怀得舒展，贼头祭龙泉”两句垛句唱法是李少春借鉴了豫剧的唱腔。最后落在“莫非你也怕权奸有口难言?”的惊叹之处，全段没有高亢之腔，没有无限拉长之音，脍炙人口，广为传唱。一个八十万禁军教头，武艺超群，却落得个荒村沽酒慰愁烦，与亲人生离死别的悲惨境地，怎不令英雄悲伤至极呢!

随着鲁智深的报信，气氛突变。一张一弛之间，跌宕起伏，转入火烧草料场，手刃仇人。最后，鲁智深上场告知林娘子的噩耗，家破人亡的悲伤使林冲的愤怒像火山般喷发而出。在这场生死决战中，林冲的绝望将他推向了梁山。过去的苦难告一段落，另一个新的希望便开始了，这个底“蹲”得非常成功。

在高潮戏之间的过场戏，处理得也富有变化感，如白虎堂与长亭之间，穿插林娘子闻报送别；长亭与发配之间，增加陆谦设计、鲁智深暗地保护，这是展现在林冲身上的两股力量，即善恶势力的明显对比；最后在山神庙前，加了林娘子守节自刎。这些过场戏都是必须有的，是为了营造“山雨欲来风满楼”的气势，在高潮之中，收到了有起有伏的效果。不但使全剧免于松懈、拖拉、平滞，反而带动了全剧的情节，调和了节奏，这是在整出戏的结构处理上最令人激动欣赏之处。

（2）抒情篇幅的贴切安排

《野猪林》具有强盛的阳刚之气。《水浒传》中男性色彩极为浓厚，女性处于附庸地位。在《野猪林》剧里却强调了林娘子对林冲的坚定爱情，使林冲成为一个有感情的大英雄。“长亭”一场的安排是很动人的，同时在“山神庙”前半段的抒情唱腔，把林冲复杂矛盾的心境揭示得淋漓尽致。在武生宗师杨小楼“武戏文唱”之后，李少春称得上是有资格的继承者。一个武功高强之人，也有内心的情感世界，观众不仅要看林冲外在的英武气魄，也想探究他内心的百转柔肠。在“英雄戏”中，不忘设计抒情的篇幅，难能可贵。

看这出戏特别要注意眼神。一个优秀的演员，无论在舞台上还是银幕的镜头前，都非常注重眼睛的有神、拢神、传神。李少春先生充分调动眼部表情的多样性、变化性，给观众留下深刻印象。电影的镜头切换、推、拉、摇、移之间，使他的眼神给人以强大的震撼。山神庙开门的一刹那，镜头急推至林冲眼睛的特写，让人胆战心惊。

（3）为演员预留空间

戏曲的成功在于整体的表现，因其是综合艺术，不仅要注意情节结构、文辞写作，更要注意临场的表演效果。此戏不论是主要人物、次要角色都有让演员发挥的空间。林冲集唱念做打于一身，尽情展示了演员全面的功夫才能。而林娘子、鲁智深、高俅、高衙内、陆谦等在表演上也必须有高水平高质量的技术技巧才能完成，也才能与主要演员珠联璧合、旗鼓相当，演出才有观赏性。即使是董超、薛霸这两个小角色，也不是技能平平者所能担当的。这样的戏，自然是场场有看头，处处有趣味，演员们各显身手，精彩纷呈，是京剧艺术的经典。

附录：名家谈戏

演员表演第一件事就是要知道你演的是谁？这是“一”。如果你演的是周瑜，你得知道他的历史、身份、性格。他是三军都督，年少英俊，风流潇洒。你心中要产生这样性格与身份的形象，才能知道应该怎么“站”。这个“一”找不到，或找不准，就谈不上“二”。

“二”是内外一致。光心里有还不行，要表现出来。如果周瑜站着还像那么一位年少英俊的三军都督，一开口，像李逵，像七十岁老人，或像十七岁的孩子，内外不合，这都不行。

“三”是把“一”与“二”运用到动态上，也就是戏中人物的一举一动都离不开人物性格，不论文场、武场，唱、做、念、打都离不开人物。即使是在开打时，也同样是人物在开打，不是你演员在开打。要打出性格与思想感情来。

不少人“一”与“二”都还可以，一到“三”，人物全跑了，可见要一气贯通很不容易。

实际上是人物性格决定人物举止。因此，要完美地达到“三”，就看你对“一”把握的深度和准确度，以及如何把它相应地体现出来。

有人演林冲误闯白虎堂，一见横匾，情知不对，正想退出，上来二校尉。林冲一见大惊，浑身哆嗦。接下来高俅出来，喝令拿下。林冲脱下褶子与校尉打了起来，最后被打倒在地，校尉将他捆绑起来，从他身上夺下宝刀献给高俅。这样表演就糟蹋了林冲，以他的本领竟被几个校尉打趴下了。他既能开打反抗，有刀在手，如何不干脆杀掉高俅？高俅不先骗下他手中宝刀，却喝令拿下，岂不怕他执刀行凶？

如果正确理解林冲，他误闯白虎堂，合情合理的表演应是：他看见高悬的“白虎堂”横匾，知道这是军机重地，不能带刀，待要走，又想这是高俅派人叫他来的，自忖问心无愧，虽然狐疑，但态度从容。正要退出，左右上来四个校尉，中间踱出高俅。林冲上前叩见，并献上宝刀，高俅将刀接过，然后突然变脸，喝令拿下。这时林冲不能对抗，如论武艺，四个校尉绝不是他的对手，但他不能动，因为他怕的不是“官”而是“管”，是“王法”。

这就因为他是八十万禁军教头，如果一动手，反而是犯法了。还是有理说理，想到此，他将双手背后，听任校尉把他捆绑起来。然后俯下身去，对高俅说：“我有下情禀告。”将自己奉命献刀误入白虎堂的真情陈述，以求能得到高俅的谅解。

林冲正是这样一个不想触犯王法的人，所以他最后投奔梁山，才让人感到完全是被迫走上这条路的。

——盖叫天

阅读与思考

1. 结合经典唱段“朔风阵阵透骨寒”的唱词，分析林冲在山神庙前的感情变化。你觉得应该运用哪些京剧艺术技巧来表现这一悲剧英雄？

2. 武生行当的特点是什么？武生同老生与小生有何区别？

3. 课外作业：搜集一下京剧中的水浒戏都有哪些？

第四章

京剧净行戏

第一节　行当流派概述

一、行当

净，俗称“花脸”。在京剧中，主要表现有突出特征的男性人物，其性格、品质或相貌不同于一般。这类人物按性格来说有正直、刚毅、勇猛、威壮、粗犷、鲁莽、狡诈、残暴、愚蛮等；按年龄来说，长者有八九十岁的老人，幼者有十来岁的少儿；按身份地位来说，上有帝王将相，下有庶民屠夫。这些人物既有正面的，也有反面的，可以说是形形色色的人物。

“净”，即清洁干净，而净角都是大花脸，看起来很不干净，不干净的反面就是干净，因而名“净”，大多扮演的是性格、品质或相貌上有些特异的男性人物，化妆用脸谱，音色洪亮，风格粗犷。

这些人物的性格、品质或相貌特征，是借助特定的脸谱来表示的。也就是根据人物性格、品质、相貌的不同，把红、黑、白、黄、紫、绿、蓝等颜色，按固定的图案进行面部化妆。这种面部化妆，称作“勾脸”。脸谱不仅仅只是为了突出人物的性格，也是一种表示对人物褒贬的手段。比如红脸大多是表现忠诚正义的人物，黑脸大多是表现正直、勇敢或鲁莽的人物，白脸大多是表现奸险狡诈的人物，紫脸大多是表现沉勇果敢的人物，黄脸大多是表现性格残暴的人物，蓝脸大多表现勇猛顽强的人物。

戏剧中的净角，有正净（铜锤、老脸、黑头）、付净（架子花脸）、武净（武花脸和武二花）之分。扮演的角色有正面人物，也有反面人物，面部化妆各有不同。演员扮演某一剧中人物，必须按照一定的谱式勾画，叫做脸谱（老生和武生勾脸的也包括在内）。

脸谱是一种夸张人物形貌的化妆手段，这种具有图案意味的面部化妆，是运用写实的和象征的艺术手法，来表现出人物的精神面貌的。

二、流派

早期净行代表人物有穆凤山、黄润甫、何桂山、钱金福、刘永春等老前辈。

金少山是著名京剧演员金秀山之子。幼年随父学艺，在继承父亲铜锤唱腔基础上，吸收了架子花脸的唱、做，突破了两者严格的分工界限。在吐字、行腔、气口等技巧的运用方面也较一般铜锤花脸细微，形成了自己的风格。

郝寿臣工架子花脸。他在二百多出戏中扮演过主要和次要角色。郝派艺术唱、念韵味浑厚，工架精美，表演浑然一体。他善于刻画人物的性格，对架子花脸表演艺术有很多革新创造。郝寿臣还创造了鲁智深的螳螂眉、和尚眼，粉红双颊脸谱和袒胸裸腹的扮相，突出了豪爽朴实的“花和尚”的形象。

侯喜瑞八岁入科班，后又拜名净黄润甫为师，得其真传。他能融合各家之长，形成自己的风格，世称侯派。其表演矫健、细腻，注重形式美，并坚守“懂剧情、懂戏理、懂戏词”，“发于内，形于外”的原则。唱、念口劲严谨，字韵准确，能根据本人嗓音条件，常用炸音、沙音、立音，唱法简洁大方，讲究顿挫、收放、字字真切。他武功精湛，做功身段边式利落，层次分明，继承了黄润甫善用“大工架”的特点，利用长腰、立腰等弥补身材瘦小之不足。侯派脸谱细致、干净、形象生动，自成一家。

裘盛戎是著名净角演员，他是铜锤和架子花脸两门抱，以铜锤为主。其父裘桂仙也是著名的花脸演员，裘盛戎从小随父亲学艺，后又入科班，他嗓音既有高昂、激越的一面，又有迂回委婉的一面，刚柔并济。他能结合自己的嗓音特点，从表现人物出发，在词义、字声和韵味方面下工夫，塑造不同人物的艺术形象，具有很强烈的艺术感染力。裘盛戎的唱腔主要特点是“以情带声，以韵取胜”。在他之前京剧花脸的唱腔，主要是讲究声音洪亮，就是所谓“实大声宏”。这种唱法，具有豪迈、朴素的特点，唱腔见棱见角、古朴平直，是以声为主、韵味居次的一种唱法。

裘盛戎在长期的舞台实践中能博采众长，经过不断钻研，创造出独树一帜的“裘派”唱腔。他创造的唱腔继承了净角传统唱腔雄浑豪放的风格，又融合了老生、青衣唱腔中低迴婉转的抒情特色，形成了韵味醇厚、含蓄细腻的风格，把花脸唱腔推向了一个新的境界，几乎是“无净不学裘”。裘盛戎为京剧事业发展做出了很大贡献。

袁世海工架子花脸，科班出身，又得到他的老师郝寿臣传授。他在发展念白、做功、表演和武打艺术的同时，锻炼出一条浑厚、瓷实的嗓子，发展了架子花脸的唱功艺术。袁世海对历史人物有精辟的见解，进行了细腻的琢磨。他善于把生活的语言提炼成艺术的语言，鲜明地表达了历史人物特定环境中的思想感情和性格气质。他运用富有生活气息的唱功和念白，配合身段和表情，成功地塑造了曹操、张飞、鲁智深、李逵、廉颇等众多历史人物的净角艺术形象。

第二节　裘　派　戏

一、代表作介绍

《铡美案》是裘派戏的代表作，亦是中国戏曲的传统剧目，很多剧种都有这出戏。除了京剧，汉剧、徽剧、楚剧、滇剧、豫剧、评剧、同州梆子、秦腔、晋剧、河北梆子、淮调、湘剧均有《秦香莲》这一剧目，粤剧有《琵琶词》，弋腔有《琵琶宴》，川剧有《陈世美不认前妻》。该剧取材于《七侠五义》故事及《秦香莲》鼓词，一名《秦香莲》，又名《明公断》。京剧《秦香莲》是1953年中国戏曲研究院在传统戏的基础上加以改编，增益了首尾，使得全剧更为完整。

剧情为宋代士人陈世美别妻秦香莲入京赴试，中状元，被招为驸马。家中荒歉，父母皆死。秦香莲携子冬哥、女春妹入京寻夫。闯宫得见，陈世美不认，反逐出门；又密遣家将韩琪追杀。追至柳林池，秦母子三人奔匿三官堂，韩踵至，持刀欲杀，秦哭告实情，韩不忍，纵之去。韩无以复命，遂自刎。秦香莲逃出三官堂，至包拯前控告陈世美"杀妻灭嗣"。包拯乃计招陈世美至衙，令秦与陈对峙，陈世美自恃国戚，强词狡辩，包拯怒欲铡之。太后、皇姑均来劝阻，包拯坚持正义，铡死陈世美。

1. 经典唱段

"西皮导板"【包龙图打坐在开封府】

"原板"尊一声驸马爷细听端的。曾记得端午日朝贺天子，我与你在朝房曾把话提。说起了招赘事你神色不定，我料你在原郡定有贤妻。到如今她母子前来寻你，为什么不相认反把她欺。我劝你认香莲是正理，祸到了临头悔不及。

"快板"驸马不必巧言讲，现有凭据在公堂。人来看过了香莲状，驸马爷近前看端详。上写着秦香莲三十二岁，状告当朝驸马郎。抛妻子、藐皇上，悔婚男儿招东床。杀妻灭子把良心丧，逼死韩琪在庙堂。状纸压在我的大堂上。

"散板"咬定了牙关你为哪桩？

2. 作品鉴赏

《铡美案》这出剧目是观众广为熟知和喜爱的传统骨子老戏，因其剧情惩恶扬善，戏剧矛盾性强至今仍久演不衰。

这出戏最为精彩的环节是在末场中描写包拯力抗强权，秉公执法，怒斩陈世美的剧情，而人物性格也在此场戏中最为突出。在京剧《铡美案》中包拯得知此案后是先劝陈悔悟认亲，也就是广为熟知的那段【包龙图打坐开封府】。包拯再三相劝而陈执意不认，他才决心按律执行。末场中包拯从刚正不阿到有意屈服强权再到坚定信念正法陈世美的那段表现情绪变化的"西皮散板"，这段中包拯与国太皇姑为代表的皇权派在对案情是秉公执法还是徇私忤逆上产生了巨大矛盾，包拯一直坚持不变，直到国太唱到"我死在开封你们谁敢承担"一句时，包拯的信念产生了动摇：国太，掌权者的母亲，一个执法者怎么去抗衡立法者？包拯百般无奈，选择了赠银安抚秦香莲屈服，在剧情上这里是到达了全剧最耐人寻味的环节，让我们设身处地地想一想，在掌权者的巨大压力下无论何人都无法抗衡，谁又会为个素不相识之人惹恼权威呢？包拯这个人物如果一味"铁面"可能不会使观者产生多么强烈的共鸣，戏曲的表演手法中就有逢高必下，逢快必慢的要领口诀，对于舞台人物个性的表现手法也相同，想表现他的铁面无私也就必须展现他寻常人的另一面，这样才更有血有肉，让观众相信他是一个真实的人物，而非课本读物中的虚幻角色，从而更使观众产生情感上的共鸣。在后面听到秦香莲"官官相护有牵连"以致对天长怨时包拯最终决议必斩陈世美，这从强到软再从软到强的起伏，使得观众更容易体验在面对皇权压力下包拯决断的不易和最后决断的意志，更显其铁面无私的真性情。从戏的角度来说这段表演方式更是入木三分。

（1）唱功

裘盛戎先生在处理"国太唱到'我死在开封你们谁敢承担'"后包拯背朝观众一

惊，在“嘣噔仓”中转身面朝观众，双手捋满（胡子），起“西皮散板”，过门不同于其他西皮散板过门，而是更加有感情能表现人物思想变化过程的韵律，在过门中双手两搓，做无奈式，起唱“皇家的官司难了断，此事怎能两周全”说出了自己的真实想法，此时的包拯被逼到了两难之境，要么徇私要么犯上。裘先生在这两句唱法上是轻声慢出，是在表达内心的想法，尤其是“皇家的官司”中的“官”一字上用了个婉转的小鼻音来修饰，让人觉得更加细腻寻味，犹如心声般。“难了断，此事怎能两周全”稍快，表现出无可奈何。接唱“看过俸银，三百两”，这句是对王朝说的话，所以声音稍事放开，在“看过俸银”后有个稍事停顿，然后出“三百两”，这里裘先生确实唱出了个“逗号”的感觉。王朝取银上，包拯唱“将银交与秦香莲”在“香”字归鼻音，稍停顿，出“莲”字同时摆手示意王朝去送银，小细节中包拯的无可奈何无以言表。王朝赠银遭拒后包拯亲自送银“这是纹银三百两，拿回家去度饥寒，教子南学把书念，千万读书莫做官，你爹爹倒把高官做，害得你一家不团圆，带领儿女回家转”。这几句词从书面上看就能看出包拯此时是多么的难耐，在高官皇权的威逼下，铁面也不得严明，告诫冬哥春妹高官虽做，但妻离子散不得团圆，做官有何意，也映射自己虽居高位却不能为民办事的无奈，和对官场的种种不情愿的反感。这里包拯整个人物到达了故事矛盾性的顶点，完全不会出自铁面无私包青天口中的唱词却出现了，是多么的纠结和凄凉。这段唱腔和表演更是令人触及心底，开唱前呼唤“香莲”是低声地带着同情和劝说的语气，“这是纹银三百两，拿回家去度饥寒”，其中“拿回家去度饥寒”这句中强调“回家”和“饥寒”两词，“回”字稍落音，紧出“家去”两字，因是第一次对香莲提及回家之事，这样唱出来让人觉得回家这个词是包拯不想出口的一件事，“饥寒”二字唱的阴阳有致，“寒”字更是归音轻收，听起来如同寒气实至一般，对香莲如嘱咐般说“教子南学把书念”转面对冬哥如教诲般说“千万读书你莫做官”，在“念”字后拉个小长音，待等看到冬哥，拍着孩子的头唱到，强调“千万”两字，在“做”字上用个小“嗖音”近似于无奈的哽咽一般地唱出这句嘱托，过门中拖着冬哥的下腮亲切地观察这个可怜的孩子，“你爹爹倒把这高官做，害得你一家不团圆，带领儿女回家转。”“家”字稍长带出“不团圆”三字铿锵有力的唱出了此时心中的无可奈何。整个感情流露的婉转一幕在“带领儿女回家转”为一个句号，只到香莲哭嚎般的“杀了人的天”后包拯的那句“回来”，才真正意义的回到了人们心目中的包公形象。铁面无私，力抗强权，怒铡陈世美。整个片段在裘盛戎先生及其同仁的精心设计下使包拯整个人物更加有血有肉，情感变化更为鲜明。当然京剧流派中亦有金、郝、麒、南派李桂春等都演此戏，亦有不同的处理方式，俱堪称经典。

（2）念功

包拯这个角色，念白虽然少，但非常经典，突出了人物性格正直、刚烈、善良的特点。作为一名身居高位执法如山的官员，包拯的念白语气声调要四平八稳、客观，用叙述状态来念出念白。用词文雅，显出人物的文化底蕴。

在“劝驸马”一段，先是语重心长地劝，在陈世美坚决不认要回驸马府时一把抓住陈世美的手大喝一声“只恐来得去不得！”这一声喝声音不高，但非常坚决，透着一股刚正，一下镇住了陈世美。国太来开封府，王朝马汉向包拯禀报，包拯上场问“何事”，回“国太皇姑到”，包拯“哦——”，这一个“哦——”体现了此时包拯的内心活动：事情越来越不好办了。接下来吩咐王朝马汉“迎接国太！”（接唱），语气十分坚决，表示包拯此时决心：任你谁来，多大压力，我也秉公执法！

（3）做功

裘盛戎在表演上可用“以神传真”四个字来概括。京剧的表演，不论哪个行当，都离不开程式动作。“程式”是美化了的生活动作。如果一个演员能够深刻地理解它和驾驭它，运用起来它就是活的、美的。否则，它就是僵化的、刻板的。裘盛戎在运用程式表演刻画人物上，可以称得起是净行（铜锤花脸）的典范。

以本剧主人公包拯的亮相来说，一般花脸上场，都是使用打击乐“四击头”伴奏亮相，这是极普通的程式。裘盛戎根据包拯的身份、年龄，在“四击头”抄底锣（末一下大锣）声中稳重走出。左手撩蟒，右手端带，目光平视，显出威严凝练的神气，刻画出一个公正、刚毅、稳重的“包青天”的形象。

又如在送下皇姑之后，包拯唱完“漫说搬来了国太到，宋王爷到此我也不饶”这句，裘两手撩蟒，两目远眺，上身微微晃动，表现了包拯的坚定、正气凛然。演至此，转身，微摇头，边思考边踱着沉重的步子，把观众也引到戏中。难道国太——皇帝的妈、陈世美的丈母娘来了，包拯真的不饶么？怎么对付国太呢？只见包拯踱近下场门，停顿了一下，又转回身来走至台口，拱手，捋髯，顿足，再转身下场。表现了包拯几经思虑，决定维护正义、法纪，就是自己获罪，也要公正断案。这一场没有一句话，也没有一句念，都靠表演，清晰明快地表现出人物的复杂内心活动和激烈的思想斗争，是那么引人入胜，给观众留下思考余地、悬念和完整的印象，真有“此时无声胜有声”之妙。但细一琢磨，却都是舞台上司空见惯的表演手段，没一下离开京剧的程式动作。

从以上例子可以看出裘盛戎的表演既有深厚的艺术造诣，又有独创性。

附录：名家谈戏

每一个演员都有他的局限性，突破局限是优秀演员毕生努力的目标。……从天生条件来说，以净行标准来衡量，他（裘盛戎）个矮（一米六几），下额窄，气单。应当说这些都是唱花脸的致命伤，局限相当大。但他正视缺点，有自知之明，能使出自己的招数突破它，使局限化为独有特长，变不利为有利。首先谈“气单”。他巧妙地利用京剧的“无声呼吸法”在演唱上另辟蹊径，自找出路。虽“气单”也要唱出“气势”来。他把用气比喻为储蓄，有“零存整取”“整存整取”“整存零取”几种。以包公唱的“漫说搬来了国太到，宋王爷到此我也不饶”这句戏词来说，在他唱到“宋王爷到此”时，把“此”字往上一滑，并不是戛然起调，而是从小到大，从弱到强，很柔和地滑上去，然后突然来一个小停顿。接唱“我也不饶”的前三个字唱得很平，然后又一个猛停顿，和一个大的吸气，最后迸发出“饶”字，把音量推倒顶点，而且在“饶”字后面甩了一个棱角格外鲜明的大腔。“我也不”三个字轻声平出，是“零存”，“饶”字前的大停顿是“整存”，然后，如山崩地裂，一声长啸，把“饶”字吐出是“整取”。此时“气”全部使出，显得气足音响。不但使观众无气单之感，而且气力充沛，听起来过瘾，既有韵味，也有气势。再说个矮。裘盛戎用亮相长身、欠足，以及利用舞台调度与观众距离远近等不同方法来补足。当然这些都是技术上的问题，主要的是他在刻画人物上狠下功夫，使观众进戏，让观众注意力集中在他身上。试想，包公在思考如何对付国太，哪位观众会关注王朝、马汉的身高比包公的高或矮呢？诸如此类，克服身材的局限性，最大的奥秘就是让观众看“他”。

——张胤德:《裘盛戎和他的舞台艺术》

阅读与思考

1. 裘派唱腔特点是什么？
2. 试分析徐延昭（铜锤代表人物之一）的表演塑造与包拯的异同之处。

第三节 袁 派 戏

一、代表作介绍

京剧《李逵探母》的故事取材于《水浒传》，传统戏中见于“李逵三戏”的《沂州府》，最早由富连成社常演之。不过，《沂州府》里的探母、见娘，写得很简单，全剧重点是放在“真假李逵”这一虚构的情节上。冒充李逵剪径的李鬼在《水浒传》里是反面人物，《沂州府》里却做正面人物（该剧写李鬼经过李逵义释赠银，改恶向善，后李逵被其兄李达出卖，受缚问斩，李鬼跳酒楼、劫法场，救护了李逵）。剧情虽别具一格，场子则嫌琐碎，随着时代的发展逐渐淘汰，只保留了“李鬼剪径遇李逵”一场，以折子戏的形式演出于舞台，取名为《真假李逵》《双李逵》，或《闹江州》（实则文不对题）。剧中主角却是李鬼，李逵为副。1956年，由著名剧作家、京剧评论家翁偶虹先生和著名京剧表演艺术家袁世海先生，在传统戏《闹江州》《沂州府》的基础上，改编成此剧。改编后的剧目突出了李逵的人物性格及特征，为袁世海先生、翁偶虹先生的代表作。该剧重点在“探母”，并根据《水浒传》原文还李鬼以本来面目。

剧情为梁山好汉李逵回家探母，遇沂州李鬼假冒其名在松林抢劫，李逵用板斧将其打倒。李鬼求饶，假说为奉养老母而行劫。李逵爱其孝心，赠以银两，劝其改邪归正。李逵行路饥饿，找食果腹，恰巧寻至李鬼家中。李鬼恩将仇报，欲伙同其妻杀害李逵。李逵盛怒之下将李鬼杀死。李逵回家接母同去梁山，行至沂岭，在寻水之时，其母被虎吞食。李逵盛怒，连杀四虎。正欲休息，不料被地方里正捉拿，送往官府。后由朱贵、朱富等救出，重返梁山。

1. 经典唱段

“西皮散板”指望接娘把富贵享，又谁知中途遭祸殃！我哭，哭一声，老娘亲！我叫，叫一声，儿的娘啊！啊啊……啊！儿那再不能相见的娘啊……！忙将尸骨来埋葬。

“顶板回龙”忍不住，心惨伤，悲声放，呼天喊地唤老娘！一阵阵泪洒在胸膛。

“二黄原板”大不该去取水抛下老娘，不料想沂岭上虎口身亡。老娘亲一生受苦，儿未曾将你奉养，千里迢迢来接娘却心愿未偿。从今后有谁来把铁牛儿叫嚷？从今后母子们要相逢除非是梦中想，儿的亲娘啊！

“二黄散板”听得虎啸怒满胸膛！我与你有什么冤仇绝咱的愿望？我不杀孽畜怎对得萱堂?！哎！手持板斧松林闯。

2. 作品鉴赏

架子花以做功为主，其四项基本功的顺序是“念做唱打”。李逵是架子花中一个非常典型的人物。就李逵这个人物的特点来说，他出身市井，没有文化，很粗鲁，做事鲁莽；但他又有可爱的一面：正直、忠义，孝道，知错就改，并且还有诙谐的一面。比如李逵大闹忠义堂，就非常典型地表现出李逵的这些性格特点。

针对本戏来说，《李逵探母》一剧着力刻画突出的是李逵孝母的一片赤子之心。“下山”一场，李逵一路往家前行，因为身份原因（梁山通缉犯），悄悄赶路，不喝酒（以免惹是非）。离家越近，越是欣喜，脚步也越来越快。可是真到了房屋前，因为离家多年，不知家中情况如何，特别是自己当年闯祸逃跑，家中是否还有了其他变故（母亲是否还在人世）？因此不敢进门，所谓近乡情怯。站在门口几声轻唤“老娘”，恐怕吓到母亲。连唤三声，不见回应，第三声后道“老娘不应好心焦!”再唤“老娘!”声音变大，语气焦急，体现此时李逵心悸（难道老娘真的不在人世了？呀！那自己该是多么地后悔啊!），疾步上前想要推门，此时李母上场，接下来就是“母子相会”一场了。“母子相会”一场，李母因多年来思念担心儿子以致双目失明，李逵得知后非常的心痛和自责。因看不见但又急切地想要相认，这时场上就出现了本剧的第一个矛盾。这时的李逵，是很焦急、很急迫的，搓手，转圈，急急思索如何让母亲“看”到自己。忽然他灵光一闪——忆童年，拉着母亲的手摸脑后，唱儿歌，说童年之事，这才让母亲相信真的是“铁牛孩儿回来了!”母子抱头痛哭。台上的演员感情充沛，把台下观众的情绪也调动了起来，一起带入剧中，台上台下达到共鸣。“母子相会”其乐融融，可是还没来得及再叙天伦之乐，变故突生：李逵之兄李达回家，见到李逵，为免遭连累，向官府出首，李逵情急之下只好背上母亲逃离家门。这一走，本想是接母亲回去享福，却没想到酿成了无法挽回的悲剧。

《李逵探母》这场戏，人物的大喜、大悲、大急、大怒、大痛等情绪都有体现，并且非常典型。因此这出戏可以说是架子花这一行当必学剧目。学生通过学习此类剧目能增强自身基本功和表演表现能力。

《李逵探母》之所以有着如此的魅力，受到了新老观众的青睐和喜爱，最重要的是此剧有它的歌舞性、歌唱性和抒情性，充分体现了戏曲的表演手段——以歌舞、歌唱演故事。其中包括了动与静、喜与忧、爱与恨等一系列的感情交融的艺术处理，达到了功、形、神兼备的艺术效果，使人们在看戏的同时得到美的享受。《李逵探母》不仅有很高的演出和欣赏价值，而且在教学上，能够训练学员的唱、念、做、表的基本功，在提高表演和技能方面也大有益处。

（1）唱功

在《李逵探母》中，袁世海根据李逵粗犷、单纯的可爱性格，在“西皮流水”板中，巧妙地运用了唱中加念、念中加笑的手法，使曲调显得格外欢快诙谐、流畅自然。并以浓郁的生活气息着力渲染了母子离别多年即将重聚的欢乐气氛。唱段中“噫嘻”“哟嗬”等口语词的夹白，更自然生动地流露出李逵的喜悦心情。在母子相认的过程中，袁世海把民谣儿歌融入其中：“打花巴掌！嗨！正月正，老太太要看莲花灯。烧着香，捻纸捻儿。”字字句句深情地带着哭音表现出来，把该剧推向一个高潮。由于花脸的哭腔很少，李逵见母被恶虎吞食后的唱段，自然难免更费周折。袁世海在沿用《斩马谡》《专诸别母》的哭腔的基础上，不仅运用了《锁五龙》里快节奏、高八度音的唱法，而且将程砚秋先生在《朱痕记》中的演唱方法有机地借鉴过来，使这句十九个字一气呵成，有如玉珠落盘，以表现李逵心如刀绞、心急如焚的心情。年近古稀时，他对这出创演于新中国成立初期的戏进行整理加工、精益求精，遵循郝派（郝寿辰）提出的“架子花脸铜锤唱”，又创造了一段在传统剧目中净行从未演唱过的“反二黄三眼”的板式。加强了以往架子花脸运用唱腔来刻画人物的方式，在增强人物性格及人物内心方面有了很大的提高。其中采用了老生用虚音唱高音的唱法，不仅丰富了唱腔的曲调，更加强了悲调气氛的渲染。演唱时还多处运用了老生的擞音，婉转动听更具韵味，愈发突出了李逵哀悼母亲的悲痛心情，把李逵当时的内心世界表现得酣畅淋漓。

（2）念功

登沂岭李逵畅想回到梁山的情景，有一大段干脆利落的念白，尤见功夫：

“啊，老娘，我们在这沂岭之上，将息一晚，明日下山，取路济州，绕过郓城县，走过青龙山，渡过芦荻港，上了金沙滩，就到了我们那里。那时，咱就大喊一声，说道：呔！弟兄们！咱李逵的老娘接到了！你看，那穿袍的，摇扇的，披铠的，佩剑的，就像蜜蜂儿一般，涌下山来，把老娘围在当中，这个喊伯母，那个唤大娘，这个来搀，那个来扶，把老娘接将进去，少不得今日酒，明日宴，欢天喜地，热闹一场。老娘是何等儿不喜！哪些儿不乐呀！哈哈哈哈……”

这一段念白如口吐珠玑，干净利落，说到最后，李逵控制不住奔放大笑，李母也欢喜地随着开怀而笑，就连观众也被感染得会心笑起来。

李逵取水回来，不见了母亲，寻找喊叫，几声喊叫，都是一个“娘”字，而这简单的一个字，每一句都蕴含不同的感情。从惊到惧，从惧到骇，从骇到恸，内心感情表达得极为丰富。

（3）做功

架子花以做功为主。李逵可以说是一个很典型的人物。人物的多种情感“喜怒哀乐惊恐忧思愁”，在这个人物身上基本都体现出来了。而要在舞台上把这些情绪准确的传递给观众，依靠的就是演员精湛地表演。而且演员通过身段把不能在舞台上展现出来的场景同样清晰地为观众展现出来。

如第一场“下山”，李逵一路上欣赏风景，沿途的风光通过念白表现出来。在走到菩提寺时，李逵想起儿时淘气偷梨，被老和尚发现，自己不认错还用梨打老和尚，被老和尚追到家里，惹母亲生气这一童年之事。整件事的回忆就通过演员的念白和动作再现出来，童年李逵的淘气顽劣，李母的对幼子的又气又爱，如今李逵对当年自己不懂事的悔恨，都表现得惟妙惟肖。

附录：名家读戏

“当时（20世纪50年代）开排《黑旋风》，我的劲头很足，但具体问题却要逐个解决。比如李逵第一次怎样出场，想了几个方案，用“四击头”还是“一锤锣”，这些节奏都不合适，因为不能表现出李逵的性格特征。如何能做到既精彩，又有个性、又好看呢？此事我反复想了许久。有一天我突然想到《取洛阳》这出老戏。有了！有方案了！李逵出场就用《取洛阳》马武出场的路子，出场前先在幕后喊“啊、嘿”，乐队打“急急风”锣鼓，随着“嘿”字李逵出场，双手斜提褶子，脚下左右涮步，双目圆瞪，再疾走到台口，双水袖上翻念“双斧哇！”后转身，水袖翻飞，念“抡动”，右袖上翻至肋边，左手双指指出去，圆瞪二目，用虎啸般的声音念“鬼神惊！”一句，念完满堂彩声。李逵旋风般的动作，虎啸般的声音充分展现了黑旋风的风采。这个设计是在马武的基础上出新了（马武是扎大靠的武将），它赢得了观众的认同。”

——袁世海：《李逵是这样出场的》

“一哭二笑三话白”，这是架子花脸表演艺术的难度程序。的确，花脸演哭最难，传统戏的《斩马谡》《专诸别母》等之所以名贵，马谡、专诸之哭实捩其机。无疑，《李逵探母》的剧情，赋予演员以难度最大之哭，何况又“哭”自铁牛儿之口！世海掌握了这个关键，他不只在“见娘”与“葬娘”时哭的表演中刻画出不同的心情，表现出不同的音乐形象，而且在“葬母”的二黄唱段里，也是泪化于声，悲从中来，收到了感染观众的强烈效果。实则世海的成功表演，还不止在“一哭二笑三话白”的“一哭”，他在提水上场，寻喊母亲时的几句“娘！”所展现的内心感情更为突出。他在排演期间，日常生活的一举一动，都忘不了大声喊“娘”，亢声叫“妈”，他家里人不知他是在体验人物，反而窃议他是精神失常，而他却置若罔闻地仍然喊“娘”叫“妈”，还若无其事地征询家里人的意见，是喊“娘”亲切，还是叫“妈”动人？直到戏上演之后，他才得到圆满的答案，结束了自我考试的一场测验。

——翁偶虹：《“探母”声中写李逵》

阅读与思考

1. 净行脸谱谱式与颜色各有什么不同的含义？请试举几个有代表性的例子。
2. 铜锤花脸与架子花脸各有什么特点？

第五章

京剧丑行戏

第一节　行当流派概述

一、行当

丑，俗称小花脸，因面部化妆时在鼻梁上抹一小块白粉而得名。因与净行的大花脸、二花脸并列，又称“三花脸”。丑只是指人物扮相不俊美，并非指人物品质上的丑恶。丑主要表现风趣伶俐或奸阴狡诈一类的男性角色。在表演上一般不重唱功，以口齿清晰流利的念白为主。念白一般为京白，其节奏快慢、声调起伏较为夸张。在剧中插科打诨、调节气氛，有“无丑不成戏”之说。

京剧中的丑角包括文丑和武丑两大类。其中文丑的表演特点主要是念白、做兼唱，可细分为方巾丑、袍带丑、茶衣丑、巾子丑、彩旦等。方巾丑多演文人秀士，穿褶子，戴方巾，念韵白，包括儒生、书吏、谋士、塾师等各种身份和职业，如《群英会》中的蒋干、《乌龙院》中的张文远等；袍带丑多演将相官宦，穿蟒袍，念京白，文官武官、正面反面人物都有，如《选元戎》中的程咬金、《贵妃醉酒》中的高力士等；茶衣丑多演各种行业的下层劳动人民，因穿短蓝布褂子得名，念京白，如《秋江》中的艄公、《武松打虎》中的酒保等；巾子丑，又称“老丑”，多演一些性格诙谐的老人，角色介乎方巾丑和茶衣丑之间，有时穿长衫或箭衣，说京白，表演的风格比茶衣丑较严谨一些，如《女起解》中的崇公道，《空城计》中的老军等；彩旦俗称丑婆子，多演滑稽风趣或奸刁的女性，一般面涂白粉，再搽厚重胭脂。唱念都用本嗓，说京白，以做功为主，表演夸张，如《凤还巢》中的程雪雁、《拾玉镯》中的刘妈妈等。

武丑是丑行的一支，多扮演江湖好汉、绿林英雄、侠客义士等身怀武艺的男性人物。他们擅长念白和武功，性格诙谐精明，言辞伶俐爽快，行动灵敏轻捷。在表演时，注重扑跌翻打，人物常穿紧身衣裤，步伐轻盈，动作灵敏迅速，可以从几米高处翻下，落地无声。如《三岔口》中的刘利华。同时也注重念白，要求口齿清楚有力。

念白是刻画武丑人物性格、传递人物情感的一种重要手段。武丑的念白要爽脆响亮、斩钉截铁，尤其是“开口跳”，人物多快言快语，说话像机关枪一样又快又猛，具有穿透力。如《九龙杯》【庆贺黄马褂】一场，杨香武几段经典的联珠白必须要念得如竹筒倒豆子般脆亮。武丑的念白个性十足，主要体现在人物角色的独特音色上。如《时迁偷鸡》和《时迁盗甲》中，时迁是身处社会最底层的小人物，所以其念白多土话俚语，音色以中低音为主；《连环套》中，朱光祖年届不惑，是个有一定身份地位的干练武官，其音色则是清脆、宽高的。与其他行当相比，武丑的念白节奏最鲜明，而且会

根据情境、事件和人物的性格、身份不同而变化。京剧念白的节奏一般表现为紧、慢、疏、密、强、弱、缓、急等特点。武丑的念白节奏更为突出，而且幽默生动。艺术大师荀慧生先生曾经说过，会念白的演员能把本来平平淡淡的词句念得光彩焕发，感动观众；不会念白的演员即使有很生动的词句，也会给念死了，念得无精打采。

二、流派

京剧在长期的发展过程中涌现出了众多优秀的丑角表演艺术家，他们或博采众长，或独辟蹊径，其表演具有强烈的个人特点和风格，并且得到观众的认可和推崇，拥有一定数量的具有明显个性风格的剧目，这种风格成为他们个人的一种艺术标志。如文丑流派有萧派（萧长华）、慈派（慈瑞泉）、郭派（郭春山），被称为“京剧丑行三大士”。其中萧长华以其精湛的艺术造诣，把京剧丑行表演艺术推向高峰境界，被尊为“文丑之王”“丑行老郎神”“20世纪京剧丑行表演的圭臬”，并给京剧生旦净诸行当以重要影响。著名国画大师刘海粟评价萧长华的艺术为“谑而不虐，夸张而不失其真，诙谐出于严肃”。他所饰演的《群英会》中的蒋干和《审头刺汤》中的汤勤被著名作家田汉称赞曰：“盗柬争疑真蒋干，审头都说活汤勤。”

京剧武丑流派较多，有张派（张黑）、王派（王长林）、叶派（叶盛章）、傅派（傅小山）等。艺名张黑的张占福是同光时期优秀的京剧武丑演员，长于武术，以做打著称。他虽然身材魁梧，动作却矫健敏捷，尤其是“走矮子”的功夫堪称一绝。其弹跳技艺结合了中国武术的蹿、蹦、跳、跃等，有“鼓上蚤”的美誉。他的武丑戏有很多特技“绝活儿”。王派武丑创始人王长林是梨园界的“丑角元老”，他武功扎实，身手敏捷，善于抓住人物的性格、身份等特点，塑造个性鲜明的艺术形象，被誉为“一人千面”。叶派叶盛章是迄今为止唯一一位享有“流派”鼻祖之誉的丑角艺术大师。他以武丑挑班，首开武丑挑大梁的先河。他技艺精湛，话白脆亮，身手矫健，灵巧惊险，能文能武，昆乱不挡，唱念做打俱佳，并擅长突破行当限制塑造人物。他在《三岔口》中运用了很多特技，把这出原为武生主演的武生戏变成了以武丑为主演的武打戏。

第二节　文　丑　戏

一、代表作介绍：《蒋干盗书》

公元200年，曹操在官渡之战中以少胜多，成功地击败袁绍，进而统一了北方，形成了独占中原的格局。接着又挥师平定辽东地区的乌桓势力，基本稳定了后方地区。北方统一后，曹操就带领大军浩浩荡荡杀向南方地区。

公元208年7月，曹操率军南下直取兵家之地——荆州。没等战争爆发，刘表一命呜呼，其子刘琮被吓破了胆，未作任何抵抗就将荆州双手拱出。刘备在樊城得知刘琮投降的消息后，急忙率部队向江陵（今湖北江陵）退却。江陵为军事重镇，是兵力和物资的重要补给基地。曹操亲率轻骑五千，日夜兼行150公里，在当阳（今湖北当阳）的长坂坡击败刘备，占领了江陵。

军事上接二连三的胜利，使得曹操踌躇满志，决定乘胜顺流东下，占领整个长江以东地区，一举消灭孙权势力。在强敌压境、存亡未卜的危急关头，孙权和刘备为了避免彻底覆灭的命运，结成了抗曹联盟。之后孙刘两家经过精心准备和策划，针对曹军不习水战的弱点，借用东风火攻曹军，从而扭转了战局，为三国鼎立的格局奠定了基础。这便是有名的赤壁之战，包括《蒋干盗书》《借东风》等故事都发生在这一段时间。

《蒋干盗书》的剧情是遵照主公孙权的旨意，东吴都督周瑜正在帐中与黄盖、甘宁、鲁肃等人商议破曹之事。曹营水军的头目是荆州降将蔡瑁、张允，周瑜深知二人惯习水战，不除掉他们势必影响整个战事。正在犯愁时，部下传报“蒋干过江”。周瑜已经猜出蒋干来意，转念之间心中已有妙计，他连忙修书一封，让鲁肃放到后帐战策之内，并密授神机。随后迎进蒋干。寒暄一番，周瑜先发制人，直截了当地说出蒋干的来意，逼迫蒋干再三否认自己是曹操的说客。然后，周瑜设盛宴款待蒋干，并在众将军面前申明蒋干只是叙旧情而已。席上，周瑜解下佩剑交给太史慈，命他掌剑监酒，并吩咐，宴席之上只准共叙朋友旧交，有人提起两家战事，即席斩首！周瑜又借口江上遇良友，军中会故知，传令奏起军中得胜之乐，开怀畅饮，直喝得酩酊大醉。

宴罢，周瑜要与蒋干抵足而眠，命人将之扶到后帐休息。然后安排黄盖依计报军情，甘宁巡营，各营不许落锁。回到帐中，看蒋干已经装睡，周瑜也假装睡去。满腹心事的蒋干辗转难眠，就起身找书看着解闷。偶然间发现战策中间夹着蔡瑁、张允二人写给周瑜的一封信，信中说要在七日之内趁便取曹操的首级。蒋干大惊，连忙藏起书信，假装熟睡。这时黄盖在帐外唤醒周瑜禀报军情，刚说了一个“蔡”字，周瑜急忙制止，在确认蒋干睡着的情况下，才让黄盖说出“今有蔡瑁、张允，有书到来，不用七日只用三天，定取曹操首级来见”。蒋干心中焦急万分，好不容易挨到四更天，就悄悄起身过江了。

曹操正为如何除去东吴、西蜀犯愁，蒋干兴冲冲地带回了偷来的书信。曹操看后立即命令起鼓升堂，将蔡瑁、张允二人推出去斩首。但他随后意识到是周瑜的计策，叫人赦免蔡张时，两个人已是人头落地。曹操后悔不已，遂让不识水性的毛玠、于禁二人做了水军头目。蒋干不明内情，还以为自己立了大功一件，不料被曹操当众羞辱了一番。

最早编写剧本的京剧艺人为卢胜奎，他为三庆班编写了三十六本的“三国戏”，并擅长演出其中的孔明，有“活孔明”之称。但完整的系列演出没有持续多久，活鲁肃程长庚、活赵云杨月楼、活公瑾徐小香、活孔明卢胜奎、活曹操黄润甫、活张飞钱宝峰等主要演员相继离世，“三国戏”只剩下《群英会》一段经常在舞台上出现。

萧长华在十七岁时得到了三十六本“三国戏”中的十二本，珍藏到三十岁时，正赶上光绪慈禧“双国丧”，所有戏班停业一百天。借此机会，萧长华细读《三国演义》，对八本《赤壁鏖兵》剧本进行了详细的核对，并结合自己所在喜连成科班学员的情况对角色不断充实丰富，最终将原来的八本修订成了名为《三国志》的六本。在修订过程中，萧长华对其中多处的情节设计、人物对话以及唱段都进行了精心的编排，如马派名剧《借东风》中的“二黄倒板”“回龙”“原板”就是他根据《雍凉关》中孔明的唱腔改编而成的。

二、作品鉴赏

1. 经典念白

荆襄降将蔡瑁、张允拜上都督，我等降曹，非图仕禄，迫于势耳。
今已赚得北军困于寨中，但得其便，即将曹贼之首献于麾下。
早晚人到，便有关报，幸勿见疑，先此敬复。

此段念白全照《三国演义》原文，萧长华采用贯口白形式，一气呵成，十分精彩。

2. 作品品读

京剧《群英会》中的蒋干是文丑中的经典形象之一，众多丑角表演艺术家在舞台上塑造了栩栩如生的人物形象，尤其是被誉为文丑之王的萧长华先生塑造的蒋干更是一绝，被世人誉为“活蒋干”。《蒋干盗书》中虽然着力表现的是周瑜的运筹帷幄和借刀杀人的智慧，但看点却是那个自以为是、被人利用却毫不知情的蒋干先生。所以，把握好蒋干这个人物角色至关重要。

(1) 要明确蒋干不是一个插科打诨的滑稽小丑。虽然在周瑜面前蒋干显得既无气势又无智慧，但能在曹操这样一个我国历史上著名的军事家、政治家、文学家身边做谋士，而且还能得到曹操的信任和器重（根据《三国演义》的讲述，蒋干自告奋勇要劝服周瑜，曹操毫不犹豫地答应，而且在蒋干无功而返后，又一次答应蒋干请战的要求），就充分说明蒋干本身有一定的才气。之所以在舞台上显得呆傻，是因为面对的周瑜过于出众。而且从周瑜精心设局来看，蒋干绝不是个俗不可耐的傻瓜。舞台上周瑜和蒋干代表着敌对双方，在谈心叙旧、推杯换盏的掩盖下，言来语去地进行着针锋相对的斗智。舞台上的蒋干要演得“深”，演得“雅”，决不能演成个滑稽小丑。

(2) 深刻体会蒋干见周瑜后不断变化的心理活动。周瑜正为曹操的水军犯愁，闻听蒋干来访，根据对其的了解顺势设定了一个妙局，只等蒋干自投罗网。周瑜安排妥当后，吩咐“大开营门，有请蒋先生！”大有张网捕鱼之势。蒋干踌躇满志地出场，一副大大方方、稳稳当当的样子，显得信心十足。因为他自认与周瑜交好甚厚，自己又有“三寸不烂之舌”，此次必定胜券在握。到周瑜寨前，又见周瑜隆重的接待，因此更觉得有把握。周瑜、蒋干寒暄后进帐入座。蒋干抢先开口叙旧：“啊，贤弟，别来无恙啊?”用叙旧作为劝说的过渡。没想到周瑜避开蒋干的话头，先发制人地说明蒋干的来意：“啊！子翼良苦，远涉江湖，敢是与曹操做说客吗!”蒋干毫无准备，一愣之后，圆滑地否认：“不不不！我久别足下，特来叙旧。奈何疑我与曹氏做说客呀!”看周瑜冷笑，用“诈退”进行试探：“哎呀呀呀！足下待故人如此，我便告辞。”周瑜设酒宴“款待”故旧。刚入席坐定，周瑜又来了个突然袭击，叫太史慈佩剑监酒：“有人提起孙、曹军旅之事者，即席斩之!”此举完全出乎蒋干的意料，他大吃一惊，顿时目瞪口呆，不知如何应对。这个呆若木鸡的亮相姿式，一直保持到周瑜念白：“子翼兄，子翼兄……”以后才被惊醒“收式”。

从周瑜念道“看大杯伺候”开始，蒋干、周瑜的斗智进入高潮。同饮第一杯酒时，周瑜唱：“酒逢知己千杯少”；同饮第二杯酒，周瑜唱：“眼望中原酒自消”，表面上说“酒”，实际是“眼看着曹操就要失败了。”蒋干听后，马上领会了，也用一语双关的话回敬周瑜：“啊，贤弟！这白酒性暴，有些个难饮哪!”意思是“曹操兵多将广，来势凶猛，可不好对付啊!”这里蒋干想以曹操兵多将广的实力，压一下周瑜的锐气。所以念到“有些个难饮哪”的“哪”字时，上下牙紧扣，整个字音从鼻腔里发出，有压迫、威胁之感。周瑜听蒋干这句话后，极其轻蔑地一个长声冷笑“哼…”地唱道：“暴酒难逃三江口!”蒋干正打算还击，周瑜举杯请他同饮第三杯酒。同饮后，蒋干借机狠狠地重敲周瑜一句：“这顺流而下，可醉得快呀!”（“呀”字，像从牙缝里挤出来的音）暗示周瑜“隆冬季节，曹操占据天时，兵发东吴，顺风顺水。这是曹军的绝对优势，大不利于东吴啊!”

(3) 重点把握蒋干盗书的“暗读书信”。蒋干盗书是“借刀计”的重要一环。通过鲁肃藏书，蒋干“观书”“暗读”“盗书”等情节的表演，把前场周瑜向鲁肃“耳语”的部分统统展示了出来。周瑜和蒋干同榻而眠。蒋干已知周瑜抗曹决心坚定无法动摇，于是心烦意悔：“悔不该在曹营夸口太过，实指望过江来将他说合，太史慈持宝剑甚是凶恶，若提起孙曹事定把头割。”心神不宁，无法入睡，蒋干索性起身，见桌案上有兵书战策，只得“看书消遣”。既是消遣，就漫不经心地随便翻阅。潜意识里还记挂着自己的使命，所以翻过“车战”“陆战”，想从“水战”中窥测一下周瑜用兵的奥秘，不料发现其中夹着一封拆开的书信。本是无心，却见信头“荆襄降将蔡瑁、张允拜上都督”，于是大吃一惊，这时听到周瑜在床榻上咳嗽一声，觉得此信大有“偷觑”的必要，但此处又不便细看。于是蹑手蹑脚执灯出帐，见四下无人，暗读书信：“荆襄降将蔡瑁、张允拜上都督：某等降曹，非图仕禄，迫于势耳。今已赚北军困于寨中，但得其便，即将曹贼之首，献于麾下。早晚人到，便有关报。幸勿见疑。先此敬复。”全段书信文字共六十三字，要字字读清晰、洁净、纯正。在舞台上表演这段时，绝不是单纯把每个字的声母、韵母、声调念准确就算完了。还应注意字调和语调的关系；注意重读字的音高和音长的变化；注意何处停顿，何处有气口等问题。表演时要抓住蒋干的心理活动，把他忠于曹操、贪功心切、游说未果、心烦意悔、意外收获、信以为真、喜出望外、得意洋洋的复杂心情，都在“暗读”的语气中尽情地表现出来。

（4）掌握表演蒋干的基本功要领。由萧长华总结的基本功要领是“头正眼平挺颈骨，垂腮撮口抬颧骨，松肩立腰藏胯骨，收胸贯背弓膝骨。”① “挺颈骨”指脖子后面要有“弹”力和“绷”劲儿，脖子不僵不懈，不乱晃；“抬颧骨”与“垂腮”是相辅相成的，方巾丑蒋干的脸形需抬颧骨的同时配以“垂腮”，这样整体形象才好看；“藏胯骨”指走台步时不能“露胯”，即不左右扭胯；“收胸”是蒋干作为文人的身躯特征；“贯背”是舞台上演员有“精气”的支柱；“弓膝骨”是方巾丑“脚步”的要领。萧长华将以前京剧表演中蒋干出场后“塔袖蓬头”回身一望的动作，改成出场亮相缓步，为的是表现蒋干“昂然而来”的从容和凭三寸不烂之舌说服周瑜的自信；将“脚后踢”的台步改为“迈方步”，突出了蒋干的辩士才华及文人气质。萧长华之子萧盛萱说：“蒋干的脚步，是方巾丑基本功脚步‘化’了的‘方步’，很似穿褶子的小生的脚步，但又和小生脚步的夸张程度有所不同”，要“勾脚尖儿，蹬脚跟儿，不斜身儿，立腰眼儿，稍蹲（音存）腿儿，亮粉底儿。起腿稍高点儿，落（音涝）脚稍近点儿。”②

3. 念功赏析

念功是戏曲基本功之一，与唱功同样重要，甚至有“千斤话白四两唱”的说法。《蒋干盗书》中丑角的念白是一大亮点，也是塑造蒋干这个自作聪明的书呆子的重要手段之一。萧长华扮演蒋干时，对历史上的蒋干和戏曲中的蒋干进行了充分的钻研。历史上蒋干是江淮一带的名士，以才辩见称，曹操以周文王访姜太公的礼仪聘请他到帐下。戏曲中为了衬托周瑜的智谋和推动故事的发展将蒋干丑化，但表演时不能简单地将之演成小丑，要演出蒋干的名士风度和头脑简单、自作聪明的复杂性格。于是萧长华将人物形象定位为“雅中有酸，傲中有谄，智中有愚，狡中有驯”。

蒋干初见周瑜时，哈哈一笑，念了句“别来无恙啊”，因自信而语气稍带得意和傲慢，同时希望以同窗之谊拉近与周瑜的关系，故而话中又带些亲热。当周瑜说破他的来意时，蒋干用凌厉的声调念了句“我便告辞”，显示了蒋干的故作镇定和以退为进；周瑜反问后，蒋干念道“贤弟的疑心忒大呀”，声调柔韧，一方面表现了其狂傲和狡猾，另一方面表现了其谄媚与驯服；等到黄盖等人说破他的动机后，他连念“诺，诺，诺”求助于周瑜，酸气十足，可笑又可怜；尤其是当周瑜的“口若悬河，舌如利刃，又安能动我之心哉”像一把利刃直刺蒋干的心窝时，萧长华挤出来一声假笑，缓冲蒋干此时的尴尬处境。这一声笑被内外行称为神品。周瑜向他夸示兵粮时，蒋干跟着念出“兵精粮足，兵精粮足，名不虚传”，接着一声假笑，表面上是赞同周瑜，实则内心认为曹军兵粮足以傲视周瑜；被周瑜堵得说不出劝降的话，又被酒

---

① 孙家斌：《浓墨泼洒异峰起，淡笔虚涂妙生辉——萧盛萱先生谈蒋干的表演》，载《戏曲艺术》1984年第2期，第24~30页。

② 孙家斌：《浓墨泼洒异峰起，淡笔虚涂妙生辉——萧盛萱先生谈蒋干的表演》，载《戏曲艺术》1984年第2期，第24~30页。

席上周瑜的舞剑吓到之后，蒋干觉得此行已全无意义，偏又被留到东吴一时回不去了时，心中后悔不已，于是他念“我今此来差矣哟”，两个语气词连用，充满了郁闷和懊悔。下面的“坐又坐不定哪，睡又睡不着”中“哪”字拖长一顿，“睡又睡不着”一句就更显懊恼了。在百般无聊中发现桌案上有书，蒋干非常高兴：终于可以打发漫漫长夜了。萧长华先生所扮演的蒋干看到书时先“咦”了一声，接着念“待我看书消遣”，加上“嗯嗯哦”的虚音长音，以及“山歌”的味道，更显出其喜出望外的心情。在看书过程中，蒋干不时发出唔唔之声，按照四声“阴平、阳平、上声、去声”进行有层次的变化，这不仅在音节上听着舒服，而且表明蒋干已经看书看得入迷，最后一个“唔”说明他已完全沉浸其中，必定要将所有的书都要看完，俨然一个典型的书呆子形象，也为蒋干发现假书信埋下了伏笔。从无意中发现假书信的“喔唷”开始，蒋干的念白语气变成了惊怕和愤恨，到“哎呀丞相啊，你好险哪!”“险”字略带鼻音归到咬唇，兼用“恨音”“狠音”，感情达到最高潮。随后念道“岂不是蒋干大大的头功”，语气转而喜悦甚至是得意。

4. 做功赏析

焦菊隐先生曾说：“戏曲界有一句内行俚语说：‘千斤说白，四两唱’，意思是台词远重于歌唱，据我来看，还应该补充说：‘千斤做功四两白’。对于戏曲，念白固很重要，而做功却应当是一切，唱、念、做、打这四功里，‘做’是其他三功绝不能脱离的舞台手段。”做，是京剧表演身段和表情的总称。做功，泛指表演技巧及舞蹈化的形体动作。好的演员会把剧中各类人物的行动和思想，通过身段表演艺术化地再现于舞台，使观众在欣赏艺术同时，感受到美的熏陶。在《蒋干盗书》中，蒋干的表演是重头戏。萧长华扮演《群英会》中的蒋干时，紧紧抓住愚蠢笨拙却自恃聪明的书呆子特点，用不同的台步、身段活灵活现地塑造出了“这一个”。刚出场时，蒋干满怀信心，自以为凭借自己的三寸不烂之舌肯定会说服周瑜归降曹魏。因此蒋干出场时用摇摆台步表现其酸而骄傲、藐视东吴的内心。在《盗书》一场中萧长华的身段飘逸优美，令人叹赏。蒋干看书时用“斜桌”，把一只红蜡灯放在左侧，当他拿灯到外面去看信回来时，因匆忙把灯错放在了右侧。快进帐时，忽然想起赶快来了大转身，迅速回到桌前把蜡灯移回原位。这里蒋干转身只是上部兜回，腿依然向前朝着帐子，迈出直八字步，像惊蛇掠草似的把灯放回原处，身段快而准，观众只觉得绿身影卷回来一晃摇，灯已移回左侧。

叶盛兰饰演的周瑜在戏中的表演也非常精彩。周瑜同蒋干的对饮，蒋干欲劝周瑜投曹，周瑜早识其谋，于是，席间纵论古今、犀利逼人，而且透过眼神的锋芒，显示出对蒋干的冷蔑和嘲笑，直至最后周瑜的大声狂笑，更显他神采飞扬的得意神态。尔后周瑜一面佯装醉酒拔剑起舞，一面借舞剑窥视蒋干有何反应，展现出周瑜掩饰不住的骄傲与自信，又流露出对蒋干的有意嘲弄。

附录：名家谈戏

蒋干虽是个书呆子，没见过什么大场面，不像汤勤那样深于世故，因而遇见这位智广才多的周公瑾，就感到无法应付，但他也是有学问的舌辩之士，一个有名的策士，在曹操这么一个雄才大略的丞相面前能说得响话的，因此就不能把他演成低能的傻里傻气的人，否则就显不出周郎压倒了他的气概和机智了。当然应该说，汤勤和蒋干最主要的区别是：汤勤是个有经验、懂世故的厉害阴险的小人，唇枪舌剑，相当可怕，而蒋干则只是个徒有虚名、自作聪明却缺乏经验的文士，上了当还自鸣得意，所以汤勤对陆炳的谦恭态度是为了雪艳，一切在所不计，口服心不服；而蒋干对周瑜的态度却是真正的甘拜下风的态度，因为他一来就碰了一连串钉子，看到了周瑜部下的确兵精粮足，名不虚传，周瑜自己也英气逼人，逼得他简直不敢抬头。

——萧长华说《盗书》中的蒋干

他（汤勤）是个有才气的人，正如他自己介绍："字是真草隶篆，画是水墨丹青。"他应该有点秀才味或书卷气。这跟崇公道这个胸无点墨的"老衙门"完全是两档子事。他从前在莫怀古府中做幕宾，后来又被莫怀古介绍给严世蕃做幕僚，大为世蕃所宠信。所以他应该是很骄傲自大的，除了严家父子以外，满朝文武都不在眼中。"审头"这档子事，原就是他一手挑起来的，他的企图是把莫怀古的爱妾雪艳弄到手。他去锦衣卫陪审是他自讨的差使，而且他也知道锦衣卫正堂陆炳是个难对付的人，但为了雪艳，他是一切在所不计的。

——萧长华谈《审头》中的汤勤

阅读与思考

1. 文丑四法武功的特点是什么？
2. 学习历史戏时，如何处理历史真实和艺术真实的关系？

第三节　武　丑　戏

一、代表作介绍：《三盗九龙杯》

《三盗九龙杯》故事来自《彭公案》，说的是绿林英雄黄三太打死猛虎救了皇帝而得到皇帝御赐的黄马褂。同门师弟杨香武不服气，就盗走了皇帝的九龙杯。皇帝下旨让黄三太十天之内追回九龙杯，否则满门抄斩。黄三太一时惊慌失措，其徒弟计全献计以赏黄马褂为名，遍邀水旱两路英雄，从而查找九龙杯下落。众英雄应邀来到，计全故意夸耀黄三太，称他为天下第一好汉。杨香武被激怒，说出九龙杯是自己盗走的，但却不小心弄丢了。黄三太顿时晕了过去。王伯燕见此情景，说九龙杯是自己偷了，已转手送给金翅大鹏周应龙。但周应龙是黄三太的仇人，绝不会将九龙杯还回。王伯燕提议杨香武趁周应龙寿诞时备厚礼求回九龙杯，若周不应允，就和自己联手将杯盗回。杨香武上门拜寿，借机说自己的好友因九龙杯全家遇难，请周应龙交还杯子，以搭救好友，周应龙慨然应允，杨香武拿到九龙杯拔腿就要走，周应龙极力挽留他饮酒，中间问起杨香武好友姓名，杨香武一说出黄三太，周应龙就将杯子收回。杨香武说出不给即偷的话来，周应龙当即说：若能偷去，自己的紫霞庄即以他为尊。于是两人定下以三天为期定输赢的约定。杨香武见周应龙手不离杯，遂到后山用薰香将周妻薰倒。王伯燕前来拜寿，骗周应龙将杯子交给自己代为保管。此时婢女来报说周妻昏迷不醒，周应龙忙去查看。杨香武趁机顺利将九龙杯取走。

黄三太将九龙杯交回朝廷，并禀报了杨香武盗取九龙杯的经过。达木苏王闻听后不信，坚持要杨香武在五鼓天明之前将九龙杯从自己手中盗走。杨香武假扮更夫，提前打完五更，趁达木苏王以为自己胜券在握而放松警惕时，巧妙地把九龙杯盗取在手。至此，众人皆服。皇帝也赦免了杨香武的盗杯之罪。

《九龙杯》在京剧舞台上流传已久，是叶盛章的代表作之一。这段故事相当于《三盗九龙杯》中的“二盗”。从故事的前后衔接来看不够完整。完整的《三盗九龙杯》演出从张春华开始，其编剧是鼓师任子衡。故事从窦尔敦与黄三太比武结仇的《李家店》（《英雄会》）开始，经过一、二、三盗九龙杯，以达木苏王信服杨香武为结局，从而使《三盗九龙杯》成为一个情节紧张、故事紧凑完整的武丑戏。以扮演杨香武见长的演员有张春华、严庆谷等人，他们的表演各具特色，深受观众欢迎。

（1）经典念白

杨香武：哎呀，计全啊，你小子这话，可不是这么个说法，你夸你三叔金镖到处扬名，前者又在北京南海大红门镖伤猛虎，圣上有罪不加，反赐这绣龙八宝黄马卦，这是你爷们露脸了。可在座众位英雄谁人不知哪个不晓啊，何用你在酒席宴前这么夸了又夸，讲了又讲，我说你你你这是要干什么呀，我的孩儿呀！

计全，你小子这话可越说越敞了，你说什么，在座的俱是无能之辈，嘿嘿，据我香武看来，在座的俱是山南海北水旱两陆的英雄，这里若有我辈英雄恼一恼，献出了皇家国宝，一来羞愧三太，二来对你脸上无光，那工夫就是你狗日的，也吃罪不起啊！

计全，你可知强中自有强中手，这能人背后可有能人啊，哈哈！好小子，你你你这是要逼着哑巴说出话来啊，好，待你杨五叔我告诉你们，你可知前者当今万岁夜饮畅春园，失去了乌梅玉环九龙玉杯，是他们哪个盗去啦？不才就是你杨五叔啊。

（2）作品鉴赏

《三盗九龙杯》中的杨香武属于武丑，严格来说属于武丑中的开口跳（开口跳的人物都戴“二挑”髯口，俗称“倒八字”或“反八字”）。比起武丑，开口跳的念白常有大段的联珠白，语速快猛、节奏鲜明、爽脆响亮，如珠落玉盘，有穿透力，而且讲究一气呵成。“庆贺黄马褂”一场，杨香武的几段经典的联珠白，如：“哎呀计全哪！你小子这话不是这么个说法儿……”“计全，你小子这话是越说越敞了……”“三哥、众家英雄请过来……”等就像竹筒倒豆子般脆亮。

演好杨香武虽然应该掌握好开头跳表演的基本功，但要想演出人物的独特性，就应该深入把握杨香武的性格特点，尤其是在《三盗九龙杯》中的处境、身份地位、心理活动、行动逻辑等。

第一，明确杨香武的性格特点、身份地位以及处境等因素，才能在程式化的表演中展示人物的个性化特点。杨香武是一位武艺高强、生性傲气的草莽英雄，因此他的动作迅速敏捷，武打场面惊险刺激。如杨香武“走边”时念“练就一双飞毛腿”，“飞脚倒毛顶”要求“飞脚”起得高，“倒毛顶”起得绵软，落地无声。当代武丑大师张春华在《九龙杯》中展示了一套“单刀枪”。气势如疾风骤雨般激越，只见飞舞的刀光布满整个舞台。最后腾空一个“飞脚”，紧接着“一绕两绕削头”，又狠又准，充分显示了杨香武傲气的资本。又因为杨香武脾气急躁、性格豪爽，其念白爽脆利落，尤其是计全故意盛赞黄三太时，他又气又急的三段念白更是看点。但此时的杨香武已经年近花甲，在绿林中有着较深的资历和较高的地位，所以音色苍劲浑厚、走方步才与其身份相称。但这种台步应随着情境的变化而变化，如杨香武一时得不到九龙杯，焦急万分，起“叫头”之后走的“小碎步”。

第二，深入体会人物的心理变化，掌握其行动的内在依据。杨香武虽然因为一时不服气盗取了九龙杯，但阅历丰富的他也深知此举的厉害，加上九龙杯已经莫名丢失，所以一开始杨香武对计全的激将采取忍让的态度。这是一种理性的选择，但细节处已经可以体现他内心的冲动与挣扎。计全第一次吹捧黄三太的过程中，杨香武开始安然听之，然后有些不服气地瞧一眼黄三太，最后从座位上弹起，一甩袖子“哼”一声坐回去，开始以侧面朝向计全以示内心的不满。计全的话音刚落，他又一次弹起，张口欲言，被黄三太打断。计全不顾众英雄的不满，说自己并非大肆夸奖后，杨香武按捺不住，弹起坐下，“呀呀”几声以长辈的身份指责计全的张扬，其中的不满溢于言表。计全又一次吹捧黄三太的厉害，激起了所有英雄的强烈不满，杨香武更是气愤不已。但一来事关重大，二来黄三太是他敬重的大哥，所以他勉强按捺自己，用委婉的方式提醒计全“天外有天，人外有人”，但语气已经有了浓重的火药味，动作幅度大。对于这样一位傲气、率真的老英雄，计全的话语就是一种挑衅，让他保持冷静实在太难了。于是，在计全放肆不屑的大笑声中，张春华先生用快速捋须表现人物不断升高的怒气，此时的杨香武已经气得胸部急剧起伏，先前的顾虑被他抛在脑后，一门心思要打掉计全的嚣张。于是在计全“慢说皇家国宝，就是一草一木你们也是得不到的”的激将中，杨香武冲口说出自己就是盗走九龙杯的人。这样塑造的舞台人物才是活生生、有血有肉，令人过目不忘的独一个。

①念功

清代戏曲理论家李渔在《闲情偶寄》中写道：“吾观梨园之中善唱曲者，十中必有二三；工说白者，百中仅可一二。”这就充分说明了念白的重要性。尤其是以念白见长的武丑戏更是如此。《三盗九龙杯》以武丑杨香武为主角，杨香武应工的行当是武丑中的开口跳。开口跳扮演的多是身手非凡、资历较深、地位较高的侠义英雄。开口跳的人物都戴着“二挑”（俗称“倒八字”“反八字”）髯口，其念白有大段的联珠白，语速流利、节奏鲜明、字字千钧，比武丑更注重连贯性和整体感。因此，其大段念白是剧中的突出看点。在【紫霞庄二盗玉杯】一折中，计全大肆吹捧黄三太的功绩并将武林中人贬得一无是处之时，杨香武再也按捺不住自己的满腔愤懑，有三大段的精彩念白。第一段念白，杨香武听不过计全再三夸说黄三太的威名，忍不住以长辈的身份教训计全，心中虽是忿忿不平，但九龙杯已失，所以他按捺着没有发作。第二段念白，听到计全把众英雄说成无能之辈，其中就包括自己，好胜心极强的杨香武心中十分不平衡，忍不住开始训斥计全。第三段念白，看到计全毫无收敛，言辞愈加过分，杨香武无法再忍，终于说出实情打击计全的张狂。这三段念白运用联珠白，如：“哎呀计全哪！你小子这话不是这么个说法儿……”“计全，你小子这话是越说越敞了……”等，每段都一气呵成，节奏紧凑，语调抑扬顿挫，字字清晰，句句响亮，如竹筒倒豆子般利落脆亮。

②做功

《三盗九龙杯》是武丑行当的经典剧目之一，以难度高闻名。它以杨香武为主角，剧中武打翻跌功夫非常多，而且要求高。尤其是【盗杯】一场，舞台上用两张桌子搭成一高台，最上面放一把椅子。杨香武要在瞬间攀上最高处的椅子并就势一个倒立，要求身不颤椅不倒，最后再从椅子上一个鹞子翻下，惊险非常。

《三盗九龙杯》中的杨香武不仅武功精湛，动作轻灵敏捷，而且性格诙谐机智。叶派武丑创始人叶盛章饰演杨香武的表演非常精彩。曹宪镛曾评价叶盛章扮演的杨香武，说他功夫好极了。在一阵锣鼓点之后，舞台上静场，静得连一根针掉在地上的声音都可以听见。只见他跳上跳下，身轻如燕，还在一根悬挂着的横杠上翻来翻去，眼见要掉落下来，说时迟，那时快，一双脚背已牢牢地勾在横杠上，纹丝不动。其动作之惊险，令人都能吓出魂来，不免暗暗惊呼：“乖乖!”杨香武盗杯这段惊险的表演，借鉴了杂技小吊子的一些技巧，并将其与戏曲的表演程式融合在了一起，形象地表现了杨香武脚挂房梁盗杯的高超技艺。

叶派传人张春华在全本《三盗九龙杯》中的表演也非常精彩。在【畅春园头盗九龙杯】中，为表现杨香武飞檐走壁，在下场门处搭了一个相当于四张桌高的楼阁，上场门处搭了同样高度的宫殿一角。张春华扮演的杨香武从下场门的楼阁顶处拽住一根绳子悠起，那绳子连同杨香武一起横过整个舞台，到上场门处。张春华用双脚钩住金殿的檐角，站直身形，扯起“顺风旗”造型。“顺风旗”姿态优美，但难度很大，它以一根立柱为支撑点，演员双手上下间隔二尺左右分握立柱，然后身子腾空而起，与立柱呈垂直角度，造型酷似被风刮起的旗帜。“顺风旗”收势，张春华垂下吊钩，钩住玉杯，再用荡绳悠回。

【紫霞庄二盗杯】中，张春华继承了叶盛章以狠、准、快著称的武打“单刀枪”以及杨香武一人打四人的“摔跤攒”，还运用了一套新颖精彩的“夺双刀”。杨香武力战周应龙部下时，对方用双刀急速平砍过来，刀锋过处，两道寒光，杨香武一蹲身形，让过双刀，而后“嗖”一声腾空而起，双刀刚刚劈过去，杨香武已从持刀人的头上跃身而过。这样数次在刀光中跃出窜进，应付自如，对方执刀瞪眼，却总找不准砍杀的对象。这样就把杨香武超群的武艺和诙谐性格刻画得十分形象。

【玩月楼三盗九龙杯】中，杨香武夜入玩月楼时有一场“哑边”。杨香武的“走矮子”“旋子”“蹦子”“虎跳前扑”“小毛”等武动技巧，尽管翻腾跳跃，却全无声响，把杨香武夜走王府的紧张情绪渲染得淋漓尽致。受其表演影响，全场观众屏住呼吸，紧盯杨香武的一举一动。只有当这一套“哑边”以“双飞燕”结束，杨香武高高跃起，平分双腿，而后以节奏极快的“啪啪”两声打破寂静时，观众们才长出一口气。

附录：名家谈戏

咱们武丑演戏，说白、做、表、武打，讲究火爆紧凑、干脆利索。可是，心里要像青石板似的那么沉重，那么清凉，万不能外形火爆，心里也火成一团，外形脆率，心里也率得催命。必须做到这样：它干它的手脚，我定我的心神。这种火候，既不是你叶盛章的火候，也不是剧中人的火候。假若是你叶盛章的火候，那就会一凉到底，真是冷而不隽了，假若是剧中人的火候，那就会温得散神，叫听戏的吃‘车前子’了（“车前子”是利尿之药。演员的表演不能吸引观众，观众纷纷起堂走动，术语称为“少吃车前子”）。这种火候是咱们演戏的总机关，它指挥着你：沉气凝神，忘了你自己是叶盛章，而是当时的剧中人。你既变成了剧中人，所想所做的，当然是剧中人应当做的。这时你再通过各种表演手法，要脆率就有脆率，要火爆就有火爆，可又不是脱离剧中人的火爆和脆率，当然也就不会貌合神离地急于要好儿、急于卖弄。这种火候就如同吃‘爆炒冰核儿’一样”（这个菜名比喻“外热内凉”的火候），说明演武丑戏，必须心里冷静如冰，外形火炽如爆，才能驱使一切表演艺术手段，完全服从于剧中人物的需要，悠然自得、恰到好处地完成剧中人在舞台上的行动线。

——丑角全才王长林谈武丑表演

与其他行当相比，武丑的念白节奏最鲜明。念白的节奏变化一般表现为：紧、慢、疏、密、强、弱、缓、急，然而，武丑就更为突出，它给人的印象是急如湍流奔泻，缓如守更待漏，暴如虎啸山林，秀如凤鸣枝头。《连环套》中，朱光祖对窦尔墩使用激将法时的那一大段联珠白的节奏变化就异常鲜明。第一句“窦尔墩！窦寨主！”就以先强后弱的力度变化来表现朱光祖的俏皮及他对窦尔墩的不满。接着“实不相瞒，昨晚我黄贤弟夜入连环套，见寨主在那里饮酒，直吃得是酩酊大醉”这几句得慢下来，后面的“那时他本当一刀，结果你的性命”，才紧得上去，此谓“蓄势”。这里的节奏变化并非为变而变，而是有内容依据的。“直喝得是酩酊大醉”这一句，必须放慢节奏念，才能让人感觉出醉意来；再者，目的是要向窦尔墩强调：当时你已醉得不省人事，要杀你简直是易如反掌。因此，这里放慢节奏可以更突出地表达词中之内涵。

——严庆谷：《京剧武丑表演技法初探》，载《彩霞集》中国戏剧出版社2000年版。

阅读与思考

1. 请谈谈武丑与开口跳的区别。
2. 如何进行传统剧目的改革创新？

第六章

昆曲作品欣赏

第一节　昆曲行当概述

2001年5月18日，联合国教科文组织在巴黎宣布第一批“人类口头和非物质遗产代表作”名单，共有19个申报项目入选，其中包括中国的昆曲艺术，中国成为首次获此殊荣的19个国家之一。

昆曲，中国现存最古老的戏曲形式，世界古代三大戏剧源头之一。昆曲发源于元末明初，是一种格律严谨、形式完备、声腔婉转悦耳、音乐柔媚悠长的演唱艺术。昆曲融文学、戏剧、表演、音乐、舞蹈、美术于一体，是富有诗情画意的舞台艺术，集中国古典美学之大成，素有“百戏之祖、国之瑰宝”的称谓。

一、“戏曲之母”“百剧之师”——昆曲

在漫长的中国戏剧历史发展过程中，民间的演唱受不同地域音乐、方言、发音的影响，形成不同的声腔。早在元末明初之际（14世纪中叶）即陆续兴起了“体局静好”的浙江“海盐腔”、文辞通俗的“余姚腔”、江西炽热高亢的“弋阳腔”以及清雅婉转的江苏“昆山腔”。它们以演唱南戏为主，并称为“南戏四大声腔”。

从昆腔至昆剧的发展有三个演进过程：“昆山土腔”——“昆山腔”——“水磨调”。嘉靖晚期，魏良辅为昆腔进行了大胆的改革，通过与同道切磋和对乐器添加改良，创作出至今最为高尚的中国传统艺术乐曲“水磨调”。我们现在所说的昆腔、昆曲、昆剧之腔调是专就“水磨调”而言的。因此，魏良辅是名副其实博取众长的一代昆曲宗师。后来，梁辰鱼继承魏亮辅衣钵，精于度曲，一丝不苟，在当时也极有名声。昆山水磨调在魏、梁之后，还涌现了众多改良和薪传的艺人。因戏曲中影响最大的声腔剧种都是在昆曲的基础上发展起来的，所以昆曲有“中国戏曲之母”的雅称。

昆曲的伴奏乐器，以曲笛为主，辅以笙、箫、唢呐、三弦、琵琶等。昆曲的表演，也有它独特的体系、风格，它拥有一整套“载歌载舞”的严谨表演形式。其最大的特点是抒情性强、动作细腻，歌唱与舞蹈的身段结合得巧妙而和谐。

台湾著名作家白先勇称昆曲为“中国表演艺术中最精致最完善的一种形式”，余秋雨教授则称之为“中国传统戏剧学的最高范型”，园林学陈从周教授亦称“戏曲中的昆曲，正如花卉中的兰花一样，明洁清雅，代表了我们中华民族悠久的文化和高尚的品德”。

昆曲唱腔华丽、念白儒雅、表演细腻、舞蹈飘逸，加上完美的舞台置景，可以说在戏曲表演的各个方面都达到了最高境界。昆曲曲文秉承了唐诗、宋词、元曲的文学传统，曲牌则有许多与宋词元曲相同。这为昆曲的发展打下了良好的文化基础，同时也造就了一大批昆曲作家和音乐家，其中梁辰鱼、汤显祖、洪、孔尚任、李煜、李渔、叶崖等都是中国戏曲和文学史上的杰出代表。

昆剧表演的最大的特点是抒情性强、动作细腻，歌唱与舞蹈的身段结合得巧妙而谐和。昆剧是一种歌、舞、介、白各种表演手段相互配合的综合艺术，长期的演剧历史中形成了载歌载舞的表演特色，尤其体现在各门角色的表演身段上，其舞蹈身段大体可以分成两种：一种是说话时的辅助姿态和由手势发展起来的着重写意的舞蹈；一种是配合唱词的抒情舞蹈，既是精湛的舞蹈动作，又是表达人物性格心灵和曲辞意义的有效手段。

昆曲门派主要分为南曲与北曲。南曲以苏州昆剧院与江苏、上海昆剧院为代表，北曲以北方昆剧院为代表。

二、昆曲的家门行当

我国传统戏曲中多是演员分部饰演角色。早在唐五代就有所谓参军、苍之说，从宋元至明代，生、旦、净、末、丑已臻齐备。这种分类，古称“部色”“角色”，现今一般称“行当”；在昆剧中则叫做“家门”。

近代以来，昆曲行当通常只粗略划分为生、旦、净、副、丑五大家门，而每一个大家门下又可细分出若干小行当，每个小行当都有各自的个性特征和基本戏目。

1. 生

生行中包含老生、老外、副末、大冠生、小冠生、巾生、苦生、雉尾生八个小行当，其中老生大多为忠义刚直的正人君子，如《琵琶记·扫松》中的张广才、《千忠戮》中的程济等，要求嗓音高而宽阔；老外多为上了年纪的宽厚长者，如《长生殿》中的李龟年，尤重唱功，必须嗓音苍劲；副末所演则多属卑微贫苦的悲剧人物，如《一捧雪》中的莫成，要求唱作并重，还要有掼跌功夫。大冠生扮演有较高社会地位的青壮年人，如《铁冠图》中的崇祯帝、《千忠戮》中的建文帝等，要求工架雍容端庄，嗓音大小兼用；小冠生则扮演初有地位的年轻人，如《琵琶记》中的蔡伯喈、《荆钗记》中的王十朋等，要求工架大方而不失灵活。巾生扮演风流儒雅的青年人，如《牡丹亭》中的柳梦梅、《西楼记》中的于叔夜等，要求动作潇洒飘逸，嗓音甜润，兼重扇子功；苦生又称穷生或鞋皮生，扮演穷途落魄的青年人，如《彩楼记》中的吕蒙正、《绣襦记》中的郑元和等，唱念需带悲音，举止则需现潦倒失意之态；雉尾生又称鸡毛生，扮演年轻习武之人，如《连环计》中的吕布、《白兔记》中的咬脐郎之类，要求嗓音明快俊拔，且擅翎子功。

2. 旦

旦行可细分为老旦、正旦、作旦、四旦、五旦、六旦、大耳朵旦和小耳朵旦八个小行当。其中老旦扮演老年妇女，如《精忠传》中的岳母、《荆钗记》中的王母等，大多是教子有方的慈母，嗓音须宽朗；正旦扮演中年妇女，如《琵琶记》中的赵五娘、《金锁记》中的窦娥等，大多是贞烈而受苦的人物，她们多穿黑衣，以唱功戏为主，要求嗓音洪亮；作旦扮演活泼开朗的年轻女子，如《荆钗记》中的芸香、《风云会》中的京娘等，多为喜剧人物，需嗓音柔和，动作舒展；四旦又称刺杀旦，扮演性格泼辣的青年女子，如《铁冠图》中的费贞娥、《渔家乐》中的邬飞霞等，以武功见长；五旦又称闺门旦，扮演大家闺秀，如《牡丹亭》中的杜丽娘、《长生殿》中的杨贵妃等；六旦又称贴旦，扮演近身丫鬟，如《西厢记》中的红娘、《牡丹亭》中的春香等。此外，大耳朵旦主要扮演宫娥彩女，小耳朵旦主要扮演丫头，一般由初进昆班的艺徒担任。

3. 净

净行又称大面，多扮演性格粗犷豪放的人物，因而要求扮相伟岸魁梧，嗓音宽厚洪亮。以面色不同，又可分为红面、黑面和白面三类。红面如《单刀会》中的关羽、《八义记》中的屠岸贾等；黑面如《千金记》中的项羽、《清忠谱》中的颜佩韦等；白面如《虎囊弹》中的鲁智深、《西厢记》中的惠明等，可见面色与正邪忠奸并无必然联系。

4. 副

副行又称二面，所演大多是反派人物。按人物社会地位不同，可分为圆领二面和巾生二面两个小行当。前者头戴乌纱帽，身穿官衣，腰束角带，脚蹬高底靴，大多是身居高位而心术不正之人，如《燕子笺》中的鲜于佶、《连环计》中的曹操等；后者则外表风流潇洒，类乎巾生，内心奸诈毒辣，如《水浒记》中的张文远、《义侠记》中的西门庆等。

5. 丑

丑行又称三面、小面，所演大多是社会下层的小人物。按表演风格不同，可分为文丑、武丑、女丑三类。文丑如《儿孙福》中的徐京、《渔家乐》中的万家春等，武丑如《连环计》中的探子等，女丑如《荆钗记》中的张姑母、《风筝误》中的詹爱娟等。

第二节 昆曲代表作介绍——至情至性《牡丹亭》

昆曲《牡丹亭》是中国戏剧史上的巅峰之作，是最能体现昆曲精致浪漫的一部剧目。

茧翁生前在玉茗堂畔的长吁短叹至今余音未绝，却不曾想到百年后的《牡丹亭》这一文学史上的经典和中国的昆曲艺术紧紧的缠绵在一起，如昙花在月色中安静地开放，美极，雅极。《牡丹亭》思想和艺术方面也都达到了汤显祖戏剧创作的最高水平。

被称为“中国的莎士比亚”的著名戏曲家汤显祖著有“临安四梦”，而其中，又以《牡丹亭》为甚。《牡丹亭》是中国戏曲史上浪漫主义的杰作，取材于明话本小说《杜丽娘慕色还魂》，与《紫钗记》《邯郸记》和《南柯记》合称“玉茗堂四梦”。

《牡丹亭》是汤显祖的经典爱情名剧，它生动地展示了主人公杜丽娘的情爱发生方式和情爱实现过程。明清时期，“传奇十部九相思”，以描写男女青年爱情婚姻故事为题材的戏曲作品如雨后春笋般层出不穷。在林林总总的戏曲作品中，《牡丹亭》以其文化内涵的丰富性、深刻性、复杂性而引人瞩目。

一部本质上仍未跳出才子佳人的作品竟有着这样巨大的影响，自有其不可及之处。汤显祖把一个几千字的话本小说写成长达55出的传奇作品，倾注了他的人生体验和感悟，蕴含了深沉的感怀身世的自况内容。他在杜丽娘身上所赋予的新思想和新观念使杜丽娘的爱情婚姻追求在晚明文化中具有典型意义。在众多的爱情婚姻剧里，没有一位女主人公如《牡丹亭》里的杜丽娘那样为爱情可生可死，可死可生，杜丽娘追求爱情的独特方式凸显出剧作家汤显祖非凡的创作构思和艺术才华。

一、作者介绍：一代大师汤显祖

汤显祖出生于明嘉靖二十九年八月十四日（公元1550年9月24日），他的到来为临川河畔繁衍了六代生息的汤氏家族带来了非同寻常的希望。这个新生儿“生而颖异不群，体玉立，眉目朗秀”，让见者啧啧曰“汤氏宁馨儿”。

这个自小被人称做“宁馨儿”的人，却在若干年以后悄然地在明朝中后期的文坛上，增添了浓墨重彩的一笔，他被世人称为戏曲大师、东方的莎士比亚。

汤显祖，字义仍，号海若、海若士（一称若士），晚年号茧翁，别署清远道人。江西抚州临川县（今抚州市）人。幼时就显示出了不同于其他孩子的聪明才智，五岁能属对，十三岁开始学习古文词，受业于古文词名家徐良傅。同年拜泰州学派大师王艮的三传弟子罗汝芳为师，书香门第的熏陶加上名师的引导，使得二十一岁的汤显祖在隆庆四年（公元1570年）江西省秋试中以第八名中举。

万历二十六年（公元1598年），四十九岁的汤显祖完成了惊世之作《牡丹亭》。

万历二十八年（公元1600年），五十一岁的汤显祖完成了《南柯记》。

万历二十九年（公元1601年），五十二岁的汤显祖完成了《邯郸记》。

三剧与1587年完成的《紫钗记》合称“临川四梦”。

万历四十四年六月十五日丙辰（公元1616年），汤显祖在他弥留的最后一天对人们吟出了他六十七年生命历程的最后一首诗《忽忽吟》："望七孤哀子，不如死，含笑侍堂房，班衰拂蝼蚁。"六月十六日亥时（公元1616年7月29日），一代才士汤显祖溘然而逝，终年六十七岁。

《牡丹亭》是汤显祖的代表作，也是其得意之作，一问世即轰动剧坛，"家传户诵，几令《西厢》减价"（沈德符《顾曲杂言》）。

《牡丹亭》完整地演绎了杜丽娘的情感历程：游园、惊梦、寻梦、写真、闹殇、魂游、幽媾、回生——在杜丽娘追求爱情的生生死死、死死生生的奇幻历程中，汤显祖洞幽烛微地展现了这位怀春少女的内心世界，从而宣告了人类真情至性的不可抗拒和不可抑制性。

作品通过杜丽娘和柳梦梅生死离合的爱情故事，洋溢着追求个人幸福、呼唤个性解放、反对封建制度的浪漫主义理想，感人至深，同时揭露、批判了程（程颐、程颢）朱（朱熹）理学"存天理、灭人欲"的虚伪和残酷，形成了反封建社会没落时期思想和反文化专制的一次风潮。

二、故事简介：生死传奇《牡丹亭》

南安太守杜宝之女名丽娘，才貌端妍，从师陈最良读书。她由《诗经·关雎》一章而伤春寻春，从花园回来后在昏昏睡梦中见一书生持半枝垂柳前来求爱，两人在牡丹亭畔幽会。杜丽娘从此愁闷消瘦，一病不起。她在弥留之际要求母亲把她葬在花园的梅树下，嘱咐丫鬟春香将其自画像藏在太湖石底。其父升任淮阳安抚使，委托陈最良葬女并修建"梅花庵观"。而与此同时，贫寒书生柳梦梅梦见在一座花园的梅树下立着一位佳人，说同他有姻缘之分，从此经常思念她。三年后，柳梦梅赴京应试，借宿梅花庵观中，在太湖石下拾得杜丽娘画像，发现杜丽娘就是他梦中见到的佳人。杜丽娘魂游后园，和柳梦梅再度幽会。柳梦梅掘墓开棺，杜丽娘起死回生，两人结为夫妻，前往临安。杜丽娘的老师陈最良看到杜丽娘的坟墓被发掘，就告发柳梦梅盗墓之罪。柳梦梅在临安应试后，受杜丽娘之托，送家信传报还魂喜讯，结果被杜宝囚禁。发榜后，柳梦梅由阶下囚一跃成为状元，但杜宝拒不承认女儿的婚事，强迫她离异，纠纷闹到皇帝面前，杜丽娘和柳梦梅二人终成眷属。

三、《牡丹亭》情感分析

《牡丹亭》有浓厚的浪漫主义色彩，作者通过幻想来表现理想和现实的矛盾。感情描写真挚、细腻而奔放。《牡丹亭》问世后，百姓争相传唱，影响遍及大江南北，"文室案头无不置一册"。"《牡丹亭》的成功首先源于作品中传达出来的"至情"思想。汤显祖在《牡丹亭》里浓笔重墨地描写了情色，又不拘泥于情色，而是在情色里融入了形而上的思考，这就是他极力提倡的"至情"思想。

《牡丹亭》的爱情描写，具有过去一些爱情剧所无法比拟的思想高度和时代特色。

作者明确地把这种叛逆爱情当做思想解放、个性解放的一个突破口来表现，不再停留在反对父母之命、媒妁之言这一狭隘含义之内。作者让剧中的青年男女为了爱情出生入死，除了浓厚浪漫主义色彩之外，更重要的是赋予了爱情能战胜一切、超越生死的巨大力量。戏剧的崭新思想是通过崭新的人物形象来表现的，《牡丹亭》最突出的成就之一无疑是塑造了杜丽娘这一人物形象，亦为中国文学人物画廊提供了一个光辉的形象。杜丽娘性格中最大的特点是在追求爱情过程中表现出来的坚定执著。她为情而死，为情而生。她的死，既是当时现实社会中青年女子追求爱情的真实结果，同时也是她的一种超越现实束缚的手段。

作为影响极大的主情之作，《牡丹亭》虽然表现出激情驰骋、辞采华丽的浪漫主义戏剧风格，但也必须看到，其还未从根本上跳出“发乎情，止乎礼义”的传统轨道。特别是后半部戏在总体上还是遵理复礼的篇章，作者并没有彻底实现其以情代理的哲学宣言。他的个性解放思路尚未从根本上脱离封建藩篱，而只是对其中某些特别戕杀人性、极其违背常情的地方进行了理想化的艺术处理。乞灵于科考得第、皇上明断，这也是戏曲的常套之一。尽管如此，汤显祖还是封建时代中勇于冲破黑暗，打破牢笼，向往烂漫春光的先行者。《牡丹亭》也成为古代爱情戏中继《西厢记》之后影响最大、艺术成就最高的一部杰作，杜丽娘已经成为人们心中青春与美艳的化身，至情与纯情的偶像。

四、《牡丹亭》主要人物介绍

《牡丹亭》表现出来的进步的光辉的思想，具体体现在一系列生动而鲜明的艺术形象的创造上。

1. 杜丽娘——女，16岁，南宋初年江西南安太守杜宝的独生女儿，自幼深得父母宠爱。生得花容月貌、娇美无比，性情中有温文尔雅、坚韧执著的一面，也有柔肠百结、多愁善感、痴心重情的一面。与岭南书生柳梦梅梦中幽会，醒后思念成疾，香消玉殒，后在柳梦梅、石道姑、胡判官、牡丹仙子等人、神的帮助下，还魂复生，并与柳生历经重重磨难终成眷属。她虽深居闺阁，接受封建礼教的熏陶，骨子里却蕴藏着对传统礼法的叛离意识和对残酷现实的反抗精神，内心燃烧着挣脱封建牢笼、粉碎理学枷锁、追求个性解放、向往美好爱情的强烈愿望。她因情而亡，又因情而生，既是一个被封建时代扼杀的悲剧人物，又有一段被艺术塑造的浪漫人生。

2. 柳梦梅——原名春卿，男，20岁，岭南书生，唐代大诗人柳宗元后裔，英俊潇洒，气质非凡，博学多才，志向远大，却时运不济，父母早亡，举目无亲，仅靠祖先柳宗元的仆人郭橐驼之后郭驼经营果园花圃供养。尽管生活窘迫，仍心志高远，坚持发奋苦读，既有报国之志，却又怀才不遇，后历经磨难，终于实现抱负，高中状元。他虽一身书卷之气，却又不乏正义豪迈之心，且又有血气方刚、年少轻狂之气，常常仗义执言，打抱不平。他与杜丽娘因梦生情，忠贞不渝，真情不移，痴心不改，为丽娘的重生冒杀头之险掘坟救人，用自己敢作敢为的行动成就了一段绝世爱情。

3. 杜宝——男，50多岁，杜丽娘父亲，唐代大诗人杜甫后裔，历任南安太守、淮扬安抚使、平章军国重事（相当于丞相），文武双全，有百步穿杨之绝技。封建统治阶级内正派人物的典型代表，性格古板固执，思想顽固僵化。一方面他视封建礼教为天经地义，信奉“存天理，去人欲”的理法教条；另一方面又清名惠政，恪尽职守，上忧国家安危，下重百姓疾苦，不取民间分毫，颇著声名，深受皇帝器重和百姓爱戴。

五、不同版本的昆曲《牡丹亭》

《牡丹亭》中瑰丽的爱情传奇，以典雅唯美的昆曲来演绎，相得益彰，四百年来不绝于舞台。

1. 传统版《牡丹亭》

明清两代擅此剧者甚众，估计全本也只在清中期以前可能存在。1932年1月14日“大世界仙霓昆剧社戏单”显示，曾演《牡丹亭》本戏，约三小时。演出自梅、俞时代前后的京昆演员大都会唱也经常上演，乃局限于折子，尤以《学堂》《游园》《惊梦》《寻梦》《拾画叫画》《写真》《离魂》等为最，通常若将上述几折连演，也算是本戏，确切称为节本。

2. 俞振飞版《牡丹亭》

改编：苏雪安，作曲：朱传茗，主演：俞振飞、言慧珠。全剧共八场：《闺门训女》《游园惊梦》《写真离魂》《跌雪投观》《魂游冥判》《叫画冥誓》《回生婚走》《硬拷迫认》。1957年12月演出。

3. 湘昆版《牡丹亭》

改编：余懋盛，艺术指导：周斌秋、谭贵昌、匡升平、彭升兰等。全剧共7场：《闹学训女》《游园惊梦》《描容离魂》《久冥魂游》《拾画访梦》《叫画冥逝》《回生婚走》。1962年6月演出。很有湘昆特色。

4. 电影《游园惊梦》1960版

主演：梅兰芳、言慧珠　导演：许珂

地区：内地　类型：音乐/剧情/戏曲。

5. 华文漪版《牡丹亭》

重编：陆谦之、刘明今，艺术执导：方传芸、郑传鉴。全剧共七场：《闺塾训女》《游园惊梦》《寻梦情殇》《倩魂遇判》《访园拾画》《叫画幽遇》《回生梦遇》。1982年5月演出。

6. 张继青版《牡丹亭》

剧本整理：胡忌、艺术执导：姚传芗、唱腔设计：钱洪明。全剧共五场：《游园》《惊梦》《寻梦》《写真》《离魂》。1982年10月演出。张也曾以此巡演海外。最近名人于丹说的大概也是此版本。

7. 蔡瑶铣版《牡丹亭》

剧本整理：时搜、傅雪漪，导演：马祥麟。全剧共八场：《训女延师》《花慨师窘》《惊梦寻梦》《灌园访梦》《题画离魂》《魂游问花》《拾画幽会》《逃生还魂》。1983 年演出。

8. 王奉梅版《牡丹亭》

整理：周世瑞、主教：姚传芗。1993 年，全剧共四场：《惊梦》《寻梦》《写真》《离魂》。2000 年前后排演上、下本，共十出。由汪世瑜、王奉梅主演。这是青春版《牡丹亭》的基础版本。

9. 梁谷音版《牡丹亭》

改编：唐葆祥。全剧共六场：《花神巡游》《游园惊梦》《写真寻梦》《魂游冥判》《叫画幽媾》《掘坟回生》。1994 年 1 月演出。

10. 上昆版《牡丹亭》1

上海昆剧团出品。三本共三十四出，时长 7 小时。主演：蔡正仁、张静娴、岳美缇、李雪梅、张军、沈佚丽等。1999 年 8 月首演于上海戏剧学院实验剧场，2000 年 4 月苏州中国昆剧艺术节公演。

11. 上昆版《牡丹亭》2

出品：上海昆剧团，编剧：王仁杰，导演：郭小男，主演：蔡正仁、张静娴、岳美缇、李雪梅、张军、沈佚丽等。上、下本共二十二出。2003 年 8 月 30 日首演于上海戏剧学院实验剧场。

12. 欧洲版《牡丹亭》

由美籍导演彼得谢勒执导，双语，以英语为主。时长 3 小时。1998 年夏首演于伦敦巴比肯中心，1999 年春美国首演于柏莱克。西洋美声歌剧、话剧、昆剧三线并行。昆剧部分由华文漪饰杜丽娘、史洁华饰春香。

13. 美国版《牡丹亭》

旅美华人陈士争执导。全五十五出，演出时长 20 小时（出版的 DVD 缩为 2 小时）。温宇航、钱熠主演。1999 年 7 月首演于美国林肯艺术中心。本版为清以来首次全本演出，离奇怪异，评弹主要辅助。

14. 青春版《牡丹亭》

承白先勇之力，风靡海内外。三晚连演，共二十五出。江苏省苏州昆剧院出品，汪世瑜、张继青主教，俞玖琳、沈丰英主演。2004 年 6 月 14 日在苏州大学首演。本版本为目前最有市场、进高校最多的昆曲剧目。

15. 厅堂版《牡丹亭》

北京普罗之声文化传播有限公司出品，艺术总监林兆华，汪世瑜担任导演。演出时长 120 分钟，共八出。曾杰、胡哲行主演。2007 年 5 月 18 日在北京皇家粮仓首演。本版为目前票价最贵的昆曲剧目。

16. 实景园林版昆曲《牡丹亭》

由著名音乐家谭盾、“昆曲王子”张军和舞蹈家黄豆豆联袂打造的中国首出实景园林昆曲《牡丹亭》于2010年上海世博会期间推出后，已上演两个演季共90余场。园林《牡丹亭》以实景、实情，还原中国古代“客至乐具，豪门清韵”的待客之本，主创团队抛开现代的框架式舞台，摒弃繁复的剧场式呈现，终将牡丹之亭还于园林，也还给了汤显祖一个最真实、最纯粹的牡丹之梦。

17. 歌舞伎版《牡丹亭》

计划创作中。汪世瑜饰演柳梦梅，日本歌舞伎大师坂东玉三郎饰演杜丽娘。中日版《牡丹亭》采用全男班阵容，坂东玉三郎和北京京剧院的胡文阁、中国京剧院的刘铮将轮流出演杜丽娘，而汪世瑜将和北京昆曲剧院的王振义、苏州昆剧院的俞玖林联手出演柳梦梅。

18. 昆曲《牡丹亭》新增“史张版”

昆曲《牡丹亭》新增“史张版”，梅派青衣扮杜丽娘有无“皮黄”味成一大看点。

六、昆曲《牡丹亭》之经典唱段——《惊梦》赏析

《牡丹亭》共有戏五十五出，《惊梦》是第十出。在舞台上演出将其（指《惊梦》）分成《游园》和《惊梦》两折。《游园》折中有曲牌【绕池游】【步步娇】【醉扶归】【皂罗袍】【好姐姐】【隔尾】。《惊梦》折中有曲牌【山坡羊】【山桃红】【鲍老催】【山桃红】【绵搭絮】。一次演出大约需要四十分钟，舞台演出通称《游园惊梦》。

1. 经典唱段

【绕池游】（旦上）梦回莺啭，乱煞年光遍。人立小庭深院。（贴）炷尽沉烟，抛残绣线，恁今春关情似去年？（乌夜啼）（旦）晓来望断梅关，宿妆残。（贴）你侧着宜春髻子恰凭阑。（旦）剪不断，理还乱，闷无端。（贴）已分付催花莺燕借春看。（旦）春香，可曾叫人扫除花径？（贴）分付了。（旦）取镜台衣服来。（贴取镜台衣服上）云髻罢梳还对镜，罗衣欲换更添香。镜台衣服在此。

【步步娇】（旦）袅晴丝吹来闲庭院，摇漾春如线。停半晌、整花钿。没揣菱花，偷人半面，迤逗的彩云偏。（行介）步香闺怎便把全身现！（贴）今日穿插得好。

【醉扶归】（旦）你道翠生生出落的裙衫儿茜，艳晶晶花簪八宝填，可知我常一生儿爱好是天然。恰三春好处无人见。不提防沉鱼落雁鸟惊喧，则怕得羞花闭月花愁颤。（贴）早茶时了，请行。（行介）你看：画廊金粉半零星，池馆苍苔一片青。踏草怕泥新绣袜，惜花疼煞小金铃。（旦）不到园林，怎知春色如许！

【皂罗袍】原来姹紫嫣红开遍，似这般都付与断井颓垣。良辰美景奈何天，赏心乐事谁家院！恁般景致，我老爷和奶奶再不提起。（合）朝飞暮卷，云霞翠轩；雨丝风片，烟波画船——锦屏人忒看得这韶光贱！（贴）是花都放了，那牡丹还早。

【好姐姐】（旦）遍青山啼红了杜鹃，荼蘼外烟丝醉软。春香啊，牡丹虽好，他春归怎占得先！（贴）成对儿莺燕啊。（合）闲凝眄，生生燕语明如翦，呖呖莺歌溜得圆。

（旦）去罢。（贴）这园子委是观之不足也。（旦）提他怎的！（行介）

【隔尾】观之不足由他缱，便赏遍了十二亭台是枉然。到不如兴尽回家闲过遣。

2. 赏析

旦和贴都是剧中女性角色。旦的分类很多，一般有十二旦的说法，这里指杜丽娘。贴是丫鬟，此处指春香。杜丽娘走上舞台，唱了一首【绕池游】，抒发自己清晨醒来百无聊赖的情绪。“梦回莺转，乱煞年光遍，人立小庭深院”，春天的早晨，莺啼婉转唤醒梦中人，梦中醒来感受到春光撩人的烦乱。“人立小庭深院”用欧阳修“庭院深深深几许”的意味，刻画了一个被帘幕阻隔在闺房深处中孤独寂寞的女性形象。春香不谙情事，春天的生机让她由衷地感到欢欣。看到杜丽娘郁郁寡欢，就怂恿她趁着大好春光梳着应景的发髻去赏春。杜丽娘心里却没有一丝快慰，感叹自己的心情“剪不断，理还乱，闷无端”。杜丽娘在这种说不清道不明的情绪下游园，奠定了整折戏的忧怨感伤的基调，正因有了如此微妙复杂的心理基础，才引出了下文的“伤春”。

【步步娇】写杜丽娘怀着难以名状的烦闷和自我欣赏的心情开始梳妆打扮。在思绪万千的心情下，杜丽娘戴上亮晶晶的花钿，穿上华丽的锦裙，并从镜中欣赏自己的美丽。如花美丽的少女从镜子里面审视自己的容貌、身段、神态，不禁沉醉。

【醉扶归】是杜丽娘自怜的集中表现，当春香从外在的衣物饰品上赞美她“翠生生出落的裙衫儿茜，艳晶晶花簪八宝填”时，杜丽娘却表白道“可知我常一生儿爱好是天然”，抛开外在装饰的陪衬，直接指向对自己不加任何雕饰的天生丽质的欣赏，她认为自己的天然之美可使鱼沉雁落鸟惊喧，花羞月闭花愁颤，写尽杜丽娘内心深处对自己美丽的欣赏爱怜。春香并不能真正理解杜丽娘的美丽，杜丽娘的美丽也正是“恰三春好处无人见”了。杜丽娘用美丽的春天自喻，为后文埋下伏笔，暗示“伤春”即是“自伤”。

【皂罗袍】是本折的高潮，刻画了杜丽娘千回百转的心态变化。郁郁寡欢的杜丽娘到了繁花似锦的花园中，花园中的勃勃生机激发了杜丽娘心中被压抑的人生欲望。看到花园里百花盛开、莺歌燕舞，禁不住由衷地感叹“不到园林，怎知春色如许”，这赞叹中夹杂着深深的伤感，既是赞叹花园春天的美好，也是反诘不肯走进自己生命欣赏自己美丽的人，有着双重意味。备受压抑的杜丽娘内心深处对美好景致的向往使得初入园林中的她心潮起伏。如此美好的春光却无人观赏，杜丽娘由此联想到自己，不禁悲从中来：“原来姹紫嫣红开遍，似这般都付与断井颓垣。良辰美景奈何天！赏心乐事谁家院？”姹紫嫣红的美好景色都给了断井颓垣观赏，由物及人，一种自怜的情绪油然而生。现实的苦闷、青春的觉醒使得杜丽娘对外部世界充满了向往，“朝飞暮卷，云霞翠轩，雨丝风片，烟波画船，锦屏人忒看得这韶光贱”，杜丽娘在想象中把眼光从自己家的深宅大院转向了外面的世界，那世界是自由自在的，人们在涂金错采的游船中赏春游玩，直到把三春看尽。这段【皂罗袍】既是景语，也是情语。人物的感情和景色交织在一起，映衬了杜丽娘的对景自怜的伤感，其内心深处顾影自怜的哀愁在美好春光的感召下喷薄而出。在昆曲演员们慢回首低沉吟的缠绵哀婉咏叹下，杜丽娘的内心情怀被反复地抒发。

【好姐姐】大力渲染了春天的美丽。“遍青山啼红了杜鹃”，青山上到处都是红色的杜鹃，杜鹃鸟以血染红了自己的美丽，恰似美人以美丽绽放着自己的生命，隐隐蕴含着悲壮之美。“荼蘼外烟丝醉软”，荼蘼花外是如烟的暖暖春光，春光如烟似梦，一个“醉”字写出人沉醉春光里心酥身软的感受。“牡丹虽好，他春归怎占得先”，牡丹虽然美丽，但是在春天即将逝去的时候才开放，怎么能在春花中占得花魁呢！这里深寓着杜丽娘对自己美丽的青春被耽误了的幽怨和感伤。“闲凝眄，生生燕语明如翦，呖呖莺歌溜得圆”。以上从所见所感所闻展示了春天无限的美丽。春光越是美好，无人欣赏才越让人惋惜，伤春之意格外浓烈。那种觉醒后的向往格外强烈，而现实的束缚又使得杜丽娘沮丧灰心。“便赏遍了十二亭台是枉然”，看也看不够的春天美景只能被断壁颓垣环绕，即便自己把所有的景致都看遍了也难以改变“三春无人见”的命运，只能徒然增加自己的烦恼。虽伤春，但更伤“我”。

在《惊梦》中，杜丽娘的感情起伏非常大，从青春意识觉醒所带来的烦闷到对爱情的朦胧渴望，以及这种渴望无法实现的无奈，从赞美春天到伤感春天再到伤感个人命运的无法把握，杜丽娘复杂的内心世界通过游园被加以细腻地描摹。

附录：名家谈戏

昆剧既然是“非物质文化遗产”，那它就和那些物质文化遗产、那些出土文物是有所区别的，它是依附于舞台而存在的。不同时代的演员对于角色的理解也是不同的，一出《游园惊梦》，不同的人有不同的演法。此外，昆剧之所以还能存活在舞台上，而不是被放进博物馆陈列，最主要的还是因为它有观众。昆剧的表现形式要符合不同时代观众的审美需求。

——王世瑶：昆剧和出土文物是有所区别的

对于昆剧而言，最好是“少动”“遗产”这个词，并不是说从此昆剧是不可动的，而是它被评为“遗产”后，政府和民众开始关注它，给予它更多支持，但对于艺术而言，却绝不能静止。每个演员在演出的同时，要对昆剧的折子戏进行升华和提高，把它最有价值的地方发挥到极致。昆剧最有价值的东西就是它的唱腔、声音、曲牌，这些非但不能破坏，还要保存、挖掘和升华。一味的老腔老调并不一定就是好的，最主要的还是要做好技艺的结合，除了四功五法之外，还要结合个人的角色体验，这样才能最好地把人物形象展现在舞台上。

——计镇华：昆剧最好“少动”但并非“不可动”

我觉得还是尊重传统比较好一点。白先勇的《牡丹亭》就是在老的基础上，重新在服饰灯光上进行了包装，这样就能把传统衬托得好一点。另外，我自己也演过一版《牡丹亭》，也是完全传统的，但在音乐配器上有一些新的东西，对表演和人物也都有帮助。总之，昆剧不能搞改头换面，无论怎样发展都要有原来的特点和风貌，不能让别人一看就觉得和其他剧种没有区别，要保留剧种的特点。

——张继青：尊重传统，保留剧种特点

我16岁开始演《牡丹亭》中的杜丽娘，到现在快60年了，其间无数次地演过杜丽娘，不断研究杜丽娘的人物形象，可以说我与这部戏、这个人物最有感情。初演《百花赠剑》的时候，我给言慧珠、俞振飞两位老师配戏，那个时候程砚秋老师来教，后来言慧珠、俞振飞两位老师将这个戏传给我，所以我对这个戏印象很深。现在我将这个戏教给我的学生，我要求他们一个眼神、一个指法都不能有变的，因为这个戏本身就是几位老师创造出来的，是富有创造性的东西。

——张洵澎：对杜丽娘这个人物最有感情

阅读与思考

1. 试析《牡丹亭》至情至性的时代特征及进步意义。
2. 试比较杜丽娘与崔莺莺。
3. 试析《牡丹亭》的唱词之美。
4. 杜丽娘身上表现出哪些现代女性的特点？

第三节　昆曲代表作介绍——此恨绵绵无绝期《长生殿》

《长生殿》作者洪昇（1645—1704），清代戏曲作家、诗人。生于世宦之家，他的少年时代是在大动荡的清初顺治年间度过的，曾做过二十年国子监生，白衣终身。

洪昇剧作有《长生殿》《四婵娟》《回文锦》《回龙院》《闹高唐》等，最著名的是这部《长生殿》。

《长生殿》历经十年，三易其稿，于康熙二十七年（1688）写就，问世后即引起社会轰动。次年因在国丧期间演出，洪昇被弹劾下狱，革去太学生籍。晚年归钱塘，生活穷困潦倒。康熙四十三年，曹寅在南京排演全本《长生殿》，洪昇应邀前去观赏，事后在返回杭州途中，于乌镇酒醉后失足落水而死。

《长生殿》故事讲的是唐代天宝年间，“安史之乱”前后，唐明皇李隆基和其宠妃杨玉环的一段爱情故事，是同类题材的集大成式作品，是洪昇代表作：唐明皇继位以来，励精图治，国势强盛，但他却从此寄情声色，下旨选美。因发现宫女杨玉环才貌出众，于是册封为贵妃，两人对天盟誓，并以金钗钿盒为定情之物。杨玉环自册封为贵妃后，荣耀及于一门，其兄弟姊妹俱有封赏。这年春日，唐明皇与杨贵妃游幸曲江，秦、虢、韩三国夫人随驾，唐明皇因爱虢国夫人不施铅华的淡雅之美，特命她到望春宫陪宴并留宿。杨贵妃知悉后，醋性大发，言语间触怒了明皇，明皇一怒之下，命高力士将她送归相府。此后，唐明皇坐立不安，后悔不已。高力士将此情景报与贵妃。杨贵妃遂剪下一缕青丝，托他献给明皇，明皇见发思情，命高力士连夜迎接她回宫，两人和好如初。失机边将安禄山按律当斩，却因贿赂杨国忠，不但免于一死，反而升了官，从此骄横于朝廷，唐明皇失策竟将他调任范阳节度使。安禄山一到范阳，招兵买马，妄图进兵中原，夺取天下。此时，唐明皇还沉湎在声色之中。杨贵妃新谱《霓裳羽衣曲》压倒梅妃《惊鸿舞》。自此，三千宠爱集于一身。唐明皇为她，不惜劳民伤财，从海南运来荔枝。安禄山反叛，唐军节节败退。唐明皇奔逃蜀中避难，在马嵬坡，军士哗变，杀杨国忠，更逼杀杨贵妃。唐明皇无奈，被迫赐杨贵妃自尽。自此心灰意冷，传位于太子，自己当了太上皇。后大将郭子仪奉旨征讨，大败安禄山，收复长安。唐明皇以太上皇身份自蜀中归来，仍是日夜思念杨贵妃。有一天做了一场噩梦后，访得异人为杨玉环招魂。临邛道士杨通幽奉旨作法，找到杨玉环幽魂。八月十五夜，杨通幽引太上皇魂魄来到月宫与杨玉环相会。玉帝传旨，让二人居忉利天宫，永为夫妇。

《长生殿》继承了《梧桐雨》《浣纱记》等通过爱情故事反映一代兴亡的手法，特别是上卷以更多的批判态度揭露封建统治者昏庸腐朽和政治上的黑暗，基本上采取了现实主义的创作方法。下卷在对爱情悲剧的处理上，通过一些幻想的形式，歌颂感动天地的爱情，这又吸取了《牡丹亭》的浪漫主义手法。一系列创作手法也使此剧成为至今久演不衰的佳作。

《长生殿》全剧长达五十出，即使在当时也是少有的大戏，以至于很多伶人在演出时对之进行随意删减。为了保证剧本艺术和思想的完整性，洪昇的好友吴舒凫曾经删定了一个二十八出的简本，在梨园中流行，可惜这个简本没有流传下来。清宫内廷常演此剧，北京的聚和班、内聚班等班社也都以演此剧而闻名。二百余年来，昆剧经常演出的有《定情赐盒》《密誓》《小宴》《埋玉》《闻铃》《哭像》等单出戏。

浙江昆苏剧团首演于1954年夏，剧本由周传瑛整理，曾于1956年与《十五贯》一同进京演出。1984年由周传瑛、洛地再度整理演出。共分七场：《迎像哭像》《定情赐盒》《絮阁权哄》《制谱密誓》《陷关失守》《舞盘惊变》《马嵬埋玉》。

1983年北方昆曲剧院编演。由秦瑾、丛兆桓、习诚改编，请周传瑛、张娴任艺术指导，导演丛兆桓，编曲陆放，美术设计胡晓丹。由洪雪飞饰杨贵妃，马玉森饰唐明皇，贺永祥饰安禄山。为在一场演出中尽可能多地保留传统的词曲表演，采用倒插回述、弹词串场、浓缩精华的编剧手法，以及一景多变、服饰新颖、灯光营造氛围等舞美手段，以民乐配器，使这出古典名剧面貌一新。在1985年北京市优秀剧目调演中独获八个奖项。获优秀表演奖的洪雪飞亦因成功地塑造了杨玉环的舞台形象而荣获第二届梅花奖。

1987年上海昆剧团编演。改编唐葆祥、李晓，导演李紫贵、沈斌，作曲刘如曾、顾兆琳，舞美设计胡冠时、刘福升，灯光设计张效中。由蔡正仁饰唐明皇，华文漪、张静娴饰杨贵妃。全剧共八场：《定情》《絮阁》《托情》《密誓》《起兵》《惊变》《埋玉》《雨梦》。

2004 年，苏州昆剧院和台湾石头股份有限公司合作打造上、中、下三本昆剧《长生殿》，由顾笃璜导演，赵文林、王芳分饰唐明皇、杨贵妃，2004 年 2 月在台湾首演，并于 2004 年、2005 年在香港、北京、上海、南京及上海交通大学演出，引起轰动。2012 年，苏昆重新排演经典版《长生殿》，白先勇担纲艺术总监，还请来了昆曲名家蔡正仁出任《长生殿》的总导演，张静娴任艺术指导，沈丰英、周雪峰合作主演。

2008 年 4 月 30 日至 5 月 3 日，全本昆曲《长生殿》在北京保利剧院上演，这是《长生殿》诞生 320 年间首次全本形式的晋京演出，全剧分为《钗盒情定》《霓裳羽衣》《马嵬惊变》《月宫重圆》四本，长达十余小时，更是由四组演员上演连台本戏。

一、常演段落

1.《定情赐盒》

原本第二出《定情》，演出本后半场自【绵搭絮】以下的戏码称为《赐盒》。唐明皇在位时，国势强盛，不免寄情声色。偶见宫女杨玉环才貌双全，就册封为贵妃，在金殿上举行册封典礼。杨玉环盛装之下，娇艳无比，引得唐明皇走下金阶，端详妃子的花容月貌。他从袖中取出金钗钿盒，赐予杨玉环作定情之物。

本出戏的写作笔法模仿《琵琶记 · 赏秋》而有出蓝之妙，舞台搬演时，一分为二，全折场面壮阔，富丽堂皇，素有“排场戏”之称。所有角色的穿戴、桌帏椅帔等，均为黄色，即所谓“黄全堂”。音乐华彩多姿，吴梅在《长生殿传奇斠律》中曾大加赞赏。

本折的特色在于唐明皇、杨贵妃和宫娥、太监之间，有着大段落繁重的唱腔，以及在演唱同场曲子时的场面调度。其中【东风第一枝】这支曲子，一共有五十字，俗称“昆曲第一引”，是大冠生必须学习的内容。另外，【念奴娇序】原著有四支，但演出均删去后两支，合头“惟愿取恩情美满，地久天长”一句，重复两次，烘托气氛，点燃主题。【古轮台】原本有两支，后人却将第一支的下半段删去，接以第二支的下半段“红遮翠障”，合并为一支，标为“前腔”，当属错误。【绵搭絮】词洁情深，两支连用，生、旦各诉心事，后一支抽去赠板，更显流丽婉转，“愿似它并翅交飞”“惟愿取情似坚金”二句，隽语传神，所谓“接转做腔处”。

2.《密誓》

为原本第二十二出。牛郎织女于七月七日乞巧节渡河相见。唐宫中，杨妃在长生殿上乞巧。唐明皇来到，遂与杨妃一起面对天上的牛郎织女星，焚香设誓：“愿世世生生，共为夫妇永不相离。”

《密誓》是李、杨的“对子戏”，两人完成黄钟宫南曲“本套”【二郎神】套曲，在这套曲子中，以首牌旦唱【二郎神】领起，旋律在六字调的低音运行，抑扬有度，缠绵多情。次牌【集贤宾】又是生的叙情唱段，旋律还是反复下行，音乐特性继续循环贯穿于此套曲，蕴藉而动听。接下来【莺簇一金罗】为旦所唱，情绪猝然伤感，悱恻缠绵。【琥珀猫儿坠】是两人对天盟誓前的对唱，在双星鉴照之下，在中速的曲调、轻柔的唱腔中，旖旎密语，尽情抒发。

3.《小宴》

原本第二十四出《惊变》，演出时将前半折分出，称为《小宴》，可以单演。连演时或称《小宴惊变》，或依原著称《惊变》，是现今舞台上最常演的一出。剧中上演唐明皇与杨贵妃在御园中小宴赏秋，突闻安禄山兵变的一段情节。剧中主要人物唐明皇、杨贵妃、高力士、杨国忠分别由大官生、五旦、丑、净应行。《惊变》用的是中吕宫南北合套曲，包括【北粉蝶儿】【南泣颜回】【北石榴花】【北斗鹌鹑】【南扑灯蛾】【北上小楼】等曲牌。文辞雅丽，音乐悦耳，是百唱不厌的名曲。首曲【粉蝶儿】，格律略同于宋词，由生、旦同唱，曲词直接脱胎于元白朴《梧桐雨》杂剧的同名曲牌。词云："天淡云闲，列长空数行新雁，御园中秋色烂斑，柳添黄，蘋减绿，红莲脱瓣，一抹雕栏，喷清香桂花初绽。"音律铿锵，抒情舒泰，赏心悦目，渲染了一种太平盛世的景象。这前半部"御园小宴"共用了六支曲牌，杨贵妃歌唱时，常用一些动听的小腔来逗乐和取悦唐明皇，但又不失端庄雍容。需要一提的是【扑灯蛾】这支曲牌，这本是一支南曲，而南曲不用变宫、变徵，但杨贵妃唱时却破了惯例，用变宫、变徵的参与很好地衬托出她的娇懒醉态。剧作正是借用了前面数曲创造的典雅、抒情的氛围，和随即而来的"渔阳鼙鼓动地来，惊破霓裳羽衣曲"的紧急场面形成强烈对比。这种以对比强调主题的手法，常为后世剧作家所借鉴。

安禄山兵变的消息由杨国忠奏报。紧张的气氛不用传统的龙套过场来衬托，而以几声堂鼓来渲染，紧凑、空灵，又与白居易诗《长恨歌》中"渔阳鼙鼓动地来"的名句相合。堂鼓起时，场上立即引起了轩然大波。唐明皇唱【上小楼】，其中"赤紧地离了渔阳"，"唬得人胆战心摇"，都用了叠句以烘托危急。接着，又唱【扑灯蛾】收尾。这支曲牌与前杨贵妃所唱的【扑灯蛾】相比，则更加北曲化了。曲牌的破例，显示了剧作家对于曲律的独到的认识与新见。

4.《埋玉》

原本第二十五出，剧演安禄山兵变后，唐明皇避难赴蜀，行至马嵬坡，羽林军发难，杨贵妃被迫自缢。

《埋玉》一开始，唐明皇由羽林军护驾，向西蜀进发。一曲【粉孩儿】，唐明皇和杨贵妃合唱，唱出了离京赴蜀途中的悲凉。此曲用唢呐伴奏，声情更觉凄厉。至马嵬坡，右龙武将军陈元礼奏闻唐明皇：军士杀了丞相杨国忠。唐明皇十分震惊："吓！有这等事？——这也罢了，传旨起驾！"寥寥几句，已把唐明皇此时此刻的心境描摹逼真。一是觉得岂有此理，军士胆敢杀丞相；二是无可奈何，不得不接受事实。

当六军怒吼"不杀贵妃，决不护驾"时，陈元礼借六军而挟天子：请唐明皇割恩正法。杨贵妃见事趋危急，自己请死以定军心。唐明皇反安抚杨贵妃："妃子说哪里话来？"表示"宁可国破家亡"也决不割爱。

洪昇写《长生殿·埋玉》中唐明皇和杨贵妃的爱是真实的，绝不是虚情假意。杨贵妃请死是为了唐明皇安全抵蜀，唐明皇最后做出赐死杨贵妃的决定是出于被迫和无奈，这一点很重要。《埋玉》以后，尚有《哭像》《闻铃》等许多佳篇，都可以在《埋玉》中寻到它们的根，否则都将成为无本之木。

杨贵妃死后，情节很快进入结尾。唐明皇这个“失势的官家”唱【尾声】道：“温香艳玉须臾化，今世今生怎见她……”感情释放真切、悲伤、苍凉。

在传统昆剧折子戏中，【尾声】一般用于剧尾。但《埋玉》在【尾声】之后，又安排了一曲【朝元令】，由众同唱，唢呐伴奏。这种不同一般的收煞格局，一是因为作者尚有宣泄未尽的余意，二是为了进一步加强凄凉的悲剧气氛。

5.《闻铃》

原本第二十九出。剧本写唐明皇一路上见云山重叠，孤雁哀鸣，触景生情，悔痛万分。在剑阁避雨时，雨打树叶，风吹檐铃，更使他心情凄然，悲痛肠断。情景交融，哀怨感人。全出短小精悍，写得缠绵悱恻，沉痛至极，可谓佳章。

《闻铃》中唐明皇唱的是南曲。曲牌【武陵花】是属于可以反复唱几次的“孤牌”套式。此曲牌因唱腔生动，几百年演唱不辍。“万里巡行”是该曲首句，前六句虽没有佳妙的花腔，但平稳的腔调中可以听出端庄的帝王气派，干净大方的旋律中可以传出荡气回肠的凄凉和愁苦，极合人物身份，以气度胜场。在剑阁闻铃段中，雨声、风声、空谷鹤唳、猿啼哀鸣，都从时而起伏的唱腔中表现出来，此曲因其长，素有“百板【武陵花】”（一百挡板）之称，且前后要唱两遍，演员一人唱到底，相当见功力。【尾声】中“千秋万古”音调高揭宛转，是所谓“豹尾”之处，曲子极富艺术魅力。

6.《迎像哭像》

原本第三十二出《哭像》，演出本前半场自【端正好】至【幺篇】的戏码称为《迎像》，后半场称为《哭像》。唐明皇到了成都，日夜思念妃子，特选高手匠人，将香檀雕成妃子像，迎进宫来，送入庙中，唐明皇对像伤情，痛哭悔恨，竟至雕像也流下了泪。

《迎像》从【端正好】到【脱布衫】带【小梁州】【幺篇】形成一个段落，这个段落又可以分成两个层次，【端正好】表达了唐明皇的自责与他对杨贵妃的内疚，【叨叨令】是回忆，回忆马嵬兵变时触目惊心的情形，【脱布衫】是唐明皇追悔莫及的心理活动的强烈流露，感情色彩进入了一个新的层次。《迎像》之后是《哭像》，《哭像》的场面是非常热闹的，銮驾、掌扇都有，似乎没有悲的色彩。这其实是在热闹气氛掩盖下的一种“情暗伤”，唐明皇的泪只能流在心里，这种隐藏在心底、无法向人倾诉的痛苦是最痛苦的。尤其在马嵬兵变后，他被儿子赶下了皇位，内心十分苦闷。《哭像》可以说从头到尾表露的是唐明皇对杨贵妃的思念，又通过思念陷入更深的悔恨、自责之中，从而显得愈发地痛苦。

二、作品鉴赏

1. 唐明皇

作者成功地写出了李隆基倦于政事，耽于安乐，“弛了朝纲，占了情场”，把国家陷于苦难的深渊。他因宠爱杨玉环而使杨家一门显贵、杨国忠专断朝政。为了博得妃子的欢心，不顾万里之遥，命令臣下进贡新鲜荔枝。贡使的马匹沿途毁坏了庄稼，伤害了人命，全不在意。作者把《进果》一出安排在《偷曲》和《舞盘》之间，以宫廷的享乐和人民的痛苦形成对比，大有深意。作者还真实地写出了帝王的爱情并不专一，因此李、杨之间尽管缠绵缱绻，也不可避免地出现波折和污点。七夕密誓之后，两人的爱情有所发展和巩固，然而渔阳鼙鼓已动地而来，他们终于自食苦果。为了平息羽林军的愤怒，皇帝不得不在马嵬坡下牺牲妃子，以挽救自己的政治生命。从此他感到内疚不已，晚年沉浸于痛苦之中，《闻铃》《哭像》《雨梦》等出，极力渲染出唐明皇思念杨玉环的凄苦心情。《长生殿》中的唐明皇形象更加丰满充实，洪昇将明皇写成一个犯了错误而又能悔改的人物，一个身份、思想有了变化的人物，昏庸而能知悔，轻浮而能情深，自尊而能屈下。

2. 杨贵妃

作者处理杨玉环这个人物也有特色，他写出了一个帝王宠妃既骄纵悍妒又温柔软弱的典型性格。她美丽，“端的绝世无双”；她聪明，“天生百样玲珑”；她娇妒，“情性多娇纵”，“情深妒亦真”；她多才多艺，能歌善舞，“一个独占三千宠”。为了“争宠”，发现虢国夫人与李隆基的暧昧关系，就是亲生姐妹，她也不能容忍。由于触怒了皇上，把她遣出宫外，放归私第。然而，她怀着一片痴情，决心剪青丝，表衷肠，再续前缘。感动了李隆基：“这原是寡人的不是。”这次“忤旨”，终于获胜。在争夺君王的爱情时，她对敌手是毫不留情的，正如她在《夜怨》一出所说：“江采蘋，江采蘋，非是我容你不得，只怕我容了你，你就容不得我也。”而当她得宠时，又不免时时产生“日久恩疏”的惊恐。马嵬兵变，杨玉环为了自己的爱情，为社稷，亦为保存天子的安全，献出了自己青春美丽的生命。她死后，借社会各方面人士的不同评论，从一个侧面揭示出李杨爱情悲剧的性质。牛郎说：“转眼之间，把玉环生生断送，好不可怜人也。”唱出了“佳人绝世，千秋第一冤祸奇”。土地说：“生察察为国损躯。”梨园老乐师李龟年更为伤心回忆地唱出：“生逼散，恩恩爱爱，疼疼热热帝王夫妇。霎时间画就了这一幅惨惨凄凄绝代佳人绝命图。”作者对她既有批判，又有所同情。尽管她在马嵬坡下自尽，承担了一切罪恶，但作者并没有把安史之乱的全部罪责归之于她。《弹词》一出中，以铁笛擅名的李謩之口说出：“休只埋怨贵妃娘娘，当日只为误任边将，委政权奸，以致庙谟颠倒，四海动摇。”这也代表了作者的观点。

3. 杨国忠

他是个奸臣。杨国忠是借着杨玉环的裙带关系一跃而成为备受恩宠的宰相的。自从当了宰相，他只顾个人荣辱，穷奢极欲，及时行乐，纳贿招权，毫无半点国家之念。他受了贿赂，替安禄山掩盖了罪状。为争权夺利，他和安禄山在皇帝面前互相讦奏，水火不相容，不得已唐明皇才把安禄山放为范阳节度使，杨国忠明明知道这正是放虎归山，日后定会招致社稷不安，但却缄口不言，宁愿让安禄山去了以后“做出事来，方信我忠言最早”。剧中借安禄山的口，揭露了杨国忠的奸恶。安禄山骂道：“你卖爵鬻官多少？贪财货竭脂膏……也非止这一桩。若论你，恃戚里，施奸狡，误国罪，有千条。”拿银子卖官，这是明末清初的事情。洪昇也许是通过安禄山的嘴，来骂与杨国忠同类的奸臣。

4. 安禄山

他是一个善于钻营、心机狡诈的势利小人，一旦得了权势便作威作福起来，甚至想霸国称王。他是一个典型的阴谋家、野心家。因贻误军机，理应死罪，但他贿赂宰相杨国忠，不仅免罪，而且复官，甚至得到李隆基的宠幸，被封为东平郡王。因与杨国忠互相攻讦，不得已才放为范阳节度使。他“久蓄异谋”，正好利用藩镇的地位“暗图大事”。他暗中加强武装力量，伺机待动，起兵叛变，“乘机打破西京，夺取唐室江山”。真是“逢城攻打人剁，逢尸横遍野血流河，烧家劫舍抢娇娥”，给人民带来了深重灾难。洪昇借安禄山反唐的影子，来抒发他对统治者的仇恨和不满，可见其良苦用心。

5. 郭子仪

《长生殿》中有四出戏以他为主角，他是一个满怀着对唐王的忠义、能灭贼复国的爱国将军，是一个对复兴唐朝有功勋的英雄人物。洪昇以崇敬的心情，歌颂他忠心报国的高贵品质。郭子仪武举出身，到京谒选，未得一官半职，然而他深怀忧国忧世之心，对现实有着清醒的认识，以天下为己任，终于在安史之乱中力挽狂澜，灭贼复国。《疑谶》一场写郭子仪酒楼买醉，作者借此倾注了自己沦落不遇、愤世嫉俗的情感。当郭子仪在《疑谶》一出亮相时，他就能够清醒地看到了天子受蒙蔽、外戚受宠盛、安禄山是乱天下的叛贼。他似乎成了一个“先知先觉”的人物。后来他果然当了“天德军使”，报效朝廷，领兵扫平了“安史之乱”，并且实现了“扫清群寇，收复西京，再造唐家社稷，重睹汉室威仪”的壮志。

6. 雷海青

他是一位宁死不屈、大义凛然的具有爱国思想的人物。雷海青是一个乐工，当面痛斥安禄山：“恨子恨泼腥秽，莽将龙座占。癞蛤蟆妄想天鹅啖。生克擦直逼的个官家下殿走天南。”并责骂那班降臣：“平日价张着口将忠孝谈，到临危翻着脸把富贵贪。早一齐儿摇尾受新衔，把一个君亲仇敌当做恩人感。”（《骂贼》）以琵琶愤击安禄山，终于慷慨捐躯。

7. 李龟年

他是一位梨园老乐师，一个有骨气的艺人。当长安失陷以后，他不肯投降，怀抱琵琶，流落江南，以卖唱糊口。他的心中充满兴亡之恨，感慨着“唱不尽兴亡梦幻，弹不尽悲伤感叹。大古里凄凉满眼对江山，我只待拨繁弦，传幽怨，翻别调，写愁烦，把天宝当年遗事弹”。他对雷海青十分钦敬。通过李龟年这个人物的弹唱，表现作者对故国无限的怀念。

附录：名家谈戏

《长生殿》与昆曲文化（节选）

——访问顾笃璜先生

顾笃璜先生出身苏州世家，1956年“江苏省苏昆剧团”成立，由他主持该团演出及培训演员事宜，从此与昆剧结下不解缘。顾先生培养了“继、承、弘、扬”四辈演员，编导过许多昆剧名作，对老一辈昆剧艺人的口述及影像资料的抢救更不遗余力，著有《昆剧史补论》《关于苏州昆剧工作的思考》等。

古兆申（以下称“古”）：顾老，洪昇的《长生殿》创作于康熙年间。那时应该是昆曲发展的全盛期。《长生殿》是这个时期的代表作，它对昆剧艺术是一种总结性的完成，还是有更大的推进？譬如说，与昆剧的第一个高潮万历年间创作的《牡丹亭》比较，有什么新的发展？

顾笃璜（以下称“顾”）：昆腔的改造者魏良辅在他的曲论专著《曲律》中把高明的《琵琶记》奉为“南曲之祖”。事实上从音律来说，《琵琶记》还不够完美，不能作为昆曲剧作的代表。这是吴梅先生的意见。至于汤显祖的《牡丹亭》尽管在场上历演不衰，是不朽的文学名著；在音律上，明、清曲家从沈璟到王季烈对它都有批评。《长生殿》则是公认讲究音律的一部代表作。此外，《长生殿》在剧本结构、角色行当的运用、场面的安排都非常成熟巧妙，可看性甚强，故被称为“一部热闹的《牡丹亭》”。在唱、演方面，这是一部大官生的代表作。主要人物唐明皇李隆基是用大官生行当唱演的。大官生的唱法，按传统的要求，用嗓以本嗓为主，只有高腔最高处才可以用假嗓（亦称“小嗓”）唱。现在昆剧舞台上，唱大官生也以假嗓为主，已不合传统规格。

古：现在是“末”的唱法，如“外、老生”等行当的唱法才以本嗓为主。那么过去大官生的唱法和外、老生的唱法有何不同？

顾：差别有两方面，其一是大官生的音域广，翻高翻低的情况甚多。老生、外的唱法以低腔为主。其次，大官生唱的是细曲，人物情思变化大、层次多，唱法要求细腻，花腔亦可适当使用。外、老生一般唱的是粗曲，唱法不要求太细致，不像大官生那样，随情节和人物情思的变化对声线、腔格有不同的处理。

古：那么在用假嗓方面，大官生和小官生、巾生又有什么差别。

顾：主要是宽——大官生比小官生宽，而小官生又比巾生宽。

古：您刚才说《长生殿》是大官生行当的一部代表作，是否意味着大官生的艺术在此推上了高峰。

顾：对。过去还没有一本昆剧作品让大官生有这么多唱演的机会。有了这么一个作品，经几百年昆剧艺人的努力，大官生成为昆曲演唱艺术中要求最高的一种行当。它所要求的先天条件与后天训练，都不是一般人可能达到的。我听俞振飞先生说，他父亲粟庐先生常常告诫他："有徐韶九（曲家徐凌云之子）在，你不要唱大官生。"换言之，即认为俞振飞的大官生还唱不到家。俞先生又告诉我：他父亲的三位传人世称"一龙二虎"，"龙"指顾公可，"虎"指俞振飞和俞锡侯，没有一位可达到传统大官生演唱的最高要求。至于"传"字辈昆剧艺人，只有一位赵传珺庶几近之，可惜不幸早死。大官生演唱之难，只从发声用嗓方法已可见其一斑。老艺人发声有一套办法，俗称"喊嗓"，如小生、小旦用"鸡、鸭"二字来喊；老生用"鹅"字来喊；花脸用"萝卜"二字喊；大官生则"鸡、鸭、鹅、萝卜"全用上；盖云其用嗓之法变化多端。因此，大官生的唱演艺术，代表了昆剧艺术的一个高峰，而《长生殿》为攀上这个高峰创造了条件。

古：《长生殿》的上半部，杨贵妃的戏也很吃重。杨贵妃现在是以"闺门旦"应工的。闺门旦一般演未婚的千金小姐，此处是否有点出格了呢？

顾：这一点反映了两方面：首先，昆剧发展到《长生殿》，角色的表演已不受行当所限；是演人物而不是演行当，故此有跨行表演的做法。其次，旦角的表演在这个作品中跨行表演的技巧已非常复杂。例如杨贵妃的表演，在《定情》一折以闺门旦应工，为了表现杨玉环"天生丽质难自弃，一朝选在君王侧"那种华丽与娇美。但在《絮阁》中因为妒忌梅妃，单用含蓄、婉雅的闺门旦手法来表演，就难以充分发挥人物在这一特定情节中的心理与行为的反应。因此，演员就会用上一些其他行当的表演方法，如"泼辣旦"或甚至"刺杀旦"的方法。又如《埋玉》一折，杨贵妃惊闻其兄杨国忠被杀时，失态地喊了三声"呵呀"。这三声"呵呀"必须用"正旦"（一般扮演已婚妇女角色）的发声方法来喊，否则力度就不够，达不到应有的艺术效果。

古：这种跨行的演法，是否在昆剧表演中较多？

顾：按理说，所有好的戏曲演员都应该知道演戏是演人物而不是演行当。行当只是角色的共相分类，是一种"类型"；不同剧目的具体人物则应该是共相与殊相兼备的"典型"。"类型"按程式规范表现即可完成，"典型"则要求演员有具体的、细节的创造。昆剧要求演员自觉地表演人物典型，其他剧种则没有那么强调这方面的训练。程式、行当是戏曲表演的基础，只是人物外形、共相的塑造；人物内心、个性的表现，也就是典型的创造，就有赖于灵活运用跨行手段。套用西方近代戏剧的术语来说：只演行当可称之为"表现派"，因为只重视外形；演人物的可称之为"体验派"，因为重视内心世界之体验。昆剧的表演应该是表现派与体验派的结合。昆剧演员之所以这样自觉地训练自己，也许是因为昆剧进入了上层社会。宫廷贵族、名公巨贾，都有自己的戏班，而主人对演员的艺术都各有要求。还有不少家班的主人，本身就是剧作者，或是对昆剧各方面都有认识的专家，他们追求的是艺术的深度，而不是观众的上座率。这种追求传到民间，也会影响到服务一般老百姓的江湖班子，对他们也有所提升。

古：您如何理解《长生殿》的主题?

顾：因为作者曾于“例言”引梁清标称该剧为“一部闹热《牡丹亭》”的话，许多论者都认为本剧主题是纯爱情。但我却认为作者是有所寄托的。因为作者曾以相同的材料写过一稿，叫做《沉香亭》，除了唐明皇，另一主角是李白，写君臣的关系，其寓意是希望君主对臣下亦应讲诚信。《长生殿》的另一主角变成了杨妃，李白根本没有出现，但我认为作者仍然有君臣之义这种寄托。唐明皇是忠于爱情的，贵妃的牺牲也是出于自愿，但明皇牺牲了贵妃却后悔不已。《长生殿》的下半部都是写明皇的后悔及对贵妃的怀念，我排此剧时希望能体现这一点。

采访人：古兆申

阅读与思考

1. 请指出《长生殿》中各主要角色对应的昆曲家门并说明其表演特色。
2. 《长生殿》的编演经历了哪些阶段？在改编排演的过程中应该注意哪些问题？

第七章

地方戏曲欣赏

第一节　评剧《花为媒》

一、剧种概述

评剧是在我国有较大影响力的地方剧种之一。早在19世纪末，河北唐山一带的贫苦农民在农闲时以唱莲花落谋生，1890年前后就逐渐出现了专业的莲花落艺人。莲花落即称“落子”，是一种长期流行在民间的说唱艺术，评剧就是在莲花落基础上发展起来的。其后，东北民间歌舞“蹦蹦”传进关内，于是河北的莲花落艺人便迅速吸收了这种艺术，开始演唱《王二姐思夫》《杨二舍化缘》《王大娘锯大缸》等一类剧目，深受当地农民的喜爱。这些艺人随后又由农村进入到工业城市唐山。唐山的工人，特别是煤矿和钢铁工人成了这个剧种早期的热心观众及积极支持者。评剧成为较完整的戏曲艺术则在辛亥革命前后。当时舞台上已有文明戏和话剧演出，他们都拥有自己的剧作者。同时，进步的民主思想已传播到了文艺圈子，这就促使评剧这个新兴的剧种也产生了第一代的剧作家成兆才等。成兆才原系莲花落艺人，他受到新时代思潮的影响，在艺术上具有革新创造的精神，于是就以他的剧作为基础把莲花落演变成了蹦蹦戏，又从蹦蹦戏演进为评剧。其早期剧目有《花为媒》《卖油郎独占花魁》等，这些都是评剧的奠基戏。成兆才对时代的变革相当敏感，他吸收文明戏的表现手法，编演了一批很受群众欢迎的反映现实生活的时装戏，如《安重根刺伊藤博文》等。尤以其1919年编写的《杨三姐告状》最为著名，久演不衰，成为评剧的代表剧目之一。

当成兆才等人把莲花落演变成“唐山落子”，吸收了河北梆子的全套乐器时，他们给这个新剧种命名为“京东第一平腔梆子戏”，简称“平剧”，演唱时用本嗓。辛亥革命后，北京改称北平，京剧也随之称为平剧。以成兆才为首的“平剧”此时已经发展到了天津等地，和由京剧改称的平剧成对峙之势，于是就定名为评剧，寓“评古论今”之意。

评剧的男腔和女腔是在莲花落、蹦蹦戏的音乐基础上，逐步吸收并借鉴梆子、京剧的唱法形成的。伴奏以板胡为主，打击乐器与京剧大体相同。评剧女腔是由月明珠等人创造的，男腔是由倪俊生等人创造的。

评剧唱腔是在唐山民歌、莲花落等民间音乐基础上，吸收东北二人转、京剧、河北梆子等冀东和京津一带地方戏曲音乐成分形成的。其特点为抒情性强、流畅自然、乡土味浓。唱腔为板腔体结构，由一板三眼、一板一眼、有板无眼、无板无眼等四种节拍形式组成。常用的板式有慢板、反调慢板、二六板、垛板、流水板、散板、尖板等。

慢板即一板三眼，是评剧唱腔的基本曲调，过去为旦腔专用，后来逐步发展为旦、生共用。慢板由上、下两个各四小节的乐句组成，每句又可分为三个小分句，其特点是多从头眼（第二拍）起唱，分句常以小过门来加以衔接。

反调慢板，是在正调慢板基础上，利用转调手法发展而成，旋律性和抒情性均较强，常用来表达悲伤、哀怨的情绪。

二六板，一板一眼，是评剧唱腔中最常用的一种板式，既可抒情，亦可叙事，各个行当均可应用。又可分为小生二六与原板二六两种形式。小生二六的上、下句各为六小节，每句常由两个分句组成，是生行的主要唱腔。原板二六的上、下句各为四小节，是旦行的主要唱腔，其他行当有时兼用。

垛板，一板一眼，旦腔应用较多，其特点是节奏感较强，常为板起板落，速度变化较大，又分快、慢两种：慢垛板擅长叙事，快垛板擅长抒情，特别是表现激动的情绪。

流水板，有板无眼，生、旦共用，其特点是唱词与旋律结合密切，口语化，但旋律性不强。

散板，无板无眼，节奏较自由，旋律扩展与缩减的变化较大，由于伴奏上的区别，又可分为紧打慢唱、慢打紧唱等形式。

尖板，无板无眼，系从河北梆子唱腔中吸取来的，起始过门与锣鼓仍与河北梆子保持相同格式。

除了这些基本板式外，在新中国成立后还发展了许多新的评剧板式，从而丰富了唱腔的表现力。

伴奏乐器分为文场和武场。武场有板鼓、梆子、锣、镲等；文场有板胡、二胡、中胡、低胡、琵琶、笛、笙等。后来又增加了大瓢胡、贝斯、铜管、大提琴、小提琴等。西路评剧的乐队配制为大弦、横笛、鼓、镲、手锣、梆子等。

评剧的艺术特点是以唱功见长，吐字清楚，唱词浅显易懂，演唱明白如诉，表演生活气息浓厚，有亲切的民间味道。它的形式活泼、自由，最善于表现当代人民生活，因此城市和乡村都有大量观众。

评剧唱腔是板腔体，有慢板、二六板、垛板和散板等多种板式。新中国成立前，评剧音乐、唱腔、表演的革新取得显著成就，特别是改变了男角唱腔过于贫乏的弊病，男声唱腔有了新的创造。其表演艺术虽吸收了梆子、京剧的身段、程式，但仍保持着民间自由活泼、生活气息浓郁的特点。

善于表现现实生活是评剧的一个传统。辛亥革命后，成兆才依据当地的时事新闻创作和改编了《杨三姐告状》等，基本上奠定了评剧以演现代剧目为主的特长。新中国成立后，评剧进入了新的繁荣发展时期，演出了一批受群众欢迎的现代戏，如小白玉霜和韩少云主演的《小女婿》、新凤霞主演的《刘巧儿》《花为媒》《小二黑结婚》以及《夺印》《野火春风斗古城》等；改革开放以后又出现《山里人家》《疙瘩屯》《黑头与四大名旦》《贫嘴张大民的幸福生活》《家有九凤》等优秀现代剧目。

二、行当流派

1. 行当

评剧的行当是随着评剧的发展历史，经过不断丰富和完善而逐渐形成的。评剧的前身“蹦蹦戏”曾经历了“对口戏”“拆出戏”两个阶段，那时的行当也不像现在这样分明。经过 1909 年至 1921 年的重大改革，评剧成为一个大剧种。评剧的行当，也依据表演的需要吸取京、梆等剧种的行当分类经验，逐渐形成现在生、旦、净、丑门类齐全的规模。

“对口戏”的行当是一旦一丑，旦角称“上装”，丑角称“下装”。这种形式系由冀东大秧歌中民歌小调对口唱演变而来。“上装”“下装”是以第三人称叙述故事并分别表演剧中人物（如《西厢记》，“上装”要表演红娘、莺莺、老夫人三个角色）。由于这种表演的局限，表演者不能以剧中人物来固定着装和勾画脸谱，因此他们的最初装扮是“上装”（旦角）彩扮，身着裙袄或彩裤褂，手持折扇、手帕；“下装”（丑角）头戴毡帽或头巾，身着茶衣、腰包，手持竹板或霸王鞭。

“拆出戏”亦称“三小戏”，由“对口戏”演变而来，以代言体、单折式、分场式为其戏剧结构基本体制。上演的剧目虽短小，但首尾相接、故事连贯，具有中心人物和配角。至此演员便依据角色人物性格有了明确的分工，逐步由“上装”“下装”形成“三小”行当，即小生、小旦、小花脸（丑）。“三小戏”，初以小生、小旦戏为主，丑角居于次要位置。随着“拆出戏”的剧目不断增多，所表现的生活内容不断丰富，相应的也出现了老生、老旦、彩旦等行当。

由于评剧历史较短，又受剧目题材的局限，并没有像京、梆大剧种那样具有驾驭反映帝王将相生活和政治斗争、军事斗争等重大内容的能力，而多以反映下层官吏、市民阶层、农民阶层的生活为主，因此各行当的表演艺术（声腔、技巧），特别是老生、净、刀马旦、武生行的表演手段，仍有待丰富和发展。中华人民共和国成立后，由于新编历史故事戏不断增多，各行当特别是小生、老生、净行的表演艺术都有了较大的发展。

目前的评剧逐渐发展成青衣、花旦、老旦、彩旦、小生、老生、花脸、小花脸等行当齐全的大剧种，但仍保留了民间小戏活泼自由、富有生活气息的特点。

2. 流派

评剧原分为东路和西路两派。东路发源于唐山，声腔主要源于冀东莲花落与当地秧歌调，其声腔与道白的母方言是冀东语，当地人称之唐山落子，经衍变形成现流行的评剧；西路发源于宝坻一带，它是由当地莲花落结合民歌和语言音调，吸收河北梆子音乐（源于秦腔）、“哈哈腔”等腔调而形成的一种声腔，其声腔与道白的母方言是带有京音的京东语，外地艺人称是“西路调”，20世纪50年代末，此唱腔才定名为西路评剧。

在唱、做、念、打的艺术手段的运用上，评剧的唱功最为突出，早期的男旦演员月明珠和女演员李金顺等，都曾以唱功称绝一时。李金顺的“李派”唱腔对后辈影响甚大，在其影响下，20世纪30年代初的奉天落子时期，又产生了著名评剧声腔革新家白玉霜。她大胆运用低腔，发展了评剧的中音唱法、形成“白派”。与白玉霜同期，刘翠霞创造了高亢脆亮的“刘派”唱法，爱莲君创造了“爱派”的疙瘩腔唱法，此外还有在北京与白玉霜相对峙的喜彩莲创造了华丽而清新的“喜派”唱法。这四名女演员在新中国成立前被称为评剧“四大名旦”。继之而起的是小白玉霜，她继承和发展了“白派”唱腔。

新中国成立后，新凤霞在演出《小二黑结婚》《刘巧儿》等新戏过程中，创造了不少新的唱腔，塑造了一批新型妇女形象，人称“新派”。她的唱腔清新甜润、玲珑婉转、富于华彩。她还与新文艺工作者合作，创造了蜻蜓调、凡字调、送子调等新板式，为丰富和发展评剧女声唱腔作出了贡献。天津的鲜灵霞在“李派”和“刘派”的基础上形成了天津大口落子“鲜派”唱腔；沈阳的韩少云、花淑兰、筱俊亭在新中国成立后也分别博采众长形成了“韩派”“花派”“筱派”旦角声腔艺术。

评剧男腔，新中国成立前行当不全，无花脸唱腔，老生唱腔也不健全。新中国成立后，新的文艺工作者，如马可等，参与了评剧音乐革新，改革了评剧伴奏方法，努力发展评剧男腔。20 世纪五六十年代，在评剧演员和音乐工作者的共同努力下，创造了反调、二八板、慢流水板、A 调慢板、快流水、顶七板等男声越调音乐形式。著名男演员魏荣元用两种方法演唱评剧大面腔和老生腔，为评剧大面相老生的旋律和演唱方法奠定了基础，创立了“魏派”唱腔；后著名男演员马泰形成了“马派”；小生演员张德福也形成了“张派”小生唱腔流派；评剧发源地唐山的洪影形成了“洪派”女小生唱法。男生唱腔已经呈现出百花齐放的喜人局面，大大增强了评剧的表现力。

三、评剧名家介绍

成兆才（1874—1929），评剧鼻祖，河北省滦南县人，出生于一个贫苦的农民家庭。他一生所改编、整理、创作的剧本多达 102 部，为创建评剧事业奠定了基础，被称为评剧剧本作者第一人。

月明珠（1898—1922），著名评剧男旦。原名任善丰，艺名月明珠，出生于河北滦县胡家坡的一个莲花落世家。父任连会，为莲花落艺人，是对口、折出时期的著名编剧和演员，被誉为评剧的发轫者。月明珠弟兄四人，长兄任善庆为评剧第一任鼓师，三弟任善年为评剧小生，四弟任善诚为评剧小生、老旦。

倪俊生（1895—1970），字秀岩，河北省迁安县人，1910 年形成“倪派”小生唱腔。1902 年拜吴占魁为师，学唱河北梆子。同年 10 月，随吴占魁参加了唐山的吉庆班，改学莲花落，艺名“银娃娃”“九岁红”。1910 年起，先后在唐山、天津、北平、营口、奉天、哈尔滨等地演出，相继演出了《因果变报》《夜审周子琴》《秦雪梅吊孝》《回杯记》《刘伶醉酒》《卖油郎独占花魁》《打狗劝夫》《败子回头》《杜十娘》等剧。经过自己较长时间的刻苦钻研，形成了曲调优美、字正腔圆、准确大方而独具特色的倪派小生唱腔。1951 年任齐齐哈尔评剧团副团长，1956 年到黑龙江省戏曲学校任教，精心培育下一代。他的学生遍布省内外，著名小生演员桂宝芬（“桂派”女小生创始人）、杨振邦、刘小楼都是他的高徒。

四、代表作介绍

《花为媒》是评剧创始人成兆才根据《聊斋志异》中“寄生”一文改编的一部喜剧作品。它产生于 1919 年前后，作家受“五四”运动新文化思潮的影响，将进步思潮融入笔端，剧中唱出“小脚不如大脚好，劝同胞快放脚”等宣传天足运动的唱词。原剧中王俊卿既爱表姐李月娥，又到花园偷偷相看张五可，结局是一夫二妻，为此中华人民共和国成立后多年辍演此剧。

1964年陈怀平、吕子英重新整理《花为媒》，保留了原本的精华部分，增添了一个人物贾俊英。贾俊英被强拉去代替相亲，最后两对佳偶如愿以偿。这一关键的改变救活了这出传统戏，使它成为评剧的优秀保留剧目和推陈出新的范例。评剧老艺人张润时为李月娥在“洞房”一场写了一段头尾衔接俏皮活泼的唱段，令该剧大为增色。

新凤霞饰演的张五可，在唱腔和表演方面有革新发展。新凤霞作为评剧艺术的典范，培养了许多青年演员，她们成为中国评剧院和各地评剧团的骨干演员。赵丽蓉饰演的阮妈，一扫旧传统戏彩旦的“丑”态，俏丽脱俗，塑造了一个风趣的人物形象。

1963年长春电影制片厂与香港合拍此剧为戏曲艺术片，作家吴祖光对唱词做了加工，提高了剧本的文学性，一经放映，影响远及海外。

剧情为王少安寿诞之日，其子王俊卿在酒席宴前与表姐李月娥相见，互诉衷情，赠罗帕定终生。李月娥走后，王母托媒人阮妈为俊卿说亲。阮妈来到张家，张家有女名叫五可，才貌双全，一说便妥。但王俊卿心爱表姐月娥，不允张家亲事，并忧虑成疾。王母又托阮妈到李家说亲，月娥与李母喜出望外，唯其父李茂林则说王俊卿轻狂，不懂礼教，顽固拒婚。王俊卿闻知与李月娥的婚事不成，病情更重。王母爱子心切，心焦如焚。阮妈献计去张家花园相亲，以为王俊卿亲眼看见张五可的才貌后便会答应。但王俊卿病重，不能前往，乃请其表弟贾俊英代为相亲。贾俊英代替王俊卿前去张家花园相亲。张五可恨王俊卿拒婚之情，但见贾俊英文雅英俊，心中之恨顿时雪化冰消，并赠红玫瑰，私订终生。贾俊英将张五可私赠的红玫瑰转送表兄，倍加赞美张五可的才貌，但王俊卿拒不接受，并将红玫瑰扔在地上。阮妈又向王母献策，先将张家小姐娶来，待王俊卿看到如花似玉的张五可，病必好。王母只好应允，于是婚事商定，定期迎娶。李月娥得知，痛苦万分。李母溺爱其女，趁李父不在家中，采纳了二大娘冒名送女之计，抢先将李月娥送到王家与王俊卿拜堂成亲。王俊卿以为新娘是张五可，拒不拜堂。当他听说新娘是表姐李月娥，顿时心花怒放，疾病痊愈。待张五可的花轿前来，他们早已拜完花堂。张五可闻知此事，心中大怒，立即闯进洞房，质问王俊卿。阮妈见状，无地自容，不知如何是好。正当此际，突然发现贾俊英，随即将他拖入洞房，于是真相大白，两对有情人各遂心愿。

1. 经典唱段

【报花名】春季里风吹万物生，花红叶绿草青青。桃花艳，梨花浓，杏花茂盛，扑人面的杨花飞满城。夏季里端阳五月天，火红的石榴白玉簪。爱它一阵黄呀黄昏雨呀，出水的荷花，亭亭玉立在晚风前。秋季里天高气转凉，登高赏菊过重阳，枫叶流丹就在那秋山上，丹桂飘飘分外香。冬季里雪纷纷，梅花雪里显精神，水仙在案头添呀添风韵，迎春花开一片金。我一言说不尽，春夏秋冬花似锦。叫阮妈，却怎么还有不爱花的人？爱花的人，惜花护花把花养；恨花的人，厌花骂花把花伤。牡丹本是花中王，花中的君子压群芳，百花相比无颜色，他却说，牡丹虽美花不香。玫瑰花开香又美，他又说，玫瑰有刺儿扎得慌，好花哪怕众人讲，经风经雨分外香。大风吹倒了梧桐树，自有旁人论短长。虽然是满园的花好无心赏，阮妈你带路我要回绣房！

2. 作品鉴赏

（1）唱

该剧唱腔优美，两个女主角又各有特色，一个甜润，一个脆亮。唱词既通俗又不失文雅，朗朗上口，为该剧增添了不少亮色。

在张五可初登场唱【花园观花】这一唱段时，新凤霞将民歌素材与评剧唱腔巧妙结合，使唱段十分流畅，既符合人物心理（闺中少女对未来生活既充满憧憬和美好遐想，又有些忐忑不安的矛盾心理），又展示剧情发展（阮妈来为王家提亲）。四二拍的唱段简洁明快，配上新凤霞脆亮甜美的嗓音，向观众展示了一个娇憨活泼的少女形象（如下谱所示）。

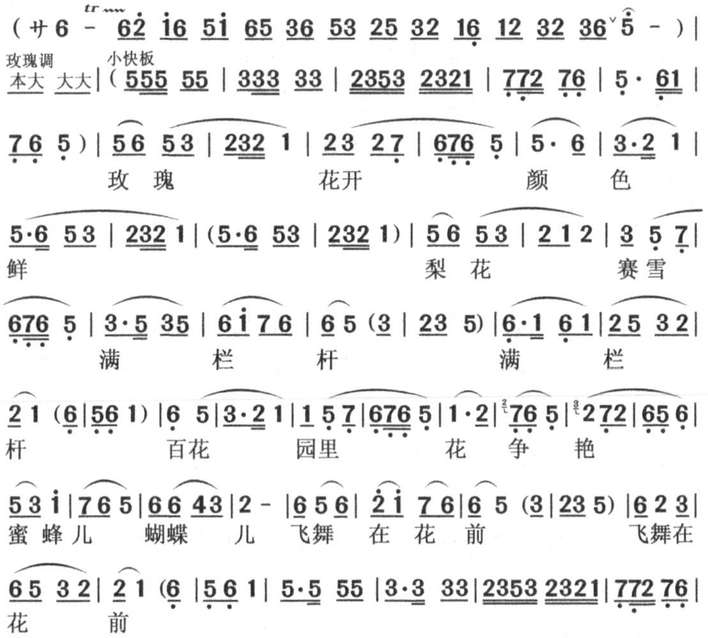

【洞房】一折，张五可和李月娥各有一段经典唱段，分别夸赞对方。这两个唱段各有特色，张五可的腔调婉转高扬，适宜新凤霞甜润的嗓音；李月娥的唱段干脆利落，而且唱词上采用了顶针续麻的手法，一句连着一句，句句紧逼，恰到好处地展示了李月娥先于张五可与表弟拜了堂入了洞房后心愿得遂，欣喜又有点自得的心态。俏皮活泼的唱词、圆润流畅的曲调，再配上李忆兰脆亮激昂的嗓音，真是珠联璧合，让人百听不厌。

李月娥【夸五可】

李月娥遮衫袖用目打量，打量她多才多貌、貌似天仙、仙女下凡、凡间少有这位五姑娘。姑娘俊俏就属她为首，首一次见了面我从心眼里爱得慌。慌慌张张、张张慌慌、满面怒气、气势汹汹她把洞房闯，闯的人、人心乱、乱一团、团团转、转团团，我们团团乱转，闹得我是差一点就没有主张。张五可她虽然有那三媒六证，怎知我抢了先、先来到、到得早、早不如巧、巧不如恰，恰恰当当我们拜了花堂。堂堂的张家小姐落在后，后追上月娥女红妆。庄庄重重行了大礼送入洞房，饮了合欢酒，见过喜神娘，端端正正、大大方方，端端正正、大大方方与俊卿并肩同坐红罗帐，我们是成对又成双。双双对对、对对双双，不慌又不忙，我做了新娘。

（2）做

该剧主要角色张五可，从行当上主要以花旦应工，若再具体些大致可归为闺门旦。因为地方戏行当划分不是特别严格，这两个角色在剧中大半扮相为袄裙（小姑娘），只最后【洞房】一折穿披（带水袖），这就是两种不同的表演。

穿袄裙，做功更贴近花旦，讲究的是眼神灵活、步法轻盈，走路、跑圆场要俏。如【绣楼】【花园】这几折戏都是。初登场【花园观花】一段，张五可眼神婉转，嘴角含笑，跑起圆场脚步轻快流畅，到开心处或折扇或手帕略半掩面，手势娇俏，表情含羞带娇，活脱脱一个娇憨活泼、无忧无虑的闺中少女形象。

到了【洞房】一折，做功则贴合青衣（或花衫）。眼神庄重，走路端稳，一举一动都端庄大气。【夸月娥】（“张五可用目瞅”）一段，贴切地运用了水袖，配合缓、稳的身段，表现此时张五可的身份（明媒正娶的当家主母）已经不再是小姑娘而是一个已婚女子了。

值得一提的是，该剧赵丽蓉扮演的阮妈这个角色，没有用一般的彩旦来应工，而是糅合了花旦的一些技法，将这个人物俊化。插科打诨的幽默表演中，俏丽的眼神、身段同样十分出彩。

此外，该剧做功还体现在地方戏特色上，如阮妈的转烟袋、转手帕，张五可的转折扇和转手帕等。

张五可是富家之女，其身份性格介于大家闺秀和小家碧玉之间。既有其娇憨活泼的一面，又有其胆大、敢说敢做的一面。该剧前半部分中，其做派要娇俏、利落。初登场【观花】一段，主要突出的是闺中少女无忧无虑、天真活泼，对未来生活有美好憧憬但又有点担忧的心理。【报花名】一段，因为有了心事，虽然看到满园美景心情略有放松，但终不能彻底释怀。见到假冒王俊卿之名的贾俊英后，是一种又羞又怒又有点欢喜的矛盾心理。凭着一时的不服气她大胆质问“王俊卿”，这时的张五可是有一点泼辣的；在“王俊卿”表示了对自己的倾慕后，一见倾心、两情相悦，此时的张五可没有了刚才的咄咄逼人，而满是温柔娇羞。“赠君玫瑰君莫笑”，以花为媒，双双定情，含羞一笑立刻跑回绣楼，显出了小女儿的羞涩和柔情。【洞房】一段，张五可气势汹汹怒闯进房，虽然此时已经被李月娥占了先机，但张五可是个有教养的女子，同时自恃明媒正娶的身份，她进门来没有轻举妄动，并不是进门就骂、扬手就打的撒泼，而是先观察，再根据情形思索对策。最后发现原来是误会一场，二人各有各的心上人，最终有情人终成眷属，皆大欢喜。

附录：名家读戏

她是新社会里成长起来的，一开始就是人民群众眼里的大明星。她不用演戏，画上妆，站在台上，喜怒哀乐就都有了。她后来成了万人景仰的人民艺术家，这主要原因是她开创了四个“新”，开创了新的流派、新的观众、新的天地（指绘画和写作）和新的戏剧理念。新凤霞在艺术上从不保守，她敢于吸收、敢于创新，博采姊妹剧种表演之长，虚心学习各种唱法，积累了丰富的演唱经验。在中国评剧院这一国家剧院良好的艺术环境中，新凤霞的艺术创作力得到了空前的发挥，新派艺术得到了长足的发展。她的代表剧目很多，像《杨三姐告状》《花为媒》《刘巧儿》《无双传》《会计姑娘》等。推陈出新的传统评剧《花为媒》是新派艺术的经典之作。新凤霞以纯熟的演唱技巧，细致入微的人物刻画，塑造了青春美丽富有个性的少女——张五可的艺术形象，从而将新派艺术推向了高峰。

——评剧院导演张伟评价新凤霞

阅读与思考

1. 新派唱腔的特点是什么？代表剧目《花为媒》应如何表现？
2. 你还知道哪些新派代表剧目？试谈谈剧中人物该如何表现？

第二节　河北梆子

一、剧种概述

河北梆子是河北省的主要地方剧种，是梆子腔的一种。河北梆子根植于有着深厚文化底蕴的燕赵大地，唱腔高亢激越、婉转悠扬、慷慨悲歌、韵味醇厚，最适于表达戏曲悲剧的崇高美，是河北文化艺术的奇葩。河北梆子流传于京津、河北、山东、河南、上海、武汉、东北以及内蒙古等地，有着广泛的群众基础。2006 年 5 月，河北梆子经国务院批准，列入第一批国家级非物质文化遗产名录。

河北梆子分为生、旦、净、丑四行。生行分胡子生、小生、武生，胡子生在生行之中占首要位置。河北梆子的唱腔属板腔体，主要板式有慢板、二六板、流水板、尖板、哭板以及各种引板和收板等。大慢板善于表现人物的忧愁、缅怀、沉思等情绪。正调二六板从容舒展，如行云流水。而反调二六板则哀怨缠绵、凄楚悱恻。大部分曲牌主要用来渲染剧中的环境气氛，伴奏人物的舞蹈动作。河北梆子唱腔高亢激越、悠扬婉转，伴奏铿锵有力，善于表现慷慨悲愤的感情，具有浓厚的抒情韵味。河北梆子剧本通俗易懂，多为河北地方口语，富有浓厚的河北乡土气息，河北梆子有500多个丰富多彩的传统剧目。

1. 行当

青衣又称“正旦”，其表演讲究端庄稳重，有三不露的规范要求，即行不露足，举不露手，笑不露齿。青衣极重唱功，不尚做功。由于所扮演的角色多系性格善良贤惠、命运悲惨的女性，故擅演悲剧。其应工的角色如《窦娥冤》中的窦娥、《走雪山》中的曹瑞莲、《铡美案》中的秦香莲、《桑园会》中的白氏等。在剧中多穿黑色服装，但在少数传统剧目中也有穿白衫的青衣，如《祭江》中的孙尚香、《白蛇传》中的白素贞等。

2. 流派

齐花坦是河北省著名的河北梆子表演艺术家、国家一级演员、“四大名旦”之一荀慧生的入室弟子，是国家级“非遗”传承人之一、享受国务院政府特殊津贴专家。她演出近百个剧目，塑造了花旦、闺门旦、刀马旦、青衣等行当的不同人物，形成了自己的表演艺术风格。她扮相俏丽、身段优美、嗓音甜润、基本功扎实，表演载歌载舞，文武兼修，情绪饱满，高亢激昂的唱腔中蕴含着缠绵、欢乐，擅长塑造情感细腻丰富的人物。她主演的《宝莲灯》《蝴蝶杯》《窦娥冤》等剧目闻名全国，曾多次受到毛主席、周总理、朱德委员长等老一辈革命家的亲切接见。在电影《再生记》中饰女主角黄梅英，在戏剧艺术片《宝莲灯》中饰三圣母，均是有独创性的表演，舞台形象神采奕奕，妩媚动人，轰动全国；《窦娥冤》《蝴蝶杯》曾获省级表演一等奖和优秀剧目奖，不少剧目已拍成电影、电视艺术片或录制成音像，在国内外广为流传，是一位德艺双馨的著名表演艺术家。

二、代表作介绍

宋元南戏产生于浙江的温州以及福建的泉州、福州一带，城市经济的繁荣和民间表演技艺的兴盛为南戏的产生创造了良好的条件。南戏作家笔下最突出的内容是抨击封建统治阶级，伸张正义，表达劳动人民的愿望和要求，提倡婚姻自主。如《祝英台》《崔莺莺西厢记》等。元杂剧又称北杂剧，形成于宋末，繁盛于元大德年间，主要代表作家有关汉卿、王实甫、马致远、白朴等，主要代表作有《窦娥冤》《汉宫秋》《西厢记》等。其内容以反映人民疾苦为主，且将现实主义与浪漫主义结合在一起，主线明确，人物鲜明。其结构上最显著的特色是四折一楔子和“一人主唱”，它对后世戏曲的影响极为深远。

《宝莲灯》是一出神话剧，又叫《劈山救母》，源自宋元南戏《刘锡沉香太子》和元人杂剧《沉香太子劈华山》，《宝莲灯》是一曲天神世人喜结良缘、沉香救母惩恶扬善的赞歌，河北梆子《宝莲灯》对剧情以及人物身份有所改编，这出戏在民间流传甚广，久演不衰。

剧情为华山之上，恶瘴时起，伤害生灵。圣母常以宝莲神灯排除瘴雾，因此万物得安。采药人刘彦昌仰慕圣母解救生灵之德，圣母爱慕刘彦昌济世之行，二人志同道合、相亲相慕，愿缔良缘。玉帝护法真君二郎神闻之，横加干涉，被圣母用神灯逼退。之后圣母与刘彦昌结为夫妇，夫妻和睦，相敬如宾。一年后，生子沉香。众人感激刘彦昌夫妇救死扶伤之恩，前往祝贺。二郎神趁圣母与众仙、众人欢度生子百日之时，命哮天犬盗走宝莲灯，因而擒获圣母，压于华山之下。沉香被霹雳大仙救走，授以武艺。十五岁时，因为帮助一个为母治病的村女采灵芝，对自己的身世心生疑惑。霹雳大仙告知其真相后，沉香不惧山路凶险，前往华山救母。霹雳大仙为了考验沉香的救母意志，施动法力，变幻出猛虎飞龙，一一被沉香擒获，并获得面虎充饥、神斧助力。在圣母庙偶遇行医济世的刘彦昌，父子二人凭借红纱相认。众仙助战，白猿趁机盗取宝莲灯，沉香斧劈华山，救出生母。一家人分别十五载终得团圆。

《宝莲灯》是一出经典老戏，自清代以来在民间流传甚广。由河北省河北梆子剧院1960年改编的久演不衰的新版《宝莲灯》，创作于1959年，1960年首演成功，毛泽东等领导人观看后赞赏有加。1976年由北京电影制片厂拍成舞台艺术片。2012年11月荣获文化部“第二届优秀保留剧目大奖”。《宝莲灯》成为河北梆子剧院各个时期的演出团的看家戏。通过该剧的演出，使河北省河北梆子剧院培养造就了裴艳玲、齐花坦、田春鸟、周春山、刘凤岭、王云菊、邱瑞德等一大批艺术家。五十多年来，演遍大半个中国，红遍东南亚。

河北梆子《宝莲灯》是剧作家王昌言在传统剧目《劈山救母》的基础上，参照赵青的舞剧《宝莲灯》改编而成。剧情摒弃了“一夫二妻”的情节，主题更加鲜明，剧情更为集中；剧中刘彦昌的身份，由书生改为一位民间医生，不仅使他上山采药邂逅三圣母的情节更加合理，而且草根医生与三圣母的身份反差更大，二人的结合更为感人。剧中吸收了舞剧中的红绸舞、扇子舞、孔雀舞表演，又从武术中化用了舞剑，音乐设计突破了传统唱腔板式，吸收了昆曲及民歌旋律，使河北梆子的高亢悲壮中增添了缠绵、欢快的成分。全剧载歌载舞，欣赏性很强。舞台美术也有了许多重大突破。演员也集中了全剧团的精华，裴艳玲饰沉香，韩淑英、齐花坦饰三圣母。河北梆子《宝莲灯》到目前为止已经演出了1400余场。传承五十载，沉香依旧浓，《宝莲灯》还创下了河北省河北梆子剧院建院以来涉及省市最广、时间最长、规模最大、演出场次最多、反响最强烈的演出纪录。河北艺术职业学院将《宝莲灯》作为重点教学剧目，为戏曲事业的传承培养了一批又一批的人才。

1. 经典唱段

【华山修炼春复秋】

华山修炼春复秋，白云青松作伴俦，山间时有恶瘴起，万物为此锁眉头。听那厢，林中析析樵声远，再看那茅舍炊烟飘云天，阡陌间耕桑男女相随伴，惹得我清净之心起波澜。

寂寥清淡神仙界，怎比得人间幸福万千？我欲乘风去，置身在人间，扶济众生困，神灯保平安。但求有朝遂心愿，怕什么仙规重重法森严！又见他不辞艰险采灵药，荷锄携篮上山巅。

【好一个采药人，情深意远】

好一个采药人，情深意远！诗句儿好似琴瑟对我轻弹，移步儿下莲台，把他仔细看。貌端正神清秀惹人爱怜。采灵药济世人勤劳善良，五年间如一日从不偷闲。终日里入深山无人相伴，药书岂能够伴君眠，我和他志同道合称心愿，相亲相慕有情缘。对此情不由我心花缭乱，怕的是二郎兄从中阻拦。还需要巧安排以防后患。山风吹来阵阵冷，用红纱我与他遮身取暖。

2. 作品鉴赏

(1)《宝莲灯》

三圣母是瑶姬的第三个女儿、二郎神杨戬与杨昭的三妹、玉皇大帝的外甥女，名叫杨莲。在二哥拯救母亲对抗天界之时，成为宝莲灯法宝的持有者。天界败于杨戬之时，将杨戬册封为二郎真君，杨莲册封为西岳华山的三圣母，享受人间香火。成为神仙后，三圣母居住于西岳华山上的圣母宫里。三圣母聪明美丽，心地善良，在她的关照下，人间风调雨顺，五谷丰登。百姓十分感激她，尊称她为“华岳三娘娘”。美丽端庄的华岳三娘，不但是世人心目中的爱情女神，还是人们心中的福神。

在河北梆子《宝莲灯》中，齐花坦塑造了一个全新的三圣母形象。三圣母完全打破了行当的界限，把花旦、闺门旦、青衣、刀马旦各路角色的表演技巧融会贯通，塑造出一个由神到人，具有丰富心灵世界的艺术形象。“华山修炼春复秋，白云青松作伴俦，山间时有恶瘴起，万物为此锁眉头。”众仙女翩翩起舞，众星捧月一般出场的三圣母是个高贵的女神，手持宝莲灯，退却山间雾瘴。“听那厢林中柝柝樵声远，再看那茅舍炊烟飘云天，阡陌间耕桑男女相随伴，惹得我清净之心起波澜。”她身边有那么多侍女，是不应该有思凡之心的，可她又是个情感丰富的少女。齐花坦把高贵而多情的三圣母在华山修炼的心烦、无奈通过眼神、动作、唱腔表现出来，为后面的感情萌动奠定了基础。在那一刻，她忘记了身边的侍女，完全是一个纯真少女的情态。她意识到侍女在偷偷看她后，马上恢复了圣母的庄重威严，“侍儿们，你等庙外游玩去吧”！把侍女们打发走后她又恢复了少女的神情，浮想联翩。“做神仙不过是寂寥清淡，怎比在人间幸福万千。我欲乘风去，置身在人间，扶济众生困，神灯保平安。但求有朝遂心愿，怕什么仙规重重法森严！又见他不辞艰险采灵药，荷锄携篮上山巅。”尤其是在见到刘彦昌红纱题诗后，“君退瘴雾吾采药，利人济物两心同”，济世救人的善良使他们走到一起，相亲相慕。“好一个采药人情深意远，诗句儿比琵琶对我轻弹”，细腻丰富的感情世界通过婉转流畅的唱腔和变换多姿的红绸舞体现出来，给人以纯美的艺术享受。“仙配”一场三圣母的红绸舞，轻盈、高飘、华美，飞舞变幻的红绸很好地展现了她仙山寂寞、起伏不定的内心世界，也展现了她找到志同道合的心上人后激动的难以抑制的幸福心情。沉香百日，仙人同贺，宴会上喜气洋洋，仙女跳舞，圣母舞剑，从武术中化用了舞剑，刚柔相济，流畅娴熟，体现了三圣母的高超武艺和演员的深厚功底，把观众带入了欢乐祥和的艺术世界。三圣母的形象既高贵优雅又纯真多情、美丽善良，大胆追求自己的自由和幸福，具有一种叛逆精神，适合用激昂慷慨的河北梆子来诠释。

此剧之所以成为经典剧目，还在于其他人物形象也很出彩。青年刘彦昌的扮演者田春鸟，扮相潇洒、嗓音脆亮，风流儒雅，唱段扮相堪称一流，把真假嗓的混合声唱得通透自如，韵味醇厚，飘逸潇洒，展现出原汁原味的河北梆子风采。裴艳玲则将一个性情憨厚、朴实无华、力大无比、武艺超群的沉香刻画得栩栩如生，光彩照人。她的嗓音高亢嘹亮，行腔似行云流水，武功出众，表演出神入化。同时，众仙女的舞蹈轻盈飘逸，把观众带到了如梦如幻的仙境；众仙和众神将的武戏对打也是精彩连连。整部戏精彩的人物塑造使得戏剧高潮迭起，看点颇多。

《宝莲灯》的情节源于宋元南戏《刘锡沉香太子》和元人杂剧《沉香太子劈华山》，王昌言成功将其改编为一部主题积极、内容健康、表演上乘的精品剧目。河北省梆子剧院推陈出新，挖掘梆子的传统精髓，充分发挥各行当角色在性格塑造和艺术技巧上的优势，使之成为一部故事生动、唱腔优美、武打精彩、载歌载舞的神话剧。该剧有三大突出特点：

①剧情曲折生动，跌宕起伏；唱念做打，结合精彩。

全剧共五场，第一场【仙配】，第二场【遇害】，第三场【下山】，第四场【庙遇】，第五场【救母】。以【仙配】展开仙凡相配的美丽爱情故事，随着圣母【遇害】，沉香【下山】，沉香与刘彦昌【庙遇】，情节波澜起伏，主要人物依次登场亮相，剧情环环相扣。对三圣母的美丽多情、刘彦昌的勤劳善良、二郎神的凶狠冷酷及沉香的疾恶如仇都有很好的展现。

剧中几场戏处理得十分精彩：

【仙配】——这场戏演的是三圣母和刘彦昌仙凡相遇，“君退瘴雾吾采药，利人济物两心同”，济世救人的善良使他们走到一起，相亲相慕。“做神仙不过是寂寥清淡，怎比在人间幸福万千”，华山修炼多年的三圣母高贵而多情，忽而纯真，忽而威严。尤其是在见到刘彦昌之后，“好一个采药人情深意远，诗句儿比琵琶对我轻弹”，舞动红绸舞体现其丰富的感情世界，给人以纯美的艺术享受。青年刘彦昌的扮演者田春鸟精气十足，扮相潇洒、嗓音脆亮。众仙女的舞蹈轻盈飘逸，也是这场戏的一个亮点。

【下山】——这出戏演的是沉香跟随霹雳大仙学习武艺十五载，了解自己的身世后，不惧山路凶险，前往华山救母。在这场戏中霹雳大仙为了考验沉香的救母意志，施动法力，变幻出猛虎飞龙，被沉香擒获，并获得面虎充饥、神斧助力。在情节上，为沉香劈山救母埋下伏笔。电影中扮演沉香的裴艳玲，在下山这场戏，前后 40 分钟，她一气呵成，表演走边、舞剑、捉虎吃虎，一气拧了 40 多个“旋子”，创造了她艺术生涯中的又一个奇迹。裴艳玲的武功非常出色，动作轻盈灵动、身上干净利索，把力大无比、武艺超群的沉香刻画得栩栩如生、光彩照人。

【救母】——这场戏是全剧的高潮戏，也是结局。演的是众仙助战，白猿趁机盗取宝莲灯，沉香斧劈华山，救出生母，一家人分别十五载终得团圆，带给观众以美好愿望终得实现的满足感。这出戏中的武戏是本剧的又一亮点，打出了人物，打出了感情，亮出了绝活。白兔、鹿、鹤、喜鹊、白猿与神将对打武戏都体现出各有各的特色技巧。剧中的戏曲武艺绝活多达十余个，对直扑虎、转扑虎等动作都进行了更高难度的创新。在白猿盗灯时一排“小翻”拔地而起，然后“满子顶”落在两米高的椅背上，这些动作精益求精。

唱念做打是中国戏曲独特的艺术语言方式。本剧将唱念做打有机结合起来，文场与武场错落有致，观众可以在扣人心弦的戏剧冲突中尽情体验艺术鉴赏的愉悦。

②华美流畅、载歌载舞的表现形式。

河北梆子是一项集音乐、舞蹈、诗歌、绘画等于一体的综合艺术，而《宝莲灯》就吸收了舞剧中的红绸舞、扇子舞、孔雀舞表演，并从武术中化用了舞剑。在“仙山层叠耸九天，暮钟朝罄漾云端”的歌唱声中，众仙女行云流水般的跑圆场，再加上翻飞飘柔的芸肘翩翩起舞，让观众立刻从舞蹈中看到了钟云雾飘渺的仙山景象。“仙配”一场三圣母的红绸舞，要求轻、高、美，飞舞变幻的红绸很好地展现了她仙山寂寞起伏不定的内心世界，展现了她找到志同道合的心上人后幸福而激动的心情。沉香百日，众人到贺，众仙女翩翩起舞，音乐采用河北民歌的曲调，舞姿曼妙，宴会上喜气洋洋，把观众带入了欢乐祥和的世界。演出进行中，掌声不断响起，其中不乏持久的鼓掌和叫好声。仅在“圣母舞剑”这一段不长的戏份中，便有多次掌声。事实上，这个戏的舞蹈之所以为老百姓所接受，首先在于它是戏曲化的、写意性的，既烘托了气氛，又突出了剧情人物，收到了很好的艺术效果。

③除此之外，独唱、合唱、对唱、知名演员在幕后的领唱、伴唱，多种形式的演唱形式，使得剧作更富艺术魅力。

（2）《钟馗》

穷书生钟馗在赴考途中为救杜平遭恶鬼毁容。大比之后杨国松对钟馗抨击时弊的试卷心怀不满，在殿试之中以钟馗貌丑为由对其百般刁难。刚烈的钟馗愤然撞柱身亡，好友杜平冒死为其埋尸立碑。天帝感钟馗生性刚直，蒙冤受屈，封其为捉鬼大神。钟馗感杜平埋骨之恩，又念其为人仗义，将小妹许配于他。寅夜间率众鬼卒送妹至杜家，而后去终南山赴任。全剧讴歌了正义，鞭挞了邪恶。此剧由裴艳玲主演。

（3）《哪吒》

殷商纣王无道。东海恶龙趁机到人间作乱。太乙真人派弟子灵珠子下凡人间，降世为李靖之子，授予其法宝，并为其取名哪吒，命其为民除害。龙王寿辰，龙子到人间劫夺童子，哪吒将龙子打死。龙王来找李靖索子偿命，李靖怕伤及百姓，只好命哪吒交出法宝。龙王不许，水淹陈塘关。哪吒为大局着想，自刎以退凶龙。太乙真人心疼爱徒，给其莲花之身，助周伐纣。百姓感谢哪吒救命之恩，兴修庙堂。龙王得知哪吒未死，又来报仇。哪吒孤身闹海，伏水族，降恶龙，终为百姓争来风调雨顺、天下太平。此剧由裴艳玲主演。

（4）《窦娥冤》

楚州大旱三年，钦官窦天章疑有冤案，未想到被冤者竟是他失散多年的女儿窦端云，待父女相见已是阴阳两界。窦端云鬼魂向窦天章申诉冤情始末——泼皮无赖张驴儿父子欲霸娶窦娥婆媳，不从，张驴儿便起杀人之心，将毒药放入羊肚汤，张父误食，毙命。张驴儿反诬窦娥，并贿赂太守桃杌，逼迫窦娥屈招，定成死罪。临刑之时，窦娥对天发下三桩誓愿：血溅白绫、六月飞雪、三年大旱。三年后，窦天章重审冤案，张驴儿、桃杌等恶人受到应有的惩处，窦娥终得洗冤。此时，天降大雨。此剧为齐花坦代表作。

（5）《美狄亚》

远古希腊，美丽善良、坚毅的神女美狄亚是太阳神的孙女，又曾做月神的女祭司。她精通法术，手持神扇一把，能令日月升沉、江河改道。英俊勇敢、虚荣势利的王子伊阿宋，为了获得王位，不畏艰险去夺取金羊毛。美狄亚深爱着伊阿宋，以神扇制怪石、抵狂涛、斗火龙、攀峭壁，助伊阿宋夺得金羊毛。伊阿宋的叔父杀兄弑君篡位，又要把伊阿宋置于死地。美狄亚又以神扇救出了伊阿宋，二人逃往异国他乡，生儿育子。十三年过去了。伊阿宋为了重进王室，抛弃了美狄亚，和另一个国度的公主成了亲。悲愤、绝望的美狄亚最终以神扇毁灭了一切，惩罚了伊阿宋，吼出了全希腊女人们心底的血泪。该剧原著欧里庇得斯，改编姬君超，导演罗锦鳞，彭蕙蘅主演，此剧亦是其代表作。

（6）《孟姜女》

全剧以孟姜女的情感发展为线索，以春、夏、秋、冬四个章节，形成了散点式文本结构。全剧共分为【春梦】【夏怨】【秋思】【冬祭】四大幕，并用民间歌谣“四季歌”作为主体贯穿全剧。全剧以大写意的叙述方式，细腻的抒情笔调，将人物命运的“四季”与四季歌的变化凸显对应出来，塑造了一个全新的孟姜女的艺术形象。同时该剧还以一首以劳工为主体的长城劳作之歌突出人物命运和当时的时代背景的冲突，在命运的四季歌与劳工的命运曲交替回旋中展现出孟姜女与范喜良悲凉的爱情故事。此剧由河北艺术职业学院集聚国内顶级创作团队倾力打造，编剧为杨舒棠，由张曼君担任导演，彭蕙蘅领衔主演。此剧全方位融汇戏曲、音乐、舞蹈等各专业门类，由河北艺术职业学院各系师生组成演出班底，师生同台、专业联合的学院派特点以及青春靓丽的风格是此剧的又一大亮点。

附录：名家谈戏

唱河北梆子有个说法，叫“男怕二六，女怕搭调”。因为难度大，真嗓宽厚，假嗓尖细，相差悬殊。在真假声当中这个音区，“二六板”用得多，解决不好当中这“桥梁”，听起来就非常不自然。要吸收兄弟剧种优长，融入科学的咽音发声方法，让高低声混合发音，使唱腔低而不虚、高而不燥，情入腔、腔融情，唱出戏理、唱出人物。

——田春鸟：《河北梆子第一小生田春鸟》

河北梆子《宝莲灯》之所以好看，就是因为它将唱念做打有机结合起来，唱得精彩、念得精致、做得逼真、打得给力。在戏剧结构上，文与武、静与动、起承转合、虚实浓淡，处理得错落有致、井井有条，使得戏剧欣赏既轻松愉悦又赏心悦目，观众在此起彼伏、扣人心弦的戏剧冲突中与戏剧人物共同经历喜悦与悲苦、激愤与欢畅，尽情体验艺术鉴赏的愉悦，完成一次集体的情感体验。该剧在创作中坚持了“推陈出新”的方针，是戏曲艺术各个门类高度综合的结果。

——庞彦强谈《宝莲灯》

三圣母这一角色的表演融合了青衣、闺门旦、花旦、刀马旦等行当的表演，唱腔风格既传统又有所创新，既有老腔又吸收了新的元素，较传统的旦角表演有很大的突破。例如在三圣母出场【华山修炼春复秋】一折表演时，唱腔运用了小慢板、二六，再转小慢板、二六、流水散板，最后慢二六收住。板式的编排根据人物的情绪变化而变化，有所突破创新。表演上运用了红绸舞蹈，边唱边舞，运用腕力单抛、双抛、二龙戏珠、二龙戏水、双人字、左右云花等技巧，表现了三圣母寂寥清淡的修行生活，看到人间生活心生向往以及乘风下凡、扶危济贫的决心。在【好一个采药人情深意远】一折表演时，唱腔运用了导板、大慢板、满二六、快二六等唱腔板式，表现了三圣母对刘彦昌的倾慕、赞美之情以及对美好爱情的歌颂，唱段优美抒情、缠绵悱恻。三圣母第三段重要的表演是在第二场，为庆祝沉香百日之际，刘彦昌与三圣母大摆宴席，其中三圣母有一段双剑舞蹈。舞蹈通过帅、娇、脆的造型变化，舞姿矫健，快如流星，剑舞在大卧鱼后，下腰双剑花中结束，演员手眼身法步高度协调统一，悠然舒展、典雅华美，令观众赏心悦目。

——彭蕙蘅谈三圣母的表演心得

阅读与思考

1. 结合经典唱段【华山修炼春复秋】的唱词，分析三圣母的感情变化，你觉得应该运用哪些红绸舞技巧来表现这一人物细腻的内心世界？

2. 闺门旦的特点是什么？闺门旦与花旦、刀马旦有何区别？

第三节　晋剧《打金枝》

一、剧种概述

晋剧，又名山西梆子，山西四大梆子（北路梆子、中路梆子、上党梆子、蒲州梆子）之一。因产生于山西中部，故又称中路梆子，主要流传于山西中北部和内蒙、陕西、河北的部分地区，是山西影响最大、分布最广的剧种。晋剧在清朝道光、咸丰年间已盛行，它起源于蒲剧，由蒲州梆子北上晋中演变而成，受当地语言和民歌、秧歌等民间艺术的影响，风格独特。在发展过程中，晋剧保留了蒲州梆子慷慨激昂的艺术特色，同时形成了婉转细腻的抒情风格。晋剧的发展兴盛与晋商的崛起几乎同步，曾随山西商人走进了冀、陕、蒙、豫、甘等省及京、津等市，深受群众喜爱，故有“商路即戏路”之说。晋剧名家名角辈出，丁牛郭冀（丁果仙、牛桂英、郭凤英、冀美莲）享誉三晋。

晋剧的特点是旋律婉转、流畅，曲调优美、圆润、亲切，道白清晰，具有晋中地区浓郁的乡土气息。它的唱腔结构属于板腔体，分为“乱弹”“腔儿”“曲子”三类。表演形式有二人以上的“对唱”“轮唱”等，也有大段的独唱。晋剧的音乐丰富，板式变化极多，表现力强，既适合表现雄伟磅礴的场面，也适合演出风趣活泼的情节。晋剧的剧目繁多，传统的剧目有500多个，代表剧目有《打金枝》《下河东》《算粮》《明公断》《蝴蝶杯》等。晋剧的表现技巧也多姿多态且难度较大，如翎子功、帽翅功、鞭子功、梢子功等都很有特色。晋剧乐队分文、武场，文场乐器包括呼胡、二弦、三弦、四弦等；武场乐器包括鼓板、小锣、马锣、铙钹、梆子等。呼胡拉主旋律，二弦、三弦、四弦配合伴奏。晋剧的角色行当分传统的生、旦、花脸三大行为红（胡子生）、黑（花脸）、生、旦、丑五行。

二、代表作介绍

故事发生在唐朝中期。安史之乱爆发后，大将郭子仪任朔方节度使，率军收复洛阳、长安两京，功居平乱之首，封汾阳郡王。代宗时，又平定仆固怀恩叛乱，并说服回纥酋长，共破吐蕃，朝廷赖以为安。唐代宗为了向郭子仪表示恩宠，除了给予他优厚的礼遇外，还将自己的女儿升平公主嫁给其子郭暧为妻。本剧讲述的便是升平公主和郭暧婚后发生的一场矛盾及其前因后果。

剧情为唐代宗将女儿升平公主许配汾阳王郭子仪三子郭暧为妻。时值汾阳王花甲寿辰，儿孙纷纷前往拜寿，唯独升平公主不去拜寿，引起议论，郭怒而打了公主。公主进皇宫向父母哭诉，逼求代宗治罪郭暧。郭子仪绑子上殿请罪，唐代宗明事理、顾大局，不仅没有怪罪郭暧反而加封于他，并且免去了驸马拜见公主时的君臣礼仪和宫廷规矩。沈后劝婿责女，小夫妻消除前嫌，和好如初。

《打金枝》是晋剧的优秀代表剧目之一，是晋剧颇具特色和影响的剧目。该剧人物众多，场面恢宏，曲调丰富优美，表演真挚细腻，被誉为晋剧皇冠上的明珠。汉、徽、粤、桂、评、京等剧种均有此剧目。川剧名为《汾阳富贵》，湘剧名为《福寿山》，其他剧种还有称《百寿图》《醉打金枝》等剧名，内容与晋剧《打金枝》大同小异。

晋剧《打金枝》完善了“打金枝”的故事，并将之搬上了戏曲舞台，让人们在享受艺术的同时得到教化和启迪。它的形成经历了一个过程。首先是清代无名氏所撰传奇《庆丰收》（又名《三多记》），剧情叙郭子仪事，结尾部分有对郭子仪八十寿辰的描写，表现郭子仪的富贵寿考。然后是《满堂笏》（《打金枝》的旧称）这部戏，情节内容已经和《打金枝》基本相同。它结合了史料中郭暧夫妻争吵一事与《庆丰收》传奇郭子仪八十寿辰两个主要情节，并进一步在郭暧与升平公主口角相争的情节上加上了因升平公主没去给公爹拜寿而导致郭暧动手打公主的经典情节。剧本在赞颂郭子仪德高望重、代宗宽厚仁德的同时，首次提到了唐代宫廷礼仪与民间礼仪的冲突。至此，戏剧《打金枝》的框架结构已基本形成。最后是现代晋剧《打金枝》采用了《满床笏》的结构，剧本情节与唱词的处理更符合剧中各个角色鲜明的态度与个性。内容除了表现郭子仪不居功自傲，代宗明理仁厚，沈后贤淑善良，还表现了真挚的夫妻之情战胜了封建的等级观念，使作品更富有人文内涵，更适合现代人的审美情趣。

《打金枝》何时搬上晋剧舞台已无从考证。据史载，《打金枝》在清代各地方戏曲剧种中都已普遍演出。新中国成立前，晋剧《打金枝》是中路梆子各班社中必须具备的剧目，而且也是戏班每到一个新台口必演的头一场戏。因为此剧红、黑、生、旦、丑行当俱全，文武兼备，所以每逢寺庙开光、节庆庆贺、拜神还愿也常以《打金枝》作为首演剧目，以图吉祥喜庆。

新中国成立后，1952年举办全国戏曲观摩演出时，晋剧《打金枝》曾作为山西晋剧观摩演出剧目之一赴京献演。该剧因表现以江山社稷为重，提倡君臣团结、家庭和睦的鲜明主题受到观众的赞赏，荣获演出二等奖。丁果仙①因饰唐代宗获一等演员奖，并受到毛主席的亲切接见。

1955年，晋剧《打金枝》被改编并搬上了电影屏幕，它在全国的影响也随之扩大。之后，越剧、豫剧、黄梅戏、河北梆子和上党落子等剧种纷纷移植该剧，涌起了一股各地方院团争演、学演晋剧《打金枝》的热潮。

晋剧《打金枝》在后来的发展中，经过王爱爱、马玉楼、田桂兰、谢涛等艺术家的加工提升，在唱腔音乐处理和舞台表现手法方面都达到了一个新的高度，可谓常演常新。2009年晋剧《打金枝》参加庆祝中华人民共和国成立60周年的献礼演出，由六位梅花奖得主②同台献艺；2010年晋剧《打金枝》又参加上海世博会活动周精品剧目展演，均受到了专家和观众的肯定和好评。

---

① 晋剧著名表演艺术家丁果仙，原名丁步云，艺名“果子红”。她创造的晋剧须生“丁派”唱腔，对晋剧产生了深远的影响，促进了晋剧艺术的发展，故有“山西梆子大王”的称誉。

② 六位梅花奖得主为：史佳花、谢涛、苗洁、成凤英、武凌云、胡嫦娥。

1. 经典唱段

沈　后　（唱）：　在宫院我领了万岁的旨意，
上前去劝一劝驸马爱女婿。
劝驸马你休发少年的脾气，
国母我爱女儿更疼女婿。
我的女不拜寿是她无有礼，
你不该吃酒带醉，
怒气冲冲进宫去打骂你妻。
你的父官高在王位，
劳苦功高不自居。
你父皇爱你聪明心欢喜，
才将我升平公主许你为妻。
公主自幼长宫里，
从小与我不分离，
娇惯成性不明理，
我与你父皇说重了她还不依。
我养的女儿不成器，
驸马你担待这一回，
常言道当面教训子，
背地里无人你再教妻。
你欺她，她压你，
谁也不肯把头低，
你让她，她让你，
知冷知热好夫妻。

沈　后　（唱）：　互相恩爱有情意，
免了多少闲是非，
国母我讲话全为你，
愿你们相亲相爱和和气气，
白头到老永不分离。
劝罢男来再劝女，
不肖的蠢材听仔细，
假若你父皇寿诞期，
驸马他不来你依不依？
手压胸膛想情理，
你何不将人比自己？
你虽是皇家帝王女，

嫁到民间是民妻，
从今往后要留意，
赔情认错不为低。
国母我嘱咐你要牢牢谨记，
从今后夫妻二人和和美美。
数说闺女劝女婿，
尘世上家家户户是一样的。

2. 作品鉴赏

升平公主是《打金枝》这部戏中很重要的一个人物。她的骄矜傲慢和伶俐可爱是每个演员在塑造这个人物形象时必须注意把握的两点。升平公主是帝王之女，贵为金枝玉叶，她恃势高傲、不肯屈尊。公公汾阳王寿诞，她本想同驸马一起去拜寿，但是碍于君臣身份，将宫门上的红灯高挂起。她这样做的唯一依据就是“盘古至今一个理，君拜臣来使不得”的封建等级制度思想。作为人妻，公公寿诞却不前往叩拜，结果遭致驸马的责问，并挨了打。

在升平公主戏份最重的《闹宫》这出戏中，她的心理活动和形象是通过她丰富的外部动作和表情表现出来的。这场戏中公主跑着小碎步，哭哭啼啼地上场向父皇和母后诉说自己的委屈。当代宗和沈后责骂她应该去给公爹拜寿时，公主立刻撇起嘴，拉下脸来掩面啼哭。面对父母的不理不睬，公主东瞧瞧代宗，西瞧瞧沈后，对代宗两手叉腰，手指其背，嘴里面嘟嘟囔囔，好像念念有词，然后又是踱步，又是搓手，突然双手一拍，眼睛一亮，点头微笑，似乎有了主意。只见她拉拉沈后，撅起嘴巴，又哭哭啼啼起来。沈后爱女心切，只好劝说代宗遂了女儿的意，违心地说了声“拜不得”。接着公主又摸着脸庞，哭诉着自己是如何被打，还举举拳头、踢踢脚比划着。当验过无伤时，又不得代宗理睬，公主上前拉扯，代宗怒而推之。公主气得甩水袖、打椅子，手指代宗，恰好这时代宗转过身来，吓得公主赶快拽拽手指，假装是在玩耍。而后公主又扭着腰、摆着水袖在代宗面前撒娇，将驸马言说江山是郭家争来的话向父皇告状。谁知代宗却回答“也可以说是争来的”，失望的公主再次撇嘴、摇头，哭闹不止，直到代宗说了声“留下的”才肯罢休。升平公主的不依不饶使代宗佯装恼羞成怒，要处死郭暧，这可把公主吓坏了，赶忙跪在地上扯龙衣，劝说父皇手下留情，“莫说驸马他说儿我几句，他纵然打儿几下那该怎的。一来是驸马吃酒带醉生了气，二来是我少年的夫妻争吵几句，我们是玩耍哩……”这时的公主是那么可爱，为了爱可以放下公主的架子，甚至连她一直维护的封建法则也可以不管不顾了。尤其是当说到处死驸马自己从此就要“寡居”时，年轻的公主突然双手掩面、水袖一甩害羞地躲走了。对升平公主在此场中的特定心态，演员要把握得很清晰——开始气势汹汹地告状，要求严惩郭暧，这是为自己出口气的复仇心态；但听说代宗要斩郭暧首级，马上又出面救夫，这是考虑后果的冷静心态。这样的表演既层次分明，又表现了公主的可气与可爱。

在最后一场戏《劝宫》中，代宗不仅要升平公主随驸马给公爹拜寿，而且免除了驸马见公主时的所有宫廷规矩和君臣礼仪，升平公主自然很不乐意。当郭暧向升平公主赔礼道歉时，升平公主开始不理不睬，但她最终还是接受了事实，虽然宫廷礼仪免掉了，自己的虎威没有了，但是却换来了夫妻间的正常相处和家庭和睦，这位盛气凌人的公主的形象在观众心目中也变得越来越可爱了。

《打金枝》是一部脍炙人口的古典喜剧，这部戏的行当齐全、唱做并重，剧中人物精彩的演唱和细腻的做功都给观众留下了深刻的印象。

先说唱功。一出戏中由于人物的行当、身份性格不同，为人处事的方法不同，演员的唱词和演唱时的表情、用嗓用气、抑扬顿挫、轻重缓急等自然也不同。《打金枝》这部戏中，演员通过个性化的唱腔和演唱使剧中的人物形象刻画精准，深入人心。

剧中的唐代宗襟怀大度、深沉睿智，他的唱腔始终豪放抒情、平稳自如，表现了开明君主的豁达心胸，也符合须生的唱腔特点。如《闹宫》一场中代宗一出场叙述江山得来不易和郭子仪功高无比的唱腔就很舒缓，而当升平公主前来哭诉委屈时，代宗训女责女的唱腔也以豪放为主。

沈后在剧中是青衣当行，她的唱腔悠扬、委婉、深沉，自始至终都比较平稳，没有大的波动。其中，沈后责女劝婿的唱腔是《打金枝》这出戏中最经典和最为观众所熟悉的：“……你欺她，她压你，谁也不肯把头低，你让她，她让你，知冷知热好夫妻……。”这段数说闺女劝女婿的唱腔，需要演员不紧不慢、轻声细语、娓娓道来，显示了国母的温和慈爱、大度明理。细细听来，整段唱腔似唱犹说、声情并茂、韵味醇厚，感染力强。一句句深情的话语入情入理，一句句悦耳的唱腔沁人心脾，使观众在观剧、受到道德教化的同时得到了一番美的艺术享受。

郭子仪的身份是元老大臣，他位高权重，行事稳健，但是为儿子请罪，心急如焚。所以他的演唱既有花脸唱腔粗犷豪放、苍劲有力的特点又略带急促，怨中带愤、愤中含忧。怨儿子年轻不懂事打了公主、闯下大祸，愤儿子犯下大错不知悔改、仍然意气用事，忧儿子前途未卜、生死难料，反映了一位老父亲的爱子之心和沉重心情。

升平公主在剧中是小旦当行，她的扮相俏丽华贵，唱腔清新婉转。但是由于剧中她贵为公主，年纪又很轻，所以要求演员在演唱时声音中要有一些“横”和“嗲”的味道，表现公主的稚气可爱、刁蛮任性。如她在驸马面前自尊自贵不给公爹拜寿的行为，以及“你父是何人我是谁?”等言语是她横的表现，而进皇宫后向父皇母后哭诉撒娇又体现了她的娇惯和任性。

郭暧在剧中是小生当行，他扮相潇洒，眉宇间透着英武之气，喜怒哀乐中又流露出孩童的稚气。他贵为当朝驸马，又是将门之子，唱腔高昂激越、铿锵有力，有时语速略快些，突出了他的年轻倔强和急躁冲动。

再说做功。晋剧《打金枝》做功的特点是表演非常细腻，好多动作表情都含有特殊的用意，恰如其分地表现了人物的心理。如果不深入剧情细心观察，是体会不出其妙用的。

如《打宫》一场戏中因升平公主未给公爹郭子仪拜寿，郭暧在寿宴上受到了兄弟们的羞辱，于是怒气冲冲地赶回家，打破红灯，在此处他连续做了瞪、甩、指、打四个动作来发泄心中的怨气。首先郭暧进宫向公主行君臣之礼，当公主笑脸相扶时，郭暧瞪了公主一眼，甩袖而坐；接着是公主向郭暧询问生气的缘由，此处郭暧右手食指和中指并拢指向公主，唱道“我生气就是为了你”；然后是公主和郭暧二人就公主该不该拜寿各执一词，以至于引出了江山是如何得来的重大话题；最后郭暧忍无可忍，动手打了公主。四个动作连贯，切合剧情，将郭暧当时的愤怒情绪和动作由低到高、由小到大地展现出来，既推动了剧情的发展，使剧情扣人心弦，同时也对塑造郭暧年轻倔强、意气用事的形象起到了关键作用。

又如，《劝宫》这一场中，代宗将驸马拜见公主的一切宫廷礼仪全部免除，而且还有一段让郭暧非常感动的唱词。“她与那庶民百姓一样的，从今后我女得罪你，你将她上用拳打，下用脚踢，拳打脚踢王不怪你。”在演唱这一段时，许多演员都表现出一副庄重严肃的神态，而且也没有动作的配合。但是晋剧大师丁果仙却敢于推陈出新，根据剧情情境和人物性格创造性地表演。当代宗唱到“拳打脚踢王不怪你”一句时，用温和而又带有启发性的目光迎视郭暧，收缩右手，只剩食指，做旋转的手势。手指向下方，是要让女婿心领神会，知道自己的良苦用心，知道自己表面上向着女婿，实际上还是不许女婿真打公主。这一段细腻传神的表演显示了代宗的潇洒大度、风趣幽默，至今还为人们所称道。

附录：名家谈戏

对传统名剧的再加工应该吃透原作，把握原作的题材风格，美化而不失原味。此次演出中我认为音乐处理最好的一段是戏的结局沈后劝说公主的大段唱腔。作曲家准确把握这个名段的基本特征“劝说”，语调和蔼亲切，语重心长。配器很清晰，衬托出沈后的娓娓道来的语调和情怀。现场观众在听唱，却感到唱中有唱，说中有唱，唱者和风细雨，听者入耳入心，使这个经典唱段更加精彩传神，这是把握唱段风格取得的成功。戏曲的唱从来都是既讲情，又讲境，就是心境和语境。给每段唱腔营造特定的语言环境，平和的唱腔出味儿，激昂的唱腔出劲儿，幽默的唱腔出趣儿，不同的境界给观众不同感受，丰富才能多彩，不能一味地拔高拉长，追求掌声效果。

——安志强：《六朵“梅花”馨香扑鼻》

这出戏整体感觉是精练。近些年，在戏曲舞台上，为了博得观众的认同，演员唱腔多数使用长腔，京剧界尤其如此。是否真的需要使劲地跺台板、甩长腔才能够表明自己是一位表演艺术家吗？不是这样的。但它现在确实在影响着各个剧种。这是一种现象，需要重视。事实上，我们有非常优秀的演员。他们在舞台上兢兢业业，演出了许多剧目，塑造了大量角色，但近些年他们没有给观众留下印象深刻的角色。这说明我们的创作理念出现了问题。通过观看此次梅花版《打金枝》，我发现该剧几位主演继承了老艺术家的演唱技巧，细腻地开掘人物，以唱腔艺术准确表达人物的内心情感，不是仅仅用高腔、长腔，而是凭借音色、旋律等巧妙细微的变化来表现人物的内心情感。这点突出体现在史佳花和谢涛两位演员的演唱中。比如史佳花清板的演唱、谢涛夹白夹叙的演唱都在《打金枝》中得到了很好的体现。这种现象值得戏曲艺术界认真研究，戏曲唱腔究竟应朝着哪个方向发展。梅花版《打金枝》在该问题上为我们提供了一种可供参考的实例。

在肯定的同时，我提出一点意见希望与大家共同探讨。《打金枝》是一出宫廷平民化的剧目。虽然演的是唐代宗、郭子仪这些名门贵胄，但它是老百姓的生活。这出戏之所以深入民间也源于此。再次将之搬上舞台的时候，仍该强化这一特点。现在的问题突出表现在音乐上。音乐的音响效果好、伴奏也尽心尽力，整体上良好，但由于创作理念的问题，使交响效果尤其是和声效果有一种宫廷的感觉，这种效果游离出该剧的平民化风格。在创作理念上倾向于宫廷化的处理，是不是想以此来提升该剧的品位？这个问题是值得研究、推敲的。我认为，如果伴奏能更好地发挥本剧种独特乐器的演奏特色，那么舞台效果可能会更好。

——赵景勃：《感受经典　托举经典》

阅读与思考

1. 假如《打金枝》以“公主告状成功，郭暧被治罪”收场，结果会怎样？

2. 将《打金枝》一剧中的故事情节和人物形象与历史进行对照，思考历史真实和艺术真实之间的关系。

第四节　黄梅戏《天仙配》

一、剧种概述

黄梅戏属于安徽省地方戏曲剧种，位列中国五大剧种之一。原名黄梅调，又称采茶戏、花鼓戏、化谷戏、茶篮戏、二高腔等。

黄梅戏于清道光、咸丰年间形成于安徽安庆，与湖北黄梅县采茶戏有渊源关系，是在皖、鄂、赣三省毗邻地区以黄梅县采茶调为主的民间歌舞基础上发展而成。可以说黄梅戏起源于湖北黄梅县，而发展成长于安徽安庆地区。如今已流布于安徽、江苏、福建、江西、湖北、台湾等省，被誉为“山野吹来的风”。

1. 行当

黄梅戏角色行当的体制是在“二小戏”“三小戏”的基础上发展起来的。上演整本大戏后，角色行当才逐渐发展成正旦、正生、小旦、小生、小丑、老旦、奶生、花脸诸行。辛亥革命前后，角色行当分工被归纳为上四脚和下四脚。

（1）上四脚

正旦（青衣）——扮演庄重、正派的成年妇女，重唱功，表演要求稳重大方。所扮演的角色如《荞麦记》中的王三女、《罗帕记》中的陈赛金、《渔网会母》的陈氏等。

老生（白须）、正生（黑须）——合称挂须，有黑白须之分，一般黑须称正生，白须称老生。重唱念，讲究喷口、吐字铿锵有力。所扮演的角色如《荞麦记》中的徐文进、《告经承》的张朝宗、《桐城奇案》的张柏龄等。

花脸——黄梅戏中花脸专功戏极少，除在大本戏中扮演包拯之类的角色外，多扮演恶霸、寨主之类的角色，如《卖花记》的草鼎、《二龙山》的于彪等。

（2）下四脚

小生——多扮演青少年男子，用大嗓演唱，表演时常执折扇。扮演的角色如《罗帕记》的王科举、《春香闹学》的王金荣、《女驸马》的李兆廷、《天仙配》的董永等。

花旦——小旦，又称花旦，多扮演活泼、多情的少女或少妇，要求唱做并重，念白多用小白（安庆官话），声调脆嫩甜美，表演时常执手帕、扇子之类，舞动简单的巾帕花、扇子花。所扮演的角色如《打猪草》中的陶金花、《游春》中的赵翠花、《小辞店》中的刘凤英等。演出整本大戏后，小旦行又细分出闺门旦及专演丫鬟的行当“捧托”。旦行是黄梅戏的主要行当，旧有“一旦挑一班”之说。

小丑——分小丑、老丑、女丑（彩旦）三小行。在黄梅戏中，丑行比较受欢迎。为帮助演出，小丑常拿着一根七八寸长的旱烟袋，老丑则拿着一根二三尺长的长烟袋，插科打诨，调节演出气氛。扮演的角色如《打豆腐》中的王小六、《钓蛤蟆》中的杨三笑等。

老旦——扮演老年妇女，在戏中多为配角。如《荞麦记》中的王夫人。

行当搭配基本上是正旦、正生、小旦、小生、小丑、老旦、花脸七行。行当虽有分工，但很少有人专攻一行。由于班社人少，演整本大戏时，常常是一个演员要兼扮几个角色，因而在黄梅戏中，戏内角色虽有行当规范，但演员却没有严格分行。

2. 名家

《天仙配》之于黄梅戏，就如同《梁祝》之于越剧、《花木兰》之于豫剧、《花为媒》之于评剧，其重中之重，可以想象。《天仙配》又名《七仙女下凡》，由剧作家陆洪非根据老艺人胡玉庭之口述改编而成。1954 年，该剧参加华东区戏曲观摩演出大会，获优秀演出奖、剧本奖、导演奖、音乐奖，饰七仙女的严凤英、饰董永的王少舫获演员一等奖。1955 年，上海电影制片厂出品，由桑弧执笔改编剧本，石挥导演，严凤英、王少舫主演的《天仙配》的上演在中国掀起了“黄梅戏热”和“严凤英热”。二十几岁的严凤英，一下子成了亿万人民爱戴的表演艺术家。黄梅戏《天仙配》的巨大成功，带动了香港数十年来黄梅戏电影的繁荣。

曾经饰演《天仙配》的代表人物有严凤英、王少舫、马兰等著名演员。

（1）严凤英

严凤英，安徽桐城罗家岭人，1930年出生，本名黛峰。12岁拜桐城人严云高学唱黄梅戏，不久便在业余班社里登台唱戏，但为族人、家庭所不容，后离家出走正式搭班，改艺名为凤英，唱红桐城、怀宁两县。1946年，严凤英进安庆市，先在“草屋”（群乐剧场）演出，以《小辞店》《游春》两出戏轰动安庆，每晚赶3个剧场才能满足观众的要求。1951年，她在“群乐剧场”演出（后改名为“胜利剧场”），1952年应邀到上海演出。她在传统小戏《打猪草》《蓝桥会》和现代戏《柳树井》中所塑造的角色，情感真挚，性格鲜明，唱腔优美动人，演出获得了极大的成功，严凤英也因此被上海观众誉为造诣很深的艺术家。1953年她被调入了安徽省黄梅戏剧团，1954年，再度赴上海参加华东区戏曲观摩演出大会，演出了《天仙配》《砂子岗》《打猪草》三出戏，再次获得成功，并获得了一等奖。

从被调入安徽省黄梅戏剧团至1966年的13年间，严凤英演出了50多部大小剧目，如《天仙配》《女驸马》《红色宣传员》《刘三姐》《牛郎织女》《党的女儿》以及《江姐》等。尤其在《天仙配》《女驸马》中塑造的七仙女、冯素贞的艺术形象成了她的代表作，也是黄梅戏中的珍品。她主演的《天仙配》《女驸马》《夫妻观灯》《牛郎织女》，被拍摄成了黄梅戏电影艺术片，其中《天仙配》还荣获文化部“金质奖章”。

严凤英的唱腔亮丽沙甜、委婉动听、韵味浓郁，吸收京剧、越剧、评剧、评弹、民歌等唱腔之长，将它们融会贯通，自成一家，誉为“严派”，广为流传，并被后人作为“精品”传唱。她是公认的黄梅戏的一代宗师。

（2）王少舫

王少舫，黄梅戏表演艺术家（1920—1986），江苏南京人，祖籍河北。安徽省人民代表大会代表，1960年加入中国共产党。他原为京剧演员，抗战初期，所在的京剧班与丁老六的黄梅调班同台演出，各演半场，故也演黄梅戏。直至1950年，他才正式改唱黄梅戏，参加了丁永泉父子和潘泽海父女所在的民众剧团。1952年应上海之邀，与潘璟琍合演《天仙配》中《路遇》一折。1953年，随同安徽省黄梅戏剧团赴朝鲜慰问演出，归来不久，被调入安徽省黄梅戏剧团。1955年与严凤英合拍第一部黄梅戏电影《天仙配》。

王少舫是生行的代表人物，其唱腔吸收了京剧的唱法，行腔吐字均有独到之处，韵味无穷，为后人争相摹唱。代表剧目有《天仙配》《女驸马》《梁山伯与祝英台》《宝莲灯》《白蛇传》《无事生非》等。《陈州怨》的包拯属净行，王少舫与编曲共同设计出一套花脸唱腔，填补了黄梅戏没有花脸唱腔这一项空白。

（3）马兰

马兰，1962年出生，安徽太湖人。著名黄梅戏表演艺术家，国家一级演员，曾多次荣获舞台及电视剧表演全国最高奖。1980年毕业于安徽省艺术学校黄梅戏班，毕业后被分配到安徽省黄梅戏剧团。因饰演《女驸马》中的冯素贞一角而一炮走红，名声大噪。她扮相俊俏，身段优美，大度不凡，功底深厚，吐字清晰，行腔动听，能唱出人物的内心世界。表演上不囿于程式，着力刻画人物形象，她所扮演的各色各类人物，都能给观众留下很深的印象。主要作品有电影《龙女》，电视剧《严凤英》《西厢记》《劈棺惊梦》，舞台剧《女驸马》《红楼梦》《梁山伯与祝英台》等。

马兰在海内外华人中拥有很高的知名度。她的表演，品位高雅又充满生命力，在人物性格塑造、内心刻画、舞台节奏和演唱厚度上广受好评，被学术界公认为是国内把传统艺术和现代精神结合得最好的极少数表演艺术家之一。马兰是继严凤英之后，又一位黄梅戏的代表人物。

二、代表作介绍

《天仙配》又名《七仙女下凡》，移植自青阳腔，经历代艺人的表演加工，成为了黄梅戏的代表作。

传统剧情：秀才董永家贫，父亡，卖身傅府为奴，得资葬父，孝行感天，玉帝命七仙女下嫁董永，赐婚期百日。成婚后七仙女为傅府一夜织成十四锦绢，傅员外喜，认董永为干儿，焚其卖身契。时满百日，傅员外赠银送董永回家，途中夫妻泣别。七仙女临时告之有孕，留白扇进京进宝，董永进宝得官，七仙女如约送子旋返天庭。董永乃与傅员外之女结为夫妻。

1953 年 5 月，陆洪非根据胡玉庭口述，改编剧情：玉帝之女七仙女因感天宫孤独寂寞而思慕人间生活。一日随六位姐姐往凌虚台游玩，偶见下界卖身葬父的青年农民董永，被他的忠厚老实所打动而萌发爱慕之情。大姐看穿小妹的心事，不顾天宫戒律森严，助其下凡。临行之时又赠难香一支，以便小妹危急时焚香求助。七仙女来到人间，经土地爷说合、槐荫树做媒，与董永结为夫妻。为了帮助丈夫赎身，七仙女去傅员外家做工。员外故意刁难，限她一夜之间织成锦绢十匹。如成，便将董永的长工期限由三年改为百日，否则将三年改为六年。七仙女在机房燃起难香求救，六位姐姐下凡相助，一夜织成十匹锦绢。傅员外只得履行诺言。董永工期满后，夫妻双双愉快返家。途中，董永发现妻子已怀孕在身，赶忙去讨水为她解渴。这时，狂风骤起，空中出现天兵天将，传下玉帝圣旨，限七仙女午时三刻返回天宫，违命则将董永碎尸万段。七仙女不忍丈夫无辜受害，只得将自己的来历向董永说明，并在槐荫树上刻下“天上人间心一条”的誓言，怀着悲愤的心情，返回天庭。

改编本剔除董永与七仙女的离合系由天定的宿命论思想，加强了这部神话剧反封建的现实意义，又删去傅员外认董永为义子、董永与傅家小姐成婚的情节，突出了古代劳动人民反封建剥削的强烈愿望。剧本的“路遇”“分别”两场戏，对七仙女的大胆直率和董永的忠厚纯朴都有动人的刻画。槐荫会、槐荫别以及人们日常生活习俗的一些穿插，富有朴素的民间色彩。此改编本改原本 18 场 684 句唱词为 7 场 442 句唱词，唱词多为修改或重新撰写，对后世影响极大。改编本成功地刻画了七仙女的反抗性格。董永遇仙传说在经历了汉魏晋的旧传说模式“孝感——遇仙——分别”、唐宋的新传说模式（元明清民国时期仍属这个情节模式）“孝感——遇仙——分别——得官——送子——寻母”之后，又产生了第三种完全崭新的模式：“情感（思凡）——遇仙——分别”。1953 年，此剧由安徽省黄梅戏剧团演出，1954 年，该剧参加华东区戏曲观摩演出大会，获优秀演出奖、剧本奖、道演奖、音乐奖，饰七仙女的严凤英、饰董永的王少舫获演员一等奖。1955 年底，由桑弧执笔改编剧本，石挥导演，严凤英、王少舫主演的黄梅戏影片《天仙配》摄制完成，由上海电影制片厂出品，获 1949—1955 年优秀影片奖。

黄梅戏影片《天仙配》取得巨大成功，据 1958 年底统计，仅祖国大陆的观众就多达一亿四千万人次之多，创造了当时票房的最高纪录。1963 年《天仙配》再一次被搬上银幕，易名《槐荫记》。可以说，没有电影的推介，黄梅戏《天仙配》永远只能是区域性经典。

1. 经典唱段

【夫妻双双把家还】

严凤英·王少舫版

（严）树上的鸟儿成双对/（王）绿水青山带笑颜
（严）从今不再受那奴役苦/（王）夫妻双双把家还
（严）你耕田来我织布/（王）我挑水来你浇园
（严）寒窑虽破能避风雨/（王）夫妻恩爱苦也甜
（合）你我好比鸳鸯鸟/比翼双飞在人间

马兰·黄新德版

（女）树上的鸟儿成双对
（男）绿水青山带笑颜
（女）随手摘下花一朵
（男）我与娘子戴发间
（女）从今不再受那奴役苦
（男）夫妻双双把家还
（女）你耕田来我织布
（男）我挑水来你浇园
（女）寒窑虽破能避风雨
（男）夫妻恩爱苦也甜
（合）你我好比鸳鸯鸟
比翼双飞在人间

【含悲忍泪】

王少舫版

含悲忍泪往前走，
见村姑站路口却是为何？
她那里用眼来看我，
我哪有心肠看姣娥？
爹爹在世对我说过：
男女交谈是非多！
大路不走走小路，
又只见她那里把我拦阻。
回转身来再把大路走，
你为何耽误我穷人的工夫？

2. 作品鉴赏

严凤英扮演的七仙女，创造了一个相当完美的艺术形象。在【思凡】一场中，她厌倦那种凄清的“神界”岁月，通过游鹊桥览人间，对卖身为奴的农民董永产生了深切的爱恋与同情，当大姐让她回宫的时候，她那种伫立云端、依恋难舍的神态，充分体现了一个纯洁善良的少女对一个纯朴农民的关切。但在天上时，她又不失其神女的端庄之态。【路遇】一场，她摆脱了“神界”的桎梏，变得大胆调皮而热情，七仙女更为可爱、可贵了。演员对这两场戏的规定情境挖掘得非常深刻。最后一场【诀别】，约期抱子，写血书以盟不渝的爱情，演员充满了巨大的激情，把一个反叛的女性形象刻画得更高更美，暗示她与董永还将为美好的生活赴汤蹈火、生死与共。

王少舫扮演的董永也非常成功。在【路遇】一场中，他就把一个纯朴憨直的农民形象勾画出来了。他老老实实地去做长工还债，当遇见那样一个美好的女子来爱他，他却怕惹是非、无心理睬，把从拒绝到接受的复杂心理过程演得精细入微。再从【上工】与【满工】两场戏来看，对那样一个狡猾的地主，始则满是憨拙之态，后来却变得智勇双兼，这是他经历许多艰辛生活的结果，也是他在一个灵巧贤良的妻子——七仙女影响下的结果。王少舫把董永这一人物的历史命运、性格上的发展与成长出神入化地描绘出来，生动而富于感染力。

七仙女的其他几个姐妹也演得各具特色，如潘璟琍、王毓琴所扮演的二姐、大姐，形象都非常鲜明；张云风扮演的员外，虽然只有两场戏，却把一个悭吝地主的嘴脸刻画入骨。

（1）唱功

严凤英的唱腔，首先贯穿着一个“情”字，在深入把握人物性格、揣度具体戏剧情境后，以声传情、以情带声，即所谓“洞达事物之情状”，“发古人之喜怒哀乐，忧悲愉快”，也是李渔所指“唱曲宜有曲情”，有了“情”才能“变死音为活曲，化歌者为文人”。《天仙配》是她十分成功的一部作品，她曾应中央人民广播电台之邀，谈过自己的演唱体会，其间，她充分表明了自己对七仙女在特定情境中情感的把握，并介绍了自己在演唱中的处理方法。例如，“我本住在蓬莱村”一句，她的理解是：“当董永问‘但不知大姐家住哪里，要往哪道而去？’这个意外的问题假如答不出来或者答迟了，都要露出马脚。”所以马上接唱，“前半句七女的心情有点发慌，后半句则是撒谎，谎撒得比较圆满，还带着有几分自我欣赏的情绪”。撒谎——心慌——自我欣赏，她正是在把握了特定情境做七仙女欲爱还羞的情感基础上，完满地处理了这一句以及这一段唱腔。再如【分别】一场中“董郎昏迷在荒郊，哭得七女泪如涛”两句，严凤英理解的是“好像是压在肚子里的一肚子苦水，‘蓬’地一下突破了一个缺口，迸发出来，所以感情是非常激动的”；而于“你我夫妻多和好，我怎忍心将你抛”两句，“虽然也是悲恸的，但要平稳些、缠绵些，这样才好表示她和董永夫妇恩爱的感情”。理解得如此深入，唱出后才十分打动人心，唱腔才有了灵魂，有了魅力。

（2）念功

“语音辨别，字真句明”，这是胡祇遹提出的演唱要求，也是戏曲演唱的基本准则。如果达不到这个要求，演员就未能将曲意传送到观众的耳中，艺术效果必然大打折扣。严凤英在演唱中十分注重这一点，她的咬字吐字异常清晰，字音结实丰满，观众易听易懂。她既学习京剧的吐字方法，又注重保持黄梅戏语言的地方特色，将两者糅合使用，力求达到最佳歌唱效果。她曾对徒弟田玉莲说过一段关于吐字的认识：“我是借用了京剧的一些吐字方法与安庆话糅合在一起的。比如安庆话念‘春风送暖’的‘暖’字，就念成‘卵’字，这样就不好听，就得改用普通话，念‘暖’，这样音就圆了。又如‘我有一言奉劝君’中的‘劝’字，安庆话念‘串’字，这也应该改用普通话的‘劝’字音。但是‘小女子也有伤心事’的‘事’字，就不能按普通话来念，就得按安庆话来念，把‘事’仿成‘四’音，如念‘事’就不像黄梅戏了。”由此可见她在演唱中对咬字吐字的讲究，这同样是她的唱腔广受欢迎、时被模仿并影响久远的原因之一。

（3）做功

戏曲演员表演的根本任务是塑造人物形象，而要塑造好人物形象，必须对所演人物的性格、感情深入发掘，并转化为舞台动作。发掘得越深，表演得越细腻，越趋近“传神”的境界。人们对严凤英扮演的七仙女赞赏备至，殊不知她对这个角色进行了多少次的研究和理解。且看她自己的理解：“七仙女是个神仙，按理也要从神仙这个角度给她来分析一番。神仙我没见过，也没法见到，但是我可以把她按照人的思想情况来处理……我想她敢从天上跑到地上，又敢当面向一个陌生男子主动地提出婚姻大事，并且想出一些巧妙的办法打动董永，难住刁恶的傅员外……那么，她一定是个既大胆又聪明，既热情又能干的姑娘。”① 通过分析，她抓住了七仙女所应有的性格基调，其表演也就具有了丰富的内涵。

附录：名家谈戏

就《天仙配》而言，第一场鹊桥中的“七仙女”，既有仙女的仪态万方，又有小妹的灵巧娇气，让观众和她一起感受到了天宫冷漠的气息和对人间情感的向往。第二场【路遇】中，她俏皮的念白和欢舞的水袖，又突显出其活泼、朴实、美丽、善良的“村姑”形象，让观众的视觉为之一亮。【满工】一场中，七仙女通过和董永的爱情婚姻，已经由神仙过渡为温柔善良的活生生凡间女子形象。由演员扮演的这一具体人物、当众表演和展示故事情节这三个条件结合在一起，通过对这一个人物的戏曲文学精神的感性认知进行无限地展示表达，从而形成了黄梅戏《天仙配》所特有的舞台表现和观赏美学。

——程小君：《对“七仙女”的再认知》

他（王少舫）是个有心人……敢于根据自己的嗓音特点，把京戏里的一些演唱和润腔方法吸收到黄梅戏里来。当时大家都叫他“京托子”，意思是他唱的黄梅戏有点京戏的味道。王少舫的借鉴尝试，得到了观众的肯定，既是黄梅调，又比原来的老调好听。传统的黄梅戏没有管弦乐器伴奏，只用锣鼓奏过门，演员在唱的时候根据自己嗓音的高低任意开口。王少舫不太习惯这样做，他征得班主的同意以后，用半自费补贴的办法，请京剧的琴师在他唱的时候给托一下腔。后来，黄梅戏的演员都觉得这样好，也跟着这样做了。从此，黄梅戏开始用一把京胡托腔。再后来，他把京胡改成高胡，并增加了一把二胡。这也是王少舫被人称道的地方。由此，他被邀去担任《天仙配》主角董永，得到了不少黄梅戏老前辈的鼓励和赞扬，也受到了观众的欢迎。

——方绍墀：《王少舫和他的唱腔艺术》

无疑，唱腔是戏曲中揭示人物内心世界、塑造人物形象的主要手段。作曲家为“董郎前面匆匆走”设计了符合人物性格的唱腔——阴司腔。这段唱腔的前两句是对称句，第三、四两句是数板句，第五、六两句是改编的数板句，第七句是迈腔，第八句是改动较大的结束句，整个唱段是商调式的。为了突出七仙女这段唱，剧作家和作曲家在这段唱的前后还安排了董永欢快的“衣衫破了有人补”和“龙归大海鸟入林”两个唱段衬托。这样的安排妙不可言，使其在音乐上、人物感情上都形成了鲜明的对比。

——刘丽华：《浅析“董郎前面匆匆走”的唱腔艺术》

---

① 摘自百度百科“严凤英”，http：//baike. baidu. com/subview/36038/5192805. htm？fr=aladdin#11_1。

阅读与思考

1. 为什么说《天仙配》在黄梅戏发展过程中具有里程碑的意义？
2. 黄梅戏《天仙配》的改编本为何影响较大？
3. 请区分董永和七仙女的故事与牛郎和织女的传说。

第五节　楚剧《葛麻》

一、代表作介绍

1952 年，武汉市楚剧团对楚剧《葛麻》作了整理、加工，在第一届全国戏曲观摩演出大会上获剧本奖、二等演出奖，扮演葛麻的熊剑啸获二等演员奖。剧本收入《戏曲选》第 5 卷。1956 年又由上海天马制片厂拍摄成艺术影片在全国放映，该剧还于 1976 年第二次被拍摄为舞台戏曲艺术电影。一时间，能站着睡觉的葛麻成了家喻户晓的人物，在戏曲界有很大的反响，其他地方戏曲也纷纷加以改编上演，一时形成了影响极大的“葛麻风”（或称“葛麻现象”），就像今天的“日风”“韩流”，满街争唱，沸沸扬扬。

这个剧目是根据传统戏《打葛麻》改编的，在陈荒煤、崔嵬等人的指导下，经过修改加工，去芜存菁，增添阶级观念，删减色情成分，通过对民俗与地域感情的提炼，虚实兼顾地以“平民风格”表现民众耳熟能详的“小人物形象”，圆满地为大家讲述了一个聪明的农民以智慧勇斗地主的故事，成为影响楚剧风格 50 年之久的重要剧目。本剧是楚剧丑角代表剧目之一，以念白和做功为主。剧中的对话短兵相接，节奏明快，生活气息浓厚，使人物性格更加鲜明、生动。它以其成功的喜剧艺术特色，成为传统楚剧中的典范之作，备受观众欢迎与好评，还使楚剧此后生产出‘葛麻’风格系列的艺术精品，呈放射状地进行着传播。只要提到楚剧便会想到《葛麻》，就像提到黄梅戏便会想到《天仙配》，提到越剧便会想到《梁祝》一样。晋剧、祁剧、赣剧、桂剧、庐剧、皖南花鼓戏、黄梅采茶戏、郧阳花鼓戏皆有此剧目。因此，全面剖析《葛麻》的喜剧艺术，对于理解和把握楚剧艺术特色具有标本式的意义。

二、《葛麻》的主题意义

《葛麻》，这出最喜闻乐见的楚剧给楚人楚地带来的影响，真是无孔不入、无处不在。

楚剧，湖北方言里也叫“丑剧”，不仅是因为“楚”“丑”在湖北方言里发音毫无二致，更在于楚剧的最大艺术特点就是通俗直白。丑角是楚剧中重要的角色，他们大都机智诙谐妙趣横生，并且古道热肠助人为乐，喜好打抱不平惩恶扬善，因此深得广大观众的喜爱。

1.《葛麻》故事简介

葛麻是个正直、机灵、有胆识的青年。他在地主马铎家做工，马铎在未发迹前，曾把女儿许配给穷书生张大洪。后来马铎发了横财，就嫌张家穷，企图退掉这门亲事，将女儿另配高门。一天，马铎叫葛麻将张大洪找来，想当场逼张大洪写下退婚字据。张大洪是葛麻的表弟，为人忠厚老实。看马铎这样嫌贫爱富，要他退婚，一时没了主意。葛麻决心帮助表弟。他为张大洪想出办法，设下圈套，准备狠狠地教训马铎。张大洪到了马家，葛麻在一旁见机行事。葛麻十分机灵地使马铎送张大洪一件最漂亮的衣服和20两银子，还假装帮马铎打张大洪，而拳头却落在马铎身上。葛麻凭着他的机警、聪明和口齿伶俐，使马铎无法逼张大洪写退婚字据。随后，葛麻又到后花园，巧妙地探出马小姐的心事。马小姐深爱张大洪，憎恨父亲嫌贫爱富的行为。在葛麻的帮助下，马小姐逃出家门，与张大洪结成夫妻。

在整部戏剧的发展过程中，葛麻表面上帮助员外马铎逼婿退婚，暗地里却借机行事，不仅对马员外进行了辛辣的嘲谑和讽刺，还趁机拳打脚踢“塞他的坨子”，真可谓“嬉笑怒打”，将平时的不满和愤恨情绪一并发泄了出来。

2.《葛麻》主题分析

传统楚剧《葛麻》，是一部讽刺和批判“嫌贫爱富、逼婿退婚”行为的喜剧。这部作品虽然是传统戏的形式，但是无论在哪个年代，都不失为一部很有水准的经典作品。虽然它受到了地域的限制，但仅就它所代表的荆楚文化而言，绝对是戏曲中的精品。一个戏剧作品受到大众的喜爱，除了表演唱腔台词等外部形式的吸引力外，内容上一定有它独特引人的地方，那就是把生活中的不可能变成了故事中的可能。

不可能元素之一：故事离奇讨巧。

首先，《葛麻》以中国传统文化中老百姓最喜欢的故事模式（门不当户不对的爱情）讲了一个小人物完胜嫌贫爱富土财主的传奇。这样的一个故事具备了离奇性与挑战性，且因为生活中发生的概率极低、偶然性极大而更能激起观众的好奇心理。我们不得不承认，从古至今，绝大多数的富人都是通过自己的努力而发家的，而绝不是靠别人的施舍。反过来说，穷人之所以穷也是有他自身的原因，穷人也的确会有给富人带来麻烦的时候。在现实生活中我们不难发现，人人都有嫌贫爱富的心理，但人人都不认可嫌贫爱富的态度。人人心里都有阴暗的一面，但人人都希望表现出阳光的一面，这就好比有的人明明自卑却常常表现出自傲，道理是一样的。而《葛麻》这个故事的主题正好符合了观众这方面的追求平衡的心理。

不可能元素之二：智慧超乎寻常。

仔细分析作品后我们不难发现，葛麻身上表现出来的智慧是超乎寻常的，管仲说过："仓廪实而知礼节，衣食足而知荣辱。"反过来我们可以理解成，有智慧的人都是富有的，至少不会是穷人。有智慧的人才会去创造财富积累财富。穷人如果很有智慧，假以时日，他一定穷不了。只有一种人是既有智慧又能守住清贫的，那就是悟透了道参透了禅的高境界之人，如庄周陶潜之辈。

可以肯定地说，现实生活中，无论哪朝哪代，有智慧的人绝对不会贫穷，更不可能成为雇农。看《葛麻》故事中的葛麻，他在这个小小的故事中出的点子充满了创意，他的语言中表现出对人与人之间关系的定位、人心理活动的把握、事情趋势的判定都是极其精准的，放到现代，他就是一个智商情商都极高的人，这样一个人是不会一直贫穷的。如此说来，小人物的葛麻的身份是不可能具备戏中表现出的聪明智慧与韬略的。

但是，戏剧作品追求的是文学的真实性而不是完全等于生活的真实，《葛麻》的高明之处就在于，作品把极端的智慧用极其生活化、市井化的语言通过一个小人物的嘴说出来，用符合小人物身份特征的最低俗的语言方式（方言土语俚语插科打诨嬉笑怒打）说出最高深的哲理（认识事物的角度、处理事情的方法、解决问题的手段），就把意料之外的故事变成情理之中了。把不可能的故事演得让人信服，把不可能的人物刻画得让人接受。

三、《葛麻》的艺术特点

从艺术特色上看，《葛麻》戏剧艺术的成功主要体现在两点，一是生活小戏，二是喜剧性。其精湛独到的喜剧艺术体现在喜剧性的人物塑造、喜剧性的戏剧冲突和喜剧性的人物台词三个方面。这三个方面的完美整合，突出了雇工葛麻"义""智""趣"的性格特征，强化了对暴发户马铎的戏谑与批判。

1. 一个丑角撑台面——喜剧性的人物性格

喜剧性的人物，是构成喜剧的一个重要因素。楚剧《葛麻》是以剧中"葛麻"这个丑角行当为主角的喜剧，整部戏即以"葛麻"为中心，在葛麻与员外马铎、秀才张大洪及马府小姐金莲之间铺展出令人愉悦的喜剧冲突或喜剧情节。葛麻这个角色之所以能够撑起整个台面的演出，达到良好的戏剧艺术效果，原因有两个：一是葛麻具有特殊的身份，他既是马府的雇工，又是张大洪的表兄，而员外马铎对此却不知情，这是整个喜剧得以顺利展开的前提；二是葛麻自身所具有的喜剧性格：既生性诙谐、言语风趣，又见多识广、聪明机智。这些因素聚合在一起所构成的喜剧性格，使得他的举手投足、一言一行都能产生一种令人捧腹的喜剧效果，从而奠定了整部喜剧的基础。

（1）葛麻喜剧性格的特征之一：生性诙谐，言语风趣。

葛麻一出场，就以一段诙谐欢快、抑扬铿锵的“占板”登场词给观众带来会心的一笑：“甲子乙丑年年混，想起帮工真气人，员外是个暴发户，怪吝刻薄待穷人。他吃白米饭，我吃糙米羹；他吃鱼和肉，我啃老菜根。吃的吃来恨的恨，可恨老狗黑良心。”短短几句对仗工整的唱词，以鲜明的艺术对比和直截了当的痛骂，倾泻出心中的不平之气，也表现出其机智乐观、富有正义之心的性格特点。在这段“占板”之后，一句不动声色的“见了员外丢一礼”，更是令人兴致勃发，随后的一句解释说：“见了旁人一礼要还我一礼，见了员外昂昂不动，岂不丢了一个揖?”顿时令人捧腹、绝倒，同时也对马员外的“悭吝刻薄”进行了喜剧性的嘲讽。

马铎不愿意跟张大洪面谈，葛麻建议他请个人去谈，马铎一时想不出请哪个，葛麻又立马毛遂自荐。马员外对他的能力表示怀疑，葛麻就说：“你家瞧我不起，我还当过新旧两年的保正的。”马铎问他：“啊，你还做过保正的呀，几时上任？几时卸差?”葛麻回答说：“腊月三十到任，正月初一卸差。”马铎就笑他：“这两天都没有做到咧。”葛麻回答说：“两天嘛，是两年的日眼吵。”这一段对白极富喜剧效果，成为看过此剧的观众在生活中引为笑谈的经典片段之一。

葛麻在与张大洪谋划计议如何摆布马员外之时，有一段“演练”的戏。葛麻说：“我权当你岳父。”张大洪：“那我权当你的门婿。”此时，葛麻趁机逗了一下这个“书呆子”，说：“表弟，这是假的呀，（乐观而且幽默地）我是没有姑娘把得你的哟。”葛麻的这一番幽默，既消除了张大洪六神无主、方寸全乱的紧张心理，又给观众带来了打破严肃气氛的喜剧效果。

在绣楼下试探马金莲之时，葛麻这种乐观幽默、机智活泼的喜剧性格再次大放光彩，令人喷饭。第一幕就是葛麻正来到此处观看动静，见她开窗，就假装在那里站着打瞌睡。当马小姐批评他“不做事，想偷懒”时，他还振振有词地说：“人家站倒都睡着了，晓得辛苦得几狠啊。”为了逗马小姐开心以便让她说实话，葛麻更是大逞其机智幽默之才能，编排笑料。葛麻说到城里去卖了豆子的，回来的路上看见人家在唱戏。马金莲就问：“唱的么戏咧?”葛麻回答说是“赵五娘哭短城”。马金莲纠正说：“不是的，是《孟姜女哭长城》吧。”葛麻解释说：“是的，孟姜女先去的，把长城哭断了，等赵五娘去迟了没有长城哭，就抱到那个断了的短城哭，就叫赵五娘哭短城。”这一自圆其说的幽默解释，直令观众非喷饭不可。

（2）葛麻喜剧性格的特征之二：见多识广、聪明机智。

这使得他在土老财马铎、秀才张大洪和小姐马金莲三人面前都能够发挥主导作用，达到献计张大洪、摆布马铎、指点马金莲的目的，从而掌握和控制着整个戏剧故事的发展方向和最终结果。而葛麻的这一喜剧性格特征，在同这三个人的对比中，展现得鲜活而生动。

当葛麻听马铎说出逼写退婚文书的打算时，立即毛遂自荐去寻找张大洪，从而取得掌控事态发展的主动权。张大洪是一介书生，文弱迂酸，人穷志短，一听说马铎要他写下退婚文书，顿时方寸大乱、六神无主。葛麻见状，帮他谋划出一个摆布马铎的妙计，不但告诉张大洪如何应对马铎的问话，还模拟演练了一出戏中戏，这才放心带他来到马府。

在葛麻设计的应答对话中，最能体现了葛麻的见多识广和聪明机智的特征。当张大洪问他如何回答马铎“你写是不写?”的问话时，葛麻告诉他：“你说‘小婿告辞了’。他问你‘哪道而去?’你就说‘我去到大市长街，化几文铜钱，买一陌纸钱，去到爹娘坟前，烧得一烧，叫得一叫，再把棺木撬开，爹娘答应儿写儿就写，不答应儿就写他不成’！这样该推得干净吧。”葛麻又推测说：“他一定会问你‘哪有人死又复生?’”张大洪又问“那我怎么说?”，葛麻告诉他：“嗯，你就说‘哪有定亲又退亲?’”葛麻还告诉他，马铎要是问他“哪个与你有亲?”“既然有亲，何人的媒证呢?”“既有媒证，何曾见你三茶六礼?”这三个问题时，就别的话不说，只回答三个“这个——”。葛麻不仅能根据马铎的个性揣测出他要问的问题，还针对这些问题设计出如此绝妙的回答，足见葛麻的才思之聪明和人情世故之老练。这三个“这个”又为后面的喜剧性冲突做好了铺垫，并留下了悬念。

张大洪与马铎吵翻，跑出马府，葛麻又借机追赶出去，听张大洪说：“我与她从前是青梅竹马，两小无猜，如今怎样舍得?”葛麻又给他定下对策，说：“依我之见，你在马房等候，我到绣楼去会一会小姑娘，探听她的口气如何，她若念前情，就会赠银子与你，那我就来跟你想法子迎亲。要是她与她老子一条心，那时再退也不迟!”在此对白中，张大洪的文弱无能与葛麻的足智多谋再次形成对比，葛麻的个性形象也得到了突出的展示。

在与马铎的周旋过程中，葛麻见多识广、聪明机智的个性特征同样使他处在有利的位置并掌控了事态发展的主动权。利用马铎嫌贫爱富、好面子的特点，不但帮张大洪“借”到了二十两银子，还顺带要了一件新衣裳。张大洪跑出马府，马铎要去追、去告张大洪，葛麻也及时阻止了他，同样显示出他的见多识广和聪明机智，还借机嘲讽了马铎的愚蠢无知，取得了很好的讽刺艺术效果。葛麻阻止马铎去追的理由是：“张大洪在前面跑，你在后面赶，少不得他张家还有几个人，再加上你的那些种田借钱住房子的一些穷人，拦住张大洪就问为么事，他就说你们从前两家贫穷开亲，如今他家发富，把我诳进府去，逼写退婚文书，有钱的该生，无钱的就该死。话没有说完，你就赶得去了，人家心里本来就有些不服，加上平日吃你的亏又吃得多，哪里能找到一个机会出气呀，说的说，推的推，扎的扎袖子，扯的扯鞋子，塞的塞你的冷砣子（打）。”葛麻不但阻止了马铎去追张大洪，还借机痛打他了一拳，但是又声明说：“我这是做得你看的，你去不得的。”马铎追不成，又想要去告张大洪，葛麻又找了个理由阻止了他。葛麻说：“你与张大相公打官司，张大相公见了老爷站倒，你见了老爷就要跪倒。”马铎表示不解，说：“他们穷鬼站倒，我是有钱的员外，还要坐倒?”于是葛麻又趁机挖苦他说：“我说你又不懂!”“他是黉门秀才，他有功名当然站倒。你没有功名，头上一摸是个大光头。”马铎又后悔说：“晓得这样，从前拿几个钱捐个功名。”葛麻再次嘲笑他说：“捐个功名？教你读书，你要逃学嘿。”

同样，在与马小姐的对话中，葛麻借谈论《卖水记》的戏情时，讲出了马铎打算将她“另行择配”的事，马小姐也是急得不知所措，请葛麻想办法化解。葛麻趁机又帮她出主意：“让张大洪打轿子接人，立马成亲。”从而成功化解了一场危机，促成了马金莲与张大洪的婚事。

由此可以看出，无论是在与土老财马员外的周旋过程中，还是在与张大洪的谋划计议之时，抑或是在试探马府小姐金莲的情感态度和立场之时，葛麻不但生性诙谐、言语风趣，而且见多识广、聪明机智这一喜剧性格，在全剧中自始至终都发挥得淋漓尽致，给观众留下深刻的印象。

2. 明帮暗斗惩员外——喜剧性的戏剧冲突

戏剧冲突，与戏剧人物一样，是构成戏剧作品的又一个重要因素。楚剧《葛麻》的戏剧冲突，同样带有强烈的喜剧性色彩。这种喜剧性的戏剧冲突，集中表现在葛麻与员外马铎两人之间。葛麻本是马府的雇工，又是受马铎委托去诳张大洪进府，从这个层面上讲，葛麻自然应该是站在马员外的立场之上，帮马员外达到逼婿退婚的目的。但是葛麻同时又是张大洪的表兄，平时又饱受员外“悭吝刻薄”之气，对员外的暴发起家、为富不仁本来就心怀愤恨，这在他上场时所念的“占板”中就已表露无遗，从这个层面上讲，他又不能站在马员外的立场上欺负穷人。于是葛麻作出了“慢说你我是姑表亲，就是外人也要打这个抱不平”的选择。由于葛麻在这场婚变“危机”中的双重身份和“好打抱不平”的正直个性，于是就给这一场冲突带来了“明帮暗斗惩员外”的喜剧性效果。

葛麻存心要摆布一下“嫌贫爱富、逼婿退婚”的员外马铎，因此定下计谋专朝他的软肋下手，不但给秀才张大洪争足了“面子”，也争取了“里子”获得了银子和新衣服，而马员外却是“婚事未退成，去了蓝衫赔了银”。

葛麻带张大洪来到马府，张大洪正想进去，葛麻拦住了他：“你这个人莫慌吵，你来了总是一个客位，让我先进去告诉你岳父知道，要他请你进去。”如何争取这个“请”字呢？马铎的态度很明确：“老夫就是见不得这个穷鬼，还请他咧？”葛麻却自有办法，抓住马铎急于退婚的心理，顺着他的话头说：“你见不得，哪个又见得呢？不过这一回总是要见的，只要他把退婚文书写了，以后再不见就是的了。”这就让马铎以为葛麻是站在他这一边的，于是就同意了，说：“好，看在你的份上，权且有请。”争得这个“请”字，既给了张大洪应该有的“体面”，同时也让葛麻号准了马铎的脉，后面的进一步摆布和捉弄就更有自信和底气了。

葛麻“看表弟坐在那厢，身上没有穿着好衣服，人都是缩头缩脑的，我不免把老狗唬了过来，弄件把衣服，让他穿起再说。”于是就又对员外马铎说：“你老人家穿得这好，你看他穿得这坏，要是来个把客人也观之不雅，顶好是借件把衣服让他穿起来。”马铎起初不肯，说：“怎么，老夫要他来了，退婚文书未写，还能把衣服给他穿？”葛麻又是“照方抓药”，说：“你把一件衣服给他穿在身上，你晓得他心里几喜扯，叫他写的时候，提笔就写，拿笔就画，退婚文书写了，我可以剥得下来的！”马铎同意拿件旧衣服给他。结果葛麻略施小计，谎说是“员外要出去吃会酒”，于是诳来一件新衣裳，弄得马铎又是心痛又奈何不得。

诳来了新衣服，葛麻又想起张大洪原本是打算来借钱的，于是又想：“嗳，他腰里一文钱没有，趁此机会，或是银子或是钱，弄几个他‘统’倒（装入口袋的意思）再说。”于是又找员外马铎要银子，马铎自然更是舍不得。葛麻仍是如法炮制，说：“你把钱给他，穷人见了银子，心里几喜欢，叫他写退婚文书也写得快些，退婚文书拿在我们手里，这衣服剥得下来，银子也拿得过来的。这都是为你家的呀！”马铎退婚心切，又答应了。在具体数目上，一个“漫天要价”，一个“就地还钱”，最终确定给张大洪银子二十两。当马铎说：“好，叫你安人把那灌铅的假银子拿二十两。”葛麻立马表示反对，还趁机骂了他一顿，揭穿了他暴发致富的秘密。葛麻说：“员外，那提都不能提。灌铅的银子，要是能夺得过来便罢，要是夺不过来，他拿到街上去用，别人看到银子成色不好，一剪子夹开，内面灌的是铅，追问这银子是哪里来的，张大相公必然说咧，这是马府退亲来的，那人家就会说，你看马员外这个老狗呀！……别人还要说咧，退亲都用灌铅银子，人家还要骂你发的是混账财，万一告到衙门，谨防把你的家财充公，那才不得了咧。”连骂带吓唬，马铎终于拿出了足色纹银二十两。

争得一个“请”字，帮张大洪诳来衣服和银子，这只是故事的序幕，还不是最为直接的戏剧冲突。最直接、富有戏剧性的冲突是随后的马铎跟张大洪之间的“面理”。

马铎问张大洪“哪个与你有亲？”张大洪按照葛麻的指点，回答说：“这个……”这时葛麻在一旁故作正经地说“怎么这个那个？张家与马家开亲，哪个不知，哪个不晓，未必你不承认？”马铎不知这是葛麻早已盘算好的圈套，又问：“既是与你有亲，何人的媒证？”张大洪再次回答道：“这个……”葛麻就说：“又是么事这个那个！员外，这门亲事是你跟我说过的……你们两家爱好定亲，指腹为婚，泰山作证，未必哪个不知，哪个不晓！”马铎见势不对，把葛麻拉在一旁说：“你这狗才，怎么把媒人告诉了他？”葛麻若无其事地回答说：“问了半天他又不说，就是在那个这个的，我大些他小些，我不说他不晓得。”结果逼得马铎说出了实话：“哼，我就是要他不晓得。”葛麻假装认错，说：“你要他不晓得呀？哎呀，我还怕他不晓得，是我搞错了。”马铎又问张大洪：“既有媒证，谁又见过你的三茶六礼？”张大洪仍是回答：“这个……”葛麻又连忙“抢白”道：“么事这个那个，这是我手上的事。我晓得，五月端午、八月中秋，七包饼子八包茶，（对马铎）吃了不认，该不得生病吵！”至此，员外马铎精心盘算的退婚借口被葛麻一一戳穿，前面交代的三个“这个”的悬念也在令人捧腹的笑声中逐渐浮出水面，令观众恍然大悟、会心一笑。此时的马铎也只能无可奈何的长叹一声“哎哎，你这个狗才！”葛麻佯装帮助马员外呵斥张大洪，实则是借机拆穿马铎的诡计，这样一种“明帮暗斗”的喜剧性冲突，给人带来无比畅快的愉悦效果。

为了在“情理”和“法理”上彻底将马铎镇住，葛麻又暗示张大洪说：“你该不得去告你岳父吵？”张大洪会意，说“哼，我正要告他。”当张大洪还在思索告状的由头时，葛麻怕他想不出，就说：“由头，你不说我都猜得到，八个字：嫌贫爱富，逼婿退婚！”马铎一听，是又气又急，指责葛麻说：“你说的好话，叫他去告我，他想不到由头，你还告诉他的由头。”葛麻说：“这八个字由头，我领教过的，厉害得很。”马铎也惧怕这八个字的由头。葛麻又自圆其说地告诉他：“我这是试他的胆量。我听说他要告你，我先跟他把这八个字的由头说在前头，他是一个读书的人，一想这是个长工想的由头，纵高也不高——不用，把由头一改，嗨，该他的官司输，你的官司赢。这有明堂的。”至此，在葛麻的帮助下，张大洪已经在“情理”和“法理”上获得了完全的胜利，马铎则被批判得体无完肤，输得一败涂地。

在葛麻摆布马铎的计划中，不止是要拆穿马铎的诡计，还要趁机狠狠揍他一顿。葛麻的这一目的，也按照计划在喜剧性的冲突中达到了。为了不让张大洪临事慌张、吃亏，早在给他银子的时候，葛麻就关照他说：“张大相公，这是你岳父把得你的，二十两银子你‘统’好哟，少时怕的要打起架来，小心照护银子。”这对张大洪来讲，是真关照。但是面对马铎的责问时，硬说这是“有用意的”：“要是打起架来，他想，那个人关照了我的，他叫我照护银子，尽他只顾把银子照护得好好的，不还我的手，我就塞他的砣子。”另外，葛麻是打定主意要揍马铎一顿，却又事先“告罪”说：“动起手来，你就站开些，不是别的，这打架——人长得有眼睛，这拳头没有眼睛，你家要碰到它呀，那就不能怪我的呀。”马铎不知是葛麻之计，答应说：“就是误碰两下，为小姑娘的事，老夫不见怪于你。”葛麻接着又迷惑他说：“我也不会有心打你老人家吵。”等到马铎跟张大洪“面理”面不过，被张大洪数落、怒斥时，叫葛麻“你与我重重地打！”葛麻遵命开打，却“让过张大洪，打在马铎身上了”，结果是“打得老夫的腰杆疼”，葛麻还要佯装关心地说：“怎么样？没有打倒吵？哎呀，叫你站开些你不站开。”后来马铎又一次“叫葛麻与我拿棍打”，葛麻佯装猛打，暗地里却示意张大洪走，放他出门。马铎追赶时，“葛麻一拳打过去，打在马铎的脸上”，结果又是“险些打掉老夫的门牙！”随后在劝马铎不要去追赶时，又来了个戏中戏，模拟张大洪反抗、挣脱时的样子，又“一脚踹在马铎的腿上”。两拳一脚，把平日里饱受的委屈发泄了出来。这样一种“明帮暗斗惩员外”的喜剧性冲突，把对这个“嫌贫爱富、逼婿退婚”的马铎的戏谑与批判发挥得淋漓尽致，大快人心。

3. 插科打诨做文章——喜剧性的戏剧台词

作为表现丑角行当的艺术表现方式，最常见的自然是插科打诨了。“科诨”是中国古典喜剧的构成要素之一，历来为剧作家和戏剧理论家所重视。李渔在《闲情偶寄·词采第二·重机趣》中道：“‘机趣’二字，填词家必不可少。‘机’者，传奇之精神；‘趣’者，传奇之风致。少此二物，则如泥人土马，有生形而无生气。”《闲情偶寄·编剧论》亦有：“插科打诨，填词之末技也。然欲雅俗同欢，智愚共赏，则当全在此处留神。文字佳、情节佳而科诨不佳，非特俗人怕看，即雅人韵士，亦有瞌睡之时。”许渭森在《缀白裘十一集序》讲道：“有时以鄙俚之俗情，入当场之科白，一上氍毹，即堪捧腹。此殆如东坡相对正襟捉肘，正尔昏昏欲睡，忽得一诙谐讪笑之人，为我持羯鼓解醒，其快当何如哉？”王骥德《曲律》亦说：“插科打诨，须作得极巧，又下得极好，如说笑话者，不动声色，而令人绝倒方妙。大略曲冷不闹场处，得净、丑间插一科，可博人哄堂，亦是戏剧眼目。”

葛麻就是这样一个“诙谐讪笑之人”，最擅长捕捉时机、在不动声色地插科打诨之中给人带来令人绝倒的喜剧艺术效果。《葛麻》中的科诨，通常采用的艺术手段有借题发挥、明知故问、谐音与接话头以及用借用俗语、谚语等。

（1）葛麻打诨的技巧之一：借题发挥。

葛麻刚出场的时候，就借问候马铎之机发挥开来，讽刺员外马铎为人悭吝刻薄。葛麻说：“见了员外丢揖（见礼）。”他还解释说：“见了旁人一礼要还我一礼，见了员外昂昂不动，岂不丢了一个揖？”还有一个典型的例子是葛麻借茶杯说事这个细节。张大洪在马府喝茶，喝完后放回茶杯时，将自己的茶杯与马铎放回的茶杯叠在一起。葛麻一看，觉得“我的表弟倒有些意思，把杯子这样放着”，心想“嗯，借这个机会，我来耍这老狗几句”，于是借题发挥说：“哎，员外，照这个彩头看哪，小姑娘的婚事退不成。……他们两人这对姻缘，员外的意思是想把它拆开，从这个彩头看，不但没拆开，它还配拢了。”此外，在跟马金莲的那场戏中，也不乏这样的例子，如借谈戏《卖水记》来批判马铎、赞扬马金莲等。

（2）葛麻打诨的技巧之二：明知故问。

马铎让葛麻去找张大洪，葛麻跟张大洪本是表兄弟，却故意问道：“员外叫我找张大洪，到哪里去找呢？”马铎告诉他：“到他家里去找。”葛麻又说：“哪个人不出外呢？”马铎就说：“你到黉学家去找。”葛麻就反问说：“他那穷，哪有钱读书呢？”马铎又不耐烦地说：“到大街去找！”葛麻仍是故意激他，说：“他差人家的钱，还敢上街？”葛麻之所以明知故问，目的有二：一是替张大洪的“穷”作了辩护，意在张大洪并没有穷到落魄的地步，你马铎不应该起这样“嫌贫爱富”的心思；二是对马铎“嫌贫爱富”的不满，通过此番明知故问来逗马铎生气、拿他开心。

在跟马金莲的那一场戏中，葛麻更是将明知故问这一打诨技巧发挥得淋漓尽致。在谈到马府也可以唱一出《卖水记》的时候，马金莲算了一下，说“还差人”，葛麻却说“不差，一个人都不差”。马金莲不知葛麻用计，说“还差个小生呢”。这时，葛麻用“背语”说：“她还不知道我就是为小生来的。这才上了路。”这说明葛麻是有意将马金莲的注意力引领到“小生”（张大洪）身上。所以葛麻对马金莲说：“小姑娘啊，有小生；叫你女婿唱小生！”葛麻又明知故问：“哎，小姑娘，你女婿姓么事？”马金莲害羞不肯说，葛麻就说：“你不说啊，我就来猜。”葛麻故意按《百家姓》赵、钱、孙、李、周的顺序猜，马小姐忍不住还是说了：“不是的，不是的，姓张，姓张，明明人家姓张咧。”问了姓，葛麻又问名字：“姓算我晓得了，你女婿叫么名字呢？”马金莲又不说，葛麻故意拣丑的“猜”，说是“张癞痢”“张麻子”“张瞎子”“张驼子”“张长子”“张矮子”。葛麻胡猜一气，急得马小姐又说“不是的，不是的，张大洪，张大洪！人家叫张大洪。”在这里，葛麻的明知故问也有两个作用：一是强化了剧场的喜剧效果，二是逗马金莲开心，以便于进行“正题”即让她在“婚变”的问题上说出自己真实的想法。

（3）葛麻打诨的技巧之三：巧接话头，湖北方言称之为“接下句”。

葛麻的“接下句”，有时是顺其自然而接。例如，马铎要葛麻去找张大洪，葛麻故意问他：“张大洪是你家什么人?”马铎回答说：“是老夫的门婿。”葛麻又故作没听清楚，马铎又说了一遍：“门婿呀!”葛麻立马应了一声“嗯!”这一说一应，葛麻在口头上占了个便宜。因此马铎骂道：“哎，你这狗才缘何应起声来了?”葛麻解释说：“员外，上说下应，越说越有劲。”又如，在谈到给张大洪多少钱时，马铎说“好，我也不少把、把两串铜钱。”葛麻见他如此悭吝，就借机嘲讽了他一下，接过马铎的话头说“两串铜钱就退个媳妇，你屋里有几个，我都退她!”葛麻如此幽默机智的接话，给戏剧带来极好的喜剧性效果。葛麻的“巧接话头”，有时又是蓄意谋划之作。例如，在跟张大洪策划摆布员外之时，葛麻教他如何回答马铎的话时说：“他骂你‘小奴才’，你就说‘岳父大人’。”这个就属于有预谋的“接话头”了，其意就在于把马铎的这个“小奴才”给顶回去了，变成了马铎自己骂自己“小奴才”。还有一种“巧接话头”，是借话答话。例如，当马铎责怪他不该拿新衣服出来时，葛麻就说了：“你不能怪我，只怪安人。我要说拿件衣服给张大洪穿，她一定不拿，我只好撒谎说员外要去吃会酒，要拿件旧衣服穿，她老人家一生爱面子，她说：‘拿一件新衣服穿起来好甩牌子呀，乖乖!’”马铎立马呵斥他“你叫哪个乖乖?”葛麻理直气壮地说“安人是这样叫的吵。”我们无法知道安人是否说过这话，即使安人确实说过，葛麻也是在借安人的话头占马铎的便宜。

（4）葛麻打诨的技巧之四：巧用民间俗谚、歇后语与地方方言。

葛麻占了马铎的便宜，还要说是“上说下应，越说越有劲”。这句话就是一句俗语。葛麻表示自己有能力找到张大洪时，就借用了一句歇后语，他说：“找他呀，那好有一比……好比药铺的甘草。……一抓就来了。”葛麻听说张大洪打算去找他岳父借钱，就说“我看你忘记带枕头来咧”。张大洪不明就里，奇怪地问：“带枕头来做什么?”葛麻就借用了一句俗语说：“把头枕得高高的，好痴心妄想呀!”葛麻对马铎说自己会打架时，马铎高兴地说：“那倒看不出咧。”葛麻也用了一句歇后语，说：“你真是三十斤的鳊鱼，把我侧看了。”对于地方方言的灵活运用，也是葛麻打诨的技巧，这也是地方戏的共同特色。尽管历来都有反对方言入曲的学者专家，但是，各时代的戏曲里，大量地杂入了方言、俗语却是颠扑不破的事实。葛麻向马铎要茶盅，就利用方言“茶盅”与“杂种”音近的特点，借机骂他说：“员外，杂种!”马铎责问说：“嗯，什么话?”葛麻立即改口说：“嗯，茶盅的话。”与此同时，葛麻借机训责张大洪“穷要穷得干净，富要富得宁馨”，看起来是在批评张大洪，实际上是运用指桑骂槐的艺术，讽刺、批评马员外为富不仁、财路来得不正。此外，在跟马金莲的聊天取乐中，“打闹台”“毛痞”“搭架子”等方言词汇的运用，也给舞台表演增添了不少的喜剧性色彩。

四、《葛麻》的影响及地位

地方戏的文化特征是“雅俗共赏”。楚剧《葛麻》是深受群众喜爱的剧目之一，《葛麻》全剧以念白为主，这种念白不仅表现主人公机智幽默的性格特征，也体现了戏曲语言特有的艺术美。

鲁迅先生说过，俗文之兴，当由二端，一为娱心，一为劝善，而尤以劝善为大宗。《葛麻》的喜剧性，正是体现了这样的通俗艺术的审美追求。

第一，“娱心”的审美追求，即其喜剧性。

戏曲的喜剧性审美追求，是跟中国人民自古以来的乐观精神相关的。因此，与之相适应的大众文艺往往是以喜剧风格为审美追求的，戏曲作为大众文艺的主要组成部分，自然就追求趣味性。黄周星对此论述颇为独到，他在《人天乐》卷首《制曲枝语》中说：“曲为诗之流派，且被之弦歌，自当专以趣胜。今人遇情境之可喜者，辄曰‘有趣、有趣’。则一切语言文字，未有无趣而可以感人者。”楚剧《葛麻》几乎是调动了传统喜剧所有的喜剧艺术手段，无论是在人物性格的塑造上，还是在喜剧情节冲突和人物台词、动作的设计上，都显示出圆融、成熟的喜剧表现艺术。

第二，“劝善”的功利性追求，即其讽刺性。

戏曲的讽刺性，则是源于“寓教于乐”的中国文学艺术传统。《乐记·乐象篇》：“故乐行而伦清，耳目聪明，血气平和，移风易俗，天下皆宁。”王阳明《传习录下》中有：“圣人一生实事，具播在乐中。所以有德者闻之，便知他尽善尽美，与尽美未尽善处。若后世作乐，只是做些词调，于民俗风化绝无干涉，何以化民善俗？……使愚俗百姓，人人易晓，无意中感激他良知起来，却于风化有益。”楚剧《葛麻》对员外马铎的言行进行嬉笑怒打的戏谑和讽刺，令其“去了蓝衫丢了银”“赔了夫人又折兵”，对其“嫌贫爱富、逼婿退婚”的不义行为进行了批判，令人在大快朵颐中有所领悟、有所警醒。

第三，“丑角审美”的表演追求，即其突破性。

中国传统戏曲的表演是有许多严格的规定与限制的，什么角儿唱什么腔穿什么行头都有近乎刻板的规定，也就是说唱念做打的每一个环节都是固定不变的。这是传统戏曲之所以能够传承下来的最主要原因，同时也成为现代社会难以接受的最大的麻烦。因此，传统戏剧作品绝大多数都表现的是文化人，舞台上的主角绝对不可能是生活化的小花脸和丑角儿。

中国戏曲丑角审美特征的历史生成和感性具体显现是一个漫长的演进过程。由于丑角比生、旦等行当更深厚地积淀着历史文化的基因（讽刺传统、乐天精神、个体意志和丑角意识等），因而，这个生成和显现的过程就更显得沉重、滞缓。

不难发现，在古典戏曲中，丑角与整个戏曲艺术在很大程度上是相“游离”的。究其根由，主要是自元杂剧始的“旦本”和“末本”演唱体制，使丑角仅仅秉承着先祖俳优讽谏时事、滑稽调笑的传统，处在给生、旦，甚至净行“配戏”的地位，而未能真正“杂”入戏曲艺术之中，因而丑角的程式化亦式微，或曰其本身程式化就不充分。而作为戏曲艺术灵魂的声腔则与丑角根本无缘。这种丑角与“真戏剧”相“游离”的状况，必然导致丑角人物性格特征的开掘很不深入（新中国成立前以丑角挑大梁的戏极少）。

只有在传统戏剧中融进了喜剧的元素后，小花脸唱主角儿才慢慢被人们接受。这种状况的改变是在清末民初，尤其是新中国成立后。随着生、旦、净、丑（新中国成立前）到旦、生、丑、净（新中国成立后），再到丑、旦、生、净（党的十一届三中全会后）这两次历史性“错位”格局的形成，随着葛麻（楚剧《葛麻》）、唐成（豫剧《七品芝麻官》）、徐九经（京剧《徐九经升官记》）、贾贵（京剧《法门众生相》）等或根据传统名剧改编、或新编历史剧中“正戏丑演”的人物形象出现，戏曲丑角艺术开始逐步走向人物性格完满塑造的审美层次，艺术品位和审美价值更高。也只是到这时，戏曲丑角才终于完成了漫长的对自身作为历史文化心理负载者的超越，开始走向作为戏曲艺术内在充足需要的艺术高峰，也即真正使丑角艺术的本体存在得以确证。

《葛麻》喜剧艺术的成功，开创了戏剧表演中融入影视表演生活化的先河，在传统戏剧如何被现代观众接受认可的问题上作了很好的实践探讨，对随后的楚剧艺术创作产生了良好的示范作用。

《葛麻》在1952年进京表演，一时风靡全国。随后，先后进京演出的楚剧有《刘介梅》（1954年）、《拜月记》（1959年）、《狱卒平冤》（1985年）及《彩凤博鸭》（1990年），此外还有传统剧目《打懒婆》《杨泮讨亲》《讨学钱》以及新戏《追报表》《打豆腐》《蔡九赔鸭》等，这些作品构成了蔚为大观的楚剧系列，都是平民大众喜闻乐见的喜剧作品，因此，“楚剧在继承、发扬、改革、创新的工作中，对长于演喜剧的传统给以应有的重视，是完全应该的，也会是行之有效的。”

总之，楚剧《葛麻》吸收了中国戏曲特有的喜剧艺术，并融合湖北地区特有的地方文化色彩，从而成为传统楚剧的典范之作。

五、名家与戏

站立着睡觉的姿态情状，在这里几乎被贴上了“葛麻牌”标签，让人忍俊不禁。这个当然也要归功于名角熊剑啸精湛入微的表演技能。

1. 活灵活现的葛麻——熊剑啸

一提起楚剧《葛麻》便要谈到“葛麻”扮演者熊剑啸（1921—2013）。2006年，楚剧、汉剧两大传统剧种入选为国家首批非物质文化遗产项目，熊剑啸被评为楚剧代表性传承人，为国家一级演员，历任武汉市楚剧团、湖北省楚剧团副团长、中国戏剧家协会理事、湖北省文联委员、楚剧艺术研究学会会长。

熊剑啸本名熊传胜，小名小花子，艺名小玉山，曾名“见笑”。父亲熊云山是汉阳蔡甸的班主，熊剑啸耳濡目染，6岁就开始学戏，拜名丑胡玉山为“门内师”，扎起翘翘辫就开始演奶声戏、娃娃戏。先随草台班子到乡镇活动，初住汉口新街口“六水分源”，9岁正式上台。熊剑啸声名赫赫，跟袁壁玉、陈梅村并称“三桃园”。

《葛麻》于1952年与汉剧《宇宙锋》、黄梅戏《天仙配》、豫剧《花木兰》等一起参加全国第一届戏曲观摩会演，一个“站着睡”的葛麻形象风靡京城。后他兼任导演工作，曾获湖北省首届戏曲汇演导演奖。

据说《葛麻》在全国打响之时，中国京剧院就曾动过移植的念头，移来植去二十年，做好了葛麻的服装却一直压在箱底，偌大的剧种居然搬不过一个小小的葛麻，这是什么原因？原因就在于楚剧葛麻的个性太强烈了。强烈的个性，使你不知道用什么东西来替代它，人们在赞叹之余，不得不钦佩熊剑啸的“厉害”。

综观熊剑啸表演，他的“厉害”主要体现在他的艺术表演风格上：

其一是以“正”衬谐，朴实无华。

丑角是受观众欢迎的行当，给观众带来欢乐，给剧情增添情趣。演丑角不难，但演好丑角就不是那么容易。比如葛麻，这是一个有正义感的好人，但又是一个具有喜剧色彩的喜剧人物。在暴富的员外面前要唯命是从，又要帮助善良贫穷的表弟与尚未正名的岳父抗争，取得反退婚的胜利。剧情规定葛麻的“不协调”环境，如按传统丑角套路演，人物就会浮滑，很有分量的喜剧就会演成嘻嘻哈哈的闹剧。熊剑啸先生刻画葛麻，一改传统的“取悦观众”的丑角滑稽类型，从“正”衬谐的表演特色，反而使夸张的细节合乎情理，即令“站到睡着”这一有违现实生活的细节，都让人既可笑又可信起来，使葛麻这一“卑”人物出发，以“正”衬谐，取得很好的艺术效果。

所谓“正”，即深刻理解剧本赋予人物的深刻思想内涵，正视人物所处的受压抑的历史背景，强化其历史厚重感。所谓谐，即不脱离喜剧人物的本色，充分运用“可喜”和“可笑”的喜剧细节展示人物的可愉悦性。员外一声呼喊，葛麻应声登场，给观众第一印象是敏捷、干练的普通劳动者形象。随即口齿伶俐地独白：“一年四季八节，穷人怕的是正、二、三、四、五、六、七、八、九、十、冬、腊月。”前头几个字轻巧流畅地吐出，重点在“十、冬、腊月”几个字上加以强调，这一个小起巧顿使笑声油然而起，葛麻的喜剧性格就在这朴实无华的表演中展露出来。接下来，在与员外‘插科打诨”的细节表演上。熊剑啸处处注意以‘正’衬谐，恰到好处地将这些喜剧细节环环相扣地表现出来，使人物具有厚重的历史感和生活感。

葛麻是劳动人民的缩影，他所营造的一系列喜剧氛围，是现实生活赋予人物智慧和才能的“卑贱者”，成为真实可信的“聪明者”。以“正”衬谐的表演手法告诉我们，不论是喜剧，还是悲剧、正剧，都必须以辩证手法刻画人物，尽可能使人物丰满、多彩、感人。

其二是厉害在他的嘴里头。与其说他“演”活了人物，不如确切地解释为是他“说”活了人物。

熊剑啸说的是一种汉（口）黄（陂）相结合的语言，它既不是正宗的汉口话，又不是道地的黄陂话，而是将汉黄话掐头去尾相融合产生的一种中性艺术语言，也就是他们这一代人所提出和创造的一种叫做“雨夹雪”的楚剧舞台语言不断锤打锻造，带着它走过了初级阶段、中级阶段并进入一种高级阶段。听他的“雨夹雪”楚剧舞台语言，仿佛见到和听到一股清澈的山泉从深涧中自然而出，滔滔汩汩，随物赋形，柔和圆润，悦耳动听，个性强烈。

有了“雨夹雪”的楚剧舞台语言，必然要产生运用这种念白的技巧。熊剑啸有一个窍门，就是：说要像唱，唱要像说。这句话既是熊剑啸的经验之谈，又是他对念白提出的最高要求。通过这句话可以明白，熊剑啸处理念白就像唱功演员在处理唱腔一样精雕细刻、苦心经营，唱腔有慢板、原板、一字板，最后甩腔；熊剑啸的念白也有慢板、原板、一字板，最后甩腔唱腔，唱腔讲究抑、扬、顿、挫，熊剑啸的念白也讲究抑、扬、顿、挫。不仅如此，他还是最善于运用“抑、扬”手法的高手，他运用起来游刃有余，丝毫不露雕凿之痕，就像李雅樵的唱腔一样，令人咀嚼、耐人寻味。

熊剑啸对这种“抑、扬”手法的灵活运用在《葛麻》一剧中随处可见。

例如葛麻在教张大洪三个“这个”时，有一段“三茶六礼”的念白、一段“何人媒证”的念白和一段“写退婚文书”的念白。这三段念白熊剑啸完全用了“抑”的手法，就像一段唱腔一样，有慢板、原板、一字板，到了最后他又来一甩腔：“哎呀伙计，只要你把这三个‘这个’一说，我包你有老婆过年。”说到这里时，观众爆发出满堂欢笑，笑张大洪的稚嫩，笑葛麻的诙谐。

再如，葛麻为了说得马铎拿出衣服银子来的时候用了“抑”的手法，将念白在低调处揉过来搓过去，到了“剥得下来的，夺得回来的”的时候，又将调门“扬”了起来这种念法，反衬了马铎的愚蠢，突出了葛麻的机智。熊剑啸的念白风趣、幽默、诙谐，他将这些特点完全融入其口语化的唱腔中，生意盎然，将观众的感情浪潮掀得波澜起伏，一波三折。

熊剑啸精湛的“雨夹雪”念白，并不是无源之水、无本之木，也不是他忽发奇想、凭空杜撰的，它源于一大批从黄孝来汉口谋生的群体。这个群体所说的黄孝话多少年来与本地的汉口话碰撞磨合，产生了一种中性语言。汉口人认为这个群体说的是黄孝话，土生土长的黄孝人认为这个群体说的是汉口话。熊剑啸的念白就取材于这个群体，但他并没有使它流于自然，而是将它加工、提炼、夸张成带有戏曲节奏的楚剧舞台上的艺术性语言。

这就是熊剑啸“雨夹雪”的楚剧舞台语言的强大魅力所在。

中国文化有一个优良的传统，就是它的传承性。不得不承认，面对熊剑啸在“雨夹雪”念白上提供的这笔丰厚财富，我们的认识还处于一种非常幼稚的层面。熟视无睹不可取，视而不见更不行，绕道而行行不通，不入乎其内，岂能出乎其外。我们必须接过“传承性”这根魔力棒，继承“雨夹雪”念白，发展“雨夹雪”念白，使“雨夹雪”念白在我们楚剧舞台上更加绚丽灿烂、多姿多彩。只有这样我们才能不负前人，无愧来者。

2. 电影《葛麻》的诞生

1952年，全国第一届戏曲观摩会演在北京举行。中国剧协主席田汉来武汉挑剧目，他曾在郭沫若领导下的三厅工作过，对楚剧很熟悉，对武汉的楚剧艺人也非常了解。他说，此次戏曲观摩演出，主要是展示各个剧种独有的剧目，要有鲜明的代表性。受他的启发，楚剧团决定将楚剧传统戏《打葛麻》改编为新《葛麻》。

在北京演出后，《葛麻》和熊剑啸都一炮而红。“毛主席和周总理对这部戏的评价都很高。”熊剑啸说，“晚上和周总理共进晚餐，周总理说《葛麻》很好，很有阶级感情。”“‘文化大革命’时期，毛主席在病中还点名要看《葛麻》。”

《打葛麻》把葛麻定位为一个刁钻圆滑、自私自利的小人。新《葛麻》去掉一个“打”字，葛麻就翻了身，变成了机智风趣、热心快肠的劳动人民。

葛麻的形象确立以后，“小生”张大洪也一度被改编成农民。实践证明，这样的改变是不合适的，剧组最终还原了他的秀才身份。

最后是员外马铎。他应该是什么类型的财主呢？传统剧本里，马铎的台词是：“过去开亲之时，两家豪富。如今他家贫穷，我的女儿嫁了过去，岂不要受苦？”后来文化部副部长陈荒煤作了这样的修改：“开亲之时，两家贫穷。如今我家发富，他家依然贫穷，我女嫁了过去，岂不依然贫穷？”这样一来，马铎就成了一个暴发户，其贪婪性和吝啬性就更突出，张大洪也就更值得同情了。

《葛麻》的修改和加工，一直都是在崔嵬领导下进行的。

国家举办第一次全国戏曲观摩演出大会，身为中南军政委员会文化部文艺处处长的崔嵬自然非常重视。他让中南地区几个省的地方戏曲剧种一起组团参加，他出任团长。

对于《葛麻》的修改，崔嵬从不使用行政命令，而是采取研究讨论的方式进行。他是行家，很懂戏，知道哪些地方该改，哪些地方不该改。他甚至亲自出任《葛麻》的导演，一句一句地给演员说戏，让包括熊剑啸在内的老艺人心悦诚服。

剧本改好了，人物形象确定了。万事俱备，就看演员怎么去表演。

譬如“站着就睡着了”只是一句台词。演员究竟应该怎么表演才能让葛麻的性格从纸上立起来，在舞台上扎下根呢？

熊剑啸激活了文字上的葛麻。

开场了，葛麻在打瞌睡。员外的小姑娘看见了，说他偷懒，要告诉她爹。但葛麻知道，这个姑娘与她爹不一样，她不贪婪不吝啬，是单纯的、天真的，所以不仅没有必要激化矛盾，还可以用自己的机智和她开开玩笑。于是葛麻说：“哎哟，姑娘家没有说放贤惠一点，你看人家站着都睡着了，该辛苦得几狠！”果然，一句“站着睡”引起了小姑娘的兴趣，她疑疑惑惑地问：“站着睡？那怎么翻身呢？”此时，葛麻的身子就朝一边转，以略为夸张的造型配以顽皮的表情，逗得小姑娘的同情心大爆发：“哟，翻了，翻了！”于此，观众的同情心也被激发出来，觉得葛麻帮助一个这样的小姑娘，是理所当然的。

当然，台上前后一共有四位演员，《葛麻》不是葛麻的独角戏。没有其他三位演员严丝合缝的配合，扮演葛麻的熊剑啸纵有天大的本事，也难以独木撑天。所以熊老后来常说：“丑不丑，一合手。”所谓“一合手”，就是讲相互配合，互相合作，要旗鼓相当，得心应手。参加北京汇演的《葛麻》，演员外马铎的是陈梅村，演小生张大洪的是李雅樵，演小旦马金莲的是余少君，这三位，都是已载入楚剧发展史的楚剧大家。

阅读与思考

1. 从《葛麻》看戏曲语言特有的艺术美？
2. 通过《葛麻》的主题如何新解“嫌贫爱富”？
3. 试比较戏曲舞台上的几个喜剧人物形象？

第六节　川剧《死水微澜》

一、剧种概述

川剧流传于中国西南地区，覆盖四川、重庆全境以及云南、贵州、湖北等地的部分地区，历史悠久，剧目丰富。川剧承中华戏曲之传统，融巴蜀艺术之精华，五腔并存，文野交融，自成一格，是戏剧史上为数不多的集戏曲文化之大成的地方剧种。川剧于2006年5月20日被列入国家级非物质文化遗产名录。

川剧剧目涵盖古今，包容南北。现存剧目六千余个，其中传统剧目四千余个。主要来自宋元南戏、元杂剧、明传奇及川剧编剧黄吉安、赵熙、刘怀叙等人的自创剧目。中华人民共和国成立后，川剧改编和创作的剧目已达两千余个。特别是改革开放后，川剧界涌现出以魏明伦、徐棻、隆学义、谭愫为代表的一大批剧作家，他们创作的《巴山秀才》《易胆大》《金子》《死水微澜》《山杠爷》等经典剧目在戏剧界享有很高的声誉。

川剧声腔“诸腔杂陈”，以源于弋阳腔、青阳诸腔的高腔为主，兼容昆腔、胡琴、弹戏、灯调，涵盖了明清以来中国戏曲的五大声腔体系。主要演唱形式的高腔属曲牌体音乐，常用的高腔曲牌约有三百余支，兼容丰富性与完整性，并结合了音乐性与戏剧性，在高腔系统中堪称独步。川剧高腔继承弋阳腔“一唱众和”的徒歌式演唱方式，将帮腔和锣鼓套打的表现功能发挥到了极致，形成帮（帮腔）、打（锣鼓套打）、唱（唱腔）紧密结合的音乐结构形态，其中尤以帮腔的表现功能最为丰富和别具一格。

三百年来，川剧表演继承了中华戏曲和巴蜀戏剧的艺术传统，形成了完备成熟的角色行当和系统的功法程式。在长期的舞台实践中，还创造了以川剧变脸、吐火、藏刀、飞耳帐、钩眼线等奇思妙想的表演技巧，在剧情发展突变点形成戏剧高潮，征服了广大的观众。

二、代表作介绍

川剧《死水微澜》是剧作家徐棻在20世纪90年代根据四川本土作家李劼人的同名小说改编而成。剧本通过描写清末川西平原上的农家女邓幺姑不甘受命运摆布，奋起追求个人幸福的曲折经历，深刻地反映出当时国家的内忧外患对人们前途命运的巨大影响。

剧情为不想世代都做农家女的邓幺姑，虽然做梦都想嫁到成都，却高不成低不就，最后无奈嫁给了五官不端、愚钝丑陋的“蔡傻子”——成都天回镇上“兴顺号”杂货店的老板蔡兴顺，勉强做了“半个成都人”。当邓幺姑遇到蔡兴顺的大老表罗德生——见多识广、极富英雄气的袍哥首领时，便由衷地喜欢上了他。本来极力回避的罗德生最终也冲破世俗与邓幺姑相恋。然而好景不长，因洋教徒陆宗和伙同曾被罗德生“烫了毛子”的顾天成密告罗德生勾结义和团攻打教堂一事，四川总督派兵打砸“兴顺号”，蔡傻子入狱，罗德生出逃，邓幺姑被迫改嫁。

作品将那个时代独具川味的各色人物——邓幺姑、蔡傻子、罗德生、顾天成等在大动荡的社会环境中冲破世俗与封闭守旧、朦胧愚昧与世故圆滑的复杂心态一一展现，形象地描绘出离成都只有二十里的天回镇——“这安静得有如死水般的川西坝子”，在历史进程中泛起的点点“微澜”。

原著作者李劼人是中国现代具有世界影响力的文学大师之一，是新文学长篇历史小说的“开山祖师”，被郭沫若誉为“中国的左拉”。李劼人的代表作小说《死水微澜》创作于1935年，真实而深刻地描写了从甲午战争到辛亥革命前后约20年的广阔的社会生活及历史巨变。对帝国主义列强入侵、洋教大规模传入以及风起云涌的义和团运动等一系列事件都有着细致的描述和深刻的挖掘。

剧作者徐棻是川剧史上第一位女剧作家。她曾三次荣获“曹禺戏剧文学奖”，两次荣获“文华大奖”及“五个一工程”奖，三次获得中国戏剧节“优秀剧目奖”等多项国家级大奖。其代表作有川剧《死水微澜》（以下简称川剧《澜》）、《燕燕》《秀才外传》《欲海狂潮》《马克白夫人》等。

川剧《澜》于1996年由四川艺术职业学院成功搬上舞台，由该院一级导演谢平安执导，该院“梅花奖”得主、一级演员田蔓莎主演。1997年荣获中华人民共和国文化部颁发的“文华大奖”和6个单项奖，上海“白玉兰主、配角奖”，“曹禺剧本文学奖”及四川省“五个一工程”奖等多个奖项。田蔓莎因塑造了邓幺姑一角广受赞誉，并获得中国戏剧“二度梅”。德高望重的戏剧理论家刘厚生誉川剧《澜》为中国戏剧改革中“里程碑式的作品”。

2009年，四川艺术职业学院复排川剧《澜》，徐棻、谢平安、蓝天等名家担纲创作班底，“梅花奖”得主陈巧茹出演主角邓幺姑。该剧获第十一届戏剧节剧目奖、优秀编剧及优秀表演奖。一年后，学院又推出青春版川剧《澜》，该剧在中国大学生戏剧节的激烈角逐中荣获优秀表演奖。

多年间，川剧《澜》在传承中不断创新，确保经典剧目精排常演。如《戏与歌》演唱会张清华演唱的【农妇苦】唱段、陈巧茹演唱的【羞怯怯】唱段深受观众喜爱，现已收录川剧名家名段专辑中出版；青年演员李佳、邓莉演唱的【羞怯怯】在戏剧比赛中精彩呈现；川剧专业学生相继排演川剧《澜》中的多个经典片段。

1. 经典唱段

【农妇苦】

幕在唤呐声中徐徐拉开。

帮腔：“川西平原一方土。”

邓幺姑背身缓缓出。

帮腔：“土生土长邓幺姑。”

邓幺姑转身亮相，甩着手绢百无聊赖地漫步。

帮腔：“朝夕漫游田间路。”

邓幺姑伫立远眺。

帮腔：“满怀春情望成都。”

幕后一女声哀呼：“苦哇……”，幕后众女声叹息：“苦哇……。”

邓幺姑转身而望。一群衣衫破旧的农妇背上背篓步履蹒跚地上场。她们以简单而沉重的舞蹈走出各种队形。邓幺姑站在高台上立于农妇间。

邓幺姑唱：“农妇苦，农妇苦。”

农妇们唱：“苦呀……。”

邓幺姑唱：“三岁割草，五岁喂猪。”农妇们半讲半唱：“算不得苦。”

邓幺姑唱：“七岁砍柴，九岁晒谷。”农妇们半讲半唱：“算不得苦。”

邓幺姑唱：“十二栽秧到十五。”农妇们半讲半唱：“算不得苦。”

邓幺姑唱：“十六、七嫁个憨丈夫。”农妇们接唱：“那才苦。”

邓幺姑唱：“十八、九背起娃儿帮活路。”农妇们当场撩动胸前的围裙至背后盖住宛如装着婴儿的背篓，一面举起地上的砍柴棍，一面接唱：“真是苦。”

邓幺姑唱：“二十几崽崽生了一堂屋。”农妇们接唱：“说不出的苦。”

邓幺姑唱：“黄花女眨眼成老妇。”顷刻间农妇们从黑发妇女变为白发老妪，接唱：“苦呀，苦！”

邓幺姑唱："一辈子这样过死不瞑目……"农妇们接唱："要瞑目。"

农妇们唱："自从开天辟地有盘古，农家女世世代代哪个不？"

邓幺姑唱："我就不！"

农妇们唱："除非你不做农家妇。"邓幺姑唱："就不做，就不做！"

农妇们唱："只怕你命薄没得那个福。"一个个向邓幺姑做脸做色地下。

邓幺姑望向远去的农妇们，唱："我绝不像你们，绝不像你们！"

邓幺姑帮腔："只盼有人把媒做，花轿抬我上成都。"

【羞怯怯】

邓幺姑丢下盖头站起，张望。帮腔："静悄悄，四下无人。"

邓幺姑轻步行走，一束追光跟着她。有人在暗处摆上掌柜椅。

邓幺姑唱："羞怯怯，偷偷去到店堂里，喜滋滋，把蔡家铺子看分明。"

"只见那"——台中灯亮，形成一小片光区。

接唱："金字招牌黄灿灿，雪花粉墙白生生。双间铺面多宽敞，三张方桌品字形。几排木架靠墙站，各色杂货满柜陈。柜台内外分宾主，主人的坐椅油漆新。"绕椅而舞。

"油漆新，亮铮铮，雕花刻朵带描金。这么长的脚脚这么高的背，这么宽的扶手这么大的身。稳当当，重沉沉，不动不摇如生根。"椅上舞。

"生了根的宝座归了我，我高坐宝椅收金银。掌柜娘子胜农妇，邓幺姑不开心来也开心。"最后坐在掌柜椅的靠背上。帮腔："新郎一夜无踪影，你的男人是怎样的人？"

邓幺姑不安起来，她慢慢滑下椅子，轻轻地绕场寻找。

2. 作品鉴赏

一部优秀的作品，必然能反映出特定历史时期一些人物的生存状态及精神面貌，并能引起广大观众强烈的心灵共鸣。川剧《澜》充分运用传统戏曲唱（唱功）、念（念白）、做（表演）、打（武功、舞蹈）来塑造形象，调动多种艺术表达技巧刻画人物性格，成功塑造了邓幺姑、罗德生等个性鲜明的人物形象。

（1）女主人公邓幺姑

邓幺姑是一个既不同于小说人物又区别于同名影视、话剧人物的真正"与众不同"的女人形象。剧作者强化了邓幺姑反封建和要求个性解放的心理。在当时"死水般"的生存环境中，邓幺姑的坎坷命运与她的"爱情微澜"和民族意识的觉醒紧密地联系在一起。她敢于蔑视封建礼教对妇女的约束，渴望主宰自己的命运，率直地表露出对罗德生的爱。改嫁顾天成又表现了她的善良、富有牺牲精神和深谋远虑的现实主义态度。如果说原著偏重描述邓幺姑的自发、热情、实际，川剧《澜》则塑造了一个全新的邓幺姑形象，扮演者田蔓莎将邓幺姑的理想、深情与勇敢展现得淋漓尽致。下面以川剧《澜》的三段剧情谈邓幺姑的形象塑造。

【羞怯怯】一段：新婚洞房，邓幺姑听见几声鸡啼，便掀开盖头，下床去寻彻夜未见的新郎。眼前出现的紫檀木掌柜椅，让邓幺姑按捺不住兴奋，在椅上翻飞雀跃，幻想收金敛银。她一会儿拍手跺脚，脚尖呈现“勾、翘、块、直、撇”的技艺，一会儿抛顶象征心花怒放的红头巾，品味着当掌柜娘的惬意与幸福。当邓幺姑满怀期待地沿着婚庆绸带的另一端瞧见醉倒在地的罗德生，误以为大老表罗德生就是自己的丈夫，便一见倾心。没想到自己嫁的却是傻头傻脑的傻丈夫。刹那间，邓幺姑手中装有醒酒汤的碗“哐当”坠地，好似“晴天霹雳”……在落差巨大的现实面前，邓幺姑渴望的理想婚姻未能完全实现，她的苦楚失落更无人诉说。

【得到了】一段：当邓幺姑瞧见外出一年后归来的罗德生，情不自禁地高声呼喊：“大老表!”，慌忙用双手整理发髻后，径直奔到罗德生面前。她用满含深情的大眼睛直视大老表，让心中也泛着爱情涟漪的罗德生顿生尴尬……罗德生献上衣料，邓幺姑随红衣料翩跹起舞，然后紧裹于身，罗德生情不自禁地“扑通”跪地，搂住了邓幺姑，两人被压抑的情爱之火迅猛燃烧起来。“得到了！得到了！……”帮腔的反复吟唱抒发了两人相爱的心声。罗德生身披红衣料，怀抱邓幺姑旋转而舞，他们激情澎湃、心醉神驰地唱给彼此“半世积攒的爱”和“平生所有的情”。邓幺姑时而舒展双手，脚上展现出舞蹈绷脚的线条美与传统戏曲勾脚的韵律美，间或手拉罗德生以反复“跪步”和“拖步”表现出爱情里的沉醉。这段身段表演用戏曲舞蹈和川剧程式化的动作深刻地揭示了人物的内心世界，让观众看到了邓幺姑得偿所愿的欢喜和爱情中的几分羞涩。邓幺姑和罗德生的“相好”是对封建婚姻制度“合情而不合法”的抗争，“女人理应如此”的美好理想在这场人文主义与封建礼教的较量之中，显示出强大的征服力量。

【五一条】一段：戏的尾声，邓幺姑被打得皮开肉绽回到娘家养伤。而此时，有钱有势的顾天成因一直爱慕邓幺姑，提出娶邓幺姑为妻。直面残酷无情的现实，自发追求幸福的邓幺姑已然突变为满怀悲痛、忍辱负重的蔡大嫂。她要顾天成写下与她结婚的五条承诺。邓幺姑语言凝重，目光坚毅：“我与傻子认兄妹，常来常往你不准做脸色”，若大老表“有朝一日他回转，我与他续旧情，你不许干涉”。邓幺姑身上闪耀着凄恻动人的人性光辉，她首先想到的是救人：救出无辜的蔡傻子，再耐心等待罗德生的归来。

邓幺姑的力量毕竟单薄，她无力改变这个因袭千百年的封建社会的羁绊，她的美好希望不可能完全实现，这也正是邓幺姑悲剧命运的典型意义。

（2）男主人公罗德生、顾天成

男主人公罗德生是邓幺姑的倾情对象。编导有意淡化了罗德生作为袍哥大爷的鄙陋，加重了对他的情感、侠义的刻画。在川剧《澜》中，赵文学是罗德生的扮演者，道具扇子的象征表现和花脸形体身段的大量运用成为其形象塑造中的亮点。如罗德生出场时，手中扇动的白色折扇，与他身穿的白绸缎相映生辉。当袍哥告诉罗德生，顾天成经常到杂货铺调戏邓幺姑，他便咬牙切齿，来回踱步，扇子忽而失落半空，忽而又奋力扇动，充分体现出罗德生的自责和愤怒。当罗德生与邓幺姑相拥互述衷肠后，从蓝色印花布幔里走出的罗德生，手里竟悠闲地摇动着一把大蒲扇。这居家过日子的大蒲扇将两人布幔后的情感出奇地扇出毋庸多言的幸福滋味。在袍哥们攻打教堂的戏中，罗德生在同袍哥们的单刀舞中大量使用翻身、弓剑步和刀花等技术，那铿锵的节奏以及武生特有的脆劲亮相充分展现了他强烈的爱国热情和对外来侵略者的本能反抗。

顾天成与罗德生的一切矛盾都是围绕着争夺邓幺姑展开。顾天成为复仇而加入洋教，被幺爸逐出祠堂，又别无选择地继续巴结洋人洋教。许明耻塑造的顾天成形象风趣幽默，唱腔流畅。他运用传统丑角塑造人物的方法，将角色悲剧喜演，既有川剧程式表演技巧，又不显露程式，取得了很好的效果。戏中四土老肥用假骰子诈骗顾天成一千两银子后，他借鉴褶子丑面部表情和夸张强烈的表演动作，表现出心中的气愤；顾天成加入洋教后借用了和尚甩佛珠套脖子的技巧，将大十字架用力甩套脖子并旋转着矮胖的身子："如今我是教民了，老子有了洋靠山，定教官府捉拿罗德生。"顾天成似复仇得逞，一阵狂喜。

川剧《澜》是新时期戏曲改革中的一部优秀作品。它以浓郁的川西风情、鲜明的人物形象和戏曲特有的演出样式，给观众以新的审美感受。《澜》剧的编导演始终遵循"是川剧，但不是老川剧；不是老川剧，但一定是川剧"的方针，在表现小说《死水微澜》思想内容的同时，在表现形式上也进行了独到的探索与创新，共同铸就《澜》剧的鲜明个性。

(3) 编剧艺术——"川剧思维"的审美再创造

编剧徐棻遵循以川剧独特的思维方式对原著进行剪裁、取舍、组合，将文字的语言艺术变成戏曲的舞台形式。看过《澜》剧的戏剧专家赞誉说，川剧《死水微澜》与其说是改编，不如说是川剧的再创造。徐棻对原著的概括方式、对人物的独特理解、对川剧舞台语言的开拓，无不显示出新意。

①全剧结构严谨有致，剧情起伏跌宕，明暗线交织

编剧徐棻提纯了小说中过于丰沛的社会生活容量，抓住主要人物发展脉络，对原著中的人物和事件都进行了重塑。川剧《澜》主要人物减至四个（邓幺姑、罗德生、顾天成、蔡兴顺），剔除小说中的邓幺姑对妓女生活的羡慕等情节；对邓幺姑与罗德生之间的真情进行深度刻画，将一部本是乡土风情的写实小说，改编为一部浪漫主义悲情剧。剧中交织着邓幺姑对封建婚姻大胆反抗的明线和中华民族对外来侵略者本能反击的暗线，艺术结构严谨且中心突出。

②"情节突变"的叙事化处理

编剧徐棻在这部反映邓幺姑悲剧命运的剧作中，紧紧扣住邓幺姑命运的突变来完成人物的形象塑造。"满怀春情望成都"的农村少女邓幺姑自田间回家突变为婚礼出嫁的路上；新婚后，失落的无奈突变为与大老表的炽热爱恋；最后相爱的欢情突变为两人的生离死别；挨打受伤突转为含悲救人的改嫁。在这一系列的突变中，剧情进展连贯流畅、人物性格发展轨迹清晰、叙事化构思让矛盾冲突和人物情感环环相扣、个人命运与国家兴衰紧密相关。

③语言的川剧化、形象化

《死水微澜》的故事原本发生在四川，充满浓郁的乡土气息。徐棻的川剧改编本融入四川方言诙谐幽默、略表夸张的道白，充分发挥川剧独有的“帮（帮腔）、打（锣鼓）、唱（唱腔）、做（表演）”的艺术技巧，让观众获得迥异于其他艺术形式的观赏美感。特别是大量运用富有地域特色的帮腔，使人物通过动人的声腔传情达意，满足观众听觉上的审美需求。如戏的开场由帮腔起唱“……朝夕漫游田间路，满怀春情望成都。”将邓幺姑漫游田间的画面形象生动地投射到观众的感官当中。邓幺姑和农妇们在【农妇苦】中的对话方式亦巧妙而精彩，评论家称之为“神来之笔”的“凤头”。

（4）导演艺术——当代戏剧美学的匠心独运

导演谢平安在川剧《澜》的编排中，坚持简化布景，强化灯光，注重服装造型，突出人物表现。他将观众的注意力导向剧中人物的表演，关注他们命运的悲欢离合、大起大落，从而为观众献上一台既是地道的川剧艺术又有较为强烈的现代意识，内容形式都较为新鲜的精彩演出。

①意识流动不息，假定情境传达给观众情感想象的空间

直接假定情境使戏剧空间意趣盎然：导演将空间意识建立在整体时空的虚拟性上，演员根据剧情变化的需要，充分借助场面的调度、用逼真的表演直接假定凭借之物为剧情需要的情境。一个小平台便是川西平原的田埂土梯，转眼它又作为“兴顺号”的柜台桌椅，有时它又变成赌场、教堂。被假定的“事物”随时迎合剧情及人物需要，界定或小或大的空间环境。如邓大娘放下一把竹椅，此时的舞台便成了邓家院坝，一把象征美梦与财富的掌柜椅就代表了“兴顺号”店堂。

心理假定情境让人物心态自由呈现：川剧《澜》通过说明性台词（或内心独白）、幻象、梦境的具象化等主观表现方式，不断挖掘人物的潜意识，并使之在舞台上戏剧化地呈现出来。戏一开始，邓幺姑徜徉田间小路，翘首望成都。为表达她力图挣脱身为农妇的苦境，舞台两侧步调一致地走出两组农妇，与邓幺姑争辩和答唱，邓幺姑心中与命运抗争时的痛苦通过农妇们从少女到老妪的变化中得以精彩表现。当唱到“十八九背起娃儿做活路”，只见众农妇将胸前的围裙解开，往后背上一搭，就从少女变成背娃下地的妇女；当唱到“黄花女眨眼成老妇”，众农妇手扯头套顿“生”白发，拾起地上的木棍时已是佝偻蹒跚、老态龙钟的老妇人。千百年来农村妇女可悲的一生尽现眼底，迫使邓幺姑发出“我绝不像你们”的呐喊。导演借助形象化的舞台表现，巧妙呈现出邓幺姑不愿重蹈众农妇的生活轨迹，希望嫁到成都改变命运的心理过程。

②精彩流动不息，“传统”和“现代”手法包容并鉴

该剧中导演追求传统的戏曲表现艺术和现代剧场审美追求的有机融合，借鉴西方现代派戏剧表现手法，强化戏剧张力。川剧《澜》巧妙地运用灯光、道具和无具象的舞台，融入现代戏剧和影视镜头连接的原理与淡出淡入的“蒙太奇”表现手法，在传统一桌二椅的空台艺术的基础上创造出现代的无场次空台艺术。如邓幺姑田间漫步，到邓大娘召唤幺姑，再到邓幺姑在院坝答应婚事，吹鼓手、轿夫、送亲客欢天喜地走在邓幺姑出嫁的路上。这里景随人移，三个场景的戏做了无场次空台的表达，一个传统的圆场就完成了戏剧环境的转换。戏剧人物不受时间与特定环境的限制，唯剧情需要来去自

由。当邓幺姑和罗德生久别重逢时，两人站在原地不动，仅仅通过灯光和蓝色布幔的移动变化，环境已由室外转入室内，这种原地不动而转换时空的现代表现手法在中外剧坛较为罕见。

（5）音乐艺术——描声绘音皆有情

《澜》剧音乐最大的特点是既有浓郁的川剧韵味，又有强烈的时代气息。《澜》剧的曲作者蓝天是四川艺术职业学院教授，一级作曲家，两度荣获文化部“文华音乐奖”。代表作有川剧《死水微澜》《杜兰朵》《白蛇传》及国内外有较大影响的舞蹈《俏花旦》。

①用丰富确切的曲牌表情达意

《澜》剧的音乐充满悲剧性，所以主题音乐便选用有商、羽调式交替的川剧唢呐曲牌【牛筋调】的旋律，经过提炼加工来统一全剧的音乐风格。作为全剧的灵魂音乐，【牛筋调】贴切地表现出邓幺姑性格中的双重性：对黑暗势力的大胆反抗和人性中柔情似水的真挚感情。《澜》剧中的每段唱腔既有川剧曲牌的出处，又作了契合现代观众审美情趣、符合人物性格特征的再创造。如：选用高腔曲牌【汇新水令走板】表现川西平原的一望无际和邓幺姑漫步田间的自由心境；选用高腔曲牌【红鸾袄】表现邓幺姑与大老表的爱慕之情；选用灯调曲牌【望山猴】表现四土老肥对邓幺姑的垂涎。

②旋律优美，易于传唱

【羞怯怯】是《澜》剧的核心唱段之一。主要描写邓幺姑新婚之夜的心情，其中注入了大量的歌唱元素，同时留存高腔曲牌【新水令】的韵味。音区的使用比较适中，突破了传统川剧音乐节奏模式，同时也为歌剧的配器方法扫清节奏上的障碍。此段唱腔通俗好听、朗朗上口，成为许多晚会的保留曲目。

③创新声腔，高腔基调中实现昆、高、胡、弹、灯“音响似”的共鸣

音乐声腔是戏剧艺术表现人物、烘托气氛的重要手段，它是戏剧有别于其他艺术门类的特殊表现形式。《澜》剧音乐突出表现为以高腔戏为主，同时把胡琴、弹戏和灯戏都揉入其中，并统一在同一主基调之下。这既是传统的继承，又是对传统的发展。

附录：名家谈戏

我将邓幺姑人物性格的发展划分为四个阶段：第一阶段，她还是一个“朝夕漫步田间路，满怀春情望成都”的乡村少女，我着重表现她的天真烂漫，表达她对未来充满希望的少女情怀。第二阶段，邓幺姑由少女到少妇的转折。新婚之夜，邓幺姑被抬进了兴顺号，她充满着当掌柜娘的喜悦。在误把大老表认作丈夫后，她得知傻子才是自己的丈夫，顿时五雷轰顶，不由满腔悲怨。第三阶段，是听大老表罗德生讲解洋人洋教之事，产生了对大老表的敬仰之情，继而冲破世俗礼教，大胆追求，获得了真挚爱情的欢乐。第四阶段，是在帝国主义列强和封建势力的镇压下，攻打洋人教堂的袍哥被剿杀，邓幺姑心中燃起的爱情火焰也随着罗德生被迫逃亡而黯淡了，为了傻丈夫和心爱的人有

朝一日能回转，她暂时屈从了依附洋教势力的大老肥顾天成。但“微澜”依然在她心中荡漾。她呼唤着：“大老表，我等你回来！”

在邓幺姑的人生历程和性格的发展过程中，我认为最可贵、最独特的是其百折不挠的反抗精神和反叛个性，她想努力抗争，敢于热烈追求所爱之人，还敢于道出“和大老表的恩爱是这样的快乐，这样的舒坦，这样的称心如意”。这就是邓幺姑与众不同的个性。

——田蔓莎：《不重复别人，不重复自己——我演邓幺姑》

阅读与思考

1. 结合【农妇苦】唱词，分析邓幺姑身处众农妇间的心情。你认为应该运用哪些川剧表演技巧来表现邓幺姑此时此刻复杂的情感变化？

2. 分析讨论邓幺姑人物形象的划时代意义？

第七节　越剧《红楼梦》

一、剧种概述

越剧，中国五大剧种之一，全国第二大剧种。清末起源于浙江嵊州（古代越国首都），由当地民间歌曲发展而成，在发展中汲取了昆曲、话剧、绍剧等特色剧种之大成。艺人初始均为半农半艺的男性农民，故称男班。越剧男班于20世纪初期至20年代在上海发展壮大，后因女班大量涌入，呈“凌驾一切之势”，而男班由于演员后继无人，最终被女班取代。越剧最早称“落地唱书”，以后又有称为“女子科班”或“绍兴女子文戏”“草台班戏”“的笃班”“小歌班”等。1925年9月17日上海《申报》演出广告中首次以“越剧”称之。1938年始，多数戏班、剧团称其为“越剧”。新中国成立后统一称“越剧”。2006年被列入第一批国家级非物质文化遗产名录。

1. 行当

越剧的角色行当分为六大类。

（1）小旦

饰演青少年女性角色，又细分为花旦（如《西厢记》中的红娘），闺门旦（如《红楼梦》中的薛宝钗），此外还有正旦、武旦等。

（2）小生

饰演青年男性角色，在越剧中小生有时由女演员扮演，比其他剧中小生更具柔美。

（3）老生

饰演老年男性角色，演出挂髯口。

(4) 小丑

表演特点：幽默、机智、动作夸张、表情丰富。

(5) 老旦

饰演老年女性角色，表演特点：沉稳老练、唱做并重。

(6) 花脸

多饰演奸臣。

2. 流派

(1) 生角流派

①尹派

由尹桂芳创立，工小生。表演特点：深沉隽永、缠绵柔和。流派传人：筱桂芳、尹瑞芳、邢桂芬、尹小芳、茅威涛、赵志刚、萧雅、王君安、陈丽宇、王一敏、王清、齐春雷、张琳、杨魏文、吴素飞等。

②徐派

由徐玉兰创立，工小生。表演特点：华彩俊逸，洒脱流畅，奔放高亢，感情炽热，曲调大起大落，跌宕明显。流派传人：金美芳、刘觉、汪秀月、钱惠丽、邵雁、陈娜君、郑国凤、张小君、周伟君、刘志霞、杨婷娜等。

③范派

由范瑞娟创立，工小生。表演特点：朴素大方，咬字坚实，旋律起伏多变，带男性气质，具有阳刚之美。流派传人：丁赛君、陈琦、邵文娟、史济华、陈雪萍、江瑶、章瑞虹、韩婷婷、孟科娟、方雪雯、吴凤花、章青青、王柔桑、陈昕其（原名陈瑞鸿）、徐铭、筱明珠等。

④竺派

由竺水招创立，主工小生。其表演细腻妩媚，清新脱俗，唱腔甜润而柔糯。尤为突出的是她的戏路宽广，花旦、青衣、小旦、小生（主）、老生乃至老旦等行当都能应付自如，加上扮相俊美，被观众喻为“越剧西施”。代表剧目有《柳毅传书》《三看御妹》《莫愁女》等。流派传人：夏雯君、竺小招、孙婷涯、孙静、殷瑞芬等。

⑤陆派

由陆锦花创立，她擅长扮演儒生、穷生、巾生。她的演唱不尚华丽、不喜雕琢、朴实清丽、自然流畅。流派传人：曹银娣、许杰、黄慧、廖琪瑛、夏赛丽、张宇峰、徐标新、裘巧芳等。

⑥毕派

由毕春芳创立。毕春芳擅长演喜剧，她发声清脆且富有弹性，音域较宽，善于以唱法的变化来塑造人物形象。她吸收了范派和尹派的唱腔精华和袁派的表演技巧，融会贯通，自成一格。流派传人：杨文蔚、丁小蛙、丁莲芳、孙建红、毕继芳、徐宁生、阮建绒、李晓旭、杨童华、徐文芳、戚小红等。

⑦张派

由张桂凤创立，工老生。其表演真切，以刻画人物性格见长，其唱腔刚劲挺拔、顿挫分明、声情并茂。代表剧目：《二堂放子》《九斤姑娘》。流派传人：王金萍、张国华、董柯娣、张承好、郑曼莉、章海灵、王晓玲、乐彩珍、吴群、蔡燕等。

⑧徐派

由徐天红创立，工老生。唱腔吸收绍剧顿挫跌宕、高亢昂扬的风格。嗓音高亢，吐字注重喷口功夫。发声运用颤音、鼻腔和头腔的共鸣，被称为“抖抖腔”。代表剧目：《红楼梦》《二堂放子》《明月重圆夜》等。流派传人有金烨等。

⑨吴派

由吴小楼创立，工老生。表演苍劲凝重，激昂舒展，富有激情，嗓音宽厚洪亮，中低音音质饱满，善于塑造各类性格迥异的人物形象。代表剧目有《情探》等。流派传人：杨同时、金红、陈琴湘等。

⑩商派

由商芳臣创立，工老生。商芳臣早年与邢竹琴、竺素娥、赵瑞花、姚水娟等人合作，在原有的老生唱腔基础上尝试改革，借鉴绍兴大班中的尺调，融合到越剧的四工调中，唱腔高亢遒劲、清峻壮美，形成了独具特色的老生唱腔。代表剧目有《柳毅传书》等。流派传人：胡国美等。

⑪陈派

由陈佩卿创立，工小生。唱腔旋律一般多在中低音进行，又具往高音冲击的力度，在作曲家卢炳容的协助配合下，形成流派。代表剧目：《张羽煮海》《孔雀东南飞》等。流派传人：钟宝珍。

⑫毛派

由毛佩卿创立，工小生。做工潇洒，吐字清晰，唱腔富有韵味，有意识地将绍剧的唱腔融入越剧唱腔中，使观众耳目一新。代表剧目：《李闯王》《祥林嫂》《闯宫》等。

⑬金派

由金宝花创立，工小生。代表剧目：《庵堂认母》《西厢记》《胭脂》等。

⑭高派

由高爱娟创立，工小生。据受损的嗓音条件独辟蹊径，从20世纪60年代始逐步形成适应自己嗓音条件跌宕有致的唱腔特色。代表剧目：《荆钗记》《周仁献嫂》《杨宗保》《左维明》等。

（2）旦角流派

①袁派

由袁雪芬创立，工花旦。在越剧唱腔艺术发展史上，袁雪芬是个重要的代表人物。袁雪芬创立的“袁派”对越剧旦角唱腔的发展、提高和里派的形成有着深远的影响。袁派唱腔的风格是质朴平易、委婉细腻、深沉含蓄、韵味醇厚，声情并茂。流派传人：筱水招、朱东韵、陶琪、华怡青、方亚芬、李沛婕、陈慧迪、徐琼、徐晓飞等。

②傅派

由傅全香创立，工花旦。其主要特点是唱腔俏丽多变、跌宕婉转，表演充沛、细腻有神且富有表现力，有感之以形、动之以情的魅力。傅派是越剧花旦唱腔中的重要流派。流派传人：薛莺、张金月、胡佩娣、张腊娇、洪芬飞、陈岚、何英、陈颖、陈飞、颜佳、陈艺、裘丹莉、董鉴鸿、盛舒扬等。

③王派

由王文娟创立，工花旦。她以善于表演人物神态、传达内心感情著称。王文娟博采众长，追求创新，逐步形成了自然流畅、平易质朴、情意真切的风格。流派传人：钱爱玉、周云娟、舒锦霞、单仰萍、洪瑛、俞建华、何炯华、王志萍、李敏、陈晓红、王桂萍、陈萍、宓永仙、夏艺奕等。

④戚派

由戚雅仙创立，工花旦。特点是感情真挚浓厚、曲调朴实，花腔不多但组织严密，节奏鲜明，音型简练并经变化反复出现，让人印象深刻。流派传人：朱祝芬、周雅琴、傅幸文、王杭娟、王毓梅、朱蔺、余福英、邹红、金静、周美姣、徐洁明、钱丽文、戚继仙等。

⑤吕派

由吕瑞英创立，工花旦，是越剧流派中最年轻的流派（各流派中创派时间最迟）。吕瑞英的唱腔在质朴细腻、委婉深沉的袁派基础上，增加了其绚丽多彩、雍容花俏的唱腔。她的唱腔乐感强，有越剧界“抒情女高音”的美誉。代表剧目：《打金枝》《西厢记》《花中君子》《穆桂英》等。流派传人：孙智君、陈辉玲、吴素英、黄依群、赵海英、张咏梅等。

⑥金派

由金采风创立，工花旦。金采风师承袁雪芬，并吸收施银花、范瑞娟、傅全香各家精华，高雅得体。她擅演大家闺秀，唱腔婉转回荡，吐字清晰，运气自然且富于韵味。流派传人：谢群英、黄美菊、裘锦媛、樊婷婷等。

⑦张派

由张云霞创立，工花旦。其唱腔的主要特点是曲调细腻婉转、情深意浓，音色柔和甜润、韵味十足。流派传人：薛桂珍、袁小云、杨学梅、何赛飞等。

⑧周派

由周宝奎创立，工老旦。周宝奎有“老旦王”之称，其唱腔质朴真切，演技老到，塑造人物性格身份各异，塑造人物生动，戏路较宽，能根据各种人物性格设计唱腔，使人物形象在唱腔中得以生动体现。代表剧目：《碧玉簪》中的婆婆，《红楼梦》中的贾母等。流派传人：俞会珍、王铧丽、周燕儿等。

（3）越剧名家

越剧十姐妹

1947 年 8 月 19 日，上海黄金戏院，一场名为《山河恋》的越剧义演，让人们记住了十位越剧演员的名字：尹桂芳、袁雪芬、范瑞娟、傅全香、徐玉兰、筱丹桂、竺水招、徐天红、张桂凤、吴小楼。10 位女孩祖籍都是浙江，后被称为“越剧十姐妹”。

傅全香擅长花旦，被誉为“越剧花腔女高音”。范瑞娟和徐玉兰都擅长小生，范瑞娟的代表作有《白蛇传》《西厢记》《打金枝》《梁祝》《孔雀东南飞》等，徐玉兰在

1962年的越剧电影《红楼梦》中，成功塑造了贾宝玉的形象，成为经典。竺水招被称为“越剧西施”，文武全能，她主演的《三看御妹》《南冠草》《文天祥》《柳毅传书》，以其精彩的打斗场面吸引了无数观众。徐天红、吴小楼和张桂凤，被称为“越剧三大老生”。徐天红擅长描摹各老年人的音容笑貌、姿态情状，扮演老翁情态逼真。而吴小楼的特点是戏路宽，擅长饰演老生、老旦、大花脸、小丑等角色。擅长正旦的袁雪芬，一生塑造了数以百计的舞台人物，不仅主演了我国第一部大型彩色戏曲影片《梁山伯与祝英台》，还是越剧改革的先锋，将鲁迅名著《祝福》改编成越剧《祥林嫂》搬上戏曲舞台。尹桂芳擅长小生，演的都是大家耳熟能详的美男子：《沙漠王子》以及《红楼梦》中的贾宝玉等，是当今著名越剧表演艺术家茅威涛和赵志刚的老师。值得一提的是“十姐妹”中最早去世的筱丹桂，她饰演的都是倾国倾城的美人，演出剧目有《樊梨花》《玉蜻蜓》《再生缘》《碧玉簪》等，1947年她的自杀轰动上海滩。

二、代表作介绍

1959年国庆十周年献礼演出中，越剧所呈现的崭新面貌，令所有人为之震撼。1960年，出现了被称为“越剧四大代表作”的《梁山伯与祝英台》《西厢记》《祥林嫂》和《红楼梦》。其中越剧《红楼梦》最受观众欢迎。越剧“诗情画意、婉转抒情”的剧种风格特别擅长表现爱情与亲情，而1958年由徐玉兰和王文娟主演的电影《红楼梦》又是越剧中影响最大、传唱最广的版本。徐玉兰是越剧小生流派徐派的创始人，徐派唱腔奔放洒脱、高亢挺拔，擅长塑造热情洒脱的人物形象，代表剧目有《春香传》《追鱼》《西厢记》等。王文娟是越剧旦角流派王派的创始人，王派以深情朴实见长，王文娟扮演的林黛玉被誉为“活林妹妹”。

在“文化大革命”中，越剧受到严重的摧残。一批著名演员、创作人员和管理干部受到迫害，越剧被迫停演。

十年动乱结束后，越剧得到复兴。在1980年改革开放初期，全国专业戏曲界首次恢复评奖制度，随计划经济向市场经济的转轨。在1984年前后，浙江越剧界掀起小百花热潮，上海越剧界的青年越剧演员在各种广播、电视大赛以及上海市青年演员会演等活动中纷纷脱颖而出。

越剧在改革开放的新时期的一个突出特点是：艺术思想更加解放，艺术观念更加开放。创作演出的题材、风格更加多样化，二度创作更致力于吸收现代艺术的成果，进行大胆的探索。越剧在影响遍及全国的同时，还走出国门，在国际上赢得盛誉。2006年，越剧经国务院批准列入第一批国家级非物质文化遗产名录。

1. 经典唱段

天上掉下个林妹妹

1=#F 4/4

（《红楼梦》贾宝玉、林黛玉唱）

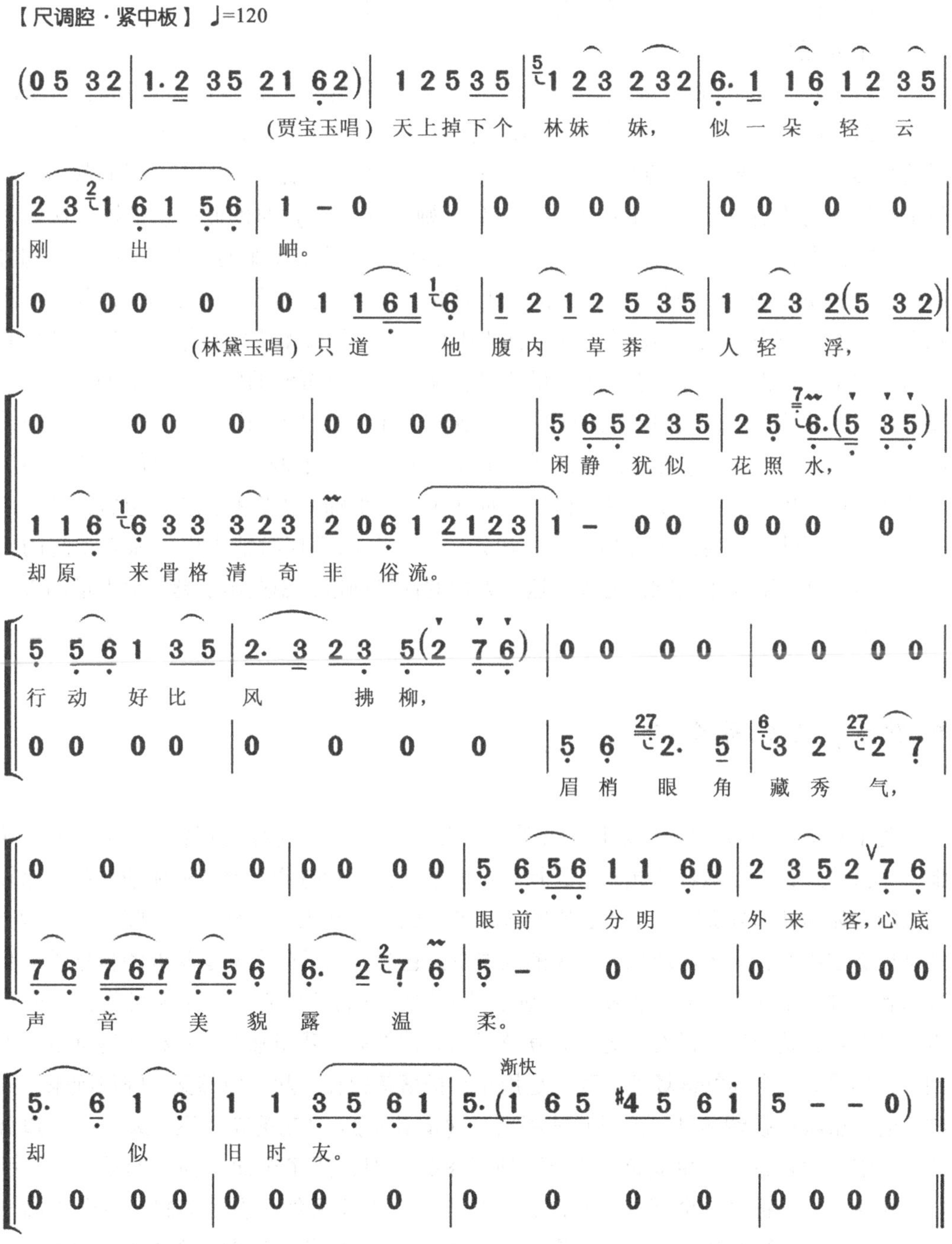

该唱段描写了林黛玉与贾宝玉第一次见面的情景，表达了男女主人公似曾相识、一见如故的欣喜之情，为后来两人的恋情埋下伏笔。编剧徐进充分发挥越剧的优势，将名著删繁就简，以宝黛二人的爱情故事为线索，歌颂了年轻人不畏封建势力勇于追求爱情的精神。编曲顾振遐、高鸣。本唱段唱词优美，雅俗共赏，第一句唱词“天上掉下个林妹妹”通俗易懂、别开生面，强烈地表现了贾宝玉初会林黛玉的欢喜。唱段采用对唱形式，短短十句唱词，唱出两人初会对方时心有灵犀一点通的感受。唱腔节奏明快跳跃，旋律简朴，色彩清新，声情并茂，是越剧唱腔流传最广的唱段之一。

2. 作品鉴赏

《红楼梦》是一部社会的百科全书，小说人物形象栩栩如生，文学性极高，曾被改编为昆曲、话剧等多种艺术形式。越剧优美而重抒情的特点更使《红楼梦》绽放出别样的光彩。《红楼梦》的越剧版本较多，而最著名的莫过于徐玉兰和王文娟的版本。演员王文娟出色地塑造了林黛玉这个艺术形象，她从【进府】时的聪明、稚嫩、怯弱的小女儿的情态，发展成为共读“西厢”时的才情横溢、热情美丽的少女，到【闭门羹】【葬花】等场则显示了她的多愁善感的悲剧性格。【黛玉焚稿】一场，她以深沉缠绵、扣人心弦的“弦下调”，唱出了“万般恩情从此绝，只落得无情烈火葬诗魂”这样惊心动魄的句子，宣告了美好青春和爱情的终结，唤起了观众沉痛的感情和抗议的心情，造成了强烈的悲剧效果。徐玉兰也相当成功地塑造了贾宝玉的形象，他从第十一场的【金玉良缘】到十二场【哭灵】时，通过沉痛悲愤的“弦下调”，发出对他所从属的那个阶级的最后控诉，宣告了和这个阶级的彻底决裂。他痛恨迫害林黛玉、迫害他的一切人，痛恨他所处的社会，因此愤然离家出走。徐玉兰以满怀激情唱出了惊心动魄的抗议，为封建社会唱起了丧歌，完成了这个人物的性格创造，创造出了越剧史上最动人的一幕经典。

附录：名家谈戏

对于葬花这场戏，导演要求不仅要一面葬花，一面唱《葬花词》，而且要求把花锄、花篮等道具适当地舞动起来。起初我可办不到，只觉得黛玉整个形体动作都是比较纤细的，如何动起来呢？这会不会影响人物性格的统一和表演风格的统一呢？导演指出我这种想法不对，应该体现原作浓厚的浪漫主义色彩。这促使我从这场戏的情景进一步理解到，林黛玉在爱情受到挫折后，她当时无法自决的矛盾心理，无人可告，无处可诉，只有在葬花中得到抒发，这是充满浪漫主义情调的。我虽然有了这样一些理解，但到今天仍没有完全演好这场戏。我先是用花箒把落花扫在一起；忽然又一阵风吹来，把枝头的花瓣吹得翩翩飞舞。这时我才唱出了《葬花词》：“花落花飞飞满天……”边舞边唱，唱到“愿侬此日生双翼，随花飞到天尽头”时，用了个比较强烈的动作，一手扶着花锄，一手把水袖全部往天空的方向抖出去，左腿后伸，右腿踮起，身子挺高一些，像真要冲出这座愁城，飞向渺茫无边的天际一样。但黛玉终究是个讲现实的人，不会相信真会有什么世外桃源。因而，我慢慢地把往上指的那只手放下来，和另一只手一起把住锄柄，以感到命运不可摆脱的心情接着唱道："天尽头，何处有香丘，未若锦囊收艳骨，一抔净土掩风流。"这是以花比作自己的命运，于是一面用手把花埋入预先挖好的土坑里，一面也显示出好像把自己的命运掩埋入净土里一样的坚决神态："质本洁来还洁去，不教污淖陷渠沟。"黛玉平静地用土把花盖上，似乎遂了不与虚伪、阴毒的人们同流合污的心愿一样。花葬完了，衰落的身子也支持不住了，两手撑着锄柄，把全身的重量都依放在花锄上，以两眼默默地凝视着新堆的花冢，让乐队把过门奏得长一些，然后伤心地唱出："侬今葬花人笑痴，他年葬侬知是谁？一朝春尽红颜老，花落人亡两不知。"唱到这里，黛玉又联想到自己孤独的身世，并深感到世态炎凉，前途茫茫，不禁哽咽起来。

紫鹃深为同情，叫了一声"姑娘"。黛玉说："妹妹，只有你是我最知心的人了！"感情似乎得到一些慰藉，稍稍平静了，接着，便唱出了对紫鹃满怀感激的心情："……难为你知冷知热知心待……我将你当做我的亲妹妹！"注视着紫鹃，觉得唯一的遗憾是现在不得不和这个知心人别离了。此外，自己来得清白，去得干净，在这肮脏的人世不愿留下什么。这就想到了自己呕心沥血的结晶——诗稿来了，觉得断断不能留下，就马上要紫鹃把诗稿拿来。

黛玉接过诗稿，看着它——这里凝结着自己一生的心血和智慧，一阵激动，鲜血涌上喉头，咯了出来。在紫鹃用手绢代为揩拭的时候，又想起了自己记下爱情的诗帕来，觉得这更不能留下，就又要紫鹃找来诗帕。接过诗帕，要想撕毁它，可两手颤抖着毫无力量，怎么办呢？一眼看到火盆，就逼着紫鹃把火盆移到床前，准备把诗帕诗稿一起焚化。她先拿起诗稿，无限感慨地唱出了"弦下调"："我一生与诗书作了闺中伴，与笔墨结成骨肉亲，曾记得菊花赋诗夺魁首，海棠起社斗清新……"往事一桩桩涌现在眼前。唱到"一生心血结成字……"时，高高举起诗稿，有不胜怜惜之感；一个人除非到了无法活下去的时候，是不愿意用自己的手来毁坏自己的精心之作的，何况她曾经通过这些优美的语言，表达了自己对爱情的美好的向往、热烈的追求以及对幸福生活的美好理想呢。我对人物思想感情的这些理解，是通过唱表达出来的，当我唱到"只望它高山流水遇知音，如今是知音已绝……"一句时，略略一顿，转而愤激地、决绝地用"二凡"的"流水板"唱出："诗稿怎存？"随即将诗稿抛入熊熊的火焰中。我不知道这样表演是否已经适当地突出了黛玉的叛逆性，只觉得这里确实需要把黛玉的叛逆性格予以强烈的突出，使观众感到焚稿不是消极情绪的结果，而是一种出于内心的反抗的表示。

接着就焚帕。我觉得焚帕是表现黛玉对宝玉在爱情上的决绝。这一行动，实质上是对宗法制度执行者的决裂。在这里，黛玉的情绪是焚稿时反抗情绪的进一步发展，因此在表演上，人物思想感情的交替是很自然的，我在拿起诗帕时就已经完成了感情的转移，对诗帕默默地看了一阵，仍以"二凡"的"流水板"唱出："此帕原是他随身带，曾为我揩过多少旧泪痕，谁知道诗帕未变人心变，可叹我真心人换得个假心人，早知人情比纸薄，我懊悔留存诗帕到如今，万般恩情从绝，……"又决绝地将诗帕投入火盆，好像焚毁了自己和宝玉的爱情，也像焚毁了自己的生命。这段唱词在演唱中也需要使感情越来越强烈，无论如何不能给观众以单纯的凄凄惨惨的感受，而是要让观众从演员的唱腔中体会到林黛玉对于宗法制度的至死不屈的反抗精神，即使奄奄一息，仍未削弱。

经过焚诗焚帕，她早已筋疲力尽了，她伏倒在榻上，经紫鹃服侍，睡了下去。人在昏迷中，身不由己，动弹不得。直到远远传来一阵鼓乐之声，黛玉蓦地像是增加了力量，立即睁开眼睛，挣扎起来。这里为了便于表演，我把黛玉的挣扎处理成在紫鹃的扶掖下起了床，以非常激动的感情谴责宝玉："笙箫管笛耳边绕，一声声犹如断肠刀，他那里是花烛面前相对笑，我这里是长眠孤馆谁来吊?"她自知此番必死，终于向紫鹃表示了诀别之意："……从今后，你失群孤雁想谁靠？只怕是寒食、清明，梦中把我姑娘叫。"继而想到，自己是清白的，就是遗体也不愿留在这肮脏不堪的贾府，遂向紫鹃嘱托："你好歹叫他们送我回去。"话才说完，远远又传来鼓乐之声，黛玉愤恨之极，几经挣扎，在紫鹃的扶持之下，踉跄地要想冲出去，要把她看透的一切揭发出来，可是力不从心，她不堪支撑地倒在了榻上。但最后仍用一切力量恨恨不已地叫着："宝玉，宝玉，你好……"直到力竭气尽，悠然而逝。

——王文娟：《我演林黛玉的体会》

阅读与思考

1. 越剧中的女小生是其相较于其他戏剧的一大特色，请举例加以分析。
2. 赏析黛玉扮演者王文娟的代表曲目，思考她是如何塑造人物的？

下编　中外话剧作品欣赏

第八章

中国话剧作品欣赏

第一节 曹禺《雷雨》

一、作家作品

曹禺（1910—1996），原名万家宝，字小石。中国现当代剧作家。1922 年就读南开中学时，加入“南开新剧团”，1928 年入南开大学政治系学习，1930 年转入清华大学外文系。其间，他广泛涉猎欧美文学作品，特别喜欢古希腊悲剧和莎士比亚、易卜生等人的戏剧作品，这为他以后的戏剧创作打下了坚实的基础。他擅长以现实主义的笔触，深入挖掘人物的内心世界，展示紧张、尖锐的戏剧冲突，戏剧氛围浓重，语言富有诗意。他是中国话剧史上继往开来的作家，他继承了先驱者们反帝反封建的民主精神，同时广泛借鉴和吸收了中国古典戏曲和欧洲近代戏剧的表现方法，把中国的话剧艺术提升到了一个新的高度。他一生共写过八部剧作，号称“中国的莎士比亚”。

1. 《雷雨》

《雷雨》是曹禺的处女作。剧本以 20 世纪 20 年代为背景，通过表现有浓厚封建色彩的资本家周朴园家庭内部的种种纠葛和周、鲁两家错综复杂的矛盾冲突，猛烈抨击了旧中国黑暗腐朽的社会制度，展示出旧制度必然崩溃的历史命运。《雷雨》以集中的场景（周公馆客厅）和集中的时间（同一天上午至午夜），表现了周、鲁两家以爱情的、血缘的、阶级的复杂关系为内容的尖锐戏剧冲突，以高度的艺术成就和现实主义的艺术力量震动了当时的戏剧界，标志着中国话剧艺术开始走向成熟。

2. 《日出》

《日出》描写了陈白露与方达生不同的人生选择。前者最后慑于黑暗之浓重，看不见出路，黯然自杀。后者则表示要与黑暗势力抗争，迎着日出而去。同时剧本把社会各阶层各色人等的生活展现在观众面前，揭露剥削制度“损不足以奉有余”的本质。

3. 《原野》

《原野》于 1937 年发表，是作者唯一一部以农村生活为题材的作品，剧本通过仇虎复仇的悲剧反映了受尽地主焦阎王压迫的农民的挣扎和反抗。该剧通过揭示仇虎沉重的精神负担和被扭曲的灵魂来揭示农村阶级压迫的沉重和残酷，深刻地展现了仇虎从反抗、复仇到觉醒的心路历程。

4. 《北京人》

《北京人》于 1941 年发表，剧本描写了一个封建家庭没落的故事，表现出了对于旧制度的鄙弃与否定，和对新世界的追求与探索。它既是一首动人的、抒情的、催促旧制度灭亡的葬歌，又是呼唤新社会诞生的序曲。作者从一个家庭的震荡崩溃的图景中，揭示了社会发展的规律：腐朽的走向衰亡，新生的奔向胜利。

二、导演风格

1935 年 4 月，由中华话剧同好会（留日学生戏剧团体）在日本东京神田一桥讲堂首演三场。杜宣、吴天任导演。同年 8 月，天津市立师范学校孤松剧团在学校大礼堂演出《雷雨》，是国内首演。之后，上海复旦剧社演出《雷雨》，欧阳予倩任导演。与此同时，中国的第一个职业话剧团体“中国旅行剧团”先后在天津、上海、南京演出《雷雨》。

1954 年，北京人民艺术剧院排演了中华人民共和国成立后的第一版《雷雨》，深受观众喜爱，被视为当时的经典话剧，引起了轰动。由与焦菊隐、欧阳山尊、梅阡并称为老人艺“四大导演”的夏淳执导此剧，是人艺第一版《雷雨》。他提出“要符合历史的真实，不能让旧时期的人物现代化”。

由于受当时强调阶级性的影响，第一版《雷雨》在人物塑造上出现了简单化和片面化的问题。为了突出阶级斗争，处理剧本时将周朴园、周萍定为反面人物，鲁大海、鲁侍萍则是正面人物。“总想加强鲁大海的反抗性、不妥协性与思想的进步性；总想突出鲁大海与周朴园、周萍之间的矛盾。又想让侍萍再坚强些，觉悟再高一些，更有劳动人民的骨气一些，要让她发现和揭露周朴园的虚伪。”夏淳回忆道，“幸亏没有多久，随着排练的深入，使我们困惑起来，不能自圆其说，终于明白过来：那样做的结果，恰恰是把复杂的生活简单化了，反而丢掉了作品的深刻性。”①

“文化大革命”结束后的 1989 年，夏淳导演重新排演了人艺第二版《雷雨》，郑榕、顾威、朱琳、龚丽君、濮存昕担任主演，再次引起轰动。由于逐渐摆脱了过去“左”倾文艺思潮影响，二版《雷雨》解放了思想，体现出人物的思想和心理发展的脉络。

2004 年，正值《雷雨》诞生七十周年、北京人艺演出《雷雨》五十周年之际，剧院因此重排第三版《雷雨》，由顾威导演。这版《雷雨》最大的变化在于将繁漪扶正，体现了“人性的挣扎与呼号”。在忠于原著的基础上，加入现代音响、灯光技术，尤其是现场真实的雨，改变了北京人艺沿用了五十年的“铅丝雨”。这些都是北京人艺第三版《雷雨》的新意所在。

2004 年起的明星版《雷雨》，由陈薪伊执导。主演：潘虹（饰繁漪）、达式常（饰周朴园）、濮存昕（饰周萍）。明星版《雷雨》的最大变化是把全剧的重心从周朴园身上转移，突出周萍的懦弱和负罪感。在历届版本中，改变的最大手笔都体现在结尾的处

① 夏淳：《生活为我释疑》，载《〈雷雨〉的舞台艺术》一书，苏民等编，上海文艺出版社 1982 年版，第 16 页。

理上。以往是以周朴园的惨淡结尾谢幕，也有以繁漪的凄冷谢幕，而明星版则以周萍的自杀谢幕，就在舞台中央，他举枪自杀。

三、经典片段

周朴园（忽然严厉地）：“你来干什么？”

鲁侍萍：“不是我要来的。”

周朴园：“谁指使你来的？”

鲁侍萍（悲愤）：“命！不公平的命指使我来的。”

周朴园（冷冷地）：“三十年的工夫你还是找到这儿来了。”

鲁侍萍（愤怨）：“我没有找你，我没有找你，我以为你早死了。我今天没想到到这儿来，这是天要我在这儿又碰见你。”

周朴园：“你可以冷静点。现在你我都是有子女的人，如果你觉得心里有委屈，这么大年纪，我们先可以不必哭哭啼啼的。”

鲁侍萍：“哭？哼，我的眼泪早哭干了，我没有委屈，我有的是恨，是悔，是三十年一天一天我自己受的苦。你大概已经忘了你做的事了！三十年前，过年三十的晚上我生下你的第二个儿子才三天，你为了要赶紧娶那位有钱有门第的小姐，你们逼着我冒着大雪出去，要我离开你们周家的门。”

周朴园：“从前的恩怨，过了几十年，又何必再提呢？”

鲁侍萍：“那是因为周大少爷一帆风顺，现在也是社会上的好人物。可是自从我被你们家赶出来以后我没有死成，我把我的母亲可给气死了，我亲生的两个孩子你们家里逼着我留在你们家里。”

周朴园：“你的第二个孩子你不是已经抱走了么？”

鲁侍萍：“那是你们老太太看着孩子快死了，才叫我抱走的。（自语）哦，天哪，我觉得我像在做梦。”

周朴园：“我看过去的事不必再提起来吧。”

鲁侍萍：“我要提！我要提！我闷了三十年了！你结了婚，就搬了家，我以为这一辈子也见不着你了；谁知道我自己的孩子个个命定要跑到周家来，又做我从前在你们家做过的事。”

周朴园：“怪不得四凤这样像你。”

鲁侍萍：“我伺候你，我的孩子再伺候你生的少爷们。这是我的报应，我的报应。”

周朴园：“你静一静。把脑子放清醒点。你不要以为我的心是死了，你以为一个人做了一件于心不忍的事就会忘了么？你看这些家具都是你从前顶喜欢的东西，多少年我总是留着，为着纪念你。”

鲁侍萍（低头）："哦。"

周朴园："你的生日——四月十八——每年我总记得。一切都照着你是正式嫁过周家的人看，甚至于你因为生萍儿，受了病，总要关窗户，这些习惯我都保留着，为的是不忘你，弥补我的罪过。"

鲁侍萍（叹一口气）："现在我们都是上了年纪的人，这些傻话请你不必说了。"

周朴园："那更好了。那么我们可以明明白白地谈一谈。"

鲁侍萍："不过我觉得没有什么可谈的。"

……

周朴园："那么，我们就这样解决了。我叫他下来，你看一看他，以后鲁家的人永远不许再到周家来。"

鲁侍萍："好，希望这一生不至于再见你。"

周朴园（由衣内取出皮夹的支票签好）："很好，这里有一张五千块钱的支票，你可以先拿去用。算是弥补我一点罪过。"

鲁侍萍（接过支票）："谢谢你。"（慢慢撕碎支票）

周朴园："侍萍。"

鲁侍萍："我这些年的苦不是你那钱就算得清的。"

四、作品鉴赏

"郁热"而纠结的痛苦灵魂

曹禺话剧处女作《雷雨》自问世以来，因其对宇宙间神秘命运的探寻，对"郁热"又纠结的痛苦灵魂的精彩演绎，对人性的复杂性的深刻揭示，及有雷雨意象的象征主义手法而成为中国现代戏剧的里程碑，至今久演不衰。

曹禺在《雷雨》的序中写道："与这样原始或野蛮的情绪俱来的，还有其他的方面，那便是我性情中郁热的氛围。夏天是个烦躁多事的季节，酷热会逼走人的理智。在夏天，炎热高高升起，天空郁结成一块烧红了的铁，人们会时常不由己地，更归回原始的野蛮的路，流着血，不是恨便是爱，不是爱便是恨。一切都是走向极端，要如电如雷地轰轰地烧一场。中间不容易有一条折中的路。""郁热"道出了《雷雨》人物在"抓牢我心灵的魔"的命运掌控下不可扼制的躁动不安的生存状态——周朴园的"始乱终弃"及三十年后与旧爱鲁侍萍尴尬邂逅在两人内心中所掀起的层层巨澜；周萍先与其后母繁漪乱伦，后又与鲁四凤相爱想回归到正常人伦轨道上，结果却陷入了更为万劫不复的境地；当年被周朴园抛弃的二儿子鲁大海带头与父亲对立闹罢工；热情而单纯、梦幻般的周冲与哥哥同时爱上了四凤；猥琐而世故的鲁贵嗜赌成性、伺机敲诈。错综复杂的戏剧冲突都表明《雷雨》中的人物皆是“郁热”中人。“郁热”即“追求的热烈与心灵压力的沉重二者互相撞击、激荡。”①《雷雨》中的人物都“热”在何处?“热”点又有哪些不同呢?

1. 周朴园——外敛内“热”

细读《雷雨》就会发现，作为这个大家庭专制象征的周朴园既有威严专制、不近情理的一面，又有温情脉脉、舐犊情深的一面，可谓外敛内“热”。

(1) 追忆侍萍的长恨之“热”

正如周朴园与鲁侍萍三十年后相认时所言:“你不要以为我的心是死了，你以为一个人做了一件于心不忍的事就会忘了么?”周家当年把侍萍母子俩赶出家门，周朴园是不情愿而为之的，他与侍萍是有真感情的，不然不会一起生了两个儿子。在侍萍走后，“一切都照着你是正式嫁过周家的人看……这些习惯我都保留着，为的是不忘你，弥补我的罪过”。三十年前心爱之人喜欢的家具，总要关窗户的习惯及爱情的物证——绣成梅花补上的旧绸衬衣都原样留存着。这悄然无声的怀念都表明周朴园对侍萍的愧疚与长恨之痛。尤其在他的两次婚姻皆不如意的情况下，更加深了对倾心相恋、温柔体贴的侍萍的无尽追忆。

长恨之“热”还体现在“想把她的坟修一修”;体现在给侍萍五千块钱的支票用于今后的生活，在被倔强自尊的侍萍撕毁后，又“预备寄给你两万块钱”。还让周萍与鲁侍萍母子相认:“现在你既然来了，我想萍儿是个孝顺孩子，他会好好地侍奉你。我对不起你的地方，他会补上的。”

(2) 教导鲁大海的舐犊之“热”

在得知鲁大海就是自己的亲生儿子后，首先召见了作为罢工谈判代表的他，相见后先是含而不露地“打量鲁大海”，相隔了三十年的父子相见，对亲骨肉要好好端详一番。在大儿子周萍上场后，他令周萍留在这里，用意是让侍萍了却见大儿子的心愿，同时也让周萍、鲁大海兄弟相见。而父子相见时，从始至终周朴园都是以父亲教导儿子的口吻与鲁大海谈话:

周朴园(向大海):“你这么只凭意气是不能交涉事情的。”
周朴园:“你的见地也不是没有道理。”
周朴园(低声向大海):“你就这样相信你那同来的代表么?”
周朴园:“对了，傻小子，没有经验只会胡喊是不成的。”
周朴园(厉声):“不要打人!”(仆人们停止打大海，仍拉着大海的手)

周朴园让鲁莽冲动的鲁大海认识到社会的复杂，称呼他为“傻小子”，语气中流露出对亲骨肉的慈爱之意。舔犊之情，溢于言表。周朴园对侍萍、对鲁大海的爱是真实的，他对繁漪等家人的专制、将侍萍赶出周家的自私冷酷也是真实的。通过这一形象的

---

① 钱理群:《大小舞台之间——曹禺戏剧新论》，北京大学出版社2007年版，第17页。

成功塑造，揭示了人性的多面性与复杂性。

2. 鲁侍萍——为情所伤、为礼所缚的哀怨之“热”

当年被相爱之人赶出家门，求死不成，忍恨苟活于世并艰辛度日。同周朴园一样有过两次婚姻，但是“遇人都很不如意”。因此，当她发觉在命运的驱使下竟又故地重游回到周家时，她见到旧爱周朴园虽然满腹哀怨，但是却“看着他”“不走”“望着朴园、泪要涌出”，并用“很自然地走到窗前，关上窗户，慢慢地走向中门”的习惯动作提醒、暗示她的身份。而在与周朴园的对话中，每一句几乎都是对周朴园对于自己旧日记忆的唤醒，每一句都是话里有话、含有复仇与纪念旧情的双重意味。因此，两人的对白充满了试探、猜测、责问、愧疚、怀念与提防，揭示了人物悲喜交集的心理感受，内心世界百味杂陈的痛苦外化于剧中精彩迭出、环环相扣的人物冲突。旧情难忘，而侍萍为情所伤的怨愤之情也郁积难抑！但当她向周朴园宣泄过怨愤之后，却只提出要见见大儿子周萍一面的要求。拒绝了周朴园在金钱上的接济，打算“带着四凤回到我原来的地方，这是一场梦，这地方我绝对不会再住下去”。深受封建礼教束缚的她最终不想成为周朴园的麻烦，就连见到了思念多年的亲生骨肉周萍，话语间也充满了隐忍：

鲁侍萍（走至周萍面前）：“你是萍，……凭——凭什么打我的儿子？”

《雷雨》的精彩好看之处就在于斯——爱恨交织，曹禺塑造的人物是呼之欲出的立体鲜活的真实生命。

3. 周、鲁两家子辈之“热”

（1）鲁大海、鲁四凤——“火山爆发的白热”

鲁大海、鲁四凤兄妹俩一样年轻，一样地热，都是火山的爆发，满蓄着精力的白热的人物，这来自乡村的鲁家兄妹带来一股原始的活力，尤其是鲁大海更是具有“一种破坏与创造的欲求”，是“罢工闹得最凶的工人”，敢于当面指责周朴园：“你的来历我都知道，你从前在哈尔滨包修江桥，故意叫江堤出险！”“你故意淹死了两千二百个小工，每一个小工的性命你扣三百块钱！姓周的，你发的是绝子绝孙的昧心财！”如火山爆发般的犀利话语喷涌而出，具有“白热”的锐不可当的力量。鲁大海可以说是《雷雨》中性格最“雷雨”的男性人物。

鲁四凤是个美丽阳光的女孩，她一进周家，大少爷周萍就被她深深吸引，她已成为他摆脱与繁漪不伦关系的精神寄托。而四凤也一如当年的母亲，一旦爱上了就无怨无悔，甘愿为周萍付出一切。她甚至对周萍与繁漪的关系根本不愿相信，更别提指责他了。她对周萍的爱就像“火山爆发的白热”。

（2）周萍——冲动的炽“热”

能做出与后母乱伦之事的周萍可以说是命运最“雷雨”的人物，他具有“可以炼钢熔铁，火炽的蛮力”，当不可遏制的冲动来临时，他一错再错，先是与繁漪发生乱伦之事，后又因慑于父亲的威严和被年轻美丽的四凤所吸引的双重原因，转而追求四凤并使她怀孕，使繁漪陷入情热中独自苦苦挣扎：“我已经预备好棺材，安安静静地等死，一个人偏把我救活了又不理我，撇得枯死，慢慢地渴死。”周萍冲动的炽“热”把两个美丽的女性一同卷入情感的沼泽中难以自拔，“愈挣扎，愈深沉地陷落在死亡的泥沼里”，最终一死一疯，毁灭了她们美丽的生命。

(3) 周冲——幻念之“热”

单纯幼稚的周冲是作者最喜欢的人。他对生活、对爱情充满了美丽的幻念，但生活在幻念中的他自然会在现实中碰壁——四凤爱的是哥哥而不是他、哥哥周萍居然跟母亲相好、鲁大海竟然是周萍的亲弟弟！一个个无情的打击使他领略到了现实的丑恶！使他对幻念中的自由天地失去了憧憬，并最终梦碎殒命。

“郁热”是周家两代人的生存方式，他们各自的“热”点不同，各有各的“热”的精彩。

《雷雨》在艺术技巧上有以下特点：

①情节曲折，故事性强，富有传奇色彩。剧作所讲述的两个家庭的悲剧、两个荒唐的乱伦故事都与周公馆发生了联系；三十年前的旧事和三十年后的现实都与周朴园有关，而周、鲁两家复杂的矛盾冲突和人事纠葛交叉迭映，使剧本充满戏剧性和传奇色彩，悬念迭起，扣人心弦。

②结构严密，集中紧张。剧作从事件的危机开幕，在后果的猝然爆发中交代复杂的前因，将现在进行的事件和过去发生的事件巧妙地交织在一起，并以过去的戏来推动现在的戏，而所有的矛盾冲突，都浓缩在早晨至半夜的二十四小时之内，集中在周公馆的客厅和鲁贵的家中发生。全剧周朴园与蘩漪矛盾冲突的主干线索十分突出，由此牵连出的其他线索将全剧八个人都卷入紧张的矛盾冲突之中，形成了牵一发而动全身的集中严密的结构。

③明暗双线，纵横交错，引人入胜。剧作中周朴园和蘩漪的冲突是一条明线，周朴园和侍萍的关系则是一条暗线。这两条线索同时并存，彼此交织，互为影响，交相钳制，使剧情紧张曲折，引人入胜。

④弦外有音、意蕴丰富。剧中人物个性化的语言里往往蕴含着丰富的潜台词，从中可以窥见《雷雨》人物丰富的内心世界。如鲁侍萍下面的两句话就反映出她当时复杂的内心世界：

鲁侍萍（大哭）：“这真是一群强盗！（走至周萍面前）你是萍，……凭——凭什么打我的儿子？”

周萍：“你是谁？”

鲁侍萍：“我是你的——你打的这个人的妈。”

此时，鲁侍萍母子相见却不能相认，只能欲说还休，作者巧妙地利用同音词语的转折来表达了鲁侍萍的愤恨、痛苦、失望、悲哀……什么都有，真是百感交集。

正是这些结构的独特，语言的丰富，人物形象的饱满，使作品成为具有中国特色的戏剧性与爆发力皆强的经典剧作。这是作者在借鉴外国优秀剧作的丰富经验、并顾及我国群众艺术欣赏习惯的基础上精心创造而成的。

附录：名家读戏

《雷雨》在中国整个戏剧史上、中国现当代文学史上也没有一个作品能够与它相比。好就好在，《雷雨》是一部谁也说不清楚的作品。一部伟大的作品必然是体现极其丰富的人性，那人性太丰富，说不清楚，也正因为说不清楚，他才成就了一部说不尽的伟大艺术作品。

——陈思和《人性的沉沦与挣扎：〈雷雨〉》

我确实太喜欢曹禺剧本中的语言了，每次读曹禺先生的剧本，总有一种既亲切又新鲜的感觉，他那色彩明丽而又精练生动的语言，常常很巧妙地把我带进一个奇妙的艺术世界，给予我无限的喜悦。

——钱谷融《令人憧憬和痴迷的艺术境界——关于〈雷雨〉欣赏答问录》

《雷雨》的确是一篇难得的优秀力作。作者于全剧的构造、剧情的进行、对白的运用，的确是费了莫大的苦心，而都很自然紧凑，没有现出十分苦心的痕迹。作者于精神病理学、精神分析学等，似乎也有相当的造诣。以我们学医学的人看来，即使用心地要去吹毛求疵，也找不出什么破绽。在这些地方，作者在中国作家中应该是杰出的一个。他的这篇作品受到同时代人的相当地欢迎，是可以令人首肯的。

——郭沫若

《雷雨》是一部不但可以演，也可以读的作品。

——巴金

一出动人的戏，一部具有伟大性质的长剧。

——刘西渭（李健吾）

阅读与思考

1. 从《雷雨》的情节安排看曹禺戏剧结构的特点。

2. 了解戏剧语言的主要特点：高度个性化，丰富的潜台词，富于动作性。试举例分析。

3. 作者以“雷雨”作剧本的题目作用何在？

第二节　老舍《茶馆》

一、作家作品

老舍（1899—1966），原名舒庆春，字舍予，本姓舒穆禄，老舍是他最常用的笔名。这位北京满族正红旗的城市贫民，毕业于北京师范学校，经过四十多年孜孜不倦地创作而成为现代著名小说家、戏剧家和杰出的语言大师，曾受邀至英国和美国讲学。1951 年被誉为“人民艺术家”。1966 年，因不堪“文化大革命”的身心摧残含冤投湖自尽。老舍曾任中国文联副主席、中国作协副主席及书记处书记等职。

老舍的文学语言通俗平易、朴实无华、幽默诙谐，且北京韵味浓郁。主要代表作有长篇小说《骆驼祥子》《四世同堂》《猫城记》等，剧本《残雾》《龙须沟》《茶馆》等，报告文学《无名高地有了名》，中篇小说《月牙儿》《我这一辈子》及《赶集》等多部短篇小说集，有作品集《老舍文集》共计 16 卷。代表作如下：

1.《残雾》

取材于重庆抗战初期的社会现实。主要人物洗局长，把“抗战救国”的口号喊得山响，实际上却利用职权玩弄女性、大发国难财，还和女汉奸勾结做交易，终因泄露机密而获罪被捕，这个贪权、好色、爱财之徒揭露徐的汉奸身份，徐却被“要人”的太太派车当场接去赴宴，扬长而去。老舍以喜剧的刻画，拂去了笼罩在抗战形势下的“残雾”。

2.《龙须沟》

通过大杂院几户人家的悲欢离合，写出了历尽沧桑的北京和饱尝艰辛的城市贫民在旧社会和新社会发生的天翻地覆的变化，歌颂了共产党和人民政府关心群众、为人民谋利益并使其过上好日子的伟大功绩。

3.《茶馆》

聚焦北京城裕泰大茶馆，将半个世纪的时间跨度，六七十个主、次人物形象高度浓缩在大茶馆、小社会之中，展开了清末戊戌维新失败、民国北洋军阀盘踞、国民党政权崩溃前夕三个时代的生活场景和历史动向，写出了旧中国的日趋衰微，揭示了必须另寻出路的真理。这一剧作代表了 20 世纪下半叶中国话剧的最高成就。

二、导演风格

《茶馆》剧本完成于 1957 年，于 1958 年首演。近六十年来，《茶馆》先后被北京人艺五百余次搬上舞台，并且从话剧版衍生出电影版、电视剧版，成为北京人民艺术剧院上演最多、难有其他剧团与之匹敌的经典剧目。从创作之始，就倾注了一代编、导、演全部的热情和心血，并在时代变迁中加以延续，形成了独树一帜的北京人艺演剧风格。

1958 年，《茶馆》在北京人艺首都剧场首演，引起了强烈反响。第一幕被曹禺誉为“古今中外剧作中罕见的第一幕”。导演焦菊隐带着对《茶馆》主题的深刻体验和热爱——“这个戏，主要是揭露旧时代。老舍先生带着对新社会的欢欣和热情，以冷嘲热讽的态度，揭露了三个已经过去了的旧时代。让人们看了戏，觉得这样的旧社会非消亡不可，从而更加热爱我们今天的新社会”①，带领夏淳副导演和作者、演员集体，严格遵循斯坦尼斯拉夫斯基体系的体验派精神，在深入生活的基础上对剧本进行“二度创造”，增加了大傻杨的数来宝，艺术再现了第三幕中的“三个老人自奠”的场景，不断探索创新。他注重在表演创作中立足于观众，在斯氏的“内心视象”基础上发展出了“心象说”，并融汇东方传统戏曲的美学原则，形成鲜明的人物形象，以一种最适合的表现形式再造了作者笔下的生活和人物，充分表现了该戏的内在主题。《茶馆》的演出，成就了于是之、蓝天野、郑榕等老一代北京人艺的话剧表演艺术家，也形成了焦菊隐独特的导演风格。

1963 年，《茶馆》第二次上演。由于政治原因，剧院增加了“阶级斗争红线”，在第一幕中加进了茶客对老百姓砸教堂和谭嗣同讲维新的同情，第二幕和第三幕也都加进了学生反帝反封建、反国民党统治的内容，第二幕结尾是两个“灰大褂”到茶馆后院的公寓里抓走了两个革命的学生，第三幕结尾则是“反饥饿、反迫害、反内战”的学生运动高涨，游行的学生高呼口号，有的冲到茶馆里来贴标语，常四爷兴奋地张罗着给学生们送开水，然后闭幕。结果观众虽然仍很踊跃，但没演多少场就草草收场了。

“文化大革命”时“四人帮”横行，《茶馆》被加上了“替旧社会制度唱挽歌”的罪名，被打成反党反社会主义的黑样板、大毒草，老舍被诬陷为反动文人和黑线人物含冤致死，正处于艺术巅峰期的导演焦菊隐也在近十年的折磨中停止了呼吸。

1979 年，为纪念老舍先生八十诞辰，夏淳导演带领原班人马，在已故焦菊隐导演的剧本构思基础上重排上演。他忠于原剧本，继续贯彻斯氏的现实主义演剧体系，删除了因政治原因外加的“阶级斗争红线”，增加了“卖福音书”的舞台调度，使尘封多年的《茶馆》重获新生。1980 年起，《茶馆》应邀到世界各地巡演，中国话剧第一次走向世界，征服了欧洲、日本、加拿大、新加坡和中国香港地区等地的观众，震惊了西方评论界，被誉为“远东戏剧的奇迹”，成为中国现代话剧史上的里程碑。1992 年，老一辈演员在首都剧场举行了告别演出。

1999 年，先锋派导演林兆华满腔热情地执导了演员阵容全新的第二版《茶馆》。他采用了自然化的舞台手法，致力于现实生活场景的再现，扩充舞台纵深，添加街道外景，使用牌楼式陈旧木结构建筑造型，调动大量街头叫卖韵口，以日益碎裂、解体的三个时代舞台布景代替了历来被认为“话剧民族化”标志的“报幕人”大傻杨的数来宝，删除了以往年代出于意识形态考虑而添加的双关闭幕台词“将！你完了！”，结束于剧本最初沈处长的三声“好（hāo）”的安排。演员的表演中增加了风格化的舞台调度要

① 刘章春：《〈茶馆〉的舞台艺术》，中国戏剧出版社 2007 年版。

求，如两个特务整齐划一的进退举止和阴森森的目光等。这些创新显露出了对现代戏剧风格的艺术追求，赢得了大部分青年观众，但褒贬各异。

2005年，为纪念焦菊隐诞辰一百周年，北京人艺由林兆华导演再次执导，恢复“焦菊隐版”《茶馆》。由于强大的现实主义力量，目前尚未出现超越“焦版”的新版本。

三、经典片段

第一幕（节选）

时间：一八九八年（戊戌）初秋，康梁等的维新运动失败了。早半天。

地点：北京，裕泰大茶馆。

人物：王利发、刘麻子、庞太监、唐铁嘴、康六、小牛儿、松二爷、黄胖子、宋恩子、常四爷、秦仲义、吴祥子、李三、老人、康顺子、二德子、乡妇、茶客甲乙丙丁、马五爷、小妞、茶房一二人。

松二爷：“好像又有事儿？”

常四爷：“反正打不起来！要真打的话，早到城外头去啦；到茶馆来干吗？”

二德子，一位打手，恰好进来，听见了常四爷的话。

二德子（凑过去）：“你这是对谁甩闲话呢？”

常四爷（不肯示弱）：“你问我哪？花钱喝茶，难道还教谁管着吗？”

松二爷（打量了二德子一番）：“我说这位爷，您是营里当差的吧？来，坐下喝一碗，我们也都是外场人。”

二德子：“你管我当差不当差呢！”

常四爷：“要抖威风，跟洋人干去，洋人厉害！英法联军烧了圆明园，尊家吃着官饷，可没见您去冲锋打仗！”

二德子：“甭说打洋人不打，我先管教管教你！（要动手）”

别的茶客依旧进行他们自己的事。王利发急忙跑过来。

王利发：“哥儿们，都是街面上的朋友，有话好说。德爷，您后边坐！”

二德子不听王利发的话，一下子把一个盖碗搂下桌去，摔碎。翻手要抓常四爷的脖领。

常四爷（闪过）：“你要怎么着？”

二德子：“怎么着？我碰不了洋人，还碰不了你吗？”

马五爷（并未立起）：“二德子，你威风啊！”

二德子（四下扫视，看到马五爷）：“喝，马五爷，您在这儿哪？我可眼拙，没看见您！（过去请安）”

马五爷：“有什么事好好地说，干吗动不动地就讲打？”

二德子：“嗻！您说的对！我到后头坐坐去。李三，这儿的茶钱我候啦！”（往后面

走去）

常四爷（凑过来，要对马五爷发牢骚）："这位爷，您圣明，您给评评理！"

马五爷（立起来）："我还有事，再见！"（走出去）

常四爷（对王利发）："邪！这倒是个怪人！"

王利发："您不知道这是马五爷呀？怪不得您也得罪了他！"

常四爷："我也得罪了他？我今天出门没挑好日子！"

王利发（低声地）："刚才您说洋人怎样，他就是吃洋饭的。信洋教，说洋话，有事情可以一直地找宛平县的县太爷去，要不怎么连官面上都不惹他呢！"

常四爷（往原处走）："哼，我就不佩服吃洋饭的！"

王利发（向宋恩子、吴祥子那边稍一歪头，低声地）："说话请留点神！（大声地）李三，再给这儿沏一碗来！"（拾起地上的碎瓷片）

……

纤手刘麻子领着康六进来。刘麻子先向松二爷、常四爷打招呼。

刘麻子："您二位真早班儿！（掏出鼻烟壶，倒烟）您试试这个！刚装来的，地道英国造，又细又纯！"

常四爷："唉！连鼻烟也得从外洋来！这得往外流多少银子啊！"

刘麻子："咱们大清国有的是金山银山，永远花不完！您坐着，我办点小事！"（领康六找了个座儿）

李三拿过一碗茶来。

刘麻子："说说吧，十两银子行不行？你说干脆的！我忙，没工夫专伺候你！"

康六："刘爷！十五岁的大姑娘，就值十两银子吗？"

刘麻子："卖到窑子去，也许多拿一两八钱的，可是你又不肯！"

康六："那是我的亲女儿！我能够……"

刘麻子："有女儿，你可养活不起，这怪谁呢？"

康六："那不是因为乡下种地的都没法子混了吗？一家大小要是一天能吃上一顿粥，我要还想卖女儿，我就不是人！"

刘麻子："那是你们乡下的事，我管不着。我受你之托，教你不吃亏，又教你女儿有个吃饱饭的地方，这还不好吗？"

康六："到底给谁呢？"

刘麻子："我一说，你必定从心眼里乐意！一位在宫里当差的！"

康六："宫里当差的谁要个乡下丫头呢？"

刘麻子："那不是你女儿的命好吗？"

康六："谁呢？"

刘麻子："庞总管！你也听说过庞总管吧？侍候着太后，红得不得了，连家里打醋的瓶子都是玛瑙做的！"

康六："刘大爷，把女儿给太监做老婆，我怎么对得起人呢？"

刘麻子："卖女儿，无论怎么卖，也对不起女儿！你糊涂！你看，姑娘一过门，吃的是珍馐美味，穿的是绫罗绸缎，这不是造化吗？怎样，摇头不算点头算，来个干脆的！”

康六：“自古以来，哪有……他就给十两银子？”

刘麻子：“找遍了你们全村儿，找得出十两银子找不出？在乡下，五斤白面就换个孩子，你不是不知道！”

康六：“我，唉！我得跟姑娘商量一下！”

刘麻子：“告诉你，过了这个村可没有这个店，耽误了事别怨我！快去快来！”

康六：“唉！我一会儿就回来！”

刘麻子：“我在这儿等着你！”

康六（慢慢地走出去）

……

小牛儿搀着庞太监走进来。小牛儿提着水烟袋。

庞太监：“哟！秦二爷！”

秦仲义：“庞老爷！这两天您心里安顿了吧？”

庞太监：“那还用说吗？天下太平了，圣旨下来，谭嗣同问斩！告诉您，谁敢改祖宗的章程，谁就掉脑袋！”

秦仲义：“我早就知道！”

茶客们忽然全静寂起来，几乎是闭住呼吸地听着。

庞太监：“您聪明，二爷，要不然您怎么发财呢！”

秦仲义：“我那点财产，不值一提！”

庞太监：“太客气了吧？您看，全北京城谁不知道秦二爷！您比做官的还厉害呢！听说呀，好些财主都讲维新！”

秦仲义：“不能这么说，我那点威风在您的面前可就施展不出来了！哈哈哈！”

庞太监：“说得好，咱们就八仙过海，各显其能吧！哈哈哈！”

秦仲义：“改天过去给您请安，再见！”（下）

庞太监（自言自语）：“哼，凭这么个小财主也敢跟我逗嘴皮子，年头真是改了！（问王利发）刘麻子在这儿哪？”

……

康六带着康顺子进来，立在柜台前。

康六：“姑娘！顺子！爸爸不是人，是畜生！可你叫我怎么办呢？你不找个吃饭的地方，你饿死！我不弄到手几两银子，就得叫东家活活地打死！你呀，顺子，认命吧，积德吧！”

康顺子：“我，我……”（说不出话来）

刘麻子（跑过来）：“你们回来啦？点头啦？好！来见见总管！给总管磕头！”

康顺子：“我……”（要晕倒）

康六（扶住女儿）：“顺子！顺子！”

刘麻子：“怎么啦？”

康六："又饿又气，昏过去了！顺子！顺子！"
庞太监："我要活的，可不要死的！"
静场。
茶客甲（正与乙下象棋）："将！你完啦！"

四、作品鉴赏

埋葬·凭吊·批判·忧思
——从《茶馆》透视老舍的民族悲情

《茶馆》作为老舍戏剧的巅峰之作，仅用三幕、近三万字的篇幅，便力透纸背地表现了中国近半个世纪的风云变迁和人情冷暖，创造了"东方舞台上的奇迹"。半个多世纪以来，围绕主题的争辩此起彼伏，从不同侧面折射着老舍的民族悲情，揭示了《茶馆》主题的多义性，既有对旧时代的埋葬，也有对美好事物的凭吊，既隐藏着对国民劣根性的批判，又闪烁着对民族前途的忧思。

1. 吴怀斌、曾广灿："埋葬三个时代"说

这是目前被大家公认为最"权威"的说法。

四十来分钟的戏，可以敷衍成几十万字的文章，老舍先生却以大师的手笔，在一个小茶馆中，借助众多人物再现历史画卷，举重若轻地将泰山般沉重的时代变迁历历在目地展现在观众面前，勾画出了戊戌政变后的整个中国形象，入木三分地刻画了三个时代的心痛和酸楚。

第一个时代——清末维新失败时期。裕泰茶馆生意兴隆，三教九流云集，硕大的"莫谈国事"平添窒息：信洋教的小恶霸，倚仗洋人，神气十足，连官府也怕他三分；有钱有势的人家为了一只鸽子，可以请来官方的打手和差人打群架；吃朝廷钱粮的旗人整日游手好闲；朝中的太监总管不仅生活奢华，而且还可以用高价买来妻子；农民和城市贫民穷得卖儿卖女；常四爷爱国谈国事被抓；秦仲义雄心勃勃兴办工厂，工业救国。这种剪影式的描写，展现了清末社会的众生相，深刻反映了帝国主义的渗透、侵略和封建统治的荒淫、腐败所造成的农民破产、市民贫困和社会黑暗，表明了中国封建社会的末日即将来临。

第二个时代——北洋军阀割据时期。北京的大茶馆在现实的蹂躏下不堪重负纷纷倒闭，唯有裕泰还在王利发的改良中风雨飘摇，一息尚存。"改良，改良，越改越凉"俨然成了当时社会的主流。

第三个时代——国民党政权覆灭前期。所有正直的人都陷于不可自拔的困境：王利

发竭尽全力跟着时代改良却难逃厄运，秦仲义实业救国却被判“逆产”化为乌有，常四爷自食其力却潦倒不堪，名厨在监狱里蒸窝窝头，艺人绝技眼见失传……恶势力却异常活跃，国民党特务和美国兵横行，新一代流氓无耻登场有过之而无不及，沈处长比马五爷更倚仗洋人霸占裕泰，庞太监的侄子无耻复辟。饱经沧桑的三位老人在现实的摧残中悲情自奠，王利发悬梁自尽，历史的车轮滚滚向前，把旧时代埋葬进历史的坟墓。

作者怀着满腔憎恨，带领我们历经三个时代：清廷的没落、军阀的混战、帝国主义的侵略、统治者的野蛮和腐朽、农村的破产和凋敝、人民的苦难，看到善良的受凌辱，正义的遭践踏，美好的被毁灭，不屈者则在寻找出路，唱出了一曲时代的葬歌。老舍在《答复有关〈茶馆〉的几个问题》中说过：“有人认为此剧的故事性不强，并且建议：用康顺子的遭遇和康大力的参加革命为主，去发展剧情，可能比我写的更像戏剧。我感谢这种建议，可是不能采用。因为那么一来，我的葬送三个时代的目的就难达到了。抱住一件事去发展，恐怕茶馆不等被人霸占就已垮台了。我的写法多少有点新的尝试，没完全叫老套子捆住。”这里面他确实认可了“葬送三个时代”的说法。

2. 周光凡：“凭吊被旧时代葬送的美好事物”说

周光凡认为，《茶馆》的主题是“凭吊被旧时代葬送的美好事物”。作品以传统文化令人怀念的一个象征物——作为公共空间的茶馆为凭吊对象，在宏大叙事的外壳底下捎带表达了自己心灵真实体验的私人叙事，二者融为一体，既为老北京甚或人世间那些被时代风暴不分青红皂白加以淘汰的美好生活方式唱出了一曲挽歌，也宣泄了作者个人的末世情怀，虽然因为主流文化艺术政策所限而“戴着镣铐跳舞”，却奇迹般地获得了成功，造就了中国当代戏剧文学史上迄今为止堪称最精彩的经典之作。

3. 洪忠煌：“批判国民劣根性”说

《茶馆》夹杂着老舍苦涩的记忆，也宣泄着老舍对现实不满的情绪，一个个黑暗的旧社会在时代的血雨腥风里被裹挟而去，但随之而来的“新”社会生活却更加暗夜如晦，只求乱世苟安的王利发、刚直不阿的常四爷、一心实业救国的秦仲义，都在谋求发展变革，最终却只留下“莫谈国事”如金科玉律般永远贴在茶馆的墙上。三个主要人物，最终苟安偷生者破产，实干者幻灭，德行者落寞，他们的命运就是三种典型的人生哲学和社会现实的碰撞，他们作为典型揭示了中国的特殊国情以及国民性的弱点。而五个次要人物，大小唐铁嘴、刘麻子、二德子、宋恩子、吴祥子，以子承父业的方式贯穿始终，作为帮凶者、帮闲者、牟利者的典型代表，再现了他们在中华民族历史上生命的恒久性和地域的普遍性，作者由此对中国的国民劣根性进行了深邃批判，发出现实警示。

这一观点老舍夫人胡絜青女士在《关于老舍的<茶馆>》中有着深深地共鸣，她如此解释《茶馆》在打倒“四人帮”之后演出比以往更受欢迎的原因：“看着舞台上《茶馆》的情节，人们会发现，刚刚过去的由林彪和‘四人帮’制造的这场浩劫和历史上的灾难相比，竟有它极为相似的共同之处。当秦二爷惨痛地哀叹‘工厂拆了，拆了！’的时候，台下的知识分子就会联想起他们自己辛勤工作过的实验室、教室和苗圃被‘四人帮’毁了、拆了；当王老掌柜和康妈妈互相祝福‘硬硬朗朗的’之后又跟自己的小孙女、儿媳离别的时候，人们回想起自己被赶到干校、牛棚和隔离室去的时候和亲人告别甚至永别的心情；当常四爷和松二爷因为一句话被逮捕的时候，人们想起了那些指鹿为马的暴虐文字狱和各种各类的冤案、错案、假案；当三个老人用捡来的纸钱奠自己的时候，人们想起了那些震撼天下的诅咒和反抗……”

无论《茶馆》是有意的警示之作，还是无意的一剧成谶，毋庸置疑都是老舍在经历了晚清、民国、新中国众多大时代后，以如椽之笔将时代巧妙浓缩，表达了艺术家的心灵沉潜和灵魂思考，不仅是作家对中国历史的深度解读，更是作家对民主自由、民族振兴的忧思和渴望。

《茶馆》在艺术技巧上有以下几点特色：

（1）奇特的切片结构

《茶馆》放弃了传统的“三一律”，没有贯穿始终的故事情节、引人入胜的悬念和激烈的戏剧冲突，采取截取社会横断面的方法，打破传统戏剧的线性结构，大胆运用了散点透视的切片结构。以时代变迁、社会发展为顺序，以不同的时代划分为三幕，代表着三个时代，上场的人物七十多个，大跨度地连缀成三组风俗画，展示了旧中国社会的缩影。而这幅“清明上河图”式的经典剧作最有表现力的视角，就是浓缩中国“小社会”的裕泰大茶馆，以集中的空间联系着广泛的社会生活，以茶馆的变迁折射时代的变幻。这种不符合戏剧常规的结构方式是老舍先生独创的。

（2）以故事带人物

作者不以单个人为中心，采取横向展现三教九流的方法，以茶馆为舞台组织人物，以若干真实的细节讲述每个人的故事，以故事带人物，尽展社会百态。

老舍为解决人物多、年代跨度大、剧情易松散的结构难题，采用四个独特的办法：主要人物自壮到老，贯穿全剧，使三个独立的时代横断面浑然一体；次要人物父子相承，由同一演员扮演，在串连故事的同时深化主题；无关紧要的人物一律招之即来，挥之即去；每个人都说自己的事，但又与时代发生关系。由此，以人物生活的变迁反映社会的变迁，以小茶馆折射大时代。

（3）个性语言与地域特色

老舍这位“语言艺术大师”，以丰富的生活经验和地方文化体验，运用富有个性、贴近时代、风趣幽默的人物语言，展示了“那些年代的啼笑皆非的形形色色”。例如唐铁嘴一句“大英帝国的香烟，日本的白面，两大强国伺候我一个人，福气不小吧?”，滑稽可笑、毫无廉耻的夸耀背后，“叫他说出那时代帝国主义是多么狠毒，既拿走我们的钱，还要我们的命!”精练准确，内涵丰富，寓庄于谐，绕着脖子骂人，使观众始则发笑，继则感触，最终愤怒。再如王利发，从青年时的风趣圆滑，到中年时的满腹牢骚，再到老年时冷嘲热骂，逐渐过渡发展，既揭示了人物性格与命运的沧桑变化，又折射了时代的变迁。作者借助有着浓郁地域特色的老北京地方风情的人物语言和事物描摹，饱蘸对中华民族的深厚感情，令人唏嘘动容!

值得一提的是，《茶馆》只有北京人艺能演好，而且，于是之版《茶馆》作为难以逾越的经典版本，着实令后人心生景仰。

附录：名家谈戏

舞台上的《茶馆》焕发了剧本的全部光彩。台上的人物，不像是在演，而使人感觉是在生活，在那些年代里闯荡、挣扎、作孽、腐烂下去。应该说，北京人艺有一批了不起的演员，他们的身上闪射出艺术家魅人的光辉。

(《曹禺谈〈茶馆〉》)。

——曹禺：《曹禺谈茶馆》

演员的创作是很有意思的。困难起来像是碰上“鬼打墙”，怎么也突不破；顺利的时候，思想就比较活泼，许多事可以触类旁通。我由衷地感到演员一定要是个关心生活、热爱生活，善于很细致地观察、体验生活的人。

——于是之

通过常四这个硬汉子三个不同时期“硬”的表现，会使人感到在他身后那个社会的巨大黑影。观众看到的是人，想到的却是整个社会背景，这就是老舍先生笔下典型环境中的典型性格所产生的艺术效果。

——郑榕

演员要有好的气质，但不能光靠这个本钱吃饭，话剧表演艺术要以塑造鲜明人物形象见长，这是要花大工夫的一门艺术科学。演员要尽可能多方面熟悉生活，要懂得人，要有丰富的文化素养。……老舍先生的戏，尤其是《茶馆》，写的如此简练，这就给演员留下很宽广的创造余地。

——蓝天野

如果我们十分认真地按照人物的逻辑，顺着人物的心理去把握动作，设计动作，反而毫不费力地把观众的心牢牢抓住。经验告诉我，企图靠夸大其词的、不合情理的假象去骗人或吓唬人，往往不会取得成功。……剧本中，松二爷没有多少话。我没有单纯去啃那有限的台词，而是花费大量的劳动去研究台词以外和台词背后的东西——来茶馆以前他干什么来着？他家里都有什么人？在两幕之间这长段时间里他是怎么度过的？诸如此类的问题。

——黄宗洛

我想，作为一个演员，在接近自己所要扮演的人物时，总要从能够捉摸、能够理解的东西入手，这才有利于把人物演成活生生的、有机的整体。这对于扮演正面人物或反面人物恐怕都是一样的。……要想演好一个角色，就得把角色吃透，真正懂得你所演的人物，包括他的世界观、审美观、价值观。总之，他的一切。

——英若诚

我感谢这位耿太监，他帮我找到了庞太监的主要上场任务“娶媳妇儿”的心理依据，没条件娶媳妇儿的庞太监不仅非娶不可，还要比一般常人“娶”得更有滋味、更不含蓄。……话剧演员练形体，练发声的基本功，其目的就是磨炼演员的外部技巧

——可塑性，以适应扮演各种类型人物的需要。

——童超

你们这个戏有三个特点：剧本好、导演好、演员好。你们的表演既不全是斯坦尼斯拉夫斯基体系的，也不是现代派的，而是具有中国传统、中国特点的。满台没有次要角色，都有鲜明形象。这样完整的演出对于我们只是一种梦。

——［德］马依

阅读与思考

1. 《茶馆》为什么只有北京人艺能演好？他们的秘诀何在？
2. 在《茶馆》中找某个人物的台词并深入分析所表达的人物感情与心理活动。

第三节　刘锦云《狗儿爷涅槃》

一、作家作品

刘锦云，国家一级编剧，著名剧作家。中国戏剧家协会顾问，中国作家协会会员。1938年出生于河北省雄县，毕业于北京大学中文系。1982年调入北京人民艺术剧院任编剧，1992年后，历任副院长、院长职务。著有中短篇小说集《笨人王老大》，短篇小说《在希望的田野上》《途中》等数十篇作品。剧作有《狗儿爷涅槃》《背碑人》《乡村轶事》《杀妃剑》等。话剧《狗儿爷涅槃》曾荣获第四届曹禺文学奖。

刘锦云是继曹禺之后北京人艺的第二任院长，也是北京人民艺术剧院继郭沫若、老舍、曹禺等艺术大师之后的又一位著名剧作家。他创作了大量的优秀作品，其中《狗儿爷涅槃》《阮玲玉》《风月无边》等都是其经典之作。幼年的农村生活、几十年的基层工作使得刘锦云有着深厚的生活积淀，形成了其作品的特殊视角和独特意味，也使之成为戏剧创作领域的又一位大师级人物。代表作如下：

1. 《阮玲玉》

该剧采用倒叙的手法，以20世纪二三十年代为背景，讲述了一代名伶阮玲玉辉煌而短暂的悲剧人生，通过她与张家少爷和唐文山之间的感情纠葛，揭示了她对美好爱情的向往与充满挣扎的内心世界，最后阮玲玉像她演过的人物一样以自杀的方式结束了自己短暂的一生。

2. 《风月无边》

该剧刻画了清朝的大文人李渔淡于功名，而乐于写戏演戏的人物个性。讲述了他带领家庭戏班在巡演时因得罪官府而被禁止演出，只有旦角雪儿能为他排解心里的忧愁，最终雪儿也在演戏中跳江自尽的故事。

3.《日出而作》

该剧讲述的是20世纪70年代发生在冀中大地上的故事。该剧以生产队里的一天为背景，通过对陈老柄、赵有常、崔长利、金大翠等各色农民的塑造，真实地展现了那个年代基层农村的火热生活，深刻地揭示了当时农民心里期盼变革的心声。

4.《狗儿爷涅槃》

该剧以中国农村的变迁为背景，讲述了老一代农民“狗儿爷”对土地的热爱和在不同历史背景下土地得而复失的故事，深刻揭示了老一代农民固守陈规的悲剧人生和坎坷的心理历程。

在刘锦云的作品中，农村题材的作品占有相当重要的位置，这是作家深厚的农村生活积淀所决定的。家乡的一草一木和朴实的农民都在其笔下鲜活再现。《狗儿爷涅槃》《日出而作》等作品，无不散发着一股浓浓的“土”味，而这正是这些作品的灵魂与生命，同时也充满着作者对农村的无比眷恋和热爱，以及对这一群体的深刻思考。

二、导演风格

《狗儿爷涅槃》是著名剧作家刘锦云在1986年完成的作品。同年10月12日首演于北京首都剧场，导演刁光覃、林兆华。该剧在戏剧结构、人物刻画和舞台呈现上，都进行了极大的探索并获得了成功，被赞为北京人艺探索剧目中最优秀的“看家戏”和经典作品之一。

1. 写意为主，详略得当

写意是这部作品的风格和基调。大到该剧的表现手段，小到舞台美术灯光，都处理得有详有略，恰到好处。

该剧采用了倒叙的手法，跨越了近四十多年的时代历程，而这一阶段也是中国大地上最为曲折的几十年，对中国的未来产生着决定性的影响。土地改革的轰轰烈烈、战争期间的四处逃难、解放后的百业待兴、“文化大革命”的红色疯狂、党的十一届三中全会的春回大地，这些强烈的时代背景，在剧中都没有程式化的出现，取而代之的是主人公土地的得与失：得到土地和“菊花青”标志着解放后，交出土地是走农村合作化时期，割资本主义尾巴是“文化大革命”时期，土地、门楼和“小菊花青”的再次复得是党的十一届三中全会的历史背景，哪怕是改革开放政策的实施也是用苏连生拿回来的营业执照表现的。这些情节既是写意又具有典型性，也是狗儿爷生命中的重大事件，它们既简洁又具体，既清晰又紧凑。

2. 虚实结合，画龙点睛

虚与实的结合，成就了这部戏的亮点。北京人艺被人们认为是中国最为正统的剧院，而在《狗儿爷涅槃》中却出现了很多虚拟的表现手段，如金花去地里偷玉米、掰棒子的动作；被村长李万江发现后，金花从玉米地深处走出来，都是无实物的表演。这些虚拟手法的运用，让人耳目一新，简洁明快，为作品的演出提供了便利。而该剧中又有很多真实的和相当具体的地方，最为典型的莫过于苏连玉卖“大斜角”让地主祁永年代写字据的一幕：双方按完手印，祁永年从盒里拿出印章，盖在字据上。其印章、印泥、字据的具体，和演员盖章的一系列有节奏的真实动作，无不细微至极，令人叫绝，与“金花掰棒子”形成了强烈的对比。这种从道具到人物行为的具体，为表现狗儿爷的心态做了很好的铺垫，成为了全剧极为闪光的一个段落。

3. 以意识流和倒叙交叉的手法构置情节，达到了很好的效果

剧本中的故事极具时代性，按照以往的惯例排这样一个十几幕的话剧是无法完成的，当然打破惯例的想法也是极具挑战性的。导演大胆的以意识流的方式构置情节，让主人公用倒叙的手法，随着想随着说、随着回忆随着再现，把他一生中点状的生活信息串在一起，让“狗儿爷”娓娓道来，使其跨越了几十年——经历了土改、解放、合作化、“文化大革命”到党的十一届三中全会的所有时期，让主人公坎坷的一生在舞台上用两个小时的时间得以展现。

意识流和倒叙的运用，既是巧妙，也是必然。作品中的故事，是主人公人生的经历，呈点状分布，没有明显的孰轻孰重，但这又是左右主人公命运的关键事件。而意识流是以人物意识活动为结构中心来展示人物持续的感觉和思想的，能够很好的解决和完成该作品。意识流的运用，往往需要借助人物的联想来完成叙事内容，倒叙则更能解决作品时代跨度大、事件多的问题，从而不受时间、空间的限制，让回忆与现实、心理与思绪、独白与再现交织叠合，使得主人公内心的矛盾更加纠结与尖锐，大大增强了该剧的戏剧性。

4. 人物交流方式的大胆尝试，增强了视觉效果

该剧对于人物的交流方式，进行了大胆的尝试。尤其是“狗儿爷”与祁永年“灵魂”的交流尤为堪赞——导演用灯光与演员的形体营造了两个空间，大大增加了视觉冲击力，很好地揭示了“狗儿爷”纠结、矛盾与挣扎的内心世界。每一次“狗儿爷”与祁永年“灵魂”的激烈对话，都成为了全剧节奏的催化剂，一步步把故事推向了高潮，使得主人公命运的变幻必然而合理。

5. 人物的跳进跳出，借鉴了戏曲、曲艺的明显特征

人物的跳进跳出，是导演大胆探索和尝试的又一个方面。

据说林连昆先生对此也曾提出过疑问，比如“哭坟”，他对于面对观众跪在那里哭诉有不同意见，觉得演员和观众都不舒服。但导演林兆华提出：京剧《苏三起解》，苏三到公堂之上，不也是面对观众跪在那里完成大段唱腔的吗？观众也没觉得不妥呀，“苏三行怎么狗儿爷就不行呢……”，导演的意见被采纳，林连昆先生的精彩表演获得了大家的赞许。

剧中的一些跳进跳出很像相声中的“翻包袱”，如苏连玉拿着营业执照上场，“狗儿哥好啊”，“好啊，连玉兄弟，我还等着买你的地了”，“好么，又来了”，苏连玉说的“又来了”明显是对观众说的，其跳出了人物但抖了包袱，然后快速跳回戏中继续和陈小虎交流，没有破坏戏的完整性，收到了很好的效果。

该剧导演对于各种手段的大胆运用，是基于他深厚的文学功底和对中国戏曲、曲艺

的热爱与尊重，而这种探索，正是北京人艺戏剧追求的一个延伸和补充。正如导演林兆华说的："我排戏没想过什么主义，只知道这个戏必须这样排……"

三、经典片段

相　亲

狗儿爷："你叫冯金花？"

冯金花点头。

狗儿爷："'寻'我你愿意？"

冯金花摇头。

狗儿爷："哎呀，到这时候了，来点痛快的吧！先扭过脸儿来行不行？"

冯金花（转身）："给你，让你看个够。"

狗儿爷："娘的，是挺中看。"

冯金花："妈哟，你多么大啦？"

狗儿爷："三十……三十一。"

冯金花："比我大一轮。"

狗儿爷："你也属狗？"

冯金花："什么？"

狗儿爷："子丑寅卯……属蛇，都属蛇，你看我这记性。"

冯金花："我嫌你大。"

狗儿爷："还大？这小女婿的拳头，大女婿的馒头——大女婿知道疼，我的傻奶奶儿！我疼你……"

冯金花："呸！——怎么个疼法？"

苏连玉："瞧他那满脸胡茬子。"

冯金花："嗯？"

狗儿爷："这……（猛见苏连玉向他伸出三个指头）噢，我许给三条。"

冯金花："三条，哪三条？"

狗儿爷："居家过日子，男的是耙子，女的是匣子——咱可别是没底儿的匣子。进门你当家，我交钥匙，行呗？"

冯金花："差不离儿。第二呢？"

狗儿爷："大麦二秋，不用你下地。"

冯金花："我还是肉皮子嫩，日头晒了长毒疮。"

狗儿爷："我行，庄稼人有闲死的，没累死的。眼下地不多，日后地多了，咱兴许还能雇个人手儿呢！"

冯金花："真的？你说还能雇人？"

狗儿爷："怎么着，就许他们雇我？告诉你，咱……有存项！"

冯金花："听说了。第三？"

狗儿爷："第三……（见苏连玉又向他伸出三个指头）噢，许你不上三台：一不上井台，咱村南有甜水井，村北有凉水泉儿，我把大缸小缸老给你挑得满满的。二不上磨台，捅驴屁股抱碾棍，本来不是娘们儿干的，粗罗曲子细罗面，供上你吃用了。三不上锅台，我会烙饼摊鸡蛋，切细咸菜丝儿泡香油，咱见天吃这个。还有什么你说，我满应满许，行了呗？"

冯金花："哼，你们男的都这样儿，这会儿急得蹽蹦儿，说啥都行，过后儿就变卦！"

狗儿爷："咱狗儿爷可不是那路人。"

冯金花："嘻……"

狗儿爷："大名陈贺祥——我说孩儿他妈……"

冯金花："去，来不来的先叫这个！"

狗儿爷："我样样儿许了你个老满儿，可有一宗，你可得把咱大虎看顾好，那可是咱陈门后承啊！"

冯金花（伤神地）："我死了男人，又新死了孩子，奶还没吊上去，老胀得疼，怀里空得慌，缺个孩子。"

狗儿爷："嘿，芝麻粒儿掉进针鼻里——巧啦！连玉兄弟，成啦！"

四、作品鉴赏

"狗儿爷"——中国农民命运的缩影

中国人是世界上最早懂得农耕的民族之一，因此对土地有一种强烈的依赖与眷恋。"狗儿爷"只是他们中的一个代表罢了。

在很多影视作品中，总能看到地主和农民。二者总像是一对老冤家，有着纠缠不清的矛盾和故事。如狗儿爷一样，因为地主家的骡子淹死了，就被祁永年吊在门楼上，差点丢了性命，这种事情成为了中国农村地主与农民的典型关系。

哪里有压迫，哪里就有反抗。"狗儿爷"迎来了解放，他与亿万农民一样，分到了地主家的土地和牲口，还有那曾经吊过他的高门楼。"狗儿爷"是带着对地主的仇恨得到这一切的。这种仇恨，强烈到连儿子娶祁家女儿都不可以。应该说作者把这种典型的矛盾推到了极致。

土地的来之不易，或许只有"狗儿爷"才能够体会到，尤其是获得祁永年的土地，更是扬眉吐气。"狗儿爷"是经营庄稼的一把好手，使得他对以后的生活充满着希望。他买下了曾经是祁永年祖产的"大斜角"，而一场运动却在前方等待着他，村里要收回他的土地进行合作化。"狗儿爷"想不通，就如同他想不到会如此便宜地从苏连玉手中买到"大斜角"一样。他不懂什么是"合作化"，也理解不了其中的深奥。极度的无奈与悲伤，让他"疯了"，疯得连自己的媳妇都不认识，但只要说到土地，"狗儿爷"似乎又明白。他跑到了山坡上开出了一片荒地，在那里吃那里住，也只有在那里，他是正常的。只是快到收获的时候，又要“割资本主义尾巴”了，他再一次没有了希望……

“狗儿爷”的命运，凝聚着作者很深的思想感情。就作品而言，是作者让他变疯的，而换一个角度讲，在那场运动中何止是“狗儿爷”疯了呢，整个社会都处在一种疯狂、躁动状态中。因此，狗儿爷的疯狂既是作者对那场运动的无奈与感叹，也是作者对那场运动的认识与思考。

“狗儿爷”疯了，媳妇金花也跑了，和村长李万江组成了新的家庭。或许所有人都会责怪金花的背叛，而在那个特殊的时代，她又能如何呢？尽管如此，农民心中的那份善良驱使着金花没有丢弃“狗儿爷”，而是和李万江一起善待着他。这份质朴的善良也触及了观众心里最为柔软的地方，让人们对金花的改嫁平添了几分同情。

党的十一届三中全会的召开改变了所有中国人的命运，也再次影响到了“狗儿爷”。土地、高门楼和小菊花青又回到了他的手中，这时他才知道金花没有去赶集，而是早已嫁给了李万江。痛苦没有让“狗儿爷”记恨谁，正当他要重修高门楼的时候，儿子陈小虎要开白云石厂、拆了门楼修路过车，“狗儿爷”的希望再次破灭。高门楼是他观念与理想的标志，是他扬眉吐气的象征，无奈中，他一把火烧了高门楼，让自己一切幻想化为了灰烬。

“狗儿爷”的坎坷，中国老一代的农民都有所体会，只是没有主人公如此典型罢了。他是中国社会发展的一个缩影，正像一滴水折射了大海，反映了整个中国社会的走向。几千年的小农经济，产生了小农意识，同时也禁锢了他们自己，他们相信只有靠土地才能有一切，对于改革开放充满了怀疑，对于一个伟大时代的到来束手无策、无法应对。但这又不能怨恨他们，因为农民是弱势群体，过去各种事件最终伤害的一直是农民，也正因为如此，他们才更会依赖着土地，抱着旧有的观念，对于他们而言，这是最具体最可靠的生存法则。

作品完成于1986年，有着强烈的时代背景，主人公所走过的坎坷道路也是与历史背景息息相关的。作者以自己姑父为原型，怀着对农村的特殊情感，为我们讲述了老一代农民所走过的坎坷之路，对于他们的思想进行了深刻的剖析，但这些思想没有随着老一代农民走入历史，而是或多或少地流淌于我们的血液中，“狗儿爷”的一些想法在我们的脑海中影影绰绰地出现过，或许这是我们民族性的一部分吧。

话剧《狗儿爷涅槃》一经首演就惊动了整个戏剧界，其故事的深刻、表现手法的新颖与前卫都成为艺术界议论的焦点。在艺术技巧上有以下特点：

1. 故事曲折、结构紧凑

该剧讲述了主人公“狗儿爷”坎坷的人生故事，其命运的曲折和中国社会的大起大落紧密相连。

“狗儿爷”生在旧社会一个贫穷的农民家庭，对地主有着刻骨的仇恨。解放了，“狗儿爷”和所有的农民一样翻身做了主人，分得了土地和牲口，又娶了小寡妇冯金花，这也是主人公最为得意与风光的一段生活，也是他人生幸福的最高点。随着“三面红旗”时期的到来，土地被“合作化”了，愤怒、无奈与自责交织在一起，使他成了一个不能自理的疯子，他的生活改变了，媳妇也改嫁了。他跑到了山坡上，开垦了一片荒地，就要收获的时候，又赶上了“割资本主义尾巴”。党的十一届三中全会召开了，土地的失而复得让他又燃起了希望的火焰，正当他要重修高门楼的时候，儿子要拆掉门楼修路开矿厂，他的心再次跌到谷底，最后他亲手点燃高门楼，连同自己的希望付之一炬。

创作者采用倒叙的手法，首尾呼应，串联起了主人公坎坷的一生。

“我一辈子不走运，临了儿，连个洋火都划不着……”一根火柴的点燃，开启了主人公对自己人生的讲述，作品时而叙述、时而事件情节再现，虽然时间跨度大，事件背景复杂，但意识流手段的运用，使得作品抛开了时空的限制，甩掉了沉重的包袱，把曲折的故事紧凑流畅地串联在一起，逐步推向了作品的高潮。

主人公曲折的人生故事和紧凑流畅的戏剧节奏，为该剧的成功奠定了雄厚的基础。

2. 典型人物、个性鲜明

该剧中的七个人物，浓缩了中国农民的所有特征，其人物的典型性相当突出。

“狗儿爷”是经历过新旧社会、各种思潮与运动的老一代农民的缩影，他们善良纯洁，倔强固执；对新社会充满感激之情，特殊的成长经历让他们对土地有着特殊的感情，他们坚信老老实实地种地才是庄稼人的本分。

“小寡妇冯金花”是典型的北方农村妇女形象。她热爱生活、泼辣能干、爱憎分明、敢于追求幸福生活。

“苏连玉”是典型的农村小手艺人，靠着自己的小手艺养家糊口。由于走街串巷，也算是八面玲珑、脑筋灵活、能言善辩，有一定的社会洞察力，所以跟得上社会的步伐。

“祁永年”是农村封建旧势力的代表，靠着自己的土地和财富欺压奴役百姓。他们阴险、狡诈、伪善、狠毒，对新社会充满仇恨与排斥，对旧社会抱有幻想。

“陈小虎”与“祁小梦”是新一代农民的代表，他们有一定文化，善良勤劳；对旧的思想持反对的态度，比起老一代农民，他们视野更加开阔，对未来的生活充满希望。

该剧中所有人物的分量都不轻，正是因为有了这些个性鲜明的农民形象，才为我们带来一股泥土的芬芳，这也是该剧成功的关键所在。

3. 人物的矛盾心理，揭示了人性的复杂

应该说整个作品都是矛盾与纠结的，如同该剧的名字一样。

从第一幕“狗儿爷”划火柴，就开始了主人公与祁永年“鬼影”的纠结与争斗。看似是他们两人之间的矛盾，实则是主人公内心深处的自我矛盾，作者运用这种心理矛盾外化的方式，把主人公内心的矛盾揭示到了极致。

“狗儿爷”是矛盾的，但他也是全剧矛盾的焦点。他因为贫穷所以梦想着获得土地，而后他的梦想真的实现了，可运动又让他再次失去一切，党的十一届三中全会后土地失而复得，这种人生的曲折也酿就了主人公的悲剧心理。

“冯金花”也是如此，她为了追求幸福生活嫁给了狗儿爷，又因为狗儿爷的疯病抛弃了他与李万江结婚，但内心的牵挂又让她和李万江关照着狗儿爷的生活；“苏连玉”把小寡妇冯金花介绍给了狗儿爷，后来又成全了冯金花与村长，他知道土地合作化的消息却把“大斜角”卖给狗儿爷，而当狗儿爷疯了没饭吃的时候又把粮食送给狗儿爷一家……

人物关系的复杂造成了人物内心世界的矛盾，这也让观众在审美过程中荡涤着自己的心灵，这也是该剧成功的重要一环。

4. 人物语言精练而生活化

作为一部农村题材的艺术作品，该剧的语言是极其成功的。农村百姓的语言在该剧中大量应用，不仅增加了生活气息，还恰到好处地表达了人物的生活状态和内心活动，为作品增添了无限的光彩。

如相亲的戏中，狗儿爷所说的“小女婿的拳头，大女婿的馒头”“男人是耙子，女人是匣子”“庄稼人有闲死的，没有累死的”“长长的功夫耐耐的性”等大量谚语，生动地表现了主人公此刻的生活状态和渴望成家的迫切心情。

再如买“大斜角”写字据一场中，狗儿爷对菊花青的描述：“菊花青贱骨头，不大拿食！大把大把的料豆，它连闻都不闻，杵给它两勺香油这才好！”此刻是“狗儿爷”最为富足与风光的时候，土地、门楼、媳妇、儿子还有闲钱，当天还要买苏连玉的“大斜角”，可以说是春风得意。此刻主人公用他的“菊花青不大拿食”来“显摆”自己，这一段富有生活气息的语言充分地表现了他富足、风光、骄傲的内心世界，也为他后来的疯癫做了生动地铺垫，增加了结果的必然性。

这样的例子在该剧中比比皆是，应该说鲜活的生活语言为该剧增添了独特的魅力。

《狗儿爷涅槃》是20世纪80年代一部现实主义悲喜剧。其对农民的成功塑造和对农村社会的深刻剖析，以及在表现手法上的大胆探索，使得该剧成为了现代戏剧中一部卓越的经典之作。

附录：名家谈戏

狗儿爷喝了酒，有些醉意，独自到他爹爹坟前。夜里秋虫鸣声，带来几分哀愁，刁光覃写道：“这场戏里有一段思想深刻，感情浓厚而又很长的独白。要采取多种方式表现：独白、旁白、和观众直接交流、自我叙述都可根据内容采纳。要掌握作者的语言特色，这个戏的语言是出色的，可以说，语言表现不好，演出就很难成功！光靠‘干说’不行，要说的有内容、有韵味、有节奏。这个戏千万不要离开内容去谈形式。”林连昆这段长独白时抑时扬，转换有序，流畅而又段落清晰，而且在充分掌握作者语言特色的基础上，巧妙地、不露痕迹地融入了自己的语言特色，是狗儿爷的，也是林连昆的，印象深刻，令人叫绝。话剧话剧，要命的是话，确实，语言表现不好，演出就很难成功。曹禺大师说过：台词一要听得见，二要听得清楚，三要听得明白，四要好听。看今日话剧舞台，一些演员几乎离不开小麦克，摘掉小麦克，八排以后就听不见、听不清楚，乃是现代科技戕害话剧艺术之实例。演员读词吃字、音包字、不讲究重音、不讲节奏韵味，话剧的语言艺术已经岌岌可危。

刁光覃从导演的角度写道：“只要真实地、深刻地、正确地体现人物，任何以此目的的形式、手法、调度都可以为二度创造所采用，为观众所接受。导演的二度创造不能脱离剧本的基本风格而任意采取各式各样的形式。”“不受时间、空间的限制，必要时人物可随意跳进跳出。”如何把导演的二度创造体现在舞台上，如何在表演中跳进跳出，尤其是能够为观众所接受，就要靠演员了。例如，“三五步能行千里，七八人百万雄兵”的手法，林连昆充分调动展示形体的机敏表现力和心理动作的自如迅速转移，做了清晰的表达，让观众能够没有任何阻碍的、顺畅舒服地了解和接受。戏中时间、空间的转换，有后景流动的迁换和灯光的变化，同时前面的戏继续着，狗儿爷——林连昆与此同时要不露痕迹地从上一场转入下一场，情绪、心境、心理行动，乃至年龄体态，日夜寒暑、内外景别的转换，瞬间集于一身，还须与景光的变化默契配合。时空的变化，景和光是后景是辅助，观众主要是从演员的表演感受到的。更难的是，此剧景物道具设置极简练，甚至一些手持道具处理为无实物。演员几乎没有任何可依仗的“支点”。林连昆就是“身无长物”，靠高度的真实感，靠自己高超的演技，从容地、有声有色地在舞台上说服并引领观众走过了跌宕起伏、爱恨悲喜的几十年。

——摘自顾威《林连昆与<狗儿爷涅槃>》一文

阅读与思考

1. 请说出该剧中几处运用了中国戏曲、曲艺的手法表现情节？

2. 请指出剧中你最喜欢的演员和情节，并简述原因。

3. 该剧中“狗儿爷”的首演者是林连昆先生，后来又由梁冠华担纲复排此戏，请谈谈对两个版本的不同感受。

第四节　邹静之《我爱桃花》

一、作家作品

邹静之，1952 年出生，1969 年初中毕业，先赴北大荒，后转河南插队。在没有书、没有广播的北大荒，邹静之以往读过的故事填补了这伙儿城里来的“知识青年”的寂寞。在北大荒和河南劳动的经历，对邹静之人生道路的影响至关重要。那些年，邹静之不仅在讲故事中练就了能言善辩的好口才，而且锤炼了他后来创作影视剧本的独门绝技——在“冷峻中有温情，幽默里有忧伤，广阔而又精细，粗犷而不失优雅”的笔触中，巧妙而又灵活地把“一件件司空见惯的生活小事，有声有色、有滋有味地展演开来”。1977 年回京。一次偶然的投稿成功让他从此一发不可收，迷恋上了写作，不断地写小说、散文、诗歌，走上文学之路。1987 年他成为《诗刊》编辑，1995 年开始影视文学创作，创作电视连续剧《琉璃厂传奇》《康熙微服私访记》《铁齿铜牙纪晓岚》等，每部作品都引起强烈反响，他也从著名诗人华丽转身为“中国第一编剧”。1997年他开始舞台剧创作，先后编写了歌剧《夜宴》《西施》《赵氏孤儿》，话剧《我爱桃花》等，儿童剧《HI可爱》，并参与创作《千里走单骑》《赤壁》《一代宗师》等电影作品。圈内人士由衷地赞叹他是继老舍之后又一个全能选手。2008年12月，邹静之与编剧刘恒、万方共同创立了以作家为核心的话剧社——“龙马社”，致力于推动原创话剧在当代的发展。代表作如下：

1.《莲花》

借古玩说人生百味，采用倒叙手法，讲述了天和与莲花这一对贫贱夫妻在对财富的向往和追逐中，一个从对有钱人的生活惶恐不安到志得意满，良知沦丧；一个从满怀希望过好日子，到失去所爱，深陷绝望。剧本揭示一旦欲望不停膨胀，偏离了最初的方向，便是一条不归路。

2.《操场》

这是一部关于知识分子思辨的戏，以一个高校的操场为背景，以高校教师老迟在操场上一天中的经历为主要内容，贯穿前后的是他的困惑和思考。然而老迟只关心自己的痛苦思考，对一个人死去却冷漠而不关心，最终发现自己不光帮助别人犯了盗窃罪（铁架子），还犯了杀人罪。

3.《花事如期》

这是一部只有一男一女两个人的对手戏，故事从一个大龄未婚女白领在等待男友求婚的那个晚上，却得到男友快递来的“拜拜”和所有账单展开，将人生中爱情之门、生活之门、希望之门、亲人之门层层打开，发人深思。

4.《我爱桃花》

源自明代话本小说集《型世言》第五回“淫妇背夫遭诛，侠士蒙恩得宥”，以唐代冯燕与张婴妻偷情的故事为由头，探究了自古以来男女偷情陷入的三角关系。全剧采用如盗梦空间般“三维”的结构，是一个“戏中戏中戏”的故事。第一维是一段男女偷情的古装戏，第二维演绎这段古装戏的演员也是一对婚外恋者，两人为戏中人的感情该如何发展争辩着，实际上也为现实中的爱将何去何从而相互伤害。而到了第三维，也就是全剧的最后，观众会猛然发现，舞台上的演员并非偷情者，而是一对真实夫妻，这一切只因妻子觉察丈夫出轨，便按照丈夫出轨的事实排演了这出戏，以惩罚丈夫。

《我爱桃花》这段古今交错的爱情故事探讨了在抽刀之后情人之间的种种可能性，种种可能在古今的时空变换中交替，折射出从古到今人们永远也无法说清的情感问题。邹先生曾这样形容：这是一出探讨情感问题的后现代本，运用戏中戏的方式，展现出事物的多种可能性以及不同决定导致的不同结果，对当代观众有一定的警示作用。

二、导演风格

《我爱桃花》自2003年面世以来，十年间已被排演数版，演出五百多场，同样的剧本在不同导演的处理下风格迥异，导演作为二度创作者，充分利用最能标榜个性的戏剧语汇来表情达意。

首次执导《我爱桃花》的是北京人艺著名导演任鸣。在剧本处理上他删去了原剧本中的第三维度，只保留了两个时空。舞台道具相对简单，周遭的竹制卷帘，屋内的一张床、一个凉榻还有一个米柜便构成了整个舞台。就连演员的演出服装也沿袭了简单的原则，着粗布衣裳，未戴任何配饰。古代故事时空的表演及舞美借鉴了戏曲的写意特征，演员朗诵诗词、无实物的虚拟表演，再加上潇潇雨声等这些音响手段的介入，整个舞台诗意、唯美且遥远的时代气氛便营造出来了。现实时空叙事采用的是逼真的写实化表演，演员恢复正常语调，将故事转换到现实。舞台采用的是三面观众的半包围式，主要演区既是第一叙事层中的排练厅，又是第二叙事层中张婴的家。这种简练的舞台设计在方便演员进行写意性表演的同时，也便于时空转换。舞台大背景为黑色（夜色），人物服装及舞台中央围绕人物表演的追光均为白色，而张婴之妻（如花）的内衣、内裤、绣花鞋及头绳、杀人时的光均为红色，这三大颜色形成强烈对比，借以表达戏剧人物的情绪和戏剧主题。同时还通过舞台灯光在红、白、黑之间切换，来暗示戏剧时间在过去与现在之间的转换，人在梦幻与现实之间轮转。以上种种手段，都为导演实现双重时空的叙事提供了便利。数次出现的"桃花"在舞台上并未被具象塑形，而仅仅作为一个抽象的概念反复出现，其中自有导演类似"留白"的深意，恰如梦幻般唯美的舞台造型：所谓桃花，所谓风月，所谓人生，不过似梦一场。

2009 年 10 月，由龙马社出品的《我爱桃花》联手青年新锐导演韩涵推出完整版，首提"三维"概念，突出"戏中戏中戏"。在第三维的故事里，两位演员脱下戏装，妻子手拿计算器算着演出的开销，而丈夫也在电话里与情人争吵着。舞台上没了戏中探讨爱和生死的唯美气氛，两道毫不含蓄的白光打在这对貌合神离的夫妻身上，直白而残酷，大段独白考验着演员的实力，同时也考验着观众的耐心。导演韩涵在一次访谈中解释说，之所以将原先删掉的第三幕还原，源于自己对这一段的钟爱。"在读剧本时，我觉得最后一段戏的精神在字里行间最飞扬，它不再用故事的悬念吸引观众，而是用类似伟大的莎士比亚式的内心独白在敲打观众的心，所以在第三幕的处理上，我也力求'无招胜有招'，不在视听上干扰观众，而是直接用文本本身的飞扬冲击观众。"此版本还在以下两个方面展示了新意："新"一：全新舞美风格，突出唐风。在故事的开始完全进入唐朝视野，从服装到一本书等细节之处都完全是唐朝，让观众完全看不到现代的影子，与后面的现实生活形成巨大的反差；"新"二：大胆突出"情感观念"。力图通过戏剧的形式将一些较为普遍的人类自身现象展现在观众面前，并使其通过现象发现自我本质，从而引发一些思考性的话题。

2010 年 3 月，由何念导演、梅婷主演的大剧场版《我爱桃花》在北京保利剧院演出。何念此次更是提出了"多线程"概念，犹如电脑里的"多核"概念，就是要将观众带入舞台上的戏中，从头到尾，最后才真正揭开各位演员的真实身份。与人艺版相比，何念版舞台构思精巧，布景漂亮大气，形式感很强，重视直观呈现，商业关注点很足。伴随着娓娓动听的古韵唐词，细致入耳的莺声燕语，一层层白色纱幔缓缓卷开，整个故事开始剥丝抽茧，观众的视线也跟随着不断向里纵深，带有 3D 效果的桃花树若隐若现，仿佛在这朦胧如仙境一般的场景中倒流到一千多年前的唐朝。而这纱幔之外，是一千年以后的现在。这样纵深交错的舞台设计，为观众打造了一个沉浸在不同时空中做梦的理想场景。导演还通过三层薄如蝉翼的纱幔将舞台分割出功能区域，合理利用了舞台纵深，又显出了房屋的层进关系。最里面是内室，放置大床一张；中间是旁屋，闲置摇椅一把；最前面是厅堂，桌椅居中，一个偌大的米缸摆在厅堂右侧。散布在背景布上的点点桃花，如同繁星点缀在浩瀚的夜幕之上，空间立体感很强。剧本中的古典情怀被展现得淋漓尽致，邹静之原著中诗意忧伤的气质得以保留，但“何氏标签”——天马行空的搞笑，还未完全剥离，二人转、LADY GAGA 等时髦元素都被一一拼贴，演员有时还运用中国戏曲中的一些身段如摔“僵尸”来获得某种黑色幽默氛围的喜剧效果。何念解释说：“剧本中设定了两个时代，我是刻意将古代部分用文言台词、戏曲身段等手法处理，而现代部分则极力突出有现代感的元素，让两个部分的对比更加强烈。”

2010 年 10 月，导演韩涵推出蓬蒿小剧场版《我爱桃花》，婉约细腻而又铿锵有力，整体感非常好，如同一位好身材的江南女子，浑圆饱满、温婉动人，重内涵而聪明，哲思感十足。观众踏进蓬蒿剧场，就能感到一阵沁人心脾的幽香浮动，若循着飘动的淡草香嗅过去，就能发现两根红色蜡烛正在燃烧。舞台布置简约而不简单，婉约而雅致，道具的功能性很强，物尽其用、巧妙机智，前一秒是遮蔽隐私的装饰屏风，后一秒就变为反射人物内心的扇面镜子，一个表面、一个深邃，宛如人性的美与丑，相辅相成。这些镜子在后半场发挥了奇妙的作用，构建了新鲜的舞台空间，观众怀着好奇的心理“偷窥”了每一扇镜子里人物的细微表情变化和内心活动。

2013 年 3 月，龙马社复排的《我爱桃花》在国家大剧院进行十周年纪念演出。该版本洗尽铅华，用简单的方式原汁原味地呈现文本原始的精彩，让人安静下来细细思考人生哲理。

三、经典片段

此时，张婴已熟睡了，张妻也安静假寝。静场。

冯燕（又从柜中钻出来）：“我要是说走，此时现今三刻就能走了，不带巾帻，深夜之时也无人知晓。可明日那张婴醒来，屁股一挪，好家伙，哪儿来的男人的东西呀！还说没有偷人养汉，怪道昨夜一再叫门不开，果然养下人了。一逼二问，问出来了，轻了是责打休书，轰回娘家。重了还不出人命，出了人命可不是要牵连于咱吗？……（想去拿又拿不成）这倒是想走也走不成了！”（钻入米柜）

又静场一会儿。

冯燕慢慢地把米柜盖子又顶了起来，也出不了别的声音，只有学一声鼠叫。

冯燕：“吱吱！吱吱！“（再落了回去）

张妻早已会意，床帐之中灯亮。

张妻（先悄悄地照了下张婴，假做自语……小声）：“睡着了……（大声）你睡着了！（张婴没动静，复小声）真睡着了。（开始半自语半说给冯燕听）哥哥！委屈死了……想你那样的好人才，此生也难得在米柜中闷一回，实在的让奴家不忍。可话又说回来了，偷情便左不了地要受些个委屈了……再忍忍啊，来了，来了……”

两人急的不是一回事……冯燕顶着米柜盖站了起来，看着张妻以手示意不让她过来，再用手指那张婴屁股下的巾帻。

张妻（看着不明白，小声）：“什么?!”

冯燕（发狠般地比划着）：“巾帻，帽子！”（有点像要杀人）

张妻看不懂，悄悄地到了睡着的张婴旁边，用眼睛又问冯燕，冯燕比划了一下——张婴屁股下的东西——巾帻。

张妻（自语）：“他要什么呀！……（看见了张婴腰间只是别有一把刀）哎呀！不好，他要刀吗?!（回头看了眼米柜，冯燕米柜盖吓得盖上了）哎！他要刀啊！他敢要刀了！（心内有些惊喜有些犹豫，灯在抖……）他……他果然要的是刀吗？（又回头看一眼米柜）哎呀呀！原来是怕他躲，怕他飞！怕他胆小，怕他薄情！敢情如今他敢要刀了，他要刀了！（举灯舞袖唱昆腔）……休相问，莫相问，相问还添恨，秋水满塘，鸳梦正相趁，昨夜雨霏霏，临明寒一阵，偏忆俏官人，一绝已成恨……”（唱罢，悄然跪到张婴的腰间，小心又小心地把那刀慢慢地抽了出来）

冯燕在张妻慢慢抽刀时，也慢慢地顶起柜盖站了起来。抽刀，站起，两个速度一样。

冯燕（自语）：“哎！哎！她……她这是在干什么呢！哎，干什么呀？像是在抽刀，抽刀，嘿！她在抽刀哎！抽刀干什么！她干什么抽刀！她真的在抽刀哎！她，她抽刀了！”（从柜里跳出来，再跳了回去）

刀抽出，冯燕吓得坐入柜中，柜盖砰地盖上。

张妻把刀高高举起。

张妻：“秋水一般的宝刀，秋水一般的宝刀啊，借你一用，杀出个幸福来……”（舞个身段来到米柜旁边，刀击米柜盖）

张妻：“哥哥！刀来了，给你！……哥哥！刀来了，给你……”（米柜没动静……接下来一段冯燕在米柜中的独白）

冯燕：“她……她真的抽了刀了，她抽的是真刀，我让她取巾帻，她，她竟把刀抽出来了。抽刀干什么？她抽刀，要杀人了，她……她要杀咱？不对，她要咱杀人！（砰地站出来又钻回去）杀谁啊？杀张婴啊！她要咱杀张婴啊！杀！那张婴哪儿就有死的道理？她……她怎可有此毒心。她?！唉，我要的是巾帻，她却给我一把杀人的刀！”（砰！顶着盖出来了。）

张妻：“哎！哥哥，刀给你拿来了！”

冯燕原本有一股怨气，又不知朝哪儿发……砰又落进米柜。

柜盖下。

张妻：“哥哥哎，刀拿来了哎！哥哥，刀，奴家给你取来了！来，出来吧！快出来吧，幸福就在眼前了！”

冯燕（在柜中不出来）：“哎！某家问你……拿刀做什么？”

张妻：“呀！玩笑呢吧……哥哥，拿刀做什么？自然是要杀人了……哥哥，真没想到，奴家的几滴泪，倒使得你心动起来了……哥哥，你方才让奴家取刀，奴家几乎不敢信呢！可奴家信过后，心中自是一阵狂喜，想今夜结果了那厌物，从今起，或天涯、或海角、或冬寒、或夏暖，两人同床共枕，这样的一辈子岂不是当了两辈子来过了？好好的不是赚了个双倍的人生，哥哥……你不是怕吧……哥哥趁着他熟睡，来，拿着刀，动了手吧！”

冯燕出，眉头紧蹙，卖了个身段出柜，接刀后舞刀在手，呆呆站着。

张妻：“哎！哥哥，还等什么呢？”

冯燕：“让咱想想……”

张妻：“想什么？”

冯燕：“想想……要杀谁？”

张妻：“……（心惊）呀，哥，玩笑吧?！杀谁，还用想吗？自然是杀那个厌物。难道天下还有别的人要杀吗……”

冯燕：“是啊，天下还有别的人可杀吗？真想不到天底下有你这般的恶妇，结发夫妻一丝情义也没有，我要巾帻你却给了我一把刀。罢！罢！刀啊，刀啊，让咱杀了这妇人吧！”（手起刀落，将张妻杀死在地）

四、作品鉴赏

邹静之的一支妙笔，将明代拟话本小说《型世言》中的一个小小故事铺陈成一出后现代先锋戏剧，取唐代冯燕与渔阳牙将张婴之妻偷情故事作为戏剧的内核，采用“戏中戏中戏”的结构方式，诘问千百年困惑痴男怨女的爱情，叩问人类精神困惑之门，铺陈演绎剧情。

《型世言》的故事是这样的：唐代牙将张婴的妻子与市井少年冯燕偷情，被早归的丈夫撞见。张妻将冯燕藏起，待张婴睡熟，冯燕欲拿上巾帻悄悄逃走，无奈巾帻被张婴压在腰间。冯燕向张妻示意要巾帻，张妻会错意，以为他想要刀杀掉丈夫成其好事。张妻拿来了刀，冯燕转念一想，这样歹毒的妻子连丈夫也要杀，就转手杀掉了张妻。

邹静之的故事是这样的：一千多年前弘扬传统伦理的训诫故事被一个生存弥艰的小剧场话剧剧组演出。饰演张妻和冯燕的两个演员有私情，于是每每演到杀人一场，戏便演不下去。女演员指责男主角人戏不分。于是改戏，女人教唆情夫杀了丈夫，俩人战战兢兢地准备迎接新生活，还没出得门来，就已经被罪恶感和互相埋怨拆散了旧日情意。于是改成情夫自杀，结果女演员把个奸情演成了自由恋爱，壮烈殉情，留下已经敷衍了三年的丈夫成了最卑微和孤独的人。黑白颠倒了也不行。最后就决定谁也不杀了。把嫂嫂的身份归还给张妻，把义弟的身份归还给冯燕。张婴心照不宣地喝酒，不咸不淡地说要给妻子好好置一副头面。

剧本还有第三维，也就是全剧的最后，观众会猛然发现，舞台上的演员并非偷情者，而是一对真实夫妻，这一切只因妻子觉察丈夫出轨，便按照丈夫出轨的事实排演了这出戏，以惩罚丈夫。

邹静之以中国传统文化中象征爱情的桃花为意象，将古代和现代两条线索交织并行，探究了因偷情陷入的感情困惑。其中，关于“我要的是巾帻，你却递给我一把刀”的诘问，既展现出爱情交往中千百年来未变的误解和隔阂，同时也揭示了剧中深陷三角关系的一女两男，无论谁的死亡都不能给陷入困局的感情带来解脱的残酷事实。表面看，一切都是因“刀”而起，但剧中男女对“桃花”（婚外情）的不同理解，也许才是原因所在。男人爱那桃花灿烂，女人却品出桃花下的杀意。剧中女人抽出刀，要“杀出一个幸福来”，不愿过这种提心吊胆的偷情生活，要光明正大地与所爱的人在一起。现实中，女演员也渴求能够与男演员长相厮守。但男人却胆怯了，退缩了，他没有勇气杀人，或者他不想改变这种偷情的状况。于是男人堂而皇之地退出，并斥责女人心太毒。女人虽未被杀，心却死了。“落花有意，流水无情。”古往今来，莫不如是。故事在舞台与现实生活的二维空间里，在过去和现在的时间交替中演绎困扰了人类千百年的情感纠葛问题，时空的交替昭示着戏剧探索着人类自古至今无法破解的“情感”难题。

《我爱桃花》以浪漫开头，却以回归平庸生活结束，以刀出鞘开篇，又以刀还鞘结局，揭示庸常才是人生的正常状态，人生哲理的隐喻含蓄隽永，耐人寻味。“我自然地偷情，自然地厌倦，我自然而然地想着逃离。”“我把刀插回去了，什么都结束了，什么都不必发生。像往日一样，我走我的，再回到一个我的夜中去，一切照常，没有任何改变……”“这样才自然，天地间还有比自然更深刻的道理吗?”夫妻照旧是夫妻，情人依然是情人。倘若回不去，不必一定硬要回去，做不成情人就做朋友，做不成朋友就做陌路人吧。不必非要杀戮，非得鱼死网破。一切顺其自然，让生活回归庸常，回归平凡。生活会因此变得单调，但事情因此而变得异常简单。

《我爱桃花》诞生仅十年，却已创造了几个第一：它是金牌编剧邹静之的话剧首秀；它是北京人艺实验小剧场的开幕戏，创下了北京人艺小剧场话剧演出过百场的纪录；它是国家大剧院小剧场的开幕戏，并且取得了国家大剧院精品话剧季作品、在北京大学隔两年演出一次的业界地位。这一切都印证了这是一部蕴含巨大生命力的经典剧作，其诱人魅力与其巧妙的戏剧结构密不可分。

在创作之初，邹静之苦于找不到合适的剧本结构，亚里士多德在《诗学》中有一段旧话给了他很大启示：“显而易见，诗人的职责不在于描述已发生的事，而在于描述可能发生的事，即按照可然律或必然律可能发生的事。历史学家与诗人的差别不在于一用散文，一用‘韵文’；希罗多德的著作可以改写为‘韵文’，但仍是一种历史，有没有韵律都是一样；两者的差别在于一叙述已发生的事，一描述可能发生的事。因此，写诗这种活动比写历史更富于哲学意味，更被严肃地对待；因为诗所描绘的事带有普遍性，历史则叙述个别的事。”

邹静之将“描述可能发生的事”转化为《我爱桃花》中“戏中戏中戏”的结构。他从解构一个经典的情杀故事入手，一方面先构建不同人物、不同关系和不同命运的可能性走向，然后再逐一进行推翻；另一方面又巧妙地将三维时空——原经典故事中的时空、舞台表演中的时空和现实生活时空，三组不同人物的身份和情感既游离又重叠着进行叙述。这样扑朔迷离又纵横交错的叙述手法不仅融合得天衣无缝、惟妙惟肖，而且非常契合人物本身犹疑不定的情感状态，更加契合剧作所要传达的思想意旨。演员游走在出戏与入戏的边缘，简短的一句台词便具有双重的含义，假定中的爱情和现实中的爱情纠结成一团，剪不断理还乱，舞台的过去时和现在时犬牙交错、难以切割，既呈现出因为“会错了意”和“杀谁不杀谁”的真实和荒诞，凸显戏里戏外的一团纷乱的矛盾，充满了戏拟和隐喻的色彩，也对爱情在现实中的困境进行了多重演绎与解剖，以多维的视角展现戏剧的多重可能性。

“戏中戏”如今已经不再是一种手法，一种结构，更多的是作为一种戏剧观念。它引导观众跟戏剧中的人物产生交流，活在他们的故事里，感受他们的喜与悲。“戏中戏”和原小说一样，给人造成一种游戏于文字之间的感觉，它们捅破了戏与生活的那层窗户纸，让读者穿梭在现实与幻想世界中。正如尼采十四岁时所作的诗作：“人生乃是一面镜子，在镜子里认识自己，我要称之为头等大事，也只是我们追求的目的。”

全剧除独特的故事结构外，邹静之所创作的诗化台词也是看点，让剧中人无论是身处唐朝说起半文半白的窃窃情话，还是回到当下展开爱怨交织的质问争吵，都别有一番诗意的浪漫色彩。

附录：名家读戏

冯燕这个人物和张婴不同，他的幽默点不在于语言，于是我在塑造冯燕这个人物时，力求通过一系列的形体动作达到幽默生动的效果，比如当张婴进门后，两人在桌子上你来我往的过程以及拿刀后矮子步以及喝水后一个虎跳喷出的水箭，这些处理获得了满场掌声，许多观众在看完演出后，评论我的表演“气场不足，台词不过瘾。”其实我一直在调整。《我爱桃花》三个人一台戏。三个人的世界远没“三角形的稳定性”，总有东窗事发，总有因果了断，这种短时冲突和心理焦灼，由舞台上三个演员展现，难度很大。梅婷的表演很用心，但毕竟回归舞台时间尚短，尚未游刃有余，张婴的扮演者杨皓宇则贯彻导演何念的理念，起到“笑果”的作用。我的表演要充分照顾这两种不同风格的表演，把握全戏的节奏，使整场演出有一个基本的整体性。如果过分注意发挥自己的特点，三个人三条路，那么这台戏就散了。

——尹铸胜（何念版《我爱桃花》演员，饰演冯燕）

铸子哥（尹铸胜）说，只有把台词说好了才能“立体”（到舞台上演出），所以我们“平面”（对台词）了很久，可以说我是从一个白丁抠到现在。我觉得这次演出，脑子里想的东西特别多——我想投入地表演，但导演说我音量不足，语速又有些赶，所以有些慌乱，甚至突然发现呼吸的节奏也很重要，有时演了十分钟都要晕过去了。后来铸子哥告诉我，上台之前一定要把所有的东西都忘掉，只要去感受就行了。

——梅婷（何念版《我爱桃花》演员，饰演张妻）

阅读与思考

1. 观看两个不同版本的《我爱桃花》（如人艺吴珊珊版与梅婷版），比较同一角色不同演员的表演特点。假如你是导演，你又会怎么帮助演员驾驭角色呢？

2. “戏中戏”是剧本的经典结构模式，除了《我爱桃花》，你还知道哪些话剧采用的是这种结构？请结合具体作品加以分析。

3. 阅读明代话本小说《型世言》第五回的故事原文，比较它与《我爱桃花》的不同之处。

第九章

外国话剧作品欣赏

第一节　索福克勒斯《俄狄浦斯王》

一、作家作品

索福克勒斯（约公元前496—公元前406），雅典三大悲剧作家之一，年轻时就表现出了杰出的音乐才能。他的父亲曾受过良好的教育，擅长音乐、体育及舞蹈，这极大地影响了童年时代的索福克勒斯。他曾担任雅典税务委员会主席，并被选为雅典十将军之一。索福克勒斯在艺术上的成就远远胜过其在政治上的功绩，他从事戏剧创作六十多年，写了一百二十三部悲剧和滑稽剧，获奖二十四次，但完整流传下来的剧本只有七部悲剧，其中最著名的就是《俄狄浦斯王》。

索福克勒斯既相信神和命运的无上威力，又要求人们具有独立自主的精神，并对自己的行为负责，这是雅典民主政治繁荣时期思想意识的特征。和另一位戏剧家埃斯库罗斯不同，索福克勒斯认为命运不再是具体的神，而是一种抽象的概念。他以自己的理想来塑造人物形象，即使在命运的掌握之中，也不丧失其独立自主的坚强性格。当罗马人马蒂乌斯征服了雅典后，索福克勒斯就如同他戏剧中的英雄一样坦然面对自己的命运，作为被俘者，他和妻子保持了自己的尊严，坦然前去赴死。

人们知道索福克勒斯，大多是和一个谜语联系在一起。这个著名的谜语就是斯芬克斯之谜。斯芬克斯是希腊神话中一个长着狮子躯干、女人头面的有翼怪兽。它坐在忒拜城附近的悬崖上，向过路人出一个谜语："什么东西早晨用四条腿走路，中午用两条腿走路，晚上却用三条腿走路。"如果路人猜错，就会被它害死。俄狄浦斯猜中了谜底"人"，斯芬克斯羞惭跳崖而死。斯芬克斯后来被比喻作谜一样的人和谜语。因为人在幼年是四肢爬行，青年则两腿行走，老年就要拄着拐杖。索福克勒斯的作品，其中心就和该谜底一样，最重要的是围绕"人"这一主题。

索福克勒斯作品流传至今的只有七部悲剧，即《埃阿斯》《俄狄浦斯王》《安提戈涅》《厄勒克特拉》《特拉喀斯少女》《菲罗克忒忒斯》和《俄狄浦斯在科罗诺斯》。其中，《安提戈涅》和《俄狄浦斯王》最能反映索福克勒斯的创作才能。

1.《安提戈涅》

该剧反映了国法与神律、人情之间的冲突。安提戈涅的两位兄长波吕涅克斯和厄忒俄克勒斯彼此不和，为争夺王位发生激战，结果同归于尽。克瑞翁以舅父身份继承王位，他宣布曾流亡国外并借助外国力量来争夺王位的波吕涅克斯为叛徒，因而不准任何人埋葬其尸骨。

2.《俄狄浦斯王在科洛诺斯》

《俄狄浦斯王在科洛诺斯》与《俄狄浦斯王》不同，它讲述了一个背负过多罪恶感和拥有很多知识而变得失常的人，他的一生最终被众神和雅典市民所拥戴，并给予了他新的意义。最后，在科洛诺斯的俄狄浦斯王成了一个超越人类的英雄，就像亚瑟王，最终结局也如他一样不知所终。

3.《俄狄浦斯王》

《俄狄浦斯王》取材于希腊神话传说，它展示了富有典型意义的希腊悲剧——人跟命运的冲突。俄狄浦斯是希腊神话中忒拜的国王，是国王拉伊奥斯和王后约卡斯塔的儿子，他在不知情的情况下，杀死了自己的父亲并娶了自己的母亲。

拉伊奥斯年轻时曾经劫走国王佩洛普斯的儿子克律西波斯，因此遭到诅咒，他的儿子俄狄浦斯出生时，神谕表示他会被儿子杀死，为了逃避命运，拉伊奥斯刺穿了新生儿的脚踝（Oidipous 在希腊文的意思即为“肿胀的脚”），并将他丢弃在野外等死。然而奉命执行的牧人心生怜悯，偷偷将婴儿转送给科林斯的国王波吕波斯，由他们当做亲生儿子般地抚养长大。俄狄浦斯长大后，因为德尔菲神殿的神谕说，他会弑父娶母，不知道科林斯国王与王后并非自己亲生父母的俄狄浦斯，为避免神谕成真，便离开科林斯并发誓永不再回来。俄狄浦斯流浪到忒拜附近时，在一个岔路上与一群陌生人发生冲突，失手杀了人，其中包括他的亲生父亲。当时的忒拜被狮身人面兽斯芬克斯所困，因为它会抓住每个路过的人，如果对方无法解答它出的谜题，便将对方撕裂吞食。忒拜为了脱困，便宣布谁能解开谜题，从斯芬克斯口中拯救城邦的话，便可获得王位并娶国王的遗孀约卡斯塔为妻。后来俄狄浦斯解开了斯芬克斯的谜题，解救了忒拜。因而继承了王位，并在不知情的情况下娶了自己的亲生母亲为妻，生了两女，分别是安提戈涅及伊斯墨涅；两个儿子，埃忒奥克洛斯及波吕涅克斯。后来，受俄狄浦斯统治的国家不断有灾祸与瘟疫，他因此向神请示，想要知道为何会降下灾祸。最后在先知提瑞西阿斯的揭示下，俄狄浦斯才知道他是拉伊奥斯的儿子，终究应验了他之前杀父娶母的不幸命运。震惊不已的约卡斯塔羞愧地上吊自杀，而同样悲愤不已的俄狄浦斯则刺瞎了自己的双眼。

二、导演风格

《俄狄浦斯王》约在公元前 430 年—公元前 426 年首演。该剧有很高的艺术成就，特别是在情节的完整、结构的严密、布局的巧妙等方面，堪称希腊悲剧的典范。故事集中写俄狄浦斯追查杀害前王凶手这一中心事件。究竟谁是凶手？形成戏剧的“悬念”。接着通过一环扣一环的“发现”“突破”，使矛盾一个个地揭开，一步步把戏剧冲突推向惊心动魄的结局，紧凑生动，悬念迭起，扣人心弦。索福克勒斯不写神而写理想化的人，而且把人放在尖锐的矛盾冲突中加以刻画，使之动作性强，性格鲜明。他把演员从两个增加到三个，这样可以根据剧情的需要扮演各种人物，表现人物的多方面性格。他又以对白代替合唱成为戏剧的主要成分，使悲剧成熟为真正的戏剧艺术。该剧在结构上首创倒叙式的范例，剧情从故事将近结尾处展开，在向高潮推进的同时向前回溯，布局谨严，结构紧凑，情节起伏跌宕，发现、突转、悬念等技巧运用得恰到好处。索福克勒斯对希腊悲剧的卓越贡献为他赢得了“戏剧界的荷马”之美称。

2013 年 4 月，国家大剧院上演了中国制造的《俄狄浦斯王》，李六乙导演秉承一贯的诗学品质、当代精神、哲学睿思、人文关怀的创作原则，立足于国际视野，联合国内外各领域一线艺术家，挖掘作品的文化价值和精神内核。他赋予了该剧在当代文化环境中的现实意义，让其体现了“普世价值”，完成了跨文化、世界性的戏剧实践与探索，重拾世人对世界的态度和责任，具有现代意义。他秉承“回到历史中去、回到‘人’自身”的想法，倾力打造这部经典的古希腊悲剧。李六乙提出的“纯粹戏剧”理论与其践行的戏剧探索被誉为“李六乙方法论”，受到广泛的赞誉及研究。近年来，李六乙导演不断与各领域一线艺术家合作，他的作品应邀到众多国际艺术节亮相，并应邀为欧洲文化名城举行的演出创作新作品，这使他成为中国戏剧导演进入欧洲主流歌剧领域的第一人，并被誉为亚洲顶尖的现代派导演。

三、经典片段

布景：忒拜王宫前院

时代：英雄时代

第一场

俄：“你是这样祈祷，只要你肯听我的话，对症下药，就能得救，脱离灾难。我对这个消息和这场灾难是不明白的，我只能这样说，如果没有一点线索，我一个人就追不了很远。我成为忒拜公民是在这件案子发生以后。让我向全体公民这样宣布：你们里头如果有谁知道拉布达科斯的儿子拉伊俄斯是被谁杀死的，我要他详细报上来；即使他怕告发了凶手反被凶手告发，也应当报上来；他不但不会受到严重的惩罚，而且可以安然离开祖国。如果有人知道凶手是外邦人，也不用隐瞒，我会重赏他、感激他。

但是，你们如果隐瞒——如果有人为了朋友或为了自己有所畏惧而违背我的命令，且听我要怎样处置：在我做国王，掌握大权的领土以内，我不许任何人接待那罪人——不论他是谁，不许同他交谈，也不许同他一块儿祈祷、祭神，或是为他举行净罪礼；人人都得把他赶出门外，认清他是我们的污染，正像皮托的神示最近告诉我们的。我要这样来做天神和死者的助手。

我诅咒那没有被发现的凶手，不论他是单独行动，还是另有同谋，他这坏人定将过着悲惨不幸的生活。我发誓，假如他是我家里的人，我愿忍受我刚才加在别人身上的诅咒。

我为自己、为天神、为这块天神所厌弃的荒芜土地，把这些命令交给你们去执行。

即使天神没有催促你们办这件事，你们的国王，最高贵的人被杀害了，你们也不该把这污染就此放下，不去清除；你们应当追究。我如今掌握着他先前的王权，娶了他的妻子，占有了他的床榻共同播种，如果他求嗣的心没有遭受挫折，那么同母的子女就能把我们连结为一家人；但是厄运落到了他头上；我为他作战，就像为自己的父亲作战一样，为了替阿革诺耳的玄孙、老卡德摩斯的曾孙、波吕多罗斯的孙子、拉布达科斯的儿子报仇，我要竭力捉拿那杀害他的凶手。

对那些不服从的人，我求天神不叫他们的土地结果实，不叫他们的女人生孩子；让他们在现在的厄运中毁灭，或者遭受更可恨的命运。

至于你们这些忒拜人——你们拥护我的命令——愿我们的盟友正义之神和一切别的神对你们永远慈祥，和你们同在。”

歌队长：“主上啊，你既然这样诅咒，我就说了吧：我没有杀害国王，也指不出谁是凶手。这问题是福玻斯提出的，它应当告诉我们，事情到底是谁做的。”

俄：“你说得对，可是天神不愿做的事，没有人能强迫他们。”

歌队长：“我愿提出第二个好办法。”

俄：“假如还有第三个办法，也请讲出来。”

歌队长：“我知道，忒瑞西阿斯王和福玻斯王一样，有先见之明，主上啊，问事的人可以从他那里把事情打听明白。”

俄：“这件事我并不是没有想到。克瑞翁提议以后，我已两次派人去请他；我一直在纳闷，怎么还没看见他来。”

歌队长：“我们听见的已经是旧话，失去了意义。”

俄：“那是什么话？我要打听每一个消息。”

歌队长：“听说国王是被几个旅客杀死的。”

俄：“我也听说；可是没人见到过证人。”

歌队长：“那凶手如果胆小害怕，听见你这样诅咒，就不敢在这里停留。”

俄：“他既然敢作敢为，也就不怕言语恐吓。”

歌队长：“可是有一个人终会把他指出来。他们已经把神圣的先知请来了，人们当中只有他才知道真情。”

（童子带领忒瑞西阿斯自观众右方上。）

俄：“啊，忒瑞西阿斯，天地间一切可以言说和不可言说的秘密，你都明察，你虽然看不见，也能觉察出我们的城邦遭了瘟疫；主上啊，我们发现你是我们唯一的救星和保护人。你不会没有听见报信人说过，福玻斯已经回答了我们的询问，说这场瘟疫唯一的挽救办法，全在我们能不能找出杀害拉伊俄斯的凶手，把他们处死，或者放逐出境。如今就请利用鸟声或你所掌握的别的预言术，拯救自己、拯救城邦、拯救我，清除死者留下的一切污染吧！我们全靠你了。一个人最大的事业就是尽他所能，尽他所有帮助别人。”

忒：“哎呀，聪明没有用处的时候，做一个聪明人真是可怕呀！这道理我明白，可是忘记了，要不然，我就不会来。”

俄：“怎么？你一来就这么懊丧。”

忒：“让我回家吧。你答应我，你容易对付过去，我也容易对付过去。”

俄："你有话不说，你的语气不对头，对养育你的城邦不友好。"

忒："因为我看你的话说得不合时宜；所以我才不说，免得分担你的祸事。"

俄："你要是知道这秘密，看在天神面上，不要走，我们全都跪下来求你。"

忒："你们都不知道。我不暴露我的痛苦——也是免得暴露你的。"

俄："你说什么？你明明知道这秘密，却不告诉我们，岂不是有意出卖我们，破坏城邦吗？"

忒："我不愿使自己苦恼，也不愿使你苦恼。为什么还要白费唇舌追问呢？你不会从我嘴里知道秘密的。"

俄："坏透了的东西，你的脾气跟石头一样！你不告诉我们吗？你是这样心硬、这样顽强吗？"

忒："你怪我脾气坏，却不明白你"自己的"同你住在一起，只知道挑我的毛病。"

俄："谁听了你这些不尊重城邦的话能不生气？"

忒："我虽然保守秘密，事情也总会水落石出。"

俄："既然总会水落石出，你就该告诉我。"

忒："我决不往下说了，你想大发脾气就发吧。"

俄："是呀，我是很生气，我要把我的意见都讲出来：我认为你是这罪行的策划者，人是你杀的，虽然不是你亲手杀的。如果你的眼睛没有瞎，我敢说准是你一个人干的。"

忒："真的吗？我叫你遵守自己宣布的命令，从此不许再跟这些长老说话，也不许跟我说话，因为你就是这地方不洁的罪人。"

俄："你厚颜无耻，出口伤人。你逃得了惩罚吗？"

忒："我逃得了，知道真相就有力量。"

俄："谁教给你的？不会是靠法术知道的吧。"

忒："是你，你逼我说出了我不愿意说的话。"

俄："什么话？你再说一遍，我就更明白了。"

忒："是你没听明白，还是故意逼我往下说？"

俄："我不能说已经明白了，你再说一遍吧。"

忒："我说你就是你要寻找的杀人凶手。"

俄："你两次诽谤人，是要受惩罚的。"

忒："还要我说下去，使你生气吗？"

俄："你要说就说，反正都是白费唇舌。"

忒："我说你是在不知不觉之中和你最亲近的人可耻地住在一起，却看不见自己的灾难。"

俄："你以为你能这样说下去，不受惩罚吗？"

忒："是的，只要知道真相就有力量。"

俄："别人有力量，你却没有，你又瞎又聋又懵懂。"

忒："你这会骂人的可怜虫，回头大家就会这样回敬你。"

俄："漫长的黑夜笼罩着你的一生，你伤害不了我，伤害不了任何看得见阳光的人。"

忒："命中注定，你不会在我手中身败名裂。阿波罗有力量，他会完成这件事。"

俄："这是克瑞翁的诡计，还是你的？"

忒："克瑞翁没有害你，是你自己害自己。"

俄："（自语）啊，财富，王权，人事的竞争中超越一切技能的技能，你们多么受人嫉妒：为了羡慕这城邦自己送给我的权力，我信赖的老朋友克瑞翁，偷偷爬过来，要把我推倒，他收买了这个诡计多端的术士，为非作歹的化子，他只认得金钱，在法术上却是个瞎子。"

俄："（向忒瑞西阿斯）喂，告诉我，你几时证明过你是个先知？那诵诗的狗在这里的时候，你为什么不说话，不拯救人民？它的谜语并不是任何过路人破得了的，正需要先知的法术，可是你并没有借鸟的帮助，神的启示显出这种才干来。直到我无知无识的俄狄浦斯来了，不懂得鸟语，只凭智慧就破了那谜语，征服了它。你要推倒我，站在克瑞翁的王位旁边。你想和那主谋的人一块儿清除这污染，我看见你是一定会后悔的。要不是看你上了年纪，早叫你遭受苦刑，叫你知道你是多么狂妄无礼！"

歌队长："看来，俄狄浦斯啊，他和你都是说气话。这样的话没有必要。我们应该考虑怎样好好执行阿波罗的指示。"

忒："你是国王，可是我们双方的发言权无论如何应该平等，因为我也享有这样的权利。我是罗克西阿斯的仆人，不是你的，用不着在克瑞翁的保护下挂名。你骂我瞎子，可是我告诉你，你虽然有眼也看不见你的灾难，看不见你住在哪里，和什么人同居。你知道你是从什么根里长出来的吗？你不知道，你是你已死的和活着的亲属的仇人；你父母的诅咒会左右地鞭打着你，可怕地向你追来，把你赶出这地方；你现在虽然看得见，可是到了那时候，你眼前只是一片黑暗。等你发觉了你的婚姻——在平安的航行之后，你在家里驶进了险恶的港口——那时候，哪一个收容所没有你的哭声？喀泰戎山上哪一处没有你的回音？你猜想不到那无穷无尽的灾难，它会使你和你自己的身份平等，使你和自己的儿女成为平辈。尽管骂克瑞翁，骂我瞎说吧，反正世间再没比你受苦的人了。"

四、作品鉴赏

《俄狄浦斯王》被亚里士多德视为戏剧艺术中的典范。俄狄浦斯竭力逃避神谕所示的弑父娶母命运，而这逃避本身恰恰在实践着神谕。《俄狄浦斯王》不仅在艺术上给后世留下了典范，而且经由弗洛伊德的精神分析阐发，更引申出了一个新名词———俄狄浦斯情结（即恋母情结）。

对于整个西方文明来说，俄狄浦斯始终是一个不解之谜。不论索福克勒斯《俄狄浦斯王》的中心主题是什么，对于Truth（真相、真实、真理）的探寻无疑是这一悲剧事件的基本推动力：俄狄浦斯对自己身世的追寻和人对自己命运的探寻。因此，海德格尔说：这出戏剧的展开就是“在外表（歪曲和遮蔽）和敞开（真实和存在）之间的一场斗争。在《俄狄浦斯王》中，这种探寻的过程和结果都归结为一个中心的意象——盲目的俄狄浦斯。

黑格尔认为，俄狄浦斯是哲学认识的原型和代表，是历史上第一位“哲学家”。在神话中，他是自我反思的第一个例证，是阿波罗神庙墙上的箴言“认识你自己”的第一次实现。这也就是为什么荷尔德林认为，对于俄狄浦斯王来说一只眼睛也许都太多了，而尼采则对俄狄浦斯那“无畏的眼睛”大加赞颂。因为，纯粹的哲学观照是不需要环视四周的，对于自我存在的意识也不需要尘世的荣耀加以证实。于是，在女儿安提戈涅的陪伴下，失明、落魄和年迈的俄狄浦斯于自我流放的岁月中历经苦难，却仍旧保持着一种精神的高贵和思想的洞彻。

弗洛伊德对此也有高见——从一开始俄狄浦斯就是一个怀有欲望和恐惧的人，他的神圣地位从始至终就同他的情欲和家庭生活联系在一起。在这个意义上，弗洛伊德的“俄狄浦斯情结”的伟大之处在于：它并没有使我们每一个人都成为俄狄浦斯，但它的确使俄狄浦斯变成了同我们每个人都一样的人，他具有人性的全部卑微和脆弱。

从政治的、意识形态的，乃至性的角度来看，俄狄浦斯又不能等同于一个普通的也就是普遍的人。就像俄狄浦斯与斯芬克斯的神话已经清楚表明，他在回答斯芬克斯之谜时所说的那个“人”字（Man）指的是一个西方的、文明的、男性的人。

因此，俄狄浦斯挽救的不仅是城邦，而且是古典的男性仪式的统治，这使其成为西方最伟大的悲剧英雄。

这部作品从结构与人物创作都有值得称道的艺术技巧：

1. 结构技巧

早期的古希腊悲剧往往采取三部曲的结构方式，由三个互相承接又相对独立的部分组成整体，在公元前五、六世纪的希腊人看来，任何一个完整的事物，都应该包含有头、身、尾三个部分，这种古希腊悲剧的三部曲形式是按照时间顺序单线进展的叙事结构。《俄狄浦斯王》所表现的是一个简单而完整的行动。以戏剧行动自身的发展线索为核心的戏剧结构，代表了古希腊悲剧单一戏剧行动结构形式的最高成就。特别是在情节的完整、结构的严密、布局的巧妙等方面，堪称希腊悲剧的典范。

2. 人物创作技巧

剧中人物从开场便赋予了悲剧精神，“俄狄浦斯情结”像其他精神分析理论的元素一样，暗示着一般人有极为原始的感觉存在于自身。纵观古今中外戏剧作品，许多剧中人物命运不知不觉中带有若隐若现的俄狄浦斯情结。有人认为，《雷雨》是对俄狄浦斯情结的继承与革新；莎士比亚《哈姆雷特》中的哈姆雷特的行为和命运，从精神分析学的角度分析也是由无意识支配的。劳伦斯的《儿子与情人》中，保罗异乎寻常地依赖他的母亲，且不愿像他的父亲那样无声无息地生活下去。他一心要出人头地，成为一个艺术家，但无法摆脱母亲的影响和羁绊。为了从母亲的束缚中解脱出来，他在母亲的牛奶中放入过量的吗啡，然后给母亲喝下，以结束这双方都无法忍受的局面。

《雷雨》中的周萍和《儿子与情人》中的保罗在成长背景方面存在着很多相似之

处。他们都成长在不幸福的家庭里，缺乏父爱或者母爱。这导致了他们把这种情感的空缺转移到母亲和后母的身上。由此产生了这种“恋母”情结，也就是俄狄浦斯情结。也有分析家认为，这两部作品的作者曹禺和劳伦斯从小家庭不幸，缺少父爱，在他们身上也存在这种“恋母”情结，并且把这种情感带进他们的作品。其实，每部作品都是作者人生经历的写照。作家的创作灵感主要来源于生活，作品中都牢牢打上了作者人生轨迹的烙印。

由此看来，虽然不同时代和民族文化有着较大差异，俄狄浦斯情结的存在却是必然与普遍的，它们成为作家源源不断的创作灵感与动力。中国传统文化及思想观念视角，也对俄狄浦斯情结进行了进一步的思索。俄狄浦斯的原型和俄狄浦斯情结变形为古今戏剧提供了丰富的创作源泉，在中外文学史上留下了重要的篇章。

附录：名家读戏

古希腊悲剧在人类文明史上写下了光辉灿烂的篇章，《俄狄浦斯王》更是其中的不朽名篇。该剧戏剧冲突尖锐紧张，情节发展合情合理，具有强烈的戏剧效果，《俄狄浦斯王》是希腊悲剧的典范，它最完美、技巧最高超，很少有悲剧能同它相比。

——古希腊哲学家亚里士多德

俄狄浦斯王的故事之所以如此打动人心，是因为唤起了很多人心中的恋母情结。

——奥地利心理学家弗洛伊德

阅读与思考

1. 你如何看待俄狄浦斯情结？通过阅读表现俄狄浦斯情结的作品来理解人性的复杂与多面性。

2. 古希腊戏剧的特点是什么？对后世戏剧有何影响？

第二节　莎士比亚《哈姆雷特》、《罗密欧与朱丽叶》

一、作家作品

威廉·莎士比亚（1564—1616年）是文艺复兴时期英国以及欧洲最重要的作家，华人社会尊称其为莎翁。莎士比亚出生于英格兰中部斯特拉福镇的一个商人家庭。少年时代曾在当地文法学校接受基础教育，学习拉丁文、哲学和历史等，接触过古罗马剧作家的作品，后因家道中落辍学谋生。莎士比亚幼年时，常有著名剧团来乡间巡回演出，

培养了他对戏剧的爱好。1585年前后，他离开家乡去伦敦谋生。曾做过戏院的看马人、剧场里的清洁夫、舞台后的提词人和舞台上的临时演员等。不久，他就成为主要演员、编剧和剧团股东。1590年，莎士比亚开始戏剧创作，他凭着自己的勤奋努力和非凡才华，很快成名。1592年，时年28岁的他已经誉满伦敦，他和伊丽莎白女王的宠臣埃塞克斯过从甚密，他所属的国王剧团受到大臣的庇护，多次入宫献演。他的迅速成名曾引起“大学才子”派的嫉妒。1608年前后，莎士比亚回到故乡，置办了田产，过起了田园生活，直到1616年4月23日去世，终年53岁。

他流传下来的作品包括38部戏剧、155首十四行诗、两首长叙事诗和其他诗歌，是英国文学史上最杰出的戏剧家和诗人。特别是他的戏剧创作是欧洲文艺复兴时代文学成就的最高体现，也是世界文学史上的一座丰碑。经典剧作如下：

1.《威尼斯商人》

一部具有极大讽刺性的喜剧。剧本的主题是歌颂仁爱、友谊和爱情，同时也反映了资本主义早期商业资产阶级与高利贷者之间的矛盾，表现了作者对资产阶级社会中金钱、法律和宗教等问题的人文主义思想。这部剧作的一个重要文学成就就是塑造了夏洛克这一唯利是图、冷酷无情的高利贷者的典型形象。

2.《麦克白》

苏格兰国王邓肯的表弟麦克白将军，为国王平叛和抵御入侵立功归来，路上遇到三个女巫。女巫对他说了一些预言和隐语，说他将进爵为王，但他并无子嗣能继承王位，反而是同僚班柯将军的后代要做王。麦克白是有野心的英雄，他在夫人的怂恿下谋杀邓肯，做了国王。为掩人耳目和防止他人夺位，他一步步害死了邓肯的侍卫，害死了班柯，害死了贵族麦克德夫的妻子和小孩。恐惧和猜疑使麦克白心里越来越有鬼，也越来越冷酷。麦克白夫人精神失常而死，麦克白无一丝难过。在众叛亲离的情况下，麦克白面对邓肯之子和他请来的英格兰援军的围攻，落得削首的下场。

3.《奥赛罗》

奥赛罗是威尼斯公国一员勇将。他与元老的女儿苔丝狄梦娜相爱。因为两人年纪相差太多，婚事未被准许。两人只好私下成婚。奥赛罗手下有一个阴险的旗官伊阿古，一心想除掉奥赛罗。他先是向元老告密，不料却促成了两人的婚事。他又挑拨奥赛罗与苔丝狄梦娜的感情，说另一名副将凯西奥与苔丝狄梦娜关系不同寻常，并伪造了所谓定情信物等。奥赛罗信以为真，在愤怒中掐死了自己的妻子。当他得知真相后，悔恨之余拔剑自刎，倒在了苔丝狄梦娜身边。

4.《哈姆雷特》

丹麦王子哈姆雷特，在德国人文主义中心威登堡大学接受人文主义教育。因为父王突然死去，怀着沉痛的心情回到祖国。不久，母后又同新王——他的叔父结婚，使他更加难堪。新王声称老王是在花园里被毒蛇咬死的，王子正在疑惑时，老王的鬼魂显现，告诉他“毒蛇”就是新王，并嘱咐他为父复仇。哈姆雷特认为他这复仇不只是他个人的问题，而是整个社会、国家的问题，他说自己有重整乾坤、力挽狂澜于即倒的责任。他细致地考虑了问题的各个方面，怕泄露心事，又怕鬼魂是假的，还怕落入坏人的圈套，心烦意乱，郁郁寡欢，只好装疯卖傻。同时，他叔父也怀疑他得知此秘密，派人到处侦察他的行动和心事，甚至利用他的两个老同学和他的情人去侦察他。哈姆雷特趁戏班子进宫演出的机会，改编一出阴谋杀兄的旧戏文《贡札古之死》叫戏班子演出，来试探叔父。戏未演完，叔父做贼心虚，坐立不安，仓皇退席。这样，更证明叔父的罪行属实。叔父觉得事情不妙，秘密可能已被发觉。宫内大臣波洛涅斯献计，让王后叫王子到私房谈话，自己躲在帷幕后边偷听，王子发现幕后有人，以为是叔父，便一剑将其刺死。于是，奸王便派他去英国，并用借刀杀人法，让监视他的两个密使带去一封密信，要英王在王子上岸时就杀掉他，但此信被哈姆雷特察觉，半路上调换了亲信，反而叫英王杀掉了两个密使，他自己却跳上海盗船，脱险回来。哈姆雷特回来后知道情人奥菲莉娅因父死、爱人远离而发疯落水溺死。奸王利用波洛涅斯的儿子雷欧提斯为父复仇的机会，密谋在比剑中用毒剑、毒酒来置哈姆雷特于死地。结果，哈、雷二人都中了毒剑，王后饮了毒酒，奸王也被刺死。王子临死前嘱咐好友霍拉旭传播他的心愿。

二、代表作介绍

1. 代表作一：《哈姆雷特》

(1) 经典片段

莎士比亚是世界公认的语言大师，擅长运用长篇内心独白来揭示人物复杂而隐秘的内心世界。剧中常有感情灼热、忧郁彷徨的长篇独白，淋漓酣畅、气势磅礴。即使是只言片语，也时时闪烁着智慧和哲思的光芒；句式灵活自由，运用了比喻、排比、对比、反复、设问和反问等多种修辞手法，使整个剧情表现出一种崇高和悲怆的气氛。

①“脆弱啊，你的名字是女人!”

选自第一幕第二场。他所崇拜和热爱的父王突然死去，他所爱的母亲却很快就同他新登基的叔父结了婚。一个人文主义者宝贵的生活理想，所谓坚贞的爱情、忠诚的友谊，都开始破灭。这句话表现了主人公在这种情景下内心的无奈、苦闷和悲叹。

②“人类是一件多么了不得的杰作！多么高贵的理性！多么伟大的力量！多么优美的仪表！多么文雅的举动！在行为上多么像一个天使！在智慧上多么像一个天神！宇宙的精华！万物的灵长!”

选自第二幕第二场。主人公用诗一般的语言发表对人类的感慨，连用九个感叹句，综合运用比喻、排比等修辞手法，既是对人类的高贵、伟大、优美、文雅和智慧的热情讴歌，也是他自己崇高思想与理想的反映。最后一句描述人类的“宇宙的精华！万物的灵长”也被广为引用。

③“生存还是毁灭，这是一个值得考虑的问题。”

选自《哈姆雷特》第三幕第一场，这个片段是《哈姆雷特》一剧中最著名的独白，也是所有莎翁戏剧中最著名的一段独白。它脍炙人口，深刻表现了人文主义者哈姆雷特在进行个人复仇和探索社会变革过程中的心路历程，本身就是一首富于揭露性和哲理性的好诗，同时也是一枚把握主人公性格的钥匙。哈姆雷特对丑恶现象的深恶痛绝和对现实生活的无能为力使他无法解脱内心深层的痛苦，这种矛盾和痛苦使他喊出这一震撼了数代人灵魂的问题。

《哈姆雷特》这部悲剧主要围绕着青年王子哈姆雷特与弑父仇人，他的叔叔新国王克劳狄斯之间的复仇而展开。作为一个复仇故事，它有三条线索：哈姆雷特为父亲被谋杀篡权而复仇，雷欧提斯为被哈姆雷特无意杀死的父亲波洛涅斯复仇，福丁布拉斯为其在战场上比武丧生的父亲复仇。流血复仇的情绪笼罩全剧。三条线索以哈姆雷特的复仇为主线，其他两条为副线，交错发展而又主次分明。其中尤其重点写了哈姆雷特一家和奥菲莉娅一家的种种纠葛。剧本还写了三组感情关系：老王和王后的婚姻关系，奸王和王后的婚姻关系，哈姆雷特和奥菲莉娅的恋爱关系。这三组关系都以悲剧收场。剧本还写到四组误杀：英国国王误杀丹麦国王派来的信使，哈姆雷特误杀波洛涅斯和雷欧提斯，克劳狄斯误杀王后。重重误杀表现了人物与环境之间不以人的意志为转移而导致的阴差阳错的悲惨结局，这是古希腊悲剧中的基本主题：人无法抗拒命运。并行交叉的复杂情节加上广阔的社会场景——从宫廷到民间，从国内到国外，从陆地到海上，从人的世界到鬼魂世界，从外表世界到内心世界，从现实世界到戏剧世界（戏中戏），使得《哈姆雷特》波澜壮阔、险象环生，极为丰富且生动地为我们展示了一幅幅宏伟壮丽的人生画面。但是《哈姆雷特》本质上不是一部命运悲剧，而是一部性格悲剧。它描写最深刻动人的不是外部世界，而是主人公的内心冲突。这些都鲜明地表现在哈姆雷特的忧郁情绪上和他在复仇问题上的拖延蹉跎、贻误时机。

作品反映了英国的一个时代的概况，体现了文艺复兴时期的人文主义思想。杀兄娶嫂的新国王克劳狄斯阴险狡诈、荒淫无度，是封建专制的强权制度、阴郁凶险的社会现实和邪恶扭曲的人性的典型代表。哈姆雷特试图手刃仇人，一方面可以痛快淋漓地报仇雪恨，另一方面也是代表新生人文主义铲除封建邪恶势力。戏剧通过险象环生的宫廷斗争，描写了哈姆雷特在复仇过程中面对爱情、友情和亲情的考验，历经失望、彷徨和苦闷的折磨，最终与敌人同归于尽的故事，揭示了作者对当时英国封建现实的思考和批判。

鲁迅曾经说过，悲剧就是将人生有价值的东西毁灭给人看。哈姆雷特作为一个深受广大群众爱戴的王子，具备整顿局势、治理国家、报仇雪恨的能力。然而面对着以阴险奸诈的新王为代表的强大的封建势力，作为一个资产阶级人文主义者，他始终把这种和人民紧密相连的事业看做个人的仇恨而孤军奋战，在一场血淋淋的宫廷决斗中，他虽然杀死了阴险狡诈的新王，但自己的生命也结束在这“牢狱”般的宫廷中。因此，他的悲剧既是真善美与邪恶力量相冲突的悲剧，也是一个人文主义者的时代悲剧。

（2）作品鉴赏

①装疯

在得知整个宫廷的阴谋之后，精神的痛苦使哈姆雷特的身体虚弱、精神颓唐，鬼魂揭开的秘密又在他心灵上增加了极其沉重的负担。哈姆雷特生怕这样下去会引起克劳狄斯的注意，于是王子就作出了一个奇特而大胆的决定：假装发疯。

装疯的原因之一，是父亲的暴亡和母亲的匆忙改嫁。哈姆雷特是文艺复兴时期人文主义者的典型形象。哈姆雷特说："人类是一件了不起的杰作！"他父母的婚姻在他心目中也是坚贞的典范，其中蕴含着他对爱情、对友谊、对人性的一整套人文主义的看法。而父王的突然死去，母亲在"送葬的时候所穿的那双鞋子还没有破旧"就急忙和新登基的叔父结了婚。在这个残酷的现实面前，他的人文主义理想彻底破灭了。

装疯的原因之二，是鬼魂的出现。第一幕四、五场鬼魂的出现又给哈姆雷特重重的一击。哈姆雷特与鬼魂见面，通过鬼魂的口得知了不可见人的宫廷丑闻，然而，他一个人的肩头担负了过重的责任，而他的力量既渺小无力，又无法推诿自己身上复仇的责任，所以只好装疯，寻找其他的解决途径。

装疯的原因之三，在于装疯一方面能有效地保护自己，另一方面也能使自己有时间思索，在面对人生困境时如何把危机变成转机。

这个行为表现了哈姆雷特的智慧和刚毅顽强的性格特征。

②贻误良机

为证实鬼魂的话，哈姆雷特决定利用戏班子演出鬼魂所说的谋杀场面试探，哈姆雷特发现他篡位的叔叔再也看不下去的时候，终于断定鬼魂说的全是实话。这个一直困扰着他的疑问终于得到证实。可当克劳狄斯对弑兄夺位的行为忏悔时，哈姆雷特没有抓住从他背后经过的机会动手，以至于失去了最好的复仇机会。

"戏中戏"是哈姆雷特聪明和机智的体现，然而接下来的错失复仇良机又是他优柔寡断性格的体现，他的人文主义性格的矛盾性在这里体现得最为集中而深刻。

③葬送爱情

波洛涅斯给国王献计，用女儿奥菲莉娅做诱饵，让哈姆雷特和奥菲莉娅见面。然后国王、王后和波洛涅斯藏起来偷听他们的对话，从而窥探王子装疯的原因。哈姆雷特面对着该不该复仇的困惑发出了"生存还是毁灭，这是一个值得考虑的问题"的疑问，然后用"疯子"的言语深深伤害了奥菲莉娅。

"偷听"的行为隐含了三个人各自的想法：国王想知道哈姆雷特的真实想法；波洛涅斯想证实自己的猜测正确与否；乔特鲁德希望奥菲莉娅的温柔能够治愈儿子的病。而作为主角的哈姆雷特也有他的想法。先前亲情和友情的打击，让他越来越忧郁，也无从选择，所以发出了"生存还是毁灭"的发问，这是他选择忍耐和选择反抗的矛盾心理的体现。但是从伤害无辜的奥菲莉娅的一幕中，我们又看到他的决心，不惜亵渎爱情、伤害恋人，以保证全身心地投入到复仇的计划中。

奥菲莉娅的形象在这一幕中是描绘得比较深刻的。她甘心做父亲试探王子的工具，并遵从父命将定情信物还给恋人，这深深打击了哈姆雷特对爱情的信念。这也可以看出奥菲莉娅的单纯、不谙世事。

④流放的阴谋

国王以波洛涅斯的死为借口把王子驱逐出境，送哈姆雷特到当时丹麦附属国英国，并安排两个大臣陪同他坐船到英国去，以避免所谓的处分。同时，克劳狄斯给英国朝廷写了封信，要他们把哈姆雷特处死。哈姆雷特怀疑这里面肯定有名堂，于是在夜里偷偷从那两个大臣处拿到那封信，巧妙地把自己的名字擦掉，换上那两个大臣的名字。不久，船受到海盗的袭击，哈姆雷特拿着剑杀上了敌人的船，而两个大臣却把他丢下，驾着船逃跑了，带着改过的信件急忙跑到英国去接受应得的惩罚了。而海盗俘虏了王子以后，希望王子在朝中替他们说好话，然后就把他放了。

从这一部分我们可以看出克劳狄斯一直没有放松对哈姆雷特的警惕，只要有一丝机会便会立即抓住。克劳狄斯的阴险、奸诈在这个情节中被表现得淋漓尽致。他要借刀杀人，却找一个驱逐犯人的借口；要大臣看管，却以避免处分为借口，由此可见一斑。

这段情节还是对哈姆雷特勇敢形象的一个很好的补充，他杀上敌船是直接展现其勇敢；陪同的大臣逃跑，也能衬托出他的无畏。

⑤最后的决斗

克劳狄斯利用雷欧提斯对其父亲、妹妹惨死的忿愤，设奸计唆使雷欧提斯向哈姆雷特挑战比剑。狠毒的国王利用被仇恨所支配的雷欧提斯，让他使用一把涂了致命毒药的开刃尖头剑。比赛前，哈姆雷特挑了一把钝剑时，没有检查雷欧提斯的剑。比剑后，雷欧提斯没拿出真实本领来，故意让哈姆雷特占些上风，好趁他掉以轻心之时全力一击。而这时国王克劳狄斯也故意称赞哈姆雷特的胜利，大声喝彩。这一切都分散了哈姆雷特的心神。几个回合过后，哈姆雷特剑势就有些松弛，这时，雷欧提斯凶狠地拿出看家本领，用毒剑一下刺中了哈姆雷特。但这一击也激起了哈姆雷特的怒火和勇气。激烈的拼斗中，哈姆雷特夺过那把毒剑并用它回敬了雷欧提斯一下。正在这紧张的时刻，王后喝下那杯克劳狄斯准备给哈姆雷特庆祝胜利的毒药，国王忘了事先关照王后，王后就倒地身亡了。

克劳狄斯的阴险、奸诈、狠毒再次集中体现，既虚伪地利用雷欧提斯的复仇心理，又设下双重诡计，可谓用心险恶。而哈姆雷特对比赛规则的信任也让他粗心地献出了无辜的性命。

⑥《哈姆雷特》的悲剧艺术技巧

《哈姆雷特》的悲剧艺术归结为两大点：经典人物形象的塑造以及悲剧艺术技巧的完美运用。除去《哈姆雷特》的悲剧性，单纯以一部文学作品的视角去看待，它的语言、思想、结构等都具有很高的地位。这些特点结合在一起就构成了这个世界上最伟大的悲剧杰作。

关于悲剧的定义五花八门，东西方两类悲剧更是差别甚大。但有一点是可以确定的，凡是悲剧必当刺激读者或观众的内心，让观看、阅读者感到难过，并对这种难过产生自我慰藉以抵抗这种压抑的情绪，试图在道德上寻找理由来使里面的事件合理化，最后得到精神的快感。哈姆雷特有很多次机会可以杀死仇人，最接近的一次就是在国王做祷告的时候，哈姆雷特本可以轻而易举地杀死他，但他却没有那么做。也许哈姆雷特那样做是出于道德的考虑，“现在他正在洗涤他的灵魂，要是我在这时候结果了他的性命，那么天国的路是为他开放着，这样还算是复仇吗？不！”除了这一主线悲剧之外，哈姆雷特和奥菲莉娅的爱情悲剧也是戏剧的重要内容。观众会为两人爱情的最终破灭感到惋惜和遗憾，但在观众被这一悲剧性压迫的时候，会尽量找出一些“理由”来解放内心。像是很多人把哈姆雷特对奥菲莉娅的舍弃看作出于奥菲莉娅纯真的爱情，为了不让对方成为权力斗争的牺牲品而甘愿放弃这段必将失败的爱情一样，所有的这一切感觉、情感、纠结都是《哈姆雷特》这部作品的悲剧艺术所在。

悲剧创作的直接来源是作家的构思和记录，而悲剧产生的内在来源则是人们的同情心，“而一切同情心都以受苦的想象为前提”。悲剧艺术家的才能就是通过对受苦想象的激发来体现的。依据席勒《论悲剧艺术》的理论，对悲剧人物的受苦想象具有“活泼性、真实性、完整性和持久性”，而这些性质直接影响了悲剧的艺术水平。

戏剧不同于其他文学形式的很重要的一点就是戏剧不一定要用第一人称视角，却能带来第一人称视角所拥有的真实性和亲近性。故事人物的每次对话就像是在跟读者和观众对话。《哈姆雷特》由莎士比亚创作，但整个戏剧看下来，我们丝毫感觉不出有一个人在叙述。旁人的叙述会“把我们由正在行动的人物的心灵状态放进叙述人的心灵情况中，这就中断了产生同情心所必不可少的幻觉”①。对于文学作品，尤其是悲剧作品来说，这个“幻觉”是必不可少的，它是引发同情心的必要前提。莎士比亚在创作《哈姆雷特》的时候，就很好地把握了这一点。作者让故事一步步自然地展开，通过剧中人物的活动来带动情节。比如说戏剧的开头，莎翁用了很大的篇幅来揭示故事的背景和悲剧的起点。故事开始于几个丹麦官兵对遇见鬼魂这件事的讨论，接着鬼魂出现了。当我们看到这个鬼魂“正像已故的国王的模样”的时候，就感觉故事真正开始了。但是这个鬼魂一句话也不说，什么事也不做，然后又消失了。莎翁在一开始就给我们卖了一个关子，正当我们对鬼魂感兴趣的时候，鬼魂却不给我们任何信息，除了那长得像老国王的模样。正是这样的写作激起了我们的兴趣，读者和观众看到这样的灵异事件肯定

① ［德］席勒：《论悲剧艺术》，张玉书译，选自《西方文艺理论名著选编》上卷，北京大学出版社1985年版，第459页。

会产生相关联想：鬼魂为何出现？为何长得像老国王？为何鬼魂出现了又消失？种种幻想诱导着我们进入故事里面，悲剧想象的活泼性也初露端倪。

悲剧人物的“无知性”可以大大提高悲剧想象的活泼性。这里的“无知性”不是一般意义上的愚笨、没文化，而是面对命运的考验时意识到了自己的重大责任和痛苦感受，却对自己该如何去做而迷惘。主人公哈姆雷特就是这种形象的典型。哈姆雷特属于新时期知识分子，较早地接受了人文主义思想，思维敏锐，精神善感。很多时候他是很清醒的，能认清社会现状，在众人都沉浸在新国王和王后的不伦婚宴的喜悦中的时候，只有哈姆雷特能看出事件背后的问题。在得知真相后，哈姆雷特说出了一句非常著名的话：“这是一个颠倒混乱的时代，唉，倒霉的我却要负起重整乾坤的责任!”他知道自己在这起悲剧中的地位和责任，但他却被更深层次的思考所困住了：“生存还是毁灭，这是一个值得考虑的问题；默然忍受命运的暴虐的毒箭，或是挺起反抗人世的无涯的苦难，通过斗争把它们扫清，这两种行为，哪一种更高贵?”当哈姆雷特在思考这些问题的时候，读者和观众也会顺着他的思维思考下去。哈姆雷特所面临的每一个选择，我们都跟他一样难以判断，在命运与性格的双重悲剧下，我们既为其苦难感到难受，又在同情心与道德的抗争中享受悲剧所带来的快感。

与活泼性相对应的是真实性。若是悲剧带给我们的想象缺乏真实性，那这个想象是激发不了同情心的。“我们所要参与的苦难，我们必须对它有所了解；这就需要这种苦难和我们心里本来已有的东西互相吻合。”① 要使读者和观众能把自己带入到剧中去，必须使他们在作品人物和场景中看到与自身和现实环境有相似之处。而且一般来说，相似性越大，产生的同情心就越大。这里有人会对《哈姆雷特》的真实性提出质疑，尤其是戏剧开头的鬼魂的虚构性和哈姆雷特王子身份的独特性。虽然这些事件和现象都是虚构的，几乎不具有真实性，但《哈姆雷特》的真实性体现在更高层次，即道德本性的真实性与普遍性上。哈姆雷特是虚构的人物，但他却存在于每个人的心中。包括国王克劳狄斯、大臣波洛涅斯等人在内，每个人物的思想品质和道德情操都是那么的真实而立体。国王克劳狄斯是戏剧的绝对反面人物，但即便是这样的人物，莎翁也没有完全将他写成纯粹的奸邪、罪恶的平面形象。在戏剧的开头我们看到了他对哈姆雷特存留的一些关爱，虽然这些关爱也有可能是自欺欺人，但他至少意识到了自己的罪行，还在上帝面前做祷告，请求上帝也即自身内心的宽恕。人们在读到这个人物的时候是不是也会想到自己呢？正常人在做了有损于他人的事情之后，都会希望在其他方面弥补对方，尽管这些弥补是杯水车薪，但也算是对自我的一种救赎。相较于外在环境和故事题材的真实性，道德本性的真实性更能触动读者和观众，也更能引起精神共鸣。

莎士比亚在创作悲剧的时候，也非常注重悲剧的完整性和悲剧痛苦的持续性。《哈姆雷特》有一个非常完整的剧情结构：开场铺垫—矛盾揭示—悲剧演化—悲剧完结。作者给故事设定了一个确切的故事框架——地点是刚战胜挪威的丹麦国内，环境是宫

---

① ［德］席勒：《论悲剧艺术》，张玉书译，选自《西方文艺理论名著选编》上卷，北京大学出版社 1985 年版，第 460 页。

廷，时代是欧洲中世纪。这些设定不是毫无意义的，而是为了使剧情更完善。在一个确定的客观环境下，读者和观众才能充分体会到剧中人物的外部情况和内心状态，以及这些元素彼此间的联系。每一个会导致悲剧的元素都是必不可少的，缺了其中一个就会觉得故事缺乏足够的真实性，也影响其活泼性。要判断自己是否也会像哈姆雷特一样面对命运，作出决定，并将决定付诸行动，必须要设想自己就处于哈姆雷特的处境中。其实所谓的完整性和真实性、活泼性是相通的，都是为了达到激起最大同情心的目的。阅读《哈姆雷特》，会发现里面的每一个人物或事件都不是独立存在的，而是被有机地串联在一起。甚至可以用强硬决定论的观点认为，最后的悲剧都是由前面一件件事情一步步导致的，不仅仅是哈姆雷特的性格特点，剧中的一切人和事都对最后的结局有一定的影响。

《哈姆雷特》的主线剧情是王子复仇，但莎士比亚在写作的时候没有单纯地只写王子哈姆雷特得知父亲被害真相后开始复仇最后不幸去世的故事。除了上述的活泼性、真实性和完整性，《哈姆雷特》的最巧妙的技巧在于悲剧痛苦的持续性。可以说哈姆雷特是延宕王子，而该剧也是充分利用了哈姆雷特的延宕，或者说是为了使痛苦的观念在观众心里持续不断地发生作用而刻意强化了主人公的延宕。

哈姆雷特在自己的复仇过程中经历了很多事情：排演戏剧、装疯、辱没奥菲莉娅、刺杀大臣波洛涅斯、躲过国王的谋杀、看小丑掘坟及最后的比剑等。我们会发现这些事件都是前后关联的，而这些事件对感情的触动也是层层加深，直至达到剧情的高潮，而观众的痛苦感受也到达了高峰。由于悲剧接受者急于摆脱这种悲剧情感，所以产生同情必不可少的幻觉也十分容易消失，这对于悲剧作家来说是一种挑战，而莎士比亚则很好地解决了这个难题。莎翁在《哈姆雷特》中以王子复仇为主要情节，利用一些有目的的事件，使预期的悲剧逐渐从这些情节中展开出来，就像从纺锤上放出来的一个线团，最后把心灵像用一张撕扯不破的罗网包裹起来。悲剧给人的高度享受存在于内心力量和感情痛苦的激烈搏斗。虽然心灵有反抗痛苦的自主力量，但高明的悲剧艺术家还是会在适当的时候打断一下悲剧感受，甚至用截然相反的感受来代替它。这种创作技巧能够加强艺术的感染力，既克服审美疲劳，又能将读者和观众的心牢牢缚在这出悲剧上。

附录：名家读戏

西方有名言：“一千个读者眼中有一千个哈姆雷特。”随着世界的千变万化，哈姆雷特的形象也将被赋予新的色彩。

莎士比亚把这个人物放在这样的环境中，在这个环境中不得不当机立断——哈姆雷特是勇敢的，也是不怕死的。但是，他由于敏感而犹豫不定，由于思索而拖延，精力全花费在做决定上，反而失却了行动的力量。……哈姆雷特的疯狂只有一半是假的，他用耍巧妙的骗术来装疯，但只有他真正接近于疯狂的状态时才能装得出。

——英国浪漫主义诗人、文艺批评家柯勒律治一个美丽、纯洁、高贵而道德高尚的人，他没有坚强的精力使他成为英雄，却在一个重担下毁灭了，这重担他既不能掮起，也不能放下；每个责任对他都是神圣的，这个责任却是太沉重了。他被要求去做不可能的事，这事本身不是不可能的，对于他却是不可能的。他是怎样地徘徊、辗转、恐惧、进退维谷，总是触景生情，总是回忆过去，最后几乎失却他面前的目标。

——德国诗人、剧作家、思想家歌德

任何人都会同情哈姆雷特的原因是："几乎每一个人都能在哈姆雷特身上找到他自己的缺点。"

——屠格涅夫

哈姆雷特像我们每一个人一样真实，但又要比我们伟大。他是一个巨人，却又是一个真实的人。因为哈姆雷特不是你，也不是我，而是我们大家。哈姆雷特不是某一个人，而是人。

——法国文豪雨果

哈姆雷特是我们中间的一个，在大街上我们也许会每天交错走过，那些折磨他的思想每天也在折磨我们，他面临的选择也是我们每天所要面临的。生存或者死亡是个哲学命题，也是生活中每一件具体的大事和小事。是或者不是，你只能选择其中一种。……我们今天面对的哈姆雷特，不是面对为了正义复仇的王子，也不是面对人文主义的英雄，我们面对的是我们自己。能够面对自己，这是现代人所能具有的最积极、最勇敢、最豪迈的姿态。除此以外，我们没有别的了。

——林兆华（1990 年版哈姆雷特话剧导演）

2. 代表作二：《罗密欧与朱丽叶》

（1）剧情介绍

《罗密欧与朱丽叶》是莎士比亚在文艺复兴时期的作品，是一部有着喜剧因素的悲剧，反映了莎士比亚早期创作的特色。这个悲剧故事并不是莎士比亚的原创，而是改编自阿瑟·布卢克 1562 年的小说《罗密欧与朱丽叶的悲剧历史》。他笔下罗密欧与朱丽叶的爱情充满着文艺复兴时期人文主义者的浪漫情调，是莎士比亚风格比较独特的一部剧作。全剧以美好的毁灭揭示了悲剧的主旨，最后作者留下一个光明的结局：蒙太古和凯普莱特两个家族握手言和，两个年轻人的牺牲换取了他们理想的胜利，他们俩的纯金塑像将永远矗立在维洛那城。这既是作者对罗密欧和朱丽叶爱情力量的赞颂，也是该剧作为悲剧能体现明朗乐观基调的一个原因，更是作者作为一个文艺复兴时期人文主义者对人类追求爱情和幸福，追求发展和进步的信心的体现。

凯普莱特和蒙太古是一座城市的两大家族，这两大家族有深刻的世仇，经常械斗。

蒙太古家有个17岁的儿子叫罗密欧，在一次宴会上，他与凯普莱特家的独生女儿朱丽叶一见钟情。

第二天，罗密欧去见附近修道院的神父，请他帮忙。神父答应了罗密欧的请求，觉得这是化解两家矛盾的一个好机会。罗密欧通过朱丽叶的奶娘把她约到修道院，在神父的主持下结成了夫妻。这天中午，罗密欧在街上遇到了朱丽叶的堂兄提伯尔特。提伯尔特要和罗密欧决斗，罗密欧不愿决斗，但他的朋友觉得罗密欧没面子，于是替他和提伯尔特决斗，结果被提伯尔特借机杀死。罗密欧大怒，拔剑为朋友报仇，杀死了提伯尔特。

统治者决定驱逐罗密欧，下令如果他敢回来就处死他。朱丽叶很伤心，她非常爱罗密欧。罗密欧不愿离开，经过神父的劝说他才同意暂时离开。这天晚上，他偷偷爬进了朱丽叶的卧室，度过了新婚之夜。第二天天一亮，罗密欧就不得不开始了他的流放生活。罗密欧刚一离开，出身高贵的帕里斯伯爵再次前来求婚。凯普莱特非常满意，命令朱丽叶下星期四就结婚。

朱丽叶去找神父想办法，神父给了她一种药，服下去后就像死了一样，但四十二小时后就会苏醒过来。神父答应她派人叫罗密欧，会很快挖开墓穴，让她和罗密欧远走高飞。朱丽叶依计行事，在婚礼的头天晚上服了药，第二天婚礼自然就变成了葬礼。神父马上派人去通知罗密欧。可是，罗密欧在神父的送信人到来之前已经知道了错误的消息。他在半夜来到朱丽叶的墓穴旁，杀死了阻拦他的帕里斯伯爵，掘开了墓穴，他吻了一下朱丽叶之后，就掏出随身带来的毒药一饮而尽，倒在朱丽叶身旁死去。等神父赶来时，罗密欧和帕里斯已经死了。这时，朱丽叶也醒过来了。人越来越多，神父还没来得及顾及朱丽叶就逃走了。朱丽叶见到死去的罗密欧，也不想独活人间，她没有找到毒药，就拔出罗密欧的剑刺向自己，倒在罗密欧身上死去。两家的父母都来了，神父向他们讲述了罗密欧和朱丽叶的故事。失去儿女之后，两家的父母才清醒过来，可是已经晚了。从此，两家消除积怨，并在城中为罗密欧和朱丽叶各铸了一座金像。

（2）导演风格

TNT版《罗密欧与朱丽叶》

英国TNT剧院创立于1980年，是世界级国际巡演剧团，该团曾在慕尼黑双年艺术节、爱丁堡戏剧节、德黑兰艺术节上获得多项大奖。TNT剧院不仅在英国本土声名显赫，而且是全球巡演国家和场次最多的英语剧团——它几乎占据了德国全部英语话剧市场，也是在法国、日本和俄罗斯演出最多的英语剧团。TNT剧院倡导戏剧激发观众的想象力，让观众成为戏剧的参与者而非旁观者，致力于在戏剧中融入多种艺术形式，每个剧目都邀请顶级作曲家为其量身创作音乐，因此作品中有很重的音乐和舞蹈元素。

导演保罗·斯特宾如是说："TNT版的《罗密欧与朱丽叶》是最接近莎翁原著的版本。我们对剧本没做任何改动，但我们以最现代生动的方式来演绎，我们始终认为莎士比亚不是博物馆中的古董，而是鲜活的、有生命力的。"

《罗密欧与朱丽叶》中大量的抒情意象和抒情形式是莎士比亚其他悲剧中所没有的，男女主人公弹奏了一曲情意缠绵的、青春的、爱的颂歌。尽管这纯粹、美好的爱情与理性、法度和社会责任等尘世的价值观念相对立，但男女主人公在死亡中实现了尘世所不容的恋情，显示了青春和爱情的巨大力量，从而化解了两个家族的仇恨。莎士比亚用诗情化的笔触，使悲怆的死闪耀着人性的灵光，回响着浪漫的旋律……英国TNT剧院长期以来以重现莎翁精神为己任，其《罗密欧与朱丽叶》被德新社誉为“直击观众心灵，美丽得让人过目不忘”的巨作。秉承莎士比亚生活的维多利亚时期话剧采用现场音乐的传统，与剧情水乳交融的现场音乐和无伴奏合唱为TNT版《罗密欧与朱丽叶》平添了许多魅力。

(3) 经典片段

罗密欧：“轻声！那边窗子里亮起来的是什么光？那就是东方，朱丽叶就是太阳！起来吧，美丽的太阳！那是我的意中人；啊！那是我的爱；唉，但愿她知道我在爱着她！她欲言又止，可是她的眼睛已经道出了她的心事。待我去回答她吧；不，我不要太鲁莽，她不是对我说话。天上两颗最灿烂的星，因为有事他去，请求她的眼睛替代它们在空中闪耀。要是她的眼睛变成了天上的星，天上的星变成了她的眼睛，那便怎样呢？她脸上的光辉会掩盖了星星的明亮，正像灯光在朝阳下黯然失色一样；在天上的她的眼睛，会在太空中大放光明，使鸟儿误认为黑夜已经过去而唱出它们的歌声。瞧！她用纤手托住了脸，那姿态是多么美妙！啊，但愿我是那一只手上的手套，好让我亲一亲她脸上的香泽！”

朱丽叶：“唉！”

罗密欧：“她说话了。啊！再说下去吧，光明的天使！因为我在这夜色之中仰视着你，就像一个尘世的凡人，张大了出神的眼睛，瞻望着一个生着翅膀的天使，驾着白云缓缓地驰过了天空一样。”

朱丽叶：“只有你的名字才是我的仇敌；你即使不姓蒙太古，仍然是这样的一个你。姓不姓蒙太古又有什么关系呢？它又不是手，又不是脚，又不是手臂，又不是脸，又不是身体上任何其他的部分。啊！换一个姓名吧！姓名本来是没有意义的；我们叫做玫瑰的这一种花，要是换了个名字，它的香味还是同样的芬芳；罗密欧要是换了别的名字，他的可爱和完美也决不会有丝毫改变。罗密欧，抛弃了你的名字吧；我愿意把我整个的心灵，赔偿你这一个身外的空名。”

罗密欧：“那么我就听你的话，你只要叫我×××，我就重新受洗，重新命名；从今以后，永远不再叫罗密欧了。”

朱丽叶：“我的耳朵里还没有灌进从你嘴里吐出来的一百个字，可是我认识你的声音；你不是罗密欧，蒙太古家里的人吗？”

罗密欧：“不是，美人，要是你不喜欢这两个名字。”

朱丽叶：“告诉我，你怎么会到这儿来，为什么到这儿来？花园的墙这么高，是不容易爬上来的；要是我家里的人瞧见你在这儿，他们一定不让你活命。”

罗密欧：“我借着爱的轻翼飞过园墙，因为砖石的墙垣是不能把爱情阻隔的；爱情的力量所能够做到的事，它都会冒险尝试，所以我不怕你家里人的干涉。”

朱丽叶：“要是他们瞧见了你，一定会把你杀死的。”

罗密欧：“唉！你的眼睛比他们二十柄刀剑还厉害；只要你用温柔的眼光看着我，他们就不能伤害我的身体。”

朱丽叶：“我怎么也不愿让他们瞧见你在这儿。”

罗密欧：“朦胧的夜色可以替我遮过他们的眼睛。只要你爱我，就让他们瞧见我吧；与其因为得不到你的爱情而在这世上捱命，还不如在仇人的刀剑下丧生。”

朱丽叶：“谁叫你找到这儿来的？”

罗密欧：“爱情怂恿我探听出这个地方；他替我出主意，我借给他眼睛。我不会操舟驾舵，可是倘使你在遥远遥远的海滨，我也会冒着风波寻访你这颗珍宝。”

朱丽叶：“幸亏黑夜替我罩上了一重面幕，否则为了我刚才被你听去的话，你一定可以看见我脸上羞愧的红晕。我真想遵守礼法，否认已经说过的言语，可是这些虚文俗礼，现在只好一切置之不顾了！你爱我吗？我知道你一定会说‘是的’；我也一定会相信你的话；可是也许你起的誓只是一个谎，人家说，对于恋人们的寒盟背信，天神是一笑置之的。温柔的罗密欧啊！你要是真的爱我，就请你诚意告诉我；你要是嫌我太容易降心相从，我也会堆起怒容，装出倔强的神气，拒绝你的好意，好让你向我婉转求情，否则我是无论如何不会拒绝你的。俊秀的蒙太古啊，我真的太痴心了，所以也许你会觉得我的举动有点轻浮；可是相信我，朋友，总有一天你会知道我的忠心远胜过那些善于矜持作态的人。我必须承认，倘不是你乘我不备的时候偷听去了我的真情的表白，我一定会更加矜持一点的。所以原谅我吧，是黑夜泄露了我心底的秘密，不要把我的允诺看作无耻的轻狂。”

罗密欧：“姑娘，凭着这一轮皎洁的月亮，它的银光涂染着这些果树的梢端，我发誓——”

朱丽叶：“啊！不要指着月亮起誓，它是变化无常的，每个月都有盈亏圆缺。你要是指着它起誓，也许你的爱情也会像它一样无常。”

罗密欧：“那么我指着什么起誓呢？”

朱丽叶：“不用起誓吧。或者要是你愿意的话，就凭着你优美的自身起誓，那是我所崇拜的偶像，我一定会相信你的。”

（4）作品鉴赏

爱能战胜一切

《罗密欧与朱丽叶》是莎士比亚早期创作的著名悲剧。它诗意盎然，热情充沛，洋溢着浓郁的浪漫气息和喜剧氛围。其艺术风格与作家早期创作的大多数喜剧相一致，被人们称为抒情悲剧。

悲剧的冲突是罗密欧与朱丽叶的恋情与两个家族间的仇恨和对立，它表现了自由的爱情与封建势力之间的尖锐的矛盾冲突。至真至美的爱情使他们变得勇敢而无畏，冲破家族间的敌视与禁忌到劳伦斯神父的教堂里秘密成婚，为了终成眷属不惜以死殉情，谱写了一曲最为悲壮动人的爱情颂歌，并用实际行动证明了——爱能战胜一切。

戏剧的结尾，蒙太古和凯普莱特两家终于因为这对情人的死而抛开旧怨，言归于好，并且用纯金在维洛那为罗密欧与朱丽叶铸像。这意味着两个年轻人为之献身的理想胜利了。他们将成为未来人们的典范。老凯普莱特在痛悔中承认：这对情人是“我们的仇恨的可怜的牺牲品”。然而剧中死去的不止这两个年轻人，牵涉到的也不止这两家，正像维洛那亲王最后说的：“大家都受了惩罚。”罗密欧与朱丽叶双双殉情，在某种意义上说，是他们所代表的人文主义新价值观念的胜利，使社会摆脱了无谓的仇恨和纷争。祸患无穷的世仇消解了，仇人握手言和了。在维洛那，人们从罗密欧与朱丽叶的悲剧故事中学到极为重要的一课：爱情比仇恨更有力，甚至死亡也不能把它摧毁或征服。从这个意义上说，《罗密欧与朱丽叶》是一部乐观主义的悲剧。

全剧的结局部分，凝聚着爱情的深沉和坚贞，男女主人公为了真挚的爱情而向死而生的无畏精神，特别是男女主人公对白中所蕴含的浓郁的诗情，都深刻体现了全剧作为“乐观主义悲剧”的全部特征。

罗密欧进入墓穴看到服药假死的朱丽叶时的长篇独白是对爱情的咏叹和爱情的誓言，在罗密欧的意念中，朱丽叶虽然失去了“呼吸的芳蜜”，但却永葆着“红润的美艳”，永恒的青春以不可摧残的力量战胜了“灰白的死亡”，面对死神，相依相恋、永不分离的誓愿，既有对爱情的执著，更有对中世纪封建压抑的强烈的反叛。这里，在对青春和爱情的歌颂以及对生死不渝爱情的追求中，涌动着的是文艺复兴时期人文主义的思想浪潮和对人文主义理想的坚定不移的信念。

“来，苦味的向导，绝望的领港人，现在赶快把你的厌倦于风涛的船舶向那岩上冲击进去吧！为了我的爱人，我干了这一杯！”——这是罗密欧义无反顾地走向死亡之前所表述的最后的心声。莎士比亚用诗情化的笔触，使悲怆的死闪耀着人性的灵光，回响着浪漫的旋律，罗密欧与朱丽叶的死改造了现实生活的定式，产生了摧枯拉朽的作用，使未来生活在两个世仇家庭的青年人不会再重蹈他们的命运。他们用年轻的生命预示了充满希望的明天，《罗密欧与朱丽叶》无愧于文艺复兴晚期一部洋溢着青春朝气的“乐观主义的悲剧”。

莎士比亚曾明确地称《罗密欧与朱丽叶》为命运悲剧，但这部作品与莎士比亚以后创作的悲剧有着明显的不同，它几乎都是出乎难以解释的偶然。

黑格尔曾说："在《罗密欧与朱丽叶》里，外在的偶然事故粉碎了精明能干的神父的干预，就导致两位有情人的死亡。"以黑格尔观点为基础评论莎士比亚悲剧的布拉雷德也说："罗密欧与朱丽叶的命运先是向上发展，在他们的结合中达到顶点，然后就因为双方家族的反对开始衰落。家庭的反对加上偶然事故造成悲剧的结局，但随即又转化为由悔恨导致的和解。"① 仔细研读剧本，确实如此。罗密欧与朱丽叶相见是偶然：为凯普莱特家族举办的舞会通知贵宾的仆人竟不认识通知单的名字，罗密欧为他念诵时知道了这一消息，为了见到自己迷恋的美人罗瑟琳，罗密欧才决定冒险参加舞会，不想却见到了娇美、清纯的朱丽叶，两人一见钟情，成为悲剧的起因。罗密欧失手杀死朱丽叶的表兄提伯尔特也是偶然：罗密欧的好友茂丘西奥和提伯尔特发生口角，罗密欧的劝阻招致提伯尔特的咒骂和挑衅；罗密欧一再退让，被激怒的茂丘西奥和提伯尔特拔剑相击，被提伯尔特刺死。悲愤的罗密欧冲上拼击，杀死了提伯尔特，于是被大公判决逐出维洛那城，成为悲剧情节发展的关键性动因。罗密欧最后服毒也是偶然，劳伦斯神父设计朱丽叶服药昏睡假死，然后送信通知流放的罗密欧，想让两人一起远走他乡。但信未送到罗密欧先得到朱丽叶死的消息，遂秘密潜回维洛那，劳伦斯神父得知消息后，匆忙赶往墓地，而罗密欧已经进了墓穴，服毒死在即将苏醒的朱丽叶身边，这一切成为导致悲剧性结局的最后的直接原因。

总之，《罗密欧与朱丽叶》中，是一系列偶然性的情节使家族的世仇与真挚的爱情构成了矛盾，并不断地激化着矛盾，使矛盾无法采取圆满的方式解决，最后只能选择毁灭。所以这部戏剧留给人们的首先是对于本可避免而又未能避免的悲剧结局的遗憾，是对于殉情所导致的家族和解的欣慰。却不是像莎士比亚中期创作的那些著名的悲剧一样，是对于人类社会和人类本性当中的必然性悲剧因素的思考。

对比的出色运用使剧情像一条时而湍急、时而舒缓的河流——当蒙太古与凯普莱特上场时，往往恶语相加、剑拔弩张，戏剧气氛极其紧张激烈；而罗密欧与朱丽叶出场时，展现在观众面前的则是温馨浪漫、抒情柔美的场景。仇视宿愿与美好爱情形成的强烈对比，昭显莎士比亚深厚的戏剧创作功底和掌控剧情的能力。

另外，《罗密欧与朱丽叶》中出现的大量的抒情意象和抒情形式是莎士比亚其他悲剧中所没有的。戏剧中的男女主人公完全沉浸在对爱情的热忱、向往中。这奔放的青春和感伤的情怀，用诗化的语言演绎出来，使该剧具有浓郁的浪漫主义色彩。这纯粹、美好的爱情，是与理性、法度和社会责任等尘世的价值观念相对立的。男女主人公只是由于死亡才实现了尘世所不容的恋情，他们的死显示了青春和爱情的巨大力量，对现实世界投射出无限的光芒，化解了两个家族的仇恨。从这个意义上说，《罗密欧与朱丽叶》的最后结局仍然是一个大团圆。所以，这部戏剧确实更接近于莎士比亚创作于同一时期的喜剧。

---

① 转引自韦平：《乐观主义的悲剧》，载《中学语文教学》2002年第3期，第22~24页。

附录：名家读戏

《铸情》

①场景与氛围

莎士比亚以人文主义为核心，批判了中世纪的禁欲主义，歌颂了青春与爱情。所以英国19世纪诗人柯尔律治曾在一次讲演中说过："读一读《罗密欧与朱丽叶》，一切是青春与春天；青春有着它种种的感受与愚蠢，它种种的美德，它种种的躁急、轻率；春天有着它种种的芬芳，它种种的花卉和它的无常。关于罗密欧，他的爱情的改变，他的突然的结婚，和他的冒失的死亡，这一切都是年轻的结果；而于朱丽叶，她的爱情充满了夜莺的温柔与忧郁，全部充满了春的新鲜中甜蜜的一切，但是却以一声深长的叹息告终，像意大利的傍晚的最后的微风。"

②意象与象征

《罗密欧与朱丽叶》的主导意象是以光为象征的年轻人的爱情所显示的美是阳光、星光去照亮黑暗、冷酷的世界。光以各种形式表现出来，太阳、月亮、星星、火、闪光、火药的闪亮、美和爱情反射的光芒。对于罗密欧来说朱丽叶就是东方升起的太阳。但剧中的光还有一个特点就是转瞬即逝，悲剧性的美，太亮了，就像闪电，伴随着危险与毁灭。

这出戏除了罗密欧、朱丽叶之死，还有提伯尔特、茂丘西奥、帕里斯不幸丧命。这些年轻的生命在两家冤仇中作了无谓的牺牲。然而《罗密欧与朱丽叶》这出悲剧，正因为青年人追求幸福和光明是全剧的主导意象，才减少了死亡的恐怖气氛，使它富于浪漫色彩。

③情节与陪衬人物

在悲剧中出现喜剧，这是莎士比亚的戏剧特色。本来人生舞台就是悲喜渗透的。莎士比亚的处理不但烘托气氛，激起强烈反差，而且不同的社会人物登场，人们看到各式不同人物的特征、面貌。《罗密欧与朱丽叶》的奶妈就是一个例子，她饶舌、快活、世俗，因为在这一家待了很久、有了发言权。在楼台会一则戏中，她作弄小姐，非常可爱。在朱丽叶请求奶妈帮她不要嫁给帕里斯，她那世俗的答语，毫无原则，非常可恨……有奶妈这样的世俗人物，也反衬了朱丽叶的纯真与光彩。

铸情是青春的礼赞，是环境和时代造成的悲剧。这是莎士比亚早期的悲剧，虽不及他后来的四大悲剧那样有深度，但已显示出莎翁塑造人物性格的艺术才华与对社会批判的思想高度。

——罗义蕴：《铸情》，载《戏剧》杂志1999年第4期

阅读与思考

1. 《罗密欧与朱丽叶》是在什么样的背景下诞生的作品，寄托了作者怎样的思想情感？

2. 《梁山伯与祝英台》被称为东方的《罗密欧与朱丽叶》，两者的异同是什么？

3. 怎样理解“一千个读者眼中有一千个哈姆雷特”？怎样解读性格决定命运？

4. 为哈姆雷特写一篇角色分析，思考如果你要扮演他将如何处理台词和设计动作。

第三节 易卜生《玩偶之家》

一、作家作品

亨利克·约翰·易卜生（1828—1906 年），挪威戏剧家、诗人。1828 年 3 月 20 日出生于挪威南部小城西恩的一个木材商人家庭，后来家道中落，易卜生未满 16 岁就开始闯荡社会，这些经历虽然使他饱尝人生的艰辛，但也使他对社会有了更深刻的体验和理解，这为他以后在剧作中深刻地描摹社会、表现人性奠定了基础。1850 年，易卜生去奥斯陆报考医科大学未被录取，但却另有所获——他完成了自己的第一个剧本《凯替莱恩》。1851 年，他在卑尔根剧院和首都剧院担任编剧、舞台主任等职，开启了戏剧生涯。1864 年，对挪威感到失望的易卜生离开自己的故乡，开始了长达二十年的异乡生活。在国外的这段时间里，他创作出了《培尔·金特》《玩偶之家》《群鬼》《社会支柱》等剧作，作品的成功为他带来巨大的声誉。1891 年，63 岁的易卜生载誉还乡，受到国人的崇敬与爱戴。1906 年 5 月 23 日，易卜生逝世于奥斯陆，挪威为其举行国葬。由于其剧作对现代戏剧发展具有深刻而广泛的影响，因此人们尊称他为“现代戏剧之父”。代表作如下：

1. 《布朗德》

原是易卜生作于 1862 年的一部史诗，后来他在 1866 年将其改编成为一部诗剧。戏剧主角布朗德是一个牧师，为了追求理想、追求真理，他舍弃了个人的一切，直至命终，是一个充满浪漫色彩的悲剧英雄。

2. 《培尔·金特》

这是易卜生创作于 1867 年的一部作品。主人公培尔·金特是个没有崇高理想、没有固定生活原则的人，他富于幻想、放浪不羁，一生颠沛流离，充满传奇色彩。他仿佛是浮士德与靡菲斯特的结合体，是欲望与邪恶的化身。易卜生通过这部具有寓言色彩的剧作，探讨了人生何为等形而上的问题。

3.《玩偶之家》

创作于1879年，这是易卜生以朋友的遭遇为素材创作而成的戏剧，是我们最为熟悉的一部剧作，在国内有着广泛的知名度与影响力。女主人公娜拉为了救治生病的丈夫海尔茂伪造了父亲的签名，丈夫知道这一事情后却害怕妻子连累自己而怒斥她，后来事情得到圆满解决后，海尔茂又对妻子笑脸相迎，仿佛这一切都没有发生过。娜拉认清了丈夫的本质，愤而离家。《玩偶之家》出版后，在世界范围内引起了巨大的讨论热潮，诸多女权主义者将其作为替女性代言的剧作，而此剧传入中国后，也一直被视作易卜生社会问题剧的扛鼎之作。

二、导演风格

《玩偶之家》在剧本出版仅两周后即首演于丹麦哥本哈根皇家剧院，随后在瑞典皇家剧院、挪威克里斯蒂阿尼亚剧院、维也纳城市剧院先后演出。时至今日，《玩偶之家》已有英语、汉语、波兰语、俄语、意大利语、芬兰语等各种版本。2006年是易卜生逝世一百周年，该年度每天至少有一部易卜生的作品在世界某个舞台上演出。

在早期《玩偶之家》的舞台演出中，较值得关注的是1880年德国女演员海德维格·聂曼·拉庇的演绎。由于这名演员宣称自己永远不会离开孩子们，因此拒绝在演出中表演离家出走这一桥段。易卜生担心其他人擅自修改自己的剧作，因此他本人不得不亲自将结尾改为娜拉留在家中，但这样的结尾显然削弱了原剧的精神，最后这位女演员还是按照剧作原有的结尾演出了。

《玩偶之家》也被中国人无数次地搬上舞台。1914年，春柳社将易卜生这部经典剧作搬上了舞台，这是国人首次演出易卜生剧作。此后将近一百年的时间里，无数中国戏剧导演、演员都对这部名剧进行了不同的阐释，其中，最为人们所津津乐道的有1925年洪深导演的版本，1928年天津南开中学张彭春导演、曹禺饰演娜拉的版本，1929年国立北平艺术学院熊佛西导演的版本，这也是较早对易卜生剧作进行商业演出的尝试。1935年，南京磨风剧社、济南民教馆、上海智仁勇剧社、光华剧社、业余剧人协会都对这部戏进行了演绎，因此，这一年也被称作“娜拉年”。中华人民共和国成立后，《玩偶之家》依然活跃在戏剧舞台上，尤其值得一提的是，挪威的导演、演员来到中国，与中国艺术家合作演出的《玩偶之家》版本，为观众带来了许多新的体验。而在这些演出中，最值得注意的当属1996年首演的由吴晓江执导的《玩偶之家》。

吴晓江对易卜生的原作进行了较大的改动，戏剧发生的背景、人物设置等皆有变动，并在其中融入了许多中国元素。全剧发生于20世纪三四十年代的中国，韩尔茂是由挪威留学归国的“海归”，娜拉是远嫁中国的挪威媳妇，虽然戏剧的主要情节与原作相去不远：韩尔茂升任经理之际，娜拉曾经借高利贷为其治病的往事被揭露出来，韩尔茂无法接受这件事情，娜拉看出隐藏在平和家庭生活中的巨大的交流障碍而离家出走；但观众在剧中还是感受到了与原作有很大不同。导演认为，以往对《玩偶之家》的解读大多停留在对女性问题的关注上，而他的版本重点强调的是两种不同文化的碰撞。舞台上，我们也随处可见这种差异。娜拉作为一个外国媳妇，努力地试图融入周围的环境：她学唱京剧，学做中国饭，相夫教子，并在丈夫韩尔茂病入膏肓之际，挽救了他的生命。但这一切换来的依然是韩尔茂对她的训斥，来自两种不同文化背景的人之间的无法沟通与理解在此剧中显露无遗。舞台上随处可见中国元素：开场便是二胡，其间穿插着古筝等，舞台布置上也是典型的中国式家居，来自挪威的演员娜拉说着英语，中国的演员说着汉语，据说这是比较流行的一种演法，但是这样夹杂着两种不同语言的交流方式还是让人感到别扭。

《玩偶之家》诞生后，还出现了许多续写故事的人，因为原剧以娜拉出走为结局，可是娜拉出走之后呢？1982 年，也就是《玩偶之家》在伦敦首演六个月之后，沃尔特·毕森特写出了一部诗剧《玩偶之家——以及其后》，这部剧作描绘了 20 年之后的情景：海尔茂破产了，柯洛克斯泰做了银行的经理，娜拉成为著名的女权运动领导人。此剧引发了一系列的续作，有美国杰出的新英格兰女性主义者艾迪娜·彻妮的《娜拉的回归》，而最为人熟知的现代续作当属艾尔弗莱德·杰里耐克于 1977 年出版的《娜拉离开她丈夫之后发生了什么》。这部剧作聚焦于娜拉后来的命运：她成为一个工厂的工人，遭受一番剥削之后，成为强大的资本家，她拥有自己的工厂，逐渐地接受甚至拥护现行制度，最终当她回家面对海尔茂时，她比海尔茂还要见多识广，所取得“成就”也比他更为出众。

2006 年易卜生逝世百年之际，中国导演林兆华将关注的目光投射于娜拉的孩子们，推出了《娜拉的儿女们》，这部以娜拉的孩子作为主角的戏，探讨了娜拉走后对几个孩子的影响。剧本由当今挪威导演约瑟夫·哈勒创作而成，而这部戏的副导演弗莱德·嘎奥布兰德森也是挪威人，这是部由中挪两国导演合作对娜拉出走之后的生活进行推测演绎的作品。

三、经典片段

娜拉：“我耐着性子整整等了八年，我当然知道奇迹不会天天有，后来大祸临头的时候，我曾经满怀信心地跟自己说：‘奇迹来了！’柯洛克斯泰把信扔在信箱里以后，我绝没想到你会接受他的条件。我满心以为你一定会对他说：‘尽管宣布吧’，而且你说了这句话之后，还一定会——”

海尔茂：“一定会怎么样？叫我自己的老婆出丑丢脸，让人家笑骂？”

娜拉：“我满心以为你说了那句话之后，还一定会挺身出来，把全部责任担在自己肩膀上，对大家说：‘事情都是我干的。’”

海尔茂：“娜拉——”

娜拉：“你以为我会让你替我担当罪名吗？不，当然不会。可是我的话怎么比得上你的话那么容易叫人家信？这正是我盼望它发生又怕它发生的奇迹。为了不让奇迹发生，我已经准备自杀。”

海尔茂：“娜拉，我愿意为你日夜工作，我愿意为你受穷受苦。可是男人不能为他爱的女人牺牲自己的名誉。”

娜拉：“千千万万的女人都为男人牺牲过名誉。”

海尔茂：“喔，你心里想的嘴里说的都像个傻孩子。”

娜拉：“也许是吧。可是你想和说的也不像我可以跟他过日子的男人。后来危险过去了——你不是怕我有危险，是怕你自己有危险——不用害怕了，你又装作没事人儿了。你又叫我跟从前一样乖乖地做你的小鸟儿，做你的泥娃娃，说什么以后要格外小心保护我，因为我那么脆弱不中用。(站起来) 托伐，就在那当口我好像忽然从梦中醒过来，我简直跟一个陌生人同居了八年，给他生了三个孩子。喔，想起来真难受！我恨透了自己没出息！”

海尔茂：“（伤心）我明白了，我明白了，在咱们中间出现了一道深沟。可是，娜拉，难道咱们不能把它填平吗？”

娜拉：“照我现在这样子，我不能跟你做夫妻。”

海尔茂：“我有勇气重新再做人。”

娜拉：“在你的泥娃娃离开你之后——也许有。”

海尔茂：“要我跟你分手！不，娜拉，不行！这是不能设想的事情。”

娜拉：“（走进右边屋子）要是你不能设想，咱们更应该分开。”(拿着外套、帽子和旅行小提包又走出来，把东西搁在桌子旁边椅子上)

海尔茂：“娜拉，娜拉，现在别走。明天再走。”

娜拉：“（穿外套）我不能在陌生人家里过夜。”

海尔茂：“难道咱们不能像哥哥妹妹那么过日子？”

娜拉：“(戴帽子) 你知道那种日子长不了。(围披肩) 托伐，再见。我不去看孩子了。我知道现在照管他们的人比我强得多。照我现在这样子，我对他们一点儿用处都没有。”

海尔茂：“可是，娜拉，将来总有一天——”

娜拉：“那就难说了。我不知道我以后会怎么样。”

海尔茂：“无论怎么样。你还是我的老婆。”

娜拉：“托伐，我告诉你。我听人说，要是一个女人像我这样从她丈夫家里走出去，按法律说，她就解除了丈夫对她的一切义务。不管法律是不是这样，我现在把你对我的义务全部解除。你不受我拘束，我也不受你拘束。双方都有绝对的自由。拿去，这是你的戒指。把我的也还我。”

海尔茂："连戒指也要还？"

娜拉："要还。"

海尔茂："拿去。"

娜拉："好。现在事情完了。我把钥匙都搁这儿。家里的事佣人都知道——她们比我更熟悉。明天我动身之后，克立斯替纳会来给我收拾我从家里带来的东西。我会叫她把东西寄给我。"

海尔茂："完了！完了！娜拉，你永远不会再想我了吧？"

娜拉："喔，我会时常想到你，想到孩子们，想到这个家。"

海尔茂："我可以给你写信吗？"

娜拉："不，千万别写信。"

海尔茂："可是我总得给你寄点儿——"

娜拉："什么都不用寄。"

海尔茂："你手头不方便的时候我得帮点忙。"

娜拉："不必，我不接受陌生人的帮助。"

海尔茂："娜拉，难道我永远只是个陌生人？"

娜拉："（拿起手提包）托伐，那就要等奇迹中的奇迹发生了。"

海尔茂："什么叫奇迹中的奇迹？"

娜拉："那就是说，咱们俩都得改变到——喔，托伐，我现在不信世界上有奇迹了。"

海尔茂："可是我信。你说下去！咱们俩都得改变到什么样子？"

娜拉："改变到咱们在一块儿过日子真正像夫妻。再见。"（她从门厅走出去）

海尔茂："（倒在靠门的一张椅子里，双手蒙着脸）娜拉！娜拉！（四面望望，站起身来）屋子空了。她走了。（心里闪出一个新希望）啊！奇迹中的奇迹——"

楼下传来关大门的砰的一响。

四、作品鉴赏

娜拉出走与女权主义以及其他

易卜生的《玩偶之家》诞生以后，在全世界范围内都得到了广泛的传播与诠释，而娜拉的出走更是被许多女权主义者津津乐道。她们认为，易卜生的这部剧作是在宣扬女性的觉醒，号召女性看清家庭伪善的一面，勇敢地反抗这个社会对待女性的种种不公。娜拉出走时的关门声更被誉为"比滑铁卢或色当的炮声还更有力量"。正是在这种意义上，易卜生的很多社会问题剧，尤其是这部《玩偶之家》，在"五四"时期被引入中国，人们希望通过这部剧作探讨当时中国社会中存在的种种问题。因此，《玩偶之家》对中国人来说有着特殊的时代印记与社会意义。娜拉为全世界尤其是中国的女性树立了榜样，此后，中国诞生了一大批的娜拉式作品，场面颇为壮观。胡适曾经模仿

《玩偶之家》创作了《终身大事》，还有欧阳予倩的《泼妇》《潘金莲》，白薇的《琳丽》《打出幽灵塔》，石评梅的《这是谁的罪》、浪舜卿的《人间的乐园》、袁昌英的《孔雀东南飞》等一系列剧作的女主角身上多少都能看到娜拉的身影，“娜拉”也几乎成为那一代觉醒了的女性的代名词。可正如鲁迅所担心的，出走是很简单的一件事，但是出走之后呢？她或者只能回来，或者只能堕落，鲁迅的《伤逝》就指出了其中的一种结局。

接受美学认为，一部作品的创作过程并没有因为作品的完成而终结，读者或者观众的接受也是作品很重要的一个组成部分，读者或观众也参与建构这部作品，所谓“一千个读者心中有一千个哈姆雷特”。因此，从读者角度来看，他们心目中的《玩偶之家》具有不同的样貌，而这些样貌是解读《玩偶之家》很重要的组成部分。在对《玩偶之家》的解读上，每位读者也都有自己建构的权力。而在这种建构之中，有些结果超出了剧作家本人的预料，因此每当有些女权组织邀请易卜生出席活动时，易卜生总是感到哭笑不得。

倘若仅仅把这部剧作当做一个社会问题剧，认为它探讨的是女性地位问题，就将原剧的内涵简单化了。剧中的娜拉和海尔茂因为缺乏深层次的沟通最终导致了悲剧结局的出现，如果从人性的角度来解读，这是人与人之间缺乏深层交流所致。易卜生是将女性问题作为一种全人类的隐喻，而这一点也在他为挪威女权协会所做的报告中指出来：“我不是女权协会组织的成员，我所写的也并不是要为此做宣传。我写作得更为诗意，并不像人们所认为的那样，有那样多的社会哲学。我并没有参与女权运动中，甚至我都不太清楚什么是女权运动。我所涉及的是人性整体的问题。”

还有评论者认为这部剧作表现了当时资产阶级的弱点，其实，这是人类自私自利的反映，剧中的很多人物都为了自己不惜损害别人。海尔茂自不必言，柯洛克斯泰为了保住自己的职位也以揭发娜拉相威胁，当涉及自身利益的时候，这些人都表现出了人的劣根性。当然，剧作也并非要对人性的阴暗面进行彻底的揭露，因为剧中依然描摹了几位敢于承担责任、乐于助人的人物。娜拉一直默默地为她的家庭做出牺牲，林丹太太在听说了娜拉的困境之后，也主动提出要去向柯洛克斯泰求情，而柯洛克斯泰在林丹太太的劝说下，也同意收回借据与揭发信。

诚然，这部剧作也表现了当时不合理的道德与法律，女性成为家庭的附庸，没有借钱的权利，于是娜拉只能铤而走险。在最后一幕中，娜拉对这种不公平的社会现象进行了总的揭发，当海尔茂说“男人不能为他所爱的女人牺牲自己的名誉”时，娜拉反唇相讥“千千万万的女人都为男人牺牲过名誉”，这深刻地揭露了当时以至现今依然存在的问题。

就戏剧结构而言，《玩偶之家》在许多方面堪称典范，这也是易卜生的这部名剧能够广为流传的重要原因之一。

《玩偶之家》是一部经典的封闭式结构剧作，全剧发生的时间在几天之内，地点也基本是在海尔茂和娜拉的家里，剧情围绕娜拉冒名签字借债这件事，非常符合时间、地点、情节三个整一的“三一律”。戏剧开始，大幕拉开，舞台上呈现的是一个温馨、静谧的中产阶级家庭，妻子娜拉与丈夫海尔茂正在讨论过圣诞节的事，海尔茂不断地用“小松鼠”“小鸟”来称呼自己的妻子，娜拉也很是受用。然而随着戏剧的进行，表面的平静逐渐被打破，故事的前史逐步被交代出来，戏剧开始呈现出多线索叙事，主线依然发生在娜拉现在的家里，但与此同时，通过剧中人物的对话与行动揭示了许多往事：当年海尔茂病重，娜拉为其治病伪造父亲的签名借下巨额债务，并一直瞒着丈夫偷偷地还债；柯洛克斯泰也曾经犯过类似的错，因此海尔茂想辞退他；柯洛克斯泰与林丹太太曾是恋人，但后来两人各自成家，过得都不幸福；阮克大夫的父亲行为不检点，患了严重的性病并遗传给了儿子。与此同时，全剧也在悬念迭生、不断地发现与突转中向前推进：第一幕柯洛克斯泰乞求娜拉向丈夫说情保留自己的职位，并以娜拉曾经伪造父亲的签名相威胁，这为我们带来了一个悬念，接下来，娜拉向海尔茂说情，但被坚决拒绝，海尔茂寄出了辞退信，而柯洛克斯泰也步步紧逼，将写有娜拉伪造签名的信投入她们的信箱，林丹太太向娜拉说出曾经与柯洛克斯泰相恋的往事，她可以向其求情将信要回去。这封信就如定时炸弹般躺在娜拉家的信箱里，她为此尽量拖延丈夫看信箱，在惴惴不安中度过接下来的时光。易卜生对于悬念的这种设置与后世悬念大师希区柯克不谋而合。观众在不断地期待与紧张中迎来结局。

除了对悬念的娴熟运用，这部剧作对心理外化的表现手法以及讨论技巧的运用也开风气之先。当柯洛克斯泰将信投入娜拉家的信箱之后，娜拉竭力阻止海尔茂看信，为此，她要海尔茂陪自己练习跳舞。心情紧张的娜拉一边摇手鼓一边跳舞的情形，完全好像在跳“末日之舞”，正如海尔茂所说：“这种跳法好像是到了生死关头似的。”这种将内心活动表现在激烈的舞台动作中的手法，丰富了舞台的表现力。无独有偶，当代英国戏剧家、诺贝尔文学奖获得者哈罗德·品特的《情人》中也有这样一段敲手鼓舞蹈的场面。另外，本剧最后一幕的“讨论”也为后世探讨社会问题的戏剧提供了一种表现手法。当娜拉看清了海尔茂的真面目后，她与丈夫进行了认真、严肃的讨论，“咱们有好些话要谈一谈”，在此后的大段对话中，他们围绕女性以及女性在社会中的地位等问题展开了对话，并最终导向了一个结局：娜拉离家出走。在戏剧中插入“讨论”部分，此后被萧伯纳等现实主义戏剧家采用，成为探讨社会问题时经常使用的一种手法。而作为一个伟大的戏剧家，易卜生的很多戏剧都有一个特点：他提出社会生活中存在的问题，但并不指出明确的解决方法。《玩偶之家》全剧尤其是最后一幕的“讨论”中，提出了女性在当时社会中遇到的种种不公，但易卜生无意去解决它，娜拉出走也并不意味着易卜生鼓励所有的女性离家出走，这只是戏剧发展中必然出现的一种结局。

易卜生写作这部剧作时，正值舞台上盛行着矫揉造作的形式主义文风，有些剧作运用种种误会、巧合手法讲述着空虚、无聊的内容，成为一种“凑巧剧”，易卜生的剧作中探讨当时人们面临的各种社会以及精神状况等问题，开创了质朴、清新的戏剧风气。就如恩格斯在《致保尔·恩斯特》中所提到的，易卜生的戏剧反映了一个世界，一个虽然是属于中小资产阶级的，然而比起德国的，却要高出不知道多少的世界；身处这个世界里的人物，有着自己的性格，有着开创的能力，能够独立地行动。与内容上的创新相一致的，是易卜生对戏剧形式的探索。在其创作的社会问题剧中，他运用传统的戏剧创作方法并将之发扬光大，成为形式与内容完美统一的经典之作。在其后期的许多剧作中，易卜生对人的精神、思想等进行了探索，引入象征主义、表现主义的手法，将人物的心理外化表现于舞台之上。无论是形式还是内容的创新，易卜生的剧作都影响了后世诸多的戏剧家，萧伯纳、奥尼尔、曹禺等都是直接受益者。曹禺曾经在 1928 年上台饰演过《玩偶之家》中的娜拉，他后来曾不止一次地说："外国剧作家对我的创作影响较多的，头一个是易卜生。"

附录：名家读戏

当娜拉之宣布独立，脱离此玩偶之家庭，开女界广大生机，为革命之天使，为社会之警钟；本其天真烂漫之机能，以打破名分之羁绊，得纯粹之自由，正当之交际，男女之爱情，庶几维系于永久，且能真挚，易氏此剧真是为现代社会之当头一棒，为将来社会之先导也。

——袁振英：《易卜生传》

当丈夫站在门外，娜拉提好衣包讲再会的时候，娜位不是男性，也不是女性，是未来的超人的象征。她看透了宗教的虚伪，看透了法律的虚伪，看透了爱情的虚伪，看透了现代人生的虚伪。她不得不积极地去找真正的人生，去找理想的人生，去找未来的超人生。

娜拉这个人，狭义的看来是解放女性的一个模范。但广义的，《玩偶之家》这出戏，可以说是弱者被强者凌辱的一副神品，被压迫的奴隶，岂可不谋反抗，解脱自私者的羁绊。

——张嘉铸：《易卜生的思想》

一百二十七年前，易卜生写成了《玩偶之家》，同情娜拉追求真实、正直和个人自由，即使这意味着要背离她的丈夫和孩子，深深激怒了当时的父权社会。但它依旧是一部提倡妇女解放和个人主义的戏剧。在我们的时代，现今的挪威，妇女已经有了娜拉想要的那种自由。对我而言，一个自然的问题是：当男人和女人都有了追求个人幸福的权利时，谁是弱势者？对我来说，这看起来像是孩子们。

——挪威当代剧作家约瑟夫·哈勒

阅读与思考

1. 娜拉具有怎样的性格特点？

2. 如何看待娜拉的离家出走？

第四节　奥尼尔《榆树下的欲望》

一、作家作品

尤金·奥尼尔（1888—1953 年），美国著名戏剧家，出身于演员家庭，幼时跟随从事演出的父亲在美国各地奔波。他曾在普林斯顿大学学习，一年后辍学。他从事过多种职业，到过国外许多地方，且有丰富的海上生活经验。1914 年至 1915 年，他在哈佛大学贝克尔教授开办的戏剧写作班学习，1916 年开始参加非商业性的普罗文斯敦剧社的戏剧创作和演出活动。这时期他创作了许多独幕剧，广泛地反映了他所熟悉的海上生活，在题材选择、背景烘托和人物性格塑造等方面，都显露出了艺术才华。1920 年写了两部多幕剧《天边外》和《琼斯皇》，才确立了他在戏剧界的重要地位。

奥尼尔是美国戏剧史上的一座丰碑。他卓有成就的戏剧创作，标志着美国民族戏剧的成熟，并使之赶上世界水平。奥尼尔的戏剧师承斯特林堡和易卜生的艺术风格，把传统的现实主义手法和现代的表现主义技巧结合起来，开掘人类心灵的底层。作者一生最关注的主题，是人在外在压力下性格的扭曲，乃至人格的分裂过程。作为现代悲剧作家，他的大量心理悲剧既烙下了现代各种心理分析学（尤其是弗洛伊德主义）的印记，又沉重地渗透着古希腊的悲剧意识。1936 年，“由于他那体现了传统悲剧概念的剧作所具有的魅力、真挚和深沉的激情”，奥尼尔获得诺贝尔文学奖。奥尼尔生前还三次获得普利策奖。其代表作如下：

1.《天边外》

描写一个美国农民家庭的不幸生活。罗伯特·马约和安德罗兄弟二人同时爱上邻女露芝，露芝决定和罗伯特结婚，罗伯特本幻想去天边外生活，但因结了婚，就只得留在家中务农；他的哥哥安德罗本想在家务农，只好去天边外。马约一家的生活理想都被无情的现实所破坏。这部剧作表明理想与现实之间距离的遥远，它继承了古代的悲剧创作传统，为作者首次赢得普利策奖。1936 年奥尼尔凭此作获得诺贝尔文学奖。

2.《琼斯皇》

这是一部表现主义的剧作。它描写一个岛上的黑人首领琼斯的悲剧故事。这个剧本不分幕，只分场，许多场面只是描写琼斯一个人在森林里的活动，他的紧张的心情、恐惧的心理、恍惚的精神和下意识的行动以及在这种情况下出现的种种幻象等，都是表现主义的创作特征。剧中用节奏不断加快的鼓声一步步加紧催促琼斯在艰难的环境中走向死亡，具有强烈的戏剧效果。

3.《榆树下的欲望》

75 岁的伊弗拉姆·凯伯特将前妻的田庄据为己有，希望他的新婚妻子爱碧能够生孩子继承产业。爱碧因此去向凯勃特和前妻生的儿子伊本调情，两人生子并产生了真实的爱情。伊本向父亲说明了事情真相，凯伯特也向伊本透露爱碧和他生的孩子将继承遗产。伊本大怒。爱碧为了表明她对伊本的爱情，把孩子掐死。伊本不得不去报警，并承认自己也参与了这一罪行，和爱碧共同接受法律的惩罚。

4.《进入黑夜的漫长旅程》

本剧演绎了一个爱尔兰移民家庭从早到晚所发生的故事。该剧没有曲折离奇的情节，也没有震撼人心的外在冲突，但父子之间、夫妻之间、母子之间、兄弟之间的爱恨交织，通过四个人相互间的交谈、指责、谩骂、爱抚、自责、慰藉，剧烈地激荡着每一位观众的心。

二、导演风格

《榆树下的欲望》写成于 1924 年。同年在纽约市格林威治村剧院首演，导演是奥尼尔的好朋友，舞台设计师兼导演的罗伯特·埃德蒙·琼斯。

琼斯认为，导演与布景设计师应使自己浸没在一出剧作的气氛之中，以发现其根本的特色，随后再尽力创造出可以暗示“一个幻觉的世界”的那种物质性范畴。他的理念是把戏剧从四堵墙中解放出来，还戏剧以想象力。他认为戏剧需要的不是幻觉而是暗喻。他崇尚简朴而富有联想的创作手法，因为只有这样才能抓住一出戏的气氛，只有这样戏剧才能避开电影的冲击。正如 J. F. 斯泰恩所著《现代戏剧的理论与实践》中所描述的“一幅远远超越了现实主义的图画”一样，他的创作风格恰恰迎合了奥尼尔作品中的表现主义风格。因此，在他全方位地将奥尼尔的作品进行了完美的阐述的此次演出大受欢迎，并于 1925 年 1 月 25 日将此剧搬上百老汇舞台。

《榆树下的欲望》乍听起来肉欲十足，再看故事尽是些贪婪、通奸、乱伦、复仇、杀婴等等的人性恶。而剧本只在着墨于这些行动和过程而不是结果，也就是说剧中人物只是在说而真正到做的时候全都处理在幕后，而且戏的结尾处爱碧与伊本的幡然悔悟和自我救赎，使全剧来了一个悲剧式的大升华，会让人突然有一种灵魂被净化的感觉，让我们觉得在真爱面前一切都是渺小的。

奥尼尔的剧本在中国的上演量，应该是所有外国剧作家之最，而《榆树下的欲望》又是奥尼尔所有作品中被演绎得最多的一部。

该剧在中国的首次上演要追溯到 1943 年。该剧是由电影译制片翻译家、导演艺术家陈叙一翻译，著名戏剧家黄佐临导演，上海的苦干剧团演出，孙景璐等主演。当时，被日寇占领的上海，广大国民不甘当亡国奴，都充满了对自由的渴望。导演敏锐地抓住了这一社会情绪，将原剧中“压迫”与“反压迫”这条线索进行放大，把欲望的驱使改编成对自由的渴望，剧名也改成了《田园恨》。

2006年由上海新文化演出有限公司、上海保奇文化发展有限公司共同投资出品的多媒体经典情欲悲剧《榆树下的欲望》由刘志新导演，翁红、白永成、娄际成主演。此次演出是一次商业行为，为了能够吸引更多的青年观众，符合现代人的审美要求，加入了大量的时尚元素。对于剧中人物造型，也不拘泥于原著描述的时代背景，同时运用多媒体的现代科技手段加强了视听的气氛渲染。在剧情方面，则将继母和儿子的情感碰撞作为重点，加重继母和儿子感情变化的戏份，把现代人一直关注的情感问题作为故事的焦点，故事内容更加侧重于两性间的情爱关系。

2007年北京人民艺术剧院再一次排演了奥尼尔的《榆树下的欲望》。此次排演源自北京人民艺术剧院的"诺贝尔计划"，该剧院导演任鸣在众多剧本中选定了此剧，也是为完成自己一个多年的夙愿。带着对经典的膜拜心理，任导在此次排演的导演阐述中说道："前提是尊重经典，尊重作者。这次排演我会在一贯坚持的现实主义风格的基础上融入表现主义和象征主义的手法，无论是作品的主题还是人物的处理都更加强烈，更具有一种冲击力，追求一种人性中爱与恨的极致，呈现在舞台上的将会是一部风格感很强的作品，……我们希望在保持剧作原有语言风格的同时又是演给今天观众看的，就像前辈英若诚先生翻译的剧本，让今天的观众、中国的观众能理解，更好地接受，这样才能将作品的主题挖掘得更深刻。我希望在演出时剧场里是鸦雀无声的，观众有看经典的感觉，心灵受到震撼！"

从以上的一些内容我们不难看出导演是极大地尊重了作者，尤其是在风格的把握上，原剧本也是在现实题材故事的基础上融入了大量的表现主义和象征主义的表现手法，那么导演的处理手法可以说是与剧本不谋而合。

三、经典片段

1. 爱碧与伊本

伊本从楼上卧室的窗口探出头来，偷偷地朝四下里张望。他想看看——毋宁说想听听有谁在底下游廊里。然而，尽管他小心翼翼，没发出一点声音，爱碧还是感觉到了。摇椅戛然停止。她脸上露出欣喜的光彩的热切的神情。她全神贯注地期待着什么。楼上伊本似乎感觉到她的存在，皱了皱眉头，带着一副夸张的鄙夷不屑的神气啐了一口——头缩了回去。楼下爱碧仍旧等着，屏息地听着屋内每一个动静。

伊本出。两人目光相遇。他的眼睛犹豫了，有点不知所措了，于是转身将门狠狠地关上。看着他的举动，爱碧挑逗地笑了起来。她既感到好笑，又觉得怄气、恼火。他满面愁容，就像她不存在似的打她身旁昂首阔步地走过，朝路口走去。他穿着一件店里买的现成衣服，整整齐齐的，脸刚用肥皂洗过，显得容光焕发。爱碧坐在摇椅上，往前探出身子，两眼冷冷地充满怒火。当他从身边走过时，她“咯咯”地发出嘲弄的笑声。

伊本：“（受了侮辱——愤怒地转向她）你笑什么?”

爱碧：“（胜利地）笑你!”

伊本：“我有什么好笑?”

爱碧：“你呀，光溜溜的像头良种小公牛。”

伊本：“(讥诮地）是啊——你自己也不见得漂亮吧?”（两人互相盯着对方的眼睛。他的眼睛被她的俘虏了，她那双热辣辣的眼睛渐渐地征服了他。在这炎热的空气里，肉体的互相吸引变成一种无法抵御的力量。)

爱碧：“（柔和地）你心里不是那个意思，伊本。也许你会以为自己是那么想的，但实际上你并不是这样。你不能够这样，这是违背自然本性的，伊本。自从我到这儿第一天起，你就在和你的本性作斗争了——你要使自己相信我并不美。(她多情地嫣然一笑，眼睛仍旧不放过他的眼睛。停顿——她的身子因肉欲而扭动着——倦怠地低声说）今天的太阳很热，是吗？可以感觉到它一直烧进了泥里——这就是大自然——它使万物生长——越长越茂盛——它也在你的心里燃烧——使你成长起来——长成别的什么——一直到你和它合成一体——它是你的——你也是它的——使你越长越高大——像棵树——像那两棵榆树一样——（她又温柔地笑了，但仍旧盯住他的眼睛不放。他朝她走了一步，竭力控制着自己的感情）大自然征服了你，伊本。你早晚会承认的。”

2. 爱碧杀子

爱碧：“我——我杀死他了，伊本。”

伊本：“（愕然）你杀死他了?”

爱碧：“（呆呆地）是的。”

伊本：“（从惊愕中清醒——残忍地）他活该！不过咱们得快点动手，把现场弄得好像他是醉后自杀的。咱们能站出来向大家作证，他醉成个什么样子。”

爱碧：“(疯狂地）不！不！不是他！(狂笑）可那倒是我应该做的，不是吗？我应该杀死的是他，而不是……你为什么不早告诉我?”

伊本：“（震惊）而不是？你这是什么意思?”

爱碧：“不是他。”

伊本：“（脸色骤变）不是——不是孩子吧!”

爱碧：“（呆呆地）是的!”

伊本：“（仿佛挨了一击，蓦地跌在地上——声音颤抖着，充满恐怖）哦，上帝！万能的上帝！妈，你在哪儿？你为什么不拦住她啊?”

爱碧：“（简短地）她回到自己坟墓里去了，就在咱们第一次……的那天晚上，你还记得吗？打那以后我就一直没有感到她。(停顿。伊本将脸埋在两手中，浑身颤抖，仿佛发疟疾一般。她继续呆呆地说下去）我把枕头放在他的小脸上，他就自己闷死了。断了气。”（开始轻轻地抽泣)

伊本："（盛怒。渐渐地混合着悲哀）他像我，他是我的，你这个混蛋！"

爱碧："（缓慢地、心灰意冷地）我也不愿意这么干的。我恨自己干了这事。我爱他，他长得那么漂亮——和你一模一样。可我更爱你——而你要走了——你要走得很远很远，我再也见不到你，再也吻不到你，再也感觉不到你紧贴我的胸口——你说你不喜欢我有了他——你说你恨他希望他死——你说要不是他来到世上，咱们之间还会和从前一样的。"

伊本："（忍受不了。狂怒地跳起来，威胁着她。他那双颤抖的手伸向她的喉咙）你撒谎！我从来没说过——我做梦也没想到你会——我宁可把自己的头砍掉也不愿意伤他一个手指！"

爱碧："（引人哀怜地。跪倒在地）伊本，别这么看着我——恨我——不要这样。在我为了你——为了咱们俩干了这事以后——我以为这样咱们可以重新得到幸福的……"

四、作品鉴赏

释放被压抑的欲望

《榆树下的欲望》紧紧围绕"欲望"主题，在人物欲望的压抑与释放之间营造充满张力的多重矛盾冲突：第一重是伊本和同父异母的两个哥哥西蒙、彼得之间的欲望冲突，第二重是农场主凯伯特与家人的欲望冲突，第三重是继母爱碧和伊本的欲望冲突。

1. 伊本和哥哥西蒙、彼得之间的欲望冲突

同父异母的兄弟间明争暗斗的焦点就是农庄继承权的归属问题。他们的父亲虽然身体仍结实有力，但毕竟已是七十六岁高龄了；而他们生于斯、劳于斯辛苦耕作的农庄又是一笔诱人的家产。他们都梦寐以求地想拥有它，尤其是伊本，他坚持认为农庄是父亲从母亲手中巧取豪夺而来，理应属于他。伊本深爱母亲，具有难以割舍的恋母情结，发誓为了累死的母亲报仇而夺回属于她的农庄。

哥哥西蒙、彼得厌倦了日复一日的农庄生活——被父亲压榨血汗、像牲口一样地干活"咱们替他干活，出了力气，浪费了青春，这些都被犁进泥里"，辛苦劳作换来了农庄的富饶兴旺，他们却被"这些石头垒起了墙……让他把咱们死死围在里面"。兄弟俩总想走出石墙，到加利福尼亚去淘金，但又难舍农庄三分之二的家产。正纠结间，老父亲又娶来第三任妻子爱碧，于是继承农庄之事更加无望，在伊本的金钱利诱下，他们与伊本签下了农庄继承权转让协议，毫无牵挂地去追求淘金梦。得以释放的欲望像脱缰的野马，使他们陷入兴奋与疯狂。临行前在老父亲和爱碧面前肆无忌惮地表现出蔑视与嘲弄，更兼具有砸抢等出格行为，与兄弟俩平时朴实、顺从甚至沉重的形象形成巨大的反差！

2. 农场主凯伯特与家人的欲望冲突

凯伯特虽然在第四场才出现，但是我们通过其他出场人物早已感到他压倒一切的力量。他坚定地认为：生活是残酷的，它只对"在乱石堆里种出庄稼"的人才显出意义，

才是侍奉上帝的行为。他不仅自己几十年如一日地白手起家、艰辛创业，把昔日的乱石滩变成了农庄，而且还以岩石般坚不可摧的意志，严苛地要求妻子儿女们也像牲口般累死累活地劳作。毫无人性，残忍冷酷。凯伯特视农庄如生命，甚至死后也想把它一把火烧掉带走“在我临死的时候，我要放一把火，看着它烧光……这所房子，每粒玉米，每棵树，一根干草也不留！我要坐着，看着这些东西和我一道同归于尽，谁也别想得到我的东西！”对农庄极度的占有欲使他对亲人极其无情，两任妻子先后累死，儿子们当牛做马也难以使他满意，却认为他们都是懦夫、窝囊废，尤其对伊本更为蔑视，觉得他“软绵绵的不像个男子汉”；而伊本则认为母亲是被他活活累死，而父亲在母亲死后夺走了本该属于他的农庄，因此，父子间剑拔弩张、视如仇敌。

但是，透过凯伯特冷酷无情的表象，我们从他再娶爱碧的行为中可以窥见到他内心的孤独及对爱的渴望：“我一整天耳朵里就听到母鸡咯咯地叫，公鸡喔喔地啼，还有那些母牛也在那儿喏喏地唤个不停，什么东西都闲不住，我再也受不了了，春天到了，我心里难受得要死！”他罕见地赞美爱碧的美貌，称她是“你是我的玫瑰花”！他和爱碧再生儿子，一方面是对现在的三个儿子都不满意，另一方面这个被他寄予厚望的婴儿将被塑造成理想的硬汉，像他一样具有岩石般的意志，像上帝一样坚强！而且，最为重要的是：婴儿是他对农庄继续占有的物欲和对爱碧爱情的情欲完美结合的产物。而凯伯特的家人并不理解他这样严苛无情地对待他们是基于这样的期待——“上帝是坚强的，不是软骨头！”凯伯特是想让自己的妻儿具有坚韧不拔的理想性格。所以，与家人之间沟通的鸿沟注定凯伯特孤独地成为生活意义的追索者，是一个不被理解的悲剧人物。

3. 继母爱碧和伊本的欲望冲突

爱碧和伊本爱恨交织的纠结复杂关系在剧中冲突迭起、煞为好看，母子、情人、父母的多重身份演绎着悲剧故事的沉重与精彩。人物在物欲与情欲乃至爱情间做出惊心动魄的抉择。情节发展的跌宕与张力具有摄人心魄的史诗般的悲壮色彩。

当美丽性感的爱碧出现时，伊本认为她是冲着属于自己的农庄而来，所以，态度是极为抵触的。但是，潜意识的性本能又驱使他暗自欣赏她的女性魅力。年龄的相当使他们不可遏止地相互吸引，伊本被她“火辣辣的眼神”所俘获。爱碧先以扮演母亲角色入手，一步步使具有浓厚恋母情结的伊本就范，顺利地借种生子，实现了凯伯特的夙愿，谋取到了农庄的继承权，实现了想有个属于自己的家的生活期盼。但当真相大白，伊本要弃她而去时，她才意识到自己已经深深地爱上了伊本。为了留住爱情，爱碧竟然忍痛杀子，以证明爱的真诚。剧终时，爱碧与伊本手牵手共赴监牢。由此彰显了人性的美好——真挚的爱情最终战胜了金钱至上的物欲与本能的情欲。虽然两个人由于乱伦而接受了惩罚，但是爱情尚在，它会释放出人性美好的芬芳。

五、作品分析

《榆树下的欲望》是奥尼尔创作中期的作品，此时的奥尼尔思想愈发深刻而成熟，体力充沛。精力旺盛，再加之娴熟的创作技巧，因此，这一时期的作品可称得上是炉火纯青。

1. 脱胎换骨于古希腊神话

《榆》剧脱胎于两部古希腊悲剧，即欧里庇得斯的《希波吕托斯》和《美狄亚》。在这两部古希腊悲剧中我们看到了继母与前妻之子乱伦和母杀亲子的情节。奥尼尔正是运用了这些情节，加入了现代意识，进行了一种天衣无缝的对接。

爱碧嫁入豪门伊始，便是决心要做主人的，否则美貌性感的她为什么要嫁一个比自己大四十岁的老头子呢？老凯伯特也答应了她，只要她为老凯伯特再生个儿子，便是农场的继承人。看在钱的份上，爱碧嫁给了七十六岁的农场主凯伯特。这就为母子乱伦埋下了伏笔，虽然爱碧只有三十六岁，而凯伯特毕竟年岁大了，想再生个儿子成了天大的难事。为了达到生子的目的，爱碧把眼光瞄准到凯伯特第二任妻子所生的儿子伊本身上，伊本年轻力壮，无论是从情欲上还是物欲上都能够满足此时的爱碧。而伊本则是出于对老头子的恨，两人一拍即合。

两个人的目的都达到了。爱碧成功怀孕生子，成了农场唯一的继承人。爱碧的初衷得到满足。而新出生的孩子则成为伊本给老凯伯特最好的礼物——一顶戴实了的绿帽子。正是在每个人的个人目的相对得到满足时，真正的悲剧才刚刚开始。爱碧此时发现自己真的爱上了伊本，这份爱已经冲破了金钱利欲，是真正的爱情降临了。可伊本此时却觉得自己被人利用了，他不再相信爱碧，爱碧的任何表白都被认为是虚伪的。爱碧正是在这种无法解释清楚的情况下才产生了杀子的念头。她认为只有杀了这孩子才能消除她和伊本之间的误会，才能让伊本相信自己是多么地爱他。于是，她亲手掐死了自己的儿子。

我们看到两出剧目在奥尼尔的笔下对接得如此成功，如此顺理成章，不露斧凿之痕。并用现代人的担当意识作为全剧的一个提升，造就了传世名剧《榆树下的欲望》，使这两部古典悲剧在19世纪的美国新英格兰得以换骨重生。

2. 清晰的行动线索

剧中每个人的行动都是一个“欲”字当头。爱碧是看好了这个农场，一心要做农场的主人才嫁给老凯伯特的。所以，她一切行动宗旨皆出于此目的。为了能生儿子她只能引诱伊本，孩子生下来后她如愿以偿地当上了农场未来的主人。此时她的目的已经实现，可是新的矛盾又出现了，此时的她竟然真的爱上伊本，而伊本则对她的爱充满了怀疑，对他们两人的孩子充满了敌意。为挽回自己的爱情，为了让自己深爱的人相信自己，她不惜杀子示情。

伊本对父亲一直都抱有一种敌意，他认为是父亲害死了母亲，这个农场是母亲留给他的，因此他理所应当做农场的主人。而此时的父亲却又娶了一个年轻貌美的爱碧进门，因此他恨父亲也更恨爱碧，为了报复自己的父亲，也为了报复爱碧，他上了自己后母爱碧的床。

老凯伯特为了显示自己的雄风犹在，他不仅随时提醒小儿子伊本是软货，还娶了性感十足的爱碧，他还要再生一个儿子，以证明自己还没老，因为他舍不得他的农场。

3. 复杂的人物性格

在清晰的行动线索之下又深埋着人物复杂的性格。

爱碧与伊本两个人间的感情一直都是在一种既对立又互相吸引的十分复杂的关系中展开的。爱碧进入这个家就是为了能够成为农场的主人，可伊本却是她成为农场主人的唯一竞争对手，这种人怎么能去爱呢？但却又实在是不能抗拒伊本对她的诱惑，因为和七十六岁的丈夫比起来，伊本真的是太年轻了，就像她说的，伊本“就像头良种小公牛”，他像一团火一样在她的心底燃烧。她太想得到他了，于是，她为自己找了一个特别有说服力的理由——“借种”，她觉得自己能够掌控局面，怎么也不会想到自己真的爱上了伊本，为了证明爱而杀死自己亲生儿子，是多么悖论的一个表现方式！所以虽然是“欲”字当头，使爱碧的目的非常清晰，但她行动的每一步又都在矛盾中挣扎。

伊本也是一直在这种又恨又爱的情感中纠结，父亲娶了一个比自己大不了多少的继母进门，还要和自己争夺农场的所有权，从理智上说他恨爱碧，却又抵挡不住从心里滋长起来的，那种本能的占有欲。他终于给自己找了一个非常合理的理由，要报复一下自己的父亲，那个害死自己母亲的老凯伯特。

在复杂的人物性格中处处充满了戏剧性的张力。

奥尼尔崇尚悲剧，他认为悲剧能使人升华。本剧的结尾处，伊本已经完全理解了爱碧弑子的残忍行为，并接受了爱碧的爱，因此，他义无反顾地选择和自己的爱人一起承担法律的制裁。伊本和爱碧这一对逐利者在经过“欲望”的血雨腥风洗礼之后，终于找到了自己的真爱，使全剧回归了人性的美好，让人性美得到升华。

附录：名家谈戏

1. 转换传统的批判视点。对于尤金·奥尼尔笔下的充满强烈欲望和鲜明个性的人物形象，我们在传统的习惯中总是以一种批判的、否定的态度来分析和看待的。在这次排演《榆树下的欲望》的筹备阶段，我仔细地重读了尤金·奥尼尔的剧作集，觉得他戏剧作品中的人物形象虽然有过分强烈的私欲，而且这种私欲常常会让人物的行为变态，但他们身上那种可理解的、可同情的因素却远远超出了他们身上那种可憎的或可恶的因素。例如：剧中的父亲伊弗雷姆·凯伯特，他一方面是自私、贪婪、冷酷和顽固的，但他另一方面也有清教徒的虔诚、勤劳、节俭和直率，他在一堆乱石之中，用一生的血汗建造出了一个美丽的农场，他的身体、心灵和生命都与农场融为了一体，产生一种在生前和死后将农场占为己有的贪婪念头是完全能够被我们所理解的；女主人公爱碧也是如此，尽管她无拘无束、不顾一切，对农场有极强的占有欲，但她是一个饱经了生活风霜的女人，她自幼父母双亡，是个孤儿，只能干体力活来混饭吃，第一次嫁的丈夫是个酒鬼，病死了，连孩子的性命也没有保住，她是在完全走投无路的情况下才嫁给了比她大四十多岁的伊弗雷姆·凯伯特，她渴求一个属于自己的家，过一种轻松的、快乐的日子，所以，当她发现自己的理想受到父子两人挑战的时候，她理所当然地会“为自己的生活而战”，显然，当我们从人物自身的角度来理解人物的行为动机的时候，往往会觉得他们过激的行为是情有可原的。我们这次重新上演《榆树下的欲望》的意义不仅是为了批判那种老生常谈的“拜金主义”，而是为了改变人们习以为常的那种看待奥尼尔戏剧作品中人物和事件的片面态度，放弃那种传统的批判视点，不用贬义的、否定的语气来评判人物的动机和理想，而用一种理解的、同情的、宽容的态度来看待人物和人物的欲望。

2. 强化情爱的动人力量。这是一部情欲战胜物欲的悲剧性作品，该剧的戏剧情节和戏剧冲突体现出了人类真实之情的力量与力度。女主人公爱碧嫁给老农凯伯特不是为了感情，而是为了继承农场这笔财产，但是，当她遇到伊本的强烈挑战和明白了凯伯特要将农场传给自己的亲生儿子之后，她深知必须要生下一个儿子才能争取到一个属于自己的农场，于是，爱碧开始了她非理性的“乱伦”计划。

——北京人艺版《榆树下的欲望》导演任鸣

阅读与思考

1. 写一个爱碧的幕后戏。
2. 伊本对爱碧怎样爱恨交织？演员应该如何表现这种情感？

第五节　契诃夫《樱桃园》

一、作家作品

契诃夫（1860—1904），俄国小说家，剧作家。契诃夫于 1879 年入莫斯科大学医学系就读。1884 年毕业后开始行医，广泛接触社会，对他后来从事文学创作打下了坚实的生活基础。契诃夫从大学时代起就发表作品，称自己“想做一个自由的艺术家”。1890 年 4 月，为探索人生和深入了解社会，不辞辛苦深入到政府放逐犯人的库页岛，访问了近万名囚徒和移民，同年 12 月回到莫斯科。这次 8 个月的远东之行，丰富了他的生活阅历，认识到一个作家不应不问政治。

契诃夫同托尔斯泰、高尔基、布宁、库普林，以及画家列维坦、导演斯坦尼斯拉夫斯基交往密切，结下深厚友谊。1900 年获俄国科学院名誉院士称号。受 19 世纪末俄国革命运动高涨的影响，契诃夫积极投身于各种社会活动，1898 年支持法国作家左拉为德雷福斯辩护的正义行为，1902 年为伸张正义愤然放弃自己俄国科学院名誉院士的称号，1903年曾出资帮助为争取民主自由而受迫害的青年学生等，都表明了他坚定的民主主义立场。1904年契诃夫病逝，其代表作如下：

1.《海鸥》

这部剧通过三个性格迥异的艺术知识分子的内心冲突及不同命运，表明只有对艰难现实怀有信心的人才有前途和价值。

2.《万尼亚舅舅》

这部剧写了中下层知识分子心灵上遭受的摧残和他们在现实中的悲惨处境，作者同情主人公的善良勤恳，谴责其因缺乏理想而变得消沉的人生态度。

3.《三姊妹》

本剧所写三位年轻知识女性都很善良、真诚，渴望光明美好的未来，却无奈只能生活在痛苦的期待中。借此成功地揭示了现实中“美的毁灭”的主题。

4.《樱桃园》

本剧是一部充满抒情诗韵味的向过去告别、向未来微笑的现代剧，是契诃夫最有名的一部剧本。描写19世纪末20世纪初，俄国资本主义迅速发展，贵族庄园彻底崩溃的情景。剧中描写的朗涅夫斯卡亚和加耶夫这些旧式的贵族，尚空谈而不务实际，好幻想而无实践能力，他们整天悠闲自在地消磨时光，可是灭亡的命运已在等待他们。他们对新形势毫无适应能力，结果这些寄生虫坐吃山空，荡光了家产，卖掉了樱桃园。代之而起的樱桃园新主人是商人和企业主罗伯兴。他精明强干，头脑清醒，拥有资本。他不顾什么美感，废弃古老庄园，兴建新别墅，完全从经济利益出发来考虑问题。所以，他刚买下樱桃园，旧主人未走，就已经动手砍樱桃树了。

二、导演风格

《樱桃园》剧本完成于1903年，1904年1月17日首演，至今已有一百多年的历史，在这百年的历史长河之中，樱桃园先后被无数次地搬上舞台，执导《樱桃园》已然成为很多导演的梦想，随着岁月的流转，导演们对此剧的诠释与演绎也风格各异。

在莫斯科大剧院首演时，是由斯坦尼斯拉夫斯基和丹钦诃联合执导。此次演出的定位为“感伤的樱桃园情结”，是一部略带伤感的正剧，而这与契诃夫的创作初衷相去甚远。

梅耶荷德却做了另外一种尝试。他反对斯坦尼在舞台上过分关注日常生活，他欲以象征主义理念统摄全剧。因此在梅版的《樱桃园》中“象征主义”被凸显了。在他眼里，唯有以象征主义眼光观照《樱桃园》，方能透过写实主义表层体现出如诗意的内涵和意蕴。通过大量舞台假定性手法的运用，大大弱化了舞台上对日常生活的写实性表现，收到了奇特的艺术效果。梅耶荷德说：“《樱桃园》中充满了那种能听到死神之声的愉快。”

英国导演彼得·布鲁克在1988年排演的《樱桃园》却让观众着实过了一把喜剧的瘾。“我还是在布鲁克那个破败的剧院里，第一次看到了喜剧《樱桃园》，而且这喜剧是那么本色，没有任何的噱头，喜剧味完全是从演员身上自自然然地流出来的。那女主人公就是那么好笑——都已经穷得要拆房卖地了，还那么大手大脚地施舍讨饭的，没有小钱就给块金币！”在这次演出中场景也被布鲁克由室内移到了室外，“他在舞台上栽了很多开着花的樱桃树，把原来剧中的室内景挪到外面来，哈，这才是真正的‘樱桃园’”。

1960年上海戏剧学院版《樱桃园》，导演田稼。由于当时的政治氛围，《樱桃园》剧被赋予了强烈的阶级色彩。导演对里面的人物进行了重新定位，唤醒了剧作本身并不具备，而恰恰符合当时社会政治要求的新的主题。整个剧作洋溢着无产阶级政治形态的乐观色彩。

1994年，在《樱桃园》90周年诞辰之际，中央戏剧学院徐晓钟版《樱桃园》亮相于中央戏剧学院。徐版《樱桃园》在主题上力求恢复并深化契诃夫本人的意图和思想内涵，即契诃夫一再强调的剧本的喜剧主题，对樱桃园主人的荒唐和空虚进行嘲笑，是一部以喜剧因素为主的悲喜剧。同时还在戏剧演出的审美和艺术的创新上进行了探索，进行了一次环境戏剧的艺术实验。

2004年，为纪念契诃夫逝世一百周年，林兆华重新排演了契氏名剧《樱桃园》。作为一个先锋导演，林兆华更注重艺术实验。林版《樱桃园》大胆地对作品进行了喜剧化漫画化的处理。而让观众感觉到一种颠覆味道还应该是舞台上那光秃秃的七棵树。我们再也找不到斯氏所说的“樱桃园情结”。还有就是俯身云端的观演方式。林版《樱桃园》用了一个深陷式的中心舞台，观众席仿佛是俯视众生的云中之神。

三、经典片段

第三幕（节选）

特洛菲莫夫：“庄园是卖掉了，还是没有卖掉——难道不都是一样？庄园的事已经了结，没有回旋的余地。亲爱的，不要折磨自己了，需要在生活中哪怕有一次机会勇敢面对真实，不要再自欺欺人。”

柳苞芙：“什么真实？您看到哪里是真实，哪里又不是真实，而我好像是瞎子，什么也看不见。您能勇敢地解决一切问题，但亲爱的，您倒说说，这是不是因为您还年轻，还没有来得及品尝任何一个生活难题给您带来的痛苦？您能勇敢地朝前看，这是不是因为您还没有看到和等到任何可怕的东西？因为生活的真相还没有暴露在您年轻的眼睛里。您比我们勇敢，比我们诚实，比我们深刻，但请您好好想想，请您拿出哪怕一丁点儿的同情心来，可怜可怜我吧。要知道我出生在这里，我与父亲和母亲在这里生活过，还有祖父，我爱这所房子，失去了樱桃园就会失去我的生活的意义，如果一定要卖掉，那么把我连同这个园子一起卖掉好了……（拥抱特洛菲莫夫，吻他的额头）要知道我的儿子是在这淹死的……（哭泣）可怜可怜我吧，我的善良的好人。”

特洛菲莫夫：“您知道的，我全身心地同情您。”

柳苞芙：“这是从巴黎发来的电报。每天我都收到电报。昨天和今天都有电报。这个野蛮人又生病了，他又遇到麻烦了……他求我宽恕他，求我回去，我真该去巴黎，回到他的身边去。彼嘉，您又板起面孔了。亲爱的，我有什么办法，他得病了。孤身一人，很可怜，有谁能照料他？有谁能防止他犯错误？有谁能让他按时服药？有什么好隐瞒的，我爱他，这是明摆着的。我爱，我爱……这是我脖子上的一块石头，我去和它一块儿沉入河底好了，我爱这块石头，没有它我无法生活。（握紧特洛菲莫夫的手）彼嘉，别把我想得很坏，别对我说什么，别说……”

特洛菲莫夫：“（含泪）请原谅我的直率；他可是把您抢光了！”

柳苞芙：“不，不，不，别这么说……”（掩耳）

特洛菲莫夫：“要知道他是个混蛋，只有您一个人看不透他，他是个渺小的混蛋，分文不值的小人……”

柳苞芙：“（生气了，但克制地）您已经是二十六七岁的人了，但您还像是个二年级的小学生！”

特洛菲莫夫：“就算是这样好了！”

……

柳苞芙：“列尼亚，怎么啦？列尼亚，说呀？（焦急地，含泪）快说呀，看在上帝的份上……”

加耶夫：“（不回答她，只是摇动着手；带着哭腔对费尔斯说）把这拿去……鳗鱼，还有鲱鱼，是凯尔奇生产的……我什么也没有吃……我受了这么大的打击！（台球房的门开了；传来台球击打的声音和雅沙的叫声：“七对十八！”加耶夫的表情发生了变化，他不再哭泣）我太累了。费尔斯，给我换衣服。”（通过大厅走向自己的卧室，费尔斯跟在他后边）

彼什克：“拍卖会开得怎么样？你倒是说呀！”

柳苞芙：“樱桃园卖掉了？”

罗伯兴：“卖掉了。”

柳苞芙：“谁买下了？”

罗伯兴：“我买下了。”（停顿）

柳苞芙·安德列耶芙娜非常沮丧；如果她不是背靠桌椅站着，她会跌倒在地上。瓦丽雅从腰间取下一串钥匙，把它们扔到客厅中央的地板上，然后离去。

罗伯兴：“我买下了！先生们，等一等，我头有点晕，一下子说不出话来……（笑）我们来到拍卖场的时候，杰里加诺夫早就在那里了。列奥尼德·安德列耶维奇手头上就有一万五卢布，而杰里加诺夫一下子就喊出比抵押款高出三万卢布的价码。我一看这情形，就和他干上了，我加到四万卢布。他叫四万五。我叫五万五。他一加就加五千，我一加加一万……最后，我以高出抵押款九万卢布的价码成交。樱桃园现在属于我了！我的樱桃园！（大笑）我的上帝，樱桃园是我的了！请告诉我，我是个醉汉，我神经不正常，所有这一切仅仅是我的幻想……（跺脚）别嘲笑我！要是我的父亲和祖父能够从坟墓里站起来，看到他们的叶尔马拉耶，他们的没有文化的、小时候常常挨打、冬天光着脚在外边乱跑的叶尔马拉耶，买到了一座世界上最漂亮的庄园，那该多好。我买到了这座庄园，我的祖父和父亲曾在这个庄园里当过奴隶，当年他们连这里的厨房都不许进去。我是在做梦，这仅仅是我的幻想……这是你们在迷迷糊糊中想象的结果……（捡起钥匙，甜美的微笑）她把钥匙扔掉了，她想告诉大家，她已经不是这里的主人……（钥匙叮当作响）呶，反正都一样。（传来乐队调音的声响）哎，乐师们，请奏乐，我要听你们演奏！都来看看，看我叶尔马拉耶·罗伯兴怎么举起斧头砍伐樱桃园这个看樱桃树怎么一棵一棵倒在地上！我们要建造别墅楼，我们的子子孙孙将在这里看到新的生活……音乐，奏起来呵！”

奏乐。柳苞芙·安德列耶芙娜瘫倒在椅子上，伤心地哭泣。

四、作品鉴赏

“笑与泪之间的刀子”
——浅议契诃夫对人类生活本质的喜剧式观照

《樱桃园》是契诃夫的绝笔之作，被视为他戏剧创作的巅峰而不断被搬演到各国戏剧舞台。值得一提的是，它自问世起每年都有舞台演出，足见《樱桃园》的经典性和世界性。

究其原因，正如英国作家弗吉尼亚·伍尔芙所言“契诃夫是一位人类灵魂的深刻精到而技巧高超的解剖者”，他关注与表现的是人类具有普遍意义的心灵状况，由于触及灵魂深处，才会引起人们的广泛关注与共鸣。医生出身的他独具表现现实生活的冷静、客观、深刻与细腻。缘此，契诃夫剧作才具有“非戏剧化倾向”，看似平平淡淡、波澜不惊的日常生活，却蕴含了深厚的人生哲理，笑与泪兼具，一如生活本身。

毫无疑问，《樱桃园》是具有象征意味的：首任导演斯坦尼斯拉夫斯基对剧名的解读为“不能带来任何经济效益，在它的花园本身，在它开放的一片花中，蕴含着过去的贵族生活的诗意”，所以，樱桃园本身就是巨大而美好的象征物。它象征着“一切虽然陈旧但毕竟美丽的事物，而在人类社会前进的进程中，人们又不得不与这些陈旧但毕竟美丽的事物告别”。① 因此，《樱桃园》表达了人类对时代变迁和历史更迭发展的无奈与困惑。该剧经典之处在于不同时代、不同国度的艺术家对其表现主题都能做出新的解读与诠释，能常演常新，这要归功于契诃夫“是站在一个高度上，俯视人间的沧桑

① 董晓：《感受冷酷的喜剧精神》，载《艺术评论》2010年第11期，第45页。

变化”。① 在此，我们试图对该剧所表现出的对人类生活本质的喜剧式观照加以探析：

1. 注定要消逝的“美丽”

宁静而美丽的樱桃园颇具诗情画意和贵族生活情调，它承载着女主人公柳苞芙童年、青春及一切美好的记忆，是人类生活精神家园的象征。然而，这一切将随着时代的变迁而逝去。如同我们今日在博物馆的文物身上所间接感受到的古人所拥有的精致生活——考究精致的器皿、精美绝伦的服饰与主人严谨不苟的生活态度，这一切的“美丽”都随风而逝！如同曾经惊艳倾城的美人一般迟暮了。“当窗理云鬓，对镜帖花黄”的美丽心情与勃勃兴致不再！环肥燕瘦的审美情境不再！不过，处变不惊的契诃夫自有一番理论：他认为时间的流逝与时代的更迭如同自然界的四季交替一样自然，是不可更改的规律。因此，人类面对“注定要消逝的美丽”是用“笑而不是泪”的喜剧态度来对待。缘此，他才会对斯坦尼斯拉夫斯基把《樱桃园》演绎成悲剧而大发雷霆，认为处理成悲剧是对他写作本意的严重误读！

2. 人物错位的喜剧式生存状态

细观《樱桃园》会发现一个有趣的现象，个中人物都处于错位状态：樱桃园女主人柳苞芙从巴黎回到樱桃园是要重温往昔的美好记忆。她明明手中有一笔钱可以买下樱桃园，她心目中的精神家园。但是，她却把它花费在维持贵族生活方式的谈情说爱上，用姑妈给她买樱桃园的巨款供养情人。毫不顾及美丽的樱桃园因即将易主而永远失去，任凭斧头砍伐树木的心痛声音响起！始终不肯面对现实，最后逃之夭夭地回到巴黎。而她的兄弟加耶夫也是个缺乏担当之人，整日耽于幻想，过着好逸恶劳的生活。甚至到了没有仆人伺候就会穿错裤子的废物程度，是个十足“不中用的人”。

这家的仆人也严重错位：小女仆杜尼雅莎处处模仿贵族小姐做派，身为仆人却小手白嫩，很少干活，整日想入非非地欲攀高枝。而男仆雅沙虽然只是个听差，却过着阔少般的生活。恳求与女主人回到巴黎。而错位最为严重的恐怕要属87岁的老仆人费尔斯：面对贵族生活即将成为过去，他无法释怀，依旧穿着象征上流社会生活的燕尾服，念念不忘过往生活的奢靡豪华与繁文缛节的礼仪。恰似鲁迅笔下站着喝酒而唯一穿长衫的孔乙己的做派。身为奴仆却反对废除农奴制。费尔斯作为旧日俄罗斯的象征在幕落时直挺挺地躺在舞台上，成为樱桃园的殉葬品。与旧日生活一起落寞孤寂地消逝而去！

还有那个“永远的大学生”特洛菲莫夫，赖在学校里，不肯走向生活，走向社会，在某种意义上说，就是对现实的逃避态度。他代表着自诩清高、永远为理想高歌而愤世嫉俗，难以融入现实生活的一类人，因为面对现实的复杂状况，他会因缺乏行动力和应变能力而寸步难行。

3. 身在此而心系彼的逃避现实情结

樱桃园的女主人柳苞芙从巴黎回到梦萦魂牵的故乡，本想挽回樱桃园被拍卖的命运，却无力回天。贵族的生活方式已经使柳苞芙兄妹俩只知伤感空谈，而拿不出挽救樱

① 叶志良：《〈樱桃园〉的中国接受与阐释》，载中央戏剧学院学报《戏剧》第一届亚洲戏剧论坛专辑2008年版，第139页。

桃园的良策。最后，只能眼睁睁地看着美丽的樱桃园易主。柳苞芙又逃避现实回到巴黎，可是，回到巴黎又能怎样呢？囊中羞涩而贵族派头十足、一掷千金的柳苞芙日后生活的窘迫可以想见。

五、作品分析

为什么不同国籍、不同信仰、不同时代的艺术家都对《樱桃园》情有独钟？又是什么在牵动着这么多艺术家和观众的心，它的艺术魅力何在呢？

1. 平中见奇的戏剧情节

剧本的情节和场景设置自然流畅，处处都是生活的自然流程，而又处处充满了戏剧性和抒情性。

戏在十分自然的生活场景中开始。大幕拉开我们就看到大家都在等，等一位在法国生活了五年的女主人柳苞芙回家。接下来从瓦丽雅和安尼雅的交谈中我们得知："妈妈把在法国蒙当的一处别墅卖了。她已经一无所有……"，然而，更让我们揪心的是罗伯兴说出的："你们的樱桃园将要抵债出售，拍卖会定在八月二十二日……"

戏从一开场不到二十分钟的时候，戏剧矛盾分三个层次相继而至，十分自然却又陡然而生。没有任何刻意的渲染的夸张，一切都是那么自然流畅，却又是水到之处渠自成，我们不得不赞叹契诃夫功力之老辣！

第三幕是本剧中的重要转折点。在此之前大家都在为 8 月 22 日的到来而愁苦、不知所措，第三幕的开场就是一场热闹的家庭舞会，在舞会上朗读阿·托尔斯泰的小说，变一些近身魔术，贵族们所喜欢做的一切，这里一应俱全。舞台上的人似乎忘了 8 月 22 日，观众们似乎也忘记了这个日子。我们只是在剧本提示中写道：瓦丽雅轻声地哭泣着，她一边跳舞一边擦眼泪。从费尔斯的唠叨中看到了这个家的中落："……早年间，来我们这里跳舞的都是些将军啦，男爵啦，海军上将啦，而现在呢，去请邮局职员和火车站站长来跳舞，他们还摆好大的架子呢……"因为瓦丽雅经常哭，而费尔斯的唠叨也让大家习以为常了。而突然安尼雅上来紧张地说："我刚刚在厨房里听一个人说，樱桃园今天已经卖掉了。"可这时却谁也不知道是谁买去了，直到加耶夫抹着眼泪回来，罗伯兴才故作镇静地承认是自己买下的。此时，一个按捺不住心中的喜悦，一个则是痛不欲生、伤心欲绝。樱桃园的易主就在这一半泪水一半欢笑中悄然结束了。在剧中我们随时可见这种完全不露斧凿之痕，却又处处精雕细刻的艺术创作手法。

2. 被赋予了象征意义的人物

剧中共十几个人物，然而无论戏份多少，都十分具有象征意义。

关于"象征"，黑格尔在《美学》一书中是这样阐释的："象征首先是一种符号。作为象征来用的符号，现成的感性事物本身就已具有它们所要表达出来的那种意义。在这个意义上象征就不只是一种本身无足轻重的符号，而是一种在外表形式上就已可暗示要表达的那种思想内容的符号。同时象征所要使人意识到的却不应是它本身那样一个具体的个别事物，而是它所暗示的普遍性的意义。"契诃夫在"樱"剧中所塑造的人物，完全符合黑格尔的这一美学要求。①

我们可以看到“樱”剧中的每个人物都是一个符号，但又不仅仅是一个符号，他们都很具体，很丰满，很鲜活，而正是这些“具体的”“丰满的”“鲜活的”人物，同时又具有普遍性的意义。可以这样说，你随便把他搬移到任何一个年代，都能在生活中找到这些人物的影子。这就是在一百多年来“樱”剧，能够始终活在舞台上的真正原因。

女地主柳苞芙，樱桃园的主人。一个从小生活在樱桃园里的贵族小姐，童年时代的富足生活使她觉得樱桃园里的一切都是美好的。她宁愿为婴儿室里那些旧时的陈设，和那一百年的“尊贵的书柜!”感动得直流眼泪，也不愿意面对樱桃园即将被拍卖的事实。这一切表现都被鲁迅先生归为“曾经阔的”那一类。她没有能力复辟，只有能力怀念。

她也不是不知道自己的困窘，而是已经习惯了有钱的生活。因此，她花钱的观念和别人不一样，别人花钱是消费，而她是一种习惯，即便是卖了法国的别墅才凑够了路费得以回到她的樱桃园，而在火车站吃饭，她还是要“点最贵的菜，而且给每个伙计一个卢布的小费”，而对一个行乞过路人她竟然给了他一个金币。

归在这一类里的还有她的哥哥，那个永远长不大的孩子加耶夫。说他长不大实在是因为他没有担当，五十岁的人了连自己都照顾不了，最吸引他的就是打台球。睡觉还需要费尔斯照顾。去了拍卖现场的他，只能抹着眼泪回来，而一进门听到了打台球的声音立刻忘掉了悲伤……遇到问题只会埋怨，甚至连他最爱的妹妹也不放过。

这些被优越制度惯坏了的贵族们，你在他们的身上看不到希望，看不到明天，他们只有没落、没落，再没落。

罗伯兴是新兴阶级的代表，他出身贫寒，为了改变自己的命运，他不懈地努力着，他父亲原是个做小买卖的，想进入樱桃园是不可能的，而通过努力他现在已是樱桃园的座上宾。他聪明肯吃苦而且人不坏，柳苞芙对他好他一直记着，因此他积极地为柳苞芙出主意，以出租土地的方式让柳苞芙扭转现在这种窘困的生活，但他的提议并没有引起柳苞芙及其家人的重视。

由于家庭出身的原因，罗伯兴从小就有着樱桃园情结。抱着一种光宗耀祖的想法，他拼了血本拍回樱桃园，成了樱桃园的新主人。而那些在柳苞芙眼中代表她过去一切美好生活的樱桃树被他砍伐殆尽。

同样是新生代，那位“永远的大学生”特洛菲莫夫却与罗伯兴截然不同。做为大学生他的头脑清醒看事物透彻，可就是行动力差，因此他决定自己要做一名“永远的大学生”一辈子赖在学校里。

反对奴隶制的老仆人费尔斯，从国外回来的男仆雅沙，杜尼雅莎等每个人都是那么的“鲜活”，而极具象征性。正是因为剧中人物的代表性与普遍性，所以，无论何时何

① 转引自谈晓：《费尔斯在樱桃园里——契诃夫戏剧中象征的运用》，载《戏剧》1999年04期，第44页。

地都能够引起观众的共鸣，这也正是这部《樱桃园》常演常新的艺术魅力之所在。

附录：名家读戏

当我第一次饰演柳苞芙这个角色时，除了在学校，还没有任何舞台经验，我真不知道该怎么把这个角色演好。而五年后，当我经历过演员、编剧和导演各个角色后，我非常向往站上舞台全新阐释柳苞芙。当我这次在去英国的飞机上重读《樱桃园》，依旧惊叹于这部大师之作，与中国这五年来的变化竟然是如此合拍。我刹那中惊讶于《樱桃园》的能量与现实意义。五年前，人们无所事事，现在则是坐立不安。

——蒋雯丽

契诃夫的语言魅力独一无二，如何表现令人关注。《樱桃园》就文本而言，将在原作的基础上只做删减工作，保持契诃夫语言的独特和其意蕴的魅力。但在表现形式上进行大胆的探索，挖掘原作中深层次的独特意味。

——林兆华

看完林兆华版的《樱桃园》，想到了“可能性”三个字。戏剧的可能性、契诃夫的可能性、《樱桃园》的可能性、林兆华的可能性，比我们想象得要宽广得多。契诃夫戏剧的博大，使得无论是最传统的戏剧现实主义，还是最开放的戏剧现代主义，都可能在他的戏剧里找到构建自己艺术大厦的支撑点。林版《樱桃园》告诉我们，就像可以用各种各样的方法演莎士比亚的《哈姆雷特》一样，也可以用各种各样的方法演契诃夫的《樱桃园》。

——评论家童道明

阅读与思考

1. 谈谈樱桃园主人柳苞芙的哥哥加耶夫的人物特点。
2. 柳苞芙在国外过着怎样的生活？

第六节　贝克特《等待戈多》

一、作家作品

塞缪尔·贝克特（1906—1989），爱尔兰作家。贝克特于1906年生于爱尔兰都柏林一个犹太中产阶级家庭。大学毕业后，他结识了著名的“意识流”作家乔伊斯，曾任其秘书，深受其现代派文学创作思想的影响。人民被奴役的惨状、天主教的束缚、社会的守旧、政府对思想与出版的严厉控制与检查，都使他无法忍受。他曾嘲弄那些在教堂里画十字架的教徒："一天，爱尔兰的狗也将会这样做。可能猪也会如此。"贝克特设法逃出了爱尔兰，并于1937年定居巴黎。在巴黎，他面对的社会依然是贫富的巨大差异。一天晚上，贝克特被一个流浪汉无缘无故地刺了一刀，当问及行刺的原因时，对方居然说"不知道"。贝克特首次亲身体验到了荒谬的滋味。

在德国占领法国期间，贝克特参加了法国反纳粹的地下抵抗运动。法西斯的暴行、人民的苦难，以及战后人民生活的空虚无聊，使他感到世界满目疮痍，到处"乱哄哄""一团糟"。冷酷的社会使他感到人们丧失了理智，人间的不幸使他决意通过描绘混乱社会中的一群可怜虫来揭示世界的荒诞和人生的痛苦。贝克特自谦不是哲学家，只是个"无知"而"无能"的作家。他觉得生活就寓于阴暗和空虚之中，生即包含死，人自出生起，就向坟墓走去。在这漫长而痛苦的过程中，人时时受到某种巨大力量的支配与逼迫，因此，贝克特认为沉默是人所能持有的最适当的态度。他闭门谢客，拒绝采访，不问政治，很少参加社会活动，将自己关在自己的内心世界里，过着孤独的生活。他的剧作流露出浓烈的悲观主义和虚无主义的倾向。

贝克特的创作有诗歌、小说、戏剧等。早期的诗集《婊子镜》（1930）、长篇小说《莫非》（1938）就具有现代派的特点。他的长篇小说三部曲《马洛伊》《马洛纳之死》《无名的人》（1946—1950），被一些评论家誉为20世纪的杰作。使贝克特蜚声西方文坛的还是他的戏剧创作。《等待戈多》（1952）是贝克特的成名作。1969年，贝克特"因为他那具有新奇形式的小说和戏剧作品，使现代人从贫困境地中得到振奋"而荣获诺贝尔文学奖。代表作如下：

1. 独幕剧《剧终》

全剧没有情节，只有身患残疾的人们"完了，完了，是完了，就要完了，也许马上就要完了"的梦呓和恐惧。它"像一篇遗言，记载了一种文明的毁灭"。

2. 两幕剧《啊！美好的日子》

通过对半截入土的维妮的刻画，突出地表现了人的精神麻木。

3. 《最后一盘磁带》

全剧只有一个人物，主人公克拉普整天播放自己30年前的录音带，从中寻找快乐生活。

4. 《等待戈多》

该剧是贝克特的代表作，1953年在巴黎上演后，立即获得了巨大成功，被译成20多种文字，在许多国家上演，风靡西方剧坛。

《等待戈多》是两幕剧。主要人物是衣衫褴褛、浑身发臭的流浪汉爱斯特拉冈和弗拉基米尔。他们在乡间小道的一棵枯树下焦急地等待戈多。第二天，他们又在原地等待戈多。戈多是谁？干什么？连他们自己也不清楚。他们就这样莫名其妙地等着，靠梦呓般的对话和无聊的动作消磨时光。他们渴望戈多的到来能改变他们的处境。但戈多始终没有来，接连两个晚上都是一个小男孩——戈多的使者前来传讯："戈多先生今晚不来了，明天准来。”他们绝望了，两次上吊都未能如愿。他们只好继续等待，永无休止地等待。

纵观贝克特的剧作，其剧中人物少，人们甚至无法看到这些人物的完整外形与动作，并且人物大多是身残智缺的糊涂虫。在《剧终》里，人们看到的是被装在垃圾箱中的纳格、奈尔在乞讨食物和拥抱接吻。在《啊！美好的日子》里，看到的是半截入土的维妮在梳妆打扮，追忆她的“第一次舞会”和“第一次亲吻”。贝克特通过这种别具一格的艺术形式，表现了西方普通人的共同命运——忍受着生与死的折磨，等待着不可知的命运，徘徊在虚无缥缈的人生道路上。

二、导演风格

1953年公演的两幕话剧《等待戈多》，以其荒诞色彩和对战后西方普遍的伤感失落情绪的表现而轰动了整个西方。此剧连演三百场，是戏剧史上真正的革新，同时，也是第一部演出成功的荒诞派戏剧。这样一出只有乱无头绪的对话和荒诞插曲的戏剧，没有观众所常见的戏剧情节、戏剧冲突，也没有人物形象塑造，是何以取得如此高的艺术成就呢？究其原因，就是因为作者运用了荒诞的艺术手法表现了荒诞不经的社会现实。本剧刚上演时，人们众说纷纭，议论纷纷。观众并不理解作者的意图，“戈多”是谁？究竟代表什么？有人说他代表“上帝”，有人认为他取材于巴尔扎克作品中的一个人物，还有人推测是巴黎的一条街名，也有人提出“戈多”不是目的，“等待”这一行为本身才是本质和核心。于是人们对主题的诠释便由“戈多”转向了“等待”。也有评论家认为，“上帝已死”，人们的精神寄托和信仰也随之消失，思想出现了真空，而本剧所反映的正是这种精神信仰的荒原状态。尽管我们可以把这部戏剧名作放到20世纪50年代西方的社会背景中去探讨当时的各种社会因素对作家和这部戏创作时所产生的不可忽视的影响，但是，我们从这部戏剧本身，并没有看到作家对当时社会的直接描写，贝克特只是从人类所共有的精神层面上，表现了人类普遍的精神状态。所以，我们对《等待戈多》主题的探讨也应该是超越具体时代和具体社会的。“戈多”究竟代表什么呢？连贝克特自己也不知道，“我要是知道，早在戏里说出来了”。贝克特留给我们的是一个永恒的谜语，而各国导演们也采取了各具特色的艺术手法将该剧无数次地搬上了舞台。

1998年，林兆华独具匠心地在“等待”的意义上将俄国作家契诃夫1901年创作的《三姊妹》和半个世纪后爱尔兰剧作家贝克特的《等待戈多》变成了《三姊妹·等待戈多》合并版，从而创造了一种极致的舞台风格。《三姊妹·等待戈多》不是简单的《三姊妹》加《等待戈多》，在这种有意味的形式背后，暗示着两部戏剧某种内在的神合之处。的确如此，把契诃夫的《三姊妹》与贝克特的《等待戈多》在思想意蕴上通联起来的就是这个“等待”。两出戏剧都选择表现人在漫长的时间里，等待希望的到来——失望——再等待的命运，因而在主题上具有某种相继性。两部戏剧都着重表现了人在等待希望时的心情，并通过对等待者内心真实情感的诠释，进一步探索人的价值和本质。

他巧妙地把古典与现代，把盼望莫斯科的三个知识分子小姐和等待戈多的两个流浪汉集结到一起。他把沙俄时代的“等待”与战后欧洲的“等待”编织在一起，在一个世纪将尽时，继续追问“等待”的意义。或许在当今快节奏的现代社会，一些人已无法忍受这无奈与乏味的等待，而导演也似乎在告诉观众：愿意等待的留下来，不愿等待的请离开。

2003年，孟京辉将《等待戈多》转换成“愤青”的压抑以及对压抑的反抗（打碎玻璃的行为实在是一种积极的反抗了），而且小“愤青”的理想破灭与戈多的迟迟不来也着实有着异曲同工之处。孟京辉更愿意将这次的排演过程称作是一次演出实验。在剧本的文字上，他们对原剧重新进行了诗意的改编、压缩与拼贴，甚至片段化的处理。而在肢体语言上采取生活的片段叙事与肢体的抽象表现相结合的方式。背景音乐则是一种原创的戏剧性的先锋音乐。而舞台上的多媒体视觉形象，将由幻灯、电视、投影、FLASH动画进行虚实错置的不断衍生。整个的空间构成结合剧场观演空间使观众能自由体验稍纵即逝的各种幻影。不过，这一切的创造遵循的是一个原则——不违背原剧作循环式的结构，虚化的时空，空荡的舞台，丑角般的人物，滑稽而有诗意的语言与动作，痛苦与绝望的主题等文学特色。

来自剧作家贝克特家乡、历史悠久的爱尔兰GATE剧院于2004年在首都剧场上演了令人期待的《等待戈多》。对于戈多究竟是谁之争，拉斯姆斯认为，其实作家也没有给出具体答案，剧中想要诠释的就是生活中有快乐，有不幸，有绝望，也有希望，但希望总在最后一刻破灭。

值得一提的是，导演们对该剧的不同解读，都不约而同地继承着《等待戈多》作品不需阐释、不可阐释的思路。

三、经典片段

第一幕（节选）

乡间一条路。一棵树。

黄昏。

爱斯特拉冈坐在一个低低的土墩上，想脱掉靴子。他用两手使劲拉着，直喘气。他停止拉靴子，显出筋疲力竭的样子，歇了会儿，又开始拉靴子。

如前。

弗拉基米尔上。

爱：“（又一次泄了气）毫无办法。”

弗：“（叉开两脚，迈着僵硬的、小小的步子前进）我开始拿定主意。我这一辈子老是拿不定主意，老是说，弗拉基米尔，要理智些，你还不曾什么都试过哩。于是我又继续奋斗。（他沉思起来，咀嚼着“奋斗”两字。向爱斯特拉冈）哦，你又来啦。”

爱："是吗?"

弗："看见你回来我很高兴，我还以为你一去再也不回来啦。"

爱："我也一样。"

弗："终于又在一块儿啦！我们应该好好庆祝一番。可是怎样庆祝呢？（他思索着）起来，让我拥抱你一下。"

爱："（没好气地）不，这会儿不成。"

弗："（伤了自尊心，冷冷地）允不允许我问一下，大人阁下昨天晚上是在哪儿过夜的?"

爱："在一条沟里。"

弗："（羡慕地）一条沟里！哪儿?"

爱："（未作手势）那边。"

弗："他们没揍你?"

爱："揍我？他们当然揍了我。"

弗："还是同一帮人?"

爱："同一帮人？我不知道。"

弗："我只要一想起……这么些年来……要不是有我照顾……你会在什么地方……？（果断地）这会儿，你早就成一堆枯骨啦，毫无疑问。"

爱："那又怎么样呢?"

弗："光一个人，是怎么也受不了的。（略停。兴高采烈地）另一方面，这会儿泄气也不管用了，这是我要说的。我们早想到这一点就好了，在世界还年轻的时候，在九十年代。"

爱："啊，别啰唆啦，帮我把这混账玩意儿脱了吧。"

弗："手拉着从巴黎塔顶上跳下来，这是首先该做的。那时候我们还很体面。现在已经太晚啦。他们甚至不会放我们上去哩。（爱斯特拉冈使劲拉着靴子）你在干吗?"

爱："脱靴子。你难道从来没脱过靴子?"

弗："靴子每天都要脱，难道还要我来告诉你？你干吗不好好听我说话?"

爱："（无力地）帮帮我！"

弗："你脚疼?"

爱："脚疼！他还要知道我是不是脚疼！"

弗："（忿怒地）好像只有你一个人受痛苦。我不是人。我倒想听听你要是受了我那样的痛苦，将会说些什么。"

爱："你也脚疼?"

弗："脚疼！他还要知道我是不是脚疼！（弯腰）从来不忽略生活中的小事。"

爱："你期望什么？你总是等到最后一分钟的。"

弗："（若有所思地）最后一分钟……（他沉吟片刻）希望迟迟不来，苦死了等的人。这句话是谁说的?"

爱："你干吗不帮帮我?"

弗："有时候，我照样会心血来潮。跟着我浑身就会有异样的感觉。(他脱下帽子，向帽内窥视，在帽内摸索，抖了抖帽子，重新把帽子戴上）我怎么说好呢？又是宽心，又是……（他搜索枯肠找词儿）寒心。(加重语气）寒——心。(他又脱下帽子，向帽内窥视）奇怪。(他敲了敲帽顶，像是要敲掉沾在帽上的什么东西似的，再一次向帽内窥视）毫无办法。"

爱斯特拉冈使尽平生之力，终于把一只靴子脱下。他往靴内瞧了瞧，伸进手去摸了摸，把靴子口朝下倒了倒，往地上望了望，看看有没有什么东西从靴里掉出来，但什么也没看见，又往靴内摸了摸，两眼出神地朝前面瞪着。"

爱："什么也没有。"

弗："给我看。"

爱："没什么可给你看的。"

弗："再穿上去试试。"

爱："（把他的脚察看一番）我要让它通通风。"

弗："你就是这样一个人，脚出了毛病，反倒责怪靴子。(他又脱下帽子，往帽内瞧了瞧，伸手进去摸了摸，在帽顶上敲了敲，往帽里吹了吹，重新把帽子戴上）这件事越来越叫人寒心。(沉默。弗拉基米尔在沉思，爱斯特拉冈在揉脚趾）两个贼有一个得了救。(略停）是个合理的比率。(略停）戈戈。"

爱："什么事?"

弗："我们要是忏悔一下呢?"

爱："忏悔什么?"

弗："哦……（他想了想）咱们用不着细说。"

爱："忏悔我们的出世?"

弗拉季米尔纵声大笑，突然止住笑，用一只手按住肚子，脸都变了样儿。"

弗："连笑都不敢笑了。"

爱："真是极大的痛苦。"

弗："只能微笑。(他突然咧开嘴嬉笑起来，不断地嬉笑，又突然停止）不是一码子事。毫无办法。"

四、作品鉴赏

永无休止的等待

《等待戈多》是两幕剧。主要人物是衣衫褴褛、浑身发臭的流浪汉爱斯特拉冈和弗拉基米尔。他们在乡间小道的一棵枯树下焦急地等待戈多。第二天，他们又在原地等待戈多。戈多是谁？干什么？连他们自己也不清楚。他们就这样莫名其妙地等着，靠梦呓

般的对话和无聊的动作消磨时光。他们渴望戈多的到来能改变他们的处境。但戈多始终没有来，接连两个晚上都是一个小男孩——戈多的使者前来传讯："戈多先生今晚不来了，明天准来。"他们绝望了，两次上吊都未能如愿。他们只好继续等待，永无休止地等待。

始终未出场的戈多在剧中居重要地位，对他的等待是贯穿全剧的中心线索。但戈多是谁，他代表什么，剧中只有些模糊的暗示。对此，西方评论界众说不一。有的人认为他是巴尔扎克早期戏剧中的一位神秘人物，有的人认为他是上帝，还有的人认为他是"虚无"或"死亡"。有人曾就此问贝克特本人，贝克特回答说："我要是知道，早在戏里说出来了。"戈多给剧作增加了很多神秘色彩。

戈多到底是什么呢？剧中说，"戈多是一个救星，是一个希望"，"他要是来了，咱们就得救了"，"要是不来呢，咱们明天就上吊"。据此可以认为，戈多实际上是一种象征，是现代西方人的精神寄托，是处于困境中的迷惑不安的人们对于未来若有若无的期望。

戈多似乎能给人们以希望，给生活以意义，但直到戏剧结束，他也没有出场。他会来吗？人们的等待会有结果吗？显然，这只是一种无望且又无可奈何的等待。说它无望，是因为戈多根本就不存在，它是人们为了安慰自己编织出来的幻想；说它无可奈何，是因为处于绝望境地中的人们除了等待，已别无他法来维系他们苟活的生命。等待固然虚妄，但也唯有等待了。等待已成为他们的生命状态。

剧中人物对于戈多的等待，显然具有普遍的象征意义。英国剧评家马丁·艾斯林在《论荒诞派戏剧》中曾就此评说道："这部剧作的主题不是戈多而是等待，是作为人的存在的一种本质特征的等待。在我们整个一生的漫长过程中，我们始终在等待什么；戈多则体现了我们的等待之物——它也许是某个事件，一件东西，一个人或是死亡。此外更重要的是，我们在等待中纯粹而直接地体验着时光的流逝。当我们处于主动状态时，我们可能忘记时光的流逝，于是我们超越了时间；而当我们纯粹地等待时，我们将面对时间流逝本身。"这其实是人类所共同具有的一种体验。

20世纪50年代的西方，政治腐败，经济萧条，社会混乱，道德沦丧，宗教的灵光已经褪尽，人们思想苦闷，精神空虚，对未来失去信心。面对这种现实，贝克特认为：人生只不过是一连串无意义的失败和苦难的记录。他力图通过自己的剧作来反映这一"社会真实"，弹出"一个时代的失望之音"。

《等待戈多》是一部反传统、反理性的剧作。呈现在我们面前的是一个非理性的世界。剧本通过两个流浪汉永无休止而又毫无希望的等待，揭示了世界的荒诞与人生的痛苦，表现了现代西方人希望改变自己的生活处境但又难以实现的绝望心理。

剧中的主要人物两个流浪汉是被社会压扁了的"非人"，卑微、低贱、丑恶。他们迷离恍惚，浑浑噩噩，只会做些脱靴子、摘帽子的无聊动作，说些莫名其妙的梦呓之言，第二天见面时连头天的事也不记得了，只是按照动物的本能生活，完全丧失了人类应有的尊严，胆战心惊地向泼卓乞讨吃剩扔掉的骨头。他们糊涂到连自己苦苦等待的戈多是谁都不知道。他们毫无可以识别的个性特征，可以互换角色而丝毫不影响演出效果。“宇宙的精华、万物的灵长”，在他们面前只不过是天国的神话。他们已经离开了自己的本质，成了现代西方社会这部大机器下失去了个性的小零件。剧中所有的人物只是某种习俗、思想感情的代表，它表现的只是类型，而不是个性。埃斯特拉冈和弗拉基米尔只是“人类的缩影”。

贝克特为了体现他的创作意图，找到了一种恰当的艺术形式——荒诞。该剧有意将生活撕成毫无内在联系的短片碎块，完全摒弃了传统戏剧的情节结构。从表面上看，本剧根本没有情节，没有内容。而这不可思议的一切却正是《等待戈多》独特的艺术手法。作者认为，生活是零碎、痛苦的，世界是荒诞的，人际关系是理性所无法解释的。基于此，在贝克特看来，在戏剧中加入连贯的情节是欺骗观众、脱离实际。而他所采用的这种荒诞的艺术形式，正好表现出现代西方社会正经历着难以克服的精神危机。

贝克特认为，“只有没有情节，没有动作的艺术才算得上是纯正的艺术。”

《等待戈多》这部经典的荒诞作品正体现了作者反传统的艺术主张。

第一，没有情节的剧情。本剧与传统戏剧背道而驰，没有程式化的开场、起伏、高潮、结局，也没有引人入胜、离奇曲折的故事情节，人物、环境、事件在戏剧表演中没有任何变化与推进。两个主人公语无伦次的只言片语、重复无聊的动作，丝毫体现不出连贯的逻辑。人物话题常常是有开头却没有结尾，如梦呓般的对话中又突然冒出一句至理名言，给人以强烈的突兀感。该剧给人的感觉是没有开头，也没有结尾。启幕时两个流浪汉已经等了很多天，剧终时他们还要继续等待。舞台上似乎什么都没发生，只有无边的等待。

第二，凋敝的舞台形象。启幕时，一派凋敝凄惨的景象呈现在观众面前：黄昏的暮霭、光秃的枯树、荒野中的小路，两个精神恍惚、衣衫褴褛的流浪汉，这些“直接呈现给观众”的舞台形象，营造了该剧荒原般的气氛，死气沉沉。同时，因其完全背离传统戏剧程式化的场面而被追加了象征意义，使作者的创作意图转化为视觉形象展现在观众面前。

第三，梦呓般的人物语言。剧中人物的对白欠缺逻辑、支离破碎，既啰嗦重复，又文不对题。即使是一些唐突的颇有深意的哲理，也因为夹杂在主人公梦呓般的对白中，显得突兀和支离破碎。这样的人物对白当然不是由于作者的笔力不支所致，相反，它正是体现了贝克特的创作意图。作者借用这些貌似支离破碎的人物语言，来表明他的观点：在非人性、非理性的社会里，人既然失去了作为人的特质，也就失去了理性的思考，没有了完整的语言。

作者以一种与荒诞内容相一致的荒诞形式，表现了西方荒诞的社会现实。这种荒诞，实质上是一种积极的反抗、理性的清醒。因此，有人称他是“与荒诞生存状态抗争的贝克特”。

该剧用“直喻”的方法强化了“纯粹戏剧性”。贝克特运用非理性的夸张，通过各种舞台手段，让舞台形象、灯光、道具“说话”，把内在的思想变为视觉形象，以达到使人物情感外化的目的。剧中人物那疯癫的形象、梦呓般的对白和舞台布景的凋敝荒凉，都源于人物空虚、痛苦的内心。这种隐藏在荒诞外形下的空虚与痛苦更强烈、更深沉，它是西方社会部分人群心理特征的真实写照。西方不少观众觉得剧中人物真实可信、有血有肉，两个流浪汉的苦苦等待，使他们联想到自己在失望中等待，甚至觉得就是他们自己——在等待中死亡的惨淡人生和令人苦闷绝望的社会现实。

附录：名家读戏

全世界都在上演《等待戈多》，不能说哪一个是最好的，我们的也是一样，只能说我们是忠实于原著的最好的。我虽然没有看过该剧在巴黎的首演，但从剧照上来看，当时的演出状况在现在看来已经过时了。我知道中国的戏剧工作者曾经搬演过《等待戈多》，但我记得1987年在上海演出的那个版本将音乐、舞蹈都融入剧中，怎么能这样演呢？贝克特是一个非常严格和严谨的人，这出戏本身也建立在哲学之上，他如果还在世，是绝不会允许这样演的。

——导演瓦尔特·拉斯姆斯

此次的《等待戈多》与以往任何一个版本都不同，它有克隆的概念在里面，在文学上，它是诗意荒诞喜剧，在舞台上，它是视觉舞蹈剧场，在训练上，它是形体开放组合，届时舞台上将出现110多人，因此这次的剧名又叫《100人等待戈多》，如果排演顺利，我们将准备申报吉尼斯世界纪录。(在概括《100人等待戈多》最终将呈现的舞台效果时，孟京辉用了一系列排比短语：幽默的，嘲讽的，理想的，残酷的，平庸的，轻松的，愤怒的，游戏的)

——孟京辉

“等待戈多”就是等待希望，而希望是永远无法来到的，只有“骗局”是真希望。“戈多”就是生活中的大骗子，人们却永远在寻找。找到的是被骗，找不到的是希望。而“希望”又在诱惑着人们，见谁缠谁。最终留下的只是一场骗局。(2011年，陈涛版《等待戈多》上演)

——青年导演陈涛

阅读与思考

1. 在剧中“戈多”究竟象征着什么？永无休止的等待又说明什么问题？

2. 如何通过剧中人物的表演表现剧作家的创作意图？与在传统话剧中的表演有何不同？

第七节 梅特林克《青鸟》

一、作家作品

莫里斯·梅特林克（1862—1949），比利时象征派戏剧代表作家、诗人、散文家、1911年诺贝尔文学奖得主。戏剧作品想象丰富，内容与主题充满深刻启示，被誉为“比利时的莎士比亚”。他的作品广为流传，戏剧作品在美国、苏联等国上演，产生了世界性的影响。

梅特林克出生于比利时根特的一个公证人家庭，12岁进入耶稣会举办的圣特-巴伯中学读书。24岁时，他遵从父命去巴黎学习法律，就读于卢文的天主教大学法学院，由于时代的契机和个人的经历，当他在巴黎与象征主义运动相遇时，象征主义的理论观点与创作手法极大地激发了他的创作灵感。

1889年梅特林克出版了自己的第一个剧本《玛兰娜公主》，被视为第一个纯粹的象征主义戏剧，梅特林克也因此被公认为是第一个象征主义戏剧家。在他的整个创作生涯中，先后共发表了二十六部剧作，代表作品有《佩列阿斯与梅丽桑德》《不速之客》《室内》《盲人》和《青鸟》。

《青鸟》（1907）是梅特林克的代表作品，也是其早期“忧伤的象征主义”戏剧转变之后，梅特林克进入20世纪创作的一部基调明朗、乐观、浪漫的戏剧。这部戏剧摒弃了梅特林克19世纪末期的《闯入者》《群盲》等戏剧的悲观主义、神秘主义的思想，以及“静止戏剧”的创作方法，使《青鸟》整部戏剧充满着一种积极向上、不断追求的戏剧美学思想。

剧作被称作梦幻剧，六幕十二场。叙述樵夫的两个孩子蒂蒂尔和米蒂尔在圣诞节前夜做了个长长的梦：看到富人家过节的丰盛点心和盛况，一位老仙女突然出现并指使他们去寻找青鸟，说是为了她家小姑娘的病和幸福。孩子带着她给的魔钻，唤出光、水、火、狗、猫等灵魂，一起出发，依次进入“思念之土”“夜之宫”“森林”“墓地”“幸福之国”“未来王国”，青鸟终未寻得，不是死了，就是飞了。他们无奈与众灵魂惜别。梦醒后已是圣诞早晨，邻居貌似仙女的贝兰戈大妈来家里，蒂蒂尔发现自己鸟笼里的斑鸠变成了青鸟，于是送给邻居小姑娘，其病顿愈。但一不留神青鸟飞走了。蒂蒂尔“（走到前台，对观众）如果有谁抓到了，愿意还给我们吗？……我们为了将来的幸福非要它不可。……”这是一出典型的象征主义戏剧。

1890年，梅特林克的《闯入者》和《群盲》达到了剧作家对人类前途的悲观主义思想的最低点。独幕剧《闯入者》通过一家人的内心感受表现了死神来临时痛苦万分的心情；《群盲》同《闯入者》一样，表现了一群盲人迷失在一个森林小岛中，牧师的死使他们失去了领路人，完全陷入陌生的世界，处于绝望之中。无论在《闯入者》或

《群盲》剧中，人们深深感到的是在命运面前的无能为力和对未来的不可预知。梅特林克这个时期的戏剧具有比较浓厚的神秘主义色彩，这同剧作家的唯心主义哲学观和戏剧美学思想有密切的关系。

梅特林克认为："宇宙是由四大物质的和精神的经验主体维系的。这四大经验主体是：1. 看得见的世界；2. 看不见的世界；3. 看得见的人；4. 看不见的人即心灵。只有看不见的世界和看不见的人是实在的。看得见的世界和看得见的人只有同看不见的世界和看不见的人合为一体，象征它们，预示它们，才具有实在性。"① 在《闯入者》和《群盲》中剧作家将看不见的世界和看不见的人作为自己表现的核心内容，将悲观主义和神秘主义融为一体，使观众在静静地观察中感受到剧中人物内心世界的变化。

《青鸟》的不同之处在于，戏剧在许多情节中将看得见的世界和看不见的世界，看得见的人和看不见的人都一一展现在舞台上。在《青鸟》中主人公蒂蒂尔凭着贝里吕娜仙姑钻石的魔力来到她的宫殿，随后探寻了浓雾弥漫的思念之土，遇到了去世的爷爷、奶奶、弟弟、妹妹们；来到了夜之宫，在宽敞神奇、阴森可怕的黑夜王国里目睹了这里囚禁的幽灵、病魔、黑暗、恐怖以及星辰、芳香、夜莺之歌；主人公也经历了森林、墓穴的冲突和阴森，看到了什么是幸福；最后来到未来王国，在这里时间为将要降生人间的孩子们安排行程。梅特林克在《青鸟》中把许多凡人看不见的人和看不见的世界演绎得具体生动、神奇绚丽，把许多抽象的东西变得历历在目，把许多未知的世界展现在观众面前，使《青鸟》多了几分神奇、亲切和人情味，少了几分神秘和恐惧。

静止戏剧是梅特林克早期戏剧所追求的目标，《闯入者》和《群盲》是典型的静止戏剧。在这些戏剧中你看不到有什么激烈的矛盾冲突，一切都在静静的场面中流逝。梅特林克曾在《日常生活的悲剧性》中从戏剧理论的角度阐释了"静止戏剧"的深刻含义。但到了20世纪，在《青鸟》中静止戏剧的场面消逝了，代之而起的是迅速快捷的戏剧画面的流动，以及主人公不断追求，积极探索的行动。

《青鸟》总共六幕戏剧，许多戏剧场景都具有强烈的外部动作，他们凭着仙姑给的钻石穿越了时间隧道，跨越了现实与过去及现实与未来的距离，历尽千难万险寻找青鸟。他们的每一次行动都是一种超越，一种进展。梅特林克把寻找青鸟作为推动故事情节进展的动力和追求理想的目标，并把这种追求上升到哲理的高度来认识。

梅特林克从早期神秘悲观的静止戏剧《闯入者》到20世纪初期充满动感的《青鸟》，从着重描写看不见的世界到把看不见的世界变成可视的世界，都在表明剧作家的世界观与人生观在慢慢地变化，这一切都蕴藏在他的戏剧中。

---

① 铁久元：《谈梅特林克的戏剧场景》，载《合肥学院学报》（社会科学版）2007年第2期，第98页。

二、经典片段

第四幕

第六场　幕前

蒂蒂尔、米蒂尔、光、狗、猫、面包、火、糖、水和奶上场。

光："我刚得到仙女贝里吕娜的一个口信，她告诉我，青鸟可能就在这儿……"

蒂蒂尔："在哪儿？……"

光："在这儿，在这堵墙后面的墓地里……好像是这个墓地的一个死人把青鸟藏在坟墓里……现在的问题是要知道哪个死人……必须挨个看一看……"

蒂蒂尔："挨个看一看？……怎么看法呢？……"

光："再简单没有：为了不要过于打扰死人，你在半夜转动一下钻石。就会看到死人从地下走出来；或者可以看到那些不出来的死人在坟墓里……"

蒂蒂尔："死人不会发火吧？……"

光："绝对不会，他们甚至觉察不到……他们不喜欢别人打扰他们，因为他们一向习惯半夜出来，所以不会使他们难堪……"

蒂蒂尔："干吗面包、糖和奶脸色这样苍白，一句话也不说？……"

奶："（踉跄）我觉得头晕……"

光："（低声对蒂蒂尔）别理他……他们害怕死人……"

火："（跳跳蹦蹦）我呀，我不怕死人！……我习惯烧死人……我以前都烧过他们，那时烧比现在烧有趣得多……"

蒂蒂尔："干吗蒂洛发抖？……难道他也害怕？……"

狗："（牙齿咯咯作响）我吗？……我没有发抖……我从来不会害怕，只要你到哪儿，我就跟到哪儿……"

蒂蒂尔："猫怎么一句话也不说？……"

猫："（神秘地）我知道是怎么回事……"

蒂蒂尔："（对光）你同我们一起去吗？……"

光："不了，我最好同各样东西和动物留在墓地门口……这个时刻还没有来到……光还不能闯进死人那里……我只能留下你单独同米蒂尔在一起……"

蒂蒂尔："蒂洛不能同我们待在一起吗？……"

狗："不，不，我留下，我留在这儿……我要待在我的小神仙身边！……"

光："这不行……仙女的吩咐很明确。再说，也没有什么可害怕的……"

狗："好吧，好吧，那就算了……如果死人很凶，我的小神仙，你只要这样吹一下（吹口哨）我就来……就像在森林里一样：汪！汪！汪！……"

光："好，再见，我亲爱的孩子们……我就在不远的地方……（她拥抱两个孩子）爱我的人和我所爱的人随时能找到我……"

（对各样东西兽类）你们大家走这边……

光同各样东西、兽类下场。两个孩子单独留在舞台中央。幕启，露出第七场的布景。

第七场　墓地

夜晚，月光，一个乡村墓地，许多坟墓，长着青草的土墩，木十字架，墓盖，等等。蒂蒂尔和米蒂尔站在一块墓碑旁边。

米蒂尔：“我害怕！”

蒂蒂尔：“（心里有点发慌）我呀，我从来不会害怕……”

米蒂尔：“你说，死人很凶吗？……”

蒂蒂尔：“不凶，他们又不是活着的人……”

米蒂尔：“你见过死人吗？……”

蒂蒂尔：“是的，我很小的时候，曾经见过一次……”

米蒂尔：“你说，是什么模样？……”

蒂蒂尔：“全身白色，很沉静，冰冰冷，不说话……”

米蒂尔：“你说，我们马上要看到死人了吗？……”

蒂蒂尔：“当然是喽，光是这样说的……”

米蒂尔：“死人在哪儿呢？……”

蒂蒂尔：“在这儿，在草皮底下，或者在大石块底下……”

米蒂尔：“他们一年到头在那儿吗？……”

蒂蒂尔：“对。”

米蒂尔：“（指着石板盖）这是他们家的门口吗？……”

蒂蒂尔：“是的。”

米蒂尔：“天好的时候他们出来吗？……”

蒂蒂尔：“他们只能在晚上出来……”

米蒂尔：“为什么？……”

蒂蒂尔：“因为他们穿着睡衣……”

米蒂尔：“下雨时他们也出来吗？……”

蒂蒂尔：“天下雨，他们就待在家里……”

米蒂尔：“你说，他们的家好吗？……”

蒂蒂尔：“听说非常狭小……”

米蒂尔：“他们有小孩吗？……”

蒂蒂尔：“当然有，死孩子都在他们那里……”

米蒂尔：“他们靠什么过活？……”

蒂蒂尔：“他们吃草根……”

米蒂尔：“我们就要见到他们吗？……”

蒂蒂尔：“当然啰，因为一转动钻石，就什么都能看到。”

米蒂尔："他们会说什么？……"

蒂蒂尔："他们什么也不会说，因为他们不说话……"

米蒂尔："干吗他们不说话？……"

蒂蒂尔："因为他们没有什么可说……"

米蒂尔："干吗他们没有什么可说？……"

蒂蒂尔："你真烦……"

米蒂尔："你什么时候转动钻石？……"

蒂蒂尔："你知道了嘛，光说过要等到半夜，因为那时可以少打扰他们……"

米蒂尔："干吗那时会少打扰他们？……"

蒂蒂尔："因为那时他们出来透透气。……"

米蒂尔："现在还不到半夜吗？……"

蒂蒂尔："你看得见教堂的钟吧？……"

米蒂尔："看得见，我连小针都看得见……"

蒂蒂尔："嗨！半夜就要敲响了……到了！……刚刚好……你听见了吗？……"

传来子夜的十二下钟声

米蒂尔："我想走！……"

蒂蒂尔："现在不是走的时候……我要转动钻石了……"

米蒂尔："不，不！……不要转动！……我要走！……哥哥，我心里害怕！……我害怕死了！……"

蒂蒂尔："可是没有什么危险呀……"

米蒂尔："我不想看死人！……我不想看死人！……"

蒂蒂尔："好吧，你可以不看见他们，闭上眼睛得了……"

米蒂尔："（攥住蒂蒂尔的衣服）蒂蒂尔，我站不住了！……不，我不行了！……死人要从地下出来了！……"

蒂蒂尔："别这样发抖……他们只出来一会儿……"

米蒂尔："可你也这样发抖！……他们一定很可怕！……"

蒂蒂尔："到时候了，不然要错过了……"

蒂蒂尔转动钻石。好一会儿鸦雀无声，所有东西一动不动，非常恐怖；然后慢慢地十字架开始摇晃起来，土墩裂开，石板盖掀了起来。

米蒂尔："（蹲下来靠着蒂蒂尔）他们出来了！……他们出来了！……"

这时，从所有裂开的坟墓中，慢慢开出一朵花来，先是像水气一样稀薄和飘浮不定，继之变白和鲜艳起来，越来越茂盛，越来越高耸，花团锦簇，艳丽异常。花儿无可抵挡地逐渐蔓延到一切东西上去，把墓地变为一个仙境中的婚礼花园；不久，就将升起最初的曙光。露水晶莹闪亮，百花怒放，风过叶响，蜜蜂嗡嗡，鸟儿苏醒，将赞颂太阳和生命的第一阵醉人的歌声洒满空间。蒂蒂尔和米蒂尔看呆了，目眩神迷，手拉着手，在花丛中走了几步，寻找着坟墓的踪迹。

米蒂尔：“（在草丛中寻找）死人在哪儿呢？……”

蒂蒂尔：“（也在寻找）没有死人呀……”

幕落

第八场

幕前幕上呈现美丽的云彩。蒂蒂尔、米蒂尔、光、狗、猫、面包、火、糖、水和奶上场。

光：“我想这回我们总能得着青鸟了。我一开始就该想到这儿……只是到今儿早上，曙光来临，我恢复了力气，这个念头才像光线掠过天空一样来到我脑子里……我们眼下来到魔术花园的入口，这花园由命运守卫，人类的一切欢乐和幸福都汇聚在这儿……”

蒂蒂尔：“里面有很多欢乐和幸福吗？我们能同他们在一起吗？欢乐和幸福都是小个儿吗？……”

光：“有小个儿，有大个儿，有胖的，有细巧的，有很漂亮的，也有不怎么好看的……不久之前，最丑的都被赶出花园，到不幸那里安身去了。需要说清楚的是，不幸就住在毗邻的洞穴里，这洞同幸福之园是相通的，只隔开一道水汽或一层薄幕，从正义之港或永恒之渊吹来的风不时把这薄幕掀起……眼下，问题是要组织起来，加点小心。一般来说，幸福都是非常和蔼的，但也有个别的比最大的不幸还要阴险，还要奸诈……”

面包：“我有个主意！假如他们很阴险很奸诈，我们最好都等在门口，孩子们不得不奔逃的时候，我们不就可以去援助他们吗？……”

狗：“不好！一点儿不好！……我的小神仙要到哪儿，我就想跟到哪儿！……让胆怯的人待在门口吧！……我们不需要（瞧着面包）胆小鬼，（瞧着猫）也不需要奸贼！……”

火：“我呀，我要跟着去！……看样子很有趣！……可以一直跳舞……”

面包：“里面也有吃的吧？……”

水：“（呜咽）我连最小的幸福都从来没见过！……我总得见一见！……”

光：“别说了！没有人征求你们的意见……这就是我做出的决定：狗，面包和糖陪着两个孩子。水不要进去，因为她太冷冰冰的，火也不要进去，因为他太爱闹了。我要劝奶还是留在门外，因为她太容易动感情；至于猫呢，她爱怎么都可以……”

狗：“她心里害怕着呢！……”

猫：“有几个不幸我顺便要去问候一下，他们都是我的老朋友，就住在幸福的隔壁……”

蒂蒂尔：“那么你呢，光，你也进去吗？……”

光：“我不能这样到幸福那儿去；他们大半都吃不消我的照射……我这儿有一块厚面纱，我去拜望幸福的人儿就要戴上……（她抖开一条长面纱，仔细裹住自己）不能让我的灵魂的一丝闪光吓坏了他们，因为有很多幸福非常胆小，心境不好……瞧，像我这样，那些不怎么漂亮和最胖的幸福也不会有什么可害怕的了……”

三、作品鉴赏

1. 追寻生活的真谛

主导意象：生命意志·坚毅精神·智慈品质——“青鸟”寓意象征主义戏剧的主题意义往往通过象征性意象来表现。象征性意象在于暗示一定的哲理、观念，并寄托作家的某种情感、意绪，传达他们的生活评价、命运思索和人生理想，在感情的具象中显现出一般的普遍意义。而在全部象征性意象中，总有一个主导性意象，即处于作品中心的意象，它对全篇起统摄作用，透射作品的基本意旨。显然，正如作品的标题所示，“青鸟”是全剧的主导意象。它是剧中人物所苦苦寻觅的东西。因此，解读“青鸟”的象征寓意，是了解剧作思想的核心。从剧情看，作品的意旨围绕人与自然的关系而设。梅特林克认为，自然既是某种神秘，同时又充满坚毅和智慧。他认为诗人的任务就是引导读者进入某种神秘的遐想，从中感悟人“生命的真谛”。我以为，青鸟的意象贯穿剧情始终，它象征着在人们看来神秘、恐怖、无序的自然的奥秘。这个奥秘是：顽强的生命意志、坚毅果敢的精神、睿智聪慧的品质。

梅特林克的散文著作《花的智慧》（1908）与《青鸟》同年问世，可视作是对青鸟意象的诗化阐释。他有很独到的见解：植物是充满睿智、富于心计的，它们的生存境遇、在自然界的成长过程和在生存斗争中的意志，“为人类树立了坚毅、果敢、恒心和灵气的不可思议的榜样”。

在《青鸟》中，梅特林克以“丰富的想象和诗意的幻想”，“以童话的形式显示出一种深邃的灵感，同时又以一种奇妙的手法打动读者的感情，激发了读者的想象”。他让万物显出灵魂与人对话：动植物、物质、天体自然、观念、体验、情感等“宇宙间一切有生无生的事物的灵魂，都从他们的物质的躯壳里呼唤出来，容他们将一向无法发表的衷曲，尽情地宣泄一下”。这就在戏剧情境中构成人与自然的戏剧冲突及关系，青鸟意象构成这种关系之间的纽带和桥梁。

综上所论，从作品的立意构架和主导意象两个方面，作品的主题意义集中于“寻找——青鸟”。两个意象在抽象寓意和精神上构成主客体的同位契合。在作者看来，人类经过漫长的历史进化，在理性和科学的照耀下，已经熟知洞悉了以往由于对自然的无知而潜藏的奥秘；并且，人类终将洞悉和把握自然的一切奥秘，因为真和美不仅存在于自然界，它更存在于人类的心灵世界。只要诚誓寻觅、勇敢探索，那么，人类获取并领悟自然的智慧信息终将是可能实现的。从这个意义上，剧作以梦幻式的诗情画意，通过人与宇宙灵魂的对话，叙写了一部现代精神预言。作品突出了寻找理念和精神的现代文化主题，而青鸟式的理念和精神源自宇宙自然的启示和人的心灵，这明显超脱于19世纪末期以来西方文学中较常见的“寻找自我”的自我失落、精神失却的主题。《青鸟》告诉人们，人类开始意识到自己的智慧和力量，敢于探索，勇于探索，终将找到生活的真谛。梅特林克的乐观主义和理想主义思想由此可见。

2. 渴求感·使命感·理性意识——“寻找”意象

文学界和评论界对梅特林克特别是其获得诺贝尔文学奖的《青鸟》的重视和研究明显不够深入。近年来可看到的有限的资料中普遍认为青鸟象征着幸福。但是，作品在立意构架和主导意象上，通过“寻找——青鸟”的显性模式，更隐性地蕴含着作者的哲学观、自然观和深刻哲理，仍需要进一步解构。

《青鸟》属于这样的作品：单是故事本身，充满神奇幻想和童话奇趣，颇能吸引孩子的好奇心；而对成人观众，在愉悦的同时，又必然关注其深刻的哲理寓意。批评家佛劳伦斯·曼德勒评价梅特林克说：“你几乎总能在他的作品中找到或者至少找到两层意思，一层是人人都能看得到的表面意思，在这层意思底下，又有着更深的、只有少数人才能发掘到的意义。”

《青鸟》是一出典型的象征主义戏剧。从全剧立意构架看，作品含有双重结构。

一是其总体框架结构。“渴望——受命——追求——启示——呼唤”，这是作品叙事大结构的简约构架。

它具有很强的寓意性。首先是第一、二幕的两场戏，它在全剧中起到总领作用。剧作从一开始就竭力渲染孩子对幸福的渴望，这象征着抽象的“人”的处境和渴求，它正是梅特林克所认为的人的内在需求和美的形象描述，也构成积极追求的自由意志的基础。仙女则代表着某种抽象力量和神秘理念，或可视作内在自由意志的外化。而“光”（剧中形象）作为“照亮、引导、理性”的象征，是追求、寻找的自由意志的探路灯。三个形象的独特关系，构成了作品的基本结构方式：欲望渴求、理念和理性指引、促进完成追求过程。这体现了作者积极向上、实现自我的哲学观。而“寻找”意象，正是作品的着意点，蕴含并提示人们：只有探索追求，才可能克服无知、实现自我，了解并掌握自然的某种奥秘，探寻生活的真谛。其次，寻找的足迹与每一场戏剧情境相扣。作品突出渲染了自然的神秘和与人类的对抗力量，并赋予自然存在以灵性、智慧等品质。梅特林克曾认为戏剧的根本主题是人和宇宙的对抗及其悲剧性，人的悲剧主要在于对某些自然奥秘的无知。而《青鸟》则在这种对抗关系中架设桥梁：寻找本身正是人对自然奥秘和生命真谛的探索。因此，不论自然和宇宙何等神秘、对抗甚至可怕，不论如何地“在这世界上单独对付一切”，人总要不懈奋斗、理性追求，走向未来、走向光明，这才是克服悲剧的必由之路。所以，追寻之后，蒂蒂尔的家神奇地变得“更清新、更悦目、更欢快，像仙境一样无可比拟”，蒂蒂尔的斑鸠变成“我们要寻找的那只青鸟”，蒂蒂尔满怀深情地呼唤人们一起去寻找……这些戏剧情境和细节，完成了作品充满情采意趣的象征意义。

二是寻找过程所构成的线性结构。寻找青鸟的旅程，由一场场充满情趣的戏剧冲突串联而成。每个情景相对独立，但串起来看，由于主体的使命感和目标意识，又意味着一次次的超越，使其精神和意志遂显优越。每个阶段，都像浮士德式地面临某种冲突、灾难或考验，直至“未来王国”，构成了具有理性、顽强、果敢和强烈使命感的象征意义。

首先来到“思念之土”即死亡世界。这里“死去的人只要有人记得他们，会生活得很幸福……”孩子们由于思念而与故去的爷爷奶奶弟妹们相聚，充满亲情温馨，并唤醒了一只死了的青鸟。但离开后，所获青鸟变黑了，死了。这打破生死界限的第一站寻找，寓示着强烈的使命感并未使人沉醉在虚幻的温情中；并且，死亡是生命的终结，它是虚无的象征，这里的青鸟也只是沉寂的死亡的象征，一无所用。看来，人不应该沉湎于对生命终结的虚耽中，从这里可见梅特林克对自己前期虚无思想的超越。

接着来到“夜之宫”，这里的主人是“夜”。各种洞里关着浮躁的幽灵、慵懒的疾病、凶残的战争、骇人的恐怖、莫测的神秘等，蒂蒂尔毫无畏惧地依次进入并寻找，但无青鸟踪迹。最后，不顾夜的威胁和告诫，蒂蒂尔认为自己“应该打开这道门”，但见“一座充满夜间闪光的梦幻般的花园，成群的青鸟出没于宝石闪烁和月光之中。”他们抓到许多，可走出花园见着光明后，青鸟竟全死了。显然，夜宫里丑恶、黑暗、神秘，虽影像叠生、青鸟如云，可幻象无法再生，丑恶难见光明。无所畏惧、大胆追求，是这个片断的另一寓意，它为“寻找”意象铺设了第二层寓意台阶。

随之，“森林”之国的经历对蒂蒂尔们来说犹如一场噩梦。青鸟寻而不得，却惊心动魄地遭遇了众树和众兽袭来的厮杀和围攻。冲突的焦点是关于“一切事物和幸福的秘密”。人在寻找它；众树和众兽要守护它，以避免使它们的“奴隶地位变得更加难熬”。这里有深刻的象征意义，它不是关于人类了解自然征服自然的主题，而是梅特林克所独特理解的动植物之灵性、果敢、智慧、生命力等品质和作为寻找它掌握它的人类之间的关系象征。人类必须直面这种神秘和对抗并洞悉之，方可获取生命之真谛。

然后，在经过墓前墓地过渡后，蒂蒂尔们来到“幸福之园”。他们看见“一打最肥胖的幸福”和各种美味佳肴，光告诫他们不能应邀入席，因为“点心很危险，那会毁掉你的意志。要完成任务，就得作出某些牺牲”。这是这段寓言故事的主旨。各种“幸福”是纯欲纯物的，绝非至精至灵。无怪乎他们就寻找青鸟的话题既吃惊又嘲笑之。显然，自由的精神追求在意志境界上远高于现实的物质贪求与享受。于此，主体意识于寻找青鸟的旅程中又一次完成从物质到精神的飞升和超越。

终于来到“未来王国”。这里是“蓝天之宫的几座大殿，即将出生的婴儿都在这儿等待”，“一切都呈现出一种虚幻的、有仙境意味的深青色”。未来的孩子们大都雄心勃勃，创造力惊人，充满智慧和探索欲求。他们要改变未来世界，发明延年药、新光、机器、探索月亮宝藏；他们有青色车间，机器、地图、方案、书本、植物新品种等；他们要探索太阳系、做九大行星国王……蒂蒂尔陶醉了！这是他寻找过程中第一次，正如浮士德在劳动号子声中所体验的内心满足一样。可以说，寻找的精神与未来王国的生命力、创造力、智慧达到高度的和谐和融汇。寻找意象在这一场景中得到终极阐释，剧作家乐观地探索和追求美好的未来，这正是对人类的警示和前景的憧憬。

“寻找”是欧洲文学的原型性主题之一，也是欧洲近现代文学的独特结构模式。但丁《神曲》中冥游三界，终而在道德和精神上接近上帝的理式；歌德《浮士德》中的五次追求，贯穿永不满足现状、不断追求探索的自强不息精神，都是这一艺术模式的成功之作。这也许正是“寻找圣杯”的文化心理使然。不同的艺术家总赋予“圣杯”以独特的文化精神内涵。如前所析，《青鸟》一剧在立意构架上，以“寻找”作为基本情节线索，以旅程中的一次次超越作为主体的自由意志，以神奇幻想的童话故事作为抽象主题的寓意基础，以“寻找圣杯”的模式作为与观众共鸣的文化心理通感，比较成功地构建了寻找意象的象征意义——人类由于其渴求改变自身处境的自由意志，带着强烈的使命感，在理性的指引下，自强不息，勇于探索，方可实现自我，有所作为，这也正是现代人类精神的必由之路。

附录：名家读戏

你拥有数不尽的幸福

读《青鸟》的时候，大家会发现这样一个现象：文中有太多的省略号。其实，这是作者有意为之，目的是营造一种“梦幻”的氛围，因为《青鸟》的主要情节可以说就是两位小主人公的一个梦。

谁都知道，不可能真的有一只青鸟，有了它就有了幸福。在这个童话剧里，青鸟，只是幸福的一个隐喻：谁都渴望幸福，都在追寻青鸟，当某一天真的拥有了青鸟，却也未必能一直拥有下去，青鸟随时都会飞走——这就意味着，没有永恒的幸福，而只有永恒的对幸福的追寻。

其实，与其说幸福是“追寻”而有的，不如说是“领悟”而有的。

在剧中的“幸福花园”那一部分里，作者指出世界上存在三类幸福：粗俗幸福、日常幸福、高雅幸福。粗俗幸福包括“有钱的幸福”“有地产的幸福”“有面子的幸福”……这些幸福身材肥大，衣着奢华，整日在花园里宴饮，然而他们在现出原形时，显得“赤裸、丑陋、皱缩、寒碜”。日常幸福包括“身体健康的幸福”“新鲜空气的幸福”“阳光的幸福”……这些幸福一直环绕在蒂蒂尔身边，他却视而不见，甚至认为自己家里根本就没有幸福。高雅幸福包括“正义的幸福”“善良的幸福”“母爱的幸福”……这样的幸福蒂蒂尔也并不缺少，尤其是“母爱的幸福”。

当蒂蒂尔结束了“旅行”，回到还是原来样子的家中，他看待身边一切的眼光却完全不一样了。“房子还是原来的，可是漂亮多了”“看那片森林！……多大，多美！……仿佛是新的一样！……在这儿多幸福啊！”……这正是因为蒂蒂尔通过这次奇妙的“旅行”，领悟到了什么才是真正的幸福。

有句话我们常说：幸福不在于你拥有什么，而在于你如何看待你所拥有的。即使是一个最普通的人，其实也拥有数之不尽的幸福：“身体健康的幸福”“新鲜空气的幸福”“阳光的幸福”“蓝天的幸福”“春天的幸福”“赤足踏露的幸福”“善良的幸福”“母爱的幸福”……虽说关于幸福的探讨是《青鸟》的最大主题，但它值得我们关注的并不止于此。奇妙纷呈的想象、精湛优美的描写、平易生动的对白、栩栩如生的形象，以及贯穿始终的温情与诗意等，都尽显一位文学大师的生花妙笔、一部经典杰作的无穷魅力。

——周最强

阅读与思考

1. 剧中兄妹俩在寻找幸福的过程中都经历了什么？
2. 请谈谈你对幸福的理解。

参考文献

[1] 宋光祖：《贵妃醉酒（京剧）》，《折子戏赏析》，上海书店出版社 2011 年版。
[2] 钮骠：《说梅兰芳》（中国戏曲艺术大系），中国戏剧出版社 2010 年版。
[3] 梅兰芳：《移步不换形》，百花文艺出版社 2008 年版。
[4] 李伶伶：《清风吹歌曲绕行云飞・尚小云评传》，上海古籍出版社 2012 年版。
[5] 李伶伶：《尚小云全传》，中国青年出版社 2009 年版。
[6] 张艳玲：《玉貌含愁驰绝塞　浓墨佳人烈马图》，中国戏曲学院第四届中国京剧优秀青年演员研究生班论文。
[7] 张娟：《京剧〈昭君出塞〉表演艺术探析》，载《戏曲艺术》2008 年第 2 期。
[8] 程派艺术研究小组编：《秋声集：程派艺术研究专集》，北京出版社 1983 年版。
[9] 程砚秋、文明国：《程砚秋自述》，安徽文艺出版社 2013 年版。
[10] 中国戏剧出版社编：《说马连良》，中国戏剧出版社 2010 年版。
[11] 李中会：《戏曲鉴赏》，北京师范大学出版社 2010 年版。
[12] 董维贤：《京剧流派》，福建美术出版社 2006 年版。
[13] 范家盛：《孙毓敏演出剧目集成》，花城出版社 2003 年版。
[14]《中国京剧百科全书》编辑委员会编：《中国京剧百科全书》，中国大百科全书出版社 2011 年版。
[15] 赵春宁：《西厢记传播研究》，华东师范大学出版社 2001 年版。
[16] 周桓：《小生隽杰叶盛兰》，人民音乐出版社 2002 年版。
[17] 郭跃平：《浅谈〈小宴〉中吕布的人物塑造》，载《黄河之声》2012 年第 19 期。
[18] 王小平：《我在〈小宴〉中饰吕布》，载《当代戏剧》，2007 年第 3 期。
[19] 张小君：《以艺术手段塑造舞台人物——我在〈小宴〉中饰演吕布的体会》，载《戏文》2000 年第 4 期。
[20] 伊平：《气韵夺人——叶少兰演唱〈小宴〉"娃娃调"欣赏》，载《戏剧报》1985 年第 2 期。
[21] 纪君祥等著：《赵氏孤儿》，上海古籍出版社 2010 年版。
[22] 李中会：《戏曲鉴赏》，北京师范大学出版社 2010 年版。
[23] 何熙文：《探究京剧之美》，大连理工大学出版社 2013 年版。
[24] 盖叫天：《粉墨春秋》，上海文艺出版社 2011 年版。
[25] 骆正：《中国京剧二十讲》，化学工业出版社 2012 年版。
[26] 许俊德：《京剧花脸唱腔百年品鉴》，中国戏剧出版社 2012 年版。
[27] 常立胜：《净之韵：京剧花脸》，学苑出版社 2007 年版。
[28] 元生、刘荷：《花脸魁首・尚长荣》，中国城市出版社 2011 年版。
[29] 钮镖：《说萧长华》，中国戏剧出版社 2011 年版。
[30] 萧长华：《萧长华戏曲谈丛》，中国戏剧出版社 1980 年版。
[31] 严庆谷：《京剧武丑表演技法初探》，载《彩霞集》，中国戏剧出版社 2000 年版。
[32] 赵晓东：《武丑张春华》，北京燕山出版社 1990 年版。
[33] 游国恩等编：《中国文学史》，人民文学出版社 1964 年版。

[34] 汤显祖：《牡丹亭》，华夏出版社 1999 年版。
[35] 刘文峰、周传家：《百年梨园春秋》，中国经济出版社 2000 年版。
[36] 叶长海：《长生殿演出与研究》，上海文艺出版社 2009 年版。
[37] 顾兆琳：《昆曲唱腔的音乐特征——谈全本〈长生殿〉的曲》，载《戏剧艺术》2009 年第 4 期。
[38] 李中会：《戏曲鉴赏》，北京师范大学出版社 2010 年版。
[39] 新凤霞：《新凤霞自述》，大象出版社 2006 年版。
[40] 齐海丽：《五十载长青〈宝莲灯〉》，载《青年文学家·艺术研究》2012 年版。
[41] 李惠康：《看似寻常最奇崛　评晋剧〈打金枝〉的神来之笔》，载《上海戏剧》2010 年第 7 期。
[42] 胡玉庭口述，陆洪非改编：《天仙配：黄梅戏》，安徽人民出版社 1980 年版。
[43] 胡汉宁：《当代意识与“葛麻”风格——邱长元编导艺术的追求》，载《戏剧之家》2001 年第 6 期。
[44] 黄丽贞：《中国戏曲的语言艺术》，暨南大学出版社 2010 年版。
[45] 钟惠然：《“丑”中求美——熊剑啸表演艺术美学特征》，载《戏剧之家》2000 年第 5 期。
[46] 卢敏：《20 世纪中国话剧精品赏析》，中国戏剧出版社 2003 年版。
[47] 刘章春：《〈雷雨〉的舞台艺术》，中国戏剧出版社 2007 年版。
[48] 杨俊杰：《延异之链：〈俄狄浦斯王〉影响研究新论》，北京大学出版社 2014 年版。
[49] 莎士比亚：《哈姆雷特》，朱生豪译，人民文学出版社 1994 年版。
[50] 汪义群：《奥尼尔研究》，上海外语教育出版社 2006 年版。
[51] 郭继德：《尤金·奥尼尔戏剧研究论文集》，上海外语教育出版社 2003 年版。
[52] 谭霈生：《戏剧鉴赏》，高等教育出版社 2004 年版。
[53] 梅特林克：《青鸟》，李斯译，时代文艺出版社 2009 年版。
[54] [爱尔兰] 贝克特著：《等待戈多·荒诞派戏剧集》，施咸荣译，上海译文出版社 1980 年版。
[55] 金元浦：《外国文学史》，高等教育出版社 2001 年版。
[56] 黄晋凯：《荒诞派戏剧选》，中国人民大学出版社 1996 年版。
[57] Herman Lawrence Zillmer, *A study of the use of the symbol in the dramatic aesthetics of Maeterlinck*, University of Wisconsin PhD. 1965.
[58] Polly Brown Ousterhout, *Maeterlinck's early plays and the symbolist aesthetic.*, Washion University PhD. 1970.

后　记

这本书能吸引本院及兄弟院校近三十位编委共同完成堪称幸事。这个团队颇具实力——有院长、系主任、专业教师和公共课教师，都是专业有成的佼佼者。值得一提的是，本书是专业课教师和公共课教师的携手版，旨在发挥专业教师以表演见长和公共课教师以文笔见长的各自优势，共同缔造的美丽篇什使本书既有专业表演的内行话语、亦具文笔表达的优美流畅。此次携手对专业课教师提升文化水平和公共课教师融入专业无疑具有现实意义和促进作用。因为本书的赏析篇目涉及京剧不同流派及各行当的代表作、地方戏的著名作品和国内外话剧的经典之作，赏析篇目多达32篇，堪称是一项浩大的工程。因此，对每一位编委的学识水平、学习能力及团队精神都是一次严峻的考验！大家在辛勤付出中收获了情谊，在相互切磋探讨中体验到总编委会所倡导的“共同编写、共同使用、共同受益、共同提高”之艺术高职系列教材编撰宗旨的真谛！感谢各位编委为本书所付出的辛苦努力，现鸣谢如下：

“戏剧艺术与戏剧欣赏”由天津艺术职业学院高晶老师执笔；“京剧概述”由天津艺术职业学院王钦院长助理、桂震青老师执笔，《贵妃醉酒》《打金枝》由山西戏剧职业学院的李晓娟老师执笔；《锁麟囊》《花为媒》由天津艺术职业学院张海涛院长、桂震青老师执笔；《汉明妃》由天津艺术职业学院田荣珍老师执笔；《红娘》由北京艺术职业学院杨建华、方雨舒老师执笔；《雷雨》由张梅芳、高晶老师执笔；《赵氏孤儿》《野猪林》由天津艺术职业学院张海涛院长、高晶老师执笔；《铡美案》《李逵探母》由天津艺术职业学院张海涛院长、王钦院长助理共同执笔；《蒋干盗书》《三盗九龙杯》由山西戏剧职业学院的赵海英老师执笔；《牡丹亭》由湖北艺术职业学院的周力源老师执笔，《葛麻》由湖北艺术职业学院的周力源、陈笑洁老师执笔；《小宴》《长生殿》《罗密欧与朱丽叶》由苏州评弹学校的周立言老师执笔；《宝莲灯》由河北艺术职业学院的孙海燕、彭蕙蘅、河北省京剧艺术研究院李树良老师共同执笔；《天仙配》《哈姆雷特》由苏州评弹学校的陈芳华老师执笔；《死水微澜》由四川艺术职业学院的张清华、陈琳老师执笔；《红楼梦》由苏州评弹学校的朱静华副校长和周立言老师执笔；《茶馆》由朱静华、高晶执笔；《狗儿爷涅槃》由天津艺术职业学院王斌老师执笔；《榆树下的欲望》《樱桃园》由天津艺术职业学院张海涛院长、张静、高晶老师执笔；《俄狄浦斯王》由湖北艺术职业学院的乔亚兰老师执笔；《玩偶之家》由福建艺术职业学院的朱玉宁老师执笔；《青鸟》由天津艺术职业学院张海涛院长、杨茹老师执笔；《我爱桃花》由河北艺术职业学院的陈素敏老师执笔；《等待戈多》由河北艺术职业学院的边媛媛老师执笔。天津艺术职业学院的老师们在编写本书期间还得到了中国戏曲学院附中原校长陈国卿先生的热情指点和帮助，在此向他表示最诚挚的谢意！

本书在编写过程中参阅了大量的相关资料，篇幅所限，未能一一注明，谨在此表示最诚挚的感谢！

由于学识所限，书中的疏漏和不当之处在所难免，敬请读者加以指正。

编　者

2014年6月